SAN-ANTONIO CHEZ LES « GONES »
DU POULET AU MENU
TU VAS TRINQUER SAN-ANTONIO
SAN-ANTONIO POLKA
LE GALA DES EMPLUMÉS

SAN-ANTONIO

SAN-ANTONIO CHEZ LES « GONES »
DU POULET AU MENU
TU VAS TRINQUER SAN-ANTONIO
SAN-ANTONIO POLKA
LE GALA DES EMPLUMÉS

FRANCE LOISIRS
123, boulevard de Grenelle, Paris

Édition du Club France Loisirs, Paris
avec l'autorisation des Éditions Fleuve Noir

© 1969 « Éditions Fleuve Noir », Paris.

ISBN 2-7242-2439-6

SAN-ANTONIO
CHEZ LES « GONES »

CHAPITRE PREMIER

L'INSTITUTEUR était un gros homme sanguin dont la blouse grise s'ornait de multiples taches d'encre. A cause de sa bedaine, il ne pouvait boutonner le vêtement. Les pans de celui-ci l'encadraient, comme un rideau de théâtre, ouvert, encadre la scène.

— On va faire l'appel, dit-il.

Il ouvrit son registre sur lequel se succédaient les noms de ses élèves.

— A l'appel de vos blazes, vous répondez présent si que vous êtes présents, dit l'instituteur, et vous répondez rien si que vous êtes absents.

Il attaqua, d'une voix aussi épaisse que du miel :

— Andrivon ?

— 'sent ! glapit une voix juvénile.

— Barbarin !

Et le dénommé Barbarin fit claquer ses doigts en appelant, comme un naufragé lance un S.O.S. :

— M'sieur ! M'sieur !

— Ah ! non ! explosa l'instituteur, ça va pas commencer, le défilé aux gogues ! Vous aviez qu'à prendre vos précautions. On vient juste de rentrer !

— C'est pas ça, m'sieur. Y a mon papa qui m'a donné un litre de marc pour vous !

Le maître d'école sourit de plaisir. Son visage prit une expression d'infinie tendresse, et une humidité due à l'émotion emplit ses yeux cléments.

— Montre un peu ! dit-il.

Barbarin saisit dans son cartable une bouteille d'eau-de-vie qu'il porta jusqu'à la chaire du maître. Ce dernier la déboucha, renifla le goulot, puis l'abaissa de trois centimètres afin de le placer au niveau de ses lèvres. Il but une rasade généreuse, clappa de la langue avec satisfaction et décréta :

— C'est du chouette. Comment que c'est, ton blaze, déjà, gamin ?

— Lucien Barbarin, m'sieur.

— Je vais te foutre un 20 en géographie, décida l'instituteur.

— Merci, m'sieur.

Au fond de la classe, Cugnazet, le cancre, fit claquer ses doigts à son tour.

— Quoi t'est-ce ? s'enquit le maître d'école.

Cugnazet avait dix-sept ans, en paraissait trente, et continuait depuis dix ans d'étudier la table de multiplication. Il avait passé cinq ans sur les multiples de 2. Il savait presque par cœur combien faisait 2 fois 1, mais à 2 fois 2 le brouillard commençait.

— Y a ma mère elle m'a donné un sauce, pour vous.

— Un quoi ? s'étonna l'instituteur, peu familiarisé avec le parler de la région lyonnaise.

— Un saucisson !

— Fais voir !

Cugnazet produisit un pur-porc de taille raisonnable. L'instituteur fit une estimation honnête :

— Ça vaut un 18 en histoire, affirma-t-il.

Tout avait commencé quatre jours plus tôt par une visite de Sa Majesté Bérurier Ier, roi des Crêpes, chez nous, où je coulais d'agréables vacances en compagnie de Félicie, ma brave femme de mère. Celle-ci avait été très malade le mois précédent, alors que je me faisais tartir en Allemagne orientale[1]. Lorsqu'elle avait été à peu près rétablie, j'avais demandé quinze jours de congé au Vieux et, depuis une huitaine, je la dorlotais à la maison.

Je venais de toucher une Jaguar sport, type « E », et nous la

_____
1. *Lire :* « Le loup habillé en grand-mère. »

rodions ensemble dans la banlieue ouest. Tous les après-midi, comme le temps était au beau fixe, on dépotait et j'emmenais m'man prendre le thé dans une hostellerie select, du côté de Pontchartrain ou de Meulan. On roulait doucettement dans le bolide. Je sentais que Félicie était heureuse. Le soir, je l'emmenais au spectacle. On se farcissait les chansonniers ou le music-hall. Elle aimait.

Et puis un matin, comme je prenais mon petit déjeuner, Béru s'était annoncé, le masque soucieux.

— C'est baluche que tu soyes pas de service, m'avait-il attaqué, bille en tête.

— Pourquoi, Baby ?

— Parce que je viens d'hériter d'une enquête que j'aimerais mieux que ça soye toi qui l'aies sur les endosses.

En moi avait frémi la petite sonnerie de mon subconscient. Celle qui retentit chaque fois que je pressens un truc soi-soi.

— Qu'est-ce que c'est ?

— T'as lu l'affaire de Grangognant-au-Mont-d'Or ?

— Je ne lis jamais les baveux lorsque je suis en vacances.

— C'est un bled près de Lyon.

— J'avais compris.

— Figure-toi que voilà une huitaine, un môme disparaît. Le fils d'un viticulteur. Treize ans. Un gosse sérieux. Le pays entreprend des battues avec les gendarmes. La brigade mobile de Lyon entre dans la course, zéro ! Impossible de remettre la main sur le mouflet. On ne sait rien. Il a disparu entre l'école et la baraque de ses vieux...

Je me rembrunis. Je n'aime pas les histoires de gosses. Les mômes sont tabous à mes yeux.

— C'est moche, fis-je.

— Attends, c'est pas tout...

Il regarda autour de lui, cherchant visiblement quelque chose à boire. Il n'aperçut que l'eau de notre aquarium dans laquelle évoluait un poisson vert à moustache et il fit la grimace.

— Tu n'aimerais pas écluser un gorgeon de blanc ? lui demandai-je.

— Tout ce qu'il y a de volontiers, s'épanouit-il. Si je mouille pas la meule au départ, je suis comme qui dirait pour ainsi dire déshérité toute la journée.

— Tu veux dire déshydraté ?

Il s'emporta :

— Je suis pas venu z'ici pour des cours de français, souviens-toi-z'en !

Félicie apporta une bouteille de pouilly fuissé et le Gros se dérida instantanément.

— Tu avais dit que ça n'était pas tout, l'invitai-je.

Il vida son premier verre, s'assura que je lui en versais un second et reprit :

— Trois jours après la disparition du chiard, on trouve l'instituteur égorgé dans son logement.

— Pas possible !

Un malin, l'Obèse. Il me guette du coin de son œil porcin. Il sait qu'il vient de m'allumer avec ses historiettes.

— Et le mystère continue, poursuivit-il. On ne dégauchit rien en fait d'indices...

» Le maît' d'école en question était un gars sérieux. Trente-deux ans, bien noté et tout. Pas de nana, la vie monacale, quoi ! Ça faisait deux ans qu'il exerçait dans le patelin...

— Drôle d'affaire !

— Attends, c'est pas tout !

Il vida son deuxième verre et s'en octroya délibérément un troisième.

— Que s'est-il passé encore ?

— Un deuxième gosse a disparu, tout comme le premier : en quittant l'école. Du coup, ç'a été la panique dans le bled, tu juges ? La police lyonnaise est survoltée. Les journaux de la région : *le Progrès, le Dauphiné,* prennent les patins de la population et réclament des résultats.

— Si bien qu'on s'est tourné vers le bon Dieu, c'est-à-dire le Vieux, et que celui-ci a dépêché son adjudange de service, en l'occurrence l'ignoble Bérurier. L'ignoble Bérurier est désorienté. Il a l'habitude des truands et des agents secrets, mais pas l'habitude des mômes, et il vient puiser des conseils et un réconfort auprès de son sublime supérieur. Vrai ou faux ?

— Ben, y a un peu de ça, quoi, soupira l'Énorme.

Il se fit un silence et ce fut Félicie qui le rompit. M'man, vous le savez, son bonheur c'est de m'avoir auprès d'elle. Dès que je m'élance sur une affaire elle devient toute triste. Aussi, quelle ne fut pas ma stupeur en l'entendant me dire :

— Il faut y aller, Antoine.

Je la regardai, abasourdi.

— Pardon, m'man ?

— Des enfants, c'est affreux. On doit tout mettre en œuvre pour les retrouver et châtier les misérables qui...

Elle se tut, les larmes l'empêchaient de poursuivre.

Alors je sus à cet instant que je pouvais mettre le solde de mes vacances dans une valise et la déposer à la consigne.

Grangognant-au-Mont-d'Or est une ravissante commune de quatre cents habitants située à une trentaine de kilomètres de Lyon. On y cultive la vigne et c'est ce qui explique la trogne aubergine de la plupart de ses habitants. Ses maisons de pisé, couvertes de tuiles romaines, ont des teintes qui réjouissent le cœur. Nous y arrivâmes entre chien et loup, un beau soir. J'avais laissé ma Jag à Lyon et emprunté une humble Juva-quatre noir-police. Notre plan d'action était dûment arrêté : Bérurier allait se faire passer pour le nouvel instituteur, ce qui permettrait d'observer « en profondeur » la marmaille du pays sans braquer l'esprit paysan des gosses.

J'étais le jeune frère du nouveau maître, provisoirement en vacances, ce qui justifiait ma présence dans l'école de Grangognant.

Le groupe scolaire se divisait en deux parties : la classe des filles et la classe des garçons, séparées par un préau d'hiver dont la principale utilité consistait à servir d'entrepôt au combustible (bois et charbon). Il y avait un logement de trois pièces pour l'instituteur, et un autre, de trois pièces également pour l'institutrice. Cette dernière avait une vingtaine d'années. Il s'agissait d'une ravissante fille à qui il ne manquait qu'un brin de toilette pour paraître vraiment sensas. Malgré sa blouse bleue, son absence de fards et l'ignorance qu'elle avait des salons de coiffure, elle réussissait à être jolie. Elle rosissait en m'apercevant et se mettait à bégayer des genoux lorsque je me hasardais à lui adresser la parole.

Moi, je passais le plus clair de mon temps, vautré sur le sol du premier, à regarder la salle de classe par le trou que j'avais aménagé dans le plancher. Je devenais romain et je sentais que si les choses duraient j'allais prendre du poids.

Le second soir de notre venue, un monsieur maigre comme une arête de hareng oubliée au soleil s'était pointé entre deux valtouzes en déclarant qu'il était le nouvel instituteur.

Il s'appelait Pensome, Albert Pensome. Comme l'Académie n'était pas au courant de notre supercherie (on est austère à l'Éducation nationale) j'avais brodé une fable exprès à l'arrivant. Il devait rentrer chez lui dare-dare et n'en pas broncher avant qu'on le convoque. Je lui refilai vingt sacs de défraiement après lui avoir montré ma plaque de commissaire. Le gars détala, heureux de ces vacances imprévues, avec des projets de pêche à la ligne plein sa petite tête de brochet.

Depuis...

Depuis, on continuait d'observer le comportement des mômes et le Gros laissait se développer ses dons pédagogiques. Ça faisait plusieurs jours qu'on vivait en circuit fermé et je commençais à avoir de la moisissure aux articulations.

CHAPITRE II

Béru en maître d'école, c'est un souvenir qui fera longtemps surface dans ma mémoire éléphantesque. Faut la voir à pied d'œuvre Sa Majesté Lagonfle.

Ce matin, je reviens d'écluser un caoua à la chicorée au troquet de la place (la place s'appelle place de la Mairie, et le café en question, café de la Mairie) et je regagne mon P.C. avec dans la tronche des idées de grand deuil. Il fait un temps maussade. Je suis déprimé. Je regrette d'avoir rusé. J'aurais dû me pointer sous mon vrai visage au lieu de chiquer au sous-chef de burlingue désœuvré, affligé par surcroît d'un frangin style accident de plumard tel que le Gros.

Histoire de me rincer l'âme, je fais une tournée amicale dans la classe de la petite institutrice. *In petto,* je me dis que j'en ferais bien ma maîtresse à moi. Elle a des taches de rousseur placées exactement où je les aime, avec une peau comme du velours, un regard en forme de noisette et des dents éclatantes, où, vraisemblablement, la main de l'homme n'a encore jamais mis la langue !

En me voyant radiner, elle se déguise en langouste-sortant-du-court-bouillon. Elle s'arrête en plein mitan d'une dictée. Je m'annonce, casanovesque en diable. La gosse se prénomme Rosette et, naturellement, elle est de Lyon. Je

m'accoude à sa table et je la mate droit dans les vasistas. Elle
se trouble à une allure supersonique.

— Dites, mon chou, je susurre, ça existe toujours, les cours
du soir pour adultes ?

Elle bredouille que « oui ».

— Vous avez beaucoup de clients ?

— Non, personne.

— Alors, je m'inscris. J'aimerais profiter de mon séjour ici
pour parfaire mon imparfait du subjonctif ; il a besoin d'un
rodage de soupape, le pauvre mignon. A quelle heure pouvez-
vous me prendre ?

— Mais, objecte-t-elle, et votre frère ?

— Il va bien, merci.

— Il ne pourrait pas, pour les cours... ?

— Oh ! lui, il ne fait rien pour le niveau intellectuel de son
pays. C'est le roi fainéant de l'enseignement...

— Pour deux frères, vous ne vous ressemblez pas beaucoup ! s'enhardit-elle.

— Parce que nous ne sommes pas de la même mère et que
sa mère à lui trompait papa, fais-je.

Elle est choquée. Je décide d'arrêter là les extravagances, je
lui dis « à ce soir six heures » et je grimpe dans notre logement
de célibataires.

Je m'allonge sur le matelas pneumatique et j'ôte la cheville
de bois obstruant le trou qui me permet de mater ce qui se passe
dans la salle de Bérurier.

Le Gravos est à sa table. Trois de ses élèves s'y trouvent aussi
et les quatre personnages disputent une partie de belote achar-
née. Je reconnais Cugnazet, Barbarin et Tardy. Les joueurs
éclusent un kil de rouge. Béru est particulièrement animé.

— Cugnazet ! explose-t-il, faudrait voir à pas prendre le
portrait du bonhomme pour une portion de brie ! Tu fournis à
trèfle, à c't' heure, alorsss qu'y a pas un instant tu les coupais !

— Moi, m'sieur ! proteste son adversaire.

— J' sais ce que je cause ! tranche le Mastar en mettant sur
le dos une aimable famille de cœur entassée devant Cugnazet.

Effectivement, un misérable sept de trèfle souille l'harmonie
des cœurs.

— Qui c'est qui l'a dans l'œuf ? tonne Sa Majesté. Qu'est-ce
t'espérais, dis, tordu ? Que j'y verrais ballepeau ! J' sais pas ce

qui me retient de te clouer dix fois l'adverbe : « Je blouse mon instituteur en jouant à la tout atout sans atout. »

Il chope le litre et, pour éteindre sa hargne, s'arrose l'escalier de la cave. Après quoi il le tend à Barbarin, son partenaire.

— Tiens, gamin, humecte-toi les amygdales !

Puis il jette ses cartes sur les plis accumulés et décrète :

— A cause de cet enfoiré *(il désigne Cugnazet)* le coup est nul et non l'avenue !

Le coupable ramasse les brêmes et les brasse en se renfrognant.

— Fais pas la gu... ! lui jette Béru, parce qu'autrement je donne ta place à Honoré Lebœuf !

Depuis le fond de la classe, le susnommé jette un : « Oh ! oui, m'sieur » avide.

— Écrase, lui dit Béru, ton jour viendra car, comme le disait Pasteur : « La belote est un plat qui se mange froid. »

Il ramasse ses cartons, les considère avec intérêt et se met à pouffer.

— Hou yayaille ! exulte mon valeureux camarade, le temps va changer, les gars !

A cet instant précis, on toque à la porte vitrée.

Béru, sans se retourner, lance un « Mouais » qui, à la rigueur — à l'extrême rigueur — peut passer pour une invitation à entrer.

Le visiteur toque de nouveau.

— Qu'est-ce c'est que ce tordu ? tonne Béru. Entre, que je te dis...

Il croit avoir affaire à un élève, mais il file un coup de périscope et s'avise qu'il s'agit d'un monsieur.

— Entrez ! hurle-t-il.

La porte s'ouvre sur un personnage menu, à la figure jaune comme un coing mûr. Il est fringué dans les tons neutres, il porte un bitos à bord roulé et il tient une serviette de cuir noir sous le bras.

— C't à propos de quoi t'est-ce ? demande Bérurier depuis son burlingue.

L'homme s'avance, l'air effaré. Il regarde les joueurs de belote, le kil de rouge, les cartes...

— Je vous demande ce dont vous venez faire ici ! tonne l'Étonné.

— Je suis l'inspecteur ! dit l'arrivant.

Le Gros paraît impressionné et contrarié tout à la fois. Il adresse un hochement de tête navré à ses partenaires.

— A vos places, les gars, on terminera cette partie à une date ulcérée.

Puis il désigne son siège à l'inspecteur.

— Prenez la peine de vous asseoir, m'sieur l'inspecteur.

Un qui n'en mène pas large, c'est votre San-Antonio mignon. J'ai le cresson qui se flétrit, mes chéries. Je me dis que ça risque de chauffer jusqu'à l'incandescence avec l'Académie. Usurpation d'identité et de fonction ! C'est un motif qui peut vous faire casser un commissaire et un inspecteur principal comme le dernier des gardes-barrière qui a oublié de fermer son massage à pivot.

— Que signifie ? demande l'inspecteur en désignant le matériel de beloteur étalé sur le bureau.

— Mes bons élèves, explique le Gravos, je les récompensais.

— En jouant aux cartes ! En buvant du vin ! Prenez-vous votre classe pour un tripot, monsieur Pensome ?

Le Béru pousse une frime sinistrée, pitoyable. Les reproches de l'inspecteur meurtrissent son orgueil. Il a beau n'être qu'un instituteur occasionnel, ça lui fait mal au soutien-gorge d'être apostrophé devant ses garnements.

Le visiteur prend un registre dans sa serviette et se met à griffonner des trucs inquiétants. Puis il dépose son stylo au milieu du registre et, croisant ses bras, déclare :

— Parfait. Faites votre classe...

Béru rejette son bitos en arrière et s'essuie le front avec l'éponge du tableau.

— On va se payer un petit coup de géo, décide-t-il. Andrivon, dis voir un peu à m'sieur l'inspecteur où ce que le Guatémala prend sa source !

L'interpellé se lève et bafouille :

— Au mont Gerbier-de-Jonc, m'sieur ?

Béru file un coup de paluche sur l'épaule de l'inspecteur. Il est ravi, mon Gravos.

— Hein ! Hein ! triomphe-t-il, comment qu'il se défend, ce môme ?

» On va continuer...

L'infâme se recueille. Moi j'ai le palpitant qui fait du yo-yo. Ou je me goure, ou ça va être le scandale du siècle, mes amis !

Le Mahousse se racle la gorge.

— Magnin ! interpelle-t-il, tu vas me dire de quelle couleur qu'était le cheval blanc d'Henri IV.

— Blanc, m'sieur.

— C'est pas un plaisir de travailler avec des élèves aussi doués que ça ? demande Bérurier à son « supérieur ».

Mais l'autre n'a pas l'air de déguster la plaisanterie. Il est vert poireau et sa pomme d'Adam pointe, menaçante, dans son gosier.

— Mignon, qui c'est qu'a gagné le Tour de France en 1961 ?

— Anquetil, m'sieur !

— Dix sur dix !

L'inspecteur a la bouille en forme de papier hygiénique utilisé.

Le Gros ne s'avise pas de la chose. Il est heureux, croyant tenir la situation bien en main !

— Frachon ! dit-il. 8 fois 3 ?

L'interpellé est un gros joufflu. Il se dresse mollement et demande sans enthousiasme :

— 8 fois 3, m'sieur ?

— Yes, sir, fait Béru.

Une légère anxiété tremble dans sa voix. Pendant ce temps, l'inspecteur s'est remis à noter fiévreusement des choses fielleuses sur son registre.

— J' sais pas, m'sieur, dit Frachon.

Béru donne un coup de poing sur la table. L'encrier se renverse et son contenu se répand sur la braguette de l'inspecteur.

— Frachon ! hurle Béru. Si t'aurais des pertes de mémoire, mon pote, faudrait sucer des allumettes, elles sont riches z'en phosphore... Bon, alors si t'es pas capable de me bonnir combien font 8 fois 3, dis-moi z'au moins combien que font 3 fois 8.

— 22, m'sieur ?

— Il était temps, se calme Bérurier, j'allais casser la cabane !

Il sourit lentement au docte visiteur.

— Vous mordez ma manière, m'sieur l'inspecteur ? commente l'Abruti. Quand je trouve pas à l'étalage, je demande à l'intérieur. C'est une question de pédé-gabegie, quoi. C'est pas à vous que je vais apprendre ça.

C'en est trop ! L'inspecteur se dresse, terrible à force de colère. Il pointe sur Bérurier un index acéré.

— Mais vous êtes ivre ! glapit le bonhomme, ce n'est pas possible autrement !

C'est une secousse pour mon collaborateur. Il réussit à pâlir malgré son fond de teint au beaujolpif.

— Vous disez, baron ? murmure-t-il. Le bruit de la mer empêche les poissons de dormir ?

— Je vais faire un rapport sur vous dont vous entendrez parler ! s'égosille l'inspecteur.

— Rapport mes fesses ! Non mais, qu'est-ce que c'est que ce tordu qui vous saute sur le poiluchard comme un morpion ? Ici j'sus le maître et y a pas plus d'inspecteur que de margarine dans la culotte d'un zouave ! Ivre, moi ! Dites, Toto, faudrait cavaler acheter un doub' décamètre pour mesurer vos paroles ! Sans blague !

Tout en parlant, il referme la serviette du petit homme, la lui fourre sous le bras, lui enfonce son bada jusqu'aux sourcils inclus et le pousse vers la sortie.

— C't' espèce de petite chose insignifiante qui me stoppe en pleine belote ! Je suis là qui m'esquinte à interroger mes mouflets pour lui donner la sérénade et tout ce qu'il trouve à me dire, c'est que je suis z'ivre ! Vous voulez que je vous dise tout, pépère ! Eh ben, juste z'au moment où que vous êtes rentré, vous savez ce que j'avais dans les mains ? Dites, vous le savez ? Non ? Eh bien ! je vais vous le dire : un carré de valets, ni plus ni moins, vous m'entendez ? Les quatre larbins au complet !

» Et moi, bonne truffe, je les remets au chômage pour faire des sales-mecs à monsieur ! Décampez que je vous revoie plus !

Je quitte mon poste d'observation pour me ruer à la fenêtre. J'avise m'sieur l'inspecteur qui court en gesticulant jusqu'à sa Dauphine. Il y monte, mais à l'arrière, car il a toujours le bitos au ras du nez. Il en redescend, prend sa place au volant et démarre.

Je peux me tromper, mais ça m'étonnerait que le dénommé Albert Pensome fasse une belle carrière dans l'enseignement.

CHAPITRE III

— C'est malin, dis-je au Gros. Tu as tout fichu par terre !

— J'allais tout de même pas me laisser insulter par ce croquant ! plaide le Monstrueux. Moi je suis la bonne crème, tu l'ignores pas ; mais quand on me manque, je manque pas !

Comme l'heure de la récré carillonne, les mômes, ravis par le spectacle de qualité qui leur a été gracieusement offert, se répandent dans la cour en hurlant.

— Ça fait plusieurs jours que nous mijotons ici et nous ne sommes pas plus avancés, soupiré-je.

— Faut pas se décourager, émet Béru, qui a pris goût à l'enseignement malgré ses démêlés avec l'Académie.

— Admets qu'il y a de quoi. Pas le moindre indice... Les battues n'ont rien donné, on ignore si les deux élèves disparus sont morts ou vivants. On ne comprend pas non plus pourquoi ton « prédécesseur » s'est fait égorger...

Tout en parlant, je regarde le coin de la cour où fut découvert le cadavre du maître. Il se situe entre les cabinets et la rangée de platanes chargés d'approvisionner la cour en ombre pendant les journées caniculaires.

C'est la môme Rosette qui l'a aperçu au petit matin en allant chercher son lait à la ferme voisine. D'après le légiste, l'instituteur avait eu la gorge sectionnée proprement, au moyen d'un rasoir à manche, au moment où il allait aux gogues. Il était en pyjama et on estimait que la mort remontait à la veille, sur les environs de dix heures. Pendant le crime, la petite institutrice se trouvait au cinéma car c'était un samedi et il y avait un ciné ambulant dans la salle des banquets du café de la Mairie. On y jouait « les Mutilés du bout de mie », film sur la marine à voile. En rentrant chez elle, à minuit, elle n'avait pas vu le cadavre. Tout semblait infiniment normal, elle s'était glissée dans les toiles sans se douter un seul instant que son collègue...

— A quoi que tu penses ? demande le Gros. On dirait que t'as la cervelle qui prend le jour.

— J'ai bien observé les mômes ces jours-ci, ils m'ont l'air vachement décontractés.

— Ils le sont, affirme Béru. De bons petits gars. Un peu arnaqueurs sur les bords quand on joue à la belote. Je vois t'à l'heure, par exemple, avant que la vieille frappe rapplique :

Cugnazet essayait de me posséder avec ses trèfles, mais ceci mis à part...

» Eh ben ! qu'est-ce que tu fabriques ?

— Je procède à une petite perquise, dis-je. On n'a pas encore eu l'idée de fouiller dans leurs cartiches.

— Tu crois qu'ils font la contrebande du perlot ?

— Je crois rien du tout, je m'informe...

Tout à fait entre nous et la colonne Vendôme j'éprouve une certaine gêne à fourrer mes grosses pattes dans les affaires de ces garnements. J'ai effectué de nombreuses perquisitions au cours de ma brillante carrière, et toutes n'étaient pas tellement légales, mais c'est la première fois que je me lance dans ce genre d'exploration. Enfin, c'est dans l'intérêt de ces mouflets !

Je passe cinq cartables en revue sans rien trouver que du matériel scolaire, des sifflets, des bouts de ficelle, des opuscules illustrés ou des poignards en bois. Soudain, je tombe sur une gravure découpée dans un canard polisson. L'image représente une dame opulente, complètement à poil. Elle était dissimulée sous la couverture d'un livre de grammaire. Je m'assure de l'identité dudit élève : il s'agit du dénommé Barbarin. Je montre ma trouvaille au Gros. Il rêvasse devant l'académie de la dame.

— On dirait Berthe quand elle était jeune, assure-t-il. Sauf que ma bourgeoise avait des jambons plus conséquents.

Je replace la photo dans sa cachette et je poursuis mes recherches. Elles se révèlent infructueuses pendant dix cartables, mais dans le onzième et dernier, je déniche une autre photographie dont le moins qu'on puisse dire est qu'elle est suggestive.

Celle-là, faites-moi confiance et essuyez-vous les pieds avant d'entrer, n'a pas été publiée dans une revue ! Elle représente un monsieur et une dame dans la plus stricte intimité. La dame occupe une position clé et, à première vue, on pourrait croire que le monsieur est un gardien de la paix occupé à réglementer la circulation. A deuxième vue on se demande si son papa n'a pas été centaure lors de son service militaire ; et à troisième vue enfin, on se rend compte que, tout bonnement, l'ami de la dame possède tout ce qu'il faut pour rire et s'amuser en société et pour pêcher au lancer lourd. Où diantre le garnement a-t-il pu piquer cette pornographie ? Il a cravaté le cliché dans le tiroir de son papa ou quoi ?

Le Gros en est rubescent. Montrant l'anatomie du monsieur, il décrète :

— Dis voir, San-A., pour de l'occasion révisée, ça vaut du neuf, non ? Tu parles d'un seigneur ! Il a du répondant ! Bon pour le service armé ! On croirait pas, à voir sa frite de minable ! Et pourtant c'est pas de l'ersatz ! Je voudrais pas être à la place de la dame...

Je suis obligé de lui retirer l'image des doigts car il salive dessus comme un boxer sur un gigot à l'ail. Je m'avise alors d'un petit détail : l'élève a écrit courageusement son nom à travers l'image au moyen d'une épingle. On lit Louis, rédigé en petits trous. Je remets l'indécente photo sous sa couverture. Ces gentlemen n'ont pas l'imagination surmultipliée.

Comme je rabats les bords du papier bleu recouvrant le bouquin, je lis le blaze du môme sur l'étiquette. Léon Tardy ! Ça me fait sursauter. La photo a appartenu à quelqu'un qui se prénommait Louis.

Je sors mon larfouillet. J'ai sur une fiche à deux volets la photo et les coordonnées des deux élèves disparus. Le premier s'appelle Jean Charron, le second Louis Dubois. Louis, vous m'entendez ! Intéressant, non ? En tout cas, il faut voir... Je fais part de ma découverte au Gros. Il est sceptique.

— Même en admettant que ça soye ce Louis Dubois qu'ait refilé le tableau champêtre à Léon, qu'est-ce que ça prouve ? Les chiards, je les vois faire : ils sont toujours à s'échanger des trucs contre des machins. C'est une manie !

Il rêvasse.

— J' sais pas ce qui me retient de lui confisquer ce portrait de famille, murmure-t-il hypocritement.

— Tu vas pouvoir ! décidé-je. Arrange-toi pour le découvrir devant lui. Tu feras un vrai chabanais et tu le fileras dehors en lui annonçant qu'après la classe tu l'emmèneras chez lui par les oreilles pour s'expliquer avec son vieux, vu ?

Il branle le chef.

— D'ac. Surtout qu'il mérite une correction. J' sais bien que de nos jours la jeunesse est évoluée, mais tout de même !

Je le quitte pour aller reprendre mon poste d'observation au premier. En passant devant la classe de Rosette, je virgule à cette dernière mon œil de velours style « si tu me veux tu m'as ». Et puis je me gondole en songeant à la tête qu'elle ferait si on lui montrait la photo de Tardy Léon.

***

Le Gravos frappe son burlingue du poing pour ramener l'ordre.

— Les gars, décrète-t-il, j'ai remarqué que vos bouquins avaient pas la tenue grand standing. Oubliez pas qu'il faut y faire gaffe. L'État vous les cloque à l'œil, mais c'est pas une raison pour en faire des paillassons !

Mine de rien, il s'avance, tout en moralisant, vers le pupitre de Tardy.

— Tenez, fait-il en saisissant le bouquin à tiroir secret, voilà comment que je veux que vos livres soyent recouverts. V'là qu'est propre et je crois que je vais y coller un 15 au Léon pour le récompenser.

Il manipule le livre tandis que les joues de l'intéressé s'empourprent.

— C'est du travail sérieux, continue le Gros avec un bagou et des gestes de démonstrateur d'appareils ménagers. Les pliures sont impecs, je vois pas de tache...

Il ôte la couverture.

— Brèfle, on sent que ce petit homme y a mis tout son cœur. Pas vrai, Léon ?

— Oui, m'sieur.

Il dérouille une mandale pour adulte, le Léon. De quoi lui faire éternuer ses dernières dents de lait s'il en a encore dans sa boîte à dominos. Béru brandit la photo, féroce.

— Qu'est-ce que je dégauchis ! hurle la grosse pomme en se rinçant les gobilles.

Toute la classe doit être au courant de cette photo, car c'est l'effervescence brusquement. Les marmots se poussent du coude, se clignent de l'œil, pouffent, piffent, piaffent. Probable qu'il organisait des matinées artistiques avec son court métrage, Léon Tardy !

Pour l'instant, il ne pense pas à l'adresser au festival de Bouffémont. Il chiale parce que la tarte de son instituteur était plutôt sèche dans son genre.

— Tu vas me faire croire que c'est le cliché de mariage de tes vieux, des fois ! s'époumone le Gravos. C'est pour le coup qu'il aurait un sacré physique de théâtre, ton diable ! On va aller le trouver après la classe, espère un peu ! Et si t'as jamais

dégusté une infusion de rame de châtaignier, ça pourrait venir !
Pour commencer, file dehors, eh, refoulé !

Le môme quitte la classe, désespéré.

Béru regagne sa chaire et dépose la photo contre la boîte à craie.

Il se met à la contempler rêveusement, hochant la tête d'un air inquiet.

*
**

Le môme est immobile au pied d'un arbre. Les larmes
sèchent sur ses joues fraîches. C'est un petit brunet au regard
dégourdi. Je m'approche de lui.

— Qu'est-ce qui t'arrive, Léon ?
— C'est le maître ! fait-il.
— Qu'est-ce qu'il t'a fait ?
— Il a trouvé une vilaine photo et il veut le dire à mon père...
— Ça va chauffer, chez toi ?
— Oh ! oui...
— Où l'as-tu trouvée, cette photo ?

Il se renfrogne.

— D'abord elle est pas à moi. C'est Loulou Dubois qui me
l'avait prêtée pour je la montre à ma grande sœur.
— Quand t'a-t-il prêté cette belle image ?
— La veille du jour où qu'il a disparu.

Je regarde le môme.

— Ton vieux va te caresser les côtelettes au manche de
pioche, non ?
— Pour sûr, m'sieur. La dernière fois, c'est quand j'ai cassé
un brancard du tombereau : j'ai pas pu venir en classe de trois
jours.
— Où Dubois avait-il eu la photo ?

Silence du lardon.

— Tu ne veux pas me le dire ?

Il secoue négativement la tête.

— C'est impossible, m'sieur.
— Ah oui ?
— J'ai craché, m'sieur.
— Comment ça, tu as craché ?
— Le serment, quoi. Loulou Dubois m'a fait jurer que je
répéterais pas. Je peux pas...

J'opine.

— Je comprends ta position, fiston ; elle ne manque pas de grandeur, mais Loulou n'est plus là, hélas ! Donc ton serment ne signifie rien désormais.

Et j'ajoute, perfide :

— Si tu me le dis, je demanderai à ton maître d'écraser le coup et de ne rien dire à ton daron.

Il relève sa figure : elle est sale et pleine d'espoir.

— C'est vrai, m'sieur ?

J'étends la main et je crache.

— Parole !

Alors son petit museau s'anime. Il prend une expression de vieille commère.

— Il l'avait volée, m'sieur.

— Sans blague ?

— Parole !

— A qui ?

— A Mme Soubise.

— Qui est cette honorable personne ?

— Ben... la chanteuse !

Ça lui paraît tellement évident et il semble porter un tel respect à la dame en question que je n'insiste pas.

— Où habite-t-elle, Mme Soubise ?

— La maison qu'a du lierre, à la sortie du pays. C'est sa maison de véquende, quoi, parce qu'autrement elle demeure à Lyon.

— Et comment a-t-il fait pour lui voler la photo ?

— Il faisait des commissions à Mme Soubise. C'est une fois, pendant qu'elle lui préparait la liste : Loulou a ouvert un tiroir ; paraît qu'y en avait plein, des photos comme celle-là. Loulou en a fauché une pour faire rigoler les copains.

Je lui donne une bourrade.

— Vous avez l'air d'être drôlement dessalés dans cette école. Bon, je tiendrai mes engagements, Léon. C'est promis.

CHAPITRE IV

Une ferme transformée ! La pierre est vieille et le lierre luxuriant. Une vaste prairie cerne la maison. On accède à l'habitation par une allée garnie de gravillon de carrière ocre. Depuis la route je tapisse les lieux. Il y a trois chignoles parquées sur la terrasse. Et c'est pas de la tire de congés payés ! Une Cadillac crème décapotable, une Alfa-Romeo et une Mercedes 230 SL. La moindre des choses. Je perçois de la musique, des rires, un ronron de conversation ponctué parfois de cris quasi hystéros. Malgré la prodigieuse imagination que vous me connaissez, je cherche un prétexte valable pour m'annoncer dans la taule. Ça me paraît un brin coton. Mais rien n'arrête le pèlerin lorsqu'il a blase San-Antonio.

Courageusement, je pousse la barrière blanche et je m'annonce vers le living où semble régner un vent de folie. Par les larges portes-fenêtres béantes, j'aperçois une faune assez clitoresque. Il y a là sept personnes : quatre frangines et trois matous. Trois des quatre souris sont jeunes, soûles et décolletées, la quatrième est vachement vioque et fardée à la truelle. Ça fait au moins cinquante ans qu'elle a remplacé son maquilleur par un maçon. Les trois hommes réussissent l'exploit délicat d'être aussi antipathiques les uns que les autres. On devrait désigner la plus sale bouille qu'il faudrait au moins quatorze tours de scrutin pour y parvenir. Il y a là un jeunet à face de belette, un gros adipeux, façon importé d'Orient à la peau comme de la peau de grenouille ; et un troisième avec plus de carat, cheveux presque blancs, teint rose, œil vicelard.

Au moment où je me pointe, tout ce populo est mélangé de surprenante façon. Les trois messieurs sont vautrés sur un divan grand comme l'esplanade des Invalides, et les trois jeunes bergères se trouvent en travers de leurs jambes, les jupes retroussées beaucoup plus haut qu'à la cour d'Angleterre. La vioque se tient assise en face d'eux et paraît se délecter au spectacle de ces couples empilés. Tout le monde me paraît soit chlass, soit en passe de le devenir rapidement.

Mon arrivée provoque le silence. Y a que le tourne-disque qui continue à moudre du Johnny Hallyday comme s'il ne m'avait pas vu.

Je me force un peu et je virgule à la ronde un sourire qui ensorcellerait un essaim de frelons.

— Mande pardon, m'sieur dames, susurré-je de ma voix à inflexions reconverties, pourrais-je parler à Mme Soubise ?

L'une des trois pétasses décolletées jusqu'au nombril lève le bras, ce qui m'offre une découverte imprenable sur une aisselle marquée de roux comme les grands bœufs de Pierre Dupont.

— C'est moi, ponctue-t-elle niaisement.

Les autres nanas gloussent. Les bonshommes se fendent le pébroque. J'ai la nette, la très nette impression que ces foies blancs me prennent pour un lavedu.

— De quoi s'agit-il ? poursuit la rouquine.

— Je venais vous proposer un gala, madame Soubise, dis-je. Je m'occupe du comité des fêtes de la Ville de Paris et nous aimerions avoir un récital de vous pour le mois prochain.

— Cela dépend de vos conditions, fait mon interlocutrice. Je suis très chère, vous savez !

Mais la vioque peinturlurée se met à bramer d'une voix plus acide qu'un jus de citron nature :

— Ça suffit comme ça, Lola !

Puis se tournant vers moi :

— Je suis Léocadie Soubise.

Je ravale ma surprise. Elle est centenaire, la vedette ! Les autres doivent vivre plus ou moins aux crochetons de la douairière car ils ne se marrent plus.

— Je feignais de couper dans ce que cette personne estime être une plaisanterie, fais-je en désignant la rouquine. Je pense, chère madame, que vous voudrez bien m'accorder un entretien particulier afin que nous discutions... sérieusement.

J'appuie très fort sur le sérieusement, au point que je l'entends craquer aux jointures. Mais il ne casse pas.

— Allons dans mon boudoir, décide la divavioqua. Votre bras, cher monsieur... Heu ?... Comment avez-vous dit ?

— Antoine, me présenté-je, je ne l'avais pas encore dit d'ailleurs !

A petits pas — car la vieille est drôlement constipée des cannes — nous gagnons la pièce voisine. C'est une sorte de mausolée plutôt qu'un boudoir. Il y flotte une lumière vénéneuse, tamisée par d'épais rideaux. Les murs sont entièrement recouverts de photos dédicacées. Réjane ! Sarah Bernhardt ! Mayol ! Dranem ! Le maréchal Sprountzbul ! Le président

Glotmutche ! Etc. Une bergère véritablement Louis XV accueille nos derrières.

— Excusez-les, fait Mme Soubise en désignant le living d'un
hochement de menton, ils sont jeunes et aiment la plaisanterie.

— Je ne la déteste pas non plus à condition qu'elle soit
bonne, assuré-je.

La bonne dame hoche la tête.

— Votre histoire de gala, c'est sérieux ?

— Très sérieux, fais-je... sérieusement.

— Il y a douze ans que j'ai abandonné le chant, objecte-
t-elle.

M'est avis que le chant, par contre, l'a abandonnée depuis
beaucoup plus longtemps.

— C'est pourquoi il serait bon de vous remanifester, dis-je
avec autorité.

Elle hoche la tête.

— Très franchement, dit-elle, je suis certaine que je n'ai rien
perdu de mes qualités vocales.

— J'en suis également certain !

— Vous n'ignorez pas que je me suis toujours taillé un
triomphe avec « Madame Butterfly ».

— Je ne l'ignore pas.

— D'ailleurs, j'ai un faible pour Puccini.

Le faible en question, ça doit être sa voix, à la pauvre chérie.
Jamais vu encore une vieille tarte pareille. En voilà une qui a
dû mener une vie pas racontable. Et qui continue.

Je vous parie ce que vous savez contre ce que je ne vous dis
pas qu'elle continue à organiser des parties de jambons chez
elle. Maintenant elle est spectatrice. La retraite, quoi, à tous les
étages. Une drôle de bonne femme ! Je me demande si elle a
plus ou moins de cent dix ans.

— Combien m'offrez-vous ? s'inquiète-elle.

Et grippe-oseille avec ça !

— Quatre cent mille francs ! risqué-je.

Elle fait la moue.

— Vous vous moquez de moi !

— Tous vos frais payés, bien entendu, m'empressé-je.

— Je ne me déplacerai pas à moins d'un million !

Non, mais vous vous rendez compte d'une petite gourmande ! C'est à l'état de fossile, ça n'a pas plus de voix qu'une
carpe enrhumée, ça a fait une carrière inconnue en province et

ça veut palper les cachetons de supervedettes ! Si je m'écoutais, je lui répondrais que Pont-aux-Dames est bourré de personnes de son âge qui accepteraient de se déplacer pour trois francs ; mais c'est elle qui m'écoute. Et comme de toute manière je lui dévide des bobards, je ne risque rien à doubler son « cachet ».

— Je n'irai pas au-dessus de huit cent mille, déclarai-je, catégorique.

— Eh bien ! d'accord, fait mon hôtesse. Qui avez-vous au programme ?

— Frank Sinatra !

— Connais pas.

— En fin de première partie seulement.

— Ah bon !

— Je vais câbler à Paris pour qu'on prépare le contrat. Je pense l'avoir d'ici deux à trois jours...

Je me lève.

— Vous avez une maison bien agréable, madame Soubise.

— J'y passe tous mes week-ends. Le reste du temps, j'habite Lyon.

Un brusque frémissement me parcourt. Imaginez-vous que cette vieille momie vient de poser négligemment sa main sur mon genou. Moi, j'aime bien qu'une dame ait de ces initiatives, mais pas quand elle a doublé le cap des quatre-vingts ans.

Plutôt funèbre comme caresse. Ma parole, mais cette vieille gloire décharnée se fait encore expédier au septième ciel en attendant de toucher son ticket de croisière pour le vrai, l'unique et définitif ! La pensée que des gars puissent lui livrer de l'extase à domicile me donne une nausée carabinée.

— C'est vous qui avez eu cette idée de m'engager ? roucoule-t-elle.

— C'est moi, madame !

— On ne m'a donc pas oubliée, là-haut ?

Je pense qu'elle fait allusion à Paris. Je ne sais si on l'a oubliée définitivement à Paname, en tout cas, au paradis, le gars qui fait l'appel a dû paumer son blaze.

— La preuve, madame Soubise.

— Vous pouvez m'appeler Léo, dit-elle, tous mes amis m'appellent ainsi. Savez-vous que j'ai chanté à Paris, au Châtelet ?...

— Je le sais.

M'man ne devait pas encore être née.

— Allons rejoindre les autres. Vous regagnez Lyon ?

— Heu, ma voiture est tombée en panne dans le village voisin et...

— Alors, vous allez loger ici !

J'hésite. L'occase est formide. Évidemment rien n'indique que cette very old lady ait trempé de près ou de loin dans l'affaire qui m'intéresse, et pourtant... Vous le connaissez votre San-A, hein, mes chéries ? Vous savez comme il aime fouinasser. Son renifleur est exceptionnel. Or, depuis que j'ai mis les nougats dans cette crèche, je sens quelque chose de bizarre en suspens dans l'air.

— Je ne voudrais pas abuser, madame !

Elle me donne une petite tape sur la cuisse.

— Léo ! me reprend-elle.

— Je ne voudrais pas abuser, Léo, vous avez du monde et...

— Plus on est de petits fous, plus on rit ! assure-t-elle. Après tout j'en ai vu d'autres !

— En ce cas...

— Quel est votre prénom ?

— Antoine.

— Je croyais que c'était votre nom ?

— Je m'appelle Antoine Antoine.

— Comme c'est original. On va aller raconter tout ça à ces garnements.

Retour au living où ces messieurs-dames palabrent ferme. Léo fait les présentations. Il résulte de celles-ci que le jeunet à face de belette est le partenaire de la fille blonde qui se prénomme Violette tandis que lui s'appelle Jérôme. L'un et l'autre sont danseurs mondains à Lyon. Le gros adipeux a pour blaze : Ambistrouyan, il est arménien et marié à Berthy, la brune idiote qui réussit à avoir une jambe entre celles de Jérôme et une autre entre celles de *mister* Léopold, le dabe aux crins blancs. Ambistrouyan tient un bar de nuit à Lyon ; M. Léopold s'occupe d'import-export tout en protégeant Lola, la rouquine qui essayait de se payer ma fiole ! Ces bonnes gens m'accueillent civilement maintenant qu'ils me prennent pour un authentique imprésario. La vieille demande à Jérôme de se mettre au piano car, sans plus attendre, elle veut me cloquer le grand air de la mère Butterfly.

Le danseur se met au piano pour faire des pointes avec ses

doigts. Il prélude. La daronne se racle le gargoulet et, un coude sur la queue du piano, se met à vociférer !

Ah ! les gars faut avoir les trompes d'Eustache bien arrimées et se faire étayer les tympans. Avec une voix commak, la mer calmée va sûrement virer sa cuti et d'ici pas bien longtemps ça va être le typhon signé Paramount !

Je ne sais pas si vous avez déjà entendu un ciseau à froid mordre dans du marbre, un tramway prendre un virage dans une descente, un couteau ébréché trancher une pomme verte et un évier bouché se dégager brusquement ? J'ignore aussi si vous avez entendu le bruit que fait une scie à métaux attaquant une ferrure rouillée, et s'il vous est arrivé de voir un chat dont on a coincé la queue dans une portière de voiture. En tout cas, il vous est arrivé, à tous, de faire un viron près d'une clinique d'accouchement, d'écrire avec de la craie trop dure sur une ardoise mouillée, de fermer un volet dont les gonds n'avaient jamais été huilés, d'entendre se plaindre une chèvre enfermée, de marcher dans de la boue avec des bottes trop grandes, d'avaler de la soupe trop chaude, de rouler sur une bicyclette dont le pédalier se déglinguait, de monter des œufs en neige et d'actionner un moulin à café électrique ? La voix de Léocadie Soubise, c'est tout ça à la fois, plus certaines inflexions qu'on ne peut comparer à rien. Les autres se retiennent de rigoler. Moi, je me cramponne aux accoudoirs de mon fauteuil pour m'empêcher de décamper.

Dans sa tombe, Puccini doit faire du ramdam sur l'air des lampions, bien que celui-ci ne soit pas de lui. Je regrette de n'avoir pas un tampon de chloroforme sous la main. Et puis je regrette de ne pas être sourdingue. Ça serait bath de fermer le robinet de son sonotone en ce moment ! Et y a pas que le son : faut voir ses mines, à Léo ! Paupières baissées, une main sur le cœur, les lèvres comme un cul de poule qui articulerait bien les syllabes !

Elle finit enfin ; mains jointes, visage dévasté par le recueillement.

Ses aminches applaudissent et ça me donne l'idée d'en faire autant.

— Alors, votre opinion ? me roucoule la dame de l'ère secondaire.

— Divin, fais-je, catégorique.

— Quand je vous disais que ma voix était restée la même !

— Il faudra profiter de votre séjour à Paris pour enregistrer des disques, assuré-je.

— Vous croyez ? s'humecte-t-elle.

Je me dis que ça pourrait rendre de grands services dans les cas d'opération sans anesthésique. De plus, ça doit pouvoir remplacer l'électrochoc !

Elle parle de nous virguler « la Tosca », mais le père Léopold s'oppose et du coup me devient presque sympa.

— Pas d'excès, Léo, fait-il sérieusement, songez que notre bon Jérôme n'est qu'un pianiste d'occasion, soit dit sans vouloir l'offenser. Vous devez engager un accompagnateur de première classe, sinon vous risqueriez de...

Elle dit banco et supplie le suifeux de servir à boire. Champagne pour tout le monde. Et du Dom Pérignon, s'il vous plaît.

Tout en éclusant, je pense que Béru va se demander ce qui m'est advenu, et je songe en outre à mon rencart avec Rosette. J'aime pas poser de lapinos à une gentille souris, surtout lorsqu'elle a des taches de rousseur et son brevet supérieur.

Je mate ma pendule individuelle.

— J'ai juste le temps d'aller au bureau de poste pour mon courrier ! dis-je.

— Gaston, mon valet de chambre, peut y aller ? propose la vioque.

— Je vous remercie, mais je dois également m'occuper de mes bagages.

— Un de ces messieurs va vous accompagner !

— Pas la peine, j'adore le footing. A tout à l'heure...

Comme je disparais par la porte-fenêtre, j'entends Léo qui proclame à la ronde :

— N'est-il pas exquis ?

Voilà que je remplace l'Eleska, à c't' heure !

CHAPITRE V

— Tu déménages, Toto, ou si c'est que tu changes de rue ?

— Je vais dans le grand monde, rétorqué-je, j'ai toujours été fasciné par l'art lyrique et une célèbre cantatrice m'héberge.

— Quoi t'est-ce ?

Je bonnis au Gravos l'histoire de ma visite chez Léocadie Soubise. Il hausse les épaules.

— Faudrait quand même pas te monter le bourrichon. San-A. ! Parce qu'un polisson a chipé une photo porno chez une vieille toquée, t'es prêt z'à conclure qu'elle l'a équestré.

Je rabats le couvercle de ma valoche et je fais claquer les fermoirs.

— Je ne conclus rien, Gros. Seulement nous nageons tous dans une bouteille d'encre. Un indice menu, menu, se présente je le cramponne. Garde tes sarcasmes pour l'inspecteur !

— Ah ! çui-là, parle-moi-z'en pas, je le retiens !

— C'est lui qui ne te retiendra pas longtemps. Porte ma valise au bistrot de la place. Je t'y rejoindrai dans une petite heure.

— Qu'est-ce que tu vas faire en attendant ?

— Repasser mon subjonctif.

— Le fer électrique est dans le placard de la cuisine, me dit-il en sortant.

En pénétrant dans la salle de classe où l'ombre du soir s'insinue doucement, je note que ma petite institutrice a ôté sa blouse bleue et qu'elle porte un ravissant chemisier garni de dentelles et une jupe de girl-scout bleu marine.

Elle s'est collé deux petits traits de rouge sur les labiales et elle a posé sa houpette sur ses joues.

Je fonce jusqu'à son burlingue. Elle s'efforce de prendre l'air d'une demoiselle sérieuse et y parvient assez bien.

— J'ai attendu cet instant heure par heure, seconde par seconde, lui chuchoté-je.

Ça y est ! V'là Rosette qui rosit comme un bouquet de roses pompons, ou comme une crevette bouquet, au choix (je vends ces métaphores au même prix en prévenant loyalement mon aimable clientèle qu'elles ne seront ni reprises ni échangées).

— Par quoi voudriez-vous commencer ? balbutie-t-elle.

O l'ingénue ! Ça vous retape un blasé, des questions pareilles ! Un vrai bain de pureté, les gnaces, pour un garçon qui s'allonge des nanas pas croyables à longueur d'années et de plumards.

— Je me ferais bien une petite révision des verbes du premier groupe, lui dis-je en m'asseyant sur son coin de table.

— Vous... vous croyez ? hoquette Rosette.

Sa poitrine nubile se soulève à un rythme accéléré.

— Pourquoi pas ?

— Ils sont tellement faciles que... vous devez les connaître...

— Pas tellement. Tenez, j'ai jamais su conjuguer le verbe aimer, c'est bête, non ?

Je pose une main hasardeuse sur son épaule. Ça frissonne méchant sous mes doigts.

— Je t'aime, murmuré-je.

Je ne sais pas si c'est bon pour le chef opérateur, en tout cas pour l'ingénieur du son ça doit être impec. Un velouté ! Un vibrato ! Dans les graves j'suis imbattable ! Et si vous aviez dans les coquards le regard que je braque sur elle à cet instant, mes choutes, vous partiriez à la renverse sur votre sofa ! Mes lampions ne sont pas en code, je vous le garantis ! Ils feraient fondre la calotte glaciaire du pôle.

— C'est après que je me rappelle plus, je chuchote dans l'ombre complice.

Elle essaie de reprendre ses esprits, mais y a de l'encombrement sur sa ligne privée : ses voies respiratoires ne sont pas à la hauteur. Elle manque d'oxygène. Je la prends en pitié et je lui refile du mien. Je suis le genre d'homme qui sait puiser sur ses réserves dans les cas urgents.

Elle a droit à une ration de cinquante centimètres cubes de mon mélange personnel (oxygène, azote) ce qui la ranime instantanément.

— Non, laissez-moi, gémit-elle.

Justement : elle le gémit trop pour que j'obéisse. Je la prends dans mes bras, et c'est la célèbre valse des Patineurs, interprétée en solo d'abord par le maestro San-Antonio du conservatoire de Bourg-la-Reine (classe de Fifre à moustache et second premier Grand Prix de Clarinette baveuse), lequel est bientôt accompagné à la langue fureteuse par la gente Rosette. Elle est inexpérimentée mais douée. C'est de la mignonne qui ne demande qu'à s'instruire. Je suis certain que si elle avait poussé ses études, elle aurait pu faire une belle carrière dans les langues vivantes.

La voilà qui s'agrippe à moi comme Agrippine à son oncle

Claude. Je lui fais un massage de roberts d'une suprême délicatesse, style « Tout pour la jeune fille ». Elle roucoule.

La conjugaison sollicitée au départ s'opère toute seule. On se cogne le présent de l'infinitif, puis on passe au futur sans changer de vitesse et en laissant le passé pour l'avenir[1].

Ineffable moment ! Je ferais des folies pour une gamine pareille. On se sert une nouvelle infusion de muqueuses lorsqu'il se produit un choc sourd. Nous nous désunissons et nous regardons le plancher.

— Un gamin a dû nous voir, s'épouvante ma conquête, il vient de nous lancer une pierre.

— Qelle pierre ?

— Là, voyez...

Je regarde, et j'ai illico le Rasurel qui s'humecte. La pierre en question n'est autre qu'une grenade. La promptitude de San-Antonio est proverbiale. A peine ai-je pigé que déjà j'attrape la patate. Ma vie se joue sur de fabuleuses fractions de seconde. Je lance la grenade par la même croisée. A peine est-elle hors de la classe qu'elle explose. Ça produit un sacré badaboum. Les vitres de la croisée font des petits. Rosette hurle comme une folle. Je la cramponne et la presse contre moi.

— Calmez-vous, chérie, nous sommes indemnes.

Elle est verte, mais d'un très beau vert. Je la berce un moment jusqu'à ce que je sente s'atténuer les battements fous de son pauvre petit cœur.

— Un attentat ! C'était un attentat ! bredouille ma douce pucelle.

— Mais non, il s'agissait d'une blague, la calmé-je.

Et j'ajoute, convaincant :

— Ce n'était qu'une misérable grenade d'exercice. Ça fait du bruit, seulement du bruit.

Là-dessus je la moule pour sauter à l'extérieur. La fenêtre en question ne donne pas sur la cour, mais sur une prairie dont les herbes sont assez hautes. Des troncs d'arbre sont criblés d'éclats, de même que la façade du groupe scolaire. Je me mets à suivre des traces d'herbe foulée. Celles-ci vont en direction d'un vieux lavoir banal situé à cinquante mètres de là. J'arrive au bâtiment démantelé mais je ne vois personne. J'ai dans la tronche que le type qui nous a offert ce petit cadeau d'anniver-

---

1. Ça paraît abscons, mais faites le pointage et vous verrez que ça tient !

saire avait assuré ses arrières et qu'il est maintenant hors d'atteinte. Pour une sale blague, c'est une sale blague. Néanmoins je suis ravi car je préfère l'action à l'immobilisme. M'est avis, mes frères, que j'ai eu le nez creux en allant chez la mère Soubise. Mon arrivée a jeté la perturbation. Il y avait chez la vioque quelqu'un qui n'a pas été dupe et qui a pris les jetons. C'est très bon qu'un criminel perde la boussolle.

Je reviens, songeur, à l'école. Celle-ci est en retrait du village et l'explosion n'a attiré que trois personnes. Je leur dis que c'est moi qui ai fait exploser des pétards que des gosses avaient apportés en classe. Ça leur suffit et les curieux se taillent. La petite Rosette a les copeaux. Je la réconforte de mon mieux et je lui conseille d'aller se barricader chez elle et de n'ouvrir qu'à son collègue ou à moi-même. Mais elle hoquette de trouille. Alors, sous le sceau du secret je lui avoue qui je suis et ce que je fabrique à Grangognant-au-Mont-d'Or. Du coup, elle en est complètement revigorée.

— Vous comprenez, mon amour, je susurre, le type qui nous a lancé cette grenade a deviné qui j'étais et a voulu m'intimider...

— C'était une vraie grenade, n'est-ce pas ?

— Mais non !

— Si ! J'ai vu les éclats de pierre, dehors...

— Alors disons qu'il a voulu me tuer. En tout cas, il n'a rien contre vous. Évidemment, si cette grenade avait explosé dans la classe... Mais maintenant je suis prévenu et je vais ouvrir l'œil...

Extasiée, la gosse balbutie :

— Vous êtes commissaire...

Je lui cloque mon patin géant, celui qui a obtenu le prix spécial du jury au Festival de Cannes, histoire de lui prouver qu'un commissaire est aussi un homme.

Là-dessus, je vais retrouver mon bon Béru au café de la Mairie.

Accoudé au zinc, il palabre vilain, le Gravos. Il explique à un auditoire attentif ses méthodes pédagogiques. D'après ce que je comprends, la taulière lui a demandé pourquoi son petit garçon n'avait plus ni devoirs ni leçons et Sa Délicatesse s'en donne à cœur joyce.

— J'applique la méthode bulgare, affirme-t-il. Faut que

l'élève laisse se refroidir son bouilleur quand y rentre à la
casba. Autrement y risque le pire. Tenez, j'ai z'eu dans ma
classe un enfant prodigue qui a fini par se faire une hernie au
cerveau à force de potasser la grammaire. Et les hernies au
cerveau, j'sais pas si on vous l'a dit, mais c'est les plus traîtres,
vu qu'on ne peut pas porter de bandage à c't endroit...

L'auditoire approuve gravement. Le Gros vide son « pot »
de beaujolais[1] et enchaîne :

— Plus on en apprend plus on en sait, et je vais bien vous
étonner, mais c'est les ceuss qui se ménagent les méninges
qu'on trouve z'aux leviers de commande...

La bistrote, une grosse rougeaude avec des yeux comme de
la gelée de groseille et une paire de joues passées au minium,
demande :

— M'sieur l'instituteur, puisque je vous tiens, est-ce qu'on
doit dire des chacals ou des chacaux ?

Le Gros hausse les épaules.

— C'est marrant, le nombre des personnes qui me posent la
colle, fait-il avec une noblesse de manières qui en dit long
comme le lit du Général sur son savoir.

Puis, levant un index sentencieux :

— On dit toujours un chacal ! affirme-t-il.

— Mais quand y'en a plusieurs ? insiste la bistrote assoiffée
de science.

— Justement ! C'est là que vous l'avez dans le pétrousquin,
madame Lenfoiret, jubile l'instituteur (sorti en droite ligne
d'Anormale) y a jamais deux chacals à la fois. De ce fait le
pluriel on en a rien à foutre, comprenez-vous ? Le chacal est un
oiseau qui vit seul, voilà la verdure !

Le facteur, qui lichetrogne au fond du troquet, s'écrie :

— Le chacal, c'est pas un oiseau !

Bérurier se cloque les mains aux hanches et fonce sur le
malotru.

— Ah ! un chacal c'est pas un oiseau ! gronde-t-il.

— Non, monsieur, déclare l'homme des lettres.

— Quoi t'est-ce alors ? ironise le Mastar.

— C'est un mammifère ! annonce le postman avec force.

Béru fronce les sourcils. Les deux hommes sont nez à nez,
comme des coqs avant de se filer une rouste.

1. Dans la région lyonnaise, un pot est une bouteille de 46 cl.

— Vous jouez sur les mots, facteur ! décide mon vaillant camarade.

Et, prenant la salle à témoin :

— Car tout le monde sait bien que mammifère c'est le mot latin qui veut dire oiseau !

Un petit bonhomme avec une casquette enfoncée jusqu'au menton, hasarde par-dessous sa visière cassée :

— Moi, j'ai vu des chacals !

Silence général. Le Gros hoche la tête.

— Voilà enfin un monsieur qui va gratifier ce que j'ai dit, soupire-t-il. Je vous laisse la parole, monsieur.

La casquette annonce :

— Un chacal, c'est comme un petit chien.

Béru a un léger flottement.

— Et mon c..., fait-il d'une voix lasse, c'est comment ?

Puis, passant à la contre-attaque.

— Dites voir, gars, vous seriez t'y pas le père à Jean-Louis Cugnazet ? Je vous reconnais à la casquette.

— C'est mon fils, oui, répond l'homme qui a vu des chacals.

— Eh ben, je vais vous annoncer une bonne chose, dit Bérurier, il aura un zéro en calcul demain matin pour lui apprendre a avoir un père aussi ignace.

Les consommateurs éclatent de rire. Encouragé, Béru se penche sur le facteur détracteur.

— Quant à votre môme à vous, facteur, il se farcira trois fois le verbe « Je dois pas faire passer le maître pour une truffe quand y cause », compris ? Et si de tels incendies, je veux dire « incidents » devaient se reproduire, je me voirais dans la pénible obligeance de l'envoyer voir dans les gogues si j'y suis.

Je profite de la pause pour me manifester. Béru me rejoint près de l'entrée, encore rouge de courroux.

— Les pédezouilles, ça sera toujours les pédezouilles, me dit-il. Indécrottables, tous tant qu'ils sont !

— Entre nous, Gros, un chacal n'a jamais été un oiseau et ça ressemble en effet à un petit chien.

Béru rejette son bitos sur la malle arrière de son crâne.

— Je ne veux pas chicaner, dit-il, mais du moment que moi, le maître d'école, je prétendais le contraire, ils n'avaient pas le droit de me jeter un démentiel. Où qu'irait l'autorité si on se mettrait à approfondir par exemple ce que nous racontent nos supérieurs et nos dirigeants ? Hein ?

— C'est pas tellement bête ce que tu dis là, Bonhomme la Lune, admets-je avec sincérité. Mais nous philosopherons une autre fois.

Je lui narre l'incident de la grenade. Il est asphyxié.

— Tu crois que c'est un des douteux de chez la chanteuse qui t'a envoyé ses vœux ?

— Tu vois une autre explication, toi ?

— Non, reconnaît-il loyalement.

— Que cela te serve de leçon, Béru : lorsque San-A. obéit à son instinct, évite de lui adresser des sarcasmes.

Je le quitte en coltinant ma valise.

CHAPITRE VI

Il n'est jamais très marrant d'aller faire dodo dans la maison isolée de gens que l'on soupçonne d'avoir attenté à vos jours. Pourtant j'éprouve une certaine allégresse.

Après ces quelques jours vides, l'action me botte. Je me sens en pleine forme, et bien décidé à ne connaître ni seins ni fesses avant d'avoir vaincu.

Les copains de Léo sont beurrés comme des tartines dans un restaurant à trois étoiles. Les femelles surtout. La rouquine, décidément très futée, a posé sa robe. En jupon et soutien-gorge, elle danse sur un guéridon que les trois hommes tiennent arrimé, tandis que ses deux copines battent des mains.

Mon arrivée cause l'hystérie. Lola me tend les bras en trépignant.

— Arrive ici, Antoine !

Berthy, la brune, entonne d'une voix avinée, en relevant le coin de sa jupe :

> *J' m'appelle Antoine.*
> *Fleur de pivoine*
> *J'ai tout c' qu'y m' faut*
> *J' suis riche, j' suis beau*
> *Malgré mon air un peu ballot !*

Léo, qui était absente, entre, drapée dans un manteau de

brocart à côté duquel celui du sacre de Napo ressemblerait à un tablier à vaisselle. Elle a modifié son maquillage. Pour le soir le bleu domine. Elle en a tout autour des vasistas, sur les tempes et sur les ailes du pif. Son rouge à joue est orange, son rouge à lèvres violet, et ses sourcils marron décrivent un demi-cercle parfait malgré les rides. C'est plus une mémée, c'est l'enseigne d'un marchand de couleurs. Excepté le musée Grévin je ne vois pas où cette dame pourrait se montrer sans provoquer un attroupement.

— Vous êtes en beauté, chérie ! lui gazouille Jérôme le furet.

Léocadie Soubise roucoule :

— Je me suis pomponnée en l'honneur de mon imprésario chéri.

Et aussi sec la v'là qui me cramponne par un aileron et qui se suspend après comme un sac de farine après le crochet d'un élévator. Elle n'a pas fait que se repeindre, la siouse ! Elle s'est aussi parfumée. Pas avec un vaporisateur, mais avec un arrosoir. Elle a pris sa douche à l'extrait de bégonias, je m'explique pas autrement. J'ai l'impression de me noyer dans un fût de « Soir de Pantruche ». Une drôle d'ogresse. Sa main se coule dans le creux de la mienne. Je sens ses salsifis glacés qui s'insinuent entre mes doigts. Je voudrais lui bonnir qu'il y a maldonne. J'ai jamais fait de stage au rayon grandes vioques, moi ! Y'a des téméraires qui se farcissent facile des mémées, ça les regarde. J'admire leur capacité thoracique, et je suis prêt à leur voter l'allocation vieillesse anticipée. Mais bibi, ses prouesses il les accomplit en terrain homologué. C'est bête, mais c'est commak.

S'annonce (apostolique) un gars tellement bizarre qu'on pourrait le trouver étrange. Il mesure un mètre trente et se loque au rayon garçonnet dans les grands magasins bien qu'il soit âgé d'un bon demi-siècle. Son futal noir et sa veste blanche me renseignent : il s'agit du maître d'hôtel.

— Madame est servie ! qu'il piaille, le chétif.

Il a une tête de tortue, un cou de tortue et un peigne d'écaille dans sa poche revolver. Ce zig, quand il voyage, il doit se mettre dans sa valise et la fermer à clé pour ne pas se perdre.

— Allons faire la dînette ! déclare Léo.

Rush au baba, mes frères. C'est à cet instant que j'avise quelque chose d'intéressant sur le futal d'Ambistrouyan. Il s'agit de deux petites boules de chardon, crochues, qui s'agrippent aux fringues comme des morpions au système pileux d'un clodo. Elles sont fixées au revers de son pantalon. Je stoppe le gars et j'arrache les deux boulettes.

— Voilà ce que c'est que d'aller batifoler dans les prés ! lui lance Lola.

Un peu rêveur, qu'il est, le San-Antonio. Je revois le champ derrière l'école. Il y avait plein de chardons dans les hautes herbes. Ambistrouyan se contente de sourire.

— Vous aimez la nature, si je comprends bien, lui virgulé-je, mine de rien.

Il hausse les épaules, mais Berthy, sa souris, ricane :

— Je parie qu'il avait rendez-vous avec une fille de ferme, tout à l'heure, ce gros porc ! Les amours ancillaires, c'est son vice.

Ambistrouyan ne se frappe pas. La conversation qui était déjà colonelle devient générale. Léopold, l'homme aux yeux de goret enrhumé, dit qu'il comprend son pote et que ses meilleurs souvenirs de plumard, c'est avec des servantes d'auberge qu'il se les est constitués. Jérôme renchérit à son tour et raconte la fois où il a calcé une receveuse d'autobus à minuit sur une ligne de banlieue. Il s'interrompait à toutes les stations pour tirer la sonnette. Et le plus marrant, conclut-il, c'est que le chauffeur n'était autre que le mari de la donzelle. On est en pleine confidence érotique. Je viens de toucher un drôle de lot, mes chéries. Je crois que si vous êtes chastes, vous feriez mieux d'aller échanger ce bouquin contre un de Mauriac parce que, de l'arrière-train où vont les choses, ça risque de devenir croustillant dans pas longtemps et peut-être avant !

Ces dames me pressent de questions pour savoir quelle a été mon aventure la plus plébéienne. Je leur réponds que c'est la fois où un laboureur est venu à la place de sa fille au rendez-vous que j'avais filé à cette dernière. « Il faisait une nuit d'encre, conclus-je, et quand je me suis aperçu de la supercherie, l'irréparable était déjà accompli. » Ils se gondolent comme des Vénitiens.

Ils sont ce qu'ils sont, mais faut reconnaître qu'ils aiment rigoler. Une chose me tracasse : qu'est-ce que ces gars ont à glaner avec la mère Soubise ? C'est tout de même pas pour ses beaux yeux de plâtre qu'ils viennent à Grangognant ! Non plus que pour ses charmes ! On ne peut pas prétendre par ailleurs que la gloire de cette honorable dépeceuse de si bémols les fascine. Alors ? Ça aussi, c'est à éclaircir. Au même titre que les chardons accrochés aux basques d'Ambistrouyan.

Le repas est drôlement animé, mes frères. Au dessert, les dames sont à loilpé, à l'exception heureusement de Léo. Lola parie que ses roploplos ne peuvent pas tenir dans le compotier. Et elle le prouve. Je vous le dis : ça s'oriente vachement vers les folles nuits de Saint-Pétersbourg. C'est le genre de crèche où il vaut mieux se rendre habillé en Philippe-le-Bel-sur-le-sentier-de-la-guerre si l'on tient à protéger sa vertu. Au moment où la blonde Violette suggère qu'on pourrait éteindre les calbombes pour que ça fasse plus intime, le bigophone grelotte dans la pièce voisine. Gaston, le demi-mètre d'hôtel, entre en réclamant M. Ambistrouyan pour un certain M. Fred. L'Arménoche va tuber tandis que ces jeunes filles entreprennent Léopold. Il aime les papouilles, M. Léopold. C'est un raffiné, ça se devine tout de suite !

Mon hôtesse me masse la nuque de ses doigts osseux en émettant des petits cris de souris.

— Vous me plaisez infiniment, cher Antoine, gazouille-t-elle. Je me promets beaucoup de plaisir de notre rencontre.

Ce sont là des promesses qui n'engagent que sa propre responsabilité. Je suis encore en train de me demander de quelle manière savante et diplomatique je vais pouvoir me tirer de ce mauvais pas sans vexer Mme Cent-dix-Berges lorsque Ambistrouyan rapplique, le masque crispé par une intense préoccupation.

M. Léopold, malgré l'attention dont il est l'objet de la part de ces dames, lui lance un regard interrogateur. Ambistrouyan s'approche de lui et lui vaporise le tympan avec des mots que je ne comprends pas. M. Léopold branle le chef. Puis Ambistrouyan frappe dans ses mains et les dames retirent les leurs du secteur privé où elles les avaient fourvoyées.

— Mes lapins, fait l'Arménien, je suis obligé de rentrer à Lyon pour une affaire importante et urgente. Je vous propose de venir continuer la soirée au « Mistigri ».

Ils n'ont rien contre, sauf la mère Soubise qui déclare :

— Je suis lasse et je n'ai pas envie de sortir. Partez tous, M. Antoine me tiendra compagnie...

La v'là bien, les gars, la phase critique que je redoutais. Si je ne fais pas gaffe à ma vertu elle va en prendre un coup, pas plus tard que dans pas longtemps.

Le suifeux s'approche alors de mon hôtesse et se met à lui chuchoter des trucs dans le conduit. La vioque glousse comme une pintade enrhumée à laquelle monsieur pintade proposerait une partie de plumes retroussées.

— Eh bien, c'est entendu, j'y vais aussi ! déclare-t-elle.

Et à moi, en coulant sa gentille menotte de momie dans ma paluche :

— Vous conduirez ma voiture, n'est-ce pas, cher Antoine ?

— Tout ce qu'il y a de volontiers, assuré-je, charmé par l'idée de ce sursis miraculeux.

C'est pas qu'Ambistrouyan me soit sympa, mais je l'embrasserais sans me désinfecter les lèvres tant je lui suis reconnaissant de m'avoir tiré de ce mauvais pas.

Dix minutes plus mieux tard, comme dirait Béru (lequel, à l'heure où que je vous cause, doit continuer de palabrer au troquet de la mairie) nous pédalons en direction de Lyon.

Il est minuit, lorsque nous y arrivons. La ville roupille. Les rues sont vides et peu de lumières brillent dans les hautes façades sévères. Le Rhône et la Saône continuent de couler et de flirter du côté de la Mulatière. Il fait une bath noye.

« Le Mistigri », la boîte d'Ambistrouyan, est situé dans une petite rue du centre. Il ne se distingue de la quincaillerie d'à côté que par une enseigne au néon maigrichonne dont la clarté vacille comme le regard d'un sacristain en train de mentir à son curé. Nous franchissons une porte, puis deux, puis trois, on suit un couloir et on débarque dans une pièce meublée de tonneaux et chichement éclairée par des bougies piquées dans des goulots de bouteille. Sur une estrade grande comme l'emballage d'une machine à éplucher les salsifis, une dame décolletée jusqu'aux chevilles chante un grand succès du jour intitulé « T'as qu'à t'asseoir dessus, ça se verra pas ».

Cinq ou six personnes déguisées en Lyonnais somnolent en l'écoutant. Ce sont les noctambules de la laborieuse cité.

Ambistrouyan nous confie à un loufiat fringué à la scène comme à la ville par les petites sœurs des pauvres. On nous amène du champ extrêmement convenable et que nous éclusons dans un brouhaha qui couvre les lamentations de la chanteuse.

A la fin, vexée par notre raffut, la goualeuse finit par se faire la paire. Son pianiste qui roupille sur son clavier universel ne s'aperçoit pas de sa disparition et continue de jouer. Son

interprétation ressemble au pas fatigué d'un cheval de corbillard grimpant le Galibier.

Votre San-Antonio devient soudain très morose. Il se demande, le pauvre chou, ce qu'il est venu fiche au milieu de ces
idiots. C'est marrant comme il est des êtres en compagnie
desquels on s'ennuie. C'est dû à quoi, à votre avis ? Ça n'est
pas fatalement une question d'intelligence : à preuve, je ne me
fais jamais tartir avec Béru, et pourtant on ne peut pas dire qu'il
pulvérise le record d'Einstein. Je trouve les trois filles insipides,
leurs compagnons antipathiques jusqu'à la nausée et la mère
Soubise plus déprimante qu'une marche funèbre jouée à l'harmonica par un boy-scout.

Après une demi-plombe d'absence, Ambistrouyan refait
surface. Il semble radieux. Il fait ramener du roteux et ordonne
à son personnel de préparer une gratinée. Tout cela pourrait
être amusant, mais c'est triste, triste à vous faire regretter un
dimanche pluvieux dans la banlieue de Londres.

Lola maintenant embrasse Berthy sur la bouche. Ces dames
donneraient dans le gigot à l'ail que ça ne me surprendrait
point. Je me convoque d'urgence pour une conférence secrète
d'où il appert que je suis une patate. Car enfin, de deux choses
l'une : ou ces gars ont trempé dans l'affaire de Grangognant et
je vois mal ce que je branle à boire du champ avec eux au lieu
de leur faire le grand jeu, ou ils n'ont pas trempé dedans et je
vois encore plus mal ce que je maquille en leur triste compagnie. Deux heures passent.

On se farcit la soupe gratinée, encore du champ, puis du
whisky pour faire passer le goût du champ et enfin du beaujolais pour chasser celui du scotch. Les ultimes clients sont partis,
chassés par l'heure tardive. Maintenant la salle est vide et tout
le monde est beurré, y compris moi-même. J'ai la calbombe qui
s'est déguisée en turboréacteur.

— Si on rentrait ? je susurre à l'oreille de Léo.

— J'allais te le proposer, mon chéri, rétorque-t-elle du tac au
tac, comme une mitrailleuse bien huilée.

J'en ai la pomme d'Adam qui se déguise en fille d'Ève et qui
s'en va Caïn-caha dans mon œsophage à tiroir. Léo possède
une vieille bagnole anglaise, noire, carrée, avec des coussins
capitonnés, l'eau chaude (dans le radiateur) et le gaz (d'échappement). C'est un chouette petit appartement, idéal pour deux
personnes et qui ne dépense que 64 litres aux cent.

Faut un marchepied pour s'y jucher, tant elle est haute sur pattes. Mais une fois qu'on y est vautré, on s'y sent comme chez soi.

— Ces petits polissons m'ont donné la migraine, déclare Léo. Je voudrais trouver une pharmacie de garde pour y acheter du Spritzblock-Consternant, c'est radical.

Que ce soit radical, dans la ville du président Herriot, n'est pas fait pour me surprendre.

J'emprunte (avec l'intention bien arrêtée de la rendre) la rue de la Ré[1] et je finis par repérer un pharmago open.

— Ne bougez pas, j'y vais, m'empressé-je.

Tous les prétextes me sont bons pour m'éloigner de Léocadie Soubise. Dans la bagnole, son parfum est beaucoup plus insistant. Il me donne mal au caillou.

Je pénètre chez le potard, un monsieur à la trogne violacée qui ne doit pas picoler du sirop d'orgeat. Il a un blaze épais comme une poignée de main de déménageur et les paupières au maigre de jambon. J'achète un tube géant de Spritzblock-Consternant et je sollicite en outre trois comprimés d'aspirine, car mon mal de tronche ne fait que croître et embellir.

Je les avale courageusement, mais ne puis retenir une grimace.

— Voulez-vous un petit coup de juliénas pour faire passer ? suggère le marchand de purges.

J'ai idée que Bérurier lui confierait sa clientèle s'il habitait la patrie d'Ampère. Je remercie le complaisant bonhomme et je vais rejoindre Léo. La bonne dame s'est endormie. A son âge, les veilles ne sont pas à conseiller. Elle va paumer son teint de jeune fille, la cantatrice !

Je démarre sur la pointe des pieds afin de ne pas la réveiller. Si elle pouvait en écraser jusqu'à Grangognant, ce serait au poil. Je roule molo, en négociant bien mes virages comme disent les radioreporters. Mais comme nous grimpons la côte de Champagne (de circonstance après tout le Moët et Chandon avalé), Léo glisse sur le dossier du siège et me tombe sur l'épaule. Je cherche à la refouler d'un geste coulé ; au lieu de se réveiller, elle s'abat en avant. Je m'aperçois alors qu'elle a un énorme tournevis piqué entre les deux épaules comme un

1. Diminutif donné à la rue de la République par les Lyonnais. C'est l'artère principale de Lyon.

couteau à beurre dans une motte de margarine. Je freine sauvage et je range mon carrosse le long du trottoir. J'ai la pensarde qui s'enclenche mal, mon système neuro-végétatif se met à végéter, les gars.

Pendant un centième de seconde au moins, et peut-être un peu plus, je me demande si je ne suis pas plus naze que je ne pensais. Mais non, la réalité est là : Léo a rendu son âme à Dieu et ne rechantera jamais, pas même à son enterrement. M'est avis qu'un petit dégourdi a profité de ma visite au pharmago pour assaisonner la vieille. Ça me navre, et pourtant je n'arrive pas à être vraiment emmaverdavé tout à fait. J'ai le goût du triomphe aux lèvres. Ainsi une fois de plus, San-Antonio, l'homme qui remplace la vitamine B 12, avait vu juste : la vieille était mouillée dans l'affaire de Grangognant !

Je fais demi-tour et, comme par magie, la côte se transforme en descente, c'est vous dire si je suis doué. Je bombe jusqu'aux services de la succursale Poultock, rue Vauban. Je stoppe mon bahut dans un coin sombre et je me catapulte à la Grande Taule. Un gros flic gonflé au beaujolpif est en train de saucis-sonner derrière son rade. Il lui reste six dents sur le devant de la balustrade. Mais faut voir comment qu'il les emploie, ses ultimes ratiches, le frère ! Il se cogne un morcif de rosette gros comme un avant-bras de catcheur et boit un kil de rouquin pour faire passer le blot. Ayant fait, il replie son Opinel, le glisse dans sa poche, s'essuie les lèvres et fait claquer sa langue comme un charretier fait claquer son fouet.

— Ça va mieux, me dit-il en hochant la tête.

J'ai assisté au spectacle avec une patience méritoire.

— Vous venez à propos de quoi ? demande-t-il.

— Je voudrais voir le commissaire Frachet, dis-je.

— Il est pas de permanence !

— Alors le commissaire Griffon.

— Lui non plus.

— L'inspecteur Javer.

— Vous tombez bien : l'est en haut. Qui dois-je annoncer ?

— Commissaire San-Antonio !

Il pâlit, se dresse, rectifie la position, bombe le torse, ce qui fait péter la boucle de son ceinturon, et s'écrie :

— C'est donc vous, monsieur le commissaire ! Depuis le temps que j'en entends causer !

Il se catapulte hors de son guichet et, ce faisant, renverse quatre pots de beaujolais qui se trouvaient là pour sa nuitée. Sans prendre la peine de les relever, il me précède dans les étages. Il toque à une lourde tout en m'adressant un clin d'yeux prometteur. Une voix faite pour annoncer les cours de la marée nous conseille d'entrer. Nous obtempérons.

— C'est pas le moment de faire ch... le marin ! dit la même voix.

Comme quoi je ne me gourais pas tellement en l'associant à la marée. La pièce est enfumée comme un terrier de renard. Pas la peine de me faire un dessin, j'ai tout pigé. On est en train de dresser le couvert à un monsieur et on le prie de se mettre à table. Deux inspecteurs, dont Javer, en bras de chemise, la cravate défaite, le cheveu collé par la sueur, sont en train de chambrer un quidam pas frais, à l'œil comme une prunelle de merlan congelé. Suivant la tradition, le patient a la lumière d'un réflecteur dans la poire et il reçoit la fumée des cigarettes dans les trous de naze, car messieurs les poulardins ont visionné des films édifiants sur l'art et la manière de rendre les carpes loquaces.

— Monsieur l'inspecteur, bredouille l'agent Gradubide, c'est le commissaire San-Antonio.

Du coup, mes collègues lyonnais arrêtent la séance. Le malfrat qu'ils « questionnent » lui-même tourne la tronche de mon côté. Javer se précipite, les francforts largement tendus.

— Pas possible ! Eh bien, pour une surprise...

Présentation à son collègue, l'inspecteur Naicreut. On se recongratule.

— Je m'excuse de vous déranger, dis-je. Vous voilà en plein turbin ?

Histoire de me montrer qu'il a des manières, Javer file un ramponneau dans la housse à crocs du pas frais. Ce dernier éternue une incisive et bredouille qu'il a rien fait.

— On en recausera, promet Javer.

Je lui fais signe de m'accorder un entretien extrêmement particulier, et le digne garçon me pilote dans le burlingue voisin. Javer est un grand mastar avec des épaules taillées dans la masse, des cheveux blonds et un menton comme un butoir de train.

— Vous avez des ennuis ? me dit-il d'une voix déjà complaisante.

— Sur les bords et dans les régions limitrophes, lui fais-je. Vous avez entendu parler d'une certaine Léocadie Soubise ?

— L'ancienne chanteuse ?

— Elle-même. Elle a avalé son extrait de naissance...

— C'est de son âge, rigole Javer, elle devait avoir au moins quatre-vingts ans. Si je vous disais qu'au temps de ma grand-mère elle était déjà pensionnaire à l'Opéra. Elle a eu une embolie ?

— Non : un tournevis dans le cœur.

— Quoi ? s'égosille le matuche.

— Quelqu'un a dû vouloir régler son ralenti, et puis il a oublié son outil dans le carburateur...

Je lui narre les circonstances du meurtre. Javer n'en revient pas plus que n'en est revenue la pauvre Léo.

— Eh bien, murmure-t-il, ça va faire sensation dans Lyon, les copains du *Progrès* vont jouer cinq colonnes à la une, je vous l'annonce !

— Je m'en doute, et je me réjouis pour eux, assuré-je cyniquement, seulement j'aimerais bien qu'on écrase le coup à mon sujet, si vous voyez ce que je veux dire. Je n'ai rien contre la publicité, mais en ce moment elle me gênerait sous les bras.

Il se gratte le crâne.

— Les journalistes d'ici sont des gentlemen, assure-t-il ; si on leur demande d'éponger, il épongeront. Où est le corps ?

— En bas, dans la bagnole. Je pense qu'on pourrait mettre sur pied la version suivante : un mystérieux M. « X... » vous a téléphoné en pleine notche pour vous dire qu'il y avait un cadavre de femme dans une voiture, à vingt mètres de la maison Dreauper. O.K. ?

Je m'empresse d'ajouter, devant son peu d'empressement :

— Bien entendu, en haut lieu vous serez couvert...

Son visage s'éclaire comme la façade d'un cinéma.

— Je ne demande qu'à vous aider, monsieur le commissaire !

Il rabat ses manches roulées, enfile sa veste, remonte son nœud de cravtouze jusqu'à sa glotte et me suit.

En bas, l'agent Gradubide a battu le tam-tam pour annoncer ma présence dans les murs de la succursale Viens-Poupoule et ils sont une bonne demi-douzaine de poultocks rangés dans le hall comme à la parade. Je leur virgule mon sourire vedette de first classe entretenu par Colgate, style grand seigneur modeste. Ces messieurs branlent le chef sur mon passage en regardant la poussière que soulève ma traîne de brocart. Nous voici dehors. La nuit fraîchit, le jour pointit et, pour respecter la tradition, un très léger brouillard flotte au-dessus du Rhône proche.

Je fais vingt pas en compagnie de Javer, puis je m'arrête, avec dans le buffet un palpitant qui se détraque. Ouvrez toutes grandes vos portugaises, mes chéries, et essayez de bien piger ce que j'ai l'honneur et l'avantage de vous annoncer : la chignole de dame Soubise n'est plus là ! Vous avez bien lu ? Ça s'écrit comme ça se prononce (apostolique). La vieille calèche anglaise et sa plus vieille encore passagère se sont volatilisées. Je serais seulâbre devant un tel phénomène, je crois que je l'encaisserais un peu mieux. Mais en compagnie de Javer, je me sens plus d'affinité avec une crêpe mal cuite qu'avec les *Essais* de Montaigne.

Je donnerais la moitié de votre fortune contre le soutien-gorge de votre femme pour me trouver ailleurs. L'inspecteur se tourne vers moi, le regard comme deux pointes Bic. Il est en train de se demander si par hasard je n'aurais pas trop carburé au beaujolpif. Le juliénas, surtout lorsqu'on le picole sur son terrain, y a rien de plus perfide. Il flatte le palais résidentiel, mais ses vapeurs s'accumulent dans votre grenier et vous vous mettez à parler patois en moins de temps qu'il n'en faut à un Indien pour glisser un petit sioux dans la tirelire de sa femme.

— Elle était ici il y a moins de cinq minutes ! affirmé-je avec une force qui traduit mon désarroi.

— Et elle y est plus ! remarque sobrement Javer.

Au lieu de continuer à perte d'ovule cette série de considérations, je fonce à la Grande Cabane où sont assemblés les troupiers nocturnes.

— Messieurs, les interpellé-je, étiez-vous dehors, il y a un instant ?

Ils se dévisagent comme si je leur demandais s'ils ne seraient pas cambodgiens ou libanais. Puis l'un d'eux, un grand avec une moustache qu'on dirait postiche, me déclare :

— Moi, monsieur le commissaire, je venais du quai.

Il a une voix d'eunuque qui parlerait dans un verre de lampe.

— Avez-vous vu démarrer une vieille voiture noire qui se trouvait en stationnement devant la porte ?

— En effet.

— Qui y avait-il à bord ?

— Un couple...

— Décrivez-le-moi !

L'agent Verdevase examine la pointe de mon soulier, puis son regard se hisse au niveau de ma braguette, marque un temps de recueillement tout à fait compréhensible et finit par grimper jusqu'à mon regard à moi qui attend le sien sur le pas de la porte.

— Il y avait une vieille dame endormie et un bonhomme avec une casquette noire que j'ai cru que c'était, vu la voiture, un chauffeur de grande maison.

— Vous pouvez me le décrire mieux que cela ?

— Non. Je n'ai pas vu son visage. Si j'avais su que ça vous intéresserait, monsieur le commissaire, bien sûr que je l'aurais examiné plus en détail.

Je me tourne vers le mur sur lequel s'étale un plan de Lyon en couleurs naturelles avec le Rhône et la Saône à tous les étages. Si je ne veux pas perdre la face, je vais devoir me magner la rondelle et me la magner rapidos.

— Javer, déclaré-je, il faut que je téléphone d'urgence.

— Suivez-moi, monsieur le commissaire !

Est-ce une idée ? Toujours est-il que je crois déceler un sourire rentré sur sa bouille de chourineur. J'aimerais le lui effacer à coups de savates ferrées mais mon standing n'y gagnerait pas grand-chose.

De retour dans le bureau, je me mets à feuilleter fébrilement l'annuaire du Rhône.

Commune de Grangognant-au-Mont-d'Or. Soubise ! le 69 ! J'aurais dû m'en douter. Je demande le numéro en recommandant à la standardiste de se remuer l'alvéole. Ça se met à carillonner dans la demeure de feu madame la massacreuse de contre-ut.

— Ça ne répond pas ! m'annonce la demoiselle de la poste après six appels de trident.

— Insistez ! tonné-je.

Elle laisse se vider les batteries. A la quatorzième lancée sonore, on décroche enfin. La voix chevrotante de Gaston, le valet de chambre, bredouille un « Oui, j'écoute » qui apitoierait un Conseil de réforme.

— Police ! lancé-je, manière de le réveiller tout à fait,

donnez-moi le numéro d'immatriculation de la voiture de Mme Soubise. Et remuez-vous, mon vieux, ça urge.

— Il est arrivé quelque chose ?

— Faites vite, vous lirez la suite à tête reposée dans les journaux.

Il chevrote quelque chose et pose le combiné sur la console en marbre de Tarare. Je me mets à attendre, un crayon tout prêt au-dessus d'un bloc immaculé.

— Entrez déjà en communication avec la police routière ! lancé-je à Javer qui me regarde comme un touriste anglais regarde le mont Blanc. Dès qu'on leur aura communiqué le numéro de la tire, il va falloir qu'ils me fassent une imitation du circuit de Reims. Je veux qu'on ait retrouvé ce corbillard ambulant avant huit heures...

Quelques minutes s'écoulent. Que fait donc le père Gaston ?

Il a une mémoire de microbe, le vieux déchet. Il doit farfouiller dans les secrétaires de la chanteuse sans voix pour retrouver une police d'assurance comportant le numéro de la guinde.

Cinq minutes s'écoulent.

— Vous parlez ? demande de temps à autre la postière qui voudrait bien reprendre son somme.

— Et comment ! tranché-je, impatienté.

— Je ne vous entends pas.

— Parce que je m'exprime en sourd-muet.

— C'est malin ! proteste-t-elle, l'esprit de l'escalier, à ces heures, merci...

Je sens qu'elle va me couper comme un rabbin si je ne l'amadoue pas. Pour lui faire prendre patience, je décide de lui faire un doigt de cour :

— Vous étiez au dodo avec votre mari préféré, mon chou ? je lui susurre.

— Je vous en prie, je suis demoiselle ! regimbe la donzelle.

— Si vous me connaissiez, vous ne le resteriez pas une minute de plus, certifié-je. Je connais une personne qui a voulu résister, elle a tenu un bon quart d'heure, mais sa vertu a explosé...

— Dites, vous vous trouvez malin ? demande-t-elle avec un accent lyonnais plus vrai que nature.

Une coriace ! Le mec qui voudrait la passer à la casserole devrait prendre ses précautions et s'assurer le concours d'un pic pneumatique.

Maintenant, dix minutes se sont écoulées et il n'y a toujours pas plus de Gaston que de beurre dans un restaurant espagnol.

— Dites, adorable postière, fais-je, mon correspondant n'aurait-il pas raccroché par mégarde ?

— Non, l'appareil est décroché !

Je regarde Javer. Je suis de plus en plus dans le sirop, mes frères !

— Écoutez, fais-je à la demoiselle (ô combien) ! des téléphones, vous allez être un amour et m'appeler le café de la Mairie !

— A ces heures !

C'est sa phrase clé. Elle est rétribuée par Lip, c'est pas possible !

— Faites ce que je vous dis, et vous n'aurez pas à vous en repentir...

Paroles sibyllines s'il en fut, mais dont l'effet est magique, même sur une vieille fille dont le déberlingage nécessiterait la participation d'une entreprise de travaux bibliques.

Elle sonne le café de la Mairie.

A la troisième seringuée, la bistrote décroche et se met à vociférer :

— Si c'est une blague, je préfère vous dire que j'appelle la gendarmerie !

— Ici, police, fais-je, il faut absolument que nous ayons une conversation avec l'instituteur du pays. Pouvez-vous l'envoyer chercher d'urgence ?

— Il est justement ici, fait la bistrote, mais j'sais pas si y va pouvoir causer...

— Pourquoi ?

— Parce qu'il a trop bu et qu'il dort sur le plancher. Il ronfle même tellement fort que vous devez l'entendre !

— Essayez de le réveiller ! enjoins-je. Au besoin, flanquez-lui un seau d'eau sur la frime !

La taulière s'insurge.

— J'ai pas l'habitude de jeter des seaux d'eau aux gens instruits, fait-elle. Attendez, je vais voir...

A nouveau, je suis en communication avec une surface polie. Cette fois, ce n'est pas du marbre mais du zinc. Je perçois néanmoins des appels, des vagissements, des bâillements...

Enfin la voix grumeleuse de Bérurier vagit :

— Mouais ?

— T'as les yeux en face des trous, Gros ?

— Oh ! c'est toi, Tonio ! Où est-ce que je suis ?

En général, on demande plutôt à ses correspondants téléphoniques où eux se trouvent.

— Espèce de vieil ivrogne ! clamé-je, tu es au bistrot du village ! C'est un bel exemple pour un instituteur !

— Attends, fait-il, hurle pas si fort, j'ai des lancées dans le vase d'expansion. Dites, même la cafetière, vous pourriez pas me préparer un rince-cochon, vite fait sur le gaz, j'ai de l'embrouille dans la triperie...

J'entends des glouglous, le jet impétueux d'un siphon, et la voix de la taulière qui demande :

— Et de l'aspirine, monsieur l'instituteur, c'est bien bon pour ce que vous avez...

Je me permets un coup de sifflet cruel qui arrache une clameur au Gros.

— T'es pas louf ? éructe Sa Majesté. Tu m'as traversé le tympan !

— Tu pourras mieux entendre. Écoute, tu vas demander où habite Mme Soubise. Tu vas aller chez elle. Tu trouveras son larbin et tu lui demanderas deux choses : primo, pourquoi il ne me répond pas au bigophone ; deuxio, le numéro d'immatriculation de la voiture. Et tu me rappelles ! Le tout en moins de temps qu'il n'en faudra au directeur de la Police pour signer ta destitution, tu entends ?

— D'accord, bredouille l'Immonde, je te rappelle...

Il va pour raccrocher.

— Et tu me rappelles où, eh, tomate éclatée ?

— C'est vrai, je te rappelle où ?

Je lui file le numéro que me souffle Javer et je raccroche. Je me plonge alors dans une méditation qui doit être très respectable si on se réfère au... respect dont fait preuve l'inspecteur.

Le point s'impose. Je déballe mes sextants et je me perds dans des calculs tellement profonds qu'une équipe de spéléologues n'en verraient pas le bout. Résumons. Dans Shakespeare, qui est ce qu'il est, mais qui savait raconter une histoire, il y a toujours dans le milieu d'icelle un petit dégourdi qui vient donner un petit digest de ce qui précède :

Dans un village du Rhône, deux écoliers disparaissent et leur instituteur est égorgé. Le valeureux San-Antonio se penche sur le problème. Il trouve une photo porno dans un cartable d'écolier. Cette image licencieuse provient de chez une ancienne chanteuse retirée qui habite le village. La dame reçoit toute une équipe de douteux habitant Lyon. On balance une grenade dans l'école. Au cours de la soirée, le plus douteux des douteux de Léo reçoit un coup de tube et décide de rentrer. Il propose à tout le monde de le suivre. Au début, la mère Léocadie refuse, mais Ambistrouyan lui chuchote quelques mots à l'oreille et elle accepte. A noter qu'Ambistrouyan a deux chardons à son grimpant. Nous festoyons mornement dans un cabaret aussi joyeux qu'une conférence sur les engrais azotés, puis la vieille et moi décidons de rentrer.

Je m'arrête quatre minutes dans une pharmacie de nuit pour lui acheter un médicament. Pendant ce temps, quelqu'un se l'assaisonne en lui enfonçant un robuste tournevis dans le dos. Je découvre la plaisanterie et me rabats dare-dare à la Sûreté. Pendant que je mets mes collègues au parfum, un type qui a dû nous filer vole l'auto et son sinistre chargement. Je téléphone chez Mme Soubise pour avoir le numéro d'immatriculation du véhicule. Son larbin me dit d'attendre un instant, mais il ne réapparaît plus.

Voilà de quoi rire et s'amuser en société, hein, mes poulettes ? Pour de l'histoire à point d'interrogation, c'est de l'histoire à suspense, avouez !

Je reprends le bignou et je dis à la postière sans époux de me resonner le 69.

Elle maugrée, puis m'agrée.

— Il est toujours décroché, annonce-t-elle enfin.

— O.K., mon petit cœur, allez vous remettre dans vos jolis draps et rêver de moi à votre guise.

— Ça n'a pas l'air d'aller rond, hein ? remarque finement Javer.

Je secoue ma ravissante tête, celle qui fait se retourner tant et tant de dames.

— Dites d'ores et déjà à la Routière de rechercher une voiture anglaise noire, de type démodé. Il est vrai que ça n'est pas un signalement, car, les modèles sport exceptés, en sortant de l'usine une voiture british a déjà l'air d'avoir dix ans.

Il lance l'appel. Un silence délicat pèse maintenant sur nous, comme de la cuisine à l'huile sur le foie d'un hépathique.

CHAPITRE VII

Une demi-heure passe, dans de la fumée de gauloises et des remugles de beaujolais. Javer est allé rejoindre son collègue dans la pièce voisine. De temps à autre, le bruit d'une mandale ponctué d'une plainte coupe la paix nocturne de la maison. Enfin un grésillement se fait entendre. La voix de l'agent Gradubide gazouille :

— On demande le commissaire San-Antonio.

— Envoyez ! dis-je.

C'est Béru.

Il a dû se dégriser, l'air de la nuit et les rince-cochons aidant.

L'organe a retrouvé un timbre qui, s'il rappelle encore le débordement d'un égout, laisse bien augurer de ses facultés intellectuelles.

— Je suis chez la vieille, fait le Gravos.

— Alors ? Pourquoi son larbin m'a-t-il laissé en rade au bout du fil ?

— Parce que lui aussi était au bout du fil, se marre Béru.

— C'est-à-dire ?

— C'est-à-dire que quand c'est que j' suis arrivé ici, j'ai trouvé môssieur accroché à la suspension du salon par une corde.

— Pendu ! meuglé-je.

— Jusqu'à ce que mort s'en a suivi, affirme Sa Majesté qui connaît les formules sacramentelles !

— Mais... Enfin, bon Bieu, explique-toi !

— Qu'est-ce je pourrais expliquer ? Y avait de la lumière, la porte était ouverte. J'entre, j'aperçois le bonhomme pendu.

» Le lustre était tout de traviole et une chaise renversée se trouvait sous lui.

— Suicide ?

— Ça m'en a tout l'air...

— Alors ce vieux crabe sera canné d'un coup de téléphone ? dis-je.

A l'autre bout, le Gravos se gondole, ce qui fait des bulles dans l'appareil.

— Un coup de téléphone, quand tu le prends sur la théière, gars, ça te ramollit les méninges...

— T'es certain qu'on ne lui aurait pas donné un coup de main pour s'accrocher au lustre ?

— Je peux pas te le dire. *A priori*, ça n'en a pas l'air, mais des fois que c'en a la chanson...

Je sursaute :

— Tu ne m'as pas dit que la porte était ouverte quand tu es arrivé ?

— Fectivement.

Voilà qui est intéressant. Lorsque j'ai sonné le larbin, il pionçait. La maison était close. S'il s'était suicidé, il n'aurait pas ouvert la porte avant de le faire...

— Qu'est-ce que je fais ? s'inquiète l'Enflure.

— Tu t'installes at home jusqu'à nouvel ordre. Je t'enverrai du monde, fils.

— Vu !

Et il éructe. Je me grouille de raccrocher. Javer réapparaît, le masque éclairé d'un feu intérieur qui le fait ressembler à Vulcain.

— Du neuf ? demande-t-il en essuyant son magnifique front de taureau.

— Oui, le domestique de la vieille s'est suicidé !

Il pousse une triste mine, Javer !

— Ça va être notre fête, décidément, murmure-t-il. Déjà qu'on a été assaisonnés par les journaux de Paris avec les mystères de Grangognant, maintenant qu'en voilà un de plus...

Pendant qu'il se lamente, je potasse à nouveau un annuaire du bigophone. C'est toujours le numéro de bignou de Léocadie Soubise que je cherche, mais cette fois, c'est celui de son adresse à Lyon qui m'intéresse. Cette digne dame créchait près du parc de la Tête-d'Or, le quartier urf de la ville. Je compose les six numéros, mais la sonnerie ne résonne qu'à deux reprises et c'est la Chinoise des Japonais absents qui me répond. Elle m'explique que Mme Soubise est à la campagne et que je dois appeler le 69 à Grangognant.

Je réponds « merci bien, c'est très intéressant », et je convoque toute mon énergie pour une enquête dont le moins qu'on puisse dire est qu'elle n'est pas piquée des vers à soie.

— Que décidez-vous ? demande Javer.

Je me gratte la nuque.

— Est-ce la proximité du lac du Bourget, murmuré-je, toujours est-il que je me sens lamartinien en diable. « O temps,

suspends ton vol ! » Faites exactement comme si je ne vous
avais rien dit, cher ami !

— Mais...

— A midi je serai de retour pour une conférence avec les
boss ; mais jusqu'à ce moment-là, je conserve les pleins pou-
voirs...

Vous avez déjà pigé, j'espère, vous qui me connaissez un
chouïa, que je viens de prendre le mors aux dents. Des coups
fourrés de ce genre m'asticotent les étagères à mégots.

Je mate l'heure au beffroi de mon oignon. Le cadran lumineux annonce 4 heures en chiffres romains. J'ai huit plombes
pour clarifier un brin la situation.

— Peut-on me conduire dans le quartier Perrache ? demandé-je, je voudrais reprendre ma tire au garage où je l'ai
remisée...

Lorsque je me retrouve au volant de mon coupé Jag, type
« E », je reprends confiance en mon étoile. Rien de tel que de
piloter un petit monstre de cette sorte pour se donner de
l'énergie. Je drive mon obus à roulettes jusqu'au « Mistigri ».
L'enseigne est éteinte. Des poubelles pleines d'« équevilles[1] »
bordent le trottoir.

Un ouvrier lesté d'une musette rebondie passe à vélo en
sifflotant. Je pousse la porte d'allée[2] qui n'est pas fermée et je
vais dans une lumière de cave jusqu'à une petite entrée latérale
sur laquelle on a écrit « Mistigri Service ». A la craie orange.
La lourde est en fer rouillé. Une serrure de sûreté la verrouille.
Seulement, vous le savez, mon petit sésame se moque de ce
genre d'obstacle, comme d'une tirelire d'épicerie. Le temps
pour un bègue de compter jusqu'à trente, je suis dans la
forteresse.

Je débouche dans une sorte d'espèce d'arrière-boutique où
s'entassent des caisses d'eau minérale et des cartons de champagne. Je fais jouer ma loupiote portable. Deux autres portes
se proposent à mes investigations. Celle de gauche donne dans

1. Mot du folklore lyonnais pour désigner les ordures ménagères.
2. A Lyon, un porche s'appelle une porte d'allée.

la salle, celle de droite dans la partie service. C'est cette
dernière qui me plaît le mieux.

Toujours précédé du faisceau lumineux de ma loupiote, je
traverse un office cradingue, encombré de vaisselle sale, puis je
passe sur un palier carrelé de tommettes ébréchées.

L'escalier de bois sent le rance. On ne croirait jamais qu'il
dessert les communs d'un cabaret de nuit. On est loin des
boîtes de Las Vegas, les gars ! Je me le gravis gravement et
bravement car chaque marche branle comme la dernière dent
d'une centenaire qui vient de bouffer des lentilles mal triées.
Au premier étage, une porte laisse filtrer le rai de lumière qu'on
trouve dans tous les bons romans policiers qui se respectent, et
même dans ceux qui ne se respectent pas.

Je tends l'oreille, mais aucun bruit ne me parvenant, je
m'enhardis et m'approche de la lourde. Le trou de la serrure est
gothique. J'y cloque mon œil droit, le meilleur. Ce que j'aperçois ferait dresser des cheveux sur la tête d'un hanneton :
Ambistrouyan en grande tenue d'Adam est au plumard avec la
môme Berthy et sa chanteuse enrouée. Ces dames ont mis leur
costume d'Ève des grands soirs. J'ai idée qu'une chouette
séance de fignedé à ressort vient d'avoir lieu, car le trio est
passablement essoufflé. A l'instant précis où je vais actionner
le loquet de la porte, une sonnerie éclate à l'étage au-dessous.

Voilà bien ma veine ! Prompt comme un éclair qui ne serait
pas au chocolat, je dévale l'escalier. Une fois en bas, je pénètre
dans la cuistance, j'éteins ma calbombe et je fais de louables
efforts pour mettre un silencieux à ma respiration. L'escalier
craque comme un barlu bouffé aux mites par gros temps. Faut
dire que l'Arménien pèse son poids de saindoux ! Il est toujours à poil. « Les Carillons sans joie », c'est ce que j'aperçois
par l'entrebâillement. Il passe à quelques centimètres de moi et
va jusqu'au bar. La sonnerie a continué. Ambistrouyan décroche, ce qui fait éternuer, semble-t-il, le timbre d'appel.

— Allô ! fait-il, car c'est un monsieur qui sait prendre des
initiatives lorsqu'il le faut.

Un instant assez long s'écoule. Le patron du « Mistigri » doit
se farcir le grand blabla que lui vaporise son interlocuteur. Il
se contente de grogner de temps à autre. Puis l'entretien se
termine brusquement, sans que l'Arménien ait proféré le
moindre mot intelligible. Il raccroche sèchement. Je m'attends
à le voir radiner, mais rien ne se produit. C'est le silence.

J'attends une douzaine de secondes et je hasarde mon physique de théâtre par l'encadrement. Le suifeux est à poil devant la porte de fer donnant sur l'entrée de l'immeuble. J'ai laissé celle-ci ouverte pour assurer mes arrières et ça choque cruellement notre homme qui doit se demander si ses sens carburent mal. Tout en étudiant la question, il se gratte le dargeot. Je ne veux pas vous berlurer, mes mignonnes, mais le spectacle est de qualité. Ça vaut Son et Lumière à Versailles, croyez-moi ! A loilpé, Ambistrouyan fait plus gros qu'habillé. Il a la brioche ronde et tombante. Avec ses tifs gras décoiffés et sa barbe du petit matin il ressemble à un gorille obèse. Il se décide enfin à repousser la lourde. Comme il fait demi-tour pour regrimper l'escadrin, il se trouve face à face avec l'adorable, l'irrésistible, le surprenant, le merveilleux San-Antonio.

Sa bouche aux lèvres épaisses comme des escalopes s'ouvre, découvrant une langue de bœuf tapissée d'une salive mousseuse. Je lui cligne de l'œil aimablement et, sans une parole, je lui place mon crochet du droit 44 *bis*, celui qui a fait passer le hoquet au champion d'Europe de catch toutes catégories et guéri la migraine chronique d'une tête de cheval aux haricots rouges. Il prend ma pincée de cartilages au menton, hoche la tête et s'écroule. Pourquoi ai-je agi de la sorte ? Impossible de vous l'expliquer. Après une nuit blanche riche en émotions, on se contrôle mal ; l'instinct prend le dessus et il faut bon gré mal gré lui obéir, non ? Je mate le corps inanimé d'Ambistrouyan. J'en suis brusquement embarrassé. C'est comme si la Samaritaine de Luxe me livrait trois douzaines de machines à laver. Qu'en faire ? Je chope la paire de menottes qui encombre toujours mes vagues et je les passe au taulier après avoir glissé la chaînette d'acier derrière le tuyau du chauffage central. C'est un procédé assez classique, mais je n'ai pas le temps de raffiner. Certain que ce digne garçon ne se tirera pas de chez lui, je monte l'escalier et j'entre délibérément dans la piaule. La chanteuse vient de s'endormir, mais ma petite amie Berthy m'aperçoit et trois rides en « V » forment aussitôt une escadrille sur son front.

— Par exemple ! dit-elle.

Je referme la porte d'un coup de talon. La chanteuse rouvre ses jolis yeux et tressaille.

— Qui c'est ? articule-t-elle péniblement.

— Tu le reconnais pas ? Il était avec nous ce soir, fait la brune Berthy.

Et à moi :

— Vous avez plaqué Léo ?

— C'est plutôt elle qui m'a plaqué !

— Ça m'étonnerait, sourit la gosse, vous aviez l'air d'être drôlement son genre.

— Son genre, à c't' heure, ce serait plutôt l'archange saint Michel, dis-je en m'asseyant sur le bord du lit.

Elle ajoute un « V » de plus à ceux qui lui tapissent le pignon Nord.

— Qu'est-ce que vous racontez ?

— La pauvre mémé est morte ! C'est de son âge, comme me le faisait remarquer un de mes copains de la Sûreté, y a pas plus de dix minutes...

— Morte ! s'exclame la copine de lit.

— Et c'est à se demander si elle a jamais vécu.

Ces petites chéries réalisent seulement le saugrenu de ma présence à leur chevet. Elles se regardent. La chanteuse remonte le drap pour se voiler les flotteurs qu'elle a plutôt chétifs. Berthy demande en regardant la lourde :

— Et Ambistrouyan ?

— Il s'est endormi brusquement en me voyant !

Elles bichent les copeaux. Berthy se met à glapir :

— Qu'est-ce que vous faites ici ? Qui êtes-vous donc ? Que nous voulez-vous ?

Ça fait beaucoup de questions dans une même phrase. Je les traite point par point, comme mon prof' de français m'a appris à le faire au lycée Papillon où j'ai fait mes études.

— Je viens vous faire la bise.

Et je l'embrasse à tout va, car il faut vous dire que, vue sous cet angle, elle a tendance à vous chanstiquer les rognons.

— Je suis le commissaire San-Antonio, l'as des as de la rousse...

Et de produire ma plaque professionnelle à l'appui de mes dires.

— Et je ne vous veux que du bien, à condition que vous soyez très franches avec moi l'une et l'autre, conclus-je.

Le jour où les pygmées ont reçu sur la frime leur premier avion, ils ne devaient pas être plus sidérés.

Profitant de leur émoi, je passe aux précisions.

— Lorsque je suis parti du « Mistigri » avec la vieille tout à l'heure, qui est sorti sur nos talons ?

Mlle Chochote du Gland paraît ne pas comprendre et sa potesse non plus. Je m'explique avec une méritoire patience :

— Voyons, mes poulettes, nous festoyons. Et puis on s'est barrés, la mère Soubise et moi, tu t'en souviens, Berthy ?

Elle opine.

— Quelqu'un de la bande est alors sorti tout de suite derrière nous ; je veux savoir qui, c'est clair ?

Mais elle secoue véhémentement sa tête de linotte.

— Personne n'est sorti derrière vous, je le jure ! Pas vrai, Maryska ?

Elle ajoute aussitôt :

— C'est vrai que tu n'étais pas là !

Je mate Maryska et je vois « friser » son regard. C'est fugace, mais je suis certain de ne pas m'être gouré : elle a eu un éclair de panique dans les yeux. Voilà qui m'intéresse.

— C'est vrai, poupée, que vous n'étiez pas là ! dis-je. Et maintenant vous êtes là ! Qu'avez-vous fait dans l'intervalle ?

— Je suis montée me coucher.

Elle est braquée tout à coup. On la devine sur ses positions et bien décidée à n'en pas bouger. Maintenant c'est Berthy que je considère. Je constate qu'elle paraît surprise. Visiblement, la réponse de Maryska la trouble, car elle n'est pas conforme à la vérité.

Mon petit doigt qui en connaît long comme une facture de garagiste sur l'âme humaine me suggère que la chanteuse sans voix ne doit pas avoir la blancheur Persil. D'ailleurs la tête de cette Maryska ne me revient guère. Elle a des yeux verts, de garce 1900, et une bouche aux commissures tombantes.

— Écoute, ma jolie, lui dis-je, je ne suis pas un fortiche pour ce qui est de lire les lignes de la main, mais je peux néanmoins te prédire les pires ennuis au cas où tu ne parlerais pas. Y a déjà tellement de macchabées dans cette affaire que le maire de Lyon va sûrement débloquer des crédits pour la création d'un nouveau cimetière. Ça m'étonnerait que ton teint de pêche résiste à l'air confiné des cachots.

— Maryska ! bredouille Berthy, mais qu'est-ce que tu as fait ?

L'autre hausse les épaules.

— C'est une histoire de fou ! affirme-t-elle.

Comme pour lui donner raison, j'entends deux détonations à l'étage au-dessous.

CHAPITRE VIII

Il a pris la première bastos dans le bide où elle lui a constitué un second nombril et la seconde dans la tempe. Plus d'Ambistrouyan ! La porte de service du « Mistigri » est de nouveau ouverte. Un qui a drôlement envie de hurler à la mort, c'est San-Antonio, croyez-moi. Ça tourne au gag, cette histoire. Il suffit que je m'annonce quelque part pour qu'aussitôt on enregistre une viande froide.

J'enjambe le cadavre et je fonce comme un Bambuck surmultiplié dans la rue. J'ai dû mettre une vingtaine de secondes à partir des détonations pour : quitter la chambre, dévaler l'escalier, constater le désastre et sortir. Seulement le meurtrier n'est pas resté les deux pieds dans le même sabot non plus.

J'aperçois une bagnole tout au fond de la rue. Je cours à la mienne et je démarre. Mais quand j'atteins le bout de la street, je ne vois plus rien. Par acquit de conscience, je me cogne un petit cent cinquante dans le quartier. Je n'aperçois que quelques voitures de presse et je m'abstiens de les stopper. Quand on est dans une période de pommade, il faut attendre que ça se passe, quoi !

Je rabats sur le « Mistigri ». Berthy est immobile devant le cadavre de son copain. Sa pâleur fait songer à un pot de crème fouettée. Elle se masse les seins, bêtement, en hochant la tête d'un air égaré.

— Maryska ? je lui demande.

Elle sort de sa louche extase.

— Partie...

— Où ?

— J'sais pas...

C'en est trop ! Je me mets à trépigner comme une gonzesse. J'aimerais m'avoir en face de moi pour m'administrer la dérouillée des big days ! Au lieu de faire ce mic-mac, j'aurais dû enchrister tout ce petit monde, ni plus ni moins. Seulement môssieur le commissaire de mes deux a voulu marner en solitaire. Il fait dans le génie, San-Antonio ! Y a des moments, il se prend pour Jeanne d'Arc, lui aussi ! Conclusion : il se retrouve le bec dans l'eau, et pas qu'un peu ! D'ici pas long-temps et peut-être avant, les collègues de Lyon vont tellement rigoler que ça fera déborder le Rhône. Ce qui s'est passé, je crois le piger : Ambistrouyan a reçu ce coup de tube d'un complice qui lui annonçait sa venue. Le complice est arrivé, il l'a trouvé, menottes aux poings et il a préféré supprimer ce petit camarade qui semblait si mal parti. Les témoins, ça ne fait joli que dans les noces... La pauvre patate San-Antoniaise, affolée, se lance à la poursuite d'un feu rouge... Et pendant ce temps, l'autre complice, Maryska, se déguise en courant d'air. Que reste-t-il au brillant commissaire ?

Une petite grue sans importance, bécasse comme pas deux et qui ne sait même plus si on est mercredi ou si elle doit prendre un bain de pieds à la moutarde.

Autrement dit je l'ai in the baba ! Maintenant la gosse sanglote.

— Espèce de courge ! hurlé-je, va te fringuer et arrive en vitesse !

— Vous m'arrêtez ! Mais j'ai rien fait ! larmoie-t-elle, je comprends rien à tout ça.

— Obéis !

Elle monte en sanglotant. Pendant qu'elle souscrit aux exigences de la plus élémentaire pudeur, j'ôte les poucettes à Ambistrouyan, puisque aussi bien il n'en a plus besoin.

Je vais au bar pour me servir un grand verre de scotch. C'est le genre de petit déjeuner qui vous fait grincer des dents, mais je ne vois pas d'autre thérapeutique pour combattre l'immense lassitude qui s'empare de moi. Quelle hécatombe, mes aïeux : la mère Léo, son larbin, son camarade Ambistrouyan, le tout en moins d'une heure ! Si après ça vous trouvez qu'il n'y a pas suffisamment d'action dans mes livres, achetez-vous un pliant et allez vous asseoir à la Morgue !

La môme radine, toujours reniflante.

— Je veux un avocat ! dit-elle. J'ai rien fait, je sais rien... On venait de bien rigoler et puis...

— Écrase, gamine, soupiré-je, tu dois bien comprendre que ton petit camarade n'est pas mort d'une hernie étranglée et que ça va drôlement remuer dans le secteur. Si tu m'aides, j'oublie que tu étais en sa compagnie lorsqu'il a morflé ces deux coups d'arquebuse, c'est un beau cadeau, non ?

Elle en renifle de surprise.

— C'est vrai que vous feriez ça ?

— Parole, mais je te répète : à condition que tu m'accordes tout ton concours. Banco ?

— Je ne demande pas mieux...

— C'est O.K. ! Dis-moi, ravissante, es-tu au courant du job de ce pauvre cher garçon ?

Elle hausse les épaules.

— Mais... il tenait ce bar.

— Et à part ça ?

— Je ne sais rien.

— Tu vivais avec lui ?

— Depuis quatre jours seulement. Moi, j'arrive de Nice. J'étais entraîneuse dans sa boîte, et puis...

C'est bien ma veine. Je m'assure le concours d'une tordue qui ne connaît rien de rien. Une sorte d'oie blanche qui ne serait plus blanche !

— Qu'est-ce que tu sais de Léo ?

— C'était une vieille copine à la bande. Ils allaient chez elle faire les c...

— Et sur la bande elle-même, que peux-tu me dire ?

— Pas grand-chose... Vous les avez vus, hein ? Les trois hommes sont copains. Nous, les filles, on suivait le mouvement...

— Ambistrouyan ne t'a pas fait de confidences ?

— Alors ça, pas la moindre...

— Il possède un autre appartement ?

— Je crois pas.

Je lui fais signe de me suivre et nous remontons dans la carrée. Je me mets à la passer au peigne fin. Tout en déplaçant les meubles, je continue de questionner la souris :

— Dans la soirée, chez la vieille, il a reçu un coup de fil d'un certain Fred, tu vois qui c'est ?

— Non.

— Tu n'a jamais entendu parler de lui ?

— Si : hier.

— Par qui ?

— C'est Léopold qui a dit à Ambistrouyan que Fred arriverait probablement aujourd'hui, c'est-à-dire hier puisqu'on n'est plus aujourd'hui.

Ce galimatias lui provoque une crise d'hilarité qui jouxte la crise de nerfs.

— Tu sais où il crèche, Léopold ?

— Oui ! hoquette-t-elle à travers son rire.

Je ne lui demande pas de préciser car je viens de tomber en arrêt devant un petit coffre-fort encastré dans le mur. Ce coffre était caché par le montant du lit. C'est marrant comme les truands ont des astuces de petits-bourgeois !

J'examine la serrure et je me dis qu'avec mon sésame je dois pouvoir en venir à bout. C'est un coffre-fort plutôt faible. Le modèle au-dessus du coffret à bijoux, en quelque short. Il n'a pas plus de combinaison que la môme Berthy. Trois tours de clé, on appuie sur un bouton logé à l'intérieur du moletage et ça s'ouvre comme une huître abandonnée sur une plaque chauffante.

— Vous avez été serrurier ? murmure la gosse.

— Non, mais j'ai lu la vie de Louis XVI, dis-je.

Le coffiot ne recèle ni documents, ni diams, ni fric, mais seulement un tourne-disque portatif. Marrant, non ?

Je sors l'objet de sa planque, vachement surpris qu'on fasse tant de mystère pour une chose aussi courante. La légèreté du tourne-disque me surprend. Il pèse une plume ! Je l'ouvre. Je regarde le plateau, le bras du pick-up...

Ça ne me satisfait pas. A force de les bricoler, je finis par constater que le plateau est en fait un second couvercle, qu'il n'y a que du vide par-dessous. Si un jour la Callas vous cloque un de ses disques, vous avez intérêt à vous acheter un Pathé Marconi plus perfectionné. C'est un phono pour fantôme, ça.

— Qu'est-ce que c'est ? demande curieusement Berthy.

— Une valise truquée, réponds-je.

— Pourquoi truquée ? demande cette candide donzelle.

M'est avis qu'elle en sait moins long que l'oiseau qui tète encore sa mère, Berthy. Une petite fille dévergondée, voilà ce que c'est !

— Pour charrier des trucs délicats au nez et à la barbouse des flics et des douaniers, réponds-je. On peut y loger plusieurs millions en faux talbins ou plusieurs kilos de stup.

Elle sursaute.

— De la drogue !

Au lieu de répondre, je renifle l'intérieur de la boîte. Après quoi, je prends la petite loupe qui ne me quitte jamais et j'examine quelques grains d'un blanc gris tapissant le fond du coffrage. Pas d'erreur, c'est de la coco. On dirait que j'ai mis la main sur un gentil trafic, les gars. Du coup, ça me console un peu de mes déboires.

— Viens.

— Où allons-nous ? balbutie la gente demoiselle.

— Dire bonjour à Léopold. Le matin on a les idées nettes, je suis certain que la conversation peut être édifiante.

Léopold habite cours Gambetta, près de la place du Pont. Sa concierge sort les « caisses d'équevilles » au moment où nous radinons. Dans cette laborieuse cité, la vie commence très tôt. Nous escaladons les trois étages, plus l'entresol, ce qui fait quatre, et je tire la sonnette de cuivre de Léopold avec tant de vigueur que l'anneau me reste dans les doigts. Un judas est percé dans le vantail. Je me plaque contre le mur, laissant ma compagne seule en vue sur le palier en guise d'appât.

— Tu diras exactement comme moi ! lui enjoins-je, quelle que soit l'énormité de ce que je pourrais proférer, vu ?

Elle actionne ses ramasse-miettes pour me rassurer. J'attends. Au bout d'un bout de moment un glissement se fait entendre dans l'appartement. Le portillon du judas claque et le verrou actionné pousse un gémissement qui ferait pleurer une bouteille d'huile. Le gars Léopold se montre, dans un fabuleux pyjama noir boutonné sur l'épaule. Je me fais voir. Vous ai-je dit que je m'étais muni du faux tourne-disque ? Non ? Alors voilà qui est fait !

— Salut, Léopold, gazouillé-je. On vous dérange pas, j'espère ?

Il a mis son râtelier pneumatique dans un verre d'eau et il me rappelle de façon frappante une tirelire que j'ai beaucoup aimée.

— Vous ! clapote-t-il.

Il zieute Berthy, l'œil plus indécis qu'un cannibale sur le point de se farcir un ange et qui se demande s'il va commencer par l'aile ou par le pilon.

— On peut entrer ? poursuis-je ; surtout ne vous tracassez pas si le ménage n'est pas fait.

Son logement est petit-bourgeois, presque austère. Les peintures n'ont pas été refaites depuis l'assassinat de Sadi Carnot, les meubles cirés sentent le vieux. C'est plein de tentures qu'on n'a pas battues depuis leur majorité, de cache-pot, de plantes vertes pas vertes, de lustres à franges, de perlouses et d'objets marocains.

Il nous drive jusqu'à la salle à manger. Les stores sont fermés et attachés à la barre d'appui avec du fil de fer, ce qui indique qu'on les remonte une fois par millénaire ; on se croirait dans un sanctuaire.

— Qu'est-ce que c'est, chéri ? demande une voix chevrotante.

— Des amis, maman, ne t'inquiète pas, répond le vieux crabe avec componction.

Il baisse le ton :

— Maman est rentrée de la campagne, dit-il à Berthy.

Je le découvre soudain sous un autre aspect. Ce n'est plus le vieux salingue qui fourrageait sous les jupes des dames quelques heures auparavant (et au paravent) mais un vieux, très vieux garçon vivant avec sa maman. San-Antonio avec trente ans de plus, quoi !

Notre visite semble terriblement l'emmouscailler.

— Qu'y a-t-il ? demande le digne crabe.

— J'aimerais savoir ce que vous avez fait depuis que je vous ai quitté au « Mistigri » ! attaqué-je.

Il crie « Chuuut ! » en me montrant la cloison. Il a peur de sa maman, le pauvre biquet. Un refoulé qui n'a jamais pu s'affranchir de la tutelle maternelle ! Toutes les mères ne sont pas comme Félicie, hélas !

Il chuchote :

— On est parti une demi-heure après vous. J'ai raccompagné Lola à son hôtel et je suis rentré. Mais comment se fait-il que vous soyez-là, Antoine ? Vous allez laissé Léocadie ?

— *Yes, sir,* car j'étais chargé d'une petite commission pour vous.

Et, sur ces mots, je dépose théâtralement le tourne-disque bidon devant lui. Léopold se crispe un brin. Une lueur de contrariété passe dans ses prunelles porcines.

— Qu'est-ce que c'est ? bredouille-t-il.

— De la part d'Ambistrouyan. Pour ne rien vous cacher, il vient d'avoir des ennuis.

Léopold pâlit.

— De graves ennuis ! insisté-je. Et pour continuer à tout vous dire, je fais partie moi aussi de son équipe ; Fred ne vous a jamais parlé de moi ?

Mon interlocuteur secoue la tête.

— Non, jamais.

— Il est plus discret que je ne le croyais.

— Vous dites qu'il est arrivé des ennuis à Ambi ?

— Oui, m'sieur. Il prend des vacances. Avant de filer, il m'a dit d'amener ce machin-là chez vous...

Il saisit la manette de l'appareil.

— Ah ! il est vide, soupire-t-il, soulagé.

Croyez-moi, mes amis, ou sinon allez vous faire dorer le cervelet au soleil, mais il a tort d'être soulagé car il vient de perdre une bonne occase de se taire. Maintenant que j'ai la preuve de sa complicité, j'y vais bille en tête. Un une-deux à la face. Il choit de sa chaise...

— Qu'est-ce que c'est, Léopold ? grince la petite voix aigrelette de sa vieille.

— C'est rien, maman, j'ai renversé une chaise, bredouille l'épave.

— Fais donc attention, voyons, rouscaille la daronne.

Je relève le ouistiti en l'empoignant sur son pyjama à grand spectacle. Trois boutons se font la malle, découragés par mes manières brutales. Il les regarde rouler à ses pieds d'un œil déprimé.

— Pourquoi ? murmure-t-il.

— Parce que ! fais-je en lui présentant ma carte.

Il a un tic pathétique : il cligne de l'œil, retrousse sa lèvre supérieure, tord la mâchoire, renifle de la narine droite et sort trois centimètres de langue ; tout cela avec un synchronisme époustouflant. C'est pas une épée, Léopold. La témérité, il laisse ça au chevalier Bayard. J'ai devant moi un raté de l'illégalité, une demi-porcif, un lavedu.

— Je te donne trois secondes et demie pour t'affaler, Baby, lui dis-je. Mon temps est tellement précieux que pour t'en offrir un dixième de seconde de plus, tu serais obligé de vendre la ferme et les chevaux et de forcer ta vieille mère à faire des ménages. Si tu ne parles pas, ce qui t'arrivera sera tellement triste que tout le monde éclatera en sanglots en t'apercevant.

Il bafouille, plus lamentable qu'un enfant tuberculeux que son papa ivrogne roue de coups :

— Que voulez-vous savoir ?

— Tout pour commencer et ensuite on verra. Démarre par ton trafic avec Ambistrouyan, ça créera l'ambiance. Drogue, n'est-ce pas ?

Il opine en branlant le chef.

— Continue, vieille loque ! intimé-je.

Et pour l'encourager à la jactance, je lui balance une escalope d'une livre et demie en travers de la frimousse.

— Qu'est-ce que c'est, Léopold ? s'inquiète la voix de madame sa maman.

— Je viens d'écraser un moustique ! bégaie la larve à cheveux gris.

— Tu auras laissé la fenêtre ouverte ! proteste la vioque.

M'est avis qu'on ne doit pas les ouvrir souvent, les fenêtres, dans cet appartement. Depuis qu'on a posé le toit de l'immeuble, le soleil n'a jamais éclairé ces murs pisseux.

— Tu t'expliques ou si je dois remettre ça en grand ? J'ai le service douze pièces, gars, avec les couverts à poisson et l'assiette à dessert décorée main, tu veux voir ?

Il secoue la tête en virgulant un regard de haute réprobation à Berthy. Il pense qu'elle a balancé son monde et s'il pouvait lui trancher la gorge avec des ciseaux à broder, il serait aux anges.

— J'ai un neveu qui habite le Liban, dit Léopold.

— Et c'est lui qui t'alimente, hein, Fleur de Pavot ?

— Il m'a demandé d'assurer un débouché dans la région lyonnaise. J'étais très lié avec Ambi...

— Lié par les partousettes, hein, vieille guenille ?

Il m'adresse une supplique de tout son être.

— Je vous en supplie, souffle-t-il. Maman...

Puis, revenant à nos moutons :

— Ambi a organisé un réseau de vente en Suisse et c'est Jérôme qui faisait la navette...

Léopold, c'est le genre de canasson qui est long au démarrage, mais qu'ensuite il faut capturer au lasso pour l'obliger à s'arrêter. Du train où il est parti, il va nous réciter le bottin des camés avant la fin de la séance. Je me pose la question

suivante : est-il l'auteur des deux meurtres de la nuit ? Mais je
me la pose par pure forme et pour être réglo avec ma
conscience, car de toute évidence, ce vieux kroumir n'aurait
pas le triste courage de trucider ses contemporains. Le bouton
du mandarin a été inventé pour des chétifs du bulbe comme lui.
C'est une sorte de cafard vicieux.

— Et la mère Soubise, que venait-elle faire dans cette
galère ? je questionne.

— C'était elle qui faisait les voyages en Suisse avec Jérôme.
Ben voyons... Une vieille dame respectable avec une bagnole
plus vénérable encore, ça n'éveillait pas la suspicion des
douaniers. Et puis une ancienne chanteuse... Le tourne-disque
trouvait sa justification.

— Écoute, trésor joli, poursuis-je, maintenant on va aborder
le pourquoi du comment du chose : les événements de Grangognant ! C'est surtout ça qui m'intéresse. Que sont devenus les
deux gosses disparus, et qui a buté l'instituteur ?

Il secoue la tête avec une énergie que je ne lui soupçonnais
pas.

— Mais je n'en sais rien ! Ça n'a rien à voir avec nos... heu,
coupables activités !

Ses coupables activités ! Faut l'entendre pour le croire !
Dans le fond, Léopold a raté sa vocation. Au lieu d'être
trafiquant de coco, il devrait être membre du Jockey-Club ! Ce
qui l'a perdu, ce triste gland, c'est son amour pour les souris.
Les délicatesses coûtent chérot. Et puis maman doit lui tenir la
dragée haute : il étouffe dans son appartement. Il résulte de ses
dires que l'école de Grangognant et le « Mistigri » n'ont aucun
point commun, et que feu la mère Soubise n'était pour rien
dans la disparition des écoliers.

— A part la vieille et Jérôme, qui trempait dans votre trafic ?

— C'est tout !

— Et Fred ?

— C'est l'homme qui apportait la drogue du Liban.

— Parle-moi de lui, veux-tu. Tu as une conversation pas-
sionnante !

Il se gratte la tempe.

— Il s'agit d'un ami de mon neveu. Mais je ne l'ai jamais vu.
Seul Ambi le connaissait. Lorsque Fred arrivait à Lyon, il me
téléphonait et je prévenais Ambi. On procédait de la sorte par

mesure de sécurité, pour le cas où le « Mistigri » aurait été surveillé par la police.

— Et il est ici en ce moment ?

— Je crois...

Je lui vote une mornifle express, histoire de le maintenir sur le bon chemin.

Voix de madame mère en coulisse :

— Encore un moustique, Léopold ?

— Oui, maman !

— Tu es sûr que la fenêtre est bien fermée ?

— Oui, maman.

— Écoute, mon joli minet, Mlle Berthy, la toute ravissante pétasse ici présente, affirme que tu as annoncé hier la visite de Fred à Ambi.

— C'est vrai.

— Alors pourquoi dis-tu que *tu crois* qu'il est ici puisque tu en es certain ?

— Je ne suis pas certain qu'il y soit encore !

— Hier soir, chez la mère Soubise, l'Arménien a reçu un coup de tube de la part d'un certain Fred... Ç'a été le signal du départ... Ce Fred connaissait donc le numéro de Léo ?

— J'ai pensé qu'Ambistrouyan le lui avait donné.

— Léo ne voulait pas venir, Ambi s'est penché sur elle et lui a chuchoté quelque chose qui l'a décidée. Qu'étais-ce ?

— Je ne le sais pas, parole d'homme !

Il ajoute :

— Pourquoi ne demanderiez-vous pas à Jérôme ? Peut-être sait-il...

— J'allais justement te réclamer son adresse, gars !

Il me la donne. Le gars loge rue Molière, pas très loin d'ici. Et pas très loin de la Sûreté non plus. Ça peut faciliter les choses.

— Fringue-toi ! enjoins-je à Léopold.

— Vous m'arrêtez ? balbutie le chpountz.

— Y a que *le Progrès* qu'on n'arrête pas, la preuve : il vient de fêter son centenaire !

Il passe dans sa chambre, tête basse. Je l'y suis. C'est une pièce de vieux garçon, avec des meubles d'une autre époque, des cadres en bois noir truffés de photos jaunies, des napperons brodés, des opalines et des saxes...

— Je peux me raser ? balbutie-t-il.

— Pas la peine, là où je t'emmène y a pas de souris à séduire, mais seulement des rats. Mets ton falzar et ton dentier, Léopold, ça suffira à ton standing.

***

Je confie Léopold à l'inspecteur Javer en lui recommandant de se le mettre au frais. Il n'a pas de nouvelles de la bagnole disparue non plus que de son macabre chargement.

— Ça marche, de votre côté ? me demande-t-il avec un très léger sourire.

— On ne peut mieux, assuré-je.

Culotté, votre San-A., hein, mes belles ? Faut s'y faire : je suis comme ça ! La môme Berthy, hébétée, m'attend dans la Jag.

En voilà une qui n'a pas besoin de s'acheter une boîte d'amorphes ce matin. On dirait qu'on l'a fait bouillir dans de l'eau de Javel.

— Maintenant on continue la petite tournée d'inspection ! lancé-je. J'espère que l'ami Jérôme en sait plus long que Léopold sur le mystérieux Fred.

Car, dans ma Ford intérieure, mes lapins, je suis convaincu que c'est Fred qui a dessoudé Soubise et Ambistrouyan. La raison de ce carnage ?

C'est précisément ce que je compte lui demander. Et c'est pourquoi il importe que je le retrouve d'urgence et plus vite que ça.

***

Moins bourgeois que son copain Léopold, Jérôme crèche sous les toits. Dans sa taule, les gogues sont sur le palier et faut descendre deux étages pour avoir l'eau courante. Une dame d'un certain âge, bien sous tous les rapports, avec une jolie moustache frisée et des lunettes plus épaisses que des culs de bouteille, remonte en ahanant, ce qui est plus pénible qu'en ascenseur, avec un arrosoir à chaque main. Elle s'efface contre le mur pour nous laisser le passage. J'ai droit à trente centilitres de flotte dans chacun de mes escarpins.

— Voulez-vous me permettre de vous hisser ces brocs ? proposé-je.

Avec l'accent de la mère Cottivet[1], la dame m'assure de sa reconnaissance infinie, me fait part de sa surprise devant tant de galanterie et, s'essuyant le front d'un revers de manche, déclare qu'elle est « toute mouillée de chaud ». Cet effort lui est d'autant plus pénible qu'aujourd'hui elle va « tout d'une fesse ». Ce mauvais état de santé est la conséquence d'une promenade faite sous la pluie alors qu'il « en tombait comme qui-la-jette ».

Elle se tait pour reprendre son souffle et j'en profite pour lui demander si M. Jérôme est chez lui. Elle me répond qu'elle ne pense pas, vu que tout à l'heure, tandis qu'elle se levait, elle a entendu claquer sa porte.

La voici parvenue à destination. Elle reprend ses arrosoirs et rentre sa provision d'H2 O dans son logis. Je toque à la porte voisine. Celle-ci est peinte en brun-ouatère et une carte de visite y est punaisée : Jérôme K. Jairhaume, lis-je.

On ne répond pas à mon heurt, ce qui m'incite à penser que la binoclarde d'à côté ne s'est pas trompée : Jérôme a quitté son domicile. A-t-il eu vent de quelque chose ? A-t-il trempé dans les deux meurtres ?

— On s'en va ? demande Berthy.

Minute papillon ! San-Antonio, sur le sentier de la guerre, n'abandonne pas le terrain sans l'avoir défriché. A moi, sésame ! Et la porte s'ouvrit. Pas en grand, car le cadavre de Jérôme se trouve juste derrière. On lui a souhaité sa fête avec un marteau. Il a la moitié de la frime cassée, littéralement cassée.

Berthy, qui a passé la tête à l'intérieur, pousse un cri. La voilà qui s'évanouit. Faut dire qu'il y a de quoi. Alertée, la voisine radine.

— Que se passe-t-il ? J'ai entendu crier.

— C'est ma fiancée qui s'est cogné la tête, dis-je.

— Tiens ! M. Jérôme est chez lui ?

— Il y est, assuré-je, vous n'auriez pas un peu de vinaigre ?

— Vous voulez faire une salade ?

— Non, c'est pour ranimer cette demoiselle.

Elle va me quérir la bouteille. Je secoue Berthy qui rouvre les yeux.

---

1. La mère Cottivet est un personnage folklorique, à l'accent traînant et chantant, dont le vocabulaire est riche du patois lyonnais.

— Pas un mot ! lui fais-je, sinon tu te retrouves au mitard.

L'obligeante voisine lui bassine le front avec onction, componction, dévotion et aussi avec un torchon.

— Ça va mieux, ma pauvre ? demande-t-elle.

Berthy bafouille que oui. Je la pousse à l'intérieur de l'appartement, en remerciant la dame. J'ai une touche avec celle-ci, c'est net. Si je prenais l'appartement de Jérôme maintenant qu'il est cané, je parie qu'on me ferait mon ménage à l'œil.

— On l'a tué ! dit la gosse d'une voix rauque après que j'ai refermé.

Le corps est encore chaud. Ça s'est produit il y a pas longtemps. J'aurais commencé mes visites par lui, je pouvais rencontrer l'assassin !

Cette réflexion me fait le même effet qu'une décharge électrique. En moins de temps qu'il n'en faut à votre petite amie pour arrêter une maille à son bas, je tiens le raisonnement suivant : « Maintenant il est certain que quelqu'un (le mystérieux Fred ou un autre) veut détruire le réseau de drogue. Il tue systématiquement tous les trafiquants : Soubise, Ambistrouyan, Jérôme... Par conséquent, il va continuer sa moisson rouge par Léopold, aussi vrai que 1 et 1 font 11. Moi j'ai commencé par Léopold et lui par Jérôme, je suis venu chez Jérôme après être allé chez Léopold, tout me pousse à inverser. »

— Arrive ! dis-je à la môme.

— Où est-ce qu'on va encore ? J'ai pas dormi de la nuit ! J'en peux plus, m'sieur le commissaire.

— Tu auras le temps de te reposer à la prison Saint-Paul[1].

— Mais vous m'avez promis de...

— Si tu étais sage. Alors, sois sage !

Et la course à l'assassin reprend.

CHAPITRE IX

Le cours Gambetta, de nouveau...

L'appartement de Léopold et de sa bonne vieille mother. Je m'approche de la lourde et je tends l'oreille. Pas un bruit.

---

1. La prison de Lyon.

Je sonne.

Toujours pas de bruit.

— Pourquoi est-ce que vous revenez ici, puisque Léopold est à la Sûreté ? s'inquiète Berthy.

Je vais lui répondre, mais la voix bêlante de maman questionne soudain, de l'autre côté de la lourde :

— Qu'est-ce que c'est, encore ?

Elle est pas commode, la douairière. Si un jour je cherche à me placer comme femme de chambre je ne viendrai pas lui proposer mes services.

— Je suis un ami de Léopold !

— Encore ! Ça n'arrête pas depuis ce matin !

Je manque m'étouffer.

— Ouvrez-moi, je vous prie.

— Je n'ouvre jamais quand mon fils n'est pas là !

Qu'à cela ne tienne, comme disait Etienne. Mon sésame est dans une forme éblouissante et il n'a pas été inventé pour les chiens qui ont perdu la clé de leur niche. Je me mets à bricoler la serrure.

— Qu'est-ce que vous faites ? glapit la vioque.

Au lieu de lui répondre, j'entre. Je fais du coup la connaissance de Mme Léopold mère. Elle est moins vioque que ne le laisse croire sa voix fragile. Mais elle doit être un peu perturbée de la toiture. Elle porte une chemise de nuit de zénana, un fichu noir tricoté et elle a mis sur sa tête une couverture écossaise qui lui donne un petit air de family avec certaines saintes.

— Je vais prévenir la police ! glapit-elle.

— C'est la police qui vous prévient, riposté-je en montrant ma carte.

Elle la lit avec attention, puis regarde Berthy.

— Et ça, demande-t-elle, ce n'est pas un inspecteur, que je sache !

— C'est un témoin, dis-je. Un témoin femelle, la qualité la plus rare, j'en ai refusé une fortune à l'exposition de témoins organisée par la Ville de Paris l'an dernier. Elle est issue du croisement d'un témoin-gênant avec un faux-témoin.

Elle en est époustouflée, madame Frapadingue. Son dada c'est les courants d'air. Dominant son hostilité, elle referme la porte, me prouvant par là qu'elle me préfère encore à la fraîcheur du palier.

— Pourquoi la police ? questionne-t-elle. On ne nous a rien pris, que je sache !

J'évoque ma bonne Félicie et un peu de pitié me monte à la gorge.

— Votre grand garçon a de mauvaises fréquentations, madame. Je voulais vous mettre en garde. Vous devriez le surveiller.

— Voulez-vous dire que Léopold aurait commis quelque indélicatesse ?

— Que nenni, mais il vaut mieux prévenir que guillotiner. » Vous disiez qu'il a reçu beaucoup de visites ce matin ?

— La vôtre, pour commencer, fait-elle.

J'en suis diplomate[1].

— Comment le savez-vous ?

— Je reconnais votre voix. Vous avez des inflexions particulières. Mon garçon est parti avec vous ?

— En effet.

— Où est-il ?

— Il est allé donner des cacahuètes aux primates à face nue du parc de la Tronche-d'Or.

— Cher cœur, soupire-t-elle, il aime tellement les animaux.

— Moi aussi, fais-je, le bœuf en particulier, surtout lorsqu'il vient de se faire braiser. Qui est venu dans l'intervalle ?

— Une dame, il y a dix minutes à peine.

— En vérité ?

— Oui.

— Vous lui avez ouvert ?

— Sûrement pas. Je me suis contentée de la regarder à travers le judas.

— Que désirait-elle ?

— Parler à Léopold. Je lui ai répondu que mon grand chéri venait de sortir.

— Vous a-t-elle demandé où il était allé ?

— Oui.

---

1. L'expression « en être baba » commence à me sortir par les pores. J'ai décidé, avec votre permission (1 bis), de la remplacer par d'autres noms de gâteaux.
(1 bis) Et sans votre permission aussi, du reste.

— Que lui avez-vous répondu ?

— Pour qu'elle me fiche la paix, je lui ai dit qu'il était parti à la campagne, chez sa brave vieille amie Léocadie Soubise. Comme ça, elle ne reviendra pas m'embêter aujourd'hui.

— Comment était-elle, cette dame ?

— Jeune.

— Blonde, brune, rousse, ou chauve ?

— Elle avait un fichu sur la tête.

— Ses yeux : bleus ou noirs ?

— Elle portait des lunettes de soleil.

— La couleur de sa robe, alors ? mendié-je.

— Elle avait un imperméable noir.

Je me fous en renaud :

— Je vous demanderais bien la couleur de ses bas, mais je suis certain que vous m'apprendriez qu'elle avait des bottes d'égoutier !

— Il est impossible de voir plus bas que la ceinture par ce judas, me répond paisiblement la bonne personne.

— Avait-elle un accent ?

Du coup, elle réfléchit.

— Tiens, oui, c'est vrai. Un drôle d'accent. Non, en fait, elle en avait plusieurs.

C'est bien la première fois qu'on me fait une réponse pareille. Dans le fond, elle est plutôt marrante, la daronne à Léopold !

— Comment, plusieurs accents ?

— Elle a commencé à me parler avec l'accent italien. Et puis ensuite elle a continué avec l'accent belge, mais ni l'un ni l'autre n'était très réussi. J'ai l'impression qu'elle voulait, en fait, déguiser sa propre voix.

Pas bête, la dame à la couvrante ! Comme quoi les sœurs, même déplafonnées, malades et bourrées de manies n'ont pas de la crème d'anchois à la place du ciboulot.

— Avait-elle les mains vides ? insisté-je encore.

— Non. Elle tenait un journal roulé sous son bras.

— Elle n'avait pas de sac à main ?

— Non.

— Très bien, je vous remercie. Encore une fois, toutes mes excuses pour cette intrusion. Continuez de ne pas ouvrir ; vous êtes dans le vrai, madame : la tranquillité est le bien le plus précieux de la vie moderne.

Si vous ne trouvez pas que mon aventure ressemble à celles de Tintin, c'est que vous êtes douze milliards de fois plus truffes que je ne le supposais. Et ça m'étonnerait que je suppose mal. On peut dire sans user d'un cliché éculé (vous en êtes un autre !) que ma route est jalonnée de cadavres comme celle du Petit Poucet l'était de cailloux ! Plus la peine de faire la liste, les gars, on engagera un expert-comptable avec une machine électronique à l'arrivée pour dresser l'inventaire.

Il appert (de choses) de ma visite à la vieille dame que je me goure pas en estimant que les jours de tous les membres du réseau sont en danger. J'ai sauvé la vie à Léopold en l'embastillant. S'il avait été chez lui, le Kroumir aurait ouvert à la mystérieuse dame aux accents pas tellement toniques, et je vous parie la même chose qu'hier contre le même truc qu'après-demain que cette cloche aurait morflé un coup de badaboum sur le cigare. Dans le journal roulé qu'elle tenait sous le bras, miss Mystère devait balader un appareil à guérir les migraines, moi, je vous le dis.

— Je peux aller me coucher ? balbutie la gosse Berthy.

Un regard me renseigne sur son compte : elle est K.O. debout. Un zig qui bâillera dans son dos causera une dépression atmosphérique suffisante pour la culbuter sur le trottoir.

Au point où elle en est, elle roupillerait sur la plate-forme d'une fusée interplanétaire ou sur l'épaule d'un lépreux. J'ai pitié.

— File-moi l'adresse de ton hôtel, Berthy, et va en écraser. Mais je te préviens d'une chose : si jamais tu me joues un tour de garce, il t'arriverait tellement d'ennuis que tu serais obligée d'en donner la moitié aux pauvres de ta paroisse.

Elle proteste :

— Vous plaisantez, m'sieur le commissaire. Vous savez bien que tout ça me dépasse. J'suis à l'hôtel du « Gratton-Racorni » et avec la dorme que je trimbale, je crois que je me réveillerai pas avant la semaine prochaine.

» Je vous admire de pouvoir tenir le choc, vous ne roupillez donc jamais ?

— Ça m'est arrivé une fois il y a dix ans. Je me suis tellement ennuyé que j'ai juré de ne jamais recommencer !

Là-dessus, on se plaque. Moi j'entre dans un bistrot où des garçons bouchers jouent au 421 en buvant du vin rouge. Je réclame un café fort et l'usage du téléphone. Le taulier m'accorde l'un et l'autre. Est-il besoin de vous dire que j'appelle le 69 à Grangognant ? Oui, car vous n'avez pas plus de jugeote qu'un manche de parapluie. Je me félicite d'avoir ordonné au Preux Béru de rester chez la mère Soubise. Il va pouvoir usiner pour notre cause, car, entre nous et une paire de quenouilles en ordre de marche, il est probable que les liquidateurs du réseau sont en route pour Grangognant où ils croient trouver Léopold.

Elle a eu une riche idée, la mère du vieux daim, de balancer cette vanne à la fille aux lunettes noires.

Je me farcis de nouveau la postière de Grangognant-au-Mont-d'Or. Toujours aussi aimable qu'une crise d'urticaire, cette vieille vierge. Elle reconnaît mon noble organe.

— Décidément, vous y tenez, à ce 69 ! grince-t-elle.

— Comme à la prunelle de vos yeux, ma belle enfant.

— Pas de familiarité ! riposte l'employée d'épée et thé.

— Ne blessez pas mon cœur fragile, supplié-je. Je n'ai que celui-là pour mener à bien les soixante-quatorze années qui me restent à vivre, et pour vous aimer.

— Je n'ai jamais entendu un tel baratineur, assure-t-elle d'une voix radoucie.

— Parce que jusqu'ici vous n'avez eu que des usagers usagés, mon chou. Moi j'ai tout de suite reconnu votre âme d'élite. Vous avez une voix à haute fréquence avec inverseur phare-code à cannelures concaves. Un de ces jours je vous ferai vérifier le niveau de mon électrolyte. J'en ai un avec vue sur la mer et purge du système hydraulique, je suis sûr que vous aimerez !

— Voulez-vous que je vous dise, fait-elle d'un ton sans joie : vous me saoulez !

— Être votre gros rouge, c'est le rêve de mon existence.

— En attendant, riposte la postière, le 69 ne répond pas.

Du coup j'ai moins envie de me cintrer.

— Vous devez faire erreur, mon lapin bleu !

— Je ne me trompe jamais, grince la demoiselle. Et je vous dispense de vos petits noms stupides.

— D'accord, mais de grâce, comme dirait Rainier, insistez !

— Ça fait trente secondes que j'insiste !

— Trente secondes, ça n'est pas de l'insistance. Continuez, ma tendre amie, continuez et le bon Dieu vous récompensera.

Je suis en pleine déroute, les enfants. Je connais Béru : c'est pas une lumière, il a un caractère de porc et tout et tout, mais pour ce qui est de l'obéissance il mérite la grande médaille en caramel mou créée par Dupont d'Isigny pour récompenser les valeurs morales. Du moment que je lui ai commandé d'attendre sur place, il attend. S'il ne répond pas, c'est qu'il ne peut pas répondre.

Je gamberge vite quand mon gyroscope veut bien s'en donner la peine. Ça fait un quart d'heure environ que la fille s'est présentée chez Léopold. Or il faut une bonne demi-heure pour se rendre à Grangognant. Elle ne peut y être encore. Seulement voilà : ses complices ne s'y trouvaient-ils point ? Ne sont-ce point eux qui auraient pendu le larbin de Soubise ? L'arrivée du Gros les aurait dérangés dans leur besogne. Ils se seraient planqués puis, voyant que le Mastar faisait le siège de la propriété, ils l'auraient neutralisé ?

Y a pas : faut que je me farcisse le voyage, et dans le style rallye ! J'avale mon caoua en vitesse : il a un merveilleux goût de vase. A Lyon, le beaujolpif est de first quality, mais pour le moka c'est pas la qualité Brésil, faut admettre !

Il est huit plombes et demie du mat quand j'arrive en vue de la taule drapée de lierre. Je meurs où je m'attache ! C'est sa devise au lierre. Pourvu que le Gravos ne l'ait pas adoptée, mine de rien ! Pas une charrette en vue. C'est le désert ! On entend chanter des coqs, cancaner des oies, aboyer des chiens, miauler des chats, grogner des porcs, meugler des vaches (et des bœufs), jurer des hommes. Le soleil rayonne comme sur le drapeau argentin. Oui, tout est calme, serein, tiède et béat. Je moule ma tire dans un chemin creux et je radine à pince vers la maison. Sur la pelouse, deux merles sont en train de s'emmerler. Un frelon me frôle. Ça sent le lis et la rose crémière (Béru dixit).

Je me pointe jusqu'à la porte-fenêtre du salon. A travers les vitres j'aperçois le larbin, accroché à sa suspension.

Ce Béru, tout de même, quel cossard, avouez qu'il aurait pu le dépendre ! J'entre, intimidé par ce pauvre Gaston qui me tire la langue sardoniquement. Je fais le tour du living en appelant :

— Béru ! Ho ! Ho !

Mais le silence entier de la nature éteinte me répond.

Je passe dans la pièce voisine : rien. J'attaque alors la cuisine, et mon sang se glace comme le pipi d'un condor sur le pare-brise d'un Boeing volant à dix mille mètres d'altitude. Sa

Majesté est là, bien là, un peu là même ! Il gît les bras en croix sur le carreau de la cuistance. Son chapeau lui couvre la face. Ceux qui l'ont assaisonné ont dû vouloir masquer son ultime rictus. Je m'agenouille auprès de mon valeureux compagnon. J'ai le cœur étreint par un incommensurable chagrin. La police sans Béru, la vie sans Béru, le vin rouge sans Béru ! Non, non, ce n'est pas possible.

Je retire le bitos, comme une cuisinière retire le couvercle d'une marmite pour voir si son poulet chasseur prend belle allure. Un ronflement s'échappe des lèvres lippues de la Gonfle. J'aperçois alors une bonbonne de picrate renversée auprès de lui. Et je pige tout.

Sans mot dire, je puise une casserole de flotte bien fraîche au robinet de l'évier et je laisse couler la tisane sur la face cramoisie du fin limier. Il remue le nez comme un lapin, puis s'ébroue et ouvre un store. Il me découvre dans un brouillard que je devine épais. Je continue de laisser couler la flotte. Alors monsieur Gros-pétard débite ses litanies :

— C'pas fini, ces c...ries ? Qui c'est l'enfant de... qui... ?

— Debout, ignoble bœuf ! hurlé-je, fou de rage. C'est comme ça que vous accomplissez votre mission, inspecteur principal Bérurier ? Je préfère vous dire tout de suite que vous serez cassé...

— Ça commence, bavoche l'Énorme, qui commence à se dessaouler. Ça commence même par les pieds... Tu me les casses, commissaire...

Je tire une nouvelle casserolée de flotte et la lui projette avec une rare violence dans la devanture.

Il suffoque, éternue et se fout à quatre pattes, son gros dargif pointé vers la cuisinière à gaz.

— Tu me la copieras, Gros Tas ! Je me caille le raisin à ton sujet, déjà je commande une couronne et des voiles de crêpe, te croyant canné, et môssieur se permet une cuite à huit plombes du mat ! T'es bon pour le cabanon ! C'est le délirium à brève échéance ! T'es sûr de ne pas voir voltiger des chauves-souris, oui ?

— Je voye pas des chauves-souris, mais je voye une belle patate ! brame Sa Proéminence. Si j'ai pas le droit de boire un gorgeon de beaujolais, en plein Beaujolais, c'est à démission-ner. Et puis tu sais, c'est pas marrant de veiller un zig qui s'est confectionné un faux-col avec une corde à linge ! Mince de tête-à-tête.

— Tu aurais pu le décrocher !

— Dis, je suis pas payé pour faire le ménage !

Il essaie de se remettre debout, mais son contrepoids est mal réglé et il part dans une pile de vaisselle sale. Le voilà dans son élément. En jurant, le Gravos arrache les morceaux de porcelaine fichés dans son baigneur.

Alors qu'il procède à cette délicate opération, la sonnerie du bigophone retentit. J'hésite un quart de millième de seconde et je vais décrocher. Le bignou est placé juste au-dessous des pieds de Gaston. Lui aussi, faudra que je le décroche.

Une voix de femme, pleine de fraîcheur, murmure :

— Je suis chez Mme Soubise ?

Je prends une voix d'eunuque, ce qui m'est particulièrement difficile, et je réponds que oui.

La voix suave gazouille :

— Est-ce que M. Léopold serait chez vous ?

Je ne sourcille pas :

— Il vient juste d'arriver.

— Puis-je lui dire deux mots ?

— De la part de qui ?

— C'est personnel.

— Ne quittez pas...

Je pose le combiné sur la table basse. Je prends du recul et je crie à la cantonade :

— Monsieur Léopold, s'il vous plaît ! Téléphone...

Vous l'ignorez peut-être, mais j'ai le don (parmi tant et tant d'autres) d'imiter les voix. Je m'exerce à contrefaire celle, légèrement sifflante, de Léopold, en demandant :

— Qu'est-ce que c'est ?

— La personne n'a pas voulu dire son nom, me rétorqué-je de mon timbre d'eunuque non oblitéré.

Marrant de composer une conversation en double exemplaire, de se faire les demandes et les réponses en reconstituant deux individualités.

Je reprends l'écouteur et avec, approximativement, la voix de Léopold :

— J'écoute...

La correspondante s'assure de mon identité.

— Monsieur Léopold ?

— Lui-même ; qui est à l'appareil ?

— Mon nom ne vous dirait rien, répond la fille. Je suis une amie de Fred...

Je laisse passer deux secondes pour chiquer à l'homme déconcerté.

— Alors ? fais-je.

— Il faudrait que je voie d'urgence...

— Où êtes-vous ?

— A Lyon.

— Moi j'en arrive, rétorqué-je d'un ton embarrassé.

— Je sais, je suis passée à votre domicile. Il faut absolument que vous rentriez...

— Mais...

— C'est terriblement important, croyez-moi !

Tu parles, Charles !

— En ce cas...

— Écoutez, reprend la fille, je vais faire une partie du chemin. Avant d'arriver à Limonest, vous avez une route sur la droite, vous voyez ce que je veux dire ?

— Je vois.

— Prenez-la et suivez-la jusqu'au petit bois. Je vous y attendrai.

— Comment vous reconnaîtrai-je ? dis-je, embarrassé. Je ne vous connais pas !

— Moi, je vous connais.

Un temps.

— Venez seul, n'est-ce pas ?

— Entendu, mais je ne serai pas là-bas avant une bonne heure.

— Faites au plus vite !

Elle raccroche. Béru fait une entrée titubante.

— Je suis barbouillé, dit-il, penaud, je boirais bien un petit marc de Bourgogne, histoire de me remettre les idées bien en ligne.

Il s'approche de la cave à liqueurs et se le sert.

CHAPITRE X

Les yeux du Gros ressemblent à deux phares de camion peints au minium, sur lesquels une douzaine d'escargots s'en seraient donné à cœur joie.

— T'as l'air tout joyce, brusquement, me dit-il.

— Parce que ça a peut-être commencé de carburer, expliqué-je.

Je lui ôte le verre des paluches et le jette par la croisée.

— Assez lichetrogné comme ça, infâme poivrot. Tu dois avoir un foie qui ferait dégobiller une poubelle !

Ayant dit, j'attrape le bignou et je demande à la standardiste de me cloquer la Sûreté lyonnaise. La chèvre déguisée en téléphoniste me reconnaît encore.

— Tiens ! vous êtes ici ! ricane-t-elle.

— J'avais besoin de respirer le même oxygène que vous, belle inconnue, ça devient de l'obsession ; si ça ne se termine pas par un mariage, nous deux, ce sera que les dieux nous sont contraires...

— Parlez ! m'enjoint-elle sèchement.

Et je me trouve en voix à voix avec le vice-sous-brigadier Gradubide qui me demande, « Allô ? » en mastiquant du saucisson.

— Javer pour San-Antonio ! dis-je.

Javer est enroué à force d'avoir hurlé dans le blair de son suspect.

— J'allais rentrer me coucher, me dit-il avec un soupir.

— Vous avez toujours mon vieux Chpountz ?

— Toujours.

— Que fait-il ?

— Il nous casse les bonbons en nous demandant toutes les cinq minutes la permission de téléphoner à sa vieille maman.

— J'ai besoin de lui, dis-je. Il faudrait me le livrer d'urgence à Limonest, vous connaissez ?

— Bien sûr. Faut que j'y aille moi-même ?

— Pas la peine, expédiez-le-moi par vos adjoints ; mais discrètement ; si vous aviez une petite fourgonnette fermée, ce serait au poil ; possible ?

— Nous avons ça au parking.

— Bravo ! Enlevez-lui les menottes et dites-lui que s'il joue au c... on l'emmènera chez lui par les oreilles. Je serai devant la mairie de Limonest. Banco ?

— C'est parti.

— Qu'est-ce que tu manigances encore ? demande Béru d'un air suspicieux.

— T'occupe pas et suis-moi !

— Où ce que ?

— On va passer à l'école pour commencer, les mômes doivent t'attendre, c'est l'heure de la classe.

*

C'est le grand circus dans la cour de l'école. La *fiesta* des *big days.* Les mouflets ont investi le groupe scolaire et ils ont commencé à l'anéantir systématiquement.

Les morceaux de craie sont écrasés, ils jouent au foot avec les éponges, ils ont dessiné des phallus sur les tableaux, les bureaux sont empilés les uns sur les autres, et les cahiers sont devenus basse-cour (cocottes en papier), ou escadrilles d'avions. Bref, it is the bavordavel intégral.

En arrivant dans la strass, le Gros, que sa picolanche de la nuit et mes sarcasmes ont foutu en renaud, pique une crise féroce.

— Qu'est-ce que j'aspers-je ! trépigne Son Énormité courroucée ! On fait la vacherie dans ma classe ! En vingt ans de carrière j'ai jamais vu ça !

Il se précipite sur les marmots et se met à les boxer à tout va. Les gnons pleuvent dru. Je suis obligé d'intervenir.

— Eh ! molo, Gros, c'est pas une armada de blousons noirs, seulement des écoliers en folie.

Intrigué, je me rends dans la classe voisine. La même agitation l'embrase. J'interroge un tout petit.

— Et ta maîtresse ?

— L'est pas là, m'sieur.

— Vous l'avez pas vue ce matin ?

— Non, m'sieur...

Le cœur étreint d'une affreuse angoisse, je grimpe au logement de Rosette. Sa porte n'est pas fermaga à clé et je n'ai même pas à faire appel à sésame pour entrer. Personne ! Tout est en ordre, le lit est fait, mais pas de Rosette !

Je redescends. Maintenant le temps presse.

Je réunis tous les mômes dans la cour et je leur annonce qu'ils peuvent rentrer chez eux. Liesse générale, vite jugulée par une nouvelle rafale de beignes du Mastar.

— Croyez pas que vous soyez quittes de ce chahut ! fait l'Important. Vous me conjugasserez cent fois le verbe « J'ai z'eu tort de jouer au c... pendant l'absence du maître ». Et si que ce serait pas bien écrit, je vous assomme tous tant que vous êtes, bande de crapules !

Volée de moineaux. En un instant l'école est déserte.

— T'en pousses une vilaine frime, murmure le Gravos, qu'est-ce qui te chiffonne encore ?

— Ta petite collègue a disparu.

— Sans charre !

— Textuel. D'ici qu'on retrouve son cadavre dans un fossé y a pas loin. J'ai jamais eu sur les bras une affaire où les morts pleuvent à ce point, Béru. C'est plus une enquête, c'est une épidémie de peste bubonique !

Je pénètre dans le préau et j'y prends une grosse hache servant à fendre les bûches destinées au chauffage des classes.

— Chope ça et radine.

— Pour faire quoi t'est-ce ? s'inquiète mon cher et noble équipier.

— Tu vas te déguiser en bûcheron, bonhomme. Il te suffit d'enlever la blouse grise et tu seras instantanément dans la peau du personnage.

Un quart d'heure plus tard, nous parvenons à Limonest. J'explique au Mahousse mon plan d'action.

— Un type nommé Léopold est « convoqué » dans le petit bois que tu vois là-bas pour, vraisemblablement, s'y faire buter.

— Et y va y aller ! s'étonne justement le Valeureux.

— Yes, monsieur, mais sans se douter des raisons de cette convocation sylvestre.

— Le gars qui doit le tuer s'appelle Sylvestre ?

Je renonce à faire une explication de texte. A quoi bon, puisque Béru a, une fois pour toutes, de la terre de bruyère dans le crâne !

— Comme les gens qui attendent Léopold le connaissent, nous ne pouvons l'escorter. Il va donc aller seul au rencart...

— Alors ?

— Alors toi, tu vas te déguiser en papa du Petit Poucet. Avec la hache que voici, tu bricoleras dans le sous-bois de manière à justifier ta présence, *O.K. ?*

— Et puis ?

— Et puis tu ouvriras l'œil. Tu as ta seringue de Pravaz, j'espère ?

Il dégaine de son Rasurel un 9 mm ravissant.

— Mais y a plus de prunes dedans, m'avertit le Gravos, hier soir, au café, on a fait un concours de tir sur des bouteilles vides.

Je lui remets un chargeur complet que mon petit ami glisse dans le canon de l'arme.

— Si le vent tourne à l'orage, fais usage de ton artillerie, sinon continue à jouer les bonnes brutes, tu es doué pour... Maintenant taille-toi !

Il enfonce son bitos au bord gondolé au ras de ses sourcils et disparaît à travers champs, sa hache sur l'épaule, comme un vieux sapeur (sapeur et sans reproche[1] !)

Près de la mairie, un café. C'est une bénédiction de ces pays : il y a toujours des bistrots partout.

Je commande un pot de blanc et je le sirote en attendant l'arrivée de Léopold. J'ai jamais bu un petit pinard aussi fruité. Ça vous râpe agréablement le gosier. Un nectar !

En quatre verres le pot est vide. Je me sens réconforté. Ma fatigue s'atténue ; les réalités prennent des contours plus souples. Je me dis qu'après tout la môme Rosette n'a peut-être pas eu de pépins. Son absence n'était qu'un retard. Elle est allée faire ses emplettes et...

Mais dans mon for intérieur, je sens qu'il y a du mou dans la corde à nœuds de son côté. Je donnerais le temps qu'il vous reste à vivre pour avoir la clé de l'énigme. Une énigme que mon sésame est incapable d'ouvrir ! Pourquoi cette p... d'école est-elle le fief du mystère ? Meurtres et disparitions ! Sapristi ! Nous aurions dû faire l'appel des mômes ce matin, des fois qu'il en manquait ! Il est vrai que nous n'aurions pas eu le temps de nous en occuper !

J'en suis là de mes cogitations lorsqu'une vieille 403 Diesel s'annonce avec un bruit de machine à battre sur le sentier de la guerre, elle vire en grinçant et stoppe devant la mairie.

---

1. Je sais, mais du moment que ça m'amuse...

J'adresse un signe aux gars qui l'occupent. L'inspecteur Javer soi-même s'avance vers moi.

— C'est gentil à vous d'être venu à la petite sauterie, dis-je, en lui malaxant les boudins.

Il hoche la tête très noblement. Lui c'est « devoir avant tout » ! Voilà ! Un martyr du travail ! Un de ces jours on lui remettra une médaille tellement longue qu'il devra acheter un moulinet pour l'enrouler après.

— Vous avez mon Gugus ?

— Dans la bagnole !

— *O.K.*, débarquez-le-moi ?

Arrivée du bonhomme Popold. Il est gris et pas frais, avec l'œil jaunâtre et la bouche décolorée.

Je le mets au parfum de ce qui se passe, mais sans lui faire part de mes craintes.

— Quelqu'un vous a téléphoné chez Soubise. J'ai dit que j'étais vous. C'était une femme. Elle vous attend dans le boqueteau que vous apercevez tout là-bas.

— Pour quoi faire ? demande mon prisonnier, troublé.

— C'est ce que j'aimerais savoir. Vous savez piloter les voitures sport ?

— J'en ai une.

— Alors voici les clés de ma *Jaguar*. Moi je vais m'allonger et on mettra la moitié du tandelet de ce côté de manière à me dissimuler.

— Et puis ?

— Vous roulerez jusqu'au bois et vous attendrez. Faites exactement ce que la personne vous dira de faire, compris ?

— Bien. Mais je me demande...

— Moi aussi, Léopold, je me demande. Vous voulez boire quelque chose ?

— Un petit rhum, balbutie-t-il.

M'est avis que c'est de circonstance, hein, mes loutes ? Je lui commande un double Negrita qu'il écluse à la Béru : cul sec.

— Et nous ? demande Javer.

Je l'entraîne au fond de la salle du bistrot. Par une fenêtre large ouverte, on distingue l'horizon harmonieux les prés verts, les champs ocre, les maisons de pisé, les toits bruns aux tuiles romaines.

Le chemin désigné par ma mystérieuse correspondante serpente, blanc dans la verdure, en direction du bois.

— Tout va se passer dans ce bois ! dis-je.

— Tout quoi ? se permet d'interrompre Javer.

Je lui vote un de ces regards féroces dont le Vieux, chez nous, a le secret.

— Tout ! dis-je seulement. Vous allez par d'autres routes le rattraper plus loin que le bois, de façon à vous placer dans le sens contraire à celui que nous allons prendre avec Léopold. Si vous percevez des coups de feu, barrez le chemin et ne laissez passer aucune voiture ! Pigé ?

— Entendu, m'sieur le commissaire.

— Alors filez tout de suite car vous allez devoir décrire un assez grand tour pour prendre le bois à revers. Stoppez à quelques centaines de mètres des arbres mais sans arrêter votre moteur, de façon à pouvoir bloquer la route très vite si c'est nécessaire.

— Et si quelqu'un tentait de forcer ce barrage ?

— Je suppose que vous êtes armé ?

— Ben voyons.

— Je suppose aussi que vous tirez vite et juste. Visez les jambes de préférence. A tout à l'heure : réunion ici.

— Et si rien ne se passe, jusqu'à quand devrons-nous attendre ?

— Jusqu'à ce que je vous prévienne moi-même.

On se quitte. Je vais rejoindre mon pauvre Léopold. Il est tout menu sur son bout de chaise. Il fait penser à quelque réfugié attendant l'arrivée problématique d'un train.

— Viens, mon lapin, dis-je.

Et c'est vrai qu'il a tout du lapin.

Un lapin que je vais lâcher en plein champ sous le nez des chasseurs !

CHAPITRE XI

A vrai dire, ma position n'est pas tellement inconfortable. Vous ne pouvez pas savoir ce que c'est profond, l'habitacle d'une *Jag*. J'ai les jambes complètement allongées et je me tiens adossé au siège. J'ai omis d'ajuster toutes les agrafes du

tendelet, de cette manière je peux légèrement soulever le bord
de celui-ci, côté carrosserie, et voir ce qui se passe alentour.

— Qu'est-ce que je dois faire ? murmure Léopold en ralen-
tissant, nous voici presque au bois.

— Il y a une voiture arrêtée ?

— Non, rien...

— Bon, tu stoppes à l'orée des arbres et tu oublies que je suis
là. Plus un mot, plus un regard, sinon je te déguise en pâté de
foie.

Il roule quelques mètres encore et s'arrête. Il attend. Depuis
le plancher, je vois ses mains nerveuses tapoter le volant. Un
temps assez longuet s'écoule. Je le trouve d'autant plus longuet
que ma position est tout de même assez fatigante. On poireaute
de la sorte un bon quart de plombe !

— Tu ne vois toujours rien ? je demande au suave Léopold.

— Non, rien...

On entend des coups de cognée et je sais qu'il s'agit du
Véhément occupé à se donner une contenance. Si les choses
traînent longtemps encore, à la place du bois on va avoir un jeu
de boules !

Soudain je perçois le ronflement d'un moteur.

— Qu'est-ce que c'est ? m'enquiers-je à voix basse.

— Une camionnette.

Le véhicule nous rejoint en ahanant. C'est plein de rires et de
cris joyeux là-dedans. Au passage j'entends un garçon crier à
la cantonade :

— Eh ! visez, les gones : c'est la dernière *Jaguar*.

Et puis le ronron diminue et le calme s'étale de nouveau sur
la nature.

Il m'arrive un turbin fantastique, mes frères : je suis gagné
par une somnolence invincible. Il est à bout de résistance, le
joli San-Antonio d'amour à ses choutes. Il a les vasistas qui se
ferment tout seuls, faudrait des piquets de camping pour les
tenir soulevés. J'ai beau essayer de me raconter des trucs
terribles, le sommeil pénètre en moi comme l'eau dans un
panier à salade. Je vois une sarabande de tronches danser la
gigue autour de ma *Jag*. Il y a Léo Soubise, et puis Ambistrouyan, et v'là Gaston-le-larbin, et puis Jérôme-la-
bouille-de-mulot-pas-cuit...

Un type égorgé s'amène : l'instituteur que je n'ai jamais vu
et dont on a mis les amygdales en vitrine, puis suivent les gosses

que leurs parents guettent à chaque seconde du jour, enfin
Rosette, la petite maîtresse aux taches de rousseur... Je tente
désespérément de m'accrocher à eux. Je voudrais coûte que
coûte tenir... Mais il fait sombre sous la bâche noire qui couvre
cette partie de l'auto. La moquette du sol est moelleuse... Je
renverse un peu plus ma pauvre tête en arrière et j'y vais de ma
partie de sirop. *Good night* vous tous, si vous avez de l'estime
pour moi, mettez votre réveton à sonner pour six heures !

Je dois ronfler.

Je m'entends ronfler. C'est pas dans mes habitudes, mais ça
provient du manque d'air. Il me semble que je marche en
équilibre sur la barre d'appui d'une fenêtre large comme une
vitrine du Printemps et située à cent mètres de hauteur. En bas
c'est tout petit, tout mesquin. Une large main s'avance sur moi,
je veux l'éviter ; ce faisant, je perds l'équilibre et je tombe,
tombe, interminablement.

Ça me réveille. Je suis toujours lové dans le fond de la *Jag*.
La grosse main a des dimensions plus humaines que dans mon
cauchemar et c'est celle de Léopold. Ce dernier me secoue
l'épaule.

— Attention ! fait-il sourdement, entre ses dents.

— Attention à quoi ? balbutié-je mal revenu de mon cauchemar.

— Écoutez ! fait simplement Léopold.

Je tends l'oreille à m'en arracher le pavillon et je perçois un
fracas assez bizarre. Il se compose de pétarades, de cris, de
chocs sourds... Et ça provient du bois.

Je mate l'heure à mon oignon et je m'aperçois avec une
stupeur large comme ça dans le sens de la hauteur que nous
faisons le pneu de grue depuis près de vingt minutes.

M'est avis que mon astuce n'a rien donné. Les gens qui
convoquaient Léopold se sont gaffés du piège. Peut-être nous
surveillaient-ils à la jumelle ? Pourtant il y a ce brouhaha dans
le bois. Je repousse le tendelet pour me dégager et mieux
entendre. Les cris et les pétarades sont de plus en plus
bruyants. A un certain moment je crois reconnaître l'organe de
basse noble de Béru. Une gymnastique qui n'a rien de suédois
s'opère sous ma coiffe de dentelle. Le Gros est tombé sur les
malfrats qui guettaient mon « appât » et c'est la bataille de

Verdun en plus petit qui se déroule à quelques centaines de mètres d'ici.

« A moi, d'Auvergne, ce sont les ennemis ! »

N'écoutant que mon courage indomptable, je m'élance hors de ma tire.

— Suis-moi ! enjoins-je au naveton.

Il obéit.

— Plus vite ! hurlé-je, remue ta prostate, Léopold, tu n'auras plus avant longtemps l'occasion de faire du footinge en forêt.

Seulement c'est pas un champion, mon petit Kroumir. Trop de whisky, trop de pépées, trop de nuits blanches ! Il ahane comme un ahaneur professionnel (l'ahaneur n'attend pas le nombre des ahanées[1]). Il me suit en suffoquant. Sa respiration siffle entre les lames de son râtelier à articulation hélicoïdale.

J'emprunte un sentier en me disant que je le rendrai aux Ponts et Chaussées dès que je n'en aurai plus besoin. Et je bombe en direction du raffut. Je parcours cent mètres, puis deux cents, en me retournant de temps à autre pour m'assurer que Popold me file le train. Il se comprime les cerceaux à deux mains, because son battant a tendance à se décrocher. Parfois il bute sur une branche morte ou se prend les cannes dans une racine qui n'est pas du ciel et s'affale dans la mousse. Puis il se relève et reprend sa pauvre course.

Trois cents mètres ! J'atteins la pointe du bois. Et je m'arrête, pétrifié par le spectacle qui m'est donné. On n'a jamais vu combat plus singulier que celui qui se déroule en ce moment. Non, jamais, même dans les productions en technicolor de la Métro Colgate. Béru, en manches de chemise, armé de sa cognée, joue au toréador. Il évite les charges rageuses d'un petit tracteur rouge, piloté par un grand type à casquette. De toute évidence, le type veut bousiller Béru, l'écraser, l'aplatir enfin ! L'engin agricole est devenu un tank. Il ressemble à un monstrueux insecte pétaradant dont la mobilité est extraordinaire.

Le Gros est en train de larguer son cinquième kilo de graisse. Il court, virevolte, fait des sauts de carpe. C'est Serge Lifar à sa grande époque. Il est violacé, ruisselant de sueur. Ses cheveux sont plaqués sur sa coupole comme des algues sur un rocher. Chaque fois qu'il a pu esquiver le tracteur, il balance un coup

---

1. Quand je dépasse la mesure, allez m'attendre directement au paragraphe suivant.

de hache à l'appareil. La peinture du tracteur s'écaille, sa robuste carrosserie se cabosse. Soudain, le tranchant de l'outil mord dans l'un des pneus arrière. Ça fait pffouffff (mais en plus fort), et le tracteur se met à donner de la bande. Son conducteur le stoppe alors, saute de son siège et court à Béru. Béru hésite à user de sa hache.

Je crois opportun d'intervenir.

— Alors, je glapis, c'est fini cette comédie ?

Les antagonistes, haletants, se figent. Je m'avance, solennel comme la justice.

Le Mahousse se fait virulent :

— T'as pas vu ce foie blanc qui me prend pour un garenne et qui cherche à me butter ! J'étais là, peinard comme Bâtisse, à travailler, et c't'énerhumaine me fonce dessus avec sa chioterie de tracteur et...

Je lève la main, dans le style romain.

— La boucle, Gros !

Et, me tournant vers le champion du tout-terrain.

— Qui êtes-vous ? questionné-je sévèrement.

Il arrache sa casquette et l'utilise pour essuyer son crâne dégarni.

— Je suis le propriétaire ! éructe l'homme tracté.

— Le propriétaire de quoi ?

— De ces pépinières !

Il me montre la clairière dans laquelle nous sommes. Celle-ci n'est clairière que depuis quelques minutes. Le sol est jonché de jeunes arbres. Des conifères d'essences très variées.

— Regardez ce que ce salaud a fait ! pleurniche l'homme au tracteur.

Explosion de Béru qui lève sa hache, prêt à cogner (ou qui lève sa cognée, prêt à hacher[1]).

— Faudrait voir à être poli, espèce de péquenod de mes deux ! J'aime déjà pas qu'on cherche à me buter, mais si z'en plus on me manque de respect, alors je vois rouge.

— Continuez ! dis-je à l'homme.

— Une plantation extraordinaire, dit l'autre avec des larmes plein les gobilles, regardez un peu ce qu'il en fait.

» Un vrai massacre ! Un vrai carnage ! Le travail de cinq ans ! Des Cédrus déodora, des abies nobilis glauca, des cha-

---

1. Choisissez et renvoyez-moi la formule non utilisée.

maecyparis Lawsoniana, des cryptomeria japonica Lobbii, des Juniperus chinensis pfitzeriana, des larix decidua, des picea excelsa, des pinus cembra, des speudotsuga douglasii, des sciadopitys verticillata, des squoiadendron giganteum, des taxodium distichum, des thuya plicata, des tsuga canadensis...

— Il a pas bientôt fini de dire la messe, c't'endoffé de frais ! grogne le Gravos. J'ai coupé ces arbres parce que c'étaient des petits. J'allais pas me farcir tout de même des Phèdres du Lit Blanc ou des peupliers de cinquante mètres, faut être logique. Bon, puisqu'y rouscaille, donnes-y dix sacs et qu'on n'en parle plus !

— Dix mille francs ! hurle le pépiniériste. Mais il y en a pour cinq ou six millions !

Re-colère du Gravos.

— Alors là, faudrait pas nous prendre pour des lavedus ! Ça remet cher le fagot, explose l'Énorme.

— Je prends tout sur moi, fais-je au pépiniériste.

— Même mon tracteur !

— Même votre tracteur. Voici ma carte, nous avons des assurances et...

Je la ferme, tout en gardant la bouche ouverte. Cela peut sembler paradoxal, et pourtant... Imaginez-vous que le Léopold a disparu. Au début de la scène il se tenait à deux mètres de moi, mais je ne le vois plus.

— Où est passé mon gars ? hurlé-je.

— Le ramolli de la frime qui t'accompagnait ? fait le Gros.

— Oui.

— Je l'ai vu qui s'esbignait à reculons.

— Où ?

— Par là !

Je m'élance, avec le bûcheron d'élite sur les talons. Quelque part dans le bois, un oiseau s'envole en poussant des cris sinistres. J'opte pour cette direction. Mais il n'y a pas de Léopold. Cet enviandé nous a floués.

— Il est passé par ici ! déclare le Mastar, regarde...

Il me montre la pochette du vieux beau accrochée à une ronce. Nous continuons à explorer le sous-bois. Je me dis que si je ne remets pas la paluche sur Léopold, je n'oserai jamais plus réapparaître devant Javer. Il ne me restera que la ressource de me téléphoner une praline dans la coquille ou de m'embarquer comme soutier à bord d'un bateau à voiles.

Nous avons atteint l'autre extrémité du boqueteau et une immense terre labourée s'étend sous nos yeux. L'horizon est vide. Pas d'erreur, notre vieille guenille se planque dans le bois. Faut agir ! Et agir *quickly* comme disent les Japonais lorsqu'ils ont appris l'allemand avec une nurse anglaise. On se met à battre les fourrés à tout va, le Gros et moi.

C'est l'Enflure qui dégauchit le premier le poteau rose.

— Vise un peu ! me hèle-t-il.

— Quoi ?

— Ben, viens voir...

Je m'annonce vers un petit monticule. Des ronces le cernent. Béru me désigne une trouée dans les plantes épineuses.

— V'là le terrier par où ce que ton renard s'a enfui.

Je me précipite. Effectivement, c'est bien l'entrée d'un souterrain.

Alors là, on est dans un vieux Fantomas d'avant l'autre guerre, mes chéris.

J'y peux rien, faut vous y faire !

CHAPITRE XII

Des lambeaux de vêtements adhèrent aux épines. Pas d'erreur : Léopold est bien passé par-là. Pas si nave que ça, le vieux Chpountz ! J'ai la déroutante impression d'être cocu comme Béru soi-même ne l'a jamais été. Car enfin, le coup du petit bois dans lequel prend (ou finit) un souterrain connu du vieux daim ne fait pas partie d'une coïncidence. Il s'agit d'un truc savamment calculé et destiné à permettre l'évasion du gars Popold. Il n'y avait personne à ce rendez-vous, c'est la meilleure des preuves !

Cette fois, je pige un paquet de trucs, les gars. Vous allez peut-être dire que j'y ai mis le temps, mais enfin ça y est, maintenant ça carbure rondement.

Je m'élance, courbé en deux, dans l'étroit boyau. Béru me file le train pendant un bout de temps, mais la gorge déjà étroite se rétrécit encore et le pauvre Minou ne peut plus trimbaler sa brioche par ce passage. Il se met à bramer des « attends-moi,

spèce de commissaire de mes... » dont je n'ai cure et auxquels
d'ailleurs je ne réponds pas.

Il est difficile et pour mieux dire pas commode d'évaluer la
distance, lorsqu'on se déplace dans un souterrain avec comme
unique guide une petite lampe électrique faite pour considérer
des amygdales. Je progresse dans la boue à une allure réduite.
De l'eau glacée me dégouline dans le cou et par instants je pose
la main sur des surfaces visqueuses on ne peut plus désagréa-
bles. Néanmoins, après un bon bout de moment, ma balade
dans les ténèbres s'achève.

Un ovale de jour point au loin, qui grandit à mesure que je
marche. Je finis par déboucher sur un chemin creux. Des traces
de pneus sont visibles. Des gouttes d'huile souillent l'herbe
tendre du sous-bois de même que des traces de glaise laissées
par des souliers aussi crottés que les miens.

Quelqu'un attendait Léopold à la sortie. Et ce quelqu'un l'a
embarqué pour une destination inconnue. Je mets mes pognes
en porte-voix et je hurle « Béru u u u u ! »

Des oiseaux affolés par ce nom s'envolent dans un lourd
claquement d'ailes. La voix du Gravos retentit, plus proche que
ne me laissait supposer la durée de mon expédition.

— J'sus t'iciiii !

On se rejoint. Ensemble nous gagnons ma Jag.

— Et alors ? demande l'Enflure en prenant place.

— L'enfant se présente de plus en plus mal.

— Le mec t'a fabriqué ?

— Yes, monsieur. Et je vais te dire une chose : si je ne lui
remets pas la main dessus dans l'heure qui suit, il ne me restera
plus qu'à expédier ma démission et à me retirer aux Nouvel-
les-Hébrides.

— C'est dans les Pyrénées orientables, ça ? demande le
Gravos, toujours épris de géographie.

Je fonce jusqu'à ce que je rencontre Javer et ses archers.

— Ça marche à bloc, lancé-je joyeusement. Faites cerner
toutes les routes de la région. Notre homme et ses complices
essaient de s'échapper, c'est merveilleux, on va coiffer toute la
bande.

Là-dessus, je déhote méchamment dans le fracas de mes six
cylindres survoltés. Un peu soufflé, il est, Javer. C'est comme
si un tordu lui disait : « Chic, y a le feu chez moi » Il doit se
dire que les flics parisiens ont des méthodes révolutionnaires.

Enfin, qu'il se dise ce qu'il veut et qu'il aille se faire chromer le coccyx !

— Où qu'on va ? s'informe Bérurier.

— Lyon.

— Quoi fout' ?

— Rendre visite à une vieille dame...

Car vous avez parfaitement compris, malgré votre atrophie caractérisée de la cervelle, que je me propulse, tel que vous me voyez, chez Léopold. J'ai deux mots à bonnir à sa môman. Deux et peut-être trois ! Voilà une daronne qui ne me paraît pas très catholique. Car enfin c'est elle qui m'a pigeonné. Gambergez un brin, et tant pis si vous coulez une bielle. Lors de ma seconde visite chez Léopold, la vioque m'a dit qu'elle me reconnaissait à ma voix, vous vous souvenez ? Si elle reconnaissait ma voix, c'est qu'elle l'avait entendue. C.Q.F.D. ! Si elle l'avait entendue, elle a su que j'arrêtais son chiare. Toujours O.K. ? Elle m'a brodé à la main cette histoire de la fille aux lunettes noires et aux accents multiples pour m'intriguer et elle m'a dit qu'elle avait aiguillé la fille sur Grangognant pour que j'y aille... vous mordez bien le topo ? Elle a téléphoné chez Soubise en sachant que j'allais lui répondre. Elle a dit qu'elle voulait voir Léopold et qu'elle le connaissait pour m'obliger à envoyer notre ami en chair et en os. Elle a cloqué le rencart dans ce bois parce qu'elle savait que son vieux bambin comprendrait. Elle savait qu'il connaissait le souterrain ! Elle a voulu lui donner sa chance à cet enfant. *C'était la seule chose à tenter pour le soustraire aux griffes de la police !* Et elle voulait le faire évader parce qu'elle savait qu'il risquait gros. Au moment que je vous cause, je suis prêt à vous parier ceci contre cela que Léopold ne s'est pas contenté de traficoter de la drogue.

— Et qu'est-ce c'est, la vieille dame dont au sujet de laquelle tu fais allusion ? insiste le Péremptoire.

Je lui crache mon raisonnement. Non pas pour éclairer sa lanterne fêlée, mais par besoin d'étayer mes arguments en les énonçant.

Béru secoue la tête.

— Je voudrais pas t'abreuver de sargasses, San-A., mais je trouve que t'aurais pu emballer la daronne en même temps que son fiston. Tu te les questionnais à part et tu confrontais z'ensuite leurs dires...

Il se rengorge.

— C'est du moins de cette manière que moi, Béru, j'eusse eu procréé.

Nous atteignons le cours Gambetta et, par veine, je trouve une merveilleuse place devant l'immeuble qui m'intéresse. La concierge est devant la porte d'allée, en train de donner une recette de gras-double à une collègue. En remerciement, l'autre lui refile une adresse pour des saucissons pur porc. Béru, qui a capté le renseignement au passage, l'inscrit sur son carnet privé, celui où il note les choses captivantes et d'un intérêt dépassant largement le cadre de la Sécurité nationale.

La pipelette, qui nous considère avec un intérêt soutenu, se risque à nous adresser la parole.

— C'est chez les Léopold que vous allez encore ? me demande-t-elle.

— Effectivement, avoué-je.

— Y a personne. La maman est partie ça fait plus d'une heure...

— Elle est partie comment ?

— Avec une valise...

Je remercie et je continue de foncer vers l'escalier.

— Mais où que vous allez, mon pauvre ? s'inquiète la cerbère.

— J'ai les clés, dis-je. Je viens de la part de mon ami Léopold pour chercher son glotmutche polyvalent qu'il a oublié sur sa table de nuit.

Nous entreprenons l'ascension de l'immeuble. Je n'ai pas plus de mal que la fois précédente à ouvrir la porte, au contraire, dirai-je...

— Qu'est-ce tu viens branler ici, puisqu'on t'a dit qu'avait personne ? s'étonne le Monstrueux.

— Silence, esclave !

J'entre et je fonce tout droit vers la chambre de maman Léopold. Les meubles béent. Des vêtements jonchent le plancher bien ciré. Je peux me tromper, mais j'ai idée que la vioque s'est fait la malle pour un bout de moment.

Elle a emporté ses valeurs, son râtelier de cérémonie et la couronne de fleurs d'oranger de son mariage et elle a foncé au secours de son cher bambino. Pour une vieille dame maladive, je trouve qu'elle a fait montre d'une sacrée énergie, pas vous ?

J'examine les tiroirs de sa commode-tombeau, ce qui a le don d'amuser le Colosse.

— T'as le bonjour d'Alfred, gars ! Tu penses qu'elle a embarqué tout ce qui pouvait z'être compromissant.

Comme il dit ces mots, une sorte de bruit bizarroïde retentit. On dirait le grattement d'un chat qui réclame la porte. Le Gros et moi on se mate, indécis.

— T'as entendu ? fait-il.

— J'ai.

— Elle aurait pas oublié le greffier dans sa précipitation ?

— Je me demande...

Le bruit recommence. Il provient d'un réduit situé après la cuisine. La porte n'a pas plus d'un mètre de haut. J'ouvre. Tout est noir... Il y a quelques cartons entassés dans le placard profond.

— Vise un peu ! murmure Son Éminence.

Il me désigne des trous percés dans la porte au moyen d'un vilebrequin. C'est tout récent, car le bois est d'une blancheur absolue.

— On a fait ces trous pour permettre à un animal de respirer, assure Béru dont la jugeote fait l'admiration des foules.

— Tu as raison, renchéris-je. Et même que cet animal doit être un fauve car ça renifle drôlement le zoo.

— Je sens pas, s'étonne mon ami.

— Because ton odeur domine, fais-je en ôtant les boîtes.

Comme je viens de balancer la dernière, j'aperçois avec émotion deux formes allongées au fond du réduit. Je promène le faisceau de ma loupiote, ce qui me permet de découvrir qu'il s'agit de deux petits garçons ligotés et bâillonnés. Mon petit camarade Béru se précipite avec tant de fougue, qu'il se fait péter la théière contre le montant de la porte. Ignorant l'aubergine qui croît sur sa pauvre hure, il m'aide à retirer les gamins de leur sarcophage. Pas d'erreur : ce sont les gosses disparus. Je les reconnais d'après les photographies d'eux qui furent publiées dans la presse. Ils sont blancs comme des linges qui n'appartiendraient pas à Bérurier, les pauvres « gones ». Une vraie pitié ! Ils clignent des yeux, éblouis par la clarté pourtant relative de l'appartement. Je leur arrache leur bâillon, tandis que le Gros tranche les entraves.

Vous me croirez si vous voudrez, comme dirait Béru, mais je

ne peux pas parler car l'émotion me noue le corgnolon. C'est kif-kif pour l'Enflure et de belles larmes grosses comme les pendeloques de cristal d'un lustre de sous-préfecture se succèdent sur ses joues herbues.

— Merci, m'sieur, dit seulement l'un des mômes, lorsqu'il a retrouvé la liberté de ses mouvements.

— C'est toi Louis Dubois ? lui demandé-je.

— Non, c'est l'autre. Moi, je m'appelle Jean Charron.

— Je les embrasse, ces mignons ! déclare le Gros, en étreignant puissamment les enfants.

— Les étouffe pas, supplié-je, ils ont assez manqué d'air comme ça.

— Qui c'est ce bonhomme qui nous fait « péter la miaille[1] » ? me chuchote Louis Dubois.

— Le nouvel instituteur de Grangognant, renseigné-je.

— Vous avez faim ? demande le Gros.

— Oh ! oui, m'sieur, la vieille nous donne juste du pain et du lait.

Nous emmenons les mômes dans un troquet du voisinage où nous leur commandons des andouillettes pannées et du fromage.

— Je crois bien que je vais vous tenir compagnie, affirme le maître d'école. Les émotions, ça creuse.

Tandis que le trio se restaure, je téléphone à Grangognant. C'est encore et toujours l'agressive postière qui m'attaque avec son joli petit combiné :

— Cette fois vous êtes à Lyon ! sarcasme-t-elle.

— Mais mon cœur est demeuré près du vôtre, douce voix, assuré-je.

— Vous allez continuer longtemps encore vos turpitudes ?

— Jusqu'à ce que vous ayez pitié de mon âme en lambeaux !

— Vous pouvez toujours courir...

— D'accord, je peux toujours, mais j'aimerais tellement mieux m'allonger à vos côtés, belle Andalouse aux seins brunis !

— Dites donc, vous avez fini de raconter des cochonneries au téléphone ou s'il faut que je prévienne la gendarmerie ?

— C'est le service que j'allais vous demander, Tendresse. Prévenez la gendarmerie que je viens de retrouver Louis

---

1. Péter la miaille signifie embrasser avec effusion.

Dubois et Jean Charron, les deux petits écoliers disparus. Qu'on rassure tout de suite les familles : ils sont un peu pâlichons mais en bonne santé.

Et je raccroche, la laissant à sa stupeur.

*
**

— J'ai jamais bouffé une andouillette aussi bonne, assure le petit Dubois. J'ai idée qu'y avait de la crème dedans...

— Y en avait ! jubile le Gros. Tu te rends compte, San-A., ce gosse, si qu'il a le palais inverti ? C'est rare qu'on trouve des facilités gustaves chez un marmot...

Le moment est venu de faire parler les enfants.

— Voyons, leur dis-je, racontez-moi un peu ce qui vous est arrivé.

» C'est toi, Louis, qui as disparu le premier ?

— Oui, m'sieur.

— Eh bien ! Raconte...

Il se recueille. Puis timidement murmure :

— Je pourrais pas avoir un autre verre de vin blanc ?

— Tiens, mon mignon, gazouille l'Horreur bérurienne. C'est gentil à c't' âge-là !

Et il tend un verre de blanc au lardon qui l'écluse cul-sec.

— Voilà, fait alors le gamin, un soir je rentrais de la classe, y a Mâme Soubise, la chanteuse, qui se promenait avec le vieux de l'appartement...

A la description qu'il me fait, je reconnais Léopold.

— ... Dis-moi, mon chéri, qu'elle me dit, c'est toi qui as trouvé la boîte avec le bouchon de cristal ? Oui, Mâme, que je réponds...

J'ai les méninges déphasées. Voilà qu'après le chapitre Fantomas, on aborde le chapitre Arsène Lupin. Le bouchon de cristal ! Qué zaco ?

— C't' un gros bout de verre, bien taillé, que j'ai trouvé dans le préau où que le maître m'avait mis en punition, explique Louis Dubois.

J'insiste pour avoir un complément d'information et je l'obtiens :

— Je m'ai assis sur le billot qui sert qu'on y coupe le bois. A c't' endroit le plancher est délatté. Pour m'amuser j'ai fini d'arracher une latte. Alors j'aperçois dans le trou une espèce de paquet. C'était plié dans un bout de journal allemand. J'y défais et je trouve une boîte en cuir. J'ouvre la boîte, dedans c'était le bouchon de carafe.

Je ne sais pas si cela vous produit le même effet qu'à moi, mais cette histoire de bouchon de cristal qui se greffe tout à coup sur l'enquête me passionne.

— Et après, mon minou joli, continue...

— Quand les autres ont été partis, le maître est venu me délivrer. Je lui ai fait voir ce que j'avais trouvé. Il a été surpris et m'a dit qu'il fallait pas en causer aux autres, vu qu'il me mettrait huit verbes.

— Et t'en as causé à personne, p'tit homme ? demande le Gros, attendri.

— Si, fait Jean Charron. Il m'y a causé à moi parce qu'on est amis.

— Mais juste à lui ! certifie Dubois.

Je sens que si je laisse flotter les rubans, faudra des crochets à broder pour arriver à démêler l'écheveau.

— Ne nous emballons pas, tranché-je ; quand Mme Soubise t'a-t-elle demandé si c'était toi qui avais trouvé le bouchon de carafe ?

— Le lendemain, quand c'est que je rentrais de l'école.

— Et alors, que s'est-il passé ?

— Elle a dit au vieux de l'appartement de m'emmener balader dans sa belle voiture. C'était une M.G. 1600 avec hart-hop.

» J'ai cru qu'on allait juste faire le tour du pays. Mais il a pris par le chemin de la Vache morte, et puis par l'hameau du Bossu, et puis par les coteaux de Roblochon, et puis par les marais de la Crapaudière, et puis...

— Brêfle, conclut Bérurier, il t'a amené jusque chez lui ?

— C'est ça. Au début y avait sa mère qu'était gentille et qui me faisait bouffer des bons plats...

— Quoi, par exemple ? demande le Gravos dont l'œil s'éclaire d'une lueur d'intérêt.

Mais je supplie le môme de nous épargner la liste de ces mets rarissimes. Béru en conçoit un certain ressentiment et essuie tristement la salive qui déjà perlait à ses babines.

— Ensuite, gamin ?

— Je me faisais du mauvais sang rapport à mes vieux, mais le type de l'appartement me répondait qu'il leur avait téléphoné. C'était pas vrai vu que mes vieux n'ont pas le téléphone, chez nous y a même pas l'eau courante ! Je m'ai mis à rouspéter, alors ils m'ont attaché... Et puis voilà.

— Tu ne sais rien d'autre ?

— Non, rien... Y a Jeannot qu'est venu me rejoindre deux jours plus tard, je crois... Voilà.

— A toi, maintenant, dis-je au gars Jeannot... Que t'est-il arrivé ?

Il n'attendait que mon signal pour prendre le relais, Jeannot. Lui aussi il aime jouer les vedettes. Il se racle la gorge.

— Oh ! moi, fait-il, c'est chez la mère Soubise que ça s'est produit. J'étais allé lui porter des œufs comme toutes les semaines. Et puis elle me cause de Loulou qu'avait disparu en me demandant ce qu'on en disait. Et puis aussi ce qu'on disait de notre instituteur qu'était mort dans la nuit. Alors j'y ai dit qu'on en disait rien, mais que moi je me doutais que c'était pour à cause du bouchon de carafe que tout ça était z'arrivé et que j'allais y dire aux gendarmes pour si des fois que ça les intéresse... Elle m'a demandé des explications dont à propos du bouchon. J'y ai dit que ce qui me faisait croire que ça venait du bouchon, c'est qu'il était ployé dans un journal allemand.

Le chiard s'interrompt et, saisissant son verre vide, le renverse avec une mimique éloquente.

— On va recommander un pot, décide le Gros, c'est vrai qu'il se laisse bien écluser, ce petit picrate.

Dubois vide le sien, clappe de la menteuse et déclare :

— Il est pas mauvais, mais un peu vert...

— Y se fera, assure Bérurier.

— Y se fera avec mes deux, rétorque le Grangognasien. C'est l'année qui veut ça.

Béru éclate de son bon gros rire et passe la main sur la tête de ses protégés.

— Y sont amours, ces petits, me dit-il, radieux, je regrette pas d'être rentré dans l'enseignement. Je sens qu'on va faire un beau couple tous les trois.

Je le regarde avec des soucoupes démesurées : le Mastar pense-t-il faire une seconde carrière dans la pédagogie ? Ses fameuses méthodes bulgares apporteraient certes de profondes modifications dans l'enseignement primaire.

Je reviens à mes moutons (Jean Charron est d'ailleurs tout frisé).

— Que s'est-il passé ensuite ?

— La mère Soubise m'a fait avaler des dragées qu'avaient mauvais goût, et puis je m'ai endormi, et puis on a dû me charrier en bagnole jusqu'à Lyon parce que je m'ai réveillé dans le placard où que vous nous avez trouvés.

Voilà, maintenant ils m'ont vidé leur sac. Élément intéressant : le fameux bouchon de cristal. Ça, c'est nouveau et ça pourra expliquer bien des choses...

Je retourne au bigophone et je redemande pour la énième fois Grangognant-au-Mont-d'Or.

— C'est bien vrai que vous avez retrouvé les petits ? m'attaque la postière. Les parents sont ici et...

— Je vais leur passer les gosses, ma belle. Mais auparavant, comme disent les Chinois, je voudrais vous poser quelques questions.

» Étiez-vous à Grangognant pendant l'occupation ?

— J'y suis née et je ne l'ai quitté que pour faire mes études à Lyon !

— Est-ce qu'à un moment quelconque de la guerre, les Allemands ont occupé l'école ?

— Non, répond-elle.

— Vous en êtes bien certaine ?

— Naturel...

Elle se tait brusquement et pousse un léger cri.

— Si ! Je suis bête ! Au moment de la défaite allemande, quand les frisés étaient en pleine débâcle, l'école leur a servi d'hôpital pendant une huitaine de jours. Ils y entreposaient les blessés en attendant que les camions sanitaires fassent la navette...

— C'est tout ce que je voulais savoir, assuré-je. Ne coupez pas, joli cœur, je vais amener les moutards.

Elle murmure :

— Dites...

— Oui, mon amour bleu ?

— J'aimerais bien faire votre connaissance (elle prononce connaissince).

— C'est sûrement faisable, la rassuré-je. Il faudra qu'on en parle à tête reposée.

J'appelle les vaillants enfants de Grangognant et je tiens un conseil de paix avec le Béru de service. J'ai idée que sa biture a redémarré. Pendant mon séjour au bigophone, il a commandé un nouveau pot de blanc. Nous en sommes maintenant au sixième et la trogne du Mahousse semble comme éclairée au néon.

— Je viens de réussir l'essentiel, lui fais-je : j'ai retrouvé les gosses.

— T'as un singulier qu'est plus singulier que le pluriel auquel j'ai droit ! ânonne laborieusement l'Ignoble. Je me permets de te faire remarquer pour si des fois t'avais la mémoire qui prenne l'eau qu'on était deux pour délivrer ces gamins !

— Silence, je pense !

Il va pour protester mais il renonce et se verse à boire.

— Maintenant, pour que ma mémoire retrouve l'éclat du neuf, il faut que je remette la main sur Léopold, sa maman et son complice.

— Les poulardins lyonnais les ont p't'être déjà repiqués.

— Ça m'étonnerait. Ces gens sont très forts, à preuve ils m'ont eu. J'étais prêt à donner le diable sans confession à cette ganache de Popold et puis tu vois.

— Qu'est-ce ce serait, à ton avisse, ce bouchon de carafe ? hoquette Alexandre-Benoît Bérurier.

— Sûrement pas un bouchon de carafe !

— Un diam ?

— Probable. Ou en tout cas un objet de haute valeur. Qu'un Allemand avait en sa possession. Pour une raison x il a voulu le planquer lors de son passage dans l'école. Suppose qu'il ait été blessé. On va pour le panser, il doit poser ses fringues... Il ne veut pas qu'on découvre l'objet en question. Alors il le dissimule. Et puis on l'évacue ou bien il défunte sans avoir pu le reprendre... Qu'en penses-tu ?

— Ça me paraît... heug... tenir debout ! éructe Béru.

— Toi tu ne pourrais pas en faire autant, tel que je te vois parti !

— Des alluvions ? proteste l'Énorme. Tu sais que j'aime pas qu'on incinère des choses sur à propos de ma sobriété.

Je me dresse.

— Occupe-toi des moutards, Gros. Je reviens.

Votre San-Antonio ravissant file chez la concierge des Popold.

La dame est toujours devant sa porte d'allée, mais elle a changé de partenaire. Elle explique à sa nouvelle interlocutrice

comment réussir les paupiettes de veau. Elle met une tête d'ail
entière dans la casserole. Ça parfume et ça ne fatigue pas. Son
mari a horreur de manger l'ail. Il a fait le Tonkin et il en est
revenu avec un estomac « qu'on voit le jour à travers », prétend
la pipelette.

J'ai quelques scrupules à interrompre une conversation aussi
captivante, mais le devoir avant tout et je m'y risque ! Elle me
cloque un regard à peine dérangé par un léger strabisme.

— Chère madame, l'abordé-je, vous m'avez dit naguère que
la maman de mon vieil ami Léopold était partie avec une
valise ?

— Fectivement, rétorque la reine de l'escalier.

— Quelqu'un l'attendait-il ?

La concierge m'examine de la tête aux pieds, puis des pieds
à la tête avec une application qui me fait friser les poils des
bras.

— Non, pourquoi ?

— Elle a dû emprunter un moyen de locomotion, je suppose ? A son âge et avec une valise on ne va pas loin...

— Pourquoi ? fait ma valeureuse interlocutrice.

— Parce que ! expliqué-je en détail.

— Ah ! bon, admet-elle.

Je reviens à la charge, comme disait un docker de mes amis :

— A-t-elle pris le trolleybus ?

— Non, elle a pas tourné du côté de l'arrêt.

— Par où est-elle partie ?

— Par là...

Elle me désigne une petite rue qui prend sur le cours et s'en
va en biais.

J'acquiesce.

— Merci de m'avoir indiqué le chemin, chère madame, le
bon Dieu vous le rendra.

La voisine qui avait droit à la recette des paupiettes se
penche sur ses cheveux gris et lui chuchote quelque chose dans
la tubulure. La pipelette opine et m'interpelle :

— Eh !

Je fais ce que l'on appelle en langage de théâtre « volte-
face ».

— Pourquoi que vous voulez tout savoir et rien payer, mon
pauvre ?

— Parce que, ma pauvre !

— Ah ! bon ! approuve la pauvre.

Je suis la petite rue indiquée par la concierge léopoldienne. Elle est toute petite. Pas la concierge : la rue. Et elle sent aussi mauvais que la concierge. C'est une espèce d'artère ombreuse dans laquelle flottent des senteurs de cuveau et de végétaux pourris. Si elle fait cent mètres de long, c'est le bout du monde. Et je vais bien vous épater : ça n'est pas une rue mais une impasse. Vous ne trouvez pas gondolant, vous, qu'une vieille femme qui se débine s'engage dans une impasse avec sa valise et disparaisse ? C'est vrai qu'avec votre cervelet pareil à une morille déshydratée, rien ne vous surprend. On vous raconterait n'importe quelle couennerie que vous ne sourcilleriez pas. De véritables entonnoirs, mes fils, voilà ce que vous êtes. Et c'est pour ça dans le fond que je vous aime bien. Avec vous, y a qu'à verser !

Parvenu au bout de l'impasse je m'arrête, fatalement, n'ayant pas encore le pouvoir de traverser un mur de quatre-vingts centimètres d'épaisseur. Un tonnelier gros comme Béru, avec une chemise bleue, un tablier de cuir et des bras qui doivent avoir un mètre de tour de poitrine est en train de passer la main entre deux caisses pour boucher le trou du fût. Il a un physique avenant et des moustaches surbaissées. Je l'aborde :

— Y a longtemps que vous êtes là ?

— Ça va faire cinquante-quatre ans tout à l'heure, répond l'assembleur de douves.

— Je veux dire, aujourd'hui.

— J'y suis depuis six heures.

— Vous n'auriez pas vu une vieille dame avec une valise ?

Il retire sa main du trou du fût, la passe sur son front bas où frisent des cheveux roux-blancs et caresse une ride qui pourrait figurer la mer sur un dessin d'écolier.

A mon avis, si ce monsieur avait quatre ans, il serait drôlement intelligent pour son âge ; seulement il en a cinquante-quatre et c'est bien dommage.

— Une vieille dame ? répète-t-il.

— Avec une valise, complété-je.

Je crois que son maillet n'est pas plus dur ni plus dense que son crâne. Il ressemble à un tonneau. Et son intelligence a la forme d'un cercle.

— Peut-être bien, finit-il par accoucher.

Terrassé par l'effort qu'il vient de fournir, il s'assied, haletant, sur un tonnelet et, puisant dans sa poche ventrale un chiffon de batiste noir et tabac à priser, il essuie la sueur d'agonie qui emperle son front.

— Où est-elle allée ? demandé-je avec précaution afin de ne pas lui provoquer de thrombose à coulisse.

Il se replie sur lui-même, se rassemble, se coagule, s'unifie, se concentre, s'interroge, se répond :

— Aux ambulances Cassegrin.

Et son bel index velu se met à briller dans le soleil comme une chenille.

Il me désigne un portail de fer sur lequel furent peintes une croix bleue et une raison sociale que la rouille achève d'uniformiser.

Il est au bord de l'évanouissement, tellement a été forte sa concentration. Brave homme ! Je pose la main sur son épaule trempée de sueur. Il a bien mérité de la patrie. J'espère que son sacrifice n'aura pas été vain.

Je bombe chez Cassegrin.

Une courette plus sombre que les projets d'un tueur à gages. Un hangar flanqué d'une verrue vitrée sur laquelle on a écrit le mot bureau... Et, derrière la vitre, un type en blouse grise, coiffé d'un béret, qui lit *le Progrès*, section nécrologie[1].

Il abaisse à regret son imprimé pour me regarder par-dessus le décès prématuré d'un dénommé Poilfart, mort d'une cirrhose, muni des sacrements de l'Église, comme tous les Lyonnais.

Je lui virgule mon joli sourire Cadum, mais ça ne lui donne pas envie de me sauter au cou.

— Monsieur ? me dit-il avec méfiance.

— Mme Léopold, fais-je, ça vous dit quelque chose ?

Il fronce les sourcils par-dessous son béret cassé en tuile.

— C'est-à-dire ? demande-t-il.

---

1. Un vrai Lyonnais commence toujours la lecture de son journal par la rubrique nécrologique. Il la poursuit par celle des « remerciements », puis par celle des concours boulistes et la termine, s'il a le temps, par celle de la première page.

Je lui fais voir ma carte. Il la prend, la regarde recto-verso, puis la dépose sur son bureau comme s'il s'agissait d'une carte de visite ordinaire qu'il compte conserver pour sa collection personnelle.

— Ils ont eu un pépin ?

Je ramasse mon document.

— Pourquoi ? fais-je.

— Puisque vous êtes de la police.

— Je ne vois pas le rapport.

M. Cassegrin allume une cigarette roulée dans du papier. La flamme fumeuse de son briquet détruit quatre centimètres de cigarette d'un seul coup et une odeur nauséabonde se répand dans le « bureau ».

— Si vous êtes de la police, c'est qu'il leur est arrivé quelque chose.

— A qui ? dis-je.

— A eux.

— Qui, eux ?

— Eux !

Je vous laisse douze secondes trois dixièmes pour apprécier la beauté et l'efficacité d'un tel dialogue.

Ça y est ? Merci !

— Je vous parle de Mme Léopold, répété-je.

— Et moi je vous parle de Mme Léopold, plus de ma voiture et du monsieur qui la conduisait...

— Quel monsieur ?

— Un ami de Mme Léopold. Je n'avais pas de chauffeur disponible, Rabougry est malade, et Duranton est allé à Metz chercher un curé malade.

— Alors ?

— Alors Mme Léopold que je connais de vue et qui voulait absolument ramener son fils de Villefranche où il a eu un accident, m'a loué une ambulance. Un de ses amis l'a conduite.

— Ils vous ont versé des arrhes, je suppose ?

— Bien entendu.

— Et vous avez pris l'identité de l'ami ?

— Pour quoi faire ?

— Donnez-moi le numéro d'immatriculation de votre véhicule.

— Qu'est-il arrivé ?

— Rien encore, mais il vaut mieux prévoir, éludé-je.

Il sort une fiche d'un petit classeur de bois et me la présente.
J'y lis que la voiture en question est une vieille Dodge transformée en ambulance. Je prends le numéro et je demande à
Cassegrin la permission de téléphoner. Il me l'accorde moyennant la modique somme de cinquante centimes ! Je lui donne
une effigie de Marianne ciselée dans la masse et je sonne la
Sûreté.

Javer arrive à l'instant où je carillonne. Le standardiste me
dit de patienter quelques minutes pour laisser à l'inspecteur le
temps de rallier son burlingue.

— J'écoute !

A sa voix, je pige qu'il en a plein les bottes et qu'il a pour moi
autant de tendresse que pour une douzaine de crapauds
visqueux enfermés dans la partie kangourou de son slip.

— Je me demandais ce que vous étiez devenu, grommelle-
t-il. Votre Léopold s'est débiné, quoi, d'après ce que j'ai cru
comprendre ?

— Yes, monsieur. Mais nous n'allons pas tarder à remettre
la main dessus, voici le numéro d'immatriculation de l'ambulance à bord de laquelle il roule en ce moment ! Alerte à toutes
les polices routières. Je vous parie deux pots de beaujolais
contre la vie du docteur Schweitzer sur papier bible que nos
gars essaient de passer en Suisse. C'est surtout dans la région
de Saint-Julien-en-Genevoix qu'il faut faire donner la garde...

— Tout de suite, monsieur le commissaire.

— A propos, j'ai retrouvé les gosses...

— Hein ? pouffe Javer.

Je raccroche, l'homme au béret est soucieux.

— Qu'est-ce que c'est que ce mic-mac ? demande-t-il.

Je tapote son *Progrès*.

— Ne ratez pas l'édition de demain, réponds-je, vous y
trouverez tous les détails, la liste des coureurs engagés et le
numéro de leurs dossards, et ça ne vous coûtera pas plus cher
que d'habitude.

Là-dessus, je le moule pour filer rue Vauban.

Je me sens déjà fortifié.

CHAPITRE XIII

Assis au bureau de Javer, j'examine une carte de la France (État de l'Europe occidentale. 551 255 km². 50 millions d'habitants. Capitale, Paris) tout en me livrant à un rapide calcul. J'ai perdu du temps au bistrot du cours Gambetta à interroger les gamins. J'en ai perdu avec la concierge, avec le tonnelier qui passait sa main entre deux caisses pour boucher le trou du fût et avec l'ambulancier sans chauffeur qui lisait la mort de Poilfart dans *le Progrès* de Lyon. En tout une centaine de minutes. Si la famille Léopold va en Suisse, elle n'est plus guère éloignée de Genève. Javer, les mains dans les poches, la paupière plus lourde que le rideau de fer d'un grand magasin, essaie de me regarder en dodelinant la tête.

Il est vaincu par la fatigue, le pauvre minet. Il n'a pas la résistance d'un San-Antonio, le commissaire de renommée mondiale ; le flic de l'élite ; l'homme qui remplace the butter.

Je décroche le bigophone et je demande au standard de m'appeler les ambulances Cassegrin. Il le fait.

La voix aigrelette de l'homme au béret retentit :

— Qui est à l'appareil ? demande-t-il.

— Le commissaire de tout à l'heure. Je voudrais savoir si votre tacot possède un triptyque ou un carnet de passage en douane.

— Pas la Dodge. J'en ai un seulement sur l'autre voiture.

— Merci.

— Dites, j'aimerais bien savoir...

— Pourquoi les femmes blondes ont... C'est pas à moi qu'il faut demander ça, monsieur Cassegrin, c'est à un spécialiste du système pileux.

Je raccroche. Javer s'est endormi. La grande cabane est tranquille. Je mets mes pieds sur le bureau, comme font les détectives privés américains dans les romans noirs, tandis qu'il fait 40 à l'ombre dehors et que les pales de leur ventilateur de bureau brassent un air sirupeux...

Je me dis que je ne vais pas tarder à imiter mon vis-à-vis. Dans le bureau voisin, un poulet chante « Laissez pleurer mon cœur si vous ne m'aimez plus » en s'accompagnant à la règle graduée. Un quart d'heure s'écoule ainsi. Et puis la sonnerie du téléphone chevrote. Je décroche avant que Javer ait eu le temps

de soulever de quatre millimètres sa paupière gauche (la plus
agile). C'est la gendarmerie de Nantua. Ils ont débusqué la
voiture. Mais l'ambulance a évité le barrage en prenant un
chemin de traverse. Elle fonce, coursée par des motards... Je
lance un cri de victoire qui achève de réveiller Javer et je remets
le combiné sur sa fourche, comme on dit dans les romans où
le téléphone fait gagner des lignes au lieu de faire gagner du
temps.

— Alors ? croasse mon collègue d'entre Rhône et Saône.

— Alors c'est ici que les Athéniens s'atteignirent, déclaré-je,
histoire de lui montrer l'étendue de mon humour. Ils sont à
Nantua, j'avais prévu juste !

— Et vous y allez !

— Ben voyons, je voudrais pas louper le finale.

Il soupire.

— Y a deux places dans votre bahut ?

*

Je crois pouvoir vous assurer que Javer n'a plus sommeil. A
deux cents à l'heure, c'est une nécessité qu'on oublie, si je puis
dire. Le vent de ma folle course nous cisaille la bouille. Javer
en a le nez écrasé, les pommettes aplaties, les lèvres retroussées,
les manettes plaquées sur les tempes et la chemise à col ouvert
(tenue généralement en vigueur chez les policiers lyonnais)
plus ouverte que les portes de la Madeleine pour le mariage de
la baronne du Prose. Je lui fais avaler les kilomètres à la petite
cuillère. Il bredouille parfois :

— Il me semble que vous prenez des risques, monsieur le
commissaire !

— C'est vous qui en avez pris en m'accompagnant, lui
retourné-je invariablement.

Une plombe plus tard nous atteignons Nantua, patrie de la
quenelle au brochet. Des quenelles, on pourrait en faire cuire
sur le capot de ma Jag. Car je lui ai fait fumer le pot, à cette
chérie !

Nous nous précipitons à la gendarmerie. Il y règne la plus
grande animation. Les bagnoles de police vont et viennent, les
motards viennent et vont. On nous renseigne : les choses se
sont modifiées depuis tout à l'heure. Voici ce qui s'est passé :
la voiture-ambulance ne pouvait rivaliser de vitesse avec les

bolides des motards. L'un de ceux-ci l'a dépassée et s'est mis en travers du chemin, mais le conducteur de la guinde a foncé dans le tas et maintenant le motard est clamsé. On a retrouvé son casque dans un pommier, avec sa tête à l'intérieur. Le deuxième motard a ouvert le feu ! Un vrai rodéo ! Il a dû crever le réservoir de la chignole car il y a une traînée d'essence sur la route. L'ambulance est alors entrée dans une maison de repos qui héberge une colonie d'enfants sourds-muets.

Les renforts de matuches sont arrivés sur les lieux et ont fait le siège de la casa. Mais les bandits ont envoyé en plénipoten-tiaire une assistante sociale qui gardait les mômes. Si on ne les laisse pas filer ils abattront les gosses !

Les choses en sont là.

— Venez, dis-je à Javer, on va aller s'expliquer avec eux.

Une maison banale, assez grande, dans un vallon près du lac. Je vois l'ambulance rangée près de la porte. Tout semble calme à l'intérieur. Sans la présence des archers qui la cernent, on ne la remarquerait pas. Une ravissante demoiselle vêtue d'une blouse blanche pleure H-O de larmes. C'est la monitrice des petits sourds-muets. Je lui passe la parole :

— Nous servions le repas aux enfants lorsque nous avons entendu un bruit de freins. La porte de la maison a claqué et quatre personnes ont fait irruption.

— Quatre ? m'étonné-je.

— Deux hommes et deux femmes. Les hommes étaient armés. Ils nous ont menacés. Les gosses pleuraient de peur, c'était affreux.

Ses sanglots reprennent. Ça lui va bien. Elle est grande, blonde, roulée à la main. Elle fait fille de famille dévouée. On aimerait l'initier au mystère du scoubidou rétractile et de la castagnette valseuse.

— Ils ont demandé s'il y avait une voiture. J'ai répondu que je possédais une fourgonnette 403. Ils allaient ressortir lorsque la police s'est présentée. Il y a eu des coups de feu. L'un des deux hommes qui paraît être le chef m'a dit de sortir pour annoncer aux policiers que si on donnait l'assaut ils abattraient les gosses. Je suis certaine qu'ils le feraient...

Je lui demande de me décrire ces gens. Je reconnais Léopold

et sa brave maman, et puis la chanteuse du « Mistigri », celle qui s'est barrée après l'assassinat d'Ambistrouyan. Quant au chef, selon la môme, c'est un grand brun, très beau, avec des yeux sombres et la peau bistre.

Mon petit doigt, qui est le plus futé de tous les petits doigts de ma connaissance, me dit que le gars en question doit être le fameux Fred.

Le capitaine de gendarmerie me consulte :

— Que faisons-nous, monsieur le commissaire ?

Justement, c'est ce que se demande M. le commissaire.

— Vous avez un porte-voix ?

— Voici...

J'embouche l'appareil et je me mets à clamer :

— Eh ! Léopold ! Dis à tes petits camarades d'ouvrir toutes grandes leurs étiquettes et d'écouter ce que je vais dire !

Je me racle la gorge pour faciliter la diction du bonhomme.

— Votre circus ne rime à rien et il est perdant. C'est pas en jouant Fort Alamo que vous vous en tirerez. Vous ne ferez qu'aggraver votre cas. Alors vous allez sortir à la queue leu leu avec les mains croisées sur la tête. Et je vous donne trois minutes, juste le temps de se faire cuire un œuf ! Vu ?

Silence. Tout le monde est crispé. Messieurs les gendarmes se retiennent de penser pour éviter de faire du bruit. Soudain, la porte de la maison s'ouvre et une seconde jeune fille en blouse blanche en sort en criant :

— Ne tirez pas ! Ne tirez pas !

— C'est ma collègue, fait la souris distinguée et sangloteuse.

Elle est passablement terrorisée, la seconde.

En hoquetant (elle joue au hoquet sur glace, paraît-il) elle nous transmet un second message des bandits.

Loin de se rendre, ils sont prêts à passer à l'action.

Ce sont eux qui nous donnent trois minutes pour déhoter. Passé ce délai, ils balanceront par la fenêtre le cadavre d'un mouflet, histoire de nous montrer ce dont ils sont capables.

On croit rêver, non ? Je ne savais pas que ça existait des choses pareilles !

Les deux nanas en blouse blanche se traînent à nos lattes.

— Pitié pour les petits ! Ils sont si gentils !

Les crapules vont en embarquer quelques-uns avec eux comme otages. Admettez, les gars que la situation n'est pas joyce. J'ai une sacrée responsabilité sur les endosses, tel que

vous me voyez ! Que faire ? Les mettre à l'épreuve ? Attendre
pour voir s'ils auront le triste courage d'accomplir leur programme ? C'est trop risqué. D'autre part, mettre les pouces et
les laisser filer est incompatible avec notre dignité de flics.
Alors ? Cette affaire est décidément axée sur les moutards.
Voilà qu'après avoir délivré les élèves de Grangognant, nous
risquons la peau des petits sourds-muets de Nantua !

Impavide, Javer scrute sa tocante.

— Ça fait déjà une minute d'écoulée, dit-il.

Je me masse la calebasse. Plus que cent vingt secondes et le
pire se produira. Le genre de truc qui vous souille la conscience
pour le restant de vos jours.

— Où est votre 403 ? je demande à la souris blanche.

— Dans le garage, derrière la maison.

Ma décision est prise.

— Ne vous occupez pas de moi, dis-je à Javer. Dans une
minute exactement, vous direz à ces fumiers que c'est *O.K.* et
vous donnerez aux gendarmes l'ordre de se replier.

Là-dessus je me prends par la main et je fais mine de repartir
à bord de ma calèche. Je parcours une distance suffisante pour
être hors de vue et je moule mon bolide sur le bord du chemin.
Ensuite je contourne la propriété et, en rampant, je gagne le
garage dont la porte est ouverte. La fourgonnette est là,
paisible, qui attend le bon vouloir des hommes. Je me coule au
fond du garage et, accroupi derrière l'aile gauche du véhicule,
j'attends, revolver au poing. Comme toujours dans les cas
périlleux, mon cœur bat lentement et je me sens calme et froid.
C'est pas le moment de trembler.

Des pas retentissent dehors. Un étrange cortège apparaît.

Léopold, tenant un gamin dans ses bras, est suivi de sa
maman, armée d'un gros pétard et coltinant sa valoche, puis
vient la chanteuse du « Mistigri » portant un second mouflet,
et enfin le type brun. Cézigue ne trimbale pas de mougingue
mais sa mitraillette à friction. Et je comprends que les demoi-
selles de la colonie étaient en dessous de la vérité en affirmant
que ce gars est prêt au pire. Y a qu'à voir ses yeux pour s'en
convaincre. San-Antonio fait un rapide calcul. Il se dit que le
moment d'intervenir n'est pas tout à fait arrivé. Faut attendre.

— Mettez un gosse devant et un gosse derrière ! ordonne
l'homme à la mitraillette.

Léopold et la chanteuse obéissent. Ils se penchent chacun

par une portière pour déposer leur précieux chargement sur les banquettes. Je me dis : « A toi de faire, San-A. ». Je vise et je presse la détente. Le revolver saute dans ma main. Sa détonation produit un fracas de tous les tonnerres. Là-bas, j'ai cru percevoir un cri. C'est maman Léopold qui prend congé. Derrière elle, la mitraillette éternue vilain. Une volée de prunes perfore l'arrière de la fourgonnette et troue les briques creuses du garage. Une balle m'égratigne l'oreille gauche. Je perds mon sang chaud, mais pas mon sang-froid. J'attends la fin de la salve, puis je bastosse à mon tour.

C'est une manière comme une autre de rendre la mornifle. Et je distribue tout le magasin. Le grand brun en prend dans le baquet, dans la poitrine, dans la tête. C'est plus un homme, c'est un harmonica. Il s'affaisse sur la vieille. Moi j'ai pas terminé mon petit travail artisanal. Je sors de ma planque pour m'occuper des deux autres. La fille n'est pas armée, je vois ça d'un coup d'œil et je m'en débarrasse d'un inélégant coup de savate dans l'estom'. Par contre mon petit copain Léopold, lui, a déjà dégainé sa rapière. Il me vise. L'espace d'un dix-millionième de seconde je me dis que mon magasin est vide et que je n'ai pas le temps de faire rentrer des stocks. Alors, quoi ?

Vous ne pouvez pas savoir ce que je réfléchis vite dans certains cas. A côté de ma pensée, la lumière se traîne comme un cul-de-jatte dans du goudron frais.

J'ai conscience de la portière entrebâillée. Je me laisse tomber contre elle à l'instant précis où Léopold défouraille. Je sens que les bastos me chatouillent le dos. Et après ? En se refermant, la portière a coincé le pan de sa veste à ce tordu. Il fait un saut en arrière mais reste bloqué. A moi de lui démontrer que cinq doigts bien repliés constituent un poing en parfait état de marche.

Il prend le mien sur le menton et il se met à tousser des étoiles filantes. Je lui refile ensuite : six uppercuts, deux directs et quatre crochets, le tout dans un état de fraîcheur parfait, on dirait du neuf ! Léopold pend à la portière. Dans la bagnole, les gamins font « au secours » avec les mains, ce qui donne un intéressant jeu d'ombres chinoises sur le mur du fond car le soleil rentre à Jean Giono.

Inscrivez San-Antonio vainqueur par K.-O. sur les tablettes de la Fédération de boxe, mes chéries !

Les archers radinent pour voir ce qui se passe.
Ils voient.

CHAPITRE XIV

Effondré dans les locaux de la gendarmerie, Léopold se met
à table comme un gastronome professionnel convié par Ray-
mond Oliver. La mort de sa maman lui a cassé les nerfs. C'est
une loque, une chiffe, une quenouille molle.

Son vrai blaze, c'est pas Léopold, mais Van Dechsichün.
Nom célèbre à la police. Sa mère tenait tous les bouges
d'Anvers jadis et elle a eu de fameux démêlés avec la police
belge. Elle est venue se retirer à Lyon parce que Lyon ressemble à Bruxelles. Mais son rejeton, au lieu de se retirer des
voitures, s'est lancé dans la drogue comme il me l'avait dit. Le
trafic de la bande aurait marché bon train (comme disait un
chef de gare) si le jeune Loulou Dubois n'avait fait cette
surprenante découverte du bouchon de carafe dans le préau de
son école. Surpris par la trouvaille et ignorant s'il s'agissait de
quelque chose de précieux, l'instituteur était allé la montrer à
Mme Soubise. Selon lui, une artiste retirée devait s'y connaître
en pierres. La vioque diagnostiqua aussitôt un diam exceptionnel, l'un des plus beaux du monde et d'une valeur approxima-
tive de deux cent trente-trois millions quatre cent six mille sept
cent vingt-deux francs soixante-quinze.

Aussitôt, elle alerta ses petits copains de la drogue. Ambistrouyan et Léopold entrèrent en contact avec l'instituteur
auquel ils proposèrent d'acheter la pierre. Mais le maître
d'école était honnête. Du moment que la trouvaille de Dubois
avait une valeur, il voulait la remettre aux autorités et il déclara
que le jeudi suivant il irait à Lyon pour ce faire (à friser). Lors,
les Soubise's boys résolurent de frapper le grand coup. Ces
gens ne faisaient pas que vendre la drogue, ils en usaient et en
abusaient. C'était une bande de désaxés vivant en circuit fermé
dans l'orgie et le stupre (en poudre). Ils commencèrent par faire
disparaître le gamin qui avait trouvé le caillou, sachant combien les gosses sont bavards. Puis, la nuit suivante, ils allèrent
à l'école pour s'emparer du diam. L'instituteur opposa une
résistance farouche et ils l'égorgèrent.

Léopold sue à grosses gouttes. Il a besoin de se truffer les narines, et il perd les pédales.

— Ensuite, l'aidé-je, vous avez découvert qu'un autre gamin était au courant de la pierre et qu'il pouvait tout faire craquer. Alors vous l'avez kidnappé aussi. Qu'espériez-vous donc ?

— Nous attendions l'arrivée de Fred. C'était lui qui devait écouler ce diamant exceptionnel. La pierre appartenait à une riche famille israélite et, pendant l'occupation, un officier nazi se l'était appropriée.

Léopold me jette un regard suppliant.

— Dites, maman devait avoir une boîte pleine de petits sachets dans une de ses poches, vous ne voudriez pas... ?

— Des clous ! Quand tu auras fini de parler, mon bonhomme.

C'est sa maman gâteau qui lui refilait sa came comme on donne une sucette au petit enfant qui a ciré ses chaussures.

Résigné, il murmure :

— Que voulez-vous savoir ?

— La raison de tous ces meurtres...

— Tous ces meurtres ! Mais Ambistrouyan n'a tué que l'instituteur. Nous n'avons tué personne d'autre !

— Tu te fiches de moi, non ?

Je lui présente mon poing et je le déguise en main d'honnête homme en présentant mes doigts au fur et à mesure de mon énumération.

— Et Ambistrouyan, dis, qui est-ce qui l'a allongé ?

Il va pour protester, je le fais taire d'une mandale énergique.

— Et la mère Soubise ? Et Jérôme ? Et même Gaston, le larbin ?

Il écarquille ses grands yeux mités.

— Mais je vous jure que nous n'y sommes pour rien, ni mère, ni Fred, ni Marysca, ni moi ! Ambistrouyan avait tué le maître d'école, ça oui... Mais c'est tout !

En tout cas, pour ce qui est de la série des tartes à la crème, ça n'est pas tout. Je lui vote une subvention d'urgence. Il glaviote une de ses toutes dernières prémolaires qui aurait pu lui rendre encore de menus services.

Javer radine sur ces entrefesses en brandissant une petite boîte de cuir noir. Il l'ouvre et me montre complaisamment le caillou qu'elle contient.

— J'ai déniché le diamant, monsieur le commissaire. C'est le dénommé Alfredo Galvani qui l'avait dans sa poche...

— Bravo !

Mais je me moque de ce cauillou comme de ma première chaude pelisse. Les dénégations farouches de Léopold me troublent.

— Enfin, quoi, murmuré-je, c'est pourtant bien Ambistrouyan qui m'a balancé cette grenade hier dans la classe ?

— Quelle grenade ? s'étonne le naveton, je ne suis pas au courant...

— Fais pas l'âne, mon joli, ça risquerait de te valoir du son ; et ce son-là tu iras le manger dans une corbeille !

— Mais je vous assure...

— Rentrons à Lyon, décidé-je, on parlera à tête reposée, comme dirait Louis XVI.

*

Les poulardins de l'Ain nous prêtent une bagnole plus spacieuse que ma Jag et nous rejoignons notre base. Au passage je jette un œil dans le bistrot où m'attendaient Bérurier et ses petits élèves. La patronne m'apprend qu'ils sont partis avec les parents des jeunes retrouvés, venus les chercher dans la bagnole du maire.

Allons, je suis bien certain qu'il y aura de la viande saoule ce soir dans le gentil village rhodanien. Le seigneur Bérurier, dit le Gravos, dit Bonne-Pomme, dit la Liche, dit Le Baron de L'Ecluse, dit l'Ignoble, dit Sa Majesté est en train de démarrer sa cirrhose. Malheur à qui essaiera de lui résister !

Je fais mettre Léopold au frais et je passe à l'interrogatoire de Marysca, la chanteuse sans voix. Elle n'en a pas plus que sur le podium du « Mistigri », la pauvre chérie.

— Je suis innocente de tout, affirme-t-elle. Je ne sais rien.

— Pourquoi t'es-tu tirée après l'assassinat d'Ambistrouyan ?

— J'ai eu peur. Vous n'allez pas m'accuser de l'avoir tué, peut-être ? On se trouvait ensemble dans la chambre du haut quand ça s'est produit...

— Et qu'as-tu fait ensuite ?

— J'ai marché. Je me sentais comme folle. Et puis je suis allée demander conseil à Léopold. Mais vous veniez de l'arrêter... Sa mère m'a dit qu'on devait essayer quelque chose pour le délivrer. Elle a prévenu Fred, et puis ensuite on a fait le coup de l'ambulance...

— C'est toi, n'est-ce pas, qui m'as appelé chez Soubise en feignant de croire que j'étais Léopold ?

— Et alors ? Quel mal y a-t-il ?

— Les jurés t'expliqueront !

La porte s'ouvre sur un Javer blanc comme la feuille de composition d'un mauvais élève. Il jette le diamant sur le bureau et murmure :

— Il est faux !

Du coup je sursaute.

— Qu'est-ce que vous dites ?

— Je l'ai montré à un de mes collègues qui s'y connaît. Ça l'a fait rigoler qu'on ait pu le croire authentique. Alors je suis allé chez le bijoutier du cours La Fayette : c'est du toc, monsieur le commissaire. Un vrai bouchon de carafe !

Je commence à en avoir ras le bocal de cette affaire. Voilà que tout le monde est mort ou arrêté et qu'on n'y voit pas plus clair qu'avant. J'en ai classe, je suis sur le point de m'écrouler, terrassé par la fatigue. Tout tourne et mes contemporains ont des tronches vraiment pas regardables.

— Je vais piquer un roupillon dans le premier hôtel que je rencontrerai, dis-je à Javer.

— Venez donc chez moi, propose-t-il, j'habite les Brotteaux et ma femme est en vacances...

— C'est pas de refus !

Nous confions miss Marysca à ces messieurs du guet et nous descendons. A l'instant précis où nous allons franchir la porte, le standardiste nous interpelle :

— Vous allez à Grangognant à propos du nouveau meurtre, messieurs ?

Je le regarde, plus abruti que trente-six gâteaux qui viendraient de traverser le Sahara tête nue.

— Quel meurtre ? bredouillé-je.

— Ben, celui du nouvel instituteur. On vient de retouver son cadavre dans une fosse à purin. Mort étranglé, le pauvre type !

CHAPITRE XV

Il y a le secrétaire de mairie, le curé, le premier adjoint, le deuxième adjoint, les conseillers municipaux, le capitaine des pompiers, le lieutenant des pompiers, le sous-lientenant des pompiers, l'adjudant des pompiers et LE pompier de Grangognant. Nous sommes dans le hangar où se trouve remisée la pompe à incendie qui n'a pas été ressortie depuis le 14 juillet de l'année dernière. A terre une bâche verte fortement gonflée. Deux souliers dépassent. Tout le monde est recueilli, silencieux, impressionné. Je fais signe au pompier de rabattre le coin de la bâche. Une odeur malodorante flotte dans le local. Décidément, mon pauvre Béru aura eu une bien triste fin. Une fin assez logique pourtant, après la vie qu'il a menée : périr dans du purin est quasi normal.

La bâche est retroussée, je me penche...

CE N'EST PAS BERURIER !

Je n'ai jamais vu le monsieur étendu là, gonflé et puant, avec un nez proéminent et les yeux fermés.

— Pourquoi avez-vous dit que c'était le nouvel instituteur ? protesté-je.

— Mais, bégaie le secrétaire de mairie, à cause de ses papiers, regardez... Il avait une carte professionnelle dans sa poche.

On a mis la carte à sécher sur une plaque de verre. L'encre est délavée, mais on lit néanmoins :

Albert Pensome, instituteur.

Je me penche sur le cadavre afin de mieux le voir. Non, mille fois non ! Ce n'est pas là le Pensome qui venait prendre son poste et que j'ai renvoyé chez lui ! Alors ?

Hein ? Que trouvez-vous à répondre, mes petits rats malades ? Ça vous en bouche trente mille coins, avouez ?

Et à moi donc ! Car puisque ce mort est bien Albert Pensome, la photographie de la carte en fait foi, celui qui était venu le remplacer était un imposteur ! Oh ! mais... Oh ! mais...

Dans la rue principale du village un chant aviné retentit :

« Nous sommes unis par la variole, plus que par le lien conjugal. »

L'organe du Gros. Je sors avec tous les autres et nous voyons radiner un surprenant cortège : Béru, porté en triomphe par les parents d'élèves... Béru apoplectique... Béru radieux, triomphant, déifié ! Les enfants des écoles marchent derrière lui, en brandissant des drapeaux ou des branchages. J'aperçois dans la foule la petite Rosette de Lyon, plus tachederoussée que jamais. Je me précipite sur elle.

— Mais où donc étiez-vous passée ce matin, petite malheureuse ? Je vous ai crue kidnappée et j'ai tremblé pour vous...

Elle rosit, Rosette, comme une rosette qui aurait la rosette ou la roséole.

— J'avais mis un mot sur la porte de mon collègue pour lui dire que j'allais à Lyon chercher des... heu... des... heu...

— Des quoi ?

— Des toilettes à la maison. C'est pour vous plaire, balbutie-t-elle en se jetant dans mes bras.

Maintenant c'est « les Trois Orfèvres » que brame le Gravos. Il a chipé l'écharpe du maire. Des journalistes du *Progrès* et du *Dauphiné* viennent d'arriver et le mitraillent. N'est-ce point lui, le brave, le sans-peur, lui qui toujours avance et jamais ne recule, n'est-ce point lui qui a retrouvé les enfants et les a rendus à leur famille ?

— Où allez-vous, commissaire ? bredouille Javer.

— A Lyon, réponds-je. Je crois bien que je viens de tout piger...

— On ne pourrait pas dormir un petit peu ici, je... je...

— Vous roupillerez dans la voiture.

— A la vitesse où vous allez c'est guère possible. Enfin...

Je commence à connaître par cœur cette garce de route. Pas un des brins d'herbe qui la bordent ne m'est inconnu. Au passage, les colimaçons me font signe avec leurs cornes et les maçons aussi.

— J'ai une mauvaise nouvelle à t'apprendre, Marysca.

La fille relève la tête et ses yeux errent au fond de mon âme, à la recherche d'une vérité qu'elle appréhende[1].

— Ton jules est mort. On allait lui mettre la main dessus et il a voulu faire du rififi ; alors un de nos hommes qui était

---

1. Être fatigué comme je suis fatigué et parvenir à m'exprimer de cette manière châtiée, c'est quelque chose, non ?

nerveux et qui défouraille vite l'a assaisonné. Maintenant il a droit à une jolie pierre tombale toute blanche comme une maison espagnole.

— Qu'est-ce que vous déco... ? fait-elle.

Mais elle a pâli et sa voix est fêlée.

— La vérité. Tu vas venir tout à l'heure reconnaître le cadavre, bien qu'il ne soit pas beau à regarder, ton grand maigre.

Je lui brosse un portrait vachement ressemblant de l'homme qui voulait se faire passer pour Pensome et qui a disparu. J'ignore bien entendu — je le précise pour les plus cavons d'entre vous — s'il est mort ou vivant, ce qui m'intéresse ce sont les aveux de la gosse.

Ça boume, mes frères ! Ça boume même extrêmement bien. Marysca s'affale soudain, éperdue de chagrin à l'idée que son bonhomme est mort. Elle a eu les dents trop longues. Ayant eu vent de la découverte faite dans l'école, elle a mis sur le coup, non pas son jules comme je le croyais, mais son frère. Ce dernier a essayé de chiquer à l'instituteur. Pour cela il a neutralisé l'autre, le vrai, en lui serrant le kiki et en le flanquant dans une fosse à purin.

La scène s'est déroulée à Belinbeline car il n'y a pas de gare à Grangognant-au-Mont-d'Or. Son forfait accompli, le frangin à Marysca s'est pointé, fier comme bar-tabac. Seulement Sa Rondeur et bibi étions déjà à pied d'œuvre.

Le gars est resté dans la contrée pour surveiller nos agissements. Quand il m'a vu aller chez Soubise, il a pigé que je commençais à brûler et que le magot leur échapperait. Alors il a ouvert les hostilités en me balançant la grenade d'abord : puis, devant l'inefficacité de son attentat, en essayant de mettre la paluche coûte que coûte sur le caillou.

C'est lui qui a buté Soubise, car il nous suivait. Lui qui a téléphoné à Ambistrouyan au bar en lui disant qu'il voulait le voir de la part de Fred. L'autre a dit O.K. Mais quand le frangin de Marysca est arrivé et qu'il a trouvé l'Arménoche enchaîné à poil au radiateur, il lui a posé le marché suivant : il le délivrait en échange du diam. Ambistrouyan a révélé la planque du caillou et le frelot n'a rien eu de plus pressé que de le rendre définitivement muet. L'incomparable joyau a une valeur réelle, renseignement pris en dernier ressort comme disait un fabricant de sommiers, de deux cent trente-trois millions quatre cent

six mille sept cent ving-deux francs cinquante. J'avais sures-
timé sa valeur tout à l'heure en vous disant — et je m'en excuse
humblement — qu'il valait deux cent trente-trois millions
quatre cent six mille sept cent vingt-deux francs soixante-
quinze !

Il se trouvait chez Soubise, à Grangognant. Le frère de
Marysca, fou homicide (quelle horreur !) est allé l'y chercher.
Gaston, le maître d'hôtel, l'a pris en flagrant délit et le gars l'a
étranglé avec une corde, puis pendu à la suspension. Il se
trouvait sur les lieux de son forfait lorsque j'ai appelé. C'est lui
qui m'a répondu en se faisant passer pour Gaston. Il m'a dit de
ne pas quitter, puis il est parti, se disant que le suicide du
domestique ne ferait pas de doute et que c'était mon appel
téléphonique qui l'avait motivé. Pas bavète, hein ? On est futé
à c't' âge-là.

— Dis voir, ma choute, fais-je à la chanteuse. Il y a quelqu'un que tu oublies...

— Qui ? balbutie-t-elle en se troublant.

— Mais, l'ami Jérôme. C'est chez lui que tu es allée chercher
refuge en quittant le « Mistigri », hein ? Tu lui as dit qu'Ambistrouyan s'était fait liquider ; devant ton affolement, il a cru que
c'était toi et il a voulu te virer ; alors, perdant la tête, tu lui as
flanqué des coups de marteau sur la tronche. Où l'avais-tu pris,
ce marteau ?

— Dans son escalier, on réparait l'immeuble...

— Charmante nature !

J'en ai assez soudain de lui bourrer le crâne. Maintenant,
l'arrestation du frangin, la récupération du vrai diam ne sont
plus qu'une question d'heures. Faut que j'aille ronfler pendant
que les services de la poule se mettront en branle.

Je murmure seulement :

— C'est toi qui as refilé la pierre bidon aux Léopold ?

— Oui. Je leur ai dit que je l'avais trouvée chez Ambistrouyan. C'était pour leur inspirer confiance et permettre à
mon frère de gagner du temps. J'avais peur que Fred aille chez
Soubise et rencontre Luciano...

Elle pousse un cri.

— Mais qu'est-ce qui vous arrive, monsieur le commissaire ?

Il arrive à M. le commissaire qu'il est parti à dame. Il ronfle
dans le fauteuil de l'inspecteur Javer.

CONCLUSION

Je dors un jour, une nuit, un autre jour et une autre nuit.

Et puis je m'annonce à Grangognant pour récupérer le Gros et opérer notre rentrée sur Paname.

Les fenêtres de la classe sont grandes ouvertes. Et j'entends la voix de mon féal Béru qui clame :

— Bébert, si tu me lis pas ça correctement, t'auras droit à un coup de pompe dans le train et à douze verbes : « Je suis pas foutu de lire ce qu'y a d'écrit sur une étiquette. »

Alors le frêle timbre du môme ânonne :

« Les vins du Rocher, velours de l'estomac. »

La pédagogie, Béru l'a dans le sang !

Je sens une caresse dans mon cou.

— Rosette, susurré-je, prêt à faire une folie avant de rentrer at-home.

Je me retourne.

C'est pas Rosette mais la postière de Grangognant. Une dame de deux mètres, sans poitrine, avec des dents en bois, des lunettes comme des hublots, un teint cireux et des varices.

Bref, bien conservée pour ses cent ans !

DU POULET AU MENU

A Carmen Tessier
puisqu'elle aime ma cuisine.
S.-A.

Il m'arrive souvent, le matin,
de me regarder dans une glace
et de ne pas me reconnaître.
Alors ça me fait marrer
quand je trouve des gens qui
croient, eux, se reconnaître dans
mes livres.
S.-A.

CHAPITRE PREMIER

LES pognes croisées sous la nuque, je regarde les évolutions d'un meeting de mouches au plafond. Elles sont marrantes les mouches, surtout quand elles se baguenaudent sur du blanc. On les croirait mues par un ressort. Elles vont d'une petite allure saccadée, pareilles à de vieilles dames qui traversent la rue, s'arrêtant brusquement pour pomper une poussière alimentaire ou pour se faire le coup du facteur à la fermière-en-train-de-laver-son-linge ! Un bon conseil, les gars : si les humains vous débectent par trop, regardez vivre les mouches pour changer !

Elles vous donneront une très jolie leçon de simplicité, bien qu'elles marchent au plaftard !

Je fais un geste qui a pour triple résultat : primo d'affoler une paisible punaise qui traversait le couvre-lit ; deuxio d'enrayer un début d'ankylose dans ma flûte gauche et enfin tertio d'arracher au sommier une plainte déchirante.

Ce pageot d'hôtel minable achève une carrière pénible. Il suffit de le regarder d'une façon un peu trop appuyée pour qu'il se mette à geindre. Il en a vu de dures et il rêve d'un grenier oublié, le pauvre. Depuis le temps qu'il donne sa représentation d'adieu, il est crouni ! Il se trouve dans une petite chambre de dépannage et il ne sert que pour les heures de pointe ; mais quand même !

Je demande à Pinaud, sans même me donner la peine de tourner la tronche :

— Qu'est-ce qu'il fait ?

Le vieux cyclope tarde un peu à répondre. Je m'apprête à ouvrir une souscription destinée à lui offrir un sonotone lorsqu'il murmure de sa voix nasale :

— Rien.

Je me fous en renaud après le zig que nous surveillons.

— Il a une aptitude à ne rien faire qui confine au génie, tu ne trouves pas ?

Pinaud sort son œil vitreux du viseur de la lorgnette braquée sur une déchirure du rideau.

— Que veux-tu qu'il fasse ? objecte-t-il avec cette tranquille pertinence qui fait sa force.

J'explose.

— A son âge, c'est pas une vie de rester claquemuré comme ça...

Je saute du lit, lequel lance une clameur d'agonie, et je vais regarder à mon tour par le petit trou de la lorgnette.

Grâce à cet instrument d'optique, j'ai une vue très détaillée de la pièce qui nous intéresse de l'autre côté de la cour. Je découvre notre bonhomme, grandeur nature. Il est assis sur le bord de son divan, une cigarette éteinte au coin de la bouche. C'est un type brun et maigre, anguleux comme une cathédrale gothique, avec des joues qu'il n'a plus la force de raser et une chemise qui paraît attendre soit le blanchisseur, soit le ciseau de Deibler[1].

Près de lui, par terre, il y a une soucoupe pleine de mégots.

Pinaud se roule une cigarette. Lorsqu'il l'insère entre ses lèvres, elle est déjà en haillons.

— Tu vois, murmure-t-il.

J'abandonne la lorgnette pour aller prendre la bouteille de whisky sur la fausse cheminée en vrai marbre.

Une mouche est occupée à téter le goulot de la boutanche. La mouche du scotch, comme dirait... l'autre ! Je la chasse honteusement pour prendre sa place.

— Un coup de raide, Pinuche ?

— Non, merci... Je préfère du vin, ce machin-là, ça me fout la brûle !

Joignant le geste à la parabole, il sort de la table de nuit une bouteille de blanc dont il use largement.

---

1. Vous le voyez, j'ai le sens du raccourci.

— Quel métier, soupire-t-il, je commence à avoir les membres engourdis.

— Tu fais ton apprentissage du néant, vieux. Que toi tu restes avec le valseur soudé à une chaise, ça se comprend... Mais c'est l'autre endoffé, là-bas, qui m'intrigue... A son âge, c'est pas normal !

Voilà deux jours qu'on mate ses faits et gestes, Pinaud et moi, espérant qu'il va enfin agir ; mais je t'en fous. Il croupit dans sa tanière comme un vieux lion bouffé au mites.

Pinaud retourne à sa longue-vue.

— Dire qu'au sommet de la tour Eiffel j'ai eu payé cent francs pour regarder là-dedans, soupire-t-il.

Je rigole :

— On fait deux beaux flics, toi et moi ! Les Frères Lissac n'ont qu'à bien se tenir...

— Quand j'étais dans l'armée... attaque Pinuche, qui a toujours un très joli souvenir sous la moustache pour colmater les brèches de l'instant présent.

— Tu devais faire un militaire fort civil.

— J'étais observateur.

— Et qu'est-ce que tu observais ?

— Les faits et gestes de l'ennemi.

— C'est pour ça que la France perd une guerre sur deux, Vieille Noix !

Il hausse les épaules. Mes sarcasmes ne l'atteignent plus depuis longtemps. Il est résigné comme quarante-trois millions de Français, Pinuche. Quand on a un passé lourd de coups de pied aux fesses, de soupes trop froides, de femmes trop chaudes, de chaussettes trouées et de Légion d'honneur vainement attendue, fatalement on ne le regrette pas trop. Il a marché à côté de sa vie sans la voir, comme le bœuf qui ne voit jamais le sillon qu'il creuse[1].

Ses tifs d'un gris demi-deuil sont peu nombreux mais embroussaillés. Il les tortille au bout de ses doigts en un geste enfantin qui remonte de sa période bleue.

---

1. Image peu originale, j'en conviens, mais que je vous demande de me pardonner car j'aime le bœuf. D'ailleurs, c'est un animal souvent à la mode. Il est nostalgique comme s'il avait perdu quelque chose de précieux. Mais ce qui semble lui assurer une parfaite sérénité, c'est la pensée qu'il finira par braiser un jour ou l'autre. A ce titre surtout, Pinaud a la psychologie du bœuf.

— Tu sais à quoi je pense ? fais-je soudain.

Il me regarde :

— Non !

— P't'être que tu as les cheveux complètement blancs... Tu devrais te les laver, un jour, pour voir...

Nouveau haussement d'épaules, assez noble cette fois. Dans le fond, il ressemble à un vieux-musicien-pauvre. Ses épaules font penser à un cintre à habit.

Cher vieux Pinuche...

Il vient de balanstiquer un nouveau coup de périscope, en face...

— Viens voir, murmure-t-il.

Je retourne coller mon lampion au petit trohu.

— Tu ne trouves pas qu'il est bizarre ? insiste mon éminent collègue de sa voix dont on fait les solos de flûte !

Son regard est morne comme la première page du « Monde[1] », mais très exercé. Il faut en effet être un poulet consommé[2] pour s'être rendu compte que quelque chose vient de se produire dans le comportement du gars.

Il est debout, maintenant. Il a ôté sa cigarette de ses lèvres et la tient à bout de bras dans une attitude de type aux aguets. Du reste, son visage crispé, sa tête légèrement inclinée me prouvent qu'il écoute...

— Qu'est-ce qui se passe, d'après toi ? je questionne.

Le Pinaud des Charentes hoche la partie supérieure de son individu.

Ses sourcils en forme de brosse à dents usagée se joignent.

— Il écoute, c'est évident, fait-il.

Je renchéris.

— En effet.

— Mais il n'écoute pas quelqu'un qui monte l'escalier, car en ce cas il s'approcherait de la porte.

— Alors ?

Il me pousse et fléchit l'échine. Son ignoble mégot pend sous sa moustache comme de la moutarde en tube.

— Ah ! Je sais, fait-il au bout d'un instant.

— Quoi ?

---

1. Je ne puis parler des autres, n'ayant jamais osé ouvrir cet honorable journal.
2. Ne pas confondre avec le consommé de poulet.

— Ben, regarde-le bien...

Je reprends mon observation. L'homme est toujours dans la même attitude. Il semble changé en statue de sel, comme dirait Cérébos.

J'ai beau l'examiner, ma lanterne ne s'éclaire toujours pas.

— Tu as vu ce qu'il fixe ?

— Non.

Je regarde le gnace. C'est marrant d'être dans cette chambre miteuse, au papier jauni, et de pouvoir plonger un œil énorme et précis dans une pièce située de l'autre côté de la cour.

Cette fois je pige. Tout à mon examen du zigoto, je ne prenais pas garde aux objets qui l'entourent. Ce que notre homme contemple de la sorte, c'est un appareil téléphonique mural.

Et s'il le bigle de cet air affolé c'est parce qu'à mon avis le bigophone carillonne.

La lunette est tellement grossissante et tellement bien réglée que je peux apercevoir des gouttelettes de sueur sur le front de l'homme. Il est p't'être allergique au téléphone, non ? Ben quoi, pourquoi vous vous marrez, ça arrive.

— Il n'a pas très envie de répondre, hein ?

Je secoue la tête.

— En effet. Seulement c'est duraille à supporter une sonnerie de bignou quand on ne veut pas décrocher.

Comme s'il voulait ratifier mes paroles[1], le gars se met les paluches sur ses étagères à mégot.

Pinaud a chopé la lunette et le contemple.

— Il paraît de plus en plus nerveux, assure ce digne représentant de la loi et de la débilité mentale. Je te parie tout ce que tu voudras qu'il va craquer aujourd'hui...

— C'est bien possible. En tout cas, ça ne serait pas trop tôt ! » Je voudrais bien que nos deux jours de claustration nous conduisent quelque part[2]...

Je retourne sur le lit qui me joue la mélodie des amours en cent quarante de large. J'évoque le départ de l'affaire... Elle se

---

1. Ce qui, à tout prendre, vaut mieux que de ratifier la loi concernant les impôts nouveaux.
2. C'est en lisant des répliques comme celle-là qu'André Roussin comprend que ce ne sont pas seulement trois cents ans qui le séparent de Molière.

présente curieusement. Tenez, passez dans mon burlingue, je
vais vous la raconter...

Vous y êtes ? Bon, alors ouvrez vos vasistas et ne cirez pas
vos pompes sur les coussins, ça fait négligé.

Voilà... Un jour de la semaine passée, un indic nous a signalé
la présence à Paname d'un espion international[1] redoutable,
trois fois expulsé déjà mais qui revient inlassablement se poser
sur la France, comme une mouche à miel sur un tableau de
Jean-Gabriel Domergue. Aussitôt, branle-bas de combat dans
les Services ! Le Vieux, pas si tronche, au lieu de faire alpaguer
Grunt (c'est le blaze du quidam que je vous cause, comme
disent la plupart des grands producteurs de cinéma) lui a fait
filer le train par un spécialiste chevronné : un pote à moi
nommé Clinchet qui fit de brillants débuts dans l'opération
Cocu lorsqu'il était détective privé.

Le premier jour, R.A.S. sur les agissements de Grunt.
L'espion semble revenu à Paname uniquement pour mener la
joyeuse vie. On le voit dans les cabarets de luxe, se gorgeant de
champ et levant des moukères à dix raides la nuit... Ou bien
consommant du filet de marcassin sauce grand veneur dans les
cantines snob où le prix du couvert vaut celui d'un repas dans
une maison honnête. Bref, c'est un peu fort (ce qui est le terme
qui convient car Grunt est turc de naissance)... Et puis voilà
que le lendemain, Clinchet assiste à une rencontre sur les bords
de la Seine entre Grunt et l'homme que nous surveillons
présentement, Pinuche et moi.

La discussion semble âpre, véhémente. D'après l'attitude de
l'homme, Clinchet comprend qu'il n'est pas d'accord avec
l'espion. Lorsque les deux types se séparent, un instant plus
tard, Clinchet change de proie. Il suit le nouveau venu, pensant
qu'il retrouvera toujours Grunt à son hôtel... Là il se colle le
médius dans l'œil : car Grunt n'a pas reparu à l'hôtel et semble
s'être volatilisé... Quant à l'homme suivi, il erre une journée
entière dans Paris, comme une âme en peine. Puis, sur le soir,

---

1. Du reste tous les espions le sont. C'est devenu chez eux de la déformation
professionnelle.

il entre dans un meublé assez chic et loue une chambre pour la semaine, sous un nom d'emprunt.

Nous savons qu'il s'agit d'un nom d'emprunt car les vérifications faites sur l'identité dont il s'est prévalu sont absolument négatives[1].

Depuis qu'il s'est bouclé dans ce studio, notre type n'a pas mis le nez dehors. Il se fait monter des sandwiches et il attend...

Quoi ou qui ?

Nous avons transmis son signalement aux sommiers, mais ça n'a rien donné. Le mieux, pour nous, c'est d'attendre aussi. Il se produira sûrement quelque chose, puisqu'il a peur... Car le fait de s'être terré là prouve qu'il a les jetons. Et en admettant que rien ne se passe, nous aurons toujours la ressource d'emballer le Monsieur afin de lui demander poliment ce que Grunt lui a chuchoté dans le tuyau acoustique, pas vrai ?

O.K., vous voici affranchis, alors cessez de toujours renauder, les mecs, et faites comme moi : comptez les mouches pour tromper le temps.

*
**

J'allume une cigarette mais je suis un médiocre fumeur et je ne tarde pas à l'écraser sur le montant du lit.

— Rien de nouveau ? fais-je à Pinaud.

— Non...

— Attends, je viens de penser à quelque chose...

J'enfile ma veste et je sors.

Comme je longe le couloir, je croise un monsieur et une dame qui viennent de gravir quelques marches de l'escalier accédant au 7ᵉ ciel. Lui, énorme, sanguin, gêné, soufflant déjà à l'escadrin ! Elle, assez élégante avec ses snowboots, son manteau de fourrure en lapin véritable et son diadème en celluloïd dans les cheveux. Le bon genre, quoi ! Du maintien dans le soutien-gorge... Des bonnes manières dans l'intimité... Du bleu au-dessus des yeux ; du mauve au-dessous du nez... Un sac de perles... Un cache-nez de deux mètres sur le dos et un trottoir de quinze mètres devant l'hôtel.

---

1. Si après une phrase pareille vous ne trouvez pas que je suis académisable, c'est que vous avez appris à lire dans l'annuaire du téléphone !

Elle me décoche un sourire. Le même qui a décidé l'obèse à lâcher deux lacsés pour grimper trois étages.

— On est tout seul, Loulou ? qu'elle me fait aimablement.

— Oui, M'dame, réponds-je gentiment.

— Et où tu vas, Loulou ?

— En Poméranie, M'dame, comme tous les loulous de ma connaissance.

Elle me dit de profiter du voyage pour me faire faire un tas de choses choquantes et je descends l'escalier sur la rampe afin d'aller plus vite.

La tenancière de l'albergo est plantée dans sa caisse comme un gros cactus dans son pot. Elle a également des aiguilles, mais elle s'en sert pour tricoter une layette au bébé de la cousine de la belle-sœur du fils aîné du curé de la paroisse.

— Je peux téléphoner ?

Elle m'adresse un sourire signé Colgate en caractères au néon.

— Faites donc...

Je vérifie dans mon agenda le numéro du studio d'en face et j'appelle le taulier. Je l'ai interviewé entre trois yeux (car il est borgne) l'avant-veille. C'est un grand vieux triste qui parle du bout de son dentier comme un qui bouffe des artichauts.

— Ici, commissaire San-Antonio !

— Très bien...

— Dites-moi, notre homme vient d'avoir un appel téléphonique, n'est-ce pas ?

— C'est exact...

— Qui l'a demandé ?

— Une voix d'homme...

— Et à quel nom vous l'a-t-on demandé ?

— On m'a dit qu'on voulait parler au pensionnaire brun, qui a une cicatrice à la tempe et qui est arrivé ici sans bagages...

— Curieux... La communication a duré longtemps ?

— Il n'a pas décroché... J'ai fini par dire au demandeur qu'on ne répondait pas dans la chambre et que mon pensionnaire avait dû sortir...

— Et qu'a-t-il dit ?

— Rien... Il a ri... Un drôle de rire.

— Bon, je vous remercie...

Au moment où je raccroche, il se produit un grand ram-dam

dans l'escalier et Pinaud qui a raté une marche atterrit à mes pieds sur le derrière.

— Vite ! Vite ! croasse-t-il. « IL » vient de sortir !

*
**

Pinuche se relève et masse délicatement son verre de montre.

— Tu es sûr ?

— Pas de doute ! Il s'est donné un coup de peigne. Ensuite il a enfilé sa veste et il est parti...

Je bombe dans la rue, mon collègue au prose. Il ne s'agit pas de faire chou-blanc... Si par hasard nous rations le monsieur, je connais un dénommé San-Antonio qui pourrait se faire jouer « La sortie est au fond du couloir » par son supérieur hiérarchique.

Tout en cavalant le long du trottoir, je passe mes instructions au Révérend Pinuche...

— Toi, tu lui files le train à pince, moi je prends la voiture ; comme ça nous serons parés...

Parvenus à l'angle de la rue, nous stoppons afin de balancer un coup de périscope sur l'entrée du meublé. Le bon Dieu, qui n'a sans doute rien de plus pressé à faire aujourd'hui, est avec nous. Voici effectivement notre bonhomme qui déhote de sa planque. M'est avis que ça va être vachement coton de le suivre, car il est méfiant comme un marchand de voitures d'occasion recevant la visite du fisc. Il regarde attentivement dans la strass avant de foncer. Heureusement, Pinaud est l'homme idéal pour suivre un quidam. Dans les cas graves, sa bouille de vieux déchet fait merveille. Qui donc irait se gaffer d'un chpountz comme lui, fringué à la ville comme à la scène par le carreau du Temple, sale comme les bas-fonds de Barcelone et aussi puant qu'une couenne de lard oubliée[1].

Tandis que mon estimable collaborateur prend en chasse notre gibier, moi je gagne ma voiture. J'ai dans l'idée qu'elle ne me sera pas inutile en l'occurrence ; car je vous parie « Un jour

---

1. D'aucuns trouveront mon sens de la comparaison excessif... Je leur répondrai pertinemment et avec à propos : « Et après ? » S'il est des cas où l'on se doit d'appeler un chat un chat, il en est d'autres où l'on peut également l'appeler Minet.

de gloire est arrivé » contre une nuit avec Miss Monde, que le gars à la cicatrice va essayer de brouiller les pistes.

Pour l'instant, je joue les corbillards automobiles... La circulation est faible dans ce quartier, ce qui rend la filature à distance plus aisée. Je m'arrête, de temps à autre, pour laisser de l'avance aux deux hommes.

L'homme aura du salpêtre à sa veste à force de raser les murs. Pinaud, lui, s'en va d'une allure paisible, s'arrêtant de temps à autre pour se moucher dans un formidable mouchoir à carreaux. Je ne crois pas que notre lièvre l'ait encore repéré ou du moins qu'il se méfie de lui...

Nous prenons des rues, encore des rues... Lorsque celles-ci sont à sens unique, je contourne le pâté de maisons pour revenir dans le sens contraire, au carrefour suivant.

Nous finissons par déboucher sur les quais. Là, sans crier gare (du reste, pourquoi pousserait-il ce cri ?), notre zouave stoppe un taxi en maraude et s'engouffre dans le véhicule.

Le coup classique !

Pinaud en reste comme deux ronds de flan. Heureusement que j'avais prévu le coup. Aussitôt j'écrase mon champignon afin de doubler le bahu. On a dû vous le dire dans d'autres ouvrages moins éminents que celui-ci : la meilleure façon de suivre quelqu'un c'est encore de le précéder... Je ne me laisse remonter par le G 7 qu'en atteignant les ponts... Puis, lorsque je vois que le chauffeur va continuer tout droit, j'accélère pour le précéder.

Dans mon rétro, j'aperçois le copain qui garde la frite collée à la lucarne arrière de son tréteau. Pauvre cloche, va !

Nous continuons de longer la Seine... Nous traversons l'Alma, la place du Canada, la Concorde... Nous suivons le Louvre et atteignons le Châtelet... Là, le bahu vire à droite et traverse le pont.

Crevant ! on va passer devant la Grande Taule... Maintenant je préfère laisser au taxi l'initiative des opérations. Mine de rien, je me fais doubler... L'homme à la cicatrice paraît rassuré car il ne zyeute plus à l'arrière... Assis dans l'angle du véhicule, il songe à la mort de Louis XVI, ce qui est tout naturel lorsqu'on vient de passer devant l'ancienne prison du Temple.

Nous traversons la Cité et parvenons quai des Orfèvres. Le taxi vire à droite... Puis encore à droite... Il pénètre dans la cour principale de la Grande Cagna ! Je crois que je n'ai jamais ressenti une surprise d'une telle qualité...

Je sais bien que vous êtes tous plus ou moins atrophiés du bulbe, mais tout de même vous reconnaîtrez que c'est un peu fort de caoua ! Voilà un zigoto qu'on surveille depuis deux jours comme du lait sur le feu... On ne le perd ni de l'œil ni de la semelle... Quand il quitte son repaire on a le cœur branché sur la haute tension parce qu'on se figure qu'il va nous conduire quelque part... Et cette enflure nous mène droit chez nous !

Il douille son taxi. Le bahu décrit un virage savant et disparaît. L'homme à la cicatrice reste planté dans la cour, indécis... Il regarde les allées et venues, les voitures-radio, les paniers à salade, les inspecteurs qui palabrent, les gardiens de la paix et autres images affligeantes... Jamais je ne l'ai aussi bien vu que dans cette lumière tendre d'automne... Un soleil mutin, pâle comme le dargeot d'un canard plumé, joue sur Paris... Il fait frais est triste.

L'homme paraît être le catalyseur de la tristesse ambiante. Avec sa gueule mal rasée, ses yeux enfoncés, cernés par la fatigue et la peur... il a quelque chose de pathétique. Il porte un complet marron, luisant au coude, une chemise sale, un gilet tricoté en laine grise... La barbe envahissant ses joues dissimule la cicatrice qui lézarde sa tempe. Un instant je me dis qu'il ne va pas oser aller jusqu'au bout... Qu'il va se tailler... Alors je joue le pacson...

Je descends de bagnole et m'approche de lui, très décontracté, très aimable.

— Vous cherchez quelqu'un, monsieur ?

Il me regarde. Ses yeux ont un je ne sais quoi de chaud, de vibrant, qui me va droit au cœur. Ils s'accrochent à moi comme un enfant à la main de sa mère lorsque celle-ci l'emmène pour la première fois aux Galeries Lafayette un jour d'exposition de blanc.

— Je...

— Oui ?...

Bonté divine ! Ça paraît duraille à sortir...

— Je voudrais voir quelqu'un...

Il a un accent chantant, très méditerranéen.

— Qui ?

— Je ne sais pas... Un commissaire...

— Je suis commissaire...

Pour le rassurer sur ce point, je lui montre ma carte.

— Ah ! bien, bon... Oui..., murmure-t-il. Alors, je vais vous parler.

— Suivez-moi jusqu'à mon bureau...

Nature, mon service n'a rien à fiche avec le Quai des Orfèvres, mais ce n'est pas la peine de le dire au gars. Il est trop indécis pour supporter le transport. Quand un bonhomme est à point, faut le cueillir presto...

Nous pénétrons dans la baraque et j'avise Meunier, un de mes collègues de la P.J.

Je m'approche de lui.

— Tu peux me prêter ton burlingue cinq minutes ? lui soufflé-je. J'ai là un client qui doit accoucher d'urgence...

— Tant que tu voudras. D'autant plus que je me barre...

— T'es un frelot !

J'entraîne ledit client dans le bureau de Meunier : une petite pièce très administrative pourvue d'un bureau recouvert de cuir sale, d'un classeur dont le volet ne veut plus remonter et de quelques sièges déprimés.

— Asseyez-vous...

Le gars s'assied. On dirait que tout ce qui peut retarder l'échéance est mis à profit par lui. Il a pris un chemin déterminant, mais il le voudrait sans fin pour ne jamais arriver à destination. Ainsi sont les hommes[1].

Je tends un paquet de cigarettes à mon interlocuteur. C'est classique et pourtant ça réussit toujours. Ce sont de ces gestes insignifiants qui permettent aux hommes de se retrouver à travers les barrières sociales[2].

Je me colle une sèche dans le bec et je nous allume. Ensuite, tout en exhalant ma première bouffée, je murmure, très hollywoodien :

— Allez-y, mon vieux, racontez-moi votre petite affaire... Et parlez franchement... Ça facilitera les choses...

1. Mordez un peu ma pudeur d'auteur. A partir de cette considération philosophique je pourrais vous pondre le grand couplet chiadé... Mais au lieu de ça je continue imperturbablement ma narration ! Conscience professionnelle avant tout. Bon, et maintenant remontez, je vous attends !
2. Voir ci-dessus.

Il prend sa cigarette entre deux doigts jaunis par la nicotine. Puis il me regarde.

— Je m'appelle Angelo Diano.

— Italien ?

— Si.

Je découvre une lueur bizarre dans ses yeux. Il semble étonné, brusquement. Pourquoi ?

Il finit par demander :

— Vous n'avez jamais entendu parler de moi ?

Je le regarde... Puis je ferme les lampions pour étudier ce nom... Angelo Diano... Non, décidément, ça ne me dit rien.

— Jamais, affirmé-je, sûr de moi.

— Je suis recherché en Italie... Pour meurtre !

Je reste imperturbable...

— Il y a dix ans, j'ai abattu un homme de loi à Firenze au cours d'un cambriolage... J'ai pu passer la frontière... J'ai pris un faux nom ici et j'ai refait ma vie...

Les mains croisées sur le cuir râpé du burlingue, j'étudie le faciès de l'homme. Un assassin ! Ça me surprend un peu... Mais de nos jours les assassins ont des têtes d'honnête homme !

— Alors ?

— Lorsque j'étais en Italie, j'ai travaillé quelquefois pour un certain Grunt, vous connaissez ?

— Vaguement, c'est un espion ?

— Oui. A l'époque, je l'ignorais.... Je dois vous dire, ma spécialité c'était l'ouverture des coffres-forts... J'étais très demandé...

— Ah bon... Ensuite ?

— Donc, au cours d'un cambriolage, j'ai été surpris... Je n'étais pas armé car jamais je ne me serais cru capable de tuer ! Seulement, monsieur le commissaire, dans ces cas-là, on n'est plus soi-même... J'ai pris ce qui me tombait sous la main et j'ai cogné...

Cette histoire-là, je la connais. Ils sont tous pareils... Ils ne veulent pas tuer, mais quand on leur crie : « Coucou, qui est là ? » ils vous ouvrent le cigare à coups de tisonnier.

— Je vois, murmuré-je. Et cette fois-ci, vous travailliez pour le compte de Grunt ?

Il acquiesce.

— Oui, c'est ça...

Je commence à y voir clair.

— Bon, continuez !

— Comme je vous l'ai dit, monsieur le commissaire, je me suis enfui... J'ai eu la chance que le crime ne soit découvert que le lendemain soir seulement... Ça m'a permis de passer la frontière dans un car de touristes... Après j'ai vécu deux mois à Marseille, puis je suis venu à Paris... J'ai lâché le vilain travail que je faisais en Italie pour faire un vrai métier... Cette horrible chose que j'avais commise m'avait fait prendre le vol en horreur...

Le coup de la rédemption, ça aussi, ça existe. C'est rare, mais j'ai déjà vu des cas de ce genre...

— Alors ?

— J'ai fait la connaissance d'une jeune femme... Une veuve très gentille. On s'est mis en ménage et j'ai été heureux...

Il se tait, le visage voilé d'une incommensurable tristesse.

Je respecte son émotion. Puis, doucement, pour lui montrer qu'un policier français n'a pas toujours une motte de beurre rance à la place du cerveau, je soupire :

— Et ç'a été le parfait bonheur jusqu'au jour où Grunt vous est retombé sur le poil.

Diano me considère avec une attention nouvelle.

— Oui.

— Je crois savoir pourquoi Grunt vous a revu...

Il ne moufte pas. Mais ses yeux en disent long comme le Tour de France cycliste.

— Il vous a réclamé ce qu'il vous avait chargé de voler la nuit où vous avez tué le magistrat, non ?

— Si !

Voilà... Pas plus difficile que ça ! Plus ça va, plus j'admire ma perspicacité. Y a des moments où j'ai envie de léguer ma calebasse à la Faculté de médecine... Ils seraient épatés, les prix Nobel, en étudiant ma centrale thermique ! Dites, vous le voyez, le bocal de San-Antonio au Musée de l'homme entre l'encéphale de Mathusalem et les claouis du P. Dupanloup[1] ? C'est mes petits copains, et néanmoins ennemis, qui en feraient une bouille !

— Et que contenait le coffre que vous étiez chargé de piller ?

1. Félix-Antoine-Philibert Dupanloup, évêque d'Orléans, célèbre par sa défense de l'Église libérale. Fut un membre très actif du clergé et de l'aéronautique.

— Une grosse enveloppe de toile avec des papiers dedans...
— Quelle sorte de papiers ?
Il a un geste d'ignorance.
— Je ne sais pas... C'étaient des plans... Je n'y ai pas compris grand-chose...
— Qu'en avez-vous fait ?
— Je les ai détruits... J'avais peur qu'on me trouve avec ça, vous comprenez, après ce qui s'était passé...
— Je comprends... Vous l'avez dit à Grunt ?
— Bien sûr...
— Il ne vous a pas cru ?
— Non... Ou alors il a fait semblant de ne pas me croire...

Il y a un silence... On entend beugler un gnace dans un bureau voisin. Un brave homme de truand à qui mes collègues souhaitent la fête ! Ou je me trompe, comme disait un de mes amis que je faisais cocu, ou ces messieurs sont en train de lui offrir des marrons glacés.

Diano me regarde avec effroi.

— Bast ! lui dis-je, il y a toujours eu des hommes qui ont filé sur la gueule à d'autres hommes, lesquels l'avaient plus ou moins mérité...

M'est avis que c'est le moment de porter le coup décisif au moral de mon interlocuteur.

— Dites-moi, cher Angelo Diano, pourquoi vous êtes-vous caché pendant deux jours dans ce meublé ?

Alors, là, c'est l'apothéose... Ses genoux se mettent à applaudir, ses yeux lui pendent sur les joues et sa bouche s'ouvre sous l'effet de la surprise, comme une moule sous celui de la chaleur.

— Co... comment le sa... le sasa... le saviez-vous ? bavoche-t-il.

— Nous ne perdons pas de vue les agissements de Grunt, ni de ceux que ce brave forban contacte, vous saisissez ?

Non, il ne saisit pas encore très bien, la vérité est trop brûlante pour qu'il puisse l'empoigner à pleine paluche. Ce qui prédomine en lui, pour l'instant, c'est l'admiration. Je lui fais l'effet d'un surhomme. Je lui apparais dans une lumière triomphante, avec le glaive de la justice souveraine à la main en guise de coupe-cigare.

Je biche ma voix de flic numéro 114, certifié d'utilité publique par un décret en date du tant !

— Parlez !

C'est bref, mais impératif.

— Grunt s'est fâché. Il m'a dit qu'il ne croyait pas à la disparition des documents... Il prétend que je les ai vendus ailleurs... Enfin il veut que je répare le préjudice commis, sans quoi il révélera mon identité afin que je sois arrêté, puis extradé...

Cornélien, en effet.

— De quelle façon veut-il que vous répariez ce prétendu préjudice ?

Il marque un nouveau temps de réflexion.

— Il me demande de dévaliser un autre coffre-fort...

Le tempérament transalpin reprend le dessus. Diano cesse d'être timoré et se fait volubile.

— Mais je ne veux pas, monsieur le commissaire... Non, je ne veux plus des combines pareilles...

» Maintenant, je suis un honnête homme... Alors tant pis, je préfère payer ma faute passée...

Je vous parie un doigt de fine champagne contre un doigt dans le nez qu'il bouquine la *Veillée des Chaumières !* Il a un vocabulaire qui ne trompe pas. « Payer sa faute passée ! » Voilà qui aurait fait saliver M. Georges Ohnet en personne.

Il poursuit.

— Quand j'ai vu ça, j'ai répondu non. Alors il m'a dit qu'il me donnait deux jours pour réfléchir... C'est pourquoi je me suis caché... Mais il m'a retrouvé. Et tout à l'heure il m'a demandé au téléphone... J'ai compris qu'il n'y avait rien à faire contre ce démon ! Alors je suis venu tout vous dire...

Il se tait. Ça y est, le voilà soulagé. Il s'est vidé de son secret. Je me lève et je vais lui mettre la main sur l'épaule.

— Vous avez bien fait, mon vieux... On va peut-être pouvoir vous récompenser de votre loyauté en ne vous livrant pas aux collègues italiens...

Alors le voilà en pleine démonstration. C'est le chaud Latin dans toute sa splendeur. Il m'empoigne la main et la presse sur sa poitrine avec ferveur comme si c'était de la relique homologuée... La paluche de saint Antoine de Padoue par exemple. J'ai grand mal à me dégager...

— On va aviser, mon cher... Il faut que j'en réfère à mon chef... Quel coffre vous a-t-il demandé de cambrioler ?

— Celui d'une usine d'aviation...

— Voyez-vous...

J'attire le bigophone posé sur le bureau et demande le numéro du Vieux. La voix de celui-ci retentit presque aussitôt.

— J'écoute...

— Ici, San-Antonio, chef... J'ai du nouveau... Puis-je vous voir immédiatement ?

— Arrivez !

— Venez, Diano ! On va se pencher sur votre passif !

C'est tout. Je pose le combiné sur sa fourche.

Le Vieux aurait fait un très représentatif président de la République, avec sa belle casquette en peau de fesse, luisante comme une engelure ; son maintien noble, ses mains délicates qui sollicitent le moulage et ses costars admirablement coupés.

Il a les bras croisés, ce qui met en valeur ses manchettes amidonnées dont les boutons d'or, très classiques, étincellent presque autant que son caillou.

Son regard bleu candide fixe avec intensité l'Italien affalé dans le fauteuil. Le Vieux n'est pas très sensible à l'aspect humain du problème. Pour lui, les hommes, ce sont avant tout des noms, des fonctions, des rôles et des pions... Il joue avec eux comme avec les pièces d'un échiquier... Il les déplace, les manœuvre, les organise... Il se fout de ce qu'ils peuvent penser. Mieux : il ignore que tout le monde a un cœur et un cerveau. Assis à l'écart, j'observe la scène. Je me crois au cinoche, c'est captivant.

— Grunt ne vous a pas donné de détails sur l'usine qu'il veut vous faire cambrioler ?

— Non. Il m'a seulement dit que c'était une usine d'aviation...

La voix de Diano est sourde comme une lanterne. Il est très impressionné par la classe de son interlocuteur.

— Quand doit-il vous contacter ?

— Aujourd'hui... Puisqu'il a dit qu'il me donnait deux jours...

— Où ?

— Il n'a rien précisé.

— Comment vous a-t-il contacté la première fois ?

— J'ai reçu un télégramme signé : « Votre ami de Florence. » Il me fixait rendez-vous sur le quai de la Mégisserie...

Le Vieux retourne s'asseoir à son bureau. Il saisit un porte-plume en marbre et se met à dessiner des oiseaux des îles sur une feuille à en-tête de la Grande Cabane. Toutes les fois il dessine des oiseaux. Je pense qu'il doit liquider un complexe, lui qui est aussi déplumé que son sous-main.

— Monsieur Diano, murmure-t-il, après avoir mis des ergots crochus à un vautour malgache, je crois que vous pouvez nous être très utile...

Le Rital se trémousse sur son siège.

— Vous allez rentrer chez vous, poursuit le Vieux.

Diano se liquéfie...

— Rentrer chez moi, Madonna !

— Oui... Vous attendrez la suite des événements. Si Grunt vous contacte et vous demande les raisons de votre fugue, dites-lui la vérité : à savoir que vous avez eu peur... Il comprendra très bien cela et ne vous en tiendra pas rigueur. Vous accepterez alors sa proposition, vous me suivez ?

Incapable de proférer un son, l'Italien opine lentement du bonnet.

Le Vieux a de nouveau le regard perdu sur ses oiseaux... Il met un troisième œil à un bengali suédois qui n'en demandait pas tant et, satisfait, relève son menton d'intellectuel bien nourri.

— Vous ferez tout ce que vous demandera Grunt, reprend-il.

— Mais..., bêle l'autre.

Le Vieux cisaille ses protestations d'un geste auguste.

— S'il vous demande de cambrioler ce coffre, vous le ferez... Vous lui remettrez le produit de votre vol... Vous me suivez ?

— Oui, monsieur...

— N'essayez plus de fuir, de vous cacher... Nous sommes là, dans l'ombre, qui vous prenons en protection, soyez-en persuadé... Je ne vous demande qu'une seule chose. Lorsqu'il vous aura dit de quelle usine il s'agit, il faudra nous le faire savoir...

— Comment ? s'inquiète Diano qui récupère peu à peu.

Le Vieux se tourne vers moi.

— Vous avez une idée, San-Antonio ?

Je réfléchis un court instant. Mes turbocompresseurs fonctionnent admirablement et j'ai vite trouvé la solution.

— Rue Chaptal, fais-je, il y a un restaurant « Chez Saint-Marcoux »... Lorsque vous saurez, allez y bouffer. Vous irez vous laver les mains avant de vous mettre à table. Les lavabos sont séparés de la cuisine par un mur qui ne va pas jusqu'au plafond. Vous écrirez l'adresse de l'usine sur une feuille de papier et vous jetterez le message par-dessus le mur. La patronne est une bonne copine que j'affranchirai... Vous avez saisi ?

— Oui, bene.

— Pendant que vous y serez vous goûterez à son civet de lièvre, c'est le meilleur de Paris !

Le Vieux appuie sur un timbre. Un huissier paraît.

— Qu'on fasse reconduire ce monsieur près de chez lui dans l'une de nos fourgonnettes...

L'huissier s'incline. Il attend Diano. Le Vieux fait un salut très raide au Rital. Moi, plus social, je lui serre la manette.

— A bientôt, Diano... Surtout n'ayez pas peur, tout se passera bien...

Il s'en va, réconforté. Je vous parie un pot de vaseline contre un disque de Tino Rossi qu'il pense le plus grand bien de la police française !

A peine la lourde porte insonorisée s'est-elle rabattue sur les talons de notre homme que le Vieux décroche son téléphone intérieur.

— Allô ! Bérurier ? Vous allez prendre en chasse l'homme qu'on va emmener en fourgonnette dans un instant. Faites-vous assister par qui vous voudrez, mais ne le perdez pas de vue un seul instant, compris ?

Il raccroche sans même laisser le temps au Gros de dire amen. Son front est plissé comme la jupe d'une pensionnaire des Oiseaux.

— Que pensez-vous de cette histoire, San-Antonio ?

Je suis catégorique. Du reste, avec le Vieux, il faut feindre de l'être même si l'on a une grosse envie de biaiser.

— Cet homme nous mène en bateau, patron...

Il tressaille. Son œil gauche se ferme pour cause d'inventaire et le voilà qui se met à tirer sur ses manchettes.

— Pourquoi ?

— Je n'ai pas digéré le coup de fil qu'il a reçu au meublé...

— Expliquez-vous, ronchonne le Yul Brynner de la Rousse.

— Voilà... Diano était dans un meublé comportant le télé-phone. Quand on l'a demandé il n'a pas décroché... Pourquoi ? Ce pouvait fort bien être la direction de l'hôtel qui le sonnait pour une question de service... D'autant plus que jusque-là, Diano utilisait le téléphone pour se faire monter à manger... Cette fois il s'est gardé de décrocher... Pourtant il savait qu'on l'appelait de l'extérieur. Il m'a dit textuellement ceci : « Tout à l'heure, IL m'a demandé au téléphone... »

Je me tais. Le Vieux ne paraît pas convaincu.

— Ce n'est pas probant, fait-il. Lorsqu'il est sorti, le logeur a pu lui dire que l'appel venait de l'extérieur...

Je secoue la tête.

— Non, patron. Avant de l'amener dans votre bureau j'ai retéléphoné au meublé, ils ne l'ont même pas vu partir...

— Quel intérêt cet homme aurait-il à venir nous avouer qu'il est un assassin recherché par la police italienne ?

— C'est à voir...

— Précisez votre pensée...

— Je me demande si Grunt et son équipe ne préparent pas un coup. Il a vu qu'on le filait, n'oubliez pas que si Clinchet est un spécialiste de la question, Grunt lui, est un orfèvre... Il a voulu nous donner le change, nous aiguiller sur une fausse piste. La preuve ? Son plan a eu un commencement d'exécution puisque Clinchet s'est mis à suivre Diano... Vous ne trouvez pas bizarre, vous, que Grunt ait disparu juste à cet instant ? Moi si !

Je vois bien, à son air constipé, qu'il est ébranlé par mon raisonnement, le père la Pelade.

Il finit par hausser les épaules.

— Les dés sont jetés, San-Antonio !

Ça y est ! Revoilà les bonnes vieilles formules toutes faites : les clichés !

« Les dés sont jetés ! » Pourvu qu'on ne les ait pas jetés trop loin !

— Nous n'avons plus qu'à attendre la suite des événements, reprend le Boss.

Je vous parie une quinte à trèfle contre une quinte de toux qu'avant de nous séparer il va déballer une dernière vérité première.

Ça ne rate pas.

— L'avenir nous dira si vous avez vu juste !

Comme si l'avenir avait pour habitude de faire des confidences de ce genre !

Je me barre. Ces deux jours d'immobilisme dans l'hôtel pouilleux m'ont rendu cafardeux, j'ai besoin de me retrouver *at home* !

CHAPITRE II

Y a des jours où la chance est allée se faire cuire un œuf. Vous avez beau l'appeler par les noms les plus tendres, elle fait la sourde oreille.

Aujourd'hui du reste, *France-Soir* est formel en ce qui concerne mon horoscope : nous autres, les premiers décans du Cancer, on est bonnards pour se farcir la pestouille. Rien ne va plus !

De la perturbation dans les affaires, de la mollesse dans le sentiment, une visite qui ne fera pas plaisir et, pour ceux qui n'y prendront pas garde, le pancréas qui va débloquer... Bref, c'est pas le blason des grandes croisades ! De gueules et d'or sur champ d'azur !

Oui, le mieux c'est encore de regagner la cabane pour me faire chouchouter par Félicie, ma brave femme de mère ! Tous les hommes, surtout les forts, ont besoin du giron maternel de temps en temps pour se réchauffer le cœur. C'est quand leur mother a touché son billet d'infini qu'ils sont vraiment sevrés, les hommes. Ils n'ont plus rien à quoi s'accrocher... Alors ils deviennent mauvais. Il y a en eux des cris qui pourrissent et qui fermentent... Un feu qui s'éteint doucement en dégageant une sale fumée ! L'enfance, voyez-vous, c'est un mal dont on ne peut jamais guérir. On nous appelle les hommes, mais nous ne sommes au fond que des petits garçons à gueule de raie, vous comprenez[1] ?

En arrivant à la maison, je m'aperçois que *France-Soir* n'a pas menti. La sale visite annoncée est bien là, qui m'attend. Elle a pris la frime de courge du cousin Hector. Y avait longtemps qu'il n'était pas venu nous casser les pieds, ce minable !

Lorsque je pénètre dans la salle à briffer, il est dans le fauteuil favori de Félicie, l'air plus hargneux que jamais, comme s'il nous en voulait de sa tronche à éteindre les candé-

---

1. Si vous ne comprenez pas, c'est que vous, vous êtes peut-être devenus des hommes pour de bon ! Y a pas de mal à ça, il faut de tout pour défaire un monde.

labres. Il s'est mis sur son trente et un. C'est-à-dire qu'il a sorti
de l'armoire aux mites son costar noir, qui le fait ressembler à
un veuf chronique. Il porte une cravate en corde, gris et noir,
qui vous colle des envies de strangulation et il s'est réussi
admirablement sa raie médiane de démocrate chrétien.

Sa bouche sans lèvres se tord pour un sourire...

— Bonjour, Antoine, murmure-t-il, comme si nous nous
trouvions dans un confessionnal, toujours en retard, à ce que
je vois ?

— Toujours, dis-je, jovial. Bien que fonctionnaire, mon
pauvre Hector, je n'ai pas la chance de travailler comme toi
dans un ministère où ceux qui partent en avance croisent dans
l'escalier ceux qui arrivent en retard.

Il ricane.

— Très drôle !

Félicie arrive, portant une soupière fumante :

— Velouté aux champignons ! annonce-t-elle.

Elle me lance un regard de détresse. Elle sait que je ne peux
pas piffer le cousin Hector et elle redoute toujours que ça fasse
des étincelles, nous deux.

— Alors, Totor, attaqué-je gaillardement, comme pour justifier ses appréhensions, tu as commencé ton hibernation, à ce
que je vois...

Il avale de travers sa cuillerée de potage.

— Quoi ?

— Ben oui, tu sens la naphtaline, c'est donc que tu as mis tes
fringues des mauvais jours...

Et on continue, tout en morfilant, à se balancer des vannes
par-dessus la table. C'est notre sport de société. Ça ressemble
au ping-pong, en moins fatigant.

— Tu ne songes toujours pas à te marier ? demande ce
pingouin râpé. Bien sûr, tu préfères courir la gueuse... C'est
plus drôle.

Pauv' mec, va ! Il est sinistre comme une forêt incendiée.
Pourquoi certains êtres éprouvent-ils du plaisir à être bilieux ?
Hein, vous pouvez me le dire, tas de pétrifiés des glandes ? On
dirait que ça les nourrit, de distiller du venin. Ils sont méchants
comme on bouffe. C'est presque une fonction naturelle chez
eux.

— Question de tempérament, Hector, je lui réponds. Tout le

monde peut pas avoir, comme toi, un bulletin d'absence dans le Rasurel !

Il en a le dentier monté sur rail brusquement. Il n'a que le temps de se le ré-enfoncer dans le clapoir avec le bout de sa cuillère.

— Antoine ! glapit-il, dire des horreurs pareilles devant ta mère !

Je lui souris gentiment. Enfin, aussi gentiment que je le peux.

— T'affole pas, Totor, m'man n'est pas pudibonde, elle. C'est pas parce que tu es abonné au bulletin paroissial de ta banlieue qu'il faut...

Tel Louis XVI sur la bascule à Charlot, je ne termine pas ma phrase. La sonnerie du bignou retentit, stridente. Félicie blêmit. Elle sait bien que lorsque je suis à la maison et que ce carillon se fait entendre, je ne vais plus y demeurer longtemps.

— Veux-tu que j'aille répondre ? demande-t-elle de sa petite voix anxieuse.

— Mais non, penses-tu.

Je la laisse avec Hector et le velouté de champignons.

Le bignou se trouve dans le hall. Je décroche, recevant à bout portant un éternuement dans le tympan.

— Que Dieu vous bénisse, fais-je, en guise d'allô !

— Je viens de choper un rhume carabiné, m'avertit la voix de Bérurier.

Comme preuve de ses dires, il procède à un reniflage qui n'est pas sans évoquer l'embrayage défectueux d'un vieux tacot.

— C'est pour me dire ça que tu m'appelles, crème d'andouille ? Y a donc pas de pharmagos dans le quartier où tu te trouves ?

— Si tu crois que j'ai le temps de me soigner... Je te tube rapport à notre mec...

— Qu'est-ce qui se passe ?

— C'est pour ce soir, la castagne...

— Quoi ?

— Je vais te dire... Je lui ai filé le train comme prévu. Le gars habite près de la place Voltaire, anciennement Léon-Blum...

— C'est le contraire !

— Qu'est-ce que tu dis ?

— C'est avant que la place s'appelait Voltaire. Maintenant elle s'appelle Blum, on évolue, faut comprendre !

— Écoute, San Antonouille de mes deux Nios, c'est pas le moment de charrier, je te jure !

Venant d'un homme plutôt porté sur le gros rouge et la contrepèterie, cette exhortation me ramène au sérieux en vigueur dans la police[1].

— Je t'écoute...

— Donc j'ai suivi notre bonhomme jusque chez lui et là, j'ai pris le poireau à deux mains... Au bout d'un moment, v'là une gonzesse qui sort de l'immeuble... Rondelette, gentille... Tu vois le genre ? Un peu trop large de la potiche peut-être, mais...

— Je m'excuse, Gros, mais si c'est pour me donner le grand frisson, te fatigue pas : j'ai rencart demain avec B.B. !

Il libère un rire qu'il devrait pourtant surveiller car il peut être dangereux pour les tympans fragiles.

— Donc, reprend-il, la gonzesse vient t'à moi...

— Comme ça ?

— Oui. Et a me dit : « J'suis la femme de Diano... » Heureusement que je me suis gaffé que le gars était italoche, sans ça personne m'avait allongé son blaze...

— Alors ?

— Mon mari vous prévient que c'est pour cette nuit... Et ça se passera à l'usine Vergament à Boulogne...

Les mots tournent dans mon ciboulot comme les chevaux de bois d'un manège...

— Tu as prévenu le Vieux ?

— Non... J'ai eu peur qu'il m'engueule...

— Pourquoi t'engueulerait-il ?

— Ben, dis, c'est pas fort de m'être laissé repérer d'emblée, hein ? J'ai fait une couennerie en suivant le gars... Il s'est arrêté pour acheter le journal... Je l'avais pas vu et je m'étais mis à courir, croyant l'avoir paumé...

— Si bien qu'il t'a aperçu ?

— La preuve...

— Dans un sens, ça vaut peut-être mieux...

— Tu crois ?

Sa voix épaisse est pleine d'espoir.

— D'où téléphones-tu, Béru ?

— D'un troquet en face de chez lui...

— Toquard ! Et s'il filait pendant ce temps ?

---

1. Non, rien !

— Pas de danger, le bignou est sur le rade, d'ici je vois sa porte !

— T'as une pompe à ta disposition ?

— Non.

— Je vais t'envoyer Charvieux avec la traction...

» Faites pas les glands, hein ? Ne le perdez pas...

— Pour qui tu me prends ? s'indigne Bérurier.

— Pour ce que tu es, Gros ; je sais bien que c'est pas convenable, mais quoi, la vérité a ses pénibles obligations...

Je coupe le contact, mais sans raccrocher le combiné, car j'ai besoin maintenant de tuber dare-dare[1].

Puisque les choses ont l'air de se précipiter, il faut que je me précipite également.

Par extraordinaire, le Vieux n'est pas là... On me répond qu'il est en conférence avec le ministre. Je me garde bien de le déranger, s'il quittait le cabinet de ce dernier un instant, il pourrait ne plus le retrouver au retour, les ministres étant des gens renversables et réversibles qu'on renverse et reverse chez nous avec une maestria qui étonne le monde.

Je tube à Charvieux... C'est un bon petit gars qui arrive de la Mondaine et qui a des dons, c'est certain. On ne sait pas encore exactement lesquels, du reste, mais l'essentiel est qu'il en ait.

Je l'affranchis sur la conduite à tenir.

— Va rejoindre Bérurier et filez le gars à vous deux... Je veux le maximum de discrétion. Il est possible, et même probable, que d'autres lui filent le train également. C'est surtout de ces autres-là qu'il faudra vous gaffer, vu ?

— Entendu, patron.

— Gy ! Maintenant passe-moi Pinuche...

— Il est au café d'en face...

— Alors en partant, dis-lui qu'il me téléphone chez moi immédiatement, compris ?

— Compte sur moi.

Je retourne à la salle à manger.

— Une donzelle, je suppose ? fait le cousin Hector avec un sourire qui aurait fait peur à Judas.

— Oui, lui dis-je. Une chouette, avec des moustaches et des souliers à clous, comme tu les aimes !

---

1. Comme dirait un de mes plus illustres confrères.

Je me tourne vers Félicie.

— Annonce le gigot, m'man, faut que je déhote d'ici quatre minutes !

Elle ne dit rien, mais je la sens déçue. Elle va encore rester seule. Seule avec cette espèce d'abcès indécis qu'est notre Hector de cousin. Ce ballot va lui proposer une partie de dames, c'est recta, après le dessert... Et m'man acceptera, bien que ce jeu la fasse tartir, pour ne pas contrarier notre parent. Elle est dévouée, Félicie, on ne la changera pas.

Toujours partante pour s'emmouscailler le dimanche avec la paralytique d'à côté ou pour aller laver les pinceaux aux vieillards nécessiteux qui ont les pieds cradingues.

Au moment où je débouche la bouteille de bordeaux, le téléphone remet ça...

— Tu es très demandé, d'après ce que je vois, ramène Buffalo-Bile[1] ! Ces dames t'apprécient !

— Parce que je livre à domicile, renchéris-je, et que j'assure le service de nuit. On appuie sur un bouton de jarretelle et me voilà !

Je me lève au moment où Félicie crie depuis le hall :

— Antoine ! C'est M. Pinaud !

Y a plus que m'man qui l'appelle Monsieur, cette vieille loque.

Je vais choper mon vaillant sous-ordre. A sa voix, je comprends qu'il s'est téléphoné pas mal de petits rouges dans le bac à plonge. Il a une voix fluette d'eunuque qu'on n'a pas remboursé. Cette voix, je la connais, c'est celle du vague à l'âme. Je vous parie un bonnet de nuit contre une tête près du bonnet qu'il était en train de raconter sa vie à un autre ivrogne.

— Tu as fait dire que je..., commence-t-il.

— Je sais ce que j'ai fait dire. Si tu n'es pas complètement saoul, Pinaud, ouvre grands tes éventails à libellules...

— Qu'est-ce que c'est que ces insinuations ? glapit-il.

— Joue pas les grands-pères nobles ! Bien que tu aies fait du théâtre dans ta jeunesse, ça n'est pas dans tes emplois.

---

1. Vous avez remarqué l'orthographe de Bile ? C'est pas par inadvertance que j'ai substitué un *e* muet au deuxième *l,* ça campe le personnage ! Si je voulais vraiment faire un jeu de mots, je l'appellerais « Bouffe à l'eau-bile ! » Seulement c'est pas la peine de risquer de rater le Goncourt pour un à-peu-près !

» Tu vas prendre un bahu illico et me rejoindre chez moi, à Saint-Cloud !

— Tu m'invites à dîner ?

— Avec les anges, mon chéri...

— C'est que j'ai rien mangé...

— Félicie te préparera un sandwich... Tu ne vas pas chiquer au gastronome outragé, des fois !

Il exhale un soupir qui ressemble au signe avant-coureur de la mousson.

— J'arrive, bavoche le cher débris.

Effectivement, un quart d'heure plus tard, sa silhouette chétive remonte l'allée du jardin.

Il entre le bada à la pogne, une stalactite de jaune d'œuf à la moustache, l'œil atone, le nez en sentier-muletier, le cheveu poudré de pellicules argentées ; sanglé dans un costume sous-loué à un épouvantail... Il s'incline devant Félicie en murmurant des salamalecs, ce qui décroche son râtelier supérieur. Très homme du monde, il le ramasse sur la moquette et le glisse dans sa poche.

— Je vous ai préparé une collation, annonce Félicie, sensible aux bonnes manières de mon collègue.

Pinuche minaude, proteste, chope le formidable sandwich qu'il enfouit dans la poche intérieure de son veston en promettant de le consommer dans un avenir très prochain. Apprenant que le cousin Hector est chef de bureau au ministère des Travaux en attente, il lui demande, mine de rien, les formalités à remplir pour être décoré des palmes académiques. Pinaud, lui, c'est le genre velléitaire... Il rêve de tout ce qui est modeste ou subalterne : des palmes, d'un scooter, d'un billet de faveur pour les Folies-Bergère, d'une retraite proportionelle, et peut-être du purgatoire...

Je les entraîne, lui et son sandwich.

— On y va, vieillard ?

— Voyons, Antoine, proteste Félicie.

— Vous voyez comme il me traite ! fait Pinuche, épanoui. Mais je le connais, allez...

» J'sais qu'il m'aime bien !

— Je t'aime pas, je t'adore, Pinaud... Tu embellis ma vie comme le Pierrot en plâtre qui joue de la mandoline sur le buffet Henri II de ta salle à manger...

Ayant salué l'auditoire restreint, je le propulse dans la nuit humide.

— Où on va ? s'informe-t-il seulement.

— Au turf...

— Encore !

— Oui...

Il me suit en clopinant jusqu'à mon garage.

— A mon âge, grommelle-t-il, je mériterais tout de même un peu de repos !

— Patiente, l'exhorté-je. D'ici peu, tu auras droit au repos éternel... A propos, qu'est-ce que tu préfères : les dahlias ou les chrysanthèmes ?

Nous ne tardons pas à atteindre l'usine Vergament. Elle est assez réduite pour une usine d'aviation. Si je m'en réfère à un article lu il y a quelque temps dans un baveux technique, on y étudie des prototypes très futuristes. Les bâtiments, cernés par un haut mur, s'élèvent en bordure de la Seine, sur l'emplacement d'un ancien studio.

Pinuche que, chemin faisant, j'ai mis au courant des événements, est très déprimant.

— Tu sens bien que c'est une affaire foireuse, murmure-t-il. De deux choses l'une : ou bien Diano est sincère, et en ce cas l'équipe de Grunt est trop fortiche pour ne pas s'être aperçue que nous le tenions à l'œil... Ou bien, comme tu le crois, on nous tend un piège et le fait que nous marchions aveuglément ne peut que satisfaire nos adversaires...

Il a bavé tout ça sans reprendre souffle et lorsqu'il se tait, il est aux extrêmes limites de l'asphyxie.

Je médite, comme dit un jeune poète de mes amis[1], ces paroles empreintes du plus parfait bon sens.

Il a raison, le Débris. Nous nous aventurons sur un terrain glissant. Moi aussi je suis intimement persuadé que, d'une façon comme de l'autre, les espions savent que nous sommes sur le coup. *Or ç'a l'air de les arranger ! Drôle de pastis ! Suivez mon raisonnement si vous le pouvez ! Nous nous doutons qu'ils se doutent ! Or nous n'avons absolument pas d'autre conduite à tenir*

1. En réalité il dit : « Je m'édite à compte d'auteur. »

que celle qu'ils semblent attendre de nous ! Vous pigez ? Non ! Je vois à vos figures de constipés que vous becquetez de l'aile, les gars ! Vos frites ressemblent à un quartier sinistré. Vous avez oublié votre taf de phosphore ? Faut bouffer du poisson, mes petits... Je sais bien qu'au point où vous en êtes ça ne se guérit plus, mais ça ne coûte rien d'essayer...

Nous arrêtons la tire en bordure du quai, dans une zone d'ombre due aux arbres... D'où nous sommes il nous est fastoche de surveiller l'entrée de l'usine. C'est l'unique issue. Partout les murs sont sommés de fils de fer qui doivent être soit barbelés, soit électrifiés, ce qui rend l'escalade impossible dans les deux cas...

— Écoute, fais-je à Pinuchet. Par mesure de sécurité tu vas aller te poster à l'autre angle des bâtiments... Ainsi nous couvrirons de notre double regard de lynx tout le périmètre de l'usine.

Il ne répond rien. Je lui balanstique un coup de coude dans le bras... Il brame !

— Ouïe ! ouïe !

— Ben quoi, je t'ai pas tué, non !

— Tu m'as fait mordre le menton !

— Qu'est-ce que tu racontes ?

— J'étais en train de remettre mon râtelier pour pouvoir manger le sandwich... Je parie que ça saigne ! Regarde voir !

Je le rassure.

— Avec la tension que tu as, pour arriver à t'extirper une goutte de raisin faudrait t'ouvrir en deux, et encore ! Allez, go !

Il descend de bagnole en maugréant.

Comme il s'apprête à disparaître, je le rappelle.

— Eh, fossile ! A part ton sandwich, t'as une arme sur toi ?

— Oui, mon revolver, pourquoi ?

— Ça peut servir quand on part en pique-nique...

Il se fond dans l'obscurité, ce qui, pour lui, ne constitue pas un exploit étant donné que tout son être a quelque chose de nocturne.

Je reste seulâbre, derrière mon volant. Un coup d'œil à ma tocante m'apprend qu'il est dix heures vingt. Comme il faut bien qu'il soit dix heures vingt à un moment ou à un autre, je me fais une douce violence et j'attends patiemment la fuite du temps et la suite des événements.

L'impatience me ronge la nénette jusqu'au trognon inclus.

Rien n'est plus difficile à tromper que le temps. On peut tromper sans trop de peine : sa femme, son monde, son meilleur ami (ça c'est ce qu'il y a de plus facile) ; on peut se tromper soi-même (surtout si l'on n'est pas son genre), mais le temps ne se laisse pas tromper sans rechigner. Il proteste à coups de secondes... Ah ! les secondes, vous parlez d'une vacherie ! Perfides comme une fourmilière ! Elles paraissent courtes lorsqu'on téléphone à Londres, mais quand on attend dans le noir on se rend compte qu'il en faut soixante pour faire une minute. Or de nos jours on ne va pas loin avec une minute... Ce qui me ronge le plus dans ces périodes d'immobilisme, c'est la pensée de tout ce que je pourrais faire de positif pendant ce temps qui s'enfuit et que j'use pour rien. Tenez, par exemple, et pour bien vous donner une idée précise de la chose : en une seconde je pourrais ouvrir mon pantalon (qui est à fermeture Éclair) ; en dix secondes je pourrais lire la première page de *France-Soir* ; en trois minutes je serais capable de faire cuire un œuf coque ; en une heure je me rendrais inoubliable à une dame ; en deux je pourrais faire laver ma voiture et en trois faire deux fois le tour de la Terre[1].

J'arrête pile mes calculs... En effet, un taxi-auto vient de stopper à quelques mètres de moi. Un homme en descend : Diano.

À la lumière profuse[2] de l'éclairage axial, je le reconnais aisément. Il est vêtu d'un complet noir, d'une chemise noire et d'espadrilles de même teinte. Il porte à la main un petit sac de bain de couleur sombre. Son embrasse-en-ville[3] sans doute ? Là-dedans il y a son nécessaire qui n'est pas superflu en l'occurrence.

Il marche prudemment, en biglant de chaque côté, comme pour s'assurer qu'il n'est pas livré à lui-même. Cet oiseau-là n'aime décidément plus sortir sans sa bonne. Pour les cambriolages, il ne se déplace plus qu'accompagné de ses parents.

Il ne me voit pas, ne voit personne et décide de faire son petit turbin en grand garçon. Je le vois s'approcher de la porte principale et fourrager dans la serrure avec une clé qui doit être

---

1. À condition toutefois d'être le bébé-lune ! Comme on dit dans les potins de la comète !
2. Pourquoi « profuse », me direz-vous ? Soit. Mais alors, pourquoi pas ?
3. Le comble de la maîtrise n'est-il pas de se censurer soi-même ?

la bonne, car l'huis s'entrouvre en moins de temps qu'il n'en faut à certains chansonniers de ma connaissance pour prouver leur manque d'esprit. Diano disparaît, la porte se referme...

Bon, nous voici : lui au cœur de la place et nous au cœur du problème. Autres images pouvant convenir à la situation : les dés sont jetés, les jeux sont faits, le sort en est jeté, etc.

Je mate les azimuts de mon œil à deux sioux la paire. Je suppose que le gros Bérurier et Charvieux sont dans les parages, en tout cas ils ont travaillé comme des papes[1] car je ne les aperçois pas.

Attendons encore. Cette fois mon impatience confine au suspense. Un homme est en train de cambrioler des coffres protégés par la Défense du territoire, et nous le laissons faire ; premier point bizarre. Cet homme risque sa peau, car sans aucun doute, l'usine est gardée, et nous le laissons faire, deuxième point baroque. S'il réussit son exploit, il portera le fruit de son larcin aux espions qui le font travailler, et nous le laissons faire ; troisième point insolite... Tout cela dans l'espoir d'alpaguer le réseau ! Vous vous rendez compte de la vitesse du vent ? Si jamais il y a un coup foireux, et il suffit de peu de chose, nous pourrons embaucher tous les internationaux de l'équipe de France pour nous administrer des coups de savate dans le prose jusqu'à ce qu'ils ne puissent plus lever la jambe et nous plus nous asseoir.

Ma parole, mon pouls s'affole. J'ai le palpitant qui fait équipe... Et tout ça n'est encore rien ! Comme disait mon vieux camarade de régiment Henri de La Tour d'Auvergne, vicomte de Turenne[2] qui avait, surtout sous Mazarin, l'esprit frondeur : « Tu trembles, carcasse, mais si tu savais où je vais te mener tout à l'heure, tu aurais les flubes bien davantage. »

Car tout à l'heure, il va se passer quelque chose. Je le sens ! Je le sais ! Mon être est averti de la fiesta, comme les animaux sont avertis de l'imminence d'un cataclysme... Je voudrais pouvoir visser un gros piton dans le ciel afin d'y suspendre le temps. J'ai eu tort de laisser s'accomplir ce sale turbin... Je donnerais la moitié de vos économies, plus dix pour cent pour le service s'il m'était permis de rebrousser chemin... P't'être qu'au lieu de relâcher Diano avec les honneurs de la

1. Ce qui est une façon de parler naturellement.
2. Les bons vicomtes font les bons amis !

guerre je devais le passer à la grande purge, manière de voir s'il avait des choses intéressantes à me confier pour publier en tête de ma cinquième colonne.

Enfin, brèfle, il est trop tard !

Je me secoue... Que diable, je suis un homme d'action, oui ou non ? Même que je suis coté en Bourse, les dames vous le diront !

Une petite heure s'écoule goutte à goutte dans la nuit fraîche. L'automne met des écharpes de brume aux branches des arbres précocement dénudés[1]. Un couple d'agents cyclistes passe, emmitouflés dans des cache-col tricotés par Mesdames. Ce qui prouve que si une hirondelle ne fait pas le printemps, deux hirondelles n'y parviennent pas davantage.

Les deux gars de la pédale s'éloignent dans un lointain aqueux (à bicyclette). Le quai redevient apparemment désert. Pas un bruit, pas un son, toute vie est éteinte, mais on entend parfois, comme une morne plainte... Celle du vent jouant, comme un enfant de mutin, avec les branchages d'où la sève s'est retirée sans laisser d'adresse.

Je suis saisi d'un doute : l'équipe Bérurier-Charvieux est-elle là ? Il semble que le quai soit totalement vide... Il est vrai que pour la planque ils en connaissent long comme un traité sur l'énergie sidérurgique et son application dans les moulins à café de demain.

Pas trace non plus des gens qui tirent les ficelles, à savoir Grunt et ses équipiers discrets. M'est avis que tout le monde se déguise en courant d'air ou en caméléon dans ce circus !

Lorsque la grande aiguille de ma montre a fait sa révolution sur le cadran, la porte de l'usine se rouvre et mon zigoto réapparaît. Il est plus furtif qu'un souvenir polisson et il se met à foncer dans la partie obscure du quai, la tronche rentrée dans les épaules... Il marche vite, sans courir cependant... Il semble avoir peur... Oui, pas de doute, il est terrorisé... Je lui laisse du champ et je démarre en douceur.

Je roule sur le trottoir de terre afin de rester sous le couvert

---

1. Cette phrase lamartinienne pour vous prouver que je peux faire dans tous les genres.

des arbres... A quelques mètres de moi, la silhouette étroite de l'Italien suit la bordure de l'ombre. De temps à autre, elle traverse une zone de lumière blafarde et j'aperçois le panache blanchâtre de sa respiration... Nous parcourons de la sorte une cinquantaine de mètres... Bien que le moteur de ma bagnole soit silencieux, il fait tout de même un certain bruit perceptible pour l'ouïe tendue de Diano. Seulement l'Italien ignore si c'est une voiture amie ou ennemie qui le file...

Soudain, il se cabre. Dans l'ombre, devant lui, se tient une seconde auto, tous feux éteints. Il marque un temps et s'écarte pour passer. J'ai reconnu la bagnole au premier coup d'œil : c'est la traction du service. Dedans j'aperçois vaguement deux silhouettes... Béru et Charvieux. Ils sont plus champions encore que je ne me le figurais. Pour venir se ranger à cinquante mètres de moi sans que je m'en aperçoive, faut être quelqu'un de doué !

Je les double doucement et je leur fais un petit signe par la portière. Ils pigent et démarrent en trombe... Ils dépassent Diano, foncent sur le quai vide afin de répérer si la voie est libre... Comme ça, c'est mieux...

Nous continuons d'avancer, Diano et moi... Maintenant il va au trot, son nécessaire sous le bras... Sacrebleu ! pourquoi a-t-il une telle frousse ? Il sait bien que les roussins sont là... Alors ? Que redoute-t-il ? Les autres ?

Soudain, comme il traverse une zone de lumière, un éclair déchire la nuit[1]. Une détonation très faible ponctue cet éclair et Diano culbute comme s'il venait de rater la bordure du trottoir.

J'arrête mon carrosse et je saute de la guinde en sifflant dans mes doigts... Je m'approche du corps inanimé. Diano a morflé une praline en plein bocal. Ça lui a fait sauter la calotte et sa bouille ne ressemble plus à grand-chose de présentable. Il est mort comme un filet de hareng.

Je me redresse au moment où arrive en trombe la bagnole de mes deux cascadeurs.

Bérurier en jaillit. Il a un plan de sa chemise passé par-dessus son pantalon et son chapeau cabossé lui donne l'air d'un épouvantail en vacances.

— M... ! ils l'ont buté ! brame-t-il de cette voix forte et basse qui lui a valu des propositions de la Scala de Milan.

---

1. Rien ne se déchire plus facilement que la nuit.

— Le coup de feu est venu du côté de la Seine, lancé-je. Garde le corps... Charvieux, fonce jusqu'au pont pour pouvoir examiner la berge...

N'écoutant que mon courage, je dégaine mon P. 38 et je file en direction de l'escalier conduisant à la Seine...

A une bonne distance de moi une ombre se profile... Cette ombre trace droit vers la flotte. Le meurtrier a-t-il envie de se buter, son forfait accompli ?

Non... Je pige la grosse astuce du monsieur... Il savait qu'on filait le train à Diano et il s'est préparé une sortie de secours aux pommes... En effet, un canot automobile est accosté. Il saute dedans à pieds joints et lance le moteur avec une promptitude qui ferait la gloire de la Maison Johnson si elle était à faire.

Je lève mon pétard, mais le canot danse et zigzague... Les trois valdas que je distribue ne font que soulever de petits geysers blancs à la surface du fleuve qui baigna Lutèce et qui arrose maintenant Paris. Le canot s'éloigne. Par un bol phénoménal pour moi, et un manque de pot catastrophique pour l'assassin, l'embarcation se dirige vers le pont que vient de rallier Charvieux...

Je sais ce qui va se passer. Charvieux a trois médailles de bronze et quatre en caramel galvanisé remportées dans des concours de tir au pistolet. Il pourrait s'engager au Métro pour poinçonner les tickets à coups de pétard si la poule se mettait un jour en chômage — ce qui semble bien improbable...

Comme le canot arrive entre deux arches du pont, deux détonations retentissent. Je vois le dinghy décrire alors une large courbe et aller se fracasser contre le flanc d'une péniche à l'amarre... Puis plus rien.

En galopant je remonte sur le quai. Y a déjà un drôle de populo. Vous le savez, les gens aiment le sang, pas seulement sous forme de boudin grillé. Dès qu'il y a de la viande morte quelque part, ils accourent, ces têtes de condor ! Il leur faut du saignant. Plus ça coule à flots, plus ils se régalent... Ça les excite ; le cirque ne leur suffit plus... Ils veulent que ça se déchiquette, que ça explose, que ça se disloque, que ça se désintègre sous leurs yeux... Leur rêve, ce serait de voir fabriquer du pâté d'homme... Ils seraient partants pour être commis charcutiers dans ce cas-là ! Des rillettes de lampiste ! Des ballottines de notaire ! Des pieds de champion pannés ! Du foie d'homme gras ! Et alors le fin des fins, le gros régal, le festin suprême : des tripes de voisin aux fines herbes !

Y me dégoûtent, ces nécrophages, ces scatophages ! Faut les voir se pousser du coude devant une dépouille de semblable... Et de sortir de bonnes astuces sur la tronche qu'il fait, ce tordu !

Ils se croient malins parce qu'ils sont vivants, ces vampires en pantoufles ! C'est la seule occasion qu'ils aient de se sentir moins c...

Le gros Béru refoule les charognards, aidé de Pinaud que cet épisode de la guerre de Sécession a ramené dans le coin.

Je cramponne le sac de bain de Diano. A l'intérieur, il y a un gentil petit outillage de bricoleur. Pour un mec qui avait soi-disant dételé, ce n'est pas mal... Tout ça ne devait pas lui servir à réparer des réveille-matin, au Rital !

A part les ustensiles, je ne trouve rien... Je me mets alors à fouiller les profondes du mort... Rien non plus ! Qu'est-ce que ça veut dire ? Il n'a donc rien chouravé ? Oh ! mais ça tourne de moins en moins rond !

V'là police-secours qui se ramène, puis une ambulance... Je donne des instructions à ces messieurs et je vais rejoindre Charvieux au bord de la Seine, après le pont.

Là aussi on refuse du peuple... Ce sont les mariniers qui composent le plus gros du public. Ils font cercle autour d'un second cadavre tout mouillé qu'ils ont allongé sur les pavés ronds de la berge. Je regarde... Quelle surprise : l'ami Grunt !

Charvieux, un peu pâle, le regarde à distance.

— Fallait p't'être pas le farcir ? demande-t-il. Lorsque je vous ai vus tirer j'ai cru que...

Je hausse les épaules.

— Bast ! tu as bien fait. De toute façon, il n'aurait pas parlé...

Il bredouille, Charvieux :

— C'est la première fois que... que je tue un homme, m'sieur le commissaire...

Je comprends ce qu'il éprouve. Je sais pour l'avoir vécu, ce moment-là, que ça fait une sale impression. Tant qu'on s'exerce sur des cibles en liège, ça boume. On est tout fier d'attraper le cœur. Seulement quand on fait un vrai carton, ce n'est plus du kif.

— Te casse pas le chou, mon petit vieux... Ce mec-là avait plus de chances de claquer d'une balle que des oreillons. Et puis dis-toi qu'il vient d'en flinguer un autre !

Ayant de la sorte sommairement réconforté Charvieux, je fouille itou les poches de l'espion. Comme il fallait s'y attendre, elles sont vides de tout papier et ne contiennent que du fricotin...

Je me redresse, perplexe... Vous voyez que j'avais raison de redouter quelque chose... Il y a eu un drôle de tabac. Et ce casse-pipe n'a pas duré plus de quatre minutes...

Maintenant, tout le quartier est dans la rue... Y a des gnards qui se régalent avec les nanas en chemise de noye. Ça tourne à la kermesse galante ! Toutes ces bonnes truffes en pyjama ou bannières étoilées ont des mines qui font penser. Ah ! elles sont baths les bergères avec leur valoche diplomatique sous les yeux, leurs bouches décolorées, leur peau soufrée et leurs surplus américains qui font du saut à basse altitude. Drôlement tentantes, ces dames, quand elles se réveillent en sursaut, la frime encore luisante de démaquillant ! Y a de quoi courir se faire inscrire à la Joyeuse Pédale des petits marins bretons ! Sous la présidence d'honneur d'André Clavette !

Comme disait un de mes amis de Rennes : je l'aime bien parce qu'il est vilaine[1] !

Je pousse un coup de gueule manière de faire calter les visiteurs du soir.

— Allez vous coucher, mesdames, messieurs, la représentation est terminée... La suite demain, dans votre journal habituel...

Comme on emmène les allongés, les gens retournent se pager. Marrant, l'idiotie de la vie... Y en a qui vont se faire reluire avant de dormir... Des êtres naîtront de ce réveil en sursaut ! Ça ne vous fout pas les jetons, à vous, cet immense malaxage d'individus ?... Non, bien sûr, vous êtes peinards derrière votre bêtise ; y fait bon dans votre intellect... Air conditionné ; confort moderne, eau courante ! Quand vous

---

1. D'accord, c'est du Vermot, n'empêche que c'est pas tout le monde qui pigera.

essayez de penser, ça fait du bruit dans votre calebasse comme lorsque vous bouffez des cacahuètes !

— Alors, programme ? demande le gros Bérurier.

Son nez est plus énorme, plus violacé que jamais... Il pue comme une grève de la voirie et il a une joue plus grosse que l'autre.

— T'as une joue enceinte, Gros, observé-je. Tu chiques ou quoi ?

Il commence par éternuer, ce qui me donne l'impression de jouer le cinquième principal rôle dans « Bourrasque »...

— Je fais un début d'abcès, explique-t-il.

— Un début ! Tu veux dire une fin d'abcès ! Toute ta vie a été un apostolat au service de l'abcès. Tu as donné à celui-ci sa forme la plus véhémente et la plus volumineuse...

Il me regarde avec l'air incrédule d'un bœuf qui assisterait à une corrida.

Ses bons yeux me fustigent. Son regard est gluant comme un caramel sucré.

— Comment peux-tu débloquer en un pareil moment ? soupire-t-il.

— C'est de l'autodéfense...

» Bon, arrivez, les archers, il va y avoir du turbin cette nuit... Je vous promets des divertissements de qualité...

— Où qu'on va ? demande Béru.

— A l'usine Vergament.

— Maintenant ?

— Tu sais ce qu'on dit : y a pas d'heure pour les braves, à plus forte raison pour des minables de ton espèce !

CHAPITRE III

Le gardien de l'usine est sur le pas de la porte qui regarde avec un intérêt non dissimulé le brouhaha de la chaussée. Cette bonne bille ignore qu'il a reçu une visite il y a un instant.

Je lui fonce dessus.

— Police !

— Je n'ai rien vu, se défend instantanément le pégreleux.

Vous connaissez ce genre de tordu. Ils vous jouent la muette mordicus. La peur des responsabilités, quoi ! Air connu...

— Je ne vous parle pas de l'attentat qui vient de se produire sur le quai, mais du cambriolage dont vous venez d'être victime dans l'usine !

Alors là, il manque d'oxygène, monsieur la ronde de nuit ! Faudrait lui souffler dans les trous de trous en lui faisant faire des mouvements des bras.

— Le quoi ? s'égosille-t-il.

— Le cambriolage...

— Vous plaisantez ?

— Ça m'arrive parfois, mais pas en ce moment... Laissez-nous entrer...

Alors v'là ma ganache de veilleur qui se fout en renaud. C'est un type bilieux, très ulcère du pylore... Il a la cinquantaine, un penchant pour le juliénas en général et pour le cru des Capitants en particulier... Et un regard à demander le billet des gens en compagnie de qui il voyage, sans être contrôleur.

— Impossible, messieurs ! Ici, c'est un établissement travaillant pour la Défense nationale !

— Je m'en fous, réponds-je fort aimablement. Que vous grattiez pour la Défense nationale ou pour la défense d'afficher, c'est pour moi du pareil au même... Je veux voir le coffre...

— Il se trouve dans le bureau particulier de M. le directeur et je n'en ai pas la clé !

— Je vous parie que la porte est ouverte...

Il hausse les épaules.

— Messieurs, je suis obligé d'en référer à M. le directeur...

— Eh bien ! référez-en !

Il nous fait entrer dans son igloo près de la lourde. C'est un poste comprenant deux pièces.

Dans la première, il y a les accessoires indispensables à son office, à savoir : une table, deux chaises, un litre de rouge et un jeu de cartes... Plus une torche électrique et le dernier numéro du *Chasseur Français*. Il y a un téléphone sur une tablette.

Il compose un numéro sans nous lâcher d'un regard lourd comme un sac de sable.

Pinaud et Bérurier louchent sur le kil de rouquin... Je leur fais les gros yeux et ils abandonnent les projets qui brillaient dans leurs prunelles.

— Allô ! pourrais-je parler à M. Montfort ? dit le veilleur...

Ce doit être une bonniche qui répond et qui fait le barrage. Le gardien ajoute, important :

— Prévenez-le coûte que coûte, c'est de la part de Maheu, de l'usine... La police est là...

On attend un brin. Bérurier éternue si fort que la fenêtre s'entrouvre. Enfin l'intéressé radine au bout du tube. V'là le gardien lancé dans des explications fumeuses. Ces gars ne savent jamais relater les faits les plus simples. Il faut qu'il se paume dans des détails superfétatoires... Agacé, je lui arrache le combiné de son piège à engelures.

— Allô ! Ici, le commissaire San-Antonio, des Services spéciaux... Bonjour, monsieur le directeur... Je m'excuse, mais il est indispensable que vous veniez immédiatement ici. J'ai tout lieu de supposer qu'on vous a cambriolé.

Le gars pousse un cri exclamatif et dit qu'il s'annonce. Je raccroche...

Le visage ingrat de Maheu exprime un cordial mépris.

— Cambriolé ! bougonne-t-il. Ça se saurait... On est deux gardiens qu'on fait not' ronde toutes les heures, alors !

Du tac au tac, j'interroge :

— Et où qu'il est, m'sieur, vot'copain ?

— Il fait la sienne de ronde...

— Il va revenir à quelle date ?

Ça paraît chanstiquer ses hormones mâles.

— C'est vrai, fait-il, rembruni comme un ciel de novembre, il devrait être de retour...

— Il y a combien de temps qu'il est parti ?

— Une petite demi-heure...

Je réfléchis comme un miroir à trois faces.

— En somme, il y a une heure, vous étiez tous les deux là ?

— Oui...

— Un homme est entré, comment se fait-il que vous ne l'ayez pas vu ?

— Personne est entré !

Ses manières de casseur d'assiettes commencent à me cogner sur les rotules.

— Écoutez, mon vieux Saint-Thomas, si je vous dis qu'un homme est entré, c'est que je le sais ; et je le sais parce que je l'ai vu... Il s'est même fait descendre à la sortie... Vous êtes un petit futé, vous, dans votre genre... En pleine nuit on abat du monde devant l'usine, ça vous paraît presque naturel et vous ne voulez pas admettre qu'on ait cambriolé cette taule !

Ce petit discours de la méthode lui en impose.

— Je n'ai rien entendu... Quand on ouv' la porte, de nuit, y a un signal d'alerte...

Il me désigne un système d'avertisseur, et je le vois pâlir. Sa bouille plate ressemble d'abord à la lune, puis à une tarte à la crème. Et cette crème-la, j'ai grande envie de la fouetter.

— Le système est débranché !... balbutie le gardien.

— Vous voyez bien que ça ne tourne pas rond.

— Pourtant je l'avais branché, moi-même...

— Reprenons la question ; il y a une heure, votre collègue et vous-même vous vous teniez dans cette pièce. Si j'en crois ce jeu de cartes vous tapiez une petite belote, non ?

— Ben, oui... En attendant que ça soye son tour...

— Où étiez-vous assis, vous ?

Il me désigne la chaise qui tourne le dos au portail.

— Là !

— C'est bien ce que je pensais...

— Qu'est-ce que vous pensez ? demande l'homme de la nuit.

— Ce serait trop long à vous expliquer...

Je me tourne vers mes deux collègues qui n'ont pas moufté une seule fois, ce qui est insolite lorsqu'on connaît ces messieurs.

Je pige la raison de leur mutisme. Ils ont réussi à capturer sournoisement le litre de rouge et, dans un coin de la pièce, ils lui font un mauvais sort.

Un coup de klaxon retentit dehors. Le père Maheu boutonne sa veste d'uniforme.

— Voici M. le directeur, me prévient-il en galopant ouvrir.

Montfort — ça se pige illico — est un gnace de la Haute. On le comprend à sa Jaguar, à son pardessus et surtout à sa calvitie.

Car une calvitie est toujours éloquente. D'après son aspect, sa texture, sa géographie, son importance, son entretien, son incidence, sa périphérie, vous savez si le calvitie est un homme du peuple ou du monde. Il existe mille sortes de calvitie... La totale, la modeste, l'hypocrite, l'intellectuelle, la cléricale, l'anticléricale, la calvitie hydrocéphalique et brachicéphalique, l'oblongue, la circulaire, la teutonne, la calvitie à la pomme d'escalier, à l'américaine, à la mongole, à la fesse de poulet, à la tête de pinceau usagé, à la tête de neutre, à la tête des autres, à la tête de veau (avec lotion au vinaigre)... Sans parler de la calvitie à la Grock, en pain de sucre, en suppositoire, en ananas... Ni de la calvitie en forme d'ampoule (façon Wonder) ou de la calvitie en accordéon... J'en passe et des meilleurs, comme se complaisait à le dire de sa voix mutine, la petite baronne Tuchelingue du Prose (pas la petite-fille du général Lavert-Jovent, non : celle qui avait une montre-bracelet tatouée sur la cuisse droite)[1]...

Toujours est-il que la calvitie de Montfort est de l'espèce Jockey-Club, c'est-à-dire qu'elle est signée Défossé comme Saint-Germain. C'est dire encore (et en outre, pour employer le langage des caravaniers) qu'elle est fignolée, rasée, brûlée, sulfatée, sulfamidée, polie, teinte, brossée, odoriférante, antidérapante, vulcanisée, jaspée, marbrée, brunie... Les croûtes sont grattées, les taches de rousseur fourbies ; bref, c'est de la calvitie *number one* ; celle de l'élite. Il faut avoir, dans ses ascendants, plusieurs générations de croisés, de mousquetaires, de prélats, de concubines royales (l'avariée est trop belle !), d'amiraux, de contre-amiraux, de vice-amiraux et de ganaches[2] pour arriver à une telle perfection dans l'art d'avoir la coupole défrichée !

Il me toise, m'apprécie et me tend une main fraîchement dégantée de pécari.

— Alors, monsieur le commissaire, que se passe-t-il ?

— J'ai tout lieu de croire qu'on a tenté de piller votre coffre.

Il se tourne vers le gardien. Le mec a perdu de sa superbe. C'est le vrai coussin ravagé (assieds-toi sur Maheu et causons) !

— Qu'est-ce à dire, Maheu ? fait Montfort la Morille.

— Je n'y comprends rien, monsieur le directeur... Le signal d'alerte a t'été débranché...

— Où est Bourgès ?

— Il fait sa ronde...

---

1. Dommage que je ne conserve pas mes brouillons à l'instar de la mère Sévigné, hein ? Du coup je finirais dans le chocolat, moi aussi !
2. Excusez-moi quand je fais des pléonasmes.

Pourquoi le chant naïf d'une ronde enfantine vient-il me titiller les trompes d'Eustache.

« *Rondin, picotin, la Marie a fait son pain...* »

— Vous voulez me suivre jusqu'à mon bureau, monsieur le commissaire ?

Je n'attends que ça !

Nous voilà partis en caravane, Montfort, mes deux pieds nickelés et le fils unique de Félicie.

Nous traversons une grande cour encombrée de matériaux aux formes bizarroïdes. Puis nous passons un bâtiment assez vaste, peuplé de machines-outils dont l'utilité me paraît indéniable mais imprécise... Enfin ce sont les bureaux... Conception moderne : de la vitre, du haut en bas, dépolie par endroits...

Nous parcourons des couloirs martiens, aux meubles futuristes... On se croirait dans une soucoupe volante. Nouvelle enfilade. Puis Montfort sort de sa poche une clé dont il n'aura pas à faire usage car la porte de son bureau est incomplètement fermée.

— Mon Dieu ! s'écrie-t-il en chargeant à la calvitie dans une pièce tendue de peau de zébu.

Il cavale comme un gars ayant subi avec bonheur la périlleuse ablation de la rate jusqu'à un immense coffre mural. La porte d'icelui bée. Montfort en fait autant. Pinaud, épuisé par les péripéties de la nuit et qui se fout du cambriolage de l'usine comme de sa première dent gâtée, s'abat dans un fauteuil pivotant comme une mouette épuisée sur un récif.

— Ils ont emporté les plans ! hurle le calvitié distingué.

Bon, c'est au valeureux commissaire San-Antonio de jouer.

— Quels plans, monsieur le directeur ?

— Ceux de l'Alizé 3...

Vous pensez bien que j'ignore tout de l'Alizé en question... Mais d'après son nom, je suppose qu'il s'agit d'un engin tsoin-tsoin[1].

Je pose des questions classiques, presque routinières, parce qu'il faut un début à toute enquête.

— Qui avait accès au coffre ?

— Deux de mes ingénieurs et moi-même... Je m'absente

---

1. Tsoin-tsoin : locution intraduisible en français. A l'origine elle ne se parlait pas mais s'éternuait. C'est à la suite de la découverte d'Aspro qu'elle a fait son apparition triomphante dans le langage courant.

souvent, les deux ingénieurs en question possédaient la combinaison car ils avaient besoin des plans pour la direction des travaux.

— Qui sont-ils ?

— MM. Conseil et Bolémieux...

— Leur adresse ?

Il me les communique et Bérurier note ça sur un carnet qui lui fut gracieusement offert par une marque d'apéritif.

— Bolémieux est en vacances, je vous le signale, déclare le directeur.

— Depuis longtemps ?

— Deux jours... Il a assuré la permanence cet été...

— Je pense que vous avez les doubles des plans ?

— Certes, ils sont déposés dans une banque. Mais la disparition de ces documents est une catastrophe pour notre pays, d'autant plus qu'on n'a pas volé que les plans, mais aussi la maquette, petit modèle du prototype... Or cette maquette est essentielle ! Je ne veux pas entrer dans des explications techniques, monsieur le commissaire, mais l'intérêt de ce nouveau modèle d'avion réside principalement dans la possibilité de décollage à la verticale.

Je m'approche du fauteuil pivotant dans lequel Pinuche en écrase. Parce qu'il est dans une usine d'avions, il ronfle comme l'escadrille Normandie-Niémen. Je chope un bras du fauteuil et imprime à ce dernier un violent mouvement de rotation dans le sens inverse de celui des aiguilles d'une montre de fabrication suisse.

Pinaud est propulsé sur la moquette du burlingue, épaisse comme un édredon. Il se réveille en grommelant des choses incertaines relatives à son âge certain, si peu pris en considération par ses cadets.

— Béru et toi vous allez visiter les environs, lui dis-je. J'aimerais parler au gardien qui n'est pas revenu de sa ronde, en admettant qu'il puisse encore s'exprimer...

Montfort a un sursaut qui déplace son troisième et avant-dernier cheveu.

— Vous pensez que ces crapules l'ont assassiné ?

— Ça ne me paraît pas impossible... Mais je ne crois pas, à la vérité.

Sortie de mes deux acolytes sur l'air de Laurel et Hardy. Le directeur s'abat dans un fauteuil non pivotant et se prend la rotonde à deux mains.

— C'est épouvantable, soupire-t-il.

Il paraît sincèrement atterré.

Je ne dis rien. Il est trop tôt pour que je baratine... Il redresse son beau visage d'aristocrate essoufflé et tend la main vers le téléphone. Je stoppe son geste.

— Je vous demande pardon, monsieur le directeur, qui voulez-vous appeler ?

— Mais, Conseil, mon collaborateur... Je préfère l'informer du désastre plutôt que de lui laisser apprendre ça par les journaux...

— N'en faites rien, je l'avertirai moi-même...

Mon interlocuteur me regarde avec indécision. J'enchaîne, rapide :

— Il est indispensable que je contacte tous les gens ayant accès au coffre, comprenez-vous ?

Il n'insiste pas... Par contre, je me sers de son cornichon pour affranchir le Vieux des événements de la nuit. Il est drôlement commotionné, le Boss ! C'est la grosse tuile pour lui ! Quand le ministre va savoir que le vol et le meurtre se sont opérés sous nos yeux, et quasiment avec notre bénédiction, il va becqueter son portefeuille ou bien le refiler à un autre, plus toquard que lui. En matière de ministères, c'est comme au rugby : il faut toujours faire les passes derrière soi.

A l'instant précis où je raccroche, mes boy-scouts radinent, portant un gars inanimé.

— Bourgès ! s'écrie le directeur en devenant pâle comme une calotte glaciaire.

Bérurier et Pinaud allongent le mec sur la carpette. L'arrivant horizontal est un grand type maigre, au nez en bec de perroquet.

Il a dans les trente piges, il est d'un blond sale tirant sur le roux et quand il rouvre les carreaux, je constate que ceux-ci sont noirs.

Il bat des paupières...

— Il était dans le bout du couloir, explique Béru qui en a vu d'autres, beaucoup d'autres, et des plus défraîchis !

— Que vous est-il arrivé, Bourgès ? demande le directeur.

Le gars pousse un gémissement qui fendrait le cœur d'un percepteur des contributions directes.

— Ma tête ! balbutie-t-il. Ma pauvre tête...

J'examine ladite pauvre tête et je n'y décèle rien de suspect, pas même une bosse.

— On vous a assommé ? questionné-je.

— Oui... Je passais dans le couloir... Tout d'un coup, j'ai ressenti un coup terrible derrière ma tête, puis plus rien...

— Mon pauvre Bourgès, s'apitoie le directeur avec la sincérité d'un bradeur de bagnoles d'occase.

» Qu'allez-vous faire ? me demande-t-il.

— Conduire cet homme à l'hôpital, dis-je. Ensuite je commencerai mon enquête... En attendant, monsieur le directeur, je vous prie de regagner votre domicile et de ne parler de ceci à personne avant demain...

Il est de plus en plus déprimé.

— Comme vous voudrez, monsieur le commissaire...

Et le cortège s'ébranle.

**
*

Dans le poste de garde, Charvieu tient compagnie au gardien Maheu après avoir expédié les défunts à la morgue. Je lui dis de finir la nuit ici pour réceptionner les gnards de l'identité, ceux du labo ainsi que les journaleux qui ne manqueront pas de ramener leur fraise.

Puis je gagne ma voiture. Pinaud monte à l'arrière avec le malheureux Bourgès... Je me glisse au volant, flanqué de Bérurier.

— Avant d'aller à l'hôpital, dis-je au blessé, il serait bon de prévenir votre famille, non ?

— Je vis seul, soupire-t-il.

— Je tiens tout de même à prévenir votre concierge, la presse va se précipiter chez vous au petit matin, et je ne veux pas que cette dame débloque trop, vous comprenez ?

— J'habite rue de Vaugirard, au 7...

— Quel étage ?

— Troisième...

— Ça ne vous ennuie pas qu'on fasse le crochet ?

— Non, je me sens mieux... Ce n'est peut-être pas la peine d'aller à l'hôpital ?

— Après un traumatisme pareil, il vaut mieux faire une radio... Ça peut avoir des conséquences...

Je fonce à tombeau entrebâillé sur le Luxembourg. Moins d'un quart de plombe plus tard, je stoppe devant le 7 de la rue de Vaugirard. Le porche est béant, car la porte vétuste ne doit plus avoir le courage de se fermer.

L'ayant franchie, je m'élance dans un escalier branlant jusqu'au troisième. Une fois là, j'utilise mon Sésame, grâce auquel, vous le savez déjà, je peux ouvrir n'importe quelle serrure. Et me voilà dans la carrée de Bourgès.

Elle ressemble à des gogues publics. Une entrée, une chambre, une cuisine exiguë... Le tout en désordre...

Dans la cuisine, se trouve un himalaya de vaisselle non lavée, et dans la chambre, le méchant lit de cuivre a des draps qu'on ne pourrait pas utiliser comme drapeau blanc pour aller faire sa reddition. On vous prendrait plutôt pour un corsaire !

Je me plante au mitan de la chambre, perplexe. En ce moment, les gars, j'sais pas si vous vous êtes rendu compte, mais je suis aussi survolté que le zig de Sing-Sing à qui on dit : « Asseyez-vous, on va vous mettre au courant ! »

Mon renifleur est du genre radar, dans ces cas-là.

Je vais droit au pageot et j'arrache le matelas avec sa literie. Ensuite je soulève le sommier. Sous l'une des traverses de ce dernier, il y a un paquet assez petit, fait dans du papier d'emballage. J'ouvre et je découvre cinq cent mille francs en coupures « Bonaparte-manchot ».

Je refais le laxompem hâtivement et le glisse dans ma pocket. Après quoi, je mets les adjas en souplesse...

— Voilà, dis-je en reprenant ma gâche au volant, j'ai fait la commission...

Bourgès se force à sourire... Sa caboche doit être douloureuse, car il n'y parvient pas très bien.

Je retraverse la Seine pour mettre le cap sur la Maison Parapluie. Bérurier, dont l'idiotie est reconnue d'inutilité publique, demande :

— Mais à quel hosto qu'on va ?

Un coup de latte dans son tibia gauche lui arrache une clameur porcine et il se dégrouille de boucler son appareil à débiter des couenneries.

Nous pénétrons dans la cour. De nuit et à la rigueur, celle-ci peut fort bien passer pour celle d'un hôpital. Je connais même des hôpitaux plus sinistres.

— Vous pouvez marcher seul ? je demande.

Le gardien opine de la tête.

— Je pense...

S'il pense, c'est donc qu'il est[1] ! Toujours escorté de mes archers, je l'entraîne dans mon burlingue. C'est seulement dans le couloir sur les portes duquel on lit « Commissaire Untel » ou « Bureau des Inspecteurs » qu'il commence à se dire que cet hosto n'est pas comme les autres.

Je délourde ma porte et donne la lumière.

— Entrez, vous êtes chez vous, fais-je au Bourgès mal nourri.

Il est un peu flageolant. Béru, qui a compris, le fait asseoir sans aménité dans un fauteuil sans crin.

— Comment ça va, cette pauvre tête ? demandé-je cordialement...

Il est trop abasourdi pour répondre.

Pinaud se met à rouler une cigarette, adossé à la porte. Ça équivaut à jeter une pincée de tabac à terre. Je n'ai jamais pigé pourquoi ce vieux déchet ne fumait pas carrément son Job gommé.

Bérurier rejette la bouillie de feutre moisi qu'il a baptisée « chapeau » une fois pour toutes, sur l'arrière de son front de bœuf.

Un silence complet — ou presque — s'établit dans le bureau. On entendrait penser Brigitte Bardot. Bourgès Monoprix, intimidé, pose sur mon agréable physionomie des yeux troubles. Il a les flubes, c'est visible.

— Drôle d'affaire, hein ? lui dis-je. Deux hommes sont morts et vous avez bien failli y passer aussi...

A grand-peine, il décolle sa langue de son palais rose pour proférer un « oui » inaudible.

Alors, un brin théâtral, je tire de ma vague le paquet prélevé sous son sommier. En l'apercevant il verdit, le Trouvère[2].

— Ça te la coupe, hein, mon bijou ? demandé-je.

Je rouvre le pacson et je me mets à jouer avec l'artiche.

— C'est tes éconocroques, ça ?

— Oui... Je voulais m'acheter une quatre chevaux...

---

1. Vous voyez, je suis comme les maraîchers : je fais étalage de ma culture. C'est beau, la langue française. Si elle n'existait pas, je crois que j'aimerais mieux faire des dessins !
2. Si pas mélomane s'abstenir !

— Attends d'être sorti de taule, dis-je en déposant le fric sur mon bureau, les bagnoles, sur cales pendant quatre ou cinq ans, ça ne vaut plus grand-chose. Sans compter qu'à l'Argus sa cote aura dégringolé...

— Mais... Je.

— Oui, mon grand, *tu* ! *Tu* nous as pris pour des crêpes et tu t'es filé le doigt dans le viseur ! Ton histoire est cousue de fil blanc... Je vais te raconter ce qui s'est passé. On t'a casqué une demi-brique pour que tu coupes le signal et que t'amuses ton collègue pendant que le malfrat pénétrait dans l'usine... Puis t'es allé faire ta petite ronde, gamin ! Et t'as chiqué au type estourbi... Je me trompe ?

Il regimbe avec l'énergie du désespoir.

— Mais ce n'est pas vrai ! Je le jure !

— T'as pas à jurer : t'es pas témoin, mais accusé !

— C'est honteux, de me traiter comme ça... Moi qui souffre de la tête !

— On va te faire une radio, comme promis...

Je m'adresse à Béru, grand spécialiste de la Question[1].

— Fais une radio à Monsieur... Je crois qu'une télescopie suffira !

Le Gros masse ses phalangettes couvertes de poils de porc.

— Voilà, expose-t-il succinctement : ou tu te mets à table, ou tu dégustes !

— Mais je ne sais rien ! On m'accuse à tort !

Il n'a pas le temps de terminer. Béru vient de réussir un uppercut imparable qui soulève l'autre de son siège. Il s'écroule sur le plancher, gémissant. Le Gros se baisse, saisit la cravate du copain et utilise cet élément vestimentaire pour relever Bourgès-Malempoint. Le gardien n'a pas pu garder son oxygène. Il donne dans les tons évêque et ses gobilles lui sortent des coquilles comme deux escargots sollicités par l'averse printanière.

Sans lui donner le temps de reprendre son souffle, le Gros lui met un coup de remonte-pente dans le bas-bide avec son énorme genou.

C'est recta. Tous les gars à qui on fait ça s'en vont dans le sirop. Bourgès-Montreuil s'écroule... Pinuche s'approche de lui et le regarde attentivement.

1. Je suis le bourreau du jeu de mots !

— Il ressemble à mon neveu, le photographe, déclare-t-il. Tu sais, San-Antonio, celui qui est établi à Clermont-Ferrand ! Son père était lieutenant de gendarmerie dans l'Ardèche...

Ça, c'est tout Pinuche. Dans les instants dramatiques, faut toujours qu'il vous raconte sa famille. Des fois même ce sont les humeurs froides de son voisin du dessous qui y passent !

— Tu lui as mis une dose pour grande personne, fais-je à Béru en désignant le gardien. Il va se réveiller l'année prochaine.

Le Gros hoche sa noble tête en cœur de chêne.

— Attends, je vais le ranimer...

Il enlève la cigarette de la bouche de Pinaud et l'applique sous le nez de l'inanimé. C'est de la thérapeutique de grande classe. Voilà notre victime qui se met à suffoquer et qui rouvre ses lucarnes.

— Tu vois, exulte la Grosse Enflure. C'est radical et même radical valoisien !

Heureux de cette saillie — ce sont les seules qui lui soient permises ! — il carre Bourgès-Maldétruit dans le fauteuil.

— Je pense que t'as pigé ta douleur, fais le Gros. Si tu veux, je vais continuer, l'artiste est nullement fatigué... Je peux même te faire la manchette bulgare si tu la connais pas...

— J'avoue, soupire l'homme.

Et, d'une voix hachée menu[1], il déballe son paquet de linge sale. Oui, il a été contacté par un type qui lui a promis une brique pour couper le contact, distraire son collègue... et fermer les yeux. Il a touché la moitié de la somme comme à valoir, et on devait lui apporter l'autre moitié.

On lui montre la photo-archive de Grunt. Il reconnaît l'espion. C'est bien lui qui a soudoyé le gardien...

— T'as eu de la chance qu'il n'ait pas l'occasion de t'apporter l'autre moitié de tes émoluments, dis-je à Bourgès. C'était pas cinq cent mille balles qu'il allait te remettre, mais une seule ! Il n'aimait pas les témoins, ce monsieur...

J'insiste un peu (par le truchement du Gros) pour savoir si le gardien en sait plus qu'il n'en dit. Mais il jure que non et je

---

1. Lorsque votre voix est hachée menu, ajoutez-y un jaune d'œuf, du sel, du poivre et un filet de vinaigre. Puis exposez-la en plein soleil pour avoir une voix napolitaine ou bien descendez-la à la cave si c'est d'une voix de basse que vous rêvez.

suis assez porté à le croire. Grunt n'était pas l'homme à mouiller ses collaborateurs... ou ses chefs. Il était chargé de la partie « public-relation »... C'est ainsi qu'il a contacté Diano et Bourgès...

— Enchristez-moi ce tordu ! fais-je à mes « subadernes ». Et pioncez un moment dans le bureau pendant que je vais voir le Vieux... Tout de suite après, on repart sur le sentier de la guerre !

— Cette nuit ! Mais il est deux heures du matin ! larmoie le lacrymal Pinaud.

— Il faut battre le fer pendant qu'il est chaud, rétorqué-je non sans à-propos.

Sur ce, je demande si le Vieux est en état de me recevoir. Il l'est.

Je vous l'ai souvent dit, ce qui m'épate le plus, chez le Vieux, c'est la faculté qu'il a de se trouver toujours dans son burlingue, à toute heure du jour et de la noye dans les cas graves. Je me suis laissé introduire dans le tuyau acoustique que ses appartements se situeraient dans la rue voisine et qu'il aurait fait aménager une issue spéciale afin d'aller de ceux-ci à son atelier lorsqu'il y a urgence. Sa vie privée ressemble à une panne de lumière. Personne ne sait rien d'elle et même on en est à se demander s'il en a une.

Côté gonzesse, nibe ! On ne l'a jamais rencontré avec une pétasse. Bref, c'est pas un homme, c'est un dictaphone ! Y a des moments où je souhaiterais lui amener dans son burlingue Sophia Loren à poil, manière de voir ses réactions en face d'une dame affligée d'hyperplasie mammaire.

Pour l'instant, il n'est question de rien de tel. Hélas ! Parce que, soit dit entre nous et les œuvres complètes du ministère des P. et T., voilà trois jours que j'ai eu le temps de psychanalyser une souris... Pourtant j'en aurais long à lui dire sur le comportement de mon moi second et le dépassement de mon individu. Trois jours ! Vous mordez la distance sidérale qui me sépare de la volupté...

Le Vieux, cravaté, récuré, boutondemancheté est là, le fignedé contre le radiateur comme toujours lorsqu'il attend quelqu'un.

Je le salue d'un geste mou.

A peine cette position acquise, il me bondit sur le poilu-chard.

— Du beau travail, n'est-ce pas, San-Antonio ?

Non, sans charre, le v'là qui cloque ses fausses manœuvres à mon actif ! Elle est chouette, celle-là ! Faudra que je la replace dans un compartiment de fumeurs !

— Oui, dis-je en le biglant droit entre les deux yeux, je pense que vous n'auriez pas dû préconiser l'attentisme.

Il avale ça comme de l'huile de ricin. Puis sa grimace disparaît. Il est honnête et sait par conséquent reconnaître ses erreurs, même s'il ne les a jamais vues.

D'un ton radouci, il tranche :

— Bref, où en sommes-nous ?

Moi, paisible comme la cervelle d'une starlette, je croise mes bonnes mains laborieuses sur mon ventre.

— Le second gardien vient d'avouer sa participation dans le sabotage des signaux... C'est Grunt qui l'a soudoyé...

— Et ça nous mène à quoi ?

— A rien. Ça éclaircit un point de détail, voilà tout !

— Alors ?

— Faisons le point, chef, si vous le voulez bien... Prenons les choses par le commencement : nous avons un spécialiste des coffres nommé Diano, réfugié en France, sur lequel l'espion Grunt fait pression afin de lui faire commettre un vol à l'usine Vergament.

— Exact, admet le Vieux.

Le contraire prouverait de sa part une drôle de perte de vitesse dans la gamberge.

— Diano essaye (ou feint d'essayer) de se soustraire à l'ultimatum... Peu importe qu'il ait été ou non le complice de Grunt... Puis, sur notre propre conseil, il accepte !

Le patron continue l'édification de ce mur dont chaque moellon serait une idée.

— Grunt savait que nous laisserions faire, parce que c'était le seul moyen de ne pas rompre la chaîne nous conduisant à l'Organisation.

Boum ! servez chaud ; le Chauve[1] vient de trouver, mine de rien, le moyen indirect de se justifier à mes yeux. Il poursuit :
— Diano fracture le coffre...
— Et ne vole rien, terminé-je pertinemment.
Il reste avec un sourcil relevé.
— Comment, rien ? Le coffre était vide, m'avez-vous dit.
— Oui, mais les poches de Diano l'étaient aussi... Or je ne l'ai pas perdu de vue depuis sa sortie de l'usine. Il n'aurait pu se défaire des plans et de la maquette. C'est *im-pos-sible*.
— Et avec le concours du gardien Bourgès ?
— Non. Ce dernier est un minus, tout juste bon à supprimer l'avertisseur... Il m'a tellement mal joué la comédie de l'homme assommé que je n'ai pas douté un seul instant de sa culpabilité. Jamais un renard comme Grunt n'aurait confié des documents aussi importants à cet individu médiocre !
Le Vieux chasse une poussière de son revers, puis il introduit l'ongle en amande de son médius dans le conduit auditif de son oreille gauche...
— Vous devez avoir raison, reconnaît-il, une fois cette double opération menée à bien.
Il se tait un instant pour admirer le reflet élégant de ses manchettes.
Puis il reprend, de sa voix soyeuse qui fait penser à un ruisselet coulant dans les hautes herbes :
— En somme, pour résumer la situation, on a forcé Diano à ouvrir un coffre vide et on l'a assassiné avant de le revoir. Ce meurtre prouve bien qu'on était certain qu'il ne possédait pas les plans !
— Oui, oui, fais-je, captivé. Et on l'a tué pour qu'il ne puisse pas nous dire que le coffre était vide...
— Exactement.
On joue au tennis, le Vieux et moi. Pour se renvoyer la balle nous sommes de vrais champions. A nous la Coupe Davis !
— Mais pourquoi toute cette mise en scène puisque les plans avaient disparu « avant » le cambriolage ? Pourquoi attirer l'attention des Services ? Pourquoi tuer gratuitement un homme ? s'exclame le Boss en se massant la colline.
Je souris.

---

1. N'est pas chauve qui peut ! Toujours du Vermot, bien français, bien parisien.

— J'ai ma petite idée là-dessus, patron...

— Quelle est-elle ?

— *Ceux qui ont pris les plans avaient accès au coffre d'une façon normale. Seulement s'ils s'étaient sucrés carrément du fait qu'ils ont l'accès au coffre, nous les aurions immédiatement soupçonnés. Il leur a donc fallu créer toute une psychose de cambriolage, vous comprenez ?*

Il fait claquer ses doigts. Son enthousiasme est très exceptionnel, le Vieux étant d'ordinaire le genre de mec à qui on peut mettre un pétard allumé dans le calcif sans lui voir froncer les sourcils.

— Vous tenez le bon bout, San-Antonio... En chasse, mon ami !

Son ami ! Alors là il se mouille, le Boss ! Bientôt il va me pincer l'oreille, façon Empereur, en me disant qu'il est content de moi.

La vanité est un puissant levier, comme disait Machin[1] !
Je me lève, galvanisé comme du fil de fer.

— J'y vais, patron !

Là, vous pouvez brancher la sonnerie de cors de chasse. Je vais faire cavalier seul !

Taïaut ! Taïaut !

— Vous me tenez au courant, naturellement, grince le Vieux.

— Naturellement, chef.

Lorsque je suis de retour dans mon burlingue, je trouve le célèbre tandem Pinuche et Béru en train de disputer un marathon de pionçage. Pour la dorme et le gros rouge, ils ne craignent personne. Y a longtemps qu'ils ont obtenu leur licence de professionnels.

Béru est assis dans le fauteuil éventré des interrogatoires. Il a les pieds sur sa table, le chapeau sur ses yeux, la bouche béante et les trous de nez en canon d'escopette. Très jolis trous de nez à la vérité, agrémentés de longs poils roux... Bien entendu, il a posé ses godasses et ses pieds fument comme un bourrin qui vient de se farcir le Prix de l'Arc de Triomphe ! Ses

---

1. Machin : frère de Chose et cousin issu de germain de Truc.

chaussettes sont trouées au talon, mais comme elles ont la bonne idée d'être noires, on s'en rend à peine compte.

Quant au Pinaud bien-aimé, il est à califourchon sur une chaise et il en écrase sur ses bras repliés.

D'un mouvement sec je tire la table à moi et les deux dormeurs des vaux[1] basculent.

Ils s'éveillent du même coup et se redressent en bramant comme des perdus que la vie devient impossible quand on a des supérieurs qui se croient encore au collège. Je leur enjoins de me suivre, ce qu'ils font en bâillant comme des serviettes de garçon de recette dévalisé.

Une fois dans le couloir, je tape sur l'épaule de Bérurier.

— Dis, Gros, tu devrais remettre tes pompes, on va dans le monde...

Il se marre en constatant cette omission et va chercher les deux godasses qui attendent sagement sous le bureau, comme deux mignonnes bouches d'égout en train de flirter.

Tout en le regardant lacer ses targettes, je soliloque :

— Dire que cette paire de lattes a été neuve et pimpante, dans une vitrine... C'est du soixante-quatre de pointure comme le géant Atlas, n'est-ce pas, Gros ?

Il hausse les épaules.

Je continue à lui titiller la vanité.

— Ces pauvres souliers, quand même ! Ils ont tellement administré de coups de pied au derche dans leur carrière que s'ils se déplaçaient seuls ils marcheraient au pas de l'oie !

— Cause toujours, ronchonne Béru. Je te jure que lorsque viendra le jour de ma retraite, ils feront connaissance avec le dergeot d'un commissaire que je connais...

Je me fends le pébroque.

— Tu sais bien que le jour de la retraite tu seras trop blindé pour pouvoir tenir debout. Faudra que mon soubassement vienne jusqu'à toi.

— Y me ferait peur, lance Bérurier.

— Pourtant t'as l'habitude de voir des c... depuis le temps que tu te regardes dans des glaces !

Ayant échangé ces mondanités, nous sortons. Pinaud s'est

---

1. J'ai voulu faire un rappel, personne ne l'a sans doute compris, du « Dormeur du Val ». J'ai pensé que, vu la personnalité des dormeurs, un tel pluriel s'imposait.

rendormi dans le couloir. Il pionce debout, comme les chevaux.

Je lui meugle dans les feuilles :

— La Motte-Picquet—Grenelle !

Il tressaille et grogne :

— Attendez, je descends là !

*
**

Trois heures s'égrènent une à une[1] au beffroi voisin lorsque
nous stoppons devant la villa de Neuilly qu'habite Conseil,
l'ingénieur en chef de l'usine. C'est une construction 1900 de
style fromage avec du plâtre aux fenêtres et des chapiteaux
corinthiens.

Elle est obscure et silencieuse. Nous arrêtons la guinde non
loin de là et, sans descendre de l'auto, nous tenons conseil.

— Y a l'air d'avoir personne, émet le perspicace Pinaud à
qui rien n'échappe.

— Je vais m'en assurer, décidé-je. Vous deux, restez ici... Et
si dans un an et un jour je n'ai pas reparu, vous pourrez aller
réclamer ma carcasse à la morgue, je vous en fais cadeau...

Là-dessus, je les laisse et m'approche du pavillon. Près de
l'entrée il y a un garage individuel fermé par une porte de bois
basculante.

Ce vantail n'a pas basculé entièrement et je n'ai aucun mal
à le soulever... Je me trouve nez à capot avec une voiture
américaine d'un modèle assez récent. Je touche l'emplacement
du moteur, ce qui me permet de constater qu'il est tiède.
Conclusion : le proprio de la tire s'est servi de sa voiture depuis
pas longtemps.

Renseigné sur ce point, je traverse le garage et pénètre dans
la propriété par une petite porte. En deux bonds, je suis au
perron, en deux autres bonds[2] je le gravis. Nouvelle lourde,
fermée à la chiave, celle-là.

Grâce à Sésame, je lui règle son compte en moins de temps
qu'il n'en faut à certains producteurs de films pour signer un
chèque sans provision. Me voici dans un hall éclairé par la
lune. Au fond, un escalier de bois... Je monte précautionneu-

---

1. Ce qui est plus commode.
2. Des bonds aussi extraordinaires que les bons du Trésor.

sement, sans pouvoir empêcher les marches de craquer néanmoins.

J'avise une première porte à droite. Je l'ouvre et je braque le rayon de ma lampe de poche-stylo à l'intérieur. Il s'agit d'une chambre. Comme dirait Ponton du Sérail : en voyant le lit vide, je le deviens. Car au même instant je ressens un grand froid dans la région de ma nuque. Un froid d'acier... D'acier rond...

La lumière se met à briller à Jean Giono et je me permets une amorce de volte-face très mal prisée par le type qui tient le pétard.

— Ne bougez pas ! dit-il sèchement...

Il me palpe par-derrière et sort mon feu de ma poche. Il me pousse en avant d'un coup de genou.

— Allez vous asseoir dans le fauteuil, là-bas...

J'obéis. Ça me permet de me retourner et d'avoir un aperçu du monsieur. Il s'agit d'un homme d'une quarantaine d'années, petit et trapu, avec des cheveux rares collés sur une tête bombée. Il a un pantalon, mais une veste de pyjama... Et sous sa veste de pyjama, il porte une chemise blanche.

Son regard est clair, grave... Ce zig n'a pas l'air commode.

Il s'approche du lit et je découvre un appareil téléphonique sur une table basse. Il décroche, tout en me couchant en joue et commence à composer un numéro.

— Qu'est-ce que vous faites ? lui demandé-je.

— Que croyez-vous que je puisse faire d'autre sinon prévenir Police Secours ?

— Comme vous y allez !

— Ah oui ! Vous allez pas prétendre que vous êtes venu ici en pleine nuit avec un revolver en poche, pour me proposer des aspirateurs ?

— Peut-être pas des aspirateurs, non, monsieur Conseil, mais une denrée de plus grande valeur...

Je m'exprime avec un petit accent italien des plus réussis.

Il s'est arrêté de composer le numéro et me fixe de ses yeux glacés.

Au bout d'un temps assez long il murmure :

— Expliquez-vous !

Ça n'a l'air de rien, mais ça prouve que le poisson rôde autour de l'appât.

Comme je tarde à répondre, il insiste :

— Qu'auriez-vous à me vendre ?

— Du silence, fais-je. C'est un truc qui n'a pas de prix dans certains cas...

Cette fois il est très, très mauvais.

— Je ne comprends pas...

— Vous allez comprendre, mon nom est Diano...

Mes enfants, je suis en train de jouer une partouse très compliquée et très dangereuse. Je me fie à un simple instinct et je me branche sur les commandes automatiques de mon individu, pour conduire sans visibilité.

— Diano ? murmure-t-il, sincèrement étonné.

— Le spécialiste dans l'ouverture des coffres blindés... C'est moi qui viens d'opérer chez Vergament !

Est-ce un rêve ? Toujours est-il que j'ai aperçu un frémissement sur son visage.

— Qu'est-ce que c'est que cette histoire ?

— Une histoire à mourir debout, monsieur Conseil... Quand j'ai eu ouvert le coffre vide, je me suis barré... Seulement ce salaud de Grunt m'a tiré dessus. Il a cru m'avoir. Heureusement je me suis jeté à terre une fraction de seconde avant qu'il m'envoie le sirop ! En définitive, la police qui rôdait par là a liquidé Grunt, ce qui est justice... Seulement, moi, il me restait du fric à toucher... Bourgès, le gardien a aussi du fric à toucher... Heureusement pour moi, je me méfiais et j'ai chargé un copain de suivre Grunt. Il a pu, de la sorte, se rendre compte que vous étiez dans le coup !

La frime de Conseil s'est renfrognée. Il est pâle et respire entre ses dents serrées. Jamais un coup de bluff n'a si bien réussi...

Il réfléchit. C'est un Conseil de guerre que j'ai devant moi. Il passe en revue les données du problème, ce qui constitue un Conseil de révision, mais pas un Conseil désintéressé ! Je vais donc lui donner un Conseil d'ami[1].

— Le mieux que vous ayez à faire, c'est de carmer, Conseil. Sinon je vais tout cracher aux flics et vous serez chocolat avec les plans et la maquette. C'est un bon Conseil que je vous donne !

Et de rire, le San-Antonio... Mais pas longtemps, par exemple. Car c'est pas un mandat qu'il se propose de m'envoyer, ce

---

1. *Si vous en trouvez d'autres, je suis preneur. Adressez toutes les propositions chez mon crémier qui fera suivre !*

fumelard, mais de la fumée ! Je plonge sur sa carpette. Il était temps. La dragée me décoiffe ! Je fous un coup de reins dans le lit qui nous sépare. Ça le déséquilibre... Pourtant il réussit à ne pas tomber... Je me redresse et roule sur le pageot de manière à me retrouver dans ses quilles. Il tire encore... La seconde prune traverse le pan de ma veste... Il commence à me fatiguer le distributeur.

Je lui saisis le bras et je tire à moi. Nos deux tronches entrent violemment en contact, ce qui nous fait voir à l'un et à l'autre un nombre sensiblement équivalent de bougies allumées. Je fais un effort, je pique mon poing dans le gras de son bide... Cette fois il recule... Je fonce encore, hargneux comme un sanglier blessé. Nouveau coup de boule dans sa boîte à ragoût... Conseil s'écroule. Pas évanoui, mais fou de douleur. Il aurait une vacherie au foie que ça me surprendrait à moitié...

Je lui passe les menottes et il reste affalé sur sa carpette.

— Voilà le travail, dis-je, en me redressant.

Je le hisse sur le lit. Il a droit à une paire de tartes maison pour les frais de stoppage à ma veste...

— Maintenant accouche, gars... Mais auparavant, regarde ça...

Je lui montre ma carte...

Il est sidéré.

— Tu ne t'attendais pas à ce retournement, hein, Conseil... J'ai bien joué mon rôle... Faudra réformer ton jugement. Un Conseil de réforme, quoi[1] !

Il ne répond pas. Sur ce, un grand fracas se fait entendre en bas.

Ce sont mes deux vaillants camarades qui, alertés par les coups de feu, commencent à enfoncer la porte ouverte.

— Alors, tu t'étais pas gouré, questionne le Gros, cette salope a trempé dans le coup ?

De confiance, il balance un ramponneau à Conseil qui prend aussitôt des couleurs.

— Bouscule pas ce gentleman, Béru, il a des choses à nous dire...

---

1. J'ai failli oublier celui-ci.

Mon sac-à-vin de collègue déboutonne sa veste, nous découvrant ainsi un magnifique pull-over à bandes vertes, rouges et bleues constellé d'accrocs dont certains ont été reprisés avec de la laine blanche. C'est le beau pull-over de cérémonie, avec fermeture Éclair sur le devant afin de dégager la cravate...

— S'il a des choses à nous dire, il va les dire, affirme le Gros.

Pinaud, lui, a trouvé le moyen de s'asseoir au pied du lit et de s'endormir. C'est pas un flic, c'est une marmotte. Une marmotte à marotte, si vous tenez à une rime riche.

J'attaque Conseil. Un peu écroulé, le bonhomme. Une vie fichue, ça ne s'accepte pas facilement. Brusquement on pige qu'on n'en a qu'une à sa disposition et ce qu'on éprouve alors doit ressembler à une épidémie dans un clapier...

— Conseil, vous avez été contacté par un nommé Grunt, agent d'une puissance étrangère, pour user d'une formule quasi sacramentelle.

» Cet individu vous a douillé la forte somme pour vous décider à lui livrer les plans... Seulement, pour évacuer ceux-ci, il vous fallait la sécurité, d'où le faux cambriolage, et surtout du temps, c'est pourquoi vous avez essayé d'aiguiller les Services spéciaux sur une fausse piste. Voilà qui vous fait comprendre que je suis au courant de tout. Maintenant, je vais vous poser une seule question à laquelle vous allez me faire le plaisir de répondre...

Je prends ma respiration...

— Où sont les plans et la maquette ?

Il se tait. Ils se taisent toujours au début. Et puis on emploie les grands moyens inavouables et... ils avouent.

— On te cause ! affirme Bérurier en cloquant un second rempaluche dans la bouille de notre interlocuteur.

— Je ne parlerai pas... Faites de moi ce que vous voudrez...

— Merci de cet accord de principe, dis-je. Seulement pour parler, vous parlerez... Et qui sait, peut-être chanterez-vous aussi...

— Je vas lui dire ma façon de penser, hein ? sollicite le Gros. Et s'il ne moufte pas, demain ses amis lui diront la leur avec des fleurs...

— Tu deviens poète, ne puis-je m'empêcher d'observer.

— Quand je vois des salingues comme ce bonhomme, oui !

Et le Mahousse, qui décidément est en verve, de soulager sa rancœur.

— Vise-moi ça, brame-t-il. C'est ingénieur en chef, ça gagne du fric gros comme moi ! Ça pioge dans un pavillon de notaire ! Ça n'est même pas marida, donc pas cocu[1]. Et ça trahit son pays pour se goinfrer davantage ! Alors que nous on se fait crever la paillasse à longueur d'année pour gagner des clopinettes cintrées !

A chaque crescendo, il balanstique un paquet de nougat dans la brioche de Conseil. L'ingénieur tourne au vert pomme.

Je fais un geste pour calmer Béru, mais le Gros ne le voit même pas. Il a quelque chose de dantonesque, ce soir. Son personnage évolue, y a pas...

— Ben parle, fesse de rat ! s'époumone mon second.

C'est mon tout, à savoir Pinuchet, fantassin d'élite, dit le Lebel au Bois dormant, qui répond par un ronflement à réaction.

Dans les instants les plus solennels, il y a le petit truc rigolo qui vient donner la juste mesure des hommes.

Conseil l'ouvre enfin, après un instant de réflexion.

— Les Français n'ont pas besoin d'avions de guerre, dit-il gravement. Ils s'en moquent pas mal ! Ce qui les intéresse, c'est la bonne chère, l'automobile et l'amour... Nos gouvernants le savent bien, c'est pourquoi ils peuvent tout se permettre...

In petto, je ne peux pas lui donner tort. Pourtant, vous conviendrez que ça n'est pas à lui de donner des leçons de patriotisme.

— C'est pour ça que tu brades le patrimoine, mon salaud !

Il me regarde.

— J'ai travaillé à cette invention... Elle m'appartient dans une certaine mesure !

— Seulement le hic c'est que t'as vendu la part des copains...

» Mais trêve de discussion. On se croirait dans un salon, ma parole ! Béru, demande à Monsieur où sont les plans !

Je vais m'asseoir. J'ai les flûtes un peu molles... Il commence à se faire tôt et c'est l'heure indécise où la fatigue vous ramone la moelle épinière.

Le Gros n'attendait que cette invite pour passer à l'action.

— Le Grand Jeu ? me demande-t-il.

---

1. Sans être mauvaise langue, rappelons au passage que Bérurier est le flic le plus cocu de France. Il a même obtenu une décoration au titre des dommages de guerre.

— Si c'est nécessaire, oui ! Je n'ai aucune raison de faire du sentiment avec se salopard !

Il biche, Béru. C'est pas le mauvais bougre, notez bien, mais il a des instincts à assouvir, faut comprendre. Trentre ans cocu, trente ans engueulé par tout un chacun, trente ans révolvérisé, imposé, moqué, reprisé, méprisé, saoulé, engraissé, journalisé, cinématisé, hospitalisé, mobilisé, accidenté, bébé-lunisé, ça compte ! Ça s'accumule, ça enfle, ça croît, ça croasse, ça fermente, ça bouillonne, ça émulsionne, ça émotionne, ça veut sortir, quoi, sortir enfin d'un côté ou d'un autre ! Mais on ne peut pourtant pas déféquer sur l'univers à longueur de vie ! L'intestin a ses limites si la vacherie humaine n'en a pas ! Alors faut que ça s'évade autrement ! Et le plus bel exutoire, croyez-en tous les cocus pas contents, tous les battus endoloris, c'est dans la douleur des autres qu'on le trouve. Car enfin, s'ils sont en viande, les autres, c'est pas seulement pour pourrir un jour ! S'ils sont sensibles à la douleur, s'ils sont capables de gueuler, de pleurer et d'appeler leur mère, faut que ça serve à quelque chose, non ? Tout a une utilité dans la vie ! C'est ça la grande harmonie ! Nous sommes conçus pour nous faire payer aux uns et aux autres le mal que nous nous faisons ! Merveilleuse aventure ! Le coup à la portée de tous les poings ! Les larmes à la portée de tous les yeux ! Les c... à la portée de toutes les bourses !

Tandis que je philosophe à ma façon[1], Béru a préparé son numéro de music-hall. Si je le laisse faire, il va, sur sa lancée, l'écorcher vif, le Conseil général. Dépoiler un individu jusqu'au squelette, c'est pas du vrai strip-tease, ça !

Pour commencer, il lui arrache sa veste de pyjama et sa chemise... Ensuite, il sort son couteau de poche. Un vieux ya à manche de corne[2] pourvu d'une lame mince à force d'être aiguisée et d'un tire-bouchon (vous le pensez bien).

Il fait miroiter la lame. La plupart du temps, il s'en sert pour découper son pain en cubes, ainsi que cela se fait à la cour d'Angleterre. Mais il fait appel à elle dans les cas désespérés[3].

1. Et si cette façon ne vous plaît pas, vous avez le choix entre aller vous faire aimer et aller vous faire cuire un œuf. Dans la seconde éventualité, n'oubliez jamais que les Français les aiment Mollets, les œufs ! Oui, Mollet, avec un M, comme Guy !
2. Pour Béru la corne est tout indiquée.
3. Comme dirait Byron : les cas désespérés sont les cas du pied-bot !

— J'en ai marqué plus d'un avec ça, déclare le Gros à Conseil juridique.

— Ce sont des procédés de voyou, affirme ce dernier d'un ton méprisant.

Le Gros rigole. Sa bonne bedaine alourdie par le beaujolais nouveau tressaute gaillardement. Il prend cette injure pour un compliment.

— Mais j'suis un grand voyou ! dit-il.

Là-dessus, il file un coup de scalpel dans la poitrine sans poils de Conseil technique. Le raisin se met à couler....

Je détourne les yeux. Comprenez-moi, ou du moins essayez, tas de cimentés de la théière ! Au cours de ma carrière, j'ai dessoudé bon nombre de mes contemporains et fracassé plus de mâchoires que la marquise de La Trémouille n'a usé de paires de coules[1], seulement ces hauts faits (que dis-je... ces méfaits !) se produisaient dans le feu de l'action, et parce que je ne pouvais pas agir autrement...

Mais là, voir Bérurier ouvrir la viande d'un sagouin, avec le calme d'un athlète s'apprêtant à lancer le javelot, ça me colle un cafard intime, très déprimant... Pourtant le Gros n'a pas tort... Beaucoup de types qui supportent allégrement les gnons les plus terribles tombent en digue-digue lorsqu'ils voient leur sang.

Béru commente ses faits et gestes comme un professeur dans un amphithéâtre.

— Tu vois, camarade, dit-il. Ça l'entaille du haut !

D'un geste vif il en pratique une seconde, un peu plus bas...

— On va commencer à descendre, explique mon compère laconique. Quand on en sera aux genoux, tu pourras te faire appeler chère madame !

Je ne sais pas si c'est une idée, mais Béru prend de l'esprit en grossissant, vous ne trouvez pas ?

Le moment est venu pour moi de jouer les grands cœurs. Vous savez que lorsque deux flics chambrent un réticent, l'un lui bille dessus tandis que l'autre débite de bonnes paroles. C'est ce qu'on pourrait appeler un chaud-froid de volaille !

Les durs les plus durs s'y laissent prendre. Quand un zig est vraiment déprimé, il a besoin de bras compatissants, même si ces bras-là brandissent une paire de menottes.

1. Vêtement à capuchon.

— Voyons, Conseil, lui dis-je, arrêtez le carnage ! A quoi bon vous obstiner ? Vous êtes cuit et nous avons des moyens plus perfectionnés pour vous faire parler...

Il a le regard embrumé de larmes.

— Vous m'entendez ?

Alors il éclate en sanglots, comme un môme... Ça m'émeu-heûheuû ! Cet homme sanglant et pleurant est presque pathéti-que. Mais je n'ai pas le temps de me laisser attendrir.

— On vous écoute...

— C'est mon collègue Bolémieux, l'ingénieur en second, qui les a...

— Je me doutais d'un mic-mac de ce genre. Vous étiez des collaborateurs précieux... Précieux pour les espions !

Il baisse la tête, ce qui lui permet d'examiner son nombril empli de sang.

— Où est Bolémieux ?

— Il est parti cette nuit pour Le Havre... Je l'ai emmené à la gare tout à l'heure...

— Au Havre !

— Oui. Il doit remettre les documents et la maquette à un agent étranger qui embarque demain matin sur *Liberté*...

— Où doivent-ils se rencontrer ?

— Dans la gare maritime...

— Comment s'appelle l'agent ?

— Je l'ignore, je ne le connais pas...

— Mais votre salaud de collègue le connaît, lui ?

— Pas davantage... L'agent a, paraît-il, la possibilité d'iden-tifier Bolémieux... Je suppose qu'« on » lui aura remis une photographie !

Je ricane :

— Pauvre naïf! L'homme en question aura eu l'occasion de regarder votre ami sous toutes les coutures, et vous aussi. Ces messieurs sont organisés. Quand on met le doigt dans l'engre-nage...

Il a un geste fataliste et fatigué aussi.

Je reprends :

— Pourquoi l'agent prend-il le bateau ? C'est un mode de locomotion assez lent à notre époque !

— La douane est moins stricte à bord qu'aux aéroports.

— Elle est grosse, cette maquette ?

— Vingt-cinq centimètres de long, quinze de haut...

— O.K... Ce qu'il nous faudrait, maintenant, c'est une photo de Bolémieux... Vous n'en auriez pas une, des fois ?

Il réfléchit.

— Si... Attendez !

Il va à une commode et ouvre un tiroir. Il en sort une grande enveloppe bourrée de photographies qu'il étale sur le couvre-lit.

Ses gestes sont maladroits à cause des poucettes. Pourtant il repère l'une des images et me la tend. Elle représente Conseil aux côtés d'un type assez jeune dont le menton s'orne d'un piège à macaroni de style florentin.

— C'est Bolémieux, dit-il.

— Très bien.

Je planque la décalcomanie dans ma glaude. Ensuite je décroche le tubophone et je rencarde le Vieux. Il biche comme un pou au milieu des mots dont le pluriel se fait en *x* !

— Excellent travail, San-Antonio... Il n'est donc pas trop tard. Vous allez filer au Havre sur-le-champ avec vos deux assistants et récupérer ce Bolémieux coûte que coûte avant qu'il ait remis les documents !

— Très bien, chef !

— Je veux que vous réussissiez, San-Antonio !

— Je ferai tout ce qu'il faut pour ça, patron. Vous m'envoyez quelqu'un pour prendre livraison du nouveau client.

— Immédiatement, donnez-moi l'adresse.

CHAPITRE IV

Lorsque Conseil pratique est empaqueté par nos copains de la Manufacture des Passages à Tabac, lorsque à grand renfort de verres d'eau nous avons réveillé Pinaud, lorsque enfin nous sommes parvenus à lui expliquer ce qui se passe, il est cinq heures du matin. Le *Liberté* doit appareiller à dix heures et il m'en faut un peu moins de trois pour rallier Le Havre à mon panache de fumée grise !

L'autre chinois d'ingénieur félon a, aux dires de son collè-gue, chopé le train de minuit trente... Il a donc sur nous une avance confortable de quatre heures et demie que je dois combler d'une façon ou d'une autre... En quatre heures il aura eu le temps de remettre le pacson à l'agent qui l'attendait... Dans ce cas, je devrai récupérer Bolémieux et l'emmener jusqu'à la passerelle afin qu'il me désigne le commis voyageur... Seulement, dans l'intervalle, il faudra le « convaincre » et rien ne dit qu'il sera aussi facile à persuader que son Conseil d'ami.

Comme vous le pensez, Pinaud et Béru se remettent à roupiller dans la voiture... Leur compagnie est très réconfortante. Je baladerais une nichée de chats, ce serait du kif...

Pour me tenir éveillé, je fonce à cent trente sur la route dégagée... La notion du péril est un antidote du sommeil. On est obligé, à cette allure-là, de ne pas se détendre un seul instant.

En une heure vingt je suis à Rouen. La ville s'éveille dans une buée mauve. Des écharpes de brume[1] flottent au-dessus de la Seine dont les méandres ressemblent au griffonnage d'un enfant commençant à écrire maman[2].

J'aperçois un troquet ouvert et je décide de m'y arrêter un instant pour écluser un godet. Je range mon char devant un entassement de poubelles pleines afin que, même dans leur sommeil, mes camarades de combat ne soient pas dépaysés... J'entre dans le cani et je réclame un café très fort à une dame qui, si elle n'avait pas de moustache, ressemblerait au cousin Hector... Je me sens tout pâteux, tout crayeux... En moi il y a comme une espèce de froid désagréable.

Je suis en train de siroter mon caoua lorsque les célèbres duettistes Béru et Pinuchet font leur entrée dans l'établissement. La dame à moustache les prend pour des dockers en grève et fronce les sourcils. Faut voir ces messieurs ! Leur barbe a poussé, ils sont un tantinet plus sales que la veille, et ils ont sous les yeux des valoches de représentants en édredons !

— Et alors, rouscaille le gros Béru, tu bois en suisse !

— J'ai pas osé vous réveiller... Vous dormiez comme deux petits angelots...

Mais vous n'ôterez jamais de l'idée au Gros que j'ai voulu lui faire une vacherie. Le laisser dormir devant la porte d'un bistrot est à ses yeux globuleux une injure du premier degré.

---

1. Tricotées avec les laines du Pingouin.
2. Doué comme je suis, je devrais écrire des livres.

Pour se remettre, il commande un petit marc et Pinaud un petit blanc. Ils ont des goûts modestes, mes archers... Toujours des petits verres... Seulement, ils en boivent plusieurs...

Lorsque j'arrive à les évacuer du bistrot, Bérurier sent l'alambic et Pinaud la vendange. Je suis obligé de baisser les vitres pour évacuer leurs miasmes.

Pinaud hésite à se rendormir, enfin il sort sa blague à tabac et entreprend de rouler une cigarette ; au moment où il s'apprête à passer un coup de langue sur le bord gommé de son Job, je place un coup de volant et il se lèche la main jusqu'au coude. La cigarette se désintègre. Résigné, il en roule une autre.

— Où que tu crois qu'on va piquer le zig ? profère Bérurier.

Je le mate dans le rétro ; il est soucieux. On dirait un chien boxer un peu bouffé aux mites. Ses yeux sont chassieux, son nez crasseux et sa bouche n'est pas sans évoquer le flirt poussé de deux mollusques.

Sa question est l'expression de mes préoccupations du moment. Frappé par ce mimétisme de pensée, je souris gentiment à mon compère.

— Le Bolémieux a dû arriver au Havre sur les choses de trois heures... Que veux-tu qu'il foute dans une ville endormie ? Il est nécessairement descendu dans un hôtel.

— Mais le mec avec qui il a rembour ?

— Tu sais, c'est le genre de brève rencontre... Passe-moi la valise, je te passerai le séné ! Tu penses pas qu'ils sont allés faire la bamboula ensemble ?

— Oui, tu dois avoir raison !

**

Une heure plus tard nous sommes au Havre. Si les clochers sonnaient à sept heures vingt-deux, ils seraient en train de carillonner, car il est sept heures vingt-deux !

— On va commencer par faire les hôtels près de la gare, avertis-je ; s'il est descendu quelque part, c'est très certainement à proximité du train.

On commence par le « Terminus ». Vous l'avez sans doute remarqué, on trouve partout des hôtels Terminus. Ce sont les compléments directs des gares... Tous sentent le charbon, le compartiment de fumeur et la nuit mouillée.

Des femmes de service lavent le hall à grande eau[1]. Un petit groom haut comme la plante verte du hall lit le journal de Mickey. A la réception, deux employés parlent du match de football de la veille. Bref, chacun vaque à ses occupations.

Flanqué de mes deux protagonistes, j'interpelle les deux bonshommes.

— Police.

Ils se détranchent d'un même mouvement.

Je leur montre tour à tour ma carte et la photo de Bolémieux...

— Vous n'avez pas réceptionné ce type-là, cette nuit ?

Le plus âgé des deux me dit qu'il vient seulement de prendre son service, le second ne pipe mot mais examine le document photographique (comme on dit dans les rédactions) avec attention, intérêt et des lunettes à foyer convexe.

— Oui, dit-il d'une voix enrhumée, ce bonsieur est là... Il a un pardessus en poils de chabeau...

Je jubile. Le Barbu est avec nous, c'est bon signe. Jusque-là, tout se déroule sans anicroche suivant une harmonie de hasards préétablie.

— Quelle chambre ?

— Attendez, il se dobbe Bolébieux, je crois !

Cette patate qui n'a même pas changé de blaze.

— Tout juste, Auguste, lance le caverneux Bérurier en gloussant comme un dindon chatouillé.

L'employé le foudroie d'un regard épais.

— Chambre 214, dois-je vous addoncer ?

— Inutile, on s'annoncera soi-même, affirme mon éminent collaborateur.

Et de nous engager dans l'ascenseur, ce qui, je le dis toujours, est moins dangereux que de s'engager dans les zouaves ou dans les chasseurs à pied.

Au moment où la cage d'acier s'élève, Pinaud pousse un cri de détresse auquel succède le bruit caractéristique d'un accroc qui n'est pas le premier et qui coûte plus de deux cents balles ! C'est le pan de son pardingue qui s'est coincé dans la porte et qui, mon Dieu, vient d'y rester !

**

1. Un plancher se lave toujours à grande eau !

Tels des Indiens Jivaros-Jivatipa-Jivati sur le sentier muletier de la guerre de Troyes qui n'a pas eu lieu de s'inquiéter[1], nous remontons le couloir du second étage, lequel se situe — les plus avertis d'entre vous l'auront peut-être compris — immédiatement au-dessus du premier étage.

Parvenus devant le 214, nous marquons un temps d'arrêt à la craie blanche et nous nous regardons avec cet air grave des conspirateurs qui ont une bombe à jeter mais qui ne savent pas très bien sur qui.

— On y va ? s'informe Béru.

Pinaud, lui, est en train de rafistoler son lardeus. Ce n'est plus un pardingue trois-quarts, mais un deux-tiers !

— Qu'est-ce que ma femme va me jouer ! soupire le digne homme. Tu ne crois pas, San-A., que je pourrais le mettre sur ma note de frais ?

Je suis trop tendu pour répondre. Je replie mon index et je heurte l'huis. Toc-toc-toc ! Comme le fit le chaperon rouquinos le jour où le grand méchant loup becqueta sa grande vioque. Mais personne ne répond. Bolémieux doit s'être laissé aller dans les bras de Jean-Pierre Morphée.

Je réitère avec plus de véhémence sans obtenir le moindre résultat. J'essaie alors d'ouvrir la lourde, mais elle est fermaga de l'intérieur... Sésame entre une fois de plus dans la serrure et en fonction. Macache ! C'est le loquet qui est mis. Donc la petite fripouille d'ingénieur est bien ici. On refrappe. Je dis on, car Bérurier se met de la partie. C'est, comme toujours, avec le poing qu'il tabasse le panneau. Rien ne bronche à l'intérieur de la chambre.

— P't'être que la piaule communique avec une autre chambre ? suggère Pinaud qui procède par déductions.

— C'est possible ! Va chercher le réceptionnaire.

Pas besoin de se déplacer. L'homme aux bésicles convexes est debout près de l'escadrin, nous regardant marteler la porte d'un air soucieux.

— Il de répond pas ? demande-t-il.

— Non. Le verrou est tiré de l'intérieur. Il y a une porte de communication ?

— Don.

— Une fenêtre ?

---

1. D'accord : c'est idiot, mais ça repose !

— Oui, bais elle dodde sur la rue...

Il n'a pas le temps d'en dire plus long. Sans attendre la permission de quiconque, le Gros a pris du recul et le voilà parti contre la lourde. On entend craquer, le vantail s'ouvre et le Gros, emporté par son élan, disparaît à l'intérieur de la pièce obscure.

Nous percevons un fracas de verre brisé et un cri.

Cette épaisseur humaine est allée percuter une table supportant un vase de fleurs. Les fleurs sont artificielles, mais pas le vase, non plus que la bosse qui croît et se multiplie sur le crâne de mon dévoué compagnon.

Je me tourne vers le lit et j'y découvre Bolémieux, la barbe pointée au plafond, mort comme jamais un ingénieur ne l'a été, même un ingénieur Conseil !

Il a les yeux ouverts, la bouche violacée... Il est presque froid...

— Empoisonné, murmure Pinaud.

— Tu crois ?

— Oui. Je peux même te dire la nature du poison... C'est du... Attends, je ne me souviens plus du nom.

Il se découvre, non par respect de la mort, mais pour se gratter le crâne. Il se met à neiger de la pellicule sur son pardessus meurtri.

— Un poison assez rapide..., poursuit ce toxicologue expérimenté. Il n'a presque pas de goût... Tu l'avales, et une heure plus tard tu fais ta crise cardiaque !

L'employé du Terminus est anéanti.

— Quelle histoire ! se lamente-t-il en reniflant son rhume.

Je l'entreprends.

— Lorsque cet homme est arrivé à l'hôtel, il était quelle heure ?

— Cinq heures du batin à peu près !

Je regarde Bérurier. Il résorbe son aubergine en appliquant dessus une pièce de cinq francs.

— Cinq heures, lui dis-je donc il avait déjà vu son type !

Je chope l'employé de l'hôtel par le bras.

— Quand il est arrivé, avait-il une valise ?

— Don !

— Un paquet ?

— Aucun paquet ! il b'a dit « Je suis juste de passage ! »

Misère ! Il n'avait déjà plus les documents ! Je suppose que l'agent étranger l'attendait à la descente du train. Ils sont allés au buffet de la gare régler leurs comptes. Et l'agent lui a réglé le sien complètement... Il ne voulait pas que Bolémieux puisse le décrire. Décidément, cette organisation est fortiche ; très fortiche ! Un peu de poison dans un grand verre de jus de fruit, à prendre entre les repas... Et puis une heure plus tard, bon baiser, à mardi !

— C'est la tuile, hein ? murmure Béru.

Je fouille les fringues du défunt, soigneusement étalées sur un fauteuil. Dans la poche de la veste je découvre un rouleau de banknotes. Il y a dix mille dollars en grosses coupures... Le salaire de la trahison ! Les types qui l'ont fadé se moquaient pas mal du fricotin...

— Arrivez, dis-je à mes assesseurs. Et vous, mon vieux, lancé-je au mecton enrhumé, prévenez la flicaille du patelin...

Nous taillons en vitesse. Cette fois, c'est sa blague à tabac que Pinaud laisse dans la fermeture de l'ascenseur.

Beaucoup de trèpe au buffet de la gare. J'ai pensé à ça parce que c'est, à trois plombes du mat, le seul endroit où l'on peut boire un godet dans une ville de province...

J'avise une dame à la caisse. A son regard gonflé comme une roue de cinq tonnes, je comprends qu'elle ne s'est pas encore zonée.

Je radine avec ma petite photo et ma bouche en cœur.

— Madame, vous n'auriez pas remarqué deux consommateurs cette nuit, dont l'un serait le barbu que voilà ?

Elle chausse son nez constellé de verrues de lunettes constellées de chiures de mouches. En moins de temps qu'il n'en faut à un derrière de timbre pour avoir sa toilette faite par une langue de postière, elle opine de la tête.

— Si fait, dit-elle, très Régence.

— Comment était l'homme qui l'accompagnait ?

— Ce n'était pas un homme, mais une femme !

Tiens ! comme c'est curieux ; je ne m'attendais pas à voir apparaître une femme dans cette histoire à la mords-moi-le-neurographe !

— Comment était cette personne ?

— En grand deuil...

J'ai un pincement dans le sous-sol.

— C'est-à-dire...

— Ben, elle était en noir, avec un chapeau muni d'une voilette...

— Ce qui fait que vous n'avez pas bien vu son visage ?

— Je ne l'ai même pas vu du tout... Ils se sont assis au fond de la salle... Elle me tournait le dos...

— Ils sont demeurés ensemble longtemps ?

— Non. Ils se sont fait servir des consommations... Le monsieur barbu est venu demander si j'avais des cigarettes turques, je pense que c'est la dame qui en voulait...

Ce qu'elle voulait, c'était surtout lui verser la ration de mort aux rats.

— Je n'en avais pas, poursuit Miss Verrue, qui pense aux fameuses cigarettes turques.

— Ensuite ?

— Ils ont bu et sont partis...

— Quelle était la taille de la dame : grande, petite ?

— Moyenne...

C'est de la précision ou je ne m'y connais pas.

— Je vois... Pas de signe particulier : elle n'avait pas de jambe de bois, ni de bosse ?

L'autre gonfle se gondole comme de la tôle ondulée.

— Pas que je susse !

Il n'y a rien à tirer de cette vieille tarterie, même pas une heure d'amour.

Je me retourne vers les six days men Béru-Pinuche, les super-champions du Bignol's Office. Ces deux merles ont opéré un repli stratégique vers le comptoir et sont en train d'écluser deux muscadets. Comme je m'approche d'eux, furibard, Pinaud, toujours documenté, m'explique :

— Ça lave le rein !

— En attendant, rétorqué-je, c'est la tête que nous allons nous faire laver.

Je les plante devant leur rade pour aller bigophoner au Boss.

Si vous entendiez rouscailler le Vieux, vous prendriez des vapeurs.

— San-Antonio, il faut que vous retrouviez ces plans !

— Mais comment, chef ? La piste s'arrête pile... Le bateau

lève l'ancre dans une heure et demie... Il y a douze cents passagers dont plus de la moitié ont déjà embarqué !

— Alors prenez le bateau !

— Hein ?

— Vous aurez les six jours de la traversée pour découvrir l'agent et lui reprendre ces documents et la maquette ! Il ne faut pas que ceux-ci débarquent à New-York.

— Mais, patron, comment pourrais-je prendre le bateau ? Je n'ai ni réservation, ni passeport, ni argent !

— Je vais faire le nécessaire... Vous n'aurez qu'à vous présenter à la passerelle avant le départ, « on » vous attendra...

— Et mes deux hommes ?

— Vous les emmenez, vous ne serez pas trop de trois à bord...

Il paraissait fermement décidé. Je pouvais toujours me l'arrondir si j'espérais le voir changer d'idée.

— Bien, chef...

— Achetez-vous quelques valises afin de faire vrai, vous avez combien sur vous ?

— Une vingtaine de mille francs, je crois...

— Débrouillez-vous...

— J'essaierai, patron...

— Nous correspondrons par sans-fil...

— Bien, chef...

Je raccroche, assez éberlué. D'un pas mou, je rejoins mes pieds nickelés. Ils sont en train de commander leur quatrième muscadet.

— Il est fameux, m'avertit Béru, tu en prends un ?

— C'est pas de refus...

Il lance l'ordre de mission au loufiat et murmure en me regardant en biais :

— Il était mauvais, le Vieux, je le vois d'ici...

— Plutôt...

— Qu'est-ce qu'on va se faire jouer en rentrant...

Pinaud intervient.

— En rentrant, je vous avertis, vous vous débrouillerez seuls avec lui parce que moi je rentre me coucher. Ce n'est pas une vie pour un homme de mon âge ! Surtout que ce soir on fête nos noces d'argent, ma femme et moi... Vingt-cinq ans de mariage : un bail, non ?

Et le voilà parti dans sa vie privée :

— Elle n'est pas mauvaise femme, ma femme ! Bien sûr, elle

a son caractère... Notez que ses rhumatismes articulaires in-
fluent sur son tempérament... Avec ça qu'on lui a enlevé les
organes...

— Elle a voulu se mettre à l'unisson ? lancé-je finement.

Il hausse les épaules et, ayant ouvert la bouche pour protester, se ravise et vide son verre.

Fait incroyable mais véridique, Bérurier ôte un billet de mille
de la coiffe de son chapeau. Ce Richelieu ressemble à un
papier gras. Le loufiat ne sait pas par quel bout le choper...

Nous déhotons du buffet. Il fait un temps splendide, avec de
la brise marine...

— La mer doit être mauvaise, assure-t-il. Je plains les gars
qui sont obligés de s'embarquer...

— Je leur souhaite bien du plaisir, renchérit Pinuche.

Je fais claquer mes doigts comme quelqu'un qui vient de se
rappeler le prénom de Louis XIV.

— A propos, j'oubliais de vous dire...

— Quoi ? croassent-ils d'une seule voix.

— Nous partons en Amérique dans une heure...

Et voilà ces deux tartes qui se marrent comme des bossus.

— Elle est bien bonne, pouffe le Gros, y a que toi, San-A.,
pour débiter des couenneries pareilles !

CHAPITRE V

Le messager du commandant qui nous attend près de la
douane n'en revient pas lorsqu'il voit radiner notre aimable
trio. On lui avait annoncé trois agents spéciaux et ce sont les
Pieds Nickelés qui s'amènent, trimbalant des valoches de
carton hâtivement acquises au Prisunic du coin.

Je m'approche de lui, et d'un geste suprêmement gracieux, je
lui présente ma carte. Il a un bref hochement de tronche.

— Suivez-moi !

Tout en longeant le long comptoir de bois derrière lequel les
gabelous se roulent des cigarettes de contrebande, le jeune
officier louche sur mes deux équipiers. Ils valent le coup d'œil,
parole ! Pinaud est triste comme un faire-part de deuil et, ivre
de fatigue, il titube en marchant. Béru, rendu furax par ce

voyage au long cours qu'il était loin de prévoir, s'est réconforté à coups de beaujolpif. Or, le matin, c'est un truc qui ne pardonne pas.

Il en a plein les galoches... Vous savez, le genre biture du matin, la plus mauvaise... Son nez ressemble à une tomate mal mûrie en serre, et ses yeux à deux belons gâtées. Il sent la ménagerie mal entretenue. Quant à sa joue enflée, elle prend maintenant des proportions inquiétantes.

Il ressemble à Chéri-Bibi, en moins sexy.

— C'est la première fois que je prends le barlu, dit-il, au fringant petit officier... Dites, mon vieux, c'est pas fatal qu'on aille au refil ?

L'autre n'a jamais vu ça... Pour colmater la brèche que le Gros vient de pratiquer dans son estime[1], je lui vaseline dans l'oreille :

— Ne soyez pas surpris, c'est un personnage qu'il est obligé de se composer...

Nous débouchons sur le quai. La masse formidable, noire et abrupte du *Liberté* se dresse soudain devant nous.

— Bon Dieu qu'il est mastar ! s'exclame le Gros. On peut pas se figurer, hein, quand on le voit aux actualités...

Notre mentor nous précède sur la passerelle surmontée d'un dais bleu flambant neuf. Celle-ci fait le dos d'âne, et il était, par voie de conséquence, normal que Bérurier l'empruntât.

A l'autre extrémité, une porte béante est ouverte dans le flanc du navire. Une nuée de petits mousses en uniforme rouge semé de boutons d'or[2] forment la haie. Du coup, le gros Béru se prend pour un chef d'État passant des troupes en revue.

— Repos ! braille-t-il, embrasé par un retour de flamme de juliénas.

Il fait trois pas et tombe assis sur son majuscule derrière, car le plancher est glissant. Sa valise s'ouvre, la chemise de rechange et la cravate neuve qu'elle contenait nous apparaissent dans toute leur sauvage sobriété. Les mousses qui rigolaient en ont le souffle coupé net comme au sécateur. C'est la première fois qu'ils voient un passager traverser l'Atlantique avec si peu

---

1. Ce sont les comparaisons de ce genre qui ont fait dire à Voltaire : « San-Antonio, c'est le Balzac des faubourgs. »
2. Certains en ont même sur la frimousse.

de bagages. Enfoncé, le gars Lindbergh ! Béru, lui, n'a même pas de brosse à dents...

Il referme sa valise, se relève et nous suit jusqu'à la cabine 594. Celle-ci se situe en seconde classe et elle comprend quatre couchettes superposées deux à deux.

Lorsque nous sommes dans la cabine, l'officier tire une enveloppe de sa poche.

Il l'ouvre et en sort une liasse de billets de banque qu'il me remet.

— Voici cent mille francs, monsieur le commissaire. Voici en outre votre bulletin de salle à manger, un laissez-passer pour circuler dans le bateau d'une classe à l'autre et la liste provisoire de tous les passagers... Celle-ci sera vraiment à jour qu'après l'escale de Southampton évidemment...

Il nous salue.

— A votre entière disposition, naturellement. Le commandant a donné des instructions aux deux officiers radio, le cas échéant vous pourrez vous adresser à eux à toute heure du jour ou de la nuit. Bien sûr, le personnel n'est pas au courant de votre qualité. Nous vous avons enregistré sous vos véritables noms mais en qualité de représentants...

— Parfait, dis-je.

Je lui tends la main, on en serre dix (cinq chacun). Nous voilà seuls. Pinaud s'est collé sur une couchette du bas et en écrase, le bada sur la trogne. Quant à Béru, il est intrigué par la soufflerie d'aération...

— Tu crois qu'on pourrait pas ouvrir l'hublot ? demande-t-il. Les tuyaux, j'ai pas confiance, suppose qu'y se bouchent ?

Je lui dis d'attendre... Le steward frappe à notre porte. Il vient se présenter à nous et nous refiler les renseignements élémentaires concernant la vie à bord. Soudain, je le vois qui s'arrête de jacter et qui regarde fixement un point précis.

Le fruit de son attention (un fruit gâté) n'est autre que le torse de Bérurier, lequel vient de se déloquer du haut. Il porte une chemise genre Rasurel d'un gris extrêmement foncé et agrémentée d'auréoles inexprimables.

Je congédie le steward avec un biffeton de mille et je me hâte de fixer la fermeture de sécurité.

— Dis voir, Gros, fais-je méchamment, y a pas des moments où t'en as marre de ressembler à une poubelle de quartier pauvre ?

— Pourquoi que tu dis ça ?

— Vise un peu ta limace ! Ça fait combien de temps que t'en as pas changé ?

Il hausse les épaules.

— Tu causes sans savoir, San-Antonio ! Ces tricots de corps, on ne peut pas les laver ; ça se drape !

— Tu veux dire que le tien n'a jamais été lavé ?

— Ben naturellement ! Oh toi, alors, ce que t'es Régence !

Je n'insiste pas. Mort de fatigue, je vais m'allonger sur la couchette qui fait face à celle de Pinaud. Le barlu est agité d'un grand frémissement. Il trépide et j'ai l'impression d'être sur la plate-forme d'un vieux tramway.

— On se barre, hein ? fait Bérurier.

— Ça m'en a l'air...

Il va au hublot, mais ne voit qu'une falaise de ciment gris.

— On s'en rend pas encore bien compte...

— Espère un peu, si la mer est mauvaise tu t'en apercevras !

Et puis, soudain, terrassé par la fatigue, je m'endors comme on coule à pic.

Deux heures plus tard, nous sommes — moi du moins pour commencer — réveillés par une musique mélodieuse qui passe dans le couloir.

Je saute de ma couchette et je vais entrouvrir la lourde. J'aperçois un garçon de restaurant armé d'un instrument à percussion bizarroïde sur lequel il frappe avec un gong. Je l'interpelle.

— C'est le défilé de la fanfare ou quoi ?

Il me sourit, comme dit l'abbé Jouvence.

— J'annonce le second service, monsieur...

J'en suis baba. La Transat fait bien les choses. Cet instrument est tellement plus sympa qu'une sonnette !

Les mots « second service » éveillent dans les abîmes insondés[1] de mon estomac une notion suraiguë de la faim qui en grand secret me tenaillait les entrailles. Point à la ligne !

Je relourde et me mets à beugler :

_____
1. Heureusement d'ailleurs.

— Au secours ! Nous coulons ! Les chaloupes à la mer ! Les femmes et les enfants d'abord ! Les flics resteront à bord !

Béru, hagard, se dresse sur un coude, depuis sa couchette supérieure. Il veut se lever, oublie qu'il est si haut perché, se cogne la tronche au plaftard et bascule en avant avec un bruit terrible de vache foudroyée.

A quatre pattes dans la cabine, il geint.

— Quel est le sagouin qui m'a fauché le plancher ?

Il a une nouvelle bosse au sommet du crâne et un rouge (qui va devenir un bleu) sur la pommette droite.

Comme j'extériorise mon hilarité avec force, il se fout en boule[1].

— C'est encore un coup à toi, espèce de...

Pinuche, éveillé par l'altercation, se lève à son tour.

Il a les traits tirés et son regard fait penser à celui d'un lapin crevé.

— Je suis barbouillé, annonce-t-il. Je crois que ça vient de mon pancréas...

Je mugis :

— Nous enchose pas avec ton pancréas, eh ! reliquat humain ! Vous allez commencer par faire un brin de toilette tous les deux. J'en ai quine de trimbaler des gorets avec moi ! Je ne m'appelle pas Wladimir pour être porcher ! Allez, oust ! lavez-vous, rasez-vous et changez de limace, sans quoi je vous fous par-dessus bord !

Ainsi dopés, voilà mes deux comiques troupiers qui se livrent à des ablutions inhabituelles.

Lorsqu'ils ont terminé, ils sont presque présentables... Nous rallions alors la salle à manger qui se trouve au pont inférieur.

Elle est immense et pleine de dorures... Un gros bourdonnement monte de la vaste salle où s'affaire un personnel impeccable.

Nous avons la table 36. Dans un angle de la grande pièce... C'est une table de quatre couverts où une dame d'un âge incertain est assise.

A notre arrivée, elle nous décoche un sourire velouté au tapioca.

Elle est très certainement américaine. Elle frise la cinquantaine avec des bigoudis métalliques, porte des lunettes sans

---

1. Il a des aptitudes concernant la réalisation de cette métamorphose.

monture, est vêtue d'un corsage tango parsemé de fleurettes mauves, d'une jupe à carreaux rouges et verts et elle a au cou un collier[1] d'une grande valeur... documentaire, constitué par des morceaux de matière plastique multicolore, découpés en forme de cœur[2]. C'est pas un collier, c'est une raison sociale.

V'là la grognace qui se met à nous distribuer de l'œillade gourmande à tout va... Elle jette son dévolu sur moi, sans m'atteindre, puis, constatant que je suis jeune et beau[3] et ayant sans doute le sens du raisonnable, elle hésite entre mes deux loustics... La carrure de Béru, les bonnes manières de Pinuche la font hésiter...

Tandis qu'elle se tâte, nous étudions à fond le gigantesque menu qui nous est proposé...

Le regard du Gros fait « tilt » en biglant la nomenclature des mets.

— On peut se taper ce qu'on veut ? s'enquiert-il avec distinction auprès du maître d'hôtel.

— Mais certainement, monsieur, s'empresse ce dernier (qui n'est pourtant pas le premier venu).

Le Gros se recueille, ferme à demi ses yeux de goret frileux, et demande :

— Faut longtemps pour le ris de veau princesse ?

— Dix petites minutes !

— Alors, pour commencer, vous ferez marcher un ris de veau... Ensuite ce sera une côte de Charolais aux cœurs de laitue braisés... Puis une truite aux amandes... Seulement, pour attendre le ris de veau, vous me donnerez des amuse-gueule... Je ne sais pas, moi : une terrine de canard et des œufs mayonnaise, hein ?

Le maître d'hôtel qui en a vu d'autres ne bronche pas.

— En dernier, la truite ? s'étonne-t-il seulement.

— Oui, fait Bérurier, bon enfant, comme ça y aura pas besoin de me changer le couvert... Autrement quand on démarre sur le poissecaille, ça chlingue...

— Et comme dessert ?

— Rien, fait modestement le Gros, puisque la truite est aux amandes !

1. Du reste, où voudriez-vous qu'elle le porte ?
2. En vente à New York dans toutes les bonnes pharmacies.
3. J'ai eu le prix du plus beau bébé de France en 27 !

Pourtant, il éprouve un regret. Alors que Pinaud passe sa commande, Bérurier ne peut s'empêcher de demander d'une voix timide :

— Est-ce qu'il pue, le gorgonzola ?

— C'est vraisemblable, monsieur, affirme sans rire l'interpellé.

— Alors, vous m'en mettrez un chouïa, décide cette gloire de la police française.

Il se tourne vers la dame américaine et, galamment, murmure :

— Si la fumée ne dérange pas Madame, naturellement.

Le repas est plein d'entrain. Mes deux compères se figurent en croisière et font les galantins auprès de notre compagne de table. Cette dernière parle un peu français et Pinaud a « fait » de l'anglais, jadis. Pour le prouver à la dame il lui récite « I wish you a merry christmas » avec un accent qui ferait dresser des cheveux sur la tête de Yul Brynner. Bref, nous sommes dans une très bonne ambiance.

Bérurier a rapidement éclusé la bouteille de bourgogne blanc et celle de bordeaux rouge qui occupaient notre table. Mis en verve en constatant qu'on a remplacé ces deux victimes du devoir par deux autres bouteilles pleines, il entreprend d'évangéliser notre voisine, laquelle commet l'hérésie de consommer un gratin de queues de langouste en buvant du lait. Laissant ces messieurs faire du rentre-dedans à la personne que je vous cause, je pique, bille en tête, dans l'enquête. Parce qu'enfin, bien que je sois à bord d'un transatlantique, j'ai les pieds sur la terre[1].

Le Vieux en a eu une bonne et savoureuse en nous embarquant sur *Liberté*. Comment espère-t-il que nous découvrirons les plans ? Je vous l'ai déjà dit (mais avec des crânes de pioche comme vous on ne rabâche jamais assez), il y a un bon millier de passagers avec des tonnes de bagages à bord. Il est impossible de tout fouiller. Et quand bien même j'aurais la possibilité matérielle de le faire, une telle mesure créerait des incidents diplomatiques. Je regarde le populo international qui occupe la

---

1. C'est pas drôle, ça, bande de constipés ?

salle à manger et je mesure l'immensité de la tâche... Jamais ces gens ne se prêteraient à une perquise... Sans compter que ce serait un sale coup pour la publicité de la Transat. Les étrangers aiment les bateaux français parce qu'on y bouffe bien et qu'on y est peinard !

Alors ?

— A quoi tu penses ? hoquette le Gros, dont la trogne est illuminée comme un quatorze juillet d'avant-guerre.

— A ta bêtise, réponds-je.

Il hausse les épaules.

— Ça devient du parti pris, rouscaille-t-il. Faut que tu soyes cinglant...

Pinaud accapare la dame, en douce. Il lui raconte dans un langage franco-anglo-petit-nègre, l'occlusion intestinale qui fut fatale à son oncle Alfred. Leur intimité vexe Bérurier.

— Vise-moi le dabe qui file le train à l'amerloche ! soupire-t-il. A son âge, si c'est pas dégueulasse ! Qu'est-ce qu'il espère, Pinuche, avec toutes les toiles d'araignée qui lui verrouillent le calbart ?

— Laisse-le, calmé-je. Il va p't'être attraper une mouche !

Mais le Béru est hargneux...

— Quand je pense, soupire-t-il.

— A quoi ?

— A ma bourgeoise qu'est peinarde pendant la croisière... On en a pour quinze jour aller-retour sur ce barlu ! Elle va drôlement se faire reluire avec le coiffeur !

— Et alors ?

— Comment, et alors ! On voit que t'es pas marida !

— J'aime mieux pas ! Seulement écoute, Gros, elle ne va plus y trouver de charme à la bagatelle, pendant ces quinze jours !

— Pourquoi ?

— Parce que justement elle sera peinarde. Ce qu'il y a d'excitant, dans l'adultère, c'est la peur qu'on a d'être surpris... Si tu enlèves cette peur, que reste-t-il ? Une partie de jambonneaux, non ? Tu vas voir qu'elle va te regretter, ta morue ! L'absence embellit, Gros... Quand tu vas radiner à la casba, tu seras le beau Chevalier errant ! Pour peu que tu changes de chaussettes avant de rentrer et que tu lui achètes pour trois francs de roses pompons, t'auras droit à la grande extase en Gévacolor...

Il me prend la main. Une larme de brave homme brille dans son regard.

— Merci, San-A... Dans le fond, tu es un chic type...

Il réfléchit, tandis que notre Pinaud, qui ne se sent plus, place sa botte secrète : à savoir, l'ablation des amygdales de son beau-frère.

— Ces barlus, c'est sûr, à ton avis ? demande Bérurier. J'aimerais pas faire naufrage, tu sais comme j'ai horreur de la flotte !

— Je sais... Naturellement que c'est sûr ; pourquoi, t'as les jetons ?

— Non, mais ça m'ennuierait que ma bonne femme devienne veuve, qu'est-ce qu'elle ferait ! Son amant est marié, on n'a qu'une fortune impersonnelle...

— Elle se foutrait un crêpe noir sur la frime et elle irait faire des ménages, bougre de ceci-cela ! Tu vas pas t'attendrir sur ta bonne femme pendant toute la traversée, des fois ! T'inquiète jamais pour une femme, Béru... Les gonzesses ont plus de ressort qu'une montre de précision...

Je me tais, foudroyé par une image... Je viens de dire : un crêpe noir... Du coup ça me branche sur l'affaire... La femme qui a réceptionné les plans de Bolémieux, au Havre, avait un crêpe noir... Elle était habillée tout en noir. Ces vêtements de deuil, elle ne les a pas foutus en l'air. Elle n'en a pas eu le temps et ç'aurait risqué d'attirer l'attention sur elle. Donc les fringues sont dans ses bagages...

Oh ! oui... Oui, oui, oui... Attendez, ne bougez pas. Vous m'agacez avec votre cure-dents, laissez-moi réfléchir... Je crois que je tiens le bon bout... Oui, oui, oui... Ça y est : ça vient, ça se forme, ça se précise, ça se concrétise, ça... Écoutez ! Posons-nous des questions et répondons-y en nous appuyant des deux mains sur la logique... La fille qui attendait Bolémieux à la gare était l'agent ou une alliée de l'agent chargé du transfert des documents. On peut sans crainte de se tromper, parier une course à pied contre un pied à terre qu'elle n'était pas réellement en grand deuil mais qu'elle s'est attifée ainsi pour ne pas montrer son visage... Donc ces nippes, considérées comme un déguisement ne correspondent pas au ton de sa garde-robe. *Ce qui revient à dire que si je trouvais une robe noire et des voiles de crêpe dans une garde-robe « normale », j'aurais cent chances, virgule deux, sur cent de mettre la paluchette sur l'intéressée.*

Le problo reste entier pourtant, car il se ramène à rafouiller dans les bagages des clients. Seulement il doit être plus fastoche d'y trouver un attirail de veuve que des documents secrets.

En tout cas, j'ai mon idée...

Une idée lumineuse comme le ring du Palais des Sports un soir de championnat du monde m'inonde la bouée.

Je me lève et salue bien bas miss Duchnock.

— Où tu vas ? s'inquiète Bérurier...

— Faire une promenade sur le pont... On se retrouvera au bar-fumoir pour le thé...

Je les laisse avec leur victime. La vioque, aux anges en se voyant chambrer par deux french men ! — et quels french men ! — prend des mines de petite fille à qui on propose une partie de touche-touche !

Pinaud se lisse la moustache, et il en profite pour débarrasser icelle des boulettes de crème Mystère qui en mouchettent les pointes. Quant au gars San-Antonio, l'homme qui remplace Astra et les maris en voyage, il file droit à la recherche du jeune officier détaché à sa personne.

Il a toujours sa merveilleuse petite idée, San-Antonio ! Et il la promène le long des coursives, comme un coureur portant le flambeau !

Je dégauchis le jeune officier dans sa cabine. C'est un petit coin tout ce qu'il y a de ravissant à l'avant du barlu. Sa cabine est meublée en bois clair, les cloisons sont peintes en vert pâle et il y a fixé des reproductions de tableaux de maître, car c'est un jeune homme de goût.

Il me fait asseoir et me demande si j'aime le punch. Je lui réponds que hormis les sirops et l'eau de Javel, je suis assez pour tout ce qui se boit.

Voilà mon barman amateur qui se met en devoir de me préparer un truc carabiné : rhum vieux, quelques gouttes d'eau sucrée, un zeste de citron vert, un cube de glace... C'est sensas ! Rien de commun avec ce qu'on peut écluser à Paname dans les bars spécialisés. Au premier godet on se sent mieux, au second on se sent bien, au troisième on ne se sent plus.

— Alors ? me demande-t-il, votre enquête avance-t-elle, monsieur le commissaire ?

— Chaque tour d'hélice risque de m'éloigner d'elle, fais-je doctement en trempant l'appendice qui me sert à détecter les odeurs dans le verre aux parois embuées[1].

Il voudrait bien savoir, le produit de l'École navale, en quoi consiste ladite enquête, mais San-Antonio, vous le connaissez, hein ? C'est le grand silence blanc ! J'ai un cadenas au bec ! Roger la Honte : rien vu, rien entendu !

— Pour mener ma mission à bien, attaqué-je, j'ai besoin du concours de tous les stewards... Enfin des stewards de cabine du moins...

Il fait une petite moue peu rassurante...

— Expliquez-vous.

— Voilà : je cherche une femme ayant dans ses bagages des vêtements de deuil. Il est presque certain que la femme en question est habillée normalement... Par conséquent, ces fringues noires doivent se remarquer dans sa garde-robe !

— Et puis ?

— C'est tout. Les stewards qui s'occupent du service cabine ont toute facilité pour explorer discrètement les tiroirs et autres penderies... Comprenez-moi bien... Il ne s'agit pas pour eux de perquisitionner, mais simplement de se rendre compte si...

Mon interlocuteur a un léger sourire.

— Vous jouez sur les mots, monsieur le commissaire.

— Non, le distinguo est capital. En faisant les rangements habituels dans les cabines dont ils ont la charge, il leur est facile de constater la présence de cette tenue qui, je le répète, doit être insolite...

Il se passe un doigt nerveux entre le cou et le col de sa chemise. Son regard au bleu océanique est assombri par la réflexion.

— Je vais prévenir les commissaires de chaque classe, dit-il. Eux-mêmes contacteront les intéressés...

— Je vous remercie... Quand aurai-je une réponse ?

— Pas avant demain midi... Les stewards ne peuvent agir qu'au cours de leur service du matin, vous pensez bien... Notez que je ne vous promets rien... Je dois en référer au commandant et il peut très bien ne pas être d'accord...

1. « L'appendice qui me sert à détecter les odeurs » ! C'est pas élégant comme forme ? Et dire qu'on peut résumer tout ça en trois lettres, comme vous d'ailleurs !

— Dites-lui que c'est d'un intérêt capital pour la France !
— Vraiment ?
— Oui. Avant l'arrivée à New-York, je dois mettre la main sur des documents d'une grande importance, il faut qu'on m'aide !
— Comptez sur moi !
Je refuse un nouveau punch et je prends congé de lui.

Je trouve le tandem Béru-Pinuche au deck principal.
Ces messieurs ont moulé leur égérie et sont en train de ligoter le panonceau programmant les réjouissances... Celles-ci sont nombreuses et variées : d'abord cinéma (on donne *Mon thé t'a-t-il ôté ta toux,* œuvre primée au Festival de Bouffémont, avec Walter Claused dans le rôle principal et la révélation de l'année prochaine, la charmante Maricou Chetoilat) après le cinoche y a thé dansant au grand salon, puis, en soirée, courses de chevaux (in english Horse Races)... Demain dimanche, messe dite en la salle de cinéma par le père Colateur et au grand salon sermon protestant du révérend Mac Heuslass... Au début de l'après-midi, exercice d'alerte.
Puis re-ciné (cette fois on passe une vie de Jeanne d'Arc *Je suis en Sainte,* le triomphe de Cécil Billet de Cent, qui présente une nouvelle version très hardie : d'après lui, Jeanne aurait été ignifugée avant le supplice... Ce qui lui aurait permis d'avaler la fumée. Du cinéma Cauchon, quoi !) Re-thé-dansant... Loto-Bingo en soirée, puis bal costumé avec la participation de Durand, l'inimitable imitateur, bal présidé par le général Kaunard, chef d'état-major des garçons laitiers cantonnés à Courbevoie, je vous le dis tout de suite...
— On va se marrer, prophétise Bérurier.
J'entraîne mes accessoiristes sur le pont supérieur. Il fait un temps merveilleux... Les côtes anglaises barrent l'horizon et des mouettes immaculées suivent le sillage écumeux du *Liberté* en poussant des cris de vieilles filles. Je loue trois transatlantiques au steward de deck et nous exposons nos académies au soleil...
Pinaud s'endort rapidement après avoir constaté avec satisfaction qu'il ne craignait plus le mal de mer...
— Et votre Américaine ? demandé-je à Bérurier, qu'en avez-vous fait ?

— Elle est allée faire une sieste, bougonne-t-il. Je voulais lui filer le train, mine de rien pour lui demander de me montrer ses estampes japonaises, mais cette cloche de Pinaud m'a entraîné... Il est jalmince ! Un vieux jeton comme ça, c'est pas malheureux, dis ! Pour une fois que j'ai l'occasion de rendre la pareille à ma bonne femme !

Il s'étire voluptueusement et allume un cigare qui sent le tuyau d'échappement.

— J'ai toujours rêvé de m'embourber une étrangère, murmure-t-il, nostalgique. Ça doit être bath, non ? Elle te gazouille des trucs que tu piges pas...

Je le console.

— Ce n'est que partouse remise, mon pote ! Moi, à ta place, tiens, j'irais rendre visite à la beauté pendant que le Dabe roupille...

Séduit par ma suggestion, il se dresse.

— C'est pas c... ce que tu dis... D'autant mieux qu'elle m'a affranchi sur le numéro de sa cabine.

— Eh bien alors ! C'est une invitation à la valse, non ?

Décidé, il se lève. Il tire sur les manches de sa chemise neuve, gratte d'un ongle noir une tache de sauce sur sa cravate luisante et disparaît...

Je m'étire. La vie serait belle si je n'avais cette lourde responsabilité sur le râble... Vous mordez le topo ? Je sais que sur ce bateau se trouve, à quelques mètres de moi, ce que je cherche, ce que je *dois* trouver coûte que coûte, et je n'ai qu'un voile noir à quoi m'accrocher...

Cette histoire de voile de crêpe me tarabuste... Peut-être que la femme ne l'a pas conservé ? Ça n'est pas difficile de s'en débarrasser...

Je jette un regard distrait autour de moi. Les fauteuils sont presque tous occupés. Il y a beaucoup d'Américains qui se prélassent dans des tenues incroyables... Les chemises peintes, les pantalons ou les jupes en tissu léger abondent...

La femme que je cherche est peut-être ici, dans cette même travée ? Peut-être est-ce la personne raboulette qui ligote *Life* près de Pinaud ? Elle est peinarde... Elle croit que tout a réussi... Elle a empoisonné Bolémieux... Grunt devait sûrement abattre Conseil... Plus de témoin : la route est libre !

L'idée qu'elle ressente de la quiétude me fout en renaud... La garce ! Et dire qu'elle va peut-être m'échapper...

Vous me connaissez ! Quand l'énervement me gagne, faut
que je remue... Alors, pour me calmer les nerfs, je me mets à
arpenter le pont... Je grimpe un escalier roide et me voilà près
des cheminées rouges aux dimensions monstrueuses... Entre les
deux cheminées, il y a comme une terrasse abritée où s'alignent
d'autres transats... C'est la first class qui vient s'allonger le lard
à cet endroit. J'avise des jeunes gens qui jouent au palet, des
vieux messieurs élégants qui bouquinent des œuvres casse-
quenouilles, mais reliées pleine peau de vache ; des dames
seules confient leur cellulite au soleil...

Quelle humanité en péril ! C'est tout en pleine décomposition, ça, madame ! Ah ! si vous pouviez mater ces tronches, ces
corps, ces physionomies !

Des grosses mochetées, gonflées et rondouillardes comme le
bonhomme Michelin (du reste l'une d'elles a appelé sa petite
fille Micheline). Avec des bourrelets aux cuisses, au bide, au
fignedé... Des nichons pareils à des sacs de farine, des bajoues.
Le tout couvert de peinture, d'or, de soie, de prétention...
Couvert d'imbécillité... Des sourires lippus ; des regards visqueux comme des beignets mal cuits ! Ah ! les belles dames
rupinos ! Bien faisandées, varicées, cellulitées, engraissées,
mais dignes ! Dignes, je vous jure... Dignes avec des shorts
ridicules, des décolletés à l'emporte-pièce... Dignes avec du
rouge aux lèvres et aux joues, du noir et du vert et du bleu et
du violet aux chasses ! Et jaunes aussi... C'est jaune et ça ne sait
pas !... Jaune verdâtre, comme toutes les barbaques gâtées !
Car elles sont gâtées, ces dames... Par la chance... d'accord !
Mais gâtées aussi par l'âge ! Gâtées par leur mari, et gâtées par
tous les pores de leur peau. Gâtées du haut en bas, de bas en
haut, de gauche à droite... Gâtées au-dedans et au-dehors... Et
elles attendent des miracles du soleil. En v'là un qu'est pas
dégoûté : promener ses beaux rayons sur de la viande avariée !
Il n'a pas de dignité, ou alors il protège les mouches bleues ! Il
leur veut du bien ! C'est pas possible autrement !

Elles prennent des mines, des poses, des attitudes, les
gravosses ! Bouche en sortie de secours pour œuf pressé !
Mirettes aux cils clapoteurs... Elles vampent, elles troublent,
elles fourragent dans les regards comme dans leur sac à main...
Elles font l'inventaire des messieurs... Et eux, bonnes crêpes,
jouent le jeu... Chemisettes, foulard de soie, futal de flanoche,
crins calamistrés. Bravo, Cadoricin !

« Vous avez perdu vos lunettes de soleil, chère madeume ! »
« Oh ! merci, mossieur, vous êtes bien n'aimable ! »
Et allez-y ! A l'abordage ! Le sabre au vent !
« Qu'est-ce que vous faites ceu soir ? »
L'emballage ! La grande kermesse du Prends-moi-toute !
Tombola au bénéfice des laveries automatiques Machin...
Premier lot « une brosse à faire reluire »... Deuxième lot « une
paire de patins »... Troisième lot « un exemplaire du Kamasou-
tra tiré sur japon impérial », numéroté de droite à gauche !
Je me carapate de là ! Y a des moments où mes semblables
m'ulcèrent. Je me contemple en eux comme en un miroir
déformant ! Oh, c'te gueule ! c'te gueule, c'te binette !
De mon allure souple et dégagée, je franchis l'espace sépa-
rant les deux cheminées et je perçois alors des aboiements.
Sur un bateau c'est plutôt curieux... Me fiant à mon ouïe, je
grimpe un nouvel escadrin et me trouve dès lors sur une
nouvelle plate-forme. Une porte basse est ouverte devant moi.
Je m'aventure... Elle donne sur le chenil, car les chiens-chiens
à leur douairière ne sont pas admis ailleurs qu'ici... J'avise une
succession de grandes cages munies de barreaux... Deux représentants de l'espèce canine se font tartir dans deux boxes
différents. L'un est un abominable pékinois aux yeux en boule
de loto. L'autre un énorme boxer bringé à l'aspect peu enga-
geant.
Je réconforte les deux bêtes de ma voix enchanteresse.
« C'étaient des bons chiens-chiens, ça, Madame... etc. »
Le pékinois est réfractaire comme une brique à mon charme.
Mais le boxer, bon bougre, se met à battre la mesure avec son
moignon de queue... J'ai envie de les caresser. Les animaux
sont réconfortants parfois... Lui, malgré ses dents en croc, ses
babines dégoulinantes et son énorme collier à clous est très
sympathique.
Comme je risque ma main à travers les barres de fer, une
ombre se profile dans le chenil.
Je relève la tête et je trouve devant moi une gentille petite
fille à regard d'azur...
Elle est mignonnette avec sa poitrine d'adolescente et son air
stupide.
Qu'est-ce que je voulais encore vous dire à son sujet ?
Ah ! oui...
Elle est en grand deuil !

CHAPITRE VI

Quel âge peut-elle avoir, cette moukère ? Vingt ans ?
Elle me sourit.
— Le pékinois est à vous ? demande-t-elle.
— Non. Seulement j'aime les chiens, alors je suis venu dire
un petit bonjour à ceux-ci. Le boxer vous appartient ?
— Pas à moi : à ma patronne...
— Vous êtes domestique ?
— Oui. Nurse.
Elle m'explique qu'elle vient apporter un remède au toutou.
C'est un truc vitaminé, très efficace... Il y a du calcium dedans,
et puis du phosphore, des hormones mâles, de l'extrait de foie
de gendarme et des testicules de crapauds boliviens... Ça vaut
une fortune ! Mais paraît qu'avec ça, les chiens deviennent
costauds. Ça les met en appétit... Ils mordent mieux les
mendiants. Dame, faut de bonnes dents, car ces gens-là sont
plutôt coriaces.
J'embraye la nurse... Elle s'appelle Marlène Poilfout, elle est
née à Palpezy-le-Gros (Manche) ; sa mère est morte le mois
dernier, son père s'est remarié la semaine d'après, elle a un
frère en Afrique du Nord, une sœur en sana et elle s'est engagée
comme nurse chez un attaché d'ambassade hindou en mission
aux U.S.A. En ce moment, elle voyage avec Madame et le petit
garçon... Charmant bambin, à ce qu'elle prétend. Il se prénomme Aminoula et le plus drôle c'est que ça s'écrit comme ça
se prononce. Le papa est resté à son poste, à New York où les
siens le rejoignent afin d'y passer l'hiver... Marlène, c'est la
première fois qu'elle voyage... Non, elle ne craint pas le mal de
mer... L'Amérique ? Elle sait que ça se trouve juste au-dessous
de l'Égypte et que la Volga y coule, mais à part ça, elle n'a
aucune idée du patelin. Elle a lu un article dans « Mon Rêve
et ton Cœur » comme quoi on y fabrique du pétrole et on y
cultive du chewing-gum... Voilà tout... Oui, c'est ça, elle aura le
plaisir de la découverte... Garibaldi l'a eu avant elle, bien sûr,
puisque c'est lui qui a découvert l'Amérique dix mille ans avant
Jésus-Christ, mais chacun son tour, hein ?
Vous le voyez, la conversation de cette soubrette est pleine
de charme. Comme Marlène n'est pas plus mal carrossée
qu'une autre idiote de son âge, je me dis que je pourrais

peut-être me la mettre au frais pour le voyage... Ce qu'on appelle des provisions de bouche, quoi !

Je lui raconte que je vais à Hollywood engager Liz Taylor pour tourner un technicolor intitulé « Il mousse » et commandité par Monsavon ! Elle est ravie... De prime abord, j'ai tiqué en la voyant dans des vêtements de deuil, mais maintenant, à l'épaisseur de sa bêtise, je me dis que toute ressemblance entre elle et l'agente secrète que je cherche serait purement accidentelle et fortuite, cette douce enfant ayant tout ce qu'il faut pour obtenir son brevet de crétine toutes catégories.

J'essaie de lui filer un rencart, elle n'est pas contre au demeurant, mais il faut régler la délicate question du lieu de rendez-vous... A bord d'un barlu, ce n'est pas facile, croyez-moi. Impossible de pratiquer comme dans la vie civile ; à savoir : Pam-pam, ciné, restaurant, solo de jarretelles et partie de golf en deux trous dans la forêt normande ! Non ! Une seule possibilité : le bar, le salon, la cabine... Le bar et le salon étant des endroits publics, les domestiques n'y vont pas, puisque leurs maîtres y font les ânes. Quant à la cabine, Marlène la partage avec le chérubin dont elle a la garde ! Et moi, bien que sachant combien les enfants ont le sommeil profond, je ne m'en ressens pas pour jouer mon solo de flûte à proximité d'un mouflet endormi.

Faudra donc que je goupille une fiesta dans mes propres appartements ; ce sera duraille vu que je partage ceux-ci avec le Bienheureux Pinaud et Sa Majesté Bérurier, roi des Gourdes par la disgrâce de Dieu !

Enfin, j'aviserai...

Comme nous sommes seulâbres dans le chenil — excepté les deux aimables chiens — je lui fais mon numéro de Petit Casanova Libéré... Style « Vous êtes troublante... », « Un pas de plus et vous marchez sur mon cœur qui est à vos pieds... », « C'est la Providence qui vous a placée sur mon chemin », etc., etc. Jusqu'à ce que, vaincue par ma faconde, elle me laisse lui choper un de ses flotteurs... Ça fait partie de l'exercice d'alerte. En cas de naufrage, je serais bien content de l'avoir...

Séduite, palpitante, rougissante, elle me file la ranque pour le lendemain dimanche à la messe. Là, au moins, on est certain que sa patronne ne viendra pas nous faire de l'obstruction vu qu'elle est bouddhiste ou un truc comme ça.

Amours, délices et orgues... C'est le cas de le dire !

**
***

Après une fin de journée assez lénifiante à bord : cinoche, thé-gambillant, jeux de société, le lendemain radine.

Un lendemain finit toujours par arriver. C'est ce qu'il y a de réconfortant — et d'inquiétant aussi — dans l'existence. Parfois ces lendemains chantent (et tantôt le grand air de l'Acné, tantôt « Tu m'as voulu, tu m'as eu » sur l'air de « Monte-là-dessus »)... D'autres fois, les lendemains déchantent, et vous aussi par la même occasion.

Il est du reste beaucoup plus fastoche de déchanter que de chanter.

Je tiens à cette précision qui, si elle n'intéresse pas la Défense nationale, fait partie intrinsèque des Beaux-Arts.

Dans mon équipe, l'euphorie est de mise. Pinaud vient de découvrir le punch créole et Bérurier la culbute amerloque. Il ne tarit pas d'éloges sur sa conquête, Mrs. Lydia Hongant-Gry.

Sans relâche, il nous la raconte... Une personne très bien : son premier mari était marchand de cravates ; son second marcheur-sur-matelas[1] ; son troisième vendait des saucisses chaudes ; son quatrième tenait une épicerie-pharmacie et son tout : Bérurier, vend de l'extase.

Il est radieux, rouge comme un homard Thermidor, le Gros, et ce matin-là — croyez-moi ou non — il se lave les pinceaux dans le bidet !

— Y a longtemps que j'ai pas embourbé une personne de cette classe, affirme-t-il. Je voudrais que vous la visiez une fois à loilpé ! Un corps de princesse...

— Une princesse douairière, dit Pinaud, fielleux.

— Ta gueule, déchété ! Si qu'elle était dans ton page, ma souris, tu voudrais racler du pied ; je te l'annonce ! Brave femme, à part ça... Elle veut que j'y apprenne l'amour à la française, rigole notre éminent camarade.

— Tu parles d'un professeur, re-grince Pinuchet qui n'a pas encore digéré sa défaite.

— T'occupe pas ! assure Béru, elle aurait pu plus mal tomber ! Je suis p't'être pas don Juan, mais j'ai de beaux restes !

_____
1. Authentique !

Du coup, c'est à mon tour de m'esclaffer.

— C'est pas des restes, Gros, tout juste des bas-morcifs !

Il va rouscailler, mais, tel Louis XVI sur la bascule à Charlot, il est stoppé par un roulement de tambour, en l'occurrence un heurt à la porte.

Je vais délourder et je me trouve face à face avec mon enseigne de vaisseau. Vous ai-je balancé son blaze, déjà ? Il s'appelle Désir, son père devait être wattman, du moins je l'espère[1].

— Mon cher commissaire, murmure-t-il, nous avons fait diligence[2] et voici les renseignements que vous attendez...

Et de m'atriquer une feuille de papezingue à en-tête de la Compagnie.

Là-dessus, trois noms. Il les commente.

— Je tiens à vous préciser que trois personnes à bord possèdent des voiles de crêpe noirs... Deux sont des dames âgées, connues du reste, dont toute la garde-robe est en deuil, si je puis dire... Il s'agit de la générale Demy-Tour, personne de soixante-douze ans, dont le mari est mort l'an dernier, vous avez dû l'apprendre par les journaux ; et de Mme Lecas-Binay, des engrais franco-boulimiques ! Pour cette dernière, les vêtements de deuil se justifient très bien aussi, car son frère aîné a été tué la semaine passée dans un accident...

Je piaffe autant qu'Edith.

— Et la troisième ?

— La troisième est la femme d'un diplomate hindou, Mme Gahrâ-Témische ! Elle entrerait dans la catégorie que vous cherchez, à savoir dans celle des personnes n'ayant qu'une tenue de deuil, seulement sa jeune nurse, elle, est en deuil ; ce voile de crêpe et la robe noire découverte dans la cabine de Mme Gahrâ-Témische appartiennent très certainement à son employée dont les bagages sont restreints...

» Voilà, dit-il, c'est tout !

— Je vous remercie... Bravo pour la rapidité d'exécution.

Il se retire. Je reste perplexe... En moi se dessine un petit quelque chose pas piquousé des hannetons ! Voyez-vous, ce qu'il faut, quand on est poultock, c'est un minimum d'imagination. On doit construire des thèses. Si elles paraissent bien

1. Comme disait Charpini : « Je connais toutes les bonnes enseignes. »
2. Comme aiment à le dire nos députés, ces vains du postillon !

foutues, on cherche à les justifier et neuf fois sur dix on y parvient.

Mettons que le diplomate hindou ait été en cheville avec Grunt. Vous suivez ? C'est lui qui, à New York, doit négocier avec d'autres puissances la vente des fameux plans... Bon. Ne pouvant trop se mouiller, il charge sa bonne dame d'apporter le matériel... On ne se gaffe pas trop d'une digne dame avec son rejeton...

Celle-ci engage une nurse française pour s'occuper du mouflet. Elle constate que son employée est en grand deuil et ça lui donne une idée : pour réceptionner les plans et verser la mort aux rats à Bolémieux, elle s'affuble d'une tenue appartenant à sa nurse. Ça lui permettra de dissimuler son visage de façon naturelle. Ensuite elle regagne son hôtel, se change et fait ses valises... Cela explique que la tenue de deuil se trouve dans ses bagages à elle ! Oh ! mais dites donc, c'est du chouette, ça ! J'arrive à grandes enjambées à une heureuse conclusion... Je vous parie une faim de loup contre un loup de velours que me voilà au seuil de la réussite !

En chasse, San-Antonio ! En chasse !

— T'as l'air complètement perdu, observe Pinaud, ça ne va pas ?

— Au contraire, mon vieux pébroque... Ça boume comme jamais ça n'a boumé !

Je les charge de mission. Dans mon turbin, il ne faut jamais rien laisser au hasard.

— Toi, Béru, tu vas te débrouiller pour fouiller à fond la cabine de la générale... Explore bien à fond... Je veux du travail sérieux. Si tu trouves une maquette d'avion ou des fafs intéressants, fais-moi signe. Surtout gaffe à ne pas te faire piquer en flagrant délit... Ça n'arrangerait pas nos affaires, tu piges ?

— T'inquiète pas, je connais mon métier.

— O.K. ! Et toi, Pinuche, même turbin dans la cabine de la marchande d'engrais... Voilà les numéros de cabine de ces dames... Travaillez lorsqu'elles seront à la soupe et évitez d'attirer l'attention du steward. Ne lui montrez vos fafs qu'à la dernière extrémité, compris ?

— Compris, San-Antonio.

Le Gros fait la gueule.

— C'est ennuyant, dit-il. Moi j'avais posé rembour à ma nana au bar...

— Va lui dire que t'as un empêchement. Invente ce que tu voudras ! Tiens, t'as reçu un pneu : ta vieille tante Amélie est au plus mal...

Il hausse les épaules.

— Facile à dire... Une excuse, sur un bateau...

J'explose comme un pétard bien sec.

— Dis donc, Lagonfle ! Tu te figures tout de même pas qu'on te paie pour brosser les vieilles rombières américaines, non ?

— Faut pas m'en vouloir, San-A. J'suis mordu. Ça fait quatorze ans que je n'ai pas trompé Mme Bérurier...

— Alors tu fais la relève ! Dis, tu ne vas pas devenir dingue pour une vioque qu'à déjà usé quatre bonshommes et qu'a les nichons en quart Perrier.

— On voit que tu les as pas vus, affirme le Gros avec un air d'en avoir plusieurs.

— Je m'en voudrais, je suis p't'être cardiaque. Elle a un sein qui lave la vaisselle et l'autre qui nettoie le plancher, ta déesse !

Bérurier sort en claquant la porte.

Pinaud rigole comme l'écoulement d'une chasse d'eau.

— Il retrouve ses vingt ans, murmure-t-il, tout attendri.

— Alors faudra refaire les présentations, fais-je, parce que ça m'étonnerait qu'ils te reconnaissent, ses vingt ans !

Pinaud donne un coup de peigne savant aux cent quatre cheveux qui végètent sur son crâne blême. Ensuite de quoi il rebrousse un peu sa moustache pour lui donner du bouffant.

— Et toi, demande-t-il, qu'est-ce que tu fais ?

— Je change de service !

— Comment ça ?

— Je me fais verser dans la police des nurses !

*
* *

Grand-messe à bord ! Le père Colateur, annoncé à l'extérieur, célèbre la messe sur la scène du théâtre-cinéma. On a amené un autel-roulant, deux boy-scouts en vadrouille servent l'office et un prêtre américain répète en anglais les paroles liturgiques.

Il y a beaucoup de monde... On se croirait à Saint-Honoré

d'Eylau. Entre nous et le premier venu[1], la cérémonie est émouvante. Je ne tarde pas à repérer ma petite Marlène, au fond de l'église-théâtre-cinéma-salle des fêtes. Elle est à croquer, avec sa blondeur, sa gentillesse, ses yeux bleus et sa poitrine qui ne doit rien aux établissements Dunlop. Elle m'attendait avec anxiété et son chapelet à la main. Un chapelet à grains roses pour faire plus gai. Elle en a déjà égrené une douzaine.

Lorsque je radine à ses côtés elle s'arrête.

— J'ai rêvé de vous cette nuit, lui dis-je. Vous habitiez un nuage rose, et moi je vadrouillais par là avec une belle paire d'ailes !

C'est un peu fortiche pour son niveau intellectuel. Ce qu'il faut à cette torcheuse de morveux, c'est le calembour Vermot dont j'ai le secret. De la gaudriole bien française, que dis-je : gauloise ! Du simple, de l'assimilable, du pas contractant, de la blague oxygénée, écrite en lettres majuscules, avec chute appuyée, eau chaude, eau froide et vue sur le Bonaparte-manchot ! Avec ces armes-là on est assuré de trouver le chemin de son escalope à crinière !

J'attends la fin de l'office, grave, recueilli comme un enfant de l'assistance ; puis je l'entraîne vers ma cabine...

Les deux célèbres duettistes Pinaud-Bérurier sont partis sur le sentier de la guerre. Je mets le crochet de protection et me voilà, présentant à la pieuse Marlène l'un des deux fauteuils de la cabine. La mer commence à se faire un peu chahuteuse et le barlu prend plus de gîte qu'un lièvre.

— Vous n'êtes pas en sécurité sur ce fauteuil, dis-je à la déesse des nurseries. Vous devriez vous asseoir sur ma couchette.

Elle accepte.

Moi, je vous l'annonce, je suis bien décidé à me l'annexer. Cette souris n'a jamais lu du Cocteau, mais elle a un physique qui respecte la loi des compensations. C'est une riche terre arable (et même à râble) et on doit labourer les terres fécondes.

Tout en lui jouant le deuxième acte du célèbre drame libidino-tactile « Le Haut des Bas », je me dis qu'il ne faut pas perdre de vue mon véritable objectif, c'est-à-dire sa patronne.

---

1. Un certain Adam. Sa femme était très jalouse. Chaque soir, avant de s'endormir, elle lui comptait les côtes !

Je donnerais gros pour faire une perquise sérieuse dans la carrée de l'hindouse ! Seulement, auparavant, faut que je me rencarde sur la personne.

— Quand je pense, fais-je à la petite niaise, que vous quittez la France, j'enrage !

— Pourquoi ?

— Je me fais pas d'illusions, aux États vous allez trouver un beau Ricain plein de dollars, champion de baise-ball par-dessus le marché, et je ne vous reverrai plus !

— On se verra en Amérique, promet la douce amante.

— Pff ! Pour le temps que j'y reste. Votre patronne ne vous laissera peut-être pas sortir !

— Manquerait plus que ça !

— Je connais la musique !

— Elle est très gentille, ma patronne... Et puis j'ai droit à des heures de liberté !

— Ah bon ! Elle ne vous surveille pas trop ?

— Comme ça...

— Vous dînez avec elle à la salle à manger ?

— Non, j'suis t'a la salle à manger z'aux s'enfants !

— Ah oui... Donc au premier service ?

— Oui !

— Elle, doit déjeuner au second... On pourrait se voir pendant ce temps, non ?

— Non ! Elle mange aussi au premier !

Je réprime un geste d'enthousiasme...

— C'est pas de chance...

Ensuite, je me tais parce que je suis parvenu dans une région en friche de la terre labourable.

— Vous allez froisser votre belle jupe des dimanches, fais-je. Vous devriez l'enlever...

Elle proteste.

— Ce ne serait pas convenable !

— Pensez-vous ! Ça se fait couramment dans la bonne société, toutes les duchesses vous le diront !

Comme j'ai déjà poussé la chaudière, elle ne rouscaille pas trop. Elle se contente de bigler sa montre.

— Madame va me demander...

— Vous lui direz que la messe était chantée...

Elle quitte sa jupe, son jupon, tout son emballage et me découvre le monument à inaugurer. Très belle sculpture, je

vous le garantis. Il est merveilleusement situé ! Ça mériterait un
télé-reportage. Ça nous changerait des psychanalystes gâteux
de la télé française qui parlent avec leurs gencives et sont
présidés par une vieille dame ressemblant à un pékinois
déguisé en Louis XIV.

Cette môme a tout ce qu'il faut pour se construire un entresol
Renaissance au parc Monceau et se constituer une rente !
L'essayer c'est la doter ! Et puis elle est pas compliquée ! Avec
elle on se sent tout de suite chez soi. Ça facilite les rapports de
bon voisinage.

Comme elle a l'air d'aimer ça et que le tangage est complice,
je lui déballe ma panoplie de gala. Je vous l'ai dit d'ailleurs, ça
fait plusieurs jours que je n'ai pas présenté mes hommages à
une dame et je commence à avoir les boules de naphtaline
bouffées aux mites.

Elle a donc droit à une séance exceptionnelle dont la recette
est entièrement versée aux œuvres de mer. Je lui fais le gros
triomphe d'Aznavour : « Nous irons dans la lune » ; puis, sans
lui laisser le temps d'atterrir, c'est tour à tour « Un petit trou
pas cher » ; « The Good Miché »[1] ; « Le petit ramoneur » sur
l'air d'Étoiles des Alpes et enfin « Un coup pour jeter ma
casquette, un coup pour aller la chercher. » Une merveille !

Quand j'ai terminé ma botte secrète, la môme semble avoir
couru le grand Steeple-chase d'Auteuil. Elle a les cannes en
anneaux de serviette et un regard en forme de vitraux de
cathédrale.

C'est titubante (elle a l'excuse du tangage) qu'elle s'évacue.
Il ne me reste plus qu'à attendre le retour imminent de mes
fervents et dévoués collaborateurs.

Je pionce un petit chouïa, manière de rebecqueter Popaul,
puis la porte laisse passer Pinaud.

Le monsieur est d'un beau vert tirant sur le bleu des mers du
Sud.

— Qu'est-ce qui t'arrive ? m'enquiers-je.
— Tu ne sens pas le bateau ?
Je renifle très fort :
— Non, pourquoi, il brûle ?
— Idiot ! Il remue !

---

1. Dans une traduction d'Ellery Gouine.

— Ben dis, heureusement, jamais on n'arriverait en Amérique sans cela !

— Oh ! j'ai le cœur qui me remonte dans le gosier, San-A !

— Bois un godet, ça va se passer...

— J'en ai bu cinq au bar, et ça ne passe pas !

— Alors allonge-toi... Y a un peu de brise ce matin, voilà tout ! Après le déjeuner tu seras en pleine bourre. T'as du nouveau avec la générale ?

— Rien... J'ai fouillé sa cabine, ses bagages, ses vêtements... Je n'ai... heug...

Il n'en dit pas plus long et se catapulte dans les ouatères.

Moi je prends le parti le plus sage : celui d'aller écluser un glass en attendant l'heure du premier service...

*
**

Quand la gratouillette annonçant la tortore retentit dans les coursives du bateau, je me prends par la main et je m'emmène en promenade du côté de la cabine occupée par Mme Gahrâ-Témische.

Elle a une vaste cabine située tout près des premières. Dans le couloir en face, se trouve celle de Marlène. Ma petite nurse y loge avec le môme confié à sa vigilance.

Une fois chez la femme du diplomate hindou, j'entreprends la plus sérieuse inspection à laquelle je me sois jamais livré... Je fouille les placards, les valises, les lits, les plafonniers, la chasse d'eau. Je palpe les cloisons, la moquette, les tuyaux... Brèfle, j'entreprends une opération de très vaste envergure. Mais le résultat est négatif. Seul fait positif, je déniche en effet une robe noire et un voile de crêpe dans un tiroir de la commode... Qu'en conclure ? Que je fais fausse route ou que je suis sur le bon tapis ?

Je vais reluquer à tout hasard la cabine de ma gentille masseuse de prostate. Elle est plus modeste et plus en désordre. Il y a une valoche pleine de jouets... et un placard également plein de jouets... J'ai idée que le môme Aminoula doit être gâté comme une poire blette !

Pas trace de plan ni de maquette. Zéro, en toutes lettres ! Déçu, battu, consterné, rageur, mauvais, je retourne au bar pour me téléphoner un bourbon. A bord des barlus, les alcools sont dédouanés et on les paie un prix dérisoire... c'est le moment de faire son plein !

Béru est dans le fond, avec Mrs. Hongant-Gry. Tout en faisant un sort à un pastis épais comme du mortier, il lui roucoule des choses délectables dans les étagères à mégot. Il devient galantin, le Gros. Maintenant, quand il est en compagnie d'une dame, il pose son bitos et il arrange ses crayons à la Marlon Brandade[1].

Je m'avance. La mère Chewing-gum me virgule un sourire, du genre serpentin, qui s'entortille après mes muqueuses.

— Du nouveau ? je demande de profil à Bérurier.

Il secoue la calbèche.

— Des clous, mec ! Inscrivez pas de chance...

Je m'assieds à leur table.

— Tu veux que je te dise, déclare le Gros, on s'est laissé avoir. La bonne femme que nous cherchons n'est pas à bord !

Je ne suis pas loin de partager son défaitisme. Oui, on s'est gourré sur toute la ligne[2] !

Je m'abstiens d'aller au restaurant. Les quelques amuse-gueule salés grignotés pendant l'apéritif m'ont enrayé l'appétit. Pinaud, malade comme un chat écrasé, garde la cabine.

Béru peut donc, à loisir, jouer son grand air pour sa belle.

Je me dirige vers la bibliothèque, l'âme en peine. Si j'ai fait chou-blanc je vais la sentir passer et drôlement me faire tartir à bord... Près de deux semaines à fainéanter sur ce bateau, c'est affligeant. Moi j'aime les croisières rapides, j'ai le côté spoutnik !

Sur le seuil de la bibli, je vois passer Marlène, tenant un petit garçon café au lait à la main. Une dame très brune, très belle, très noble, les précède... D'après ce que je pige, il s'agit de la femme du diplomate. Elle aurait assez une allure d'espionne internationale, cette péteuse. Seulement les espionnes ressemblent à n'importe qui, sauf à des espionnes.

La dame dit un mot à Marlène et se dirige vers la salle de lecture... Mois je me mets à filer le train à mon petit brancard !

1. Ça plaît aux morues.
2. Y compris la ligne transatlantique.

J'arrive à sa hauteur dans l'escalier et, sans que le lardon fasse gaffe je lui susurre :

— Cache-le dans la salle de jeux des enfants, comme ça on pourrait se revoir un moment, non ?

Elle est d'accord.

Tout se passe bien. Cinq minutes plus tard, nous sommes dans sa cabine, la mienne étant inutilisable du fait de la présence de Pinuchet malade.

Elle commence à se dessabouler lorsque voilà les haut-jacteurs du barlu qui entrent en fonction. Un mec débite une petite tirade en anglais... D'après ce que j'entrave, c'est l'exercice d'alerte qui va commencer, d'ici quelques minutes.

— Oh oui, c'est vrai, fait Marlène, je n'y pensais plus...

Et de décrocher la belle ceinture de sauvetage orange au-dessus de son lit.

A cet instant, le haut-parleur répète la phrase en français, puis en espago et en chleu.

— Ça tombe mal, dit-elle. Il faut que je retourne chercher le petit, j'avais complètement oublié cet exercice d'alerte.

» Filez vite, car Madame va sûrement venir chercher sa ceinture à sa cabine.

Je gagne la porte. Au moment de l'ouvrir, je m'arrête pile. En moi une sonnerie retentit. Cette sonnerie, vous la connaissez si vous avez ligoté mes précédentes œuvres[1], indique que je suis branché sur la force ! Il se passe quelque chose... Quoi ?... je l'ignore... Mais ça ne tourne pas rond. Et puis ça me vient illico, comme vient la lumière lorsqu'on appuie sur le commutateur quand l'E.D.F. n'est pas en grève.

Je repousse la porte et vais à ma soubrette.

— Dis, Marlène, tu parles l'anglais ?

Elle prend son air le plus glandulard.

— Moi ! Non, hélas ! J'aimerais bien causer des langues... Papa, lui, parle couramment le breton...

Je la visionne bien, très posément, très longuement. Elle a aux lèvres un sourire niais qui peu à peu s'atténue...

Je ne quitte pas ses yeux bêtes. Je les guette comme on surveille du lait sur le point de bouillir.

— Grunt s'est fait descendre, lui dis-je, tu savais ça ?

---

1. Soit une vingtaine d'ouvrages qui tous ont eu un prix... même qu'il était imprimé au verso de la couverture.

Elle devient livide et son regard perd brusquement de sa bêtise.

Alors je lui montre ma carte.

— Commissaire San-Antonio, des Services spéciaux...

Elle réagit. D'une voix molle elle balbutie :

— Je... Mais je ne comprends pas... Qu'est-ce que vous me racontez ? Pourquoi vous me faites ces yeux-là ? Vous êtes policier ! Je n'ai rien fait de mal... Je... Je suis...

Elle n'achève pas car je lui file une mandale, à la volée... Quand je dis une, c'est façon de parler. Un revers, quoi ! sur sa médaille, comme ça ses deux profils seront à l'équerre. Le premier coup lui fait bouger la tête, le second l'envoie basculer contre la cloison.

— Inutile de chiquer à la gourde, Marlène... Je t'ai démasquée ! Tout à l'heure, quand ils ont annoncé l'exercice d'alerte au micro, contre toute habitude, ils ont commencé l'annonce en anglais... Tu as pigé tout de suite puisque tu as attrapé ta ceinture avant qu'ils la répètent en français...

Je poursuis... Mais cette fois, je marche en terrain glissant.

— La première partie du coup a réussi, Bolémieux a pu embarquer les documents et la maquette, mais c'est la seconde qui a mal tourné. Lorsque Grunt a flingué le Rital, nous étions là, et il a pris une rafale de mitraillette dans le baquet... C'est lui qui, avant de caner, nous a craché le morceau... Il t'a donnée, ma vieille... Nous sommes arrivés trop tard pour t'empêcher d'assaisonner l'ingénieur, mais à temps au moins pour prendre *Liberté*. Voilà tout...

Elle change brusquement. La transformation est radicale. Ce n'est plus une gourde mais une furie qui se trouve devant moi. La voilà qui me saute dessus, griffes en avant. Une vraie panthère ! J'ai juste le temps d'esquiver et de lui filer une manchette jap sur la nuque... La môme s'écroule.

Flegmatique, j'appuie sur le bouton d'appel du steward. L'homme à la veste blanche radine.

— Madame s'est trouvée mal ? s'affole-t-il.

— Non, c'est moi qu'elle a trouvé pas mal. Alors elle a eu le coup de foudre !

Je lui ordonne d'aller me chercher d'urgence Désir, l'enseigne de vaisseau.

Cinq broquilles après, mon mentor s'annonce.

— Je suppose qu'il existe une prison à bord ?

— Une prison, non, fait-il. Mais nous avons une cabine pour les gens en défaut...

Voilà qui s'appelle jouer sur les mots. Je reconnais bien là l'élégance maritime.

— On va y conduire cette fille.

— C'est elle que vous cherchiez ?

— Oui... Il me faut un endroit tranquille pour l'interroger à mon aise.

Il doit comprendre le sens caché du verbe « interroger » — la réputation de la police n'étant plus à faire — car un sourire vaguement ironique se dessine sur ses lèvres.

— Suivez-moi.

Je jette un verre de flotte sur le minois de la poulette, elle revient du sirop, le regard acéré comme un pic à glace.

— Suis-nous, ma belle, lui dis-je en l'aidant à se relever. On va t'emmener dans un coin discret où nous pourrons bavarder à notre aise, toi et moi. On a beaucoup de choses à se dire, et le temps de se le dire !

— Je ne sais rien, fait-elle sans lâcher mes yeux.

— Une fille comme toi a toujours quelque chose à raconter ! Surtout quand on sait lui poser les questions. Allez, en route... Je ne te passe pas les menottes afin de ne pas ameuter les voyageurs : on va défiler comme trois bons petits diables, hein, chérie ?

On dirait soudain un corps sans âme.

Nous sortons et longeons le couloir mine de rien... L'officier nous précède dans un dédale de coursives qui s'entrecroisent... La môme est entre nous deux, c'est-à-dire que je ferme la marche au verrou.

Soudain, comme nous passons devant un couloir perpendiculaire au nôtre, Marlène bondit. Je tends la main pour l'arrimer, mais elle se baisse d'instinct et ma pince à sucre se referme sur nibe. La môme ne perd pas de temps. Elle s'élance dans l'escalier à toute vibure, moi au prose ! J'ai beau mettre le grand développement, je n'arrive pas à remonter mon handicap.

Elle a des ailes, ou alors elle a été élevée dans la poche revolver de Zatopek ! Elle remonte un pont, deux ponts ! Nous voilà au pont supérieur... Elle passe devant le grand salon et bouscule le steward de deck qui défilait avec un plateau. Le plateau se trouve pâle, le steward aussi.

C'est le grand marathon. Les gens se détranchent sur nous, pensant qu'il s'agit d'un nouveau jeu de société ou d'un concours de touche Zibeline. Moi j'enrage ! Non, mais, qu'est-ce qu'elle espère, cette tordue ? Prendre un taxi et disparaître ? Où ça va la mener, cette fuite ?

Elle court à perdre haleine le long des mecquetons vautrés dans leur transatlantique sous le soleil d'automne. Et puis, brusquement, elle s'arrête :

— Vous n'empêcherez pas les documents d'arriver, hurle-t-elle.

Tout en parlant, elle empoigne la rambarde et saute par-dessus le bastingage !

Des cris retentissent ! Je m'arrête, confondu. Elle vient de se filer à la baille, Marlène ! Elle est parvenue à me dire au revoir ! Je crois que si elle avait eu le temps de me faire le pied de nez elle se le serait payé !

Je me penche, imité en cela par tous les assistants... Quand on est à bord d'un barlu, on ne se rend pas compte de sa vitesse. Pourtant, lorsque quelqu'un en tombe, en un clin d'œil on est loin de lui... Marlène, tout à coup, ce n'est plus qu'un point sombre qui remue dans le merveilleux moutonnement blanc du sillage laissé par *Liberté*.

On crie... On hurle autour de moi. Un dingue décroche une bouée de sauvetage et la balance à la sauce... La bouée se trouve à cent mètres au moins de Marlène. Elle flotte comme l'auréole d'un saint marin déchu... Le bateau ralentit et court sur son erre... Même quand les moteurs sont stoppés il continue sur sa lancée... Loin derrière, le point sombre qu'est Marlène disparaît, réapparaît brièvement et soudain la mer est comme vide ! Il ne reste que ce sillage miraculeux que le soleil transforme en lumière fantastique, en lumière solide... Il ne reste plus que les vagues pointues, nombreuses, dansantes qui semblent se poursuivre juqu'au fond de l'infini...

CHAPITRE VII

Quatre jours plus tard nous parvenons en vue des côtes américaines. Je suis dans une rogne extraordinaire. Je crois que jamais je n'ai autant souffert d'un échec, car c'en est un, et d'une qualité assez particulière !

Non, ne vous frisez pas les poils du bide, c'est un échec, j'emploie le mot qui convient à la situation. Car l'étrange Marlène est morte avec son secret[1]. J'ai eu beau recommencer la fouille de sa cabine, je n'ai rien trouvé... Rien ! Au début, j'ai suspecté la femme du diplomate à cause du voile noir[2], mais elle a pu se justifier. L'Hindoue avait engagé Marlène par l'intermédiaire d'une agence de placement et j'ai eu, par câble, confirmation de ses dires. De plus, l'alibi de la dame concernant la nuit tragique a été épluché : il est sans bavure... Enfin, son pedigree plaiderait, s'il en était besoin, en sa faveur. Elle est, en effet, la fille du maharajah Kelpèzekhila, grand ami de la France !

Pourtant, sacrebleu, ces plans, cette maquette, la môme Marlène les embarquait bien, aux États ! Pourquoi sinon se serait-elle fait engager comme nurse ? Pourquoi aurait-elle empoisonné Bolémieux ?

J'ai épluché son passeport et j'ai vite pigé qu'il était bidon. Son signalement transmis par télé-radio donne à penser qu'il s'agissait d'une amie de Grunt, une Autrichienne nommée Marlène Stroumpf ! Seulement tout ça ne nous avance pas à grand-chose.

« Vous n'empêcherez pas les documents d'arriver ! » m'a crié cette garce avant de caner. Conclusion, double conclusion : ceux-ci sont à bord et quelqu'un les attend à New York.

Et tout est goupillé de manière que le débarquement des plans et de la maquette s'effectue sans complication...

Nous sommes dans notre cabine, tous les trois silencieux comme des escargots. En moi il y a un frémissement pareil à celui que vous provoque une trop forte absorption de caoua.

Le Gros, planqué derrière le hublot, nous minge la lumière, comme disent les Marseillais. Sa bouille de méduse doit méduser[3] les poissons volants.

Soudain, il se met à bramer :

---

1. Comme on dit dans les romans bien écrits.
2. Ou sacreblanc s'il y a des daltoniens parmi vous ! Elle avait proposé à la nurse de les mettre dans ses propres bagages car les valises de Marlène étaient emplies de jouets du môme Aminoula.
3. N'oubliez pas que Montesquieu, dans un grand cri persan, a dit de moi que j'étais un acrobate du langage !

— Ça y est ! je la vois...

— Quoi ? soupire Pinaud qui commence à se remettre de ses cinq jours de nausées.

— La Liberté ! Mordez, les Mecs ! Elle est balèse avec son calumet !

Sollicité par cet élément touristique, et pour rendre un hommage posthume à Bartholdi, nour rejoignons le Gros derrière l'épaisse vitre circulaire.

Au loin, dans une légère brume teintée de mauve par le soleil levant, nous voyons se dresser, sur un îlot, le populaire monument.

— Cette liberté-là est bien comme l'autre, soupiré-je. Elle est moisie...

— Ça fait tout de même quéque chose, larmoie Pinuche. Depuis le temps qu'on en parle ! En ce temps-là on voyait grand ! Regardez les bateaux, autour, comme ils sont petits en comparaison...

— C'est surtout qu'on avait le temps, souligne Béru. Tu vas pas me dire, mais c'est tout de même superflu !

— On devrait grimper sur le pont, suggère le vieux crabe. Sûrement qu'on y voit les gratte-ciel !

Je les retiens d'un geste...

— On aura le temps de les voir, *Liberté* reste deux jours à quai avant de repartir...

Ils s'assoient, résignés...

Je fais claquer mes doigts.

— Pour tout vous dire, poursuis-je, je me fous des gratte-ciel. Je n'ai qu'un truc en tête : ces plans, cette bon Dieu de maquette ! Penser qu'ils sont là, tout près, que dans quelques heures ils vont quitter le barlu, c'est-à-dire quitter la France... Et ne rien pouvoir faire... Je vous jure que c'est rageant !

— Que veux-tu, soupire le Bérurier, on a fait ce qu'on a pu...

C'est vrai. J'ai fouillé les bagages de cale de la femme du diplomate, avec l'aide du bagage-master ; j'ai passé au crible tout le courrier déposé par les passagers chez le bibliothécaire ; j'ai refouillé la cabine de la suicidée... En vain... Par mesure de précaution, j'ai fait apposer les scellés sur la lourde... Je tiens à ce que les autorités françaises conservent la possibilité de démanteler la cabine si elles le jugent utile...

— Tu m'enlèveras pas de l'idée, fait Béru, que la pétasse avait un ou plusieurs complices à bord...

Je hausse les épaules.

— Non, je ne crois pas. Telle que l'affaire apparaît, avec le recul, ce coup a été réalisé par un couple « Grunt et Marlène ». Si l'équipe avait été plus forte, ni l'un ni l'autre ne se seraient mouillés à buter eux-mêmes les complices occasionnels. Grunt était un gars fini, archibrûlé en Europe. Il a voulu réaliser à son compte un coup rentable et se retirer dans un coin tranquille du monde pour y finir sa vie de salaud ! Je vous fous mon bifton qu'il a agi uniquement avec sa poule...

— Alors, que veux-tu qu'elle ait maquillé du fourbi ? grogne le Gros.

Il est maussade, depuis deux jours. Sa Ricaine lui a demandé de divorcer pour l'épouser. Comme il a dit non, elle l'a envoyé chez Plumeau, et maintenant il a le slip en berne, le Gros !

Pinaud, qui est vert comme un conifère, avec ses yeux en fiente de pigeon non constipé, soumet son idée personnelle :

— Elle gardait peut-être tout le matériel sur soi ?

Je hausse les épaules.

— Non. J'ai eu l'honneur et l'avantage de déloquer la dame. Je peux t'affirmer qu'elle ne cachait rien qui pût intéresser le patrimoine national... Admettons à la rigueur qu'elle ait pu planquer les plans dans ses doublures... mais la maquette, en tout cas, était incachable dans des dessous féminins !

— Je donne ma langue au chat, déclare Bérurier.

Je zyeute sa grosse menteuse blanche du dessus et épaisse comme une langue de veau.

— Les chats ont leur dignité, Gros, affirmé-je. Et ils ont aussi le cœur fragile. Moi, je serais greffier, j'aimerais mieux me taper un rat crevé que ta menteuse !

— Merci !

Je suis survolté. Ces six days sur le bateau m'ont empli à ras bord d'électricité. J'aimerais casser la figure à quelqu'un, trousser une fille, visionner une émission d'André Gillois, enfin faire quelque chose qui défoule !

Pinaud regarde sa montre.

— Huit heures moins dix, annonce-t-il. A quelle heure commence le débarquement ?

— Vers dix heures ! Paraît que les gabelous, lorsqu'ils arrivent à bord commencent par aller se cogner la cloche au restaurant[1]. Après le breakfast à la française, ils vont visionner les passeports... Puis ils remettent ça au buffet !

» Le prestige de notre cuisine, mon vieux, compense le discrédit de nos gouvernants[2].

— Donc il nous reste deux heures devant nous...

Il médite. Son regard coagulé est immobile.

— On dirait que tu penses, ricané-je.

— Je pense, ratifie le Vioquart !

— A quoi ?... demande Bérurier.

— Aux documents. La môme les avait planqués de façon supérieure, seulement s'ils débarquent, quelqu'un va les sortir de leur cachette, non ?

Je suis sensible à cette démonstration pertinente. Pinuche c'est ça : il est gâteux, ramolli du bulbe... Ses cellules grises manquent de phosphore, la prostate le guette ; son foie est bouffé aux mites, il a des charançons dans les précieuses, un commencement d'ulcère lui taraude l'estomac, une fin de bronchite lui comprime les soufflets, et pourtant, dans les cas graves il est là, toujours très digne, avec ses yeux chassieux, sa moustache râpée, ses fringues qui sentent le vieux tombeau pas entretenu... Oui, il est là, une parole sensée au coin de la bouche. Tranquille et pertinent ! Justifiant l'enveloppe que l'État français lui remet à la fin de chaque mois.

— Bravo, Pinuche ! m'exclamé-je. Oui, il faut réagir...

— Si on allait vérifier les scellés de la porte ? suggère encore cet aboutissement de la sénilité humaine.

— Allons-y !

Et nous voilà partis, à la queue leu leu vu l'exiguïté des couloirs. Il y a une forte effervescence à bord. L'arrivée colle de l'électrac aux gens. Ça jacte en toutes langues, ça rigole, nerveux... On s'est loqué... Des monceaux de valoches sont entreposées près des portes des cabines... Les stewards ont le sourire. Ils enfouillent les pourliches somptueux que leur balancent les passagers.

Nous arrivons devant la ci-devant cabine de la môme Marlène. Nous voyons illico que rien n'a été touché à la porte...

Comme nous nous apprêtons à faire demi-tour, la dame

---

1. Authentique.
2. Re-authentique.

hindoue se radine, ficelée façon princesse des Mille et Une Noyes.

Elle me connaît, because que je lui ai déjà fait subir molto interrogatoires.

— Messieur commissaire, gazouille la belle brune au regard d'anthracite de la Ruhr, pourrais-je reprendre jouets des mon enfante ques estont dans cette cabine ?

Je la zyeute. Elle est grave, avec les sourcils froncés. Pinaud me file un coup de coude cagneux dans le placard.

— Mais certainement, fais-je.

Sans hésiter je fais sauter les scellés. J'ouvre la porte et je m'efface[1] pour laisser entrer la dame hindouse !

Elle pénètre dans la cabine exiguë, suivie de nous trois.

Elle pique une valoche de porc dans la penderie.

— Cette valise est à moi !

J'opine, comme un bon cheval.

Alors elle se met à ramasser les jouets épars dans l'étroite pièce. Le bambino ne doit même plus s'en servir car y en a trop. Tous les petits Hindous ne clabotent pas au bord du Gange en pensant au lait des vaches sacrées ! Il y a ceux qui ont un papa à la redresse... Ceux qui ont besoin de nurse, de jouets électroniques, de vaccins préventifs... Bon, je m'arrête, car le blabla ne sert pas à grand-chose.

On voit que la femme du diplomate n'a pas l'habitude de faire des valoches, car elle empile les jouets pêle-mêle... Y a des bateaux à moteur avec projecteur qui s'éclaire, y a des autos qui se pilotent à distance, des animaux qui poussent les cris inhérents à leur corporation : un bœuf qui fait meuh ! un chat qui fait miaou...

— Vous permettez ? dit coup à coup Pinuchet.

Il se baisse et cueille dans la valise un avion peint de couleurs criardes... Les ailes sont rouges, le pucelage[2] est bleu ; la queue violette, etc.

L'Hindoue ne prête même pas attention.

Pinaud, le gâteux... Pinaud le nauséeux, Pinaud le cradingue, le chassieux, le malodorant, le flanelleux, le goutteux, l'ulcéreux, l'aqueux, le vieux, le vieux... Pinaud examine l'avion de près...

1. Pour vous effacer, employez les gommes Farjon !
2. Comme dit ma rosière.

— Je crois que voilà ce que tu cherches, San-A., murmure-t-il.

Je bondis...

— Montre...

— Tu peux regarder, avertit le digne homme, on peint ça en vitesse et en amateur ! La peinture est à l'huile, on l'a passée n'importe comment... Elle déborde par endroit... Là il y a un manque... Et tu constateras qu'il n'y a pas de *Made in* comme il est de règle sur les jouets...

Je le serre sur mon cœur. Pas Pinaud, l'avion ! Je l'ai reconnu ! Bien que ne l'ayant jamais vu ! Il a une forme jamais vue auparavant. De plus, ayant gratté la peinture du bout de l'ongle, je constate qu'il est fait d'un métal léger, très curieux...

La dame hindoue nous regarde. Elle est à peine surprise. Pas troublée le moins du monde.

— Vous connaissiez ce jouet ? je demande.

Elle hausse les épaules.

— Il en a tellement. Je n'en fais pas le recensement...

Plus j'examine cet avion miniature, plus je suis certain que Pinaud a mis dans le mille.

— Vous ne voyez pas d'inconvénient à ce que je le garde ?

— Du tout...

Bérurier est maussade. Il vient de se faire souffler la vedette par Pinaud et ça le met dans tous ses états[1].

— Si elle a planqué la maquette dans les jouets du chiare, elle a dû aussi y camoufler les plans, non ?

Du coup je congédie la dame en lui ordonnant de nous laisser carte blanche. Dès qu'elle est sortie, nous voilà à jouer les vandales. Chacun pique un jouet et le détériore pour voir ce qu'il y a dedans... Ça nous rappelle notre belle jeunesse enfuie.

Et je t'ouvre le bide de la poupée, les bosses du polichinelle ! Je te sors les tripes en crin du bourrin ; je te fouille les entrailles du bœuf... Un vrai carnage... Bientôt la cabine ressemble à un magasin de vaisselle où l'on aurait enfermé une famille de singes.

Une heure après nous nous redressons, épuisés, les doigts en sang, les ongles cassés, bredouilles !

— Elle a dû trouver une autre combine pour les plans, soupire le Gros.

---

1. Comme aurait dit Charles Quint !

— Sûrement...

— Enfin, déclare Pinuche qui n'est pas mécontent de lui, on a tout de même retrouvé la maquette, ça calmera toujours le Vieux... Pour tout dire, ça paie le voyage... J'aime pas dépenser de l'argent pour rien. Tenez, je vois ma femme. Elle souffre du duodénum, eh bien ! chaque fois que quelqu'un lui indique un nouveau remède, faut qu'elle l'achète...

On le vire de la cabine...

L'avion sous le bras, je gagne le pont avec mes deux acolytes. L'instant est émouvant. Nous venons de passer la pointe de Manhattan hérissée de gratte-ciel fantastiques dont les sommets se perdent dans un brouillard ténu. Le soleil sur tout ça sème sa poudre d'or[1]... L'air a comme une odeur nouvelle... Nous doublons une foultitude de petits bâtiments, de caboteurs, de cargos battant pavillons multiples.

Liberté manœuvre au ralenti. Il s'engage entre les quais de la French Line. C'est plein de monde qui attend dans les docks immenses. On voit une armée de porteurs et de douaniers... Ces Messieurs du service d'immigration qui ruminent leur gum des grands jours...

Le port immense fait un barouf terrible. Partout des sirènes mugissent, hululent ou glapissent[2]...

— L'Amérique, fait Pinaud, ses yeux baveux écarquillés.

— L'Amérique, répète le gros Bérurier, en extase... Si je croyais qu'un jour...

Moi aussi, je ne puis m'empêcher de soupirer... L'Amérique... Ça fait quelque chose. C'est un choc, quoi ! Un contact ! Une rencontre ! C'est l'Amérique tentaculaire, pharamineuse, incroyable !

Les gens se taisent, émus... Partout les appareils photo entrent en action. On veut figer cet instant sur du papelard... Oui, plus tard il perdra de sa réalité, ça deviendra comme un rêve improbable plus léger que cette brume...

— Montons tout en haut, suggère Béru, on verra mieux...

Nous grimpons sur le dernier pont avant la passerelle.

En effet, on voit mieux... On a une vue plongeante sur les quais... On voit en enfilade la 48e rue, avec des taxis jaune et vert, jaune et rouge, jaune et violet... Des gens inconnus, des

1. Image très poudre aux yeux !
2. Je suis réputé pour la variété de mon vocabulaire.

nègres, des quais jonchés de papiers gras, d'emballages, de
gobelets de carton...

Derrière nous, il y a le chenil. Le boxer et le pékinois, affolés
par le fracas de toutes ces sirènes, apportent leur contribution
personnelle. Ils sentent confusément qu'il se passe quelque
chose ; qu'il se passe « l'Amérique »...

— Y a des gailles à bord ? s'étonne Béru.

— Oui, deux, viens, on va les calmer...

Nous entrons dans le chenil. Notre présence en effet réduit
les deux bêtes au silence. Moi, j'évoque l'apparition de
Marlène le jour de notre embarquement. Ça me paraît très
loin...

Et puis, sans que je le veuille, je me mets à gamberger... Je
me pose des questions qui ne m'étaient pas encore venues au
caberlot. Par exemple, comment se fait-il qu'une fille accom-
plissant une mission aussi délicate ait eu le courage de s'envoyer en l'air ?

A cette question j'oppose une réponse valable...

« Parce qu'elle se méfiait de moi ».

O.K. ![1]

Pourquoi se méfiait-elle de moi ? Rien ne pouvait me
désigner à l'attention des autres passagers...

Je caresse le brave boxer à travers ses barreaux... Si, je pige.
*Ce qui a éveillé ses soupçons c'est un fait anodin, accidentel... Un
fait du hasard !*

Elle a eu peur que je sois un flic en me voyant dans le chenil !

Le chenil ! N'était-ce pas comme une annexe de la cabine de
Marlène ? Une annexe que je n'ai pas fouillée !

Je sors mon Sésame de ma glaude.

— Qu'est-ce que tu maquilles ? s'inquiète Béru en me
voyant délourder la niche du gros Médor.

— Une idée à moi. Tu tiendras le toutou pendant que
j'explorerai sa cage...

— Molo, Mec ! Et s'il me plante ses ratiches dans le valseur ?

— Tu iras à l'infirmerie, le rassuré-je.

J'ouvre. Je passe la main afin de cueillir le chien par le collier
car l'animal, flairant la liberté, veut se précipiter out ! Béru le

---

1. V'là que je subis l'atmosphère !

chope à son tour. Ça me donne à moi la liberté de mes mouvements.

— Regardez-moi ce gentil petit chien, flatte le Gros.

Il a les copeaux, Béru... Son dargeot n'est pas une pièce d'orfèvrerie mais il y tient quand même.

— Oh ! oui, madame, gazouille-t-il. Ça c'était un toutou gentil, gentil... Un bon toutou à son pépère...

Bon zig, le boxer lui refile un coup de patte-mouille sur le museau.

Béru, mis en confiance, caresse le chien... Pendant ce temps j'explore la vaste niche. Outre l'auge pour la pâtée, l'abreuvoir de zinc et quelques surplus canins, je ne trouve rien...

— Que dalle ? demande Pinaud.

— Oui !

Je m'apprête à remettre le chien dans sa cage. Béru pousse une exclamation.

— Je m'ai piqué la main à cette saleté de collier à clous, rouscaille-t-il. On n'a pas idée de foutre ça à une bête... Il est pourtant pas méchant, ce roquet !

Saisi d'une nouvelle idée[1], j'ôte le collier du chien. Un clair sourire illumine ma face de jeune premier. Le cuir du collier est gonflé de façon anormale... Ça craque sous les doigts et je repère une couture curieuse sur la tranche du collier.

— Passe-moi ton Opinel, Gros.

J'incise sur ce point[2].

Il y a des fafs à l'intérieur... Du papier pelure roulé menu et couvert de dessins cabalistiques : les plans !

Je montre ma découverte à mes associés.

— Regardez, mes enfants !

— Les documents ? demande Béru.

— Et aussi la preuve de mon génie !

Le Gros se marre.

— Tu devrais mettre des bandes molletières, dit-il, avec ces coups de latte que tu te balances dans les chevilles, ce serait plus prudent...

— Alors, murmure Pinaud, si je comprends bien, c'est le triomphe sur toute la ligne !

— En tout cas sur la French Line, déclaré-je, doctement.

1. J'en ai tellement que je suis obligé de leur donner des tickets d'appel.
2. Quel humour, croyez-vous !

Le Gros ne rit pas. Il pense à sa Ricaine qui va aller se faire « répouser » ailleurs. Peut-être aussi à Mme Bérurier qui doit se faire épouser par intérim à domicile et à l'essai pendant son absence.

— Quelle heure est-il ? demande-t-il.
— Dix plombes.
— Ça fait combien à Paris ?
— Cinq heures, je crois...

Il réfléchit un instant, les yeux fixés sur le boxer.

— Ma femme doit dormir, fait-il brièvement en écrasant une larme, elle en écrase toujours après une nuit d'amour !

TU VAS TRINQUER
SAN-ANTONIO

AVIS AU LECTEUR

Ayant eu quelques ennuis avec de pauvres tordus qui avaient cru se reconnaître dans un de mes livres, je prends désormais la précaution d'avertir le lecteur que toute ressemblance, etc.

Or mes scrupules m'obligent à préciser que, cette fois, tout n'est pas fictif dans ce récit. Par exemple, à un certain moment, je parle de l'Empire State building. Eh bien, je vais vous faire un aveu : il existe !

Et s'il veut me faire un procès, qu'il y vienne ! Les débats ne manqueront pas d'une certaine grandeur !

S.-A.

PREMIÈRE PARTIE

ÇA NE TOURNE PAS ROND

CHAPITRE FIRST

New York City ! Fin de section !

ACCOUDÉS au bastingage du *Liberté*, Pinaud, Bérurier et moi-même, autrement dit San-Antonio le valeureux, re-autrement dit le fils unique et préféré de Félicie, nous regardons mélancoliquement le quai du débarquement[1] de la French Line sur lequel se presse une foule qu'un académicien diplômé de l'État qualifierait certainement de bigarrée mais qui, en tout état de cause, est sans conteste nombreuse[2] !

Dans l'immense hall qui aurait volontiers servi de hangar au Graf-Zeppelin et d'entrepôt au cirque Barnum, des gens se congratulent avec des effusions humides qui feraient cavaler l'aiguille du baromètre au variable.

Les passagers du barlu sont presque tous descendus. Pourtant quelques-uns sont encore aux prises avec les gabelous ricains et adressent à ceux qui les attendent des sourires zémus et des chauffe-Barbès veloutés[3].

Les opérations de débarquement sont longues aux U.S.A. Les douaniers, les bourdilles de l'Immigration et autres poultoks en civil ou en uniforme font du zèle. Pour commencer, en arrivant à bord, ils piquent un sprint vers la salle à manger des premières afin de se cogner le tronc à la française.

Puis quand ils ont fait le plein, ils s'attellent au labeur. Vache organisation, les gars. Pas du tout à la française, celle-là ! On vous cloque des numéros, on vous tamponne, on vous composte, on vous examine, on vous interroge... Si vous avez les soufflets becquetés par les mites, vous devez refiler vos photos d'intérieur à des toubibs qui les matent sur une plaque de verre lumineuse... Bref, c'est du sérieux.

En ce qui nous concerne, nous n'avons pas à souscrire à ces

---

1. Lequel sert accessoirement de quai d'embarquement pour les retours vers la mère patrie.
2. Je soigne mon style. On parle de moi pour le Prix Madégaule.
3. Chauffe-Barbès : regard appuyé.

formalités puisqu'il ne nous est pas permis de débarquer, étant donné notre situation irrégulière[1].

Bérurier le Preux émet un bâillement à côté duquel le gouffre de Padirac n'est qu'un trou dans du gruyère. Cette opération me permet une vue panoramique sur ses amygdales qu'il a spongieuses et violacées.

— Combien de temps qu'on reste ici ? s'enquiert-il.

— Deux jours.

— Deux plus six égale huit, totalise Pinaud qui a toujours montré des dispositions pour les maths. Et de soupirer pour renforcer la brise marine qui fait claquer au-dessus de nos bols le drapeau français.

Bérurier saisit un poil de son nez, l'arrache d'un coup sec, essuie les larmes résultant de cette opération, et mire le poil avec attention.

— Mets-le de côté conseillé-je. Quand tu en auras assez, tu pourras te confectionner un chouette pinceau. Paraît que les poils de porc, c'est l'idéal pour la peinture !

Il ne réagit pas et laisse tomber son poil dans l'Atlantique, lequel a connu bien d'autres souillures, depuis l'ère primaire (celle qui eût le mieux convenu à mon collaborateur, avouons-le).

— Ce voyage me fait tartir, affirme le Gros avec une brusque véhémence.

— Pourtant il est couronné de succès, fais-je observer.

— Il aurait pu l'être d'épines, renchérit Pinaud qui ne manque jamais l'occasion d'étaler la profondeur insondable de sa couennerie.

Béru désigne d'un geste émouvant de simplicité les gratte-ciel de Manhattan qui se dressent devant nous, formidables et mystérieux.

— Tu te rends compte, San-A. ! Être à quelques mètres de Niève York et pas pouvoir visiter, c'est un monde ! Tu crois pas

---

1. Lire *Du poulet au menu*. Mais pour les ceuss qui n'étaient pas là je crois bon, pertinent et utile de rappeler que nous avons pris de justesse *Liberté* au Havre pour essayer de mettre la paluche sur des plans d'avion qui avaient été volés. Durant la traversée, on a démasqué la coupable.

Celle-ci s'est filée au bouillon pour ne pas avouer où elle avait carré les fafs, seulement, avec le tarin qu'on me connaît, je suis arrivé à récupérer les documents. Ils étaient dissimulés dans le collier d'un brave boxer enfermé au chenil du barlu. Bon, maintenant foutez-moi la paix, je continue.

que si le commandant nous faisait un papier on pourrait aller écluser du whisky dans un bistrot à store ?

— Tu veux dire un drugstore ?

— Oui, fais excuse, je cause que français !

Je lui laisse cette illusion et je réponds à sa question initiale.

— Les autorités de par ici se moquent d'un papier du commandant comme de la première peau d'un nègre. Ce qu'elles veulent, c'est qu'on soit en règle. Quand elles sont tranquilles sur ce point, elles te foutent une paix royale, encore que démocratique...

Le monumental Béru se penche par-dessus le bastingage et propulse dans l'eau noire clapotant tout en bas du barlu un jet de salive plus noir encore.

— Je pourrai au moins dire que j'aurai craché à Nième York, décrète-t-il.

— Si y a que ça qui te tracasse, Gros, je peux aussi te faire une attestation comme quoi tu y as débloqué !

Nous en sommes là de nos pertinents échanges de vues lorsqu'un mousse en grande tenue vient nous quérir de la part du commandant.

Intrigués, nous lui filons le train jusqu'à la cabine du seul maître à bord. Le mousse frappe, nous annonce, et s'efface comme sous l'effet du Corector pour nous laisser entrer.

La pièce est grande pour une cabine. C'est un burlingue luxueux, avec des bouquins, un bar bien garni, des meubles d'acajou et des fauteuils profonds comme des tombeaux.

Le commandant est laga, dans sa tenue *number one* ; l'air distingué. Très français ; très prestigieux... Il se trouve en compagnie d'un homme balanstiqué comme une armoire, avec une mâchoire carrée, des yeux de porcelaine bleue et une cravate comme vous n'oseriez pas en mettre une, même si vous vous déguisiez en Amerlock au Carnaval de Nice.

Il nous regarde entrer d'un œil aussi acéré qu'une lardoire à gigot. On dirait qu'il mijote une sombre rancœur car ses maxillaires ont un léger mouvement de bielles, mais en y regardant de plus près, je constate qu'il mâche du chewing-gum.

Le commandant nous salue.

— Commissaire, me dit-il, permettez-moi de vous présenter un de vos collègues américains, l'inspecteur Oliver Andy, qui a une communication de la plus haute importance à vous faire de la part de vos supérieurs.

Le Ricain tient sur ses genoux croisés un bada da paille noire orné d'un large ruban à carreaux blancs et noirs. Il se lève après avoir déposé le bitos sur le carnet de bord de l'officier.

— *How do you do ?* éructe-t-il en avançant vers moi une paluche qui flanquerait la pétoche à un buffle fou furieux.

Je lui réponds que ça boume, bien que mon cor au pied me fasse un peu souffrir, et je confie ma dextre aristocratique aux deux kilos de viande qu'il brandit devant moi.

Il m'écrase quatre phalanges, procède de même avec mes valeureux collaborateurs lorsque je les lui présente et se rassoit.

Le commandant, discret comme la tache-de-vin-sous-le-sein-gauche-d'une-jeune-mariée-en-voyage-de-noces, met les adjas en nous assurant que nous pouvons user de son bureau aussi longtemps que ce sera nécessaire.

Nous voici donc entre poulmen dans la volière.

— *Do you speak english ?* demande le royco yankee.

Je préfère battre à niort.

— Non...

Notre interlocuteur se fend en deux dans le sens de la largeur, ce qui est sa façon de rigoler.

— Alors, je vais essayer mon français.

— Il me paraît correct...

Il hausse les épaules avec une modestie, peut-être feinte, mais qui l'honore.

— Votre chef s'est mis en rapport avec le mien pour l'affaire qui vous a fait monter sur le bateau...

— Alors ?

— Il dit que les plans volés en France venaient ici, mais que vous avez pu intercepter avant débarquement, *all right !*

— Yes. Ils sont actuellement dans le coffre-fort du commandant !

— Bravo !

— Trop aimable.

— Seulement, mon chef est very curious de savoir à qui ils étaient destinés ici, you see ?

— O.K.

— Il demandé au vôtre chef de vous permettre d'enquêter with nous parce que vous aviez débuté la chose... l'affaire, understand ?

— Tu parles, Charles !

Il acquiesce.

— Well. Il est possible que nous découvrions a big réseau d'espions, hm ?

— Hm, hm !

Béru me tire par la manche.

— Tu sais que je commence à entraver l'anglais ? me dit-il, épanoui.

Le gnace du F.B.I. sort de ses profondes une grosse enveloppe.

— Voilà trois séjours-permis d'un mois. And deux mille dollars...

J'enfouille le blot. Le cher Bérurier en glousse d'aise. Il va enfin pouvoir visiter Niève York.

— Now, my address, déclare l'autre en me tendant un rectangle de bistrol. Vous appelez mon service n'importe l'heure. All right ?

— Very well, thank you !

Je suis un peu commotionné par la tournure des événements. Pas mécontent du tout, je vous prie de le croire. Moi qui pensais me morfondre à bord encore plus d'une semaine.

Andy se lève.

— Good luck, boys !

Il me tend à nouveau son broyeur, mais je prends les devants cette fois et c'est moi qui lui fais un consommé de cartilages.

Il ne sourcille pas et quitte la cabine après avoir administré dans le dos de Pinaud une tape cordiale qui décroche le poumon gauche de mon estimable comparse.

Nous nous regardons.

— Ça se corse, lance Bérurier en se massant l'abdomen. On va pouvoir déhoter de ce barlu et visiter le patelin.

— Oui, mais dans quelles conditions, Gros ! Nous voilà chargés d'enquêter dans un pays immense dont nous ne parlons même pas la langue !

— T'inquiète pas, affirme le Mastodonte, très optimiste. On ne connaît pas l'anglais, mais on connaît le système D. C'est ce qui nous sauve toujours, nous autres, les boy-scouts de Bois-Colombes !

» Allez, caltons, je commence à avoir des fourmis dans les tiges !

» La mer qu'on voit danser, c'est très joli, mais faut pas qu'elle danse trop longtemps !

CHAPITRE TWO

Dix-huitième étage :
tout le monde descend !

Nous ne mettons pas longtemps à faire nos valises. D'autant plus que lorsque nous sommes partis du Havre, nous n'avions, pour tout bagage, qu'une limace de rechange et une brosse à dents ; plus, en ce qui concerne Béru, un vieux numéro d'*Ici Paris*.

Vous avouerez que c'est peu pour entreprendre un voyage aux États-Unis.

Nous nous dirigeons d'une allure martiale vers la passerelle sommée d'un dais bleu lorsqu'une réflexion du Gros me fait stopper.

— Les Ricains ont eu raison de nous laisser poursuivre l'enquête icigo, déclare ce puissant échantillon de la race humaine ; du moment que nous avons une chaude piste, il faut la continuer.

— Minute ! meuglé-je.

Mes deux éminents collaborateurs se pétrifient.

— Dites, les bonshommes, je pense à quelque chose.

— Donc, tu es, renchérit Pinaud qui a des lettres à défaut de caractère.

Je ne relève pas ce trait d'esprit.

— Les documents que nous avons récupérés étaient planqués dans le collier d'un chien boxer...

— On le sait, affirme Béru-la-Ganache.

— Il est probable que les mecs qui attendent les documents le savent itou. Conclusion, à défaut de leur collaboratrice décédée en cours de route, ils doivent surveiller le débarquement du gaille !

Ayant proféré ceci, je confie ma valise en carton véritable à mes équipiers et je grimpe dare-dare[1] sur le pont supérieur, où se trouve le chenil du barlu.

Le boxer est toujours assis dans sa cage. Il frétille du moignon en m'apercevant. On commence à se connaître, nous deux...

— Viens, mon bijou, je susurre. Viens, mon amour...

Je délourde sa portelle et je chope sa laisse accrochée en face de la cage.

— On va faire un tour en Amérique comme deux bons petits camarades !

Faut voir s'il biche, le cador. Ça commençait à lui fendiller le caoutchouc des pa-pattes, cette traversée...

Il se met à baver comme douze escargots dans une boîte à sel.

Je rejoins le tandem Béru-Pinuche.

— Qu'est-ce qu'on va faire de lui ? interroge le révérend Pinaud.

— Rien, justement, rétorqué-je. C'est là l'astuce...

— Mais où qu'on va le cloquer, ce bestiau, pendant notre séjour aux États ?

— Nous verrons !

— On pourrait l'enfermer dans les va-faire-causette de l'hôtel, tu crois pas ? Je me vois pas déambuler dans Niève York avec ça...

Faut toujours qu'il rouscaille, le Gros. D'une bourrade, je le propulse sur le toboggan de la passerelle. Celle-ci étant en pente roide, il perd l'équilibre et roule jusque dans les lattes des douaniers qui sont à quai. C'est une prise de contact avec l'Amérique assez peu ordinaire. Il se relève, furax, avec des ecchymoses sur la théière.

— T'es malade, non ? fulmine le Gros. C'était un sale coup à me faire casser l'arête principale.

L'intervention des douaniers qui nous demandent d'ouvrir nos bagages met un terme à ces protestations.

Il en faut beaucoup pour épater un Ricain, mais j'avoue que l'exploration de nos valises laisse les douaniers pantois.

Ils se regardent, examinent d'un air dégoûté la chemise sale que chacun de nous véhicule et font une grimace d'hépatiques.

Pourtant, comme ils ne connaissent que la consigne (et pas

1. Comme dirait un de mes collègues.

seulement celle de la gare centrale) ils apposent des vignettes violettes sur nos valises et nous font signe de calter.

Nous sommes dans un immense hall plein de bruit et de colis. Des gens vont et viennent, comme les choristes d'un opéra. Y a des porteurs nègres avec des casquettes en carton. Les dockers manipulent les bagages avec un mépris souverain. On dirait même qu'ils éprouvent un plaisir sadique à les torturer... Ils prennent les sacs de voyage pour des ballons de rugby et font des essais qui se transforment en calamités pour les malheureux colibards.

Pinaud est médusé.

— Ils sont drôlement féroces, ces gars...

— Penses-tu, proteste Béru. Ça vient de ce qu'ils ont l'habitude de jouer au Baise-Paul, ce sont des sportifs, quoi !

Nous descendons un escalier monumental qui conduit à la terre ferme. Il y a une cohorte de taxis multicolores qui attend en bas, le long du quai. Un gros docker qui a dû travailler comme sac de sable dans une salle d'entraînement siffle dans ses doigts pour faire avancer les taxis au fur et à mesure des besoins.

Lorsque notre trio s'avance sur le trottoir, il hèle une magnifique Chevrolet jaune à toit rouge sur la portière de laquelle sont peints les tarifs des courses en lettres vertes. Le tout est joyeux comme un tableau de Picasso. Le bahut est piloté par un nègre à tronche désabusée. Il porte une casquette plate, une chemisette bleue et il rumine avec mélancolie.

Nous nous engouffrons dans sa tire et il attend ; le carnet à la main[1], que nous lui indiquions l'adresse où nous souhaitons nous rendre.

Je m'aperçois alors que je n'en ai pas la moindre idée.

Pas commode, le chauffeur s'arrête de mâchouiller son caoutchouc et pose une question brève.

J'ai ligoté récemment un livre sur les States. Le nom d'un hôtel me revient en mémoire.

— Times Square Hotel, please !

Il opine et embraye simultanément.

Démarrage-éclair, les gars ! Fangio dans ses bons jours !

Notre boxer va valdinguer sur les précieuses de Pinaud qui

---

1. En Amérique, les chauffeurs de taxi sont obligés de tenir la comptabilité de toutes leurs courses.

se met à crier aux petits pois. D'après ce que je constate, les automobilistes de New York ne sont pas tenus d'adopter une file et de s'y tenir comme à Pantruche ! On décrit de ces zig-zags qui flanqueraient mal au cœur à un balancier de pendule.

Nous biglons de tous nos chasses le paysage qui défile à une allure record. Nous longeons des bâtisses tristes, en briques... Les rues sont jonchées de papiers gras, d'épluchures, de gobelets de carton, de bouteilles vides...

Béru qui, pourtant, à la scène comme à la ville, semble s'habiller à la voirie municipale, n'en revient pas.

— Mince, c'est vachement cradingue comme bled. Moi qui croyais au contraire que c'était flambant neuf !

— M'est avis que tu t'es fait des berlues, pépère ! Tu te figurais débarquer dans les beaux quartiers d'Alger la Blanche ?

— Un peu, rigole le Gros. Et avec plein de lampions et de lanternes vénériennes accrochées dans les arbres.

— Seulement voilà, y a pas d'arbres !

Le bolide continue sa trajectoire. Notre pilote freine à mort aux feux rouges. Ça miaule et la guinde chahute du prose. Et puis elle renouvelle ses départs foudroyants.

— C'est pire qu'à bord pendant la tempête, gémit Pinaud.

Sa moustache en queue de rat tombe lamentablement. Il a la paupière flétrie et le teint verdâtre.

— Patiente, on arrive...

Je lance ça au bidon, et pourtant c'est vrai. Le bahut déboule dans la Huitième avenue, tourne à droite jusqu'à la 43e street Ouest et nous apercevons une gigantesque enseigne :

TIMES SQUARE HOTEL

C'est là...

Le taxi se range devant l'entrée de l'hôtel. Un portier noir galonné comme un général papou s'annonce pour délourder.

Bérurier, très grand seigneur, le remercie d'un hochement de tête protecteur et lui attrique généreusement une pièce de deux anciens francs. L'enfonceur de portes ouvertes se met à rouler des roberts qui sollicitent votre inscription à une académie de billard.

Pendant ce temps, on évacue la bagnole jaune. Je douille le

Nuvolari des pauvres et je vais pour empoigner ma valoche ; seulement deux employés de l'hôtel me devancent.

Des négus itou. Les crins aplatis par trois kilogrammes de gélatine. Chemise grise portant le nom de l'établissement brodé sur la pochette. Futal en gabardine kaki.

Ils vont ouvrir le coffre du taxi, pensant y trouver des bagages plus substantiels que nos valises en carton. N'y découvrant rien d'autre qu'un lacet de soulier et la première page d'un journal illustré, ils font des tronches intimidantes. Ils nous escortent à l'intérieur de l'hôtel comme des gardiens de taule réceptionnent des convicts au pedigree imposant.

Le hall du Times Square ressemble à celui d'une gare, en moins intime. Il y a des marchands de baveux et de souvenirs, des sofas, des fauteuils, un coiffeur, un bar, une agence de spectacles et tutti frutti, comme dit Bérurier qui connaît de l'italien ce qu'il en lit sur les boîtes de sauce Buitoni !

La réception est pareille à la caisse d'une banque. On jacte aux préposés à travers des barreaux.

Je commence par demander à ces messieurs s'ils jaspinent le franchecaille. Mais ils secouent la tête avec indignation. D'après eux, lorsqu'on a la veine de parler anglais, c'est pas la peine de se casser le chou pour apprendre d'autres dialectes. Drôles de réceptionnaires ! Si les dirlos des palaces européens voyaient ça, ils deviendraient dingues. Tout le monde est en bras de chemise, bouffant de la gum en parlant, ce qui facilite l'élocution, croyez-moi. J'aurais un entretien particulier avec une vache hollandaise, ce serait kif-kif !

Usant de mon anglais, je réclame deux chambres communicantes, dont une à deux lits. On me répond que c'est O.K., ce dont je suis fort aise, et que ça fera dix-sept dollars par jour, ce dont je me tamponne le coquillard avec une patte d'alligator femelle.

En effet, les gnaces du F.B.I. n'y sont pas allés avec le dos de la cuillère en me filant deux mille dollars. Au cours du jour, ça fait pas loin d'une ancienne brique ! J'ai idée que les matuches ont droit à des notes de frais carabinées de ce côté-ci de la mare aux z'harengs.

On nous dirige vers les ascenseurs. Un portier couleur de deuil national bonnit le numéro de notre étage au liftier.

Boum, servez chaud ! Nous voilà au dix-huitième !

Les couloirs de la caserne sont peints en vert pisseux. L'éclairage est triste. Tout est morne, terne, silencieux...

Un robinet d'eau potable goutte au-dessus d'une conque de marbre.

Les chambres ne rebectent pas le bidule. Elles font hôtel Terminus de sous-préfecture. Elles sont séparées par un cabinet de toilette commun.

Je désigne la pièce du fond à mes abrutis.

— Bivouaquez là, les Gars... Moi je prends l'autre avec le boxer !

Je laisse tomber un bifton d'un dollar au convoyeur après qu'il a déposé nos valoches sur le pageot. Puis je vais mettre la chaîne de sûreté à la porte.

La réaction se fait. Il y a trois quarts de plombe nous nous trouvions en rade, résignés. Et voilà que nous sommes à Broadway, comme qui dirait pour ainsi dire au cœur de New York !

La vie est curieuse, non !

Jamais je n'ai eu aussi peu le sentiment d'être sur une enquête.

Quelle enquête, au fait ?

Nous ne connaissons pas cette ville (la plus grande du monde !). Et nous sommes chargés d'y trouver des gens dont nous ignorons tout !

— Et maintenant ? demande Pinaud, qui a joué la Tour de Nesle jadis, lorsqu'il faisait du théâtre d'avant-salle-de-garde !

— Maintenant, fais-je, on va pas se casser le chou, mes chérubins.

— Programme ? s'inquiète le Gros.

— Primo tu te rases, deuxio Pinaud se rase, tertio vous cessez de me raser avec vos questions saugrenues ! Rompez !

Voilà ce gland de boxer qui se met à rouscailler parce que Pinuchet vient de lui marcher sur la patte. Je calme le gaille par une sévère apostrophe :

— Toi, geule-plate, si tu ne te tiens pas peinard, on te prend un billet de croisière pour la prochaine Apollo en partance, vu ?

Dompté, il s'enroule sur la descente de pieu et se met à ronfler.

CHAPITRE THREE

La Cinquième Avenue... de Beethoven !

Une sensation absolue de vacances, voilà ce qui domine. Il fait un soleil de studio et la cité des gratte-ciel étincelle de mille feux.

Le magnifique trio que nous constituons sans effort déambule dans la 43ᵉ rue en direction de Broadway. Nous passons, fiers comme des poux (et aussi cradingues en ce qui concerne Béru et Pinuche) devant le buildinge du *Times*... C'est plein de voitures de presse qui décarrent, bourrées de baveux plus frais qu'un arrivage de marée chez Prunier. Y a un sergent de ville à cheval devant l'immeuble. Cette image, c'est toute l'Amérique. Au pays de la Cadillac il y a des flics à bourrin ! Poésie pas clamsée, comme dirait un journaliste en mâle de copine[1] !

Naturlich, le père Pinaud s'arrête pour mater la croupe du cheval sur laquelle on a dessiné un motif quadrillé à la tondeuse.

Cet examen indispose le canasson qui, se trouvant être une jument, se met en devoir d'uriner sur mon honorable camarade.

Vexé, Pinaud nous rejoint.

— Ces chevaux américains sont mal élevés, soupire-t-il. Je me souviens, lorsque j'étais dans la cavalerie...

Nous nous empressons de juguler ce flot de souvenirs qui nous menace et nous atteignons le carrefour de Broadway. La circulation est fantastique, la publicité itou. C'est un déferlement de bagnoles, un prodigieux amoncellement de panneaux aux dimensions fabuleuses.

Un second flic, taillé en athlète, règle le rush des voitures avec beaucoup de flegme. Ils sont drôlement loqués ici, les bourdilles. Futal bleu, limace bleue, casquette bleue... Et un harnachement qui ferait pleurer des larmes de cierge à un boy-scout de chez nous ! Mordez plutôt ! Deux revolvers ! Une ceinture garnie de balles. Un sifflet ! Une lampe électrique ! Un plan de New York ! Un stylo ! Plus, rejoignant en cela tous les

---

1. Les calembours refusés par la clientèle sont repris à nos bureaux au tarif des métaux non ferreux !

poulardins du globe, un petit carnet en contredanse ! Vous parlez d'un embrasse-en-ville, mes aïeux !

On se demande comment qu'il s'y prend, le frangin, pour conserver l'air martial.

— Mince, bavoche le Gros. Quant j'étais à la circulante, s'il m'avait fallu coltiner tout ça sur les miches !

— Tu pèserais quelques kilos de moins maintenant !

— Probable...

Le mot kilos le fait penser au mot obèse, le mot obèse au mot manger, le mot manger au mot faim !

— Tu crois qu'on peut tortorer dans ce pays ? Moi j'ai une dent de lion !

— On va essayer...

Au pifomètre, grisé par ce sentiment de liberté totale qu'on éprouve à New York, j'emmanche, en tout bien tout honneur, Broadway jusqu'à la 42e rue. Ensuite nous tournons à gauche en direction de Grand Central...

Il y a un trèpe inouï sur les trottoirs. Les vitrines des magasins croulent sous les marchandises empilées. On vend de tout ! Plus des trucs inconnus dont l'utilité me paraît très imprécise.

Je remarque surtout l'abondance des magasins de farces et attrapes !

Ils font les délices de Bérurier. Il est très tenté par des masques de caoutchouc représentant des gorilles de cauchemar. Il me demande illico de lui en acheter un, afin dit-il, de foutre la jaunisse à son ami le coiffeur, autrement dit à l'amant de sa femme.

— Quand on est habitué à ta hure, lui dis-je, rien ne peut vous effrayer, Gros. C'est un paroxysme dans le genre.

Il bougonne des choses peu aimables, mais Pinaud vient faire diversion en me tirant par la manche.

— San-Antonio...

Je mate son beau visage détruit par le gâtisme précoce.

Il a les yeux en accent circonflexe et l'air préoccupé du monsieur qui a rendez-vous avec une belle fille, après s'être tapé, par mégarde, un bol de bromure.

— Qu'est-ce que tu as, vieillard ?

—Je crois bien qu'on nous suit !

Du coup, je redeviens professionnel.

— Tu débloques !

— Non. Y a un type qui nous file depuis que nous sommes sortis de l'hôtel.

— Où ça ?

— Tu vois les petits cireurs de godasses noirs ?

— Oui.

— Il est juste devant eux...

Je file un coup de saveur dans la direction indiquée. J'aperçois effectivement un quidam. Il est grand, mince, avec un pantalon gris, une chemise blanche, un nœud papillon et un chapeau de paille noir.

— Continuons d'avancer, nous verrons bien.

Au bout d'un instant, je comprends que ce vieux fossile de Pinuche a dit vrai. De toute évidence, le bonhomme en manches de chemise nous suit. D'après ce que je peux voir de sa frime, à la sauvette, il est plutôt jeune. Il a le teint bronzé et des yeux clairs. Un moignon de cigare est collé au coin de sa bouche sans lèvres et il se balade, les mains dans les fouilles.

Ce faisant, nous arrivons au prestigieux carrefour de la 42e rue et de la Cinquième avenue. Sur la droite il y a l'Empire State ; sur la gauche on aperçoit, en retrait, le Rockefeller Center. Devant nous, grise, avec son pont aérien en contrepoint, la gare centrale chère à Hitchcock. Je stoppe, oubliant un instant la filature dont nous sommes l'objet, pour admirer ce spectacle unique in the world !

Bérurier lit la plaque annonçant *Fifth Avenue*.

— Qu'est-ce que ça veut dire ? demande-t-il.

— C'est la Cinquième avenue, dis-je avec dévotion. T'en as entendu parler, eh, patate ?

Vexé, il bombe le torse.

— C'te coennerie, dit-il. Je peux même te dire que l'architecte qui l'a conçue s'appelait Beethoven !

Nous traversons la Cinquième avenue de Beethoven... Avant la gare, il y a un restaurant immense dans lequel s'engouffrent des gens pressés.

Nous allons nous asseoir tout au fond, à une table libre et poisseuse. Nous patientons dix bonnes minutes, mais personne ne vient s'enquérir de nos commandes.

— Tu parles d'un service, rouscaille Béru qui se meurt de faim.

Et de bramer, pour dominer le tumulte des fourchettes :

— Eh ! La Maison !

Personne ne vient. J'examine alors les êtres d'un peu plus près, et je m'aperçois que nous sommes dans un self-service.

Le tiers du restaurant est occupé par une sorte de large box à l'intérieur duquel des serveuses distribuent la mangeaille. On entre dans le box par un portillon à tourniquet après s'être emparé d'un plateau. Et on en ressort par un autre portillon, également à tourniquet, où se trouve la caissière qui vous fait acquitter le prix de votre orgie.

Je fais part de mes constatations à mes archers et nous nous levons pour aller chercher notre pitance.

Première difficulté au portillon numéro un où Bérurier coince sa braguette mal boutonnée. Ensuite, sérénade de Toselli car on ne vend pas de vin dans la boîte. Force nous est de croquer au jus de pamplemousse. C'est la première fois que pareille mésaventure arrive à mes subordonnés et ils font un foin du diable, bramant à tous les échos qu'un pays qui se sustente de cette façon n'a pas le droit de se prétendre civilisé. J'arrive à les faire sortir du garde-manger et je carme les trois plateaux.

Retour à notre table. Là, les désillusions continuent. Béru qui a choisi comme hors-d'œuvre une espèce de pâté recouvert d'une sauce rose qu'il escomptait à la tomate, découvre que ladite sauce ressemble à s'y méprendre à de la pâte dentifrice et que la pâte est nettement impropre à la consommation.

— Je me plaindrai au consulat, affirme-t-il, violet de fureur.

Il attaque alors l'hamburger-pommes françaises qui grésille dans son assiette. Alors là, c'est la déroute. La viande est trop cuite. On dirait une vieille éponge tombée dans une bassine à friture.

— Je repars ! dit le Gros.

Je le calme.

— Voyons, on va s'organiser... Il y a des crèches mieux que ça à New York !... Des restaurants français, tu verras...

Ces paroles d'apaisement ne le calment qu'imparfaitement. Il attaque en désespoir de cause sa portion de fromage.

Ultime désespoir !

Moi qui ai le même, je dois admettre qu'on croit becqueter de la pâte à modeler.

— C'est pas du port-salut, c'est du pur-salaud ! fait l'ami Bérurier.

Ébloui par sa contrepèterie, il exulte.

— Elle est pas formide, celle-là, dis, San-A. ?

— Hors concours, Gros.

Je profite de son allégresse passagère pour l'entraîner ainsi que notre estimable débris. Je sens que si je ne trouve pas d'urgence un coin où l'on puisse boire des trucs alcoolisés, il me sera impossible d'endiguer la révolte qui gronde au sein de mes troupes valeureuses.

Je me souviens alors du bar de notre hôtel. On doit certainement pouvoir y écluser des choses convenables.

Je frète un taxi pour nous y conduire plus vite.

J'ai beau me détroncher, je n'aperçois plus notre ange gardien.

**
*

Dès l'entrée, nous sommes rassurés. Les rayons du bar sont peuplés de flacons de whisky de toute provenance. Il y a du scotch, du rye, du bourbon...

L'endroit est tout en longueur, comme tous les bars américains. Un comptoir l'occupe entièrement. L'éclairage est tamisé. Un juke-box diffuse confidentiellement *Loving you* de M. Elvis Presley, l'homme qui prend son fade en éructant ses romances.

Ambiance sédative.

Je dis au barman, un mironton chauve comme un œuf à la coque, de nous servir du bourbon des quatre roses. Il s'exécute. Une fois que mes compagnons ont mis le naze là-dedans, c'est la croix gammée et la bannière étoilée pour le leur en faire sortir.

Au quatrième biberon, ils sont blindés comme un contre-torpilleur et je les arrache au bar à l'instant où le Gros entonne *les Matelassiers* afin de concurrencer Elvis !

Dans le couloir qui conduit à nos chambres, nous croisons une femme de chambre noire. Elle est un peu plus maigre que l'aînée des Peters Sisters et sa poitrine offrirait des distractions de qualité à un équipage de marsouins. Elle nous adresse un sourire d'une blancheur éclatante. Bérurier s'arrête et se met séance tenante à lui débiter des galanteries de garde champêtre en goguette.

— Allons, le sermonné-je, laisse cette dame, Gros ! T'es pas chez la baronne pour vouloir te farcir la négresse.

Il me suit en décrivant des embardées d'un mur à l'autre.

— Qu'est-ce qu'il tient ! rigole Pinaud.

Et de s'écraser le pif contre une porte ouverte qu'il n'avait pas vue.

Nous voici enfin à nos piaules. J'engage la clé dans la serrure et je tourne à droite, ainsi qu'il sied, mais le pêne ne joue pas. En y regardant de plus près, je constate que la porte n'est pas fermée à clé, mais simplement tirée. Probable que les femmes de service sont venues faire du zèle en notre absence.

Ayant poussé le battant, je suis détrompé par tout le spectacle qui s'offre à nous.

Tout est déversé dans la carrée. Les matelas gisent sur la moquette, les tiroirs des commodes sont enlevés, le meuble servant d'écritoire bée comme Bérurier, la penderie est grande ouverte et nos pauvres chères valises ont été défoncées.

— M..., dit péremptoirement Pinaud. C'est un pays de gangsters, on ne m'avait pas trompé !

Je fais « Mfff mfff » du bout des lèvres pour appeler le cador, mais va te faire cuire un œuf, il ne répond pas. Les visiteurs l'ont emmené...

Au lieu de pousser des clameurs de détresse, je m'abats dans un fauteuil en souriant.

— J'avais vu juste, les gars. Une fois de plus, ma gamberge a fonctionné idéalement. Grâce au chien, j'ai attiré l'attention des gens chargés de réceptionner les documents.

Pinaud passe dans la pièce voisine, en traversant la salle de bains.

— Viens voir ! bavoche-t-il tout à coup.

Je trotte le rejoindre. Là, je m'arrête de rigoler. Mon petit camarade à quatre pattes gît dans la baignoire avec une olive dans le plafonard.

Pauvre chien. Les States ne lui ont pas réussi. Je remarque qu'il n'a plus de collier. Probable que la bouille du mec qui le lui a pris ne lui revenait pas et qu'il a voulu lui croquer les noix ! *A moins... Oui, à moins que le voleur n'ait redouté le flair du chien !*

Oh ! mais ça m'ouvre des horizons, ça. Car s'il redoutait le flair du chien c'est qu'il habite l'hôtel !

— Qu'en penses-tu ? questionne Pinaud.

— Je pense que l'homme qui nous filait tout à l'heure était chargé de garantir la tranquillité de manœuvre de son complice. Lorsqu'il nous a vus attablés au restaurant, il l'a prévenu qu'il pouvait commencer la perquise. Bigle, le cador est encore chaud !

— Ils ne perdent pas de temps, ici !

— Le pays est réputé pour...

Cette carcasse de chien est plutôt encombrante.

— Qu'est-ce qu'on fait de Médor ? bafouille le gars Béru qui a bandé toute sa volonté pour pouvoir prononcer intelligiblement cette petite phrase.

— Un paquet, dis-je. Un gros paquet qu'on ira balancer dans l'Hudson ou l'East River ! Je ne tiens pas à affranchir la direction de ce qui se passe.

Je fouille mes vagues à la recherche de la carte remise à bord par Andy, le gnace du F.B.I.

Son téléphone personnel est Chelsea 3-4501. Ça va être duraille à réclamer. Pourtant, il faut que je le demande depuis ma chambre, car je ne veux pas attirer l'attention de ceux qui nous surveillent.

Je m'entraîne à prononcer le nombre. Puis je décroche.

La voix aimable d'une standardiste me balance un truc à bout portant dans les entonnoirs à ondes courtes. Elle parle anglais avec l'accent chewing-gum, la demoiselle.

Je me mets à lui dégauchir mon baratin, comme quoi que je suis Français, né à Paris-sur-Seine et je me hasarde à lui réclamer mon numéro. Elle pige le Central, mais je suis obligé de lui épeler chacun des chiffres.

— O.K., fait-elle enfin, d'une voix très nasale.

Pendant qu'elle compose son appel, je regarde mes collaborateurs.

Béru dort comme une grosse brute en travers de son lit. Pinaud épanche son whisky, en jets prostatiques dans le lavabo.

— Deux ivrognes et un chien crevé, soupiré-je. Avec une pareille équipe, t'es pas fauché, San-Antonio.

CHAPITRE FOUR

Poil au nez[1]

Après quelques minutes pendant lesquelles je parlemente à ma façon avec les standardistes de différents services, j'ai enfin l'ami Olivier au bout du fil.

Il est vaguement surpris par cet appel.

— Déjà, dear collègue ?

Je le mets au parfum de ce qui vient d'arriver au chien.

Lorsque j'ai fini ma brève historiette, il murmure :

— O.K., j'arrive.

— N'en faites rien !

— Pourquoi ?

— Mais parce que les gens qui sont après nous nous prennent certainement pour un trio de gangsters et non pour des poulets...

— Pour des comment ?

— Pour des flics... Votre venue dans cette salade leur ferait comprendre que le terrain est glissant.

— Well, alors pourquoi m'appelez-vous ?

— Parce que j'ai tout lieu de croire que ces gens sont descendus à notre hôtel. Or ils y sont arrivés « après » nous, nécessairement, puisqu'ils ignoraient, avant notre venue ici, où nous allions loger, you see ?

— Oui, alors ?

— Alors, il me faut la liste des arrivées postérieures à la nôtre, tout simplement. Moi je n'ai aucune qualité pour poser

---

1. D'aucuns seront surpris par ce titre de chapitre qu'ils trouveront sans doute étrange, voire insolite. Je dois leur faire une confidence : je suis aussi surpris qu'eux !

une semblable question à la direction de l'hôtel. Vous allez donc, vous, demander dans l'ordre chronologique, la liste des entrées d'aujourd'hui : nom des clients, numéro de leur chambre, vous pigez ?

— O.K. !

Sur ce, je lui souhaite bonne chance et je raccroche.

Pinaud vient d'achever ses épanchements. D'un geste posé, il rajuste son bénard en prenant soin de fixer le bouton d'en bas à la boutonnière d'en haut de façon à ménager une constante ventilation.

— Tu vas m'aider à empaqueter Médor, ordonné-je.

— Dans quoi on va le foutre, ce cabot ?

— Dans une de nos valises.

— Ça ne va pas être commode de l'y faire entrer, il est gras comme un moine !

— On le tassera !

Pinuche s'approche de la baignoire. Le cadavre du boxer est déjà raide. Le sang qui s'est écoulé de son affreuse blessure à la rotonde est devenu tout noir en séchant.

— Tu sais à qui il me fait penser ? murmure le vieux crabe.

— A Marat ?

— Oui. Et tu sais à quoi ?

— Çui qui l'a tué devait avoir un silencieux à son pétard...

— C'est probable.

— Ils sont organisés, les méchants de par ici !

J'ai débarrassé ma valise de la chemise sale qu'elle contenait et je l'ai posée sur le carrelage de la salle de bains.

— Aide-moi à soulever cette pauvre bête... Toi, tu prends les pattes de devant...

Nous déposons le corps du chien dans la valise. La raideur cadavérique ne facilite pas son installation. Nous sommes obligés de lui briser les flûtes arrière pour pouvoir le faire tenir. Pas marrant comme turbin. Ensuite nous nous escrimons pour rabattre le couvercle. Pinaud est obligé de s'agenouiller dessus pour que je parvienne à faire jouer les deux petits cliquets de métal chromé.

Nous sommes en nage, mais triomphants. Il faut dire que les ronflements de Bérurier ont été un puissant stimulant.

Cette truffe dort la bouche grande ouverte. Histoire de s'amuser un brin, je m'empare d'une des minuscules savonnettes mises à la disposition des clients par l'hôtel et je la lui fourre dans le groin. Il ne réagit pas immédiatement, et puis brusquement il mastique la savonnette et se réveille en crachant.

Son regard d'ivrogne est injecté de sang. Il nous considère d'un air meurtrier.

— Quel est l'enfant de c... qui s'est permis... ?

Il n'a pas le temps d'achever sa phrase. Le bigophone se met à carillonner comme un perdu.

— Ce doit être le royco du F.B.I., fais-je à Pinaud.

C'est sa pomme, effectivement.

— J'ai les renseignements, dear friend.

— O.K., j'ouïs.

— Vous avez pour écrire ?

— Yes, boy.

Je lance mon stylomine à la décrépitude à moustache qui me contemple.

— Note ce que je vais te dire...

Il hausse son épaule gauche de dix centimètres, ce qui la met presque au niveau de l'autre et, pratique, va aux va-faire-causette pour y prendre du papier hygiénique.

— Ready ? s'impatiente Oliver Andy.

— Yes !

— Après vous, les clients descendus sont : Mr et Mrs O'Skon et leurs deux enfants. Chambre 1515.

— Bataille de Marignan, affirme Pinaud à qui je viens de transmettre le renseignement.

— Ensuite, poursuit Andy, le Révérend Mac Arrony, chambre 1701, et enfin un couple de jeunes époux, les Potdzobb... Chambre 1742. C'est tout ce qui arrive *après* vous.

— Merci. Je vous tiendrai au courant de la suite des événements.

Je raccroche sec.

— Alors ? demande le détritus.

Je lui arrache son rouleau de faf à train.

— C'est là-dessus que tu devrais écrire tes Mémoires, Pinaud ! Ce serait un excellent divertissement pour les usagers !

Je mets ma veste et me donne un coup de brosse.

— Tu sors ?

— Yes, je vais dans le monde. Ne bougez pas d'ici tous les deux.

Dans le couloir, je me détranche sur la liste. Le personnage, le plus intéressant du lot, à mon sens, c'est le pasteur because il est seulâbre à l'hôtel. Je vais donc commencer par lui.

Le mieux, dans mon cas, puisque je parle très imparfaitement l'anglais, c'est d'y aller au culot.

Je m'annonce sans crier gare (et pourquoi crierais-je gare, du reste ?) à la chambre 1701. D'un index replié, je heurte le chambranle de la lourde. Toc, toc ! Personne ne répond. Je prête l'oreille[1] mais je ne perçois rien d'autre que le frisson électrique des ascenseurs derrière moi.

Bon, le zoziau est allé à la messe ou au rapport, suivant qu'il est un vrai ou un pasteur bidon !

Je descends jusqu'à la réception. Au guichet où l'on demande les clés, je bonnis, très vite « 1701 » et j'attends, un peu en retrait, manière de ne pas me faire remarquer.

La main marquée de roux (comme les deux grands bœufs dans mon étable) du préposé me tend la chiave ornée de son numéro. Je me fais regrimper au dix-septième par l'un des négros spirituels qui manœuvrent avec brio la manette de commande des ascenseurs.

J'entre dans la carrée du révérend.

La pièce ressemble à la mienne comme une goutte d'eau à une goutte de rosée. Elle est en ordre.

Je me dirige vers la commode, mais les tiroirs sont vides. Je gagne alors la penderie (ce qui est moins bien que de gagner à être connu). Et j'y découvre une valise.

Mon tempérament curieux m'incite à l'ouvrir. Comme je m'escrime sur la serrure, la porte s'ouvre assez brusquement et un grand zig habillé de maigre pénètre dans la piaule.

Il porte un costar noir avec un faux col dur tourné à l'envers.

Il ne me faut pas longtemps pour réaliser qu'il s'agit du très Révérend Mac Arrony. Son regard est aussi aimable que celui d'un gardien de la paix visionnant un film sur la traite des vaches à peau lisse.

Il me fout une question mauvaise dont je ne comprends que

---

1. Un bon conseil : lorsque vous prêtez l'oreille, ne la prêtez pas à n'importe qui ! Il y a des gens qui ne vous la rendent pas. Et c'est commako qu'on devient sourdingue.

le sens général. M'est avis qu'il ne prise pas beaucoup ma petite perquise. M'est avis également, les potes, que ça va tourner au pas beau si ce monsieur est effectivement un respectable représentant de l'Église réformée.

Il reste un instant immobile, dardant sur ma pomme son regard réprobateur.

Je moule sa valoche.

— Excuse me, sir...

Mais il ne l'entend pas de cette oreille. En deux pas il est sur moi. Avant de comprendre ce qui m'arrive, je déguste un coup de genou à cet endroit de l'individu qui pousse les hommes d'affaires à se choisir des secrétaires bien balancées. Voilà que ma glotte me remonte dans la bouche. Une effroyable nausée me noue la gorge.

Cette peau d'hareng vient de m'assaisonner d'une drôle de manière pour un pasteur. Il ne me laisse pas le temps de récupérer. En moins de temps qu'il n'en faut à un auteur de chansons de charme pour trouver une rime au mot toujours, il me file un crochet gauche au foie qui me fait admirer une caravane de spoutniks.

Un coup de savate dans la soupente m'achève. Je coule à pic dans une citerne de goudron.

CHAPITRE FIVE

Vous allez voir

Rarement je me suis laissé cueillir de cette façon soudaine et imparable. Faut dire que la tenue de pasteur de mon interlocuteur (un interlocuteur aux arguments frappants) m'en avait quelque peu imposé.

Moi, sous mes dehors brise-cabane, je suis un type respectueux des hiérarchies. Quand on me lit, on penserait plutôt anarchie ! Eh bien ! non, je suis au contraire soumis à toutes les formes d'autorité. J'ai l'esprit d'Eloi (c'était un frère de maman ; il était brigadier de gendarmerie dans le civil. Quelqu'un de bien : médaille des poilus d'Orient et des poilus Soulébras. Mort de la grippe, comme la plupart des gendarmes

échappant à la vieillesse. Bref, une grande figure. De quoi ?
That is the question, comme disait Shakespeare qui utilisait les
pages roses du Larousse). Quand je vois un général, au lieu de
rigoler, comme tout le monde, je me tiens sur mes gardes. Un
curé, un pasteur, un rabbin (même un rabbin des bois), un
magistrat (qu'il soit debout, assis ou à croupetons), un médecin, un ordonnateur des pompes funèbres (ce sont deux insépa-
rables), un préfet de police, un pompiste de la Shell, bref tout
ce qui représente une autorité ou une charge (pour l'État)
m'impressionne un peu. C'est là une réaction très française.

En l'eau cul rance, ça m'est fatal. J'éternue du raisin. C'est
le raisin de la colère ! Je m'ébroue, je renais, je me redresse, je
me come colmate, je me maintiens... Et je regarde, de tous mes
yeux, like le gars Strogoff avant qu'on lui passe les paupières
au fer à friser. It is fort the last fois. Profites-en, bonhomme...
Brèfle, vous voyez ce que je veux dire.

Y a autant de cloches dans mon crâne qu'à un congrès
radical.

Si le pasteur avait forcé la potion, je voyais le paradis. Ce
beau paradis qui n'est pas fait pour les chiens... Men only ! Du
reste, y a des moments où je me demande ce qu'ils deviennent,
les bons toutous, après leur décès ? Hein ? Les gailles, avec
leurs bons yeux fidèles. Les gailles auxquels tout le monde
reconnaît qu'il ne manque que la parole pour être aussi c... que
l'homme ? Alors ? De l'azote ? Ce que c'est moche !

Je parviens à me mettre à genoux. Je mate mon vis-à-vis. Il
se masse le poing d'un air satisfait en me surveillant du coin de
l'œil.

Puis il s'avance vers le téléphone et je comprends que ce
marchand de félicité va me balanstiquer aux matuches !

D'accord, le copain Andy arrangera le truc, mais ça va faire
du circus dans le Times Square Hotel et nous serons brûlés,
mes camarades et moi. Manque de bol, je suis tombé sur un
vrai pasteur ! Dans ce patelin, ils ne sont pas manchots, les
moulins à prières ! Ils font tous du judo, de la boxe, du catch
et du saut à la corde pour être en forme devant le démon. Avec
eux, Satan n'a aucune chance. Il est out d'avance ! Pas de
revanche possible ! Grand combat intersidéral de poids
moyens ! Le Révérend Mac Arrony contre Kid Méphisto !

Et Méphisto mord la poussière à la première reprise. Un
crochet, deux uppercuts, plus trois Pater et deux versets !

Vlan ! Pif ! Paf ! Boum ! Enlevez, c'est pesé, enveloppé sous Cellophane et livré à domicile. Mac Arrony vainqueur par K.O. C'est O.K. ! Kid Satan à la sortie, sur les épaules robustes des sept péchés capitaux, ses fervents supporters !

— Allô ! dit en anglais Mac Arrony.

Je plonge d'une détente féline.

Je lui croche les lattes. Il choit en arrière et le combiné du bignou se met à se balancer au bout de son fil.

D'un geste précis, je raccroche.

Puis je fais front à mon adversaire au moment précis où celui-ci me télégraphie un direct du gauche à la tempe. J'ai un mouvement de recul, nettement insuffisant toutefois. Le marron me percute à la volée et je vois les grandes eaux de Versailles ! C'est du chouette son et lumière ! Textes de Jean Cocteau ! Musique de Robinson ; avec Joe Louis à la batterie !

Mes chailles jouent des castagnettes.

Tout à l'heure, il va manquer des chaises dans ma salle à manger ! Cette beigne me révolte. Je me dis, in petto (car je parle plusieurs langues fourrées) qu'il est invraisemblable de se laisser traiter comme un paillasson par un honorable clergyman. Il a une façon de m'accorder sa bénédiction qui n'est pas catholique, ce pasteur ! Depuis Luther on n'avait jamais vu ça ! Je vais devenir protestant ! Que dis-je ! Je proteste déjà...

Dominant ma douleur, mon vertige, mes vapeurs, je me lance à l'assaut. Il m'attend, bien en garde. Alors San-Antonio retrouve ces grandes inspirations qui ont assuré sa popularité méritée[1].

Au lieu de pousser ma charge jusqu'au bout, je plonge dans les quilles du bonhomme. Je lui ai fait perdre l'équilibre une fois, y a pas de raison que je n'y parvienne pas une seconde fois. Effectivement, il part en arrière. Je ne lui laisse pas le temps d'arriver. Pour aider sa chute, il a droit à un coup de saton dans le bide qui le fait se dégonfler et verdir. Puis à un autre dans les vestibules. Il exhale une plainte ravageuse. Puis il se tortille sur le plancher, en se pitrognant le baquet.

— Faites excuse, mon Révérend, je bafouille.

Et de lui cloquer du rabe de tisane à bout portant dans les ratiches.

---

1. Si je ne me passe pas de fleurs, c'est pas vous, tas de pignoufs, qui m'en enverrez !

Ça produit un bruit de dominos mélangés et il se décide à partir en reconnaissance chez Plumeau.

J'époussette mon falzar et je vais jusqu'à la lourde vérifier si l'étage est tranquille. Il l'est !

Je donne un tour de clé et je reviens à mon client. Pour commencer, je lui chauffe son larfeuil. Dedans, je trouve un tas de papelards qui me prouvent abondamment que j'ai bien eu affaire à un religieux. J'en suis malade !

Pourtant, je surmonte ma répugnance et je ficelle le monsieur, de manière très classique, en utilisant pour ce faire les cordes des stores.

Puis je le traîne dans la penderie et je lui glisse un oreiller sous la terrine.

Ensuite de quoi, je vais ouvrir la valise qui excitait naguère ma curiosité. Elle est pleine de bibles.

Je dois me remuer le panier, maintenant. Quand on découvrira ce client ainsi saucissonné, ça voudra barder pour mes abattis.

Je calte en souplesse, je referme la porte et je vais balanstiquer la clé de monsieur le pasteur dans la corbeille à papier métallique fixée près de l'ascenseur.

Maintenant il s'agit de faire fissa pour explorer les autres cambuses. Je délaisse encore, provisoirement, celle de la famille O'Skon pour rendre une visite de politesse au jeune couple de Potdzobb...

Justement, ils se trouvent au même étage que le Révérend Bourrepif, ces aimables tourtereaux.

Je me dirige vers la porte 1742 et j'écoute. La chambre est silencieuse. Au lieu de descendre demander la clé, ce qui pourrait à la longue attirer l'attention du préposé, j'utilise mon Sésame.

Ça offre un inconvénient, celui de me forcer à m'accroupir. Si une femme de chambre surgit au fond du couloir à cet instant, je suis flambé. Mais depuis que j'ai assaisonné le pasteur, Dieu est avec moi.

Je pénètre dans la chambre et vite je ferme. Cette fois, manière de ne plus être surpris en flagrant délit, je mets la chaîne de sûreté. Rien de plus traître qu'une serrure. Voyez Louis XVI par exemple. Il était serrurier de second métier, eh bien ! il s'est laissé boucler au Temple comme une reine, tout descendant de Saint Louis qu'il était ! C'est pas vrai ?

Tenez, je vous ai à la chouette aujourd'hui, je vous veux du bien. Je vais vous faire toucher du doigt ou de ce-que-vous-voudrez une vérité. Dans la vie, y a un grand principe (également en vigueur chez les poissons) ne jamais se fier aux appâts rances ! N'ayez pas confiance en ce qui vous paraît solide, et utilisez au maxi ce qui au contraire paraît insignifiant. Par exemple, je connais un monsieur qui est devenu député le jour où il s'est acheté un chapeau. Simplement parce qu'il a su. Un petit coup à droite, un petit coup à gauche. Rien n'a plus d'importance dans la société qu'un coup de chapeau. Pourquoi croyez-vous que les hommes d'État se munissent d'un gibus, hein ? Ben voyons !

Faut comprendre !

Se méfier aussi des mauvaises fréquentations. Quand on en a de mauvaises étant jeune, on risque d'attraper la chtouille ; et quand on est vieux une décoration !

Je procède comme précédemment, à savoir que j'explore les meubles. Ils sont rigoureusement vides ! Vous ne trouvez pas ça bizarroïde, vous autres, avec vos petites cervelles usagées ? Ces jeunes mariés qui viennent jouer le grand air du « Fignedé » dans un hôtel sans avoir de bagages ? Je veux bien que pour se prouver sa flamme on n'a pas besoin de matériel annexe, mais quand même.

Les placards aussi sont vides. Décidément, les clients du Times Square n'ont pas l'air de s'encombrer...

Je déhote sur cette déconvenue. A quoi bon perdre son temps ?

Après une vague hésitation, je m'approche des ascenseurs. Justement, un négro aux tifs aplatis ouvre la lourde pour laisser passer un couple de gros Portoricains gras comme des beignets refroidis.

— Up ? me demande le liftier.

— No, down !

— O.K.

V'là comment on s'exprime aux U.S.A. les aminches ! Éconocroques de mots ! La salive est ainsi tenue en réserve pour le collage des timbres.

Je descends une fois de plus à la réception et je m'adresse à un grand jeune homme blond qui ressemble à un lapin qui se prépare à léguer sa peau à un marchand de fourrures rares.

— Mister Potdzobb, please ? Room number 1742...

Il opine.

Puis il va vérifier dans le registre.

Lorsqu'il revient, il m'explique que Mister et Mistress Potdzobb sont repartis, ayant reçu un appel téléphonique leur apprenant la mort subite d'une parente !

Crotte d'arabe ! c'est bien ma veine ; j'arrive à la bourre ! C'étaient eux les pieds nickelés que nous cherchions. Ils ont piqué le collier du clébart et se sont tirés...

Très accablé, je remonte dans nos appartements afin de tenir un conseil de guerre avec mes éminents collaborateurs.

Je trouve Pinaud couché sur le lit voisin de celui de Béru. Les deux équipiers dorment comme des petits amours joufflus.

Je les réveille en employant la méthode la plus radicale, c'est-à-dire en renversant leurs matelas.

Lorsqu'ils ont cessé de gémir, je les bouscule.

— Vite, les enfants, on déménage.

— Pourquoi ?

— Je viens de me livrer à des voies de fait sur la personne d'un honorable clergyman et il faut décarrer de la taule avant qu'on l'ait découvert... Préparez-vous, je descends payer les chambres. Surtout n'oubliez pas les valises...

Je cligne du lampion pour le père Pinaud.

— Tu vois ce que je veux dire ?

Dix broquilles plus tard, nous sommes dans la rue, munis de nos trois minables valises, dont l'une contient un chien crevé. C'est peu pour partir en guerre contre une bande de malfrats internationaux.

Pour un coup foireux, c'est un coup foireux. Nous sommes baveux tous les trois, ahuris, froissés, meurtris. Moi avec un bleu à la tempe, Béru avec de la sauce tomate sur sa cravate et Pinaud avec sa moustache pareille à une balayette de gogue usagée.

Plus la carcasse du chien, j'oubliais...

— Où on va ? demande le Gros.

— Pour commencer, il faut se débarrasser du chien. Ensuite nous emménagerons dans un autre hôtel...

— Et après ? fait Pinuche, lugubre comme un mec éveillé par la maison Deibler et fils à quatre heures du matin.

— Après, comme avant, je t'em..., Pinaud !

Il secoue la tête.

— Venir à New York pour me faire insulter !

Son désarroi me va droit au cœur mais épargne mon visage. Je lui claque les reins.

— Nous sommes en plein pastaga, tu le vois bien. A quoi ça rime de nous charger de mission dans ce pays qui possède une police dix fois supérieure à la nôtre ?

— D'autant plus que nous avions réussi dans notre mission, renchérit le Gros.

— Exactement. On va passer pour des truffes, voilà tout. Je me demande ce que le Vieux avait dans le crâne pour mettre cette combine au point ! Il nous prend pour des surhommes, ma parole !

— Tu sais comme il est cocardier, fait Pinuche. Il voudrait que nous donnions une leçon aux poulets d'ici...

Il a mis dans le mille. Le chef a obéi à ce mobile, exactement ! Il a voulu nous piquer au jeu...

Nous parcourons quelques mètres sur la Huitième avenue. C'est une voie large et grouillante, assez populacière. Il y a des bars obscurs, pleins de pétasses tout le long des trottoirs... Nous la remontons sans savoir où nous allons, jusqu'au Madison Square.

Béru qui coltine le chien mort sue sang et eau.

— Dis, tu pourrais nous offrir un bahut !

— Il faut d'abord larguer Médor.

— Où je le mets ?

— Attends, il y a comme une impasse, là, on pourrait le laisser dans un coin ?

Nous jetons un regard meurtri dans cette zone crassouillarde. Un vieux nègre à barbe grise, au bitos de feutre verdi, est accroupi contre le mur et compte de la monnaie dans sa paume en sébile.

— Impossible, murmure Pinaud, le bougnoule nous repérerait...

Nous parcourons encore une centaine de mètres. Nous voilà à la hauteur de la 47e rue. Bérurier est exténué.

— Je fais cadeau de cette valoche au premier venu, je vous avertis, fulmine-t-il en essuyant les ruisselets de sueur qui ennoblissent son beau visage d'intellectuel fatigué.

— Un coup de courage, Gros, on va arriver...

— Où ?

— Dans un endroit propice...

Je lui prends le bras.

— Tiens, le voilà !

A droite, je vois l'immeuble imposant de la gare routière des Greyhounds. De magnifiques cars bleus arrivent ou repartent. Une population nombreuse s'y presse.

— Tu sais ce qu'on va faire ?

— Vas-y !

— Mettre la valoche à la consigne. Y a des casiers fermés qu'on peut louer moyennant vingt-cinq cents, c'est l'idéal...

Nous parvenons dans le hall bruyant. J'avise, à gauche, des coffres blindés. Je glisse une pièce d'argent dans la fente indiquée et une clé me tombe devant le nez. J'ouvre le coffre, j'y fourre la sacrée valise et je referme.

— Bon, nous voilà débarrassés. On va pouvoir aviser...

En sortant, je bigle la file de taxis en attente. Je fais signe à l'un d'eux, mais le chauffeur me dit qu'il faut se mettre en queue des gens qui attendent. Ceux-ci étant fort nombreux, je n'ai pas la patience d'obtempérer.

— On va filer à pince, dis-je à mes assistants.

Mais un bahut stoppé tout en bout de file déboîte et s'avance d'une allure de maraude vers nous.

Le chauffeur est un petit vieux à lunettes cerclées d'or au naze en bec de rapace.

— Où voulez-vous aller ? me demande-t-il.

— Nous cherchons un hôtel confortable.

— Près de Central Park, O.K. ?

— Si vous voulez...

Inutile de vous dire que ces échanges de vues se sont effectués dans un anglais petit nègre.

Nous grimpons et nous nous répandons sur le siège arrière. Pinaud regarde la licence du chauffeur fixée au dossier de la première banquette, ainsi qu'il est d'usage en Amérique.

On y voit la bouille du gnace et son nom s'y étale en gros caractères : *Isaac Rosenthal.*

— Tiens ! un Breton ! fait Bérurier, lequel a la plaisanterie plutôt conventionnelle, vous le savez.

L'Isaac nous entraîne dans une démaranche record. On est littéralement cloués au dossier de notre siège.

— Il va nous tuer, soupire Pinaud.

CHAPITRE SIX

... Ce que vous allez voir !

Nous avons sous les carreaux un nouvel aspect de la ville tentaculaire. Des gratte-ciel neufs alternent avec des immeubles de briques sales aux échelles d'incendie caractéristiques. Il y a de grands magasins aux étalages magnifiques, et des boutiques ignobles. Entre autres celle d'un naturaliste, près d'un feu rouge, que nous avons le temps de contempler au passage. En vitrine, il y a un mouton, un renard et un loulou de Poméranie empaillés.

— C'est ici qu'on aurait dû apporter notre brave toutou, fait Béru

Le chauffeur reprend sa course.

Cela dure un petit quart d'heure et je commence à me faire vieux.

— Il attige un peu, l'Isaac, je grommelle. Il est en train de gonfler son compteur à nos dépens...

Je me penche dans la direction du bonhomme.

— Encore loin ?

— No, just a minute !

En effet, nous voici à l'orée de Central Park. C'est vaste, grandiose, aéré. Il y a de petits écureuils sur les trottoirs et des tordus qui se pelotent sur les bancs du square.

Je vois défiler, à droite, de somptueux palaces dont les portes sont pourvues de dais à rayures blanches et bleues. On continue de rouler. Le Park mesure des kilomètres de long. Plus nous le longeons, moins les immeubles sont rupins... On voit davantage de nègres, car c'est le chemin de Harlem...

J'interpelle encore le conducteur.

— Eh ! En voilà des hôtels, ça boume, pépère !

— Too expensive ! dit-il, laconique.

— Qu'est-ce qu'il débloque ? s'inquiète Béru.

— Il dit que c'est trop chérot dans ce quartier.

— Ça le regarde !

Je vais pour protester de nouveau, seulement le bolide ralentit. Il vire à droite dans une rue tranquille. J'ai beau écarquiller les roberts, je ne vois pas d'hôtel à l'horizon.

Par contre, nous parvenons à la hauteur d'un petit garage.

D'un superbe coup de volant, M'sieur Rosenthal vire à l'intérieur.

— Eh ! je gueule, qu'est-ce que c'est que ce turbin ?

Cette fois, j'ai pigé. Dès que nous avons franchi la porte, un grand panneau de bois coulisse sur des rails mal huilés, nous isolant de l'extérieur.

Le chauffeur arrête sa tire et se précipite hors de la voiture. Je regarde. Des hommes en costume de ville surgissent d'un box vitré, prévu initialement pour servir de bureau.

Ils sont trois, munis de pétards de gros calibre et ils cernent l'auto.

— Go out ! gueule le plus mastar du lot, un grand vilain-pas-laubé dont la frime s'orne (si je puis dire) d'une cicatrice rosâtre qui ferait dégobiller une huître !

— Qu'est-ce que ça signifie ? marmonne Pinaud.

— On vient de se faire coiffer, lui rétorque Béru, lequel, en l'occurrence, semble avoir conservé une plus grande rapidité de déduction.

En ce qui me concerne, je donne l'exemple et je sors de la voiture.

— Hands up !

Dans tous les cinoches du monde, ces deux mots ont cours. Je lève donc les pognes. Je suis à la fois surpris, inquiet et satisfait. Je vais rapidement vous donner le pourquoi du comment de ces trois sentiments différents. Je suis surpris parce que, sincèrement, je ne m'attendais pas à être kidnappé en plein New York avec mes deux baderns par un petit bonhomme comme ce chauffeur.

Je suis inquiet parce que ces Messieurs aux arquebuses Bénédicta guériraient le hoquet d'un gorille enragé. Enfin, je suis satisfait parce que, très vite, la piste s'est rétablie.

Pendant que je faisais le guignol à l'hôtel, les types se sont aperçus que le collier du chien ne contenait plus les plans. Alors ils se rabattent sur nous. L'instant des grandes explications approche.

Béru et le Pinaud des Charentes m'ont rejoint. Les trois bonshommes qui nous attendaient nous couchent en joue sans frémir. Ils ont des regards qui endormiraient le Grand Robert.

— Go ! fait le chef de la patrouille de choc.

Il nous désigne un escalier qui descend au sous-sol, non loin d'une fosse de graissage.

— Down !

— Descendons, fais-je à mes potes.

— Qu'est-ce qu'ils vont nous faire ? murmure le Gros.

— Un massage facial.

Courageusement, j'emprunte l'escalier[1], suivi de mes collègues et de nos trois truands.

Petite descente aux Enfers.

J'accède à un sous-sol minable, d'assez vastes dimensions,
éclairé par une ampoule électrique nue. Des bidons d'huile, des
pneus enrubannés de papier brun sont entassés là.

L'escogriffe qui semble commander l'expédition passe derrière nous et promène sa patte sale sur nos fringues manière de
voir si nous sommes armés. Rassuré sur ce point, il rengaine
son feu. Alors le badaboum commence. Mon petit ami Bérurier, dit Lagonfle, dit aussi Lacorne, Gras du Bide et Cocu-
Content, qui n'aime pas qu'on prenne trop longtemps sa frite
pour une ardoise de pissotière, se met en action. Ça ne
concorde pas avec mes idées à moi, because, avant de jouer les
Trois Lanciers du Bengale, j'aimerais en apprendre davantage
sur ces bons messieurs. Pourtant, je ne peux faire autrement
que de l'aider en ce combat douteux.

Il vient de balancer un coup de semelle au grand vilain
cicatrisé à l'endroit qui sert ordinairement de point d'appui
lorsqu'on est porte-drapeau.

L'autre en est tout retourné. Tellement, même, qu'il va se
promener dans les bidons d'Esso.

A la place des deux autres archers, j'aurais tiré. Seulement,
ces gentlemen ont dû recevoir des instructions sévères, sinon
une instruction convenable. Même devise que les rabatteurs du
zoo ; « Ramenez-les vivants. »

— Hands up ! Hands up ! glapissent-ils.

Leurs pétoires frémissent au bout de leurs doigts. Comme ils
renoncent à expédier la purée, Béru et moi on leur fonce dans
le baquet, bille en tête. Ils lèvent leurs armes et essayent de
nous estourbir avec la crosse des composteurs. Le Gros prend
sur la coupole un gnon qui devrait faire un trou dans une

---

1. Si vous empruntez un escalier, renseignez-vous sur le taux d'intérêt qu'il
pratique, ainsi que sur sa température. Un bon escalier va chercher dans les
quarante-cinq pour cent et il doit faire trente degrés environ.

plaque de blindage, mais qui, sur ce crâne bétonné, ne produit qu'une écorchure sanguinolente.

Mon antagoniste a droit à une série sévère qui le met groggy en moins de temps qu'il ne faut à une chambre de députés français pour mettre bas un ministère.

L'autre pote, celui de Béru, est plus coriace. Sans l'intervention opportune du père Pinuche, le Gros aurait droit à sa petite fracture de crâne semestrielle.

Heureusement, Pinaud, dit Pinuchet, dit également le Débris, la Momie, Fesse-de-rat et Mouche-amère-deux, s'est vaillamment saisi d'un bidon d'huile. Il l'a propulsé avec violence sur la gueule du mitrailleur qui voulait casser la crosse de son pétard sur le crâne de Béru et le malfrat, assommé, lâche la rampe.

Nous voici maîtres absolus de la situation.

Le Gros se tamponne la brèche avec son mouchoir.

— T'as vu ça, exulte-t-il. Ah ! les tantes ! Comment qu'on te leur a fait voir à quoi ressemblent des matuchards français !

— C'est pas parce que t'es tricolore qu'il faut nous faire ta séance de patriotisme aigu ! je rouspète. Espèce de tête de comte ! Tu comprends pas que tu viens de faire du gâchis ?

— Quoi ? brame-t-il, ébahi. Quoi ?

— Par un miracle miraculeux, le contact s'était rétabli avec ceux que nous cherchons, et voilà que tu viens de tout gâcher.

— Fallait attendre quoi ? Qu'ils nous découpent au chalumeau pour être sûrs que c'étaient bien des gangsters ?

L'argument est de poids, évidemment.

Le Gros se baisse en ahanant et ramasse les calibres des copains.

— T'as visé un peu ces panoplies de boy-scouts, dis, San-A. ? Avec des rapières commak, t'es à l'abri des mauvaises rencontres. L'arme absolue, tu l'as, non ?

— Attention ! brame Pinaud.

Le Gros se retourne, juste à temps pour morfler un parpin que se préparait à lui administrer l'escogriffe qui vient de se relever. Bérurier prend la livre avec os du gars dans le nez et son pif explose.

Vexé de voir mutiler mes compagnons, je fonce à la rescousse. Ce vilain-moche me déplaît souverainement. Je lui place une droite à réaction au menton. Il devient pensif. Une seconde droite plus nette entre les gobilles l'étend pour le compte.

— C'est pas tout ça, dis-je, faut neutraliser ces braves Messieurs... On va pas passer la journée à leur biller sur le couvercle pour les faire tenir tranquilles, c'est pas une solution !

Pinaud, en parfait fouineur (il est champion des marchés aux puces et autres foires à la ferraille) dégauchit un rouleau de fil de fer et radine, triomphant.

— Ça va être au poil !

Et il se met en devoir de lier solidement les membres de nos adversaires.

Comme il est méticuleux, c'est du travail soigné. Lorsqu'il en a terminé avec eux, Messieurs les caïds ressemblent à des cocons.

— On se taille ? suggère Béru qui vient d'enrayer son hémorragie pifale.

— Des clous, faut rancarder Andy pour qu'il prenne livraison de ces notables. Ils doivent en savoir long sur la question qui nous intéresse et c'est pas avec mon anglais Berlitz que je vais pouvoir les interroger en détail.

— Les salopards ! fulmine Bérurier. Je vais te leur causer à ma façon, moi. Ce que j'ai à leur dire est international... Tu vas voir ça !

Il se met à cogner dans le tas à coups de savate.

— Les abîme pas trop, Gros ! Ils peuvent encore servir.

Là-dessus, je donne l'ordre de refaire surface. Les pétards en fouille, nous regrimpons le roide escadrin.

CHAPITRE SEVEN

Comme les cheveux d'Eléonore...

Et comment que nous avons été mal inspirés de les carrer dans nos profondes, les pétards de ces messieurs les démolisseurs de maxillaires. Si nous les avions tenus à la main, peut-être pourrions-nous faire front à la ribambelle de tordus qui nous attendent à la surface.

Ces truands d'Américains, c'est comme les cheveux d'Éléonore : quand y en a plus, y en a encore... (Air connu, vieux refrain de chez nous. En vente dans toutes les bonnes pharmacies.)

Les gnaces du haut sont plus antipathiques encore que ceux d'en bas. Les regards qu'ils nous distillent flanqueraient la pétoche à une locomotive. S'il n'y avait que leurs lampions encore, on pourrait s'en arranger, mais ces carnes braquent aussi sur nous des appareils à faire sucrer les fraises, tout ce qu'il y a de perfectionnés. Je ne dénombre pas moins de deux pistolets mitrailleurs et deux seringues à répétition. J'ai idée que cette fois-ci, si nous commettons l'imprudence de lever le petit doigt, nos carcasses se mettront à ressembler à une grille de mots croisés.

Toutes ces arquebuses m'ont l'air de vouloir cracher de l'épais.

J'ai les jetons que le belliqueux Bérurier ne se mette à ruer de nouveau dans les brancards. Heureusement, sa témérité a des limites si sa couennerie n'en a pas. Il se contente de verdir un peu sur les bords, à l'instar de Pinaud qui n'en mène pas plus large qu'un filet de sole dans un restaurant à prix fixe.

A nouveau, ces chers mignons nous balancent le fameux « hands up ». Et à nouveau nous procédons à la récolte du nuage en branche.

Je compte nos... interlocuteurs, histoire de tromper le temps. Ils sont sept maintenant. C'est ce que l'on appelle de la prolifération, ça ! Cette bande de ouistitis m'a l'air d'être une grande famille, très unie ! Nous sommes unis par l'alvéole, comme le chantait un morceau de gruyère à ses amis.

L'un d'eux s'approche de nous. Il tient son composteur par le canon. Peut-être qu'en achetant ce joujou il a oublié de demander le mode d'emploi ?

Trois secondes plus tard, je comprends qu'au contraire, il a découvert une utilisation annexe de son P. 38.

C'est tout d'abord l'aimable Pinaud aux moustaches de rat qui écope. Un solide coup sur la noix. Pas deux : un ! Mais gentil, précis, administré de main de maître. Ça fait un drôle de petit bruit. Et le père Pinuche s'abat en avant d'un air pensif... Une fois à terre, il ressemble à un tas de chiffons récoltés dans des poubelles. Bérurier balbutie, du coin de la bouche :

— On va pas se laisser faire le coup du lapin sans rien dire.

— Je préfère un gnon sur le couvercle à une giclée de pruneaux...

Comme c'est à son tour de dérouiller, il rentre sa tronche de mammouth frileux dans ses épaules ; ce qui n'empêche pas l'assommeur diplômé de lui ajuster au bon endroit un de ces coups de crosse qui épateraient un évêque.

Béru se fait porter absent illico. Ses deux cent vingt livres sont brusquement une charge extravagante pour ses cannes. Il se met en tas — en gros tas d'ailleurs — aux côtés du cher Pinaud.

J'ai un léger pincement au battant. Ça va être à moi de récolter mon bif pour le départ dans le cirage. Quand je pense qu'il y a des ramollis du bulbe qui se font inscrire pour la Lune ! Non, je vous jure ! Y a de quoi se faire dilater les muqueuses par une main de masseur lorsqu'on lit de semblables foutaises dans les baveux.

Vouloir aller dans la Lune ! C'est bon pour Charpini ! Qu'est-ce qu'ils espèrent, les frénétiques de l'intersidéral ? Hein ? Une vie peinarde parce qu'ils se sentiront moins lourdingues ? Bande de pierrots, va ! Scaphandriers de salon ! Je les vois débarquer de la bonne fusée, ces conquérants à ondes courtes ! Un drapeau à la main, nature ! Parce que c'est ça, le gros coup de bidon ! La Lune, ils la veulent amerlock ou ruski ; française, ça on sait bien que ça n'est pas possible, pas encore... La preuve, on vient juste de découvrir le Sahara ; et pourtant ça fait un bout de temps qu'il est à nous ! Seulement, jusque-là, on ne s'en servait que pour y tourner les guimauveries de Pierre Benoit. Antinéa ! Mon cœur est à touareg ! Passez les nichemards de madame à la peinture argentée pour qu'ils soient plus sculpturaux ! Le Sahara ! C'était pas une colonie, mais le magasin d'accessoires du Châtelet. La Grandeur française en jaune cocu sur les atlas ! Colomb Béchar les deux Églises ! Et Bidon V, qui va s'appeler bientôt Jerricane V ! Moi aussi je ricane ! Vous pensez que la Lune est pas encore française, même si on envoie tous les gars de Madame Arthur comme troupe de choc !

La Lune ! Allez, gi ! Après tout p't' être bien qu'y a du pétrole, là-haut ! Pourquoi ? Prenons notre Esso et notre essor ! En route ! Alunissons à l'unisson ! Allons la piétiner, cette brave tarte à la crème qui fait si joli sur les calendriers des postes et dans les quatrains des cartes postales pour soldats en

délire ! Allons-y pisser dessus, tous en chœur ! Transportons-y
notre organisation et tout ce qui fait la grandeur de la civilisa-
tion ! Nos militaires, nos percepteurs, nos fonctionnaires ! En
avant Mars ! Les chanteurs de charme ; les strip-teaseuses ; les
politiciens, les flics ! Les employés de la voirie ! Et San-
Antonio par-dessus le marka avec un bath scaphandre à
fermeture Eclair pour si des fois y avait des Luniennes dans les
cratères !

Faites excuse si je débloque, mais le petit coup de zim-boum
que je viens de mouler sur la carrosserie m'a chanstiqué un peu
le carburateur. Je n'ai pas complètement perdu connaissance,
mais d'un seul coup d'un seul, tout est devenu sombre, irréel,
avec des serpentins de lumière de temps à autre... Mon entendement est pareil à la photographie d'un carnaval prise de nuit
avec le temps de pose.

Et puis, lentement, des vagues noires, onctueuses, bienfai-
santes, viennent me caresser la joue, pénètrent dans ma tronche, m'enveloppent le cervelet, me le réchauffent, me l'emmi-
touflent, me le rangent sur le rayon du haut d'un placard
obscur, silencieux. Hors de toute atteinte.

Lorsque je me réveille de ce sommeil combien artificiel, je
sens quelque chose de gluant sur ma joue. Oui, dominant la
furieuse douleur qui me meurtrit la tête, c'est cette sensation
légère et désagréable qui m'est le plus pénible.

Je me dis que ce doit être du sang, mais après un léger
examen de la situation, je constate qu'il s'agit tout bonnement
de la bave coulant de la bouche de Bérurier. Nous sommes
empilés tous trois sur une moquette épaisse comme du gazon,
en un pêle-mêle très désagréable.

Je remue faiblement et tâche de me dégager de cette montagne de bidoche qui m'opprime et me déprime[1]. Je m'aperçois
que j'ai les poignets entravés par un lien de nylon.

Plus je tire dessus, plus ce lien perfide me cisaille les chairs.

Par contre, on m'a laissé les jambes libres. Il ne m'est donc
pas trop difficile d'accomplir un rétablissement. Me voilà assis
sur l'épais tapis. Je mate les environs, ce qui me permet de
constater que je me trouve dans un luxueux salon meublé d'un

1. Vous constaterez que je cause un français impeccable. Faut dire que j'suis
t'été z'à l'école jusque z'à douze ans révolus !

gigantesque poste de télévision, de fauteuils qui humilieraient le trône du roi de Siam, et d'un bar en acajou abondamment pourvu en bouteilles. Il y a aussi un petit piano mâle[1], laqué blanc, dans le fond près de la fenêtre.

Voilà pour le mobilier, maintenant parlons des locataires.

Je reconnais l'escogriffe que j'ai estourbi dans la cave, le truand qui nous a assommés, plus un monsieur très élégant et une fille tellement sensationnelle qu'à côté d'elle Michèle Morgan aurait l'air d'une femme de ménage.

Vous savez que dans les bouquins américains et surtout anglais, on vous décrit des pétasses en célébrant leur suprême élégance. Un romancier anglais vous dira par exemple : « *Elle était sensationnelle, avec sa robe de lamé qui formait comme des écailles, ses chaussettes vertes, son léger fond de teint orange, se mariant admirablement avec son rouge à lèvres violet, et l'immense peigne d'écaille agrémenté de fleurettes en celluloïd qui ennoblissait sa chevelure.* » C'est pas vrai ?

Et un romancier américain écrira sans frémir : « *Elle portait une robe d'après-midi, très simple, décolletée jusqu'à sa cicatrice d'appendicite. Ses jambes de sirène étaient gainées[2] de nylon. Les coutures noires et les talons noirs des bas soulignaient admirablement le galbe de mollets. Ses délicates chaussures ornées d'émeraudes et son délicieux chapeau de paille sommé d'une aigrette blanche et de cerises vertes, conféraient à Barbara un chic très parisien !* »

Si je mens, je vous paie des cromlechs ! Comme dirait Jeanne d'Arc : « Cauchon qui s'en dédit ! »

Pour en revenir à la pépée que je vous parle[3] elle est vraiment du tonnerre, mais façon Regretté Dior. Voilà où je voulais en venir après ce large détour. (C'est bien ainsi que l'on biaise à la mode française.)

Elle porte un tailleur formide, en toile blanche, d'une coupe impeccable, un chemisier noir et des souliers noir et blanc *made in Italy*. Elle est blonde, naturellement, mais d'un blond

---

1. C'est-à-dire un piano à queue. Vous auriez rectifié de vous-même.
2. L'expression « jambes gainées de nylon » me flanque mal au cœur car on la rencontre partout, même dans des ouvrages à prétention littéraire. Je conçois mal qu'on ne fusille pas les auteurs qui l'emploient.
3. Je cultive ma prose car on l'utilise à la Faculté de Stockholm pour enseigner les fautes de français aux étudiants des classes d'italien.

indéfinissable, aux reflets argentés. Elle est jolie, sensuelle et roulée comme la Vénus de Milo, plus les bras.

C'est son regard que tout naturellement je croise en premier. J'ai peine à m'en dégager. Il est plus bleu qu'un ciel d'été et je le trouve apaisant.

Pourtant, je dois prendre les mesures de la situation.

Et pas avec un double décamètre à pédales, je vous l'annonce. Mon attention, qui se porte bien, se porte sur le compagnon de la femme. L'homme va chercher dans les quarante-cinq carats. Il a les cheveux gris, les yeux noirs, le teint bistre et une petite baffie du plus séduisant effet. M'est avis que lorsqu'il bigle une souris d'une certaine façon, c'est pas le moment de prendre la température de la donzelle, because le mercure prend mal au cœur.

Il est plutôt petit, ce qui est dommage, mais ses épaules ont l'air de dilater le veston sans le secours ouatiné du tailleur.

Me voyant lucide, il s'approche de moi.

Il m'aide à me mettre debout et me désigne un fauteuil.

— Asseyez-vous, me dit-il en un français sans accent.

Je m'écroule entre les bras du siège.

— Voulez-vous un drink ?

— Ce n'est pas de refus...

— Scotch ?

— Volontiers...

J'ai un vertige. Mon crâne est un hangar à hélicoptères. Ça vrombit là-dedans et les grandes pales d'une hélice tournent à plein régime[1].

Je ferme les châsses, mais ça se tasse pas.

La fille blonde, sur une injonction du beau ténébreux, s'approche du bar et verse une chouette rasade dans un glass. Elle pousse la conscience professionnelle jusqu'à y adjoindre un cube de glace. Entre nous et la gare Saint-Lazare, c'est plutôt sur la coupole qu'il faudrait me la cloquer, cette banquise. Des fois que ça calmerait ma douleur lancinante !

Elle me tend le verre. Cette fille répand une odeur enchanteresse. Ça me ragaillardit autant que la gorgée que j'avale. Les choses commencent nettement à reprendre des formes usuelles.

Je me détranche sur mes copains. Il ne leur a pas fait de cadeaux, le matraqueur d'élite, car ils sont toujours out !

---

1. Comme se plaît à dire mon marchand de bananes.

Pinaud est pâle, avec les lèvres serrées, et les yeux entrouverts. Pourvu qu'il ne lui ait pas défoncé la coquille ! Quant à Béru, il continue à baver. Ça lui fait un drôle d'effet, les instruments à percussion. Il émet une espèce de petit râle incertain et renifle comme un phoque qui joue au ballon avec son pif. Lui, c'est l'otarie nationale !

Les deux gardes du corps, vautrés dans des fauteuils, ricanent en me voyant faire la grimace. Ils sont contents d'eux, ces endoffés ! Grands meûchants, va ! Quel plaisir peuvent-ils éprouver à meurtrir leur prochain ?

Je me tourne vers le beau quadragénaire. Son costar d'alpaga bleu brille à la lumière. Il ne semble pas pressé. On dirait qu'il attend quelque chose, ou quelqu'un... Pour l'instant, je ne l'intéresse que moderato.

Je prends le parti de le questionner.

— J'aimerais savoir ce que tout cela signifie, attaqué-je, véhément.

Il hoche la tête.

— Je vous le dirai en temps utile...

— Qui êtes-vous ?

— Mon nom ne vous dirait rien !

Il sourit. C'est un m'sieur qui ne manque pas d'humour.

Plus je le regarde, plus je pense qu'il est européen. Il a même le type méditerranéen. Tiens, voulez-vous parier qu'il est grec ? Il a la couleur de peau des gnaces qui ont vu le jour à proximité de l'Acropole.

En tout cas, pour l'instant, il ne semble pas vouloir faire un brin de causette.

Résigné, je désigne mes équipiers.

— On ne pourrait pas s'occuper d'eux ?

Son sourire s'accentue.

— On s'en est occupé, il me semble !

— Très drôle...

Je finis mon verre. L'alcool me donne un coup de fouet. Il n'est pas commode de boire avec les pognes enchaînées, pourtant je prendrais bien un autre scotch si c'était un effet de leur bonté.

Je fais signe à la belle souris. Rien que pour la voir évoluer devant vous, vous donneriez toutes les nuits de Paris. Elle comprend ma supplique muette et retourne remplir mon glass.

Les deux tueurs à gages n'ont pas encore moufté. Les mains croisées sur leur holster, ils attendent aussi.

Tout à coup le mot de Cambronne, proféré à haute et intelligible voix, fait sursauter tout le monde. Voilà enfin mon gars Béru qui revient à nous. Il roule des yeux blancs, striés de filets rouges.

— Figure-toi que j'ai fait un de ces cauchemars, soupire-t-il en me regardant. On s'assoupit et puis...

Il se tait, médusé par la réalité. Le filet de bave qui pend encore aux commissures de ses lèvres ne se décidant pas à choir, il l'aspire bruyamment.

— Où qu'on est ? s'informe-t-il, enfin, après un regard circulaire, pénétrant, lucide, surpris, vériste, troublé, inquiet, désolé, prenant, pitoyable, incertain, pensif, coagulé, croisé, myope et résigné sur l'assistance.

— Mystère et caleçon de bain, réponds-je. Mais je te conseille de la boucler parce que le monsieur que tu vois là à droite parle mieux le français que toi !

En entendant ces paroles, l'intéressé fronce ses sourcils qu'il a particulièrement fournis. Béru se tait un peu. Mais il regarde Pinaud et bégaie :

— Dis, le Vieux est canné, on dirait, non ?

— Je ne sais pas. Vise voir s'il respire...

Le Gros colle son oreille sur la poitrine concave[1] de Pinaud. Au bout d'un instant, il redresse son crâne de bois.

— Oui, fait-il, il respire. Mais qu'est-ce que ces vaches nous ont sonnés. Il me semble que je viens d'avoir une insolation.

A cet instant, un coup de sonnette retentit.

---

1. Pléonasme argotique, intraduisible en anglais. Note de l'épicier.

CHAPITRE EIGHT

La vendange rouge

L'escogriffe va délourder, d'une démarche nonchalante de bateau de plaisance qui aurait des jambes comme les petits bateaux de la chanson[1].

Il revient, flanqué de... devinez qui ? Du mec qui nous suivait le matin pendant qu'on trucidait Médor à l'hôtel.

Et ce dernier personnage est lui-même flanqué de... devinez quoi ? De la valise que nous sommes allés planquer à la consigne des Greyhounds.

En apercevant ma pauvre valoche qui donne un air penché à son porteur, je suis saisi d'une forte hilarité. Elle est bavelle, celle-là ! Voilà donc ce que nos kidnappeurs attendaient ?

Ils nous ont fouillés, ont trouvé la clé du coffre, et sont allés récupérer le pacson en croyant affurer les plans... Je préfère leur laisser la surprise.

Mon rire, du reste, semble indisposer ces messieurs. Je sens que s'il se prolongeait un tantinet, j'aurais droit à une tarte aux quetsches. L'homme au sex-appeal prononcé s'approche de la valise dont il fait jouer la fermeture. Il soulève le couvercle et pousse un juron peu compatible avec son élégance. Bérurier me file un coup de saveur chaleureux qui ferait fondre le mont Blanc. Lui aussi est heureux de ce petit intermède. Une grosse mouche bleue sort d'une oreille du gaille et se met à râler parce qu'on l'a dérangée dans ses occupations. Puis elle prend le parti de choisir une nouvelle charogne et, naturellement, va se poser sur Bérurier.

L'homme aux tempes grises donne à ses sbires l'ordre de soulever le chien mort. Il examine alors le fond de la valise, car c'est un méticuleux, qui ne laisse rien inachevé.

Ensuite de quoi, d'un geste bref de la main, il fait signe à ses louveteaux d'évacuer ce bagage à main peu ragoûtant.

Pendant ces vérifications, la fille au tailleur blanc, souverainement écœurée, s'est tenue à l'écart. Maintenant que la macabre valoche n'est plus laga, elle se réinstalle dans un

---

1. Comparaison d'une idiotie achevée, car je n'ai pas l'habitude de faire les choses à moitié.

fauteuil, non loin du mien, et se met à me dévisager avec un
certain intérêt. Un intérêt avec majoration de retard, car ses
ramasse-miettes font du morse. Je ne crois pas m'avancer outre
mesure en affirmant que je dois être son genre. Cette pépée
aime les garçons athlétiques, sympathiques, enjoués, beaux et
intelligents[1].

— Ils se sont collé le doigt dans l'œil, fait Bérurier.

J'acquiesce.

— J'ai idée qu'il va vaser des beignes avant longtemps,
non ? reprend le Mahousse d'un air soucieux.

— Moi aussi.

En effet, il s'est établi un profond silence annonciateur
d'orage. Le chef de ces pieds-nickelés est en train d'allumer
avec minutie un cigare gros comme la fusée Atlas.

Parallèlement, Pinaud soupire et ouvre les yeux.

— T'es de retour ? lui demande Béru qui triomphe dans l'art
délicat de constater les évidences.

Le vieux navet semble plus étourdi que Manon. Il examine
avec attendrissement son dentier, tombé sur le tapis.

— Colle-toi les chailles dans le clappoir ! je grommelle.
C'est indécent et tu risques de te mordre les fesses !

Il obtempère.

Ensuite, il coule un regard tranquille sur l'assistance, aperçoit la belle blonde et, impressionné, soulève son bitos que le
coup de crosse lui a enfoncé jusqu'aux prunelles.

— Mademoiselle.

Ils sont suffoqués, les malfrats, devant cette manifestation au
plus haut degré de l'exquise politesse française.

— Vous n'auriez pas un peu d'aspirine ? demande alors
Pinuche à l'escogriffe. Je souffre d'une violente migraine et...

Mais le regard glacé — un regard froid et pâle — de son
interlocuteur le fait taire. Le vieux daim se met à frissonner
comme s'il venait de s'asseoir sans pantalon sur une banquise.

Vu son grand âge, on a négligé de lui entraver les pognes. Il
en profite pour donner des chiquenaudes agiles aux grains de
poussière déshonorant les taches de graisse de son costar.

Maintenant, le maître de céans a allumé son cigare. Il semble
avoir pris une forte décision, car, après avoir expiré la première

---

1. Si vous estimez que je me passe trop la brosse à reluire, dites-le-moi,
j'achèterai un aspirateur.

bouffée du Corona, il s'avance sur moi. Il est toujours strict, élégant, quasi courtois, et pourtant, je ne sais quoi de terriblement inquiétant brille dans son regard.

— Où sont les plans ? demande-t-il.

Je gamberge à plein rendement. Si je lui dis la vérité : à savoir que nous sommes des Royco français ; que nous avons laissé les documents à bord de *Liberté* et que je l'em... à pied, à cheval, en voiture et en soucoupe volante, il n'aura pas d'autre éventualité que de nous emmener faire un tour, selon la belle tradition du milieu ricain. Ici, le kidnapping est puni de la chaise électrique, ne l'oublions pas. Et n'oublions pas non plus que ladite chaise n'est pas Louis XV ! Elle ne vient même pas des Galeries Lafayette, ce qui serait normal aux States !

Conclusion, la seule manière de ne pas se faire distribuer de la mort aux rats illico, c'est de se faire passer pour des truands.

Seulement, faut que j'affranchisse mes notables et loyaux camarades. Une couennerie de leur part (ce qui ne serait pas fait pour vous surprendre, n'est-ce pas ?) et tout est fichu, à commencer par nous.

Mais comment les prévenir ? L'autre jacte le français admirablement. J'ai un trait de génie. Il parle français mais sans doute pas l'argomuche, ce noble langage qui a fait la gloire de Paul Valéry.

Pour en être certain, je dis au quidam :

— On commence à se faire tartir, dans votre crémerie !

Il fronce les sourcils, ce qui donne au-dessus de son regard une barre velue, continue.

— Vous dites ?

Rassuré, je balance à mes potes :

— Ne mouftez pas, quoi qu'il arrive, hein ? On chique aux malfrats. C'est mégnace qu'a planquousé le fade, vu ?

— O.K. ! rétorque Bérurier qui commence à parler anglais couramment.

Pinaud masse sa nuque endolorie. Il a une tronche de déterré. Il ressemble à une dame que j'ai bien connue et qui tenait les gogues souterrains de la place des Terreaux, à Lyon, jadis. Elle était jolie comme un cœur d'artichaut, précisons-le. Elle avait autant de poils, d'ailleurs !

L'homme aux sourcils froncés, aux tempes argentées, au cigare et au complet bleu marine réitère sa question.

— Où sont les plans ?

— Je les ai soldés...
— Quoi ?
— Vendus, mon pauvre monsieur...
— A qui ?
— A un collectionneur !

Il se force à sourire. Mais il n'obtient de ses lèvres qu'une grimace inquiétante.

— Ces plans étaient en possession d'une amie à nous, mon cher. Vous les lui avez volés...

Je ricane.

— Très drôle ! C'est ça, abordons le chapitre de la culpabilité et ensuite celui de la morale. D'où les teniez-vous, s'il vous plaît ? Vous les aviez peut-être gagnés dans une tombola au profit des petits sénateurs sans emploi.

— Je veux ces documents. Je me suis engagé à les remettre à une nation au profit de qui mon organisation travaille, et j'ai l'habitude de respecter mes engagements.

— Sorry, il est trop tard.
— Vous allez nous obliger à employer les grands moyens.
— Faites !
— Vous le regretterez...
— Peut-être.

Il dit quelque chose au gnace qui est allé chercher la valise.

Ce monsieur s'amène et me fait lever. Ensuite, il m'entraîne vers une pièce voisine, suivi de l'escogriffe. Le boss, lui, se contente de tirer des goulées de son barreau de chaise.

— A la revoyure ! lancé-je à mes potes.

Nous pénétrons dans une cuisine tout ce qu'il y a de moderne, avec revêtement de faïence jaune, placards muraux (Yvelines), appareils perfectionnés : frigo à changement de vitesse ; cuisinière électronique à déclenchement impédimentaire sous la trachée artère et le gros colomb (Christophe pour les dames) ; grille-pain Jeanne d'Arc, breveté par la Faculté vasovasculaire de Foumele-Outusay ; vide-ordures à musique religieuse ; rampe de lancement pour hamburger et enfin découpe-oignon en or massif avec frein à tambour stérilisé.

Bref, le fin des fins en matière de cuisine moderne. C'est de conception nucléaire et toutes les femmes rêvent d'avoir à leur disposition un semblable laboratoire.

L'un de mes gardes du corps empoigne un tabouret de fer et m'oblige à y prendre place. Ensuite, il se met à m'attacher les lattes après les pieds du siège. Si je m'écoutais, j'en profiterais pour lui refiler un coup de ronfionfion japonais dans le portrait de famille, mais cela ne servirait à rien. Ces enfants de péripatéticiennes ont l'air suffisamment remontés contre mézigue.

Je me laisse faire.

Lorsque je suis entravé solidement, ils m'ôtent ma veste, ma cravate et ma chemise et me laissent un instant le torse nu. La chaleur étant douce comme une fesse de bébé, ça n'a pas la moindre espèce d'importance.

L'escogriffe délourde le placard et s'empare d'un drôle d'appareil. Celui-ci se compose d'un récipient en pyrex, d'un tube de matière plastique terminé par une aiguille acérée, et d'une prise électrique.

Le zouave qui nous a suivis sort un élastique de sa poche et me fait un garrot à l'avant-bras.

Qu'est-ce que tout ce mic-mac signifie ? J'ai été souvent molesté au cours de ma carrière. J'en ai vu de dures. On m'a passé à la trique, au presse-purée, au minium ! On m'a roué vif, cimenté, brisé, meurtri... On m'a brûlé. On m'a écrasé les doigts ! On m'a fait le coup de la baignoire tragique ; celui du démon à ressorts ; celui de la torpédo macabre ; du seau à lait démoniaque ; de la toupie électrique ; de l'aquarium funèbre ; de la contre-danse perverse ; du robinet péruvien ; du pédicure démentiel ; de la tornade sifflante ; du trohu du travavou cavacavu enfumé ; du cornichon pestiféré ; de l'inoculation baveuse et surtout, le coup du protozoaire constipé ! Mais jamais, au grand jamais, on ne s'est avisé de me brancher dans le bras une aiguille longue comme ça, et de déclencher le moteur aspirant d'une petite pompe qui me tire le raisin des veines.

Ce n'est pas douloureux, non, mais moralement c'est atroce. Imaginez une sorte d'injection à rebours. Vous avez déjà vu faire du goutte à goutte à quelqu'un, pas vrai, tas de démantelés à la ronde ? Eh bien, figurez-vous qu'au lieu de voir diminuer progressivement le niveau du liquide dans le récipient, vous le voyez monter au contraire. Hein ? Ça vous la coupe en quatre ?

Parfaitement, mon sang écarlate paraît brusquement dans le vase clos.

Il commence par embuer les parois ; puis un dépôt se forme au bas du récipient. Il devient une petite nappe rouge vif qui s'agrandit.

Et je ne sens rien... C'est doux comme un sommeil mérité.

Les deux hommes ne bronchent pas. Ils regardent fonctionner l'engin... Ils sont peinards...

Sur ce, troublant le silence, l'arrivée inopinée du boss. Son cigare est consumé au tiers. Il a une main dans sa poche et il ressemble à un monsieur honnête assistant à une party dans la bonne société et qui vient relancer la bonne à la cuistance parce qu'elle est plus gironde que les pouffiasses de la fiesta.

Il regarde le récipient gradué.

Puis il se tourne vers moi.

— On arrêtera lorsque vous serez décidé à parler, dit-il.

— Rien à déclarer !

— O.K. De toute façon, vous avez le temps. Un homme normal a dans le corps près de cinq litres de sang et vous n'en avez encore perdu qu'un quart de litre !

Là-dessus, il se retire, la mine un peu dégoûtée.

L'escogriffe s'assied sur la machine à décortiquer les feuilles de bettes et se met à ligoter un *Comic* qu'il vient d'extraire de son holster. Les Holsters de New York[1] en quelque sorte. Et pendant qu'il se délecte à la lecture des aventures de Jim Hagine, mon sang est en train de couler dans le bocal. Ah ! ils savent l'appliquer, le principe des vases communicants, ces fumelards !

Ils savent vous le donner, le coup de sang ! Les trois lancettes du Bengale ! C'est ça, p't'être bien, le baptême du sang ! Je vais devenir un prince du sang après cette séance ; à condition toutefois qu'ils veuillent bien stopper à temps ! En tout cas, ils peuvent constater que j'ai du sang dans les veines ! On a raison de dire : « Qui voit ses veines voit Pleven ! » Je sue sang et eau, les gars ! J'ai envie de bramer ma pétoche ; pour le coup ça serait la voix du sang ! Du sang à la hune ! comme dirait Bombard. Je me dis qu'il est inconcevable que je me laisse saigner comme un goret ! Je peux perdre mon sang, d'accord,

---

1. Çui-là est tiré par les cheveux, comme dirait Moussorgsky, l'auteur d'« Une nuit sur le mont Chauve ».

mais pas mon sang-froid ! Voyons, lorsque ces bons saigneurs[1] m'auront occis, ils s'en prendront à mes valeureux pignoufs. En admettant que je tienne le coup, jamais Pinaud ou le gros Béru ne se laisseront vider les veines sans parler.

Ils finiront par dire la vérité, à savoir que nous sommes les condés et alors nous aurons subi tout ça pour finir lamentablement.

Est-ce raisonnable ?

Où se trouve la vérité de cet instant, comme dirait Jean-Paul Monœil ? Hein ? Allons, répondez pendant que je peux encore vous entendre, bande d'aphrodisiaques exténués !

CHAPITRE NINE

La poudre d'escampette

Quand Fume-cigare, le mecton aux tifs plaqués argent, se la radine pour la seconde fois, il y a un demi-litron de mon raisiné dans le bocal en pyrex et je commence à me sentir un peu mollasson des cannes.

Son barreau de chaise maintenant est à peine long de quatre centimètres, cendre comprise.

Mon interlocuteur, flegmatique, s'annonce et murmure :

— Quelle décision ?

— Je vais tout vous dire.

Il réprime un sourire et se contente de branler le chef (lequel s'en trouve ravi, je pense).

Alors là, il se passe quelque chose, les enfants. A l'instant précis où je vais pour m'allonger, pour en croquer, pour me mettre à table, une pensée me vient qui me flétrit la conscience, si j'ose ce sémaphore hardi.

Les plans, je vous l'ai déjà bonni because je n'ai pas plus de secrets pour vous que je n'ai de respect, les plans, disais-je, sont actuellement dans le coffre du commandant de *Liberté*. Or suivez des yeux la trajectoire fluorescente de mon raisonnement : ce barlu est à quai pour vingt-quatre heures encore.

---

1. Par contre, en voilà une chouette, hein ?

C'est plus qu'il n'en faut à une organisation comme celle-ci pour manigancer un coup fourré. Ces gens doivent avoir des casseurs professionnels au pedigree long commako ! Or j'ai vu le coffre du commandant ; à vrai dire, ça n'est pas exactement un coffre, mais le modèle au-dessus de la tirelire moyenne. Une lime à ongles ou un cure-dents suffirait à un spécialiste pour en avoir raison...

Alors, pas de ça, Lisette ! comme disait le mari de ma cousine Lise. (Il était garde-barrière dans l'aviation à l'aéroport de Bourg-Moilœil. Quand il venait passer huit jours à Paris, sans ma cousine, il appelait ça « la semaine de sucette. »)

Le cher hôte pige avant que je ne lui signifie mon changement de direction. Ce sont des choses qui ne trompent pas un psychologue comme lui.

— En tout état de cause, déclaré-je d'une voix défaillante, je vais parler pour vous donner un bon conseil... Celui d'aller vous faire cuire un œuf !

Pour la première fois, l'homme perd son contrôle. Si vous le trouvez, rapportez-le-lui dare-dare, car c'est le gars Mézigue qui en subit les conséquences. Voilà-t-y pas ce salaud qui me file son cigare incandescent sur le dos de la paluche.

Une odeur de porc grillé emplit l'atmosphère. Je fais la grimace, mais c'est tout !

— Le coup du cigare, fais-je, mon pauvre homme, t'étais pas au monde qu'on me le faisait déjà. Tu n'espères pas avoir avec une malheureuse petite brûlure un descendant de Jeanne d'Arc ! Non ?

Voilà c'est parti. Qu'ils me saignent à bloc...

Ce sont mes dernières paroles. Pertinentes, n'est-ce pas ? Après cet effort, j'ai la pensarde qui se ramollit comme du goudron au soleil. Je vois mes tourmenteurs danser une sarabande de salopards devant moi, à travers une plaque de verre dépolie. Et puis je m'écroule en dedans.

Good night !

Il doit se passer du temps. A travers mon coma, j'ai très confusément conscience d'une durée... longue... Parfois, je perçois un bruit, ou bien une lumière... Puis je replonge dans le noir. C'est comme sur la chenille de la fête foraine. On monte, on descend, on pique dans la grande gueule noire du dragon pour rejaillir à la lumière et redisparaître... Vous voyez le topo ?

Enfin le noir se fait de moins en moins rare. Je rouvre les lampions.

Voilà que je me retrouve allongé sur un lit. J'ai les bras et les jambes liés. Je suis seul. La pièce est sombre, mais un rai de lumière souligne la porte au ras du plancher.

Dans une pièce voisine, il y a un bruit de conversation. Mais on jacte en anglais et les voix sont assourdies, ce qui constitue deux motifs suffisants pour que je ne pige pas.

Au bout d'un moment, les voix se taisent, la lumière s'éteint et je me retrouve dans une obscurité à peine troublée par la pâleur rectangulaire d'une fenêtre dont le store est baissé.

J'essaie de me dégager de mes entraves, mais j'ai vite fait de comprendre qu'il n'est pas d'espoir de ce côté-là. Je me sens faible comme une mouche paralysée, et les cordes qui me ligotent sont serrées au point que j'en ai les jambes meurtries.

Mon petit San-Antonio, me dis-je, après m'être pris en aparté, il va falloir essayer de comprendre. Pourquoi n'es-tu pas mort ? Pourquoi t'a-t-on cloqué sur ce plumard ?... Bref, que signifie ce bidule ?

Je commence à avoir assez joué avec cette équipe de tortionnaires. M'est avis que si je veux assister au prochain match France-Belgique, faut que je fasse quelque chose pour moi ! Et que je le fasse vite...

Du temps s'écoule encore. Puis la porte s'ouvre. La lumière éclate comme une bombe, blessant ma vue par son intensité. Je bats des ramasse-miettes avant de regarder. J'aperçois la fille blonde de naguère.

Elle est seule. Elle ne porte plus son tailleur blanc, mais une confortable robe de chambre en satin vert sombre. Ses pieds mignons sont chaussés de mules assorties. Elle a les cheveux retenus par un ruban du même vert. Croyez-moi (ou ne me croyez pas, qu'est-ce que vous voulez que ça me foute) mais cette déesse sait se fagoter ! Elle doit avoir une garde-robe qui ferait baver des ronds de bitos à France Roche !

Je la vois refermer la porte, doucement, et s'approcher de moi de sa démarche quasiment aérienne. Lorsqu'elle est devant le lit, sa robe de chambre s'entrouvre, ce qui me permet de constater qu'elle est à poil là-dessous.

Le spectacle est féerique. Quand je pense qu'il y a des forcenés du chromo qui se farcissent un mois en mer pour aller visiter Tahiti ! C'est à se frotter le dargeot sur une banquise pour essayer de faire des étincelles !

L'aperçu, fugace, hélas ! sur les charmes de la pépée me permet de constater qu'elle est vraiment blonde[1].

Vite, elle rabat le pan de sa robe de chambre et s'assied sur le lit.

— Vous, mal ? demande-t-elle en français.

Son accent est délicieux. Si j'avais une petite cuillère et la liberté de mes mouvements, j'en mangerais sûrement.

— Un peu, yes !

J'ai parlé à voix haute, ce qui semble l'effrayer. Elle met un doigt verticalement devant sa bouche.

Du coup, je ne pige plus rien au déroulement de l'aventure. Que veut dire cette visite nocturne ?

La femme tend l'oreille, qu'elle a bien ourlée. Ne percevant rien d'insolite, elle chuchote :

— Je détacher ! Pas parler !

Et la voici qui s'escrime (in english : ice-cream) sur mes liens. Ses ongles longs, laqués de rouge, sont experts.

En moins de temps qu'il n'en faut à Tino Rossi pour charmer un sourd qui a paumé son sonotone, me voici délivré de mes entraves.

Elle me saisit aux épaules et m'aide à m'asseoir sur le lit.

Bon. Cette dame me veut du bien. Pourquoi ? That is the question, comme disaient Rivoire et Carret à la bataille de Lustucru. Nous échangeons un regard (ou plutôt deux regards : le sien et le mien) long comme un discours pour distribution de prix. Ou je suis le dernier des cornichons, ou cette fille a envie que je lui raconte la vie des chartreux revue et corrigée (au martinet) par Casanova.

— Vous partir, dit-elle.

— Mais...

Je bêle cette objection, car elle exprime tout mon désarroi. Comment se peut-il que cette fille, si intime avec un dangereux

---

1. Genre de détail très vulgaire mais qu'on trouve dans tous les romans policiers un peu hardis. Je me dois de sacrifier de temps à autre à Vénus et à la tradition.

chef de bande (de bande de quoi, je vous le demande) me libère alors que je vais aller tout droit balancer le Duce ?

C'est risqué également pour sa propre sécurité.

Voilà ce que je me dis tout en roulant des carreaux qui feraient peur à un camembert sauvage.

— Pourquoi me laissez-vous partir ?

Elle détourne pudiquement la tête.

— Je ne veux pas que vous serez tué !

Chère âme ! Je vais peut-être tirer mes os de l'aventure à cause du fignedé d'une femme. Les grognaces perturbent toujours les décisions des hommes. Ce sont toujours elles qui, en définitive, prennent les décisions capitales. Mordez par exemple dans le domaine des crimes passionnels, hein ? Qui est-ce qui décide que le mari a assez vécu ? Qui est-ce qui dit à l'amant « Droit au cœur mais n'épargne pas le visage ? » Et en politique, dites-moi, mes petits absents du slip, qu'est-ce qui décide que la route du fer est coupée et qu'on ouvre les négociations avec la République d'Andorre ? Ben, répondez ! Parfaitement : les gonzesses ! Ce sont les gonzesses, toujours elles, qui décident que leur mari ne reverra plus sa mère, qu'il mettra des chemises à pans coupés et qu'il invitera à déjeuner le petit Dubois rencontré l'été dernier sur la plage !

Ce sont elles qui gouvernent le monde. Et nous le leur pardonnons en croyant qu'elles l'embellissent ! Va te faire aimer, oui ! Elles sont toutes en trompe-l'œil ! En trompe-bonhomme. Elles foutent du rouge à lèvres sur l'existence et on embrasse du vide, nous autres...

Celle-ci, cette belle gosse made in Hollywood, ne veut pas que je sois buté. Elle a eu le coup de flou pour ma bonne balle, alors la voilà qui chanstique les projets de son mec !

Si j'avais trimbalé la hure de Béru ou la frime à Pinuche, c'en était fait de moi.

A propos de ces deux grands cavons de la terre, je questionne :

— Et mes hommes ?

Elle secoue la tête. Son geste exprime à la fois l'incertitude et le désintéressement. C'est bien ce que je disais. Elle se moque des petites existences végétatives et disgracieuses de ces bons potes !

Son regard brille comme si on l'avait passé à l'encaustique. Visiblement, elle attend un remerciement de ma part. Je voudrais bien la gâter un peu, cette chérie, lui revaloir la noblesse de son geste par une séance récréative de main-occulte ; mais je suis plus délabré qu'une asperge trop cuite.

Pour jouer les tombeurs de garce, faut avoir ses cinq litres de sang dans le système circulatoire, faites confiance... Sinon, on est tout juste partant pour enseigner les trente-deux positions par correspondance !

Je voudrais me dérober, sauvegarder ma dignité. Mais elle n'a pas cédé à son extravagant caprice pour recevoir en échange une carte de bonne année représentant deux poussins jaunes dans la même coquille brisée.

Allons, San-Antonio ! Du cran ! Quand on a une réputation comme la tienne et une souris pareille en face de cette réputation, on se doit d'honorer l'une et l'autre !

La chère petite a droit au préliminaire : la grosse galoche ! Mais si je pensais l'épater, je dois laisser ma carte et repasser. Pour les patins, elle en connaît un fameux pacson, miss Prends-Moi-Toute. C'est pas une langue qu'elle a, c'est un lance-flammes ! O ma doué ! cette agilité. Ma parole, elle me donne des leçons !

Voilà qui me ranime davantage qu'une transfusion ! Devant un tel étalage de connaissances, je ne peux que lui faire le grand jeu. Que dis-je, le grand jeu ! c'est la représentation de gala, oui ! Placée sous le haut patronage du président de la République ! Avec le concours de la musique de la Garde !

Je lui présente mon corps diplomatique au grand complet. La cérémonie est émouvante. Elle entonne son hymne national. Elle commence par Maman, maman, maman ! Et il se termine par Plus ! Plus ! Plus !

Comme vous le voyez, les paroles sont fastoches à retenir. Une jeune fille de seize ans n'aurait aucune peine à les apprendre.

Je lui octroie le coup du milieu, façon normande. Puis j'improvise sur deux notes un récital de flûte pour terminer la représentation.

Franchement, et en toute modestie, c'est du grand art ! Dans n'importe quel palace de la Côte d'Azur, devant une telle performance, on me passerait un contrat de trois ans, renouvelable par tacite reconduction !

J'ai vraiment tout ce qu'il faut pour faire la renommée d'une maison. De quoi concurrencer le casino du patelin, je vous jure !

Nous restons un instant inertes, nettoyés par ce travail de longue haleine. Enfin je me redresse. Entre nous et la place Maubert j'ai autre chose à faire[1].

Un dernier patin et je me dresse, mal équilibré sur mes échasses. J'admire le héron qui se tient des heures sur une patte ! Faut être fortiche pour réussir un tel exploit.

— Je vais vous demander mon vestiaire, fais-je, très galamment en récupérant mon futal.

Elle se lève, les yeux cernés par la reconnaissance.

D'une démarche vasouillarde, elle gagne la porte. L'ayant ouverte, elle écoute. Le silence est entier, comme mon caractère.

Si j'étais en forme, je pourrais essayer un débarquement-éclair pour tenter de délivrer mes aminches, mais je sens que dans mon état, un éternuement de fourmi me ferait basculer.

Il vaut mieux que je prenne mes cliques d'une pogne, mes claques de l'autre, et que je me trisse.

Miss Réchaud-chaud me guide jusqu'à la porte de l'appartement, à tâtons, dans le noir.

Elle délourde en silence. Puis ses chères mains expertes m'accordent une dernière caresse.

Je déhote. La porte se referme. Me voici dans un escadrin raide et noir. L'escalier de service, je suppose.

Je descends deux étages et j'arrive dans un couloir obscur... En prenant appui sur les murs gras, je vais jusqu'à la porte. Celle-ci n'est pas fermaga. Seigneur ! qu'il est bon de renifler l'air de la nuit.

Un vent léger court dans la rue, faisant voltiger des gobelets de carton.

Je m'élance, parcours quelques mètres et stoppe net.

— S'agit pas de faire des couenneries ! Je dois penser à mes petits amigos, les Béru-Pinuche brothers.

Je m'assure du numéro de l'immeuble. C'est le 214.

Je note mentalement le numéro dans mon bocal perturbé. Puis je fonce en rasant les murs avec un rasoir mécanique jusqu'au prochain carrefour. Là, je bigle le numéro de la rue.

C'est ce qu'il y a de chouettos à Niève York ! Tout est

1. Ce qui est une simple façon de parler, vous aurez rectifié de vous-même !

numéroté. On ne peut pas se gourer. Au lieu d'un plan, il suffit d'emporter avec soi une règle à calcul.

Je me trouve dans la 23ᵉ rue. S'agit de rencarder mon petit ami Andy.

L'heure du F.B.I. a sonné !

DEUXIÈME PARTIE

LE BOIS DONT JE ME CHAUFFE

CHAPITRE TEN

Il est long, le chemin qui conduit aux poulets...

Je marche jusqu'à l'avenue des Américains, c'est-à-dire jusqu'à la sixième, d'un pas pressé. Il y a du populo dans les artères de la grande ville. Icigo, la vie ne s'arrête jamais. Il y a plein de bars ouverts, avec des types bizarres qui entrent, qui sortent, avec un air et des gestes vagues (et l'hiver avec des pardessus vagues également). Quelques filles viennent respirer un coup de brise nocturne, manière de s'oxygéner un peu les éponges.

Des barmen noirs sortent aussi, mais eux pour faire le contraire, c'est-à-dire pour fumer une sèche à la sauvette (du tabac blond de préférence. Voir la loi des contrastes).

Je marche de mon allure vaseuse et personne ne prête attention à moi. L'horloge lumineuse d'un carrefour marque trois plombes du mat. Il va faire une vache bouille, le gars Andy, quand je vais lui exposer le pourquoi du comment du chose, plus l'adresse de cette association sportive de truands ! Il n'y a pas vingt heures que nous avons débarqué, et déjà je suis capable de lui amener l'adresse de Messieurs les marchands de plans volés.

Il va falloir se dégrouiller d'organiser une petite descente-éclair au 214 de la 23ᵉ street si on veut récupérer ce qui reste de Béru et de Pinuche ! Je commence à me faire un drôle de sale mouron pour eux. Les pauvres mecs, ils vont avoir droit à leur ration de chrysanthèmes.

Je cherche l'adresse d'Andy, ou plutôt je veux la contrôler, car les petites séances que je viens de subir ont un peu brouillé ma mémoire, mais je constate avec rage que ces carnes m'ont soulagé de mon portefeuille.

Drôle de vacherie ! Pas moyen de prendre un taxi ! Quant à l'adresse, il me semble bien que c'est la 44ᵉ rue. Une gentille trotte ! Vingt blocks à se farcir ! C'est méchant pour le gars qui a perdu un demi-kil de rouge et qui vient d'exécuter des manœuvres de printemps avec un corps d'élite tel que celui de ma blonde incendiaire !

Je donnerais un verbe actif, plus le passif de la Banque de France pour avoir un verre de gnole ! Si au moins j'avais de quoi me taper un glass et téléphoner... Mais va te faire donner l'assurance de ma haute considération, oui ! Ils m'ont raclé jusqu'au dernier cent qui pouvait se trouver dans mes profondes.

Allons, un coup de courage, San-Antonio ! T'en as vu d'autres, pas vrai ?

Des en noir et des en couleurs. Comme me disait un dompteur du cirque Bouglione : les ours se suivent mais ne se ressemblent pas ! Demain, j'aurai mes lendemains qui chantent ! Le tout est qu'ils ne chantent pas trop fort, car j'aimerais bien piquer une ronflette avant de me rembarquer !

Voici enfin la 44ᵉ. Je stoppe, perplexe. Je ne sais plus si c'est à l'est ou à l'ouest que se trouve l'adresse où je me rends. Le numéro même m'échappe. Mince, je perds un temps fou à rassembler mes souvenirs en colonne par deux !

J'avise un cop, à un carrefour. Il est gras, ventru, mafflu, et s'il ne fumait pas le cigare on pourrait prendre sa figure pour une paire de fesses[1].

Il fait tourniquer son long bâton noir au bout de son index boudiné.

Je m'approche de lui.

— Please, sir, the F.B.I. address ?

Il hisse son regard globuleux jusqu'à moi. On dirait qu'il manœuvre ses châsses avec un système d'engrenages et de crémaillères. Ça fait quasi du bruit lorsqu'il les oriente.

Il m'examine en détail un peu comme une ménagère trie des lentilles avant de les mettre à tremper. Mon accoutrement

---

1. Une paire de fesses fumant rarement le cigare, sauf cas exceptionnels, la confusion est impossible.

n'inspirerait pas confiance à un clodo d'Aubervilliers. Pour tout vous dire, je suis sans chemise. J'ai juste mon bénard et ma veste. Ça fait un peu négligé, vous comprenez ?

Il se dit que je peux entrer dans deux catégories d'individus : soit dans celle des gars qui prennent le whisky pour de l'eau minérale, soit dans celle des messieurs qui ont un caramel à la place du cervelet.

En tout état de cause, je suis indigne de son intérêt.

D'un geste terminé par son bâton de réglisse, il me fait signe d'évacuer la street. Lui, il est pas meûchant. Tout ce qu'il demande, c'est qu'on lui laisse fumer son Corona pénard. Il prend la vie comme elle vient, sans la compliquer outre mesure. Il n'a l'air ni gentil ni vachard. Il ressemble simplement à un tas de viande habillé en flic américain.

Cette masse d'inertie me file en renaud.

— Je suis policier français, insisté-je. Je travaille en liaison avec l'inspecteur Oliver Andy, du F.B.I. J'ai besoin de le voir tout de suite... C'est très grave. Question de vie ou de mort !

Je lui ai monté la phrase tant bien que mal, en utilisant autant le français que l'anglais.

Cette fois, elle tire le bignolon de son apathie. Mais il ne réagit pas dans le bon sens. Il me plante l'extrémité de son bâton sur la poitrine et me pousse comme un jouteur. Je suis tellement lessivé que je pars en arrière. Sans la présence providentielle d'un panneau de signalisation, j'allais à dame !

Furax, à juste titre, je me radine sur « Gras du bide ». Une rage meurtrière me fait perdre tout contrôle. Je voudrais lui faire bouffer son cigare, à ce tordu ! Me voyant charger, il ne s'émeut pas. Il ne fait pas appel non plus à ses deux pétards qui lui battent les miches. Simplement il fait décrire un arc de cercle à sa baguette et v'lan ! sucrez-vous, marquise ! Je prends sur le temporal un de ces gnons qui vous obligent à demander des explications sur vos origines, car vous ne savez soudain plus si vous vous appelez Robinson, ou si on est vendredi !

Je chope le panneau providentiel et je l'étreins comme s'il était la plus sensationnelle des mousmés.

Il ne reste plus à Monsieur le guignol qu'à me choper par une aile pour m'emmener au poste voir si ma lucidité s'y trouve déjà !

306 TU VAS TRINQUER SAN-ANTONIO

Nous faisons quelques pas de conserve[1] et mon entendement rejoint sa base, qui se trouve être celle de mon crâne.

Je réfléchis que, dans le fond, c'est encore la meilleure solution. Une fois au poste, je m'expliquerai et j'obtiendrai sans doute qu'on alerte l'ami Andy.

Quelques badauds nous regardent, mais d'une façon plutôt distraite. Les New-Yorkais sont les citadins les plus blasés du monde ! Il n'y a qu'une chose qui les intéresse : le défilé des personnalités dans Broadway. Sorti de là, on peut se trucider au coin des rues, ça ne les impressionne pas outre mesure. Ils font de grands pas pour enjamber les flaques de sang et c'est tout !

Nous longeons maintenant, le flic et moi, une longue bâtisse obscure. A cet endroit, le trottoir est pratiquement désert.

Je me trouve entre le mur et le poulet. Notez le détail, d'ici trois secondes il va avoir son importance. Du moins pour moi !

En effet, sans que nous y prenions immédiatement garde, une auto stoppe dans un grand miaulement de freins à notre hauteur.

Toto-la-Bonbonne, mon volumineux convoyeur, regarde. Il voit le canon d'une Thompson dépasser la portière, et il ne réagit pas. Il a peine à piger ce qui se passe. C'est un tort ! Because ça se met à cramioter ferme dans le secteur.

Et rapide ! Je me fous à plat ventre en même temps que mon garde du corps. On n'a jamais rien inventé de mieux pour se garer des balles !

L'auto repart dans un grondement féroce. La cérémonie n'a pas duré plus de quatre secondes. Je respire bien à fond, le nez sur un chewing-gum usagé. Pas de bobo ! Et je comprends très vite pourquoi en voyant le trottoir tout rouge sur ma gauche. C'est la Globule qui a effacé la purée de sa bedaine de notaire de province. Lorsque je me suis foutu à plat ventre, il s'écroulait, out ! Et il a continué d'intercepter la bonne camelote calibrée de messieurs les distributeurs de friandises !

Maintenant, il est mille fois plus mort que l'entrecôte marchand de vin que vous vous êtes farcie hier. Sa casquette a roulé sur la chaussée, ce qui me permet de constater que Zizi-Beau-Burlingue était aussi chauve que le dôme des Invalides !

1. Pour les promenades de conserve, choisissez Amieux !

« Mon San-Antonio joli, me dis-je en aparté et en français, tu viens de l'échapper belle. Si t'es pas un ingrat, tu vas pouvoir faire brûler un cierge en rentrant à Paname ! »

Vous avouerez que pour du bol, c'est du bol !

Des gens s'approchent, regardant le cop qui gît sur le bitume avec l'air de se dire que, ma foi, ça n'est pas une perte tellement énorme pour la Nation américaine.

Déjà la sirène d'une bagnole de police mugit. C'est fou ce qu'ils sont rapides, les archers, au pays du dollar en branche ! Pas comme chez nous ! *In* France, ils sont champions pour la contredanse valsée, nos braves gardiens dits de la paix (et qui savent pourtant si mal nous la foutre). Mais quand y a du grabuge, good bye Hawaii ! On ne les voit pas, les pèlerins en pèlerine !

La voiture des cops se range en voltige au bord du trottoir. La coupole rouge qui surmonte le toit de l'auto continue de distribuer le rayon pourpre de son phare tournant.

Trois malabars baraqués comme des armoires normandes jaillissent de l'auto. Eux, croyez-moi, sont sensibles au fait que la victime est un poultock. Ici, la peau de flic est plus sacrée encore qu'à Pantruche. Défense de s'en payer une sous peine de faire si-site à Sing-Sing sur la chai-chaise !

Ils regardent le collègue. Pas laubé, une fois viande froide. Johnny Violon ! Un vrai poème pour mouches à miel ! Il est déjà verdâtre, le Popeye !

Ayant constaté que la femme du cop est devenue veuve, les mecs de l'auto se tournent vers moi. Ils me chambrent avec des questions à l'emporte-pièce, nasillées de façon inaudible.

Je bonnis :

— Minute, I am french...

Voyant que je ne peux m'expliquer sur place, ils me font grimper dans leur fiacre.

— En route !

Je finis tout de même par arriver à destination. Le tout, c'est d'être patient.

CHAPITRE ELEVEN

Orage ! O désespoir !

Une grande salle divisée en boxes vitrés. Le clapotement des téléscripteurs. Des bourdilles qui passent, escortant des civils. Le bruit rapide des machines à écrire. L'appel caverneux des interphones.

Me voici enfin dans l'antre de la matucherie new-yorkaise. Je suis assis dans un fauteuil en tubes, fourbu, écœuré par l'existence, faible à pleurer, frileux...

J'ai réussi à dire que je voulais voir l'inspecteur Andy et on est allé le tirer des toiles à domicile. D'ici vingt minutes il sera là.

Plus le temps s'écoule, plus je désespère de revoir mes deux copains autrement qu'à l'état de défunts. Je suis à ce point épuisé que je n'ai pas la force de les chialer. Quand on n'a plus de force on devient fataliste. Ceci, les gars, parce que la réalité perd de sa signification.

Dans ces moments d'épuisement, on pense à la mort comme à un grand régal. Pas seulement pour les asticots, mais pour soi !

On devient le calme et le repos. M... pour la chaleur, pour la lumière, pour le mouvement ! Et, éventuellement, pour la reine d'Angleterre ainsi que le veut la chanson. On se marre, rétrospectivement, d'avoir accordé quelque importance à ce qu'on croyait être de grands événements ! Plus rien n'existe que cet épuisement formidable qui vous retire toute essence humaine[1]. On s'aperçoit que la gloire, l'amour, l'argent et la Sécurité sociale sont les composants d'un affreux bidon !

Un chef-bourdille me touche le bras.

Il tient un flacon de bourbon, le cher homme. Il a une bonne bouille compatissante.

— Have a drink ?

Je fais « zoui » du cigare et je saute sur sa bouteille plate comme un percepteur sur un chèque au porteur.

Je me biberonne la moitié de sa gnole. Une chaleur bienfai-

---

1. Si vous trouvez que je tartine trop dans le philosophique, tapez-moi sur l'épaule, je descendrai en marche !

sante me ramone l'intérieur. Ils me font tordre, les gars de la ligue pour la tempérance, lorsqu'ils affirment que l'alcool est un fléau !

Tu parles, Charles ! Il est des circonstances (et j'en traverse une à gué présentement) où un coup de raide fait du bien par où qu'il passe, je vous jure !

Il me semble que je viens d'avaler un feu d'artifice ! C'était pas de la liqueur de chaisière !

Je rends son flask au galonné

— Thank you !

Il me frappe l'épaule affectueusement, mais avec cette belle vigueur américaine, bien connue, et je manque chuter du fauteuil.

Puis il entreprend de m'expliquer qu'il a fait la guerre en Europe et qu'il a gardé de Paris un souvenir inoubliable. M'est avis que les pétroleuses de Pigalle ont dû avoir des faiblesses pour ses dollars.

Fin des congratulations, car voici Andy !

Il s'agirait de mon frangin, je ne serais pas plus heureux !

Il a le regard un peu lourd, avec des poches de tablier sous les lampions. Réveillé en sursaut, le collègue ! Il ressemble à une réclame pour les pilules qui ont mis la constipation K.O.

— Hello ! me dit-il en serrant ma paluche.

Je le mets au courant de tout ce qui s'est passé depuis notre dernière communication téléphonique. Ça lui paraît un peu beaucoup pour une première journée.

Lorsque j'ai craché le morcif, il décroche un tubophone.

Je l'entends commander une bagnole complète de matuches avec motards d'escorte.

— Allons-y, fait-il.

Je tends la main vers le digne garçon qui m'a offert son flask. Il rigole et, bon zig, me lance sa bouteille.

Vite, je me mets quelques nouveaux centilitres de super dans le réservoir.

Je bois en marchant. Faut vous dire que je suis un virtuose. C'est toujours moi qui jouais les solos à l'harmonie de Bouffémont.

***
***

Nous montons dans la guinde d'Andy, une chouette Dodge

flambant neuve, très discrète (crème et rouge avec une bande
verte sur les ailes et des damiers noirs et blancs sur les lourdes).
L'autre bagnole nous attend déjà, bourrée de limiers. Deux
motocyclistes font pétarader leurs seringues, un pied à terre, les
manches de chemise flottant déjà au vent de la noye.

Tout en pilotant son tréteau, Andy soliloque :

— Tout ça est un coup monté.

— Comment ?

— La femme vous a fait évader sur l'ordre du chef.

— Pourquoi ?

Il réfléchit.

— Well ! Un de vos hommes a parlé. Il a dit que vous étiez
des agents français. Seulement, les autres n'ont pas dû le croire.
Ils ont voulu faire une expérience...

— C'est-à-dire ?

— Vous libérer. Si vous allez à la police, c'est qu'en effet
vous êtes des policiers, you know ?

— Oui, ça m'a l'air pas bête. Et ils me filaient ?

— Certainement ! Lorsqu'ils vous ont vu en compagnie d'un
cop, ils ont compris que vous étiez effectivement de la police
et ont voulu vous empêcher de témoigner coûte que coûte.

Je m'assombris.

— Alors mes camarades sont morts, dis-je, sinistre comme
un ordonnateur de pompes funèbres en deuil.

— Pourquoi ?

— Pour la même raison qui a décidé ces truands à m'abattre.
Quand on fait subir de tels sévices à un policier, le descendre
est presque un devoir, non ?

Il ne répond pas. Nous venons d'arriver devant le 214 de la
23e rue.

Maintenant, c'est ici que les Athéniens s'atteignirent, que les
Satrapes s'attrapèrent, que les Perses se percèrent, que les
Grecs se graissèrent et que les Parthes partirent, comme se
plaisait à le déclamer mon vieil ami Tréçon, l'inventeur de la
cédille.

Malgré mon infinie faiblesse, je jure de montrer un peu à ces
sadiques (comme Arnot) avec quel poêle à mazout que je me

chauffe[1]. Je dois bien reconnaître que j'ai dans certaines circonstances un caractère de chien ; de chien qui n'aimerait pas les niches[2].

Nous enquillons l'escadrin, Andy, mon ami Moi-même et les choristes de la maison Viens-Poupoule ! Sur la pointe of the feet, nous grimpons deux étages. Je reconnais la lourde par laquelle je me suis évacué une plombe plus tôt. La moindre des politesses voudrait que nous manifestions notre arrivée par un coup de sonnette voire un simple heurt avec l'index replié contre le chambranle de la porte. Mais nous préférons cueillir ces messieurs-dames au paddock, pour autant qu'ils y soient encore. Tous les bignolons aiment à jouer au chah et à la houri.

C'est pourquoi un spécialiste de la maison Royco se met à faire des guili-guilis à la serrure, laquelle, contrairement à la Vieille Garde, se rend sans faire d'histoire.

Toujours sur la pointe de nos quarante-deux fillette, nous pénétrons dans l'appartement. Il est silencieux. Je repère la pièce dans laquelle j'ai prouvé à Miss Ensorcelle-moi que le plus court chemin d'un point à un autre c'était la ligne droite, et que les Français sont imbattables pour ce qui est du coup du milieu !

La pièce est vide. Il n'y flotte, pour moi, qu'un charmant souvenir car, plus j'y pense, plus je me dis que, chiqué ou pas, cette nana valait le déplacement d'air. Elle me plaisait vachement et je suis satisfait de l'avoir jointe à ma collection.

Je pourrais lui dire, comme le fiancé de la romancière : « J'aime beaucoup votre prose ! »

Andy qui a pris son pétard en main, comme chaque fois qu'il se rend dans le monde, referme la porte doucement. Nous nous dirigeons vers les autres pièces, les inventorions à tour de rôle, ce qui nous permet de constater qu'elles sont toutes aussi vides qu'une des jambes de pantalon d'un unijambiste[3].

— Ils ont pris le large ! déclare Andy auquel rien n'échappe.

Moi je suis perplexe.

---

1. Ne pas confondre le verbe : Avoir un poêle à mazout avec le verbe : Avoir un poil à sa zoute !
2. Si vous trouvez qu'il y a trop d'esprit dans mes bouquins, mettez-en de côté pour quand vous ligoterez ceux de Pierre Loto, le célèbre lieutenant de Vessie.
3. N'oubliez jamais que ce sont mes comparaisons qui ont assuré ma popularité. C'est grâce à elles que je viens d'entrer sous la Coupole (celle du boulevard Montparnasse, bien entendu).

— Andy, murmuré-je, je viens de constater un fait troublant.

— Vraiment ?

— Nous ne sommes pas dans l'appartement où on m'a torturé.

— Vous vous êtes trompé d'immeuble ? s'inquiète mon estimable collègue d'outre-Atlantique, lequel se voit déjà révoqué pour perquise illicite.

— Non ! C'est bien ici que je me suis sauvé avec le concours de la fille. Mais ce n'est pas ici qu'on m'a torturé. Pendant mon évanouissement, on m'a changé de domicile !

Il se gratte le menton. N'étant pas rasé, ce mouvement produit un bruit de râpe à bois.

— Je comprends, affirme-t-il.

— Qu'est-ce que vous comprenez ?

— Ils vous ont amené ici justement parce qu'ils voulaient vous faire évader... Ils avaient tout prévu, même la possibilité de vous rater avec la mitraillette ! D'ailleurs, si vous n'aviez pas été un policier, ils ne tenaient pas à ce que vous puissiez retrouver l'adresse.

Là-dessus il donne des ordres à son personnel. Ces messieurs se dispersent.

— Je fais demander à qui appartient cet appartement, m'explique mon compagnon. Ceci peut donner un indice !

Mais je sens que c'est scié de ce côté-ci ! Ces vaches-là sont mieux organisées qu'un banquet à l'Élysée. Ils ne laissent rien au hasard.

Andy, me sentant déprimé, me frappe l'épaule.

— Come, boy !

Il est gentil, ce mecton.

— Venez à la maison, dit-il. Nous boirons un bon scotch en attendant le jour.

C'est un programme assez dans mes cordes. Pourtant j'objecte :

— Mais... Et mes potes ?

— Vos quoi ?

— Mes collègues !

Il hausse les épaules.

— De deux choses l'une, cher garçon. Ou bien ils sont déjà morts ou bien les gangsters ne les tueront pas tout de suite afin de se servir d'eux comme otages...

Son raisonnement tient debout sans stabilisateur, pourtant il n'est pas fait pour me réconforter.

Nous retournons à la voiture.

— S'il est arrivé malheur à vos amis, nous les vengerons, promet Andy. Il ne faut pas vous tourmenter. Il y a chez vous un proverbe sur la vengeance, comme dites-vous déjà ?

Je récite, sans enthousiasme :

— La vengeance est un plat qui se mange froid !

Andy rigole, content. Tel un élève au cours du soir, il répète :

— La vengeance est un plat qui se mange...

Il s'arrête et questionne, avec cette logique qui fait la force des Amerlocks :

— Vous dites qu'il se mange... Et pourtant vous dites aussi qu'on a soif de vengeance. Alors la vengeance doit se boire, dear friend !

CHAPITRE TWELVE

Taïaut

La crèche d'Andy est coquette, moderne et encombrée de bouteilles vides et de chaussettes sales, car il est célibataire et ne s'en cache pas.

Il me désigne un fauteuil profond comme une entrée de métro.

— Sit down !

J'obtempère avec d'autant plus de conviction que mes os deviennent mous, mes nerfs visqueux, mes cartilages fumigènes, mes glandes égocentriques ; mes cellules photo-électriques ; mes muqueuses péruviennes ; mes organes tripartites et mon intellect fluorescent[1].

Andy me brandit un glass de brandy.

— Avalez ça !

Je lui obéis. C'est formide comme je suis soumis, parfois.

Il m'en tend un autre. Un vrai turbin à la chaîne. Mais après

---

1. Bien entendu, tout cela ne veut rien dire, mais ça impressionne les foules.

ça, qu'on ne vienne pas me dire qu'où il y a de la chaîne y a pas de plaisir !

Je me sens bien. Je reprends confiance. Je m'endors !

Quand je m'éveille, le gars Andy est en train de se raser et son Sunbeam fait un bruit de quadrimoteur sur le point de décoller.

Tout en se tondant la pelouse, il fredonne un air d'Elvis dont les paroles sont internationales. Pour preuve de ce que j'avance (et que je ne retirerai sous aucun prétexte) voici la phrase essentielle du refrain :

— Boudou lou, la la. Boudou lou la la (la rime est riche). Boudou lou, la la la la ; la Lèèèèère. Oh ! yes !

En principe, ça s'écrit comme ça se prononce.

Vous allez me dire que je suis plus taquin que saint Thomas, pourtant j'adore Elvis Presley. On a l'impression qu'il fait bon dans sa tête.

Je me sens la bouche triste. Je regarde l'heure à la pendulette du divan et elle annonce huit plombes. Andy réapparaît, les joues nettes.

— Bien dormi ? demande-t-il.

— Très bien.

— O.K. Allez prendre une bonne douche froide pendant que je prépare le café. Vous pouvez vous servir de mon rasoir. Je vous ai préparé une chemise de moi[1] qui doit vous aller.

— Merci, Andy, vous êtes une mère pour moi !

Je lui montre la photo mirifique d'une pin-up brune comme une mine de charbon.

— Je suppose que ça n'est pas la vôtre, ça ?

Il sourit.

— C'est la demoiselle qui s'occupe de mes placements d'argent.

— Vraiment ?

— Elle est de bon conseil. Ma paie passe en fourrures, robes, parfums et dîners dans des boîtes où le pourboire au portier coûte aussi cher qu'un repas dans un drug's normal.

---

1. C'est presque aussi bien que d'avoir une chemise de soi !

— Et comment se prénomme cette aimable bouffe-baraque ?

— Concha !

— C'est pas un nom, c'est un pléonasme, observé-je pour moi seul en gagnant la salle de bains.

**

Une heure plus tard, me voici nickel, rebecqueté, pomponné, amidonné, calamistré, laqué, vernissé, loqué, lavé, rasé, douché, baigné, récuré (de campagne) et prêt à faire n'importe quoi pour retrouver les Béru and Pinuche brothers.

Je tiens conseil avec Andy tout en dégustant un caoua digne d'éloges.

— Par quel bout attrapons-nous l'enquête ? fais-je.

— Elle est déjà en cours, dit-il. J'ai donné le nom du chauffeur de taxi qui vous a conduit dans ce sacré garage. Isaac Rosenthal, m'aviez-vous dit ?

— Oui. Et c'était une vraie licence qui figurait sur le dossier de sa banquette.

— En ce cas, d'ici quelques minutes, j'aurai des...

Il n'a pas le temps de terminer sa phrase que son bigophone se met à jouer « Décroche-moi-je-veux-te-causer » sur l'air de « Et deux coups pour la bonne ».

Andy s'empare du combiné.

— Yes ?

Et ça se met à débloquer en anglais nasal.

Je renonce à suivre le bla-bla. Pour tout vous dire, je me défends mal, question de langues. A part la langue fourrée et le patois de la Basse-Savoie, il ne faut pas compter sur moi pour nourrir la conversation lorsque celle-ci a lieu en papou de la décadence ou en lituanien.

Au bout d'une longue parlote, Andy raccroche.

Il pousse une gueule longue comme le chemin qui conduit à l'amour.

— Alors ? fais-je.

Il se gratte les joues. Cette fois, comme il est rasé, ça ne fait pas de bruit.

— On a retrouvé le taxi qui vous a transporté. Il avait été volé dans le courant de l'après-midi d'hier... Ça n'est pas son propriétaire qui vous a véhiculé.

— Flûte ! voilà une piste morte !

— Hélas !

Il vide sa tasse de café, s'en verse une seconde, met seize sucres dedans, touille et enchaîne :

— On a des renseignements au sujet du logement d'hier. Il s'agit d'un meublé loué également dans la journée d'hier par une fille blonde en tailleur blanc qui a prétendu s'appeler Eva Martin. Ça sent le nom d'emprunt !

J'opine. Ah ! ils sont roublards, ces ordures !

— Qu'allons-nous faire ? je demande.

Je dois avoir l'air d'un suppositoire qui n'a pas atteint son objectif. Si au moins je m'appelais Luc, on pourrait lire mon nom à l'envers.

— Il faut essayer de retrouver ce garage, fait Andy. Peut-être pourrons-nous y découvrir un indice intéressant.

— On va découvrir, en fait d'indice, qu'il a été également loué à la journée par une dame blonde en tailleur blanc ! Ces salauds ont toutes les ruses !

— Allons-y tout de même. Par ailleurs, j'ai communiqué les signalements des gens qui vous ont kidnappés. On est en train de sélectionner d'après ceux-ci des photographies aux archives. Peut-être y retrouverez-vous certains de vos tortionnaires.

Il croit au père Noël, Andy ! Enfin, il ne faut rien négliger.

— L'homme aux cheveux gris, continue-t-il, parlait français, m'avez-vous dit ?

— Parfaitement.

— Avait-il un accent quelconque ?...

— Je pense qu'il était méditerranéen : Grec ou peut-être bien Italien du Sud...

— Vous ne pouvez préciser ?

— Vous me prenez pour une encyclopédie ?

— Encyclopédie ? énonce péniblement Andy, qu'est-ce que c'est ?

— L'étude des cyclopes.

Ayant contribué à son éducation, je me lève.

— On les met ?

— Partons !

Vous voyez, comme à l'Opéra ! Les choristes se branlent les cloches pendant une plombe en piétinant la poussière du plancher. Ils gueulent sur tous les tons qu'ils s'en vont, et ils restent laga !

C'est comme la diva qui brame à pleine vibure qu'elle va caner ! En fait de dernier soupir, elle est pourvue ! Avec ce qui lui sort des soufflets, vous regonfleriez un corps expéditionnaire de mandoliniers !

Enfin, on s'en va.

Nous filons sur Central Park. Andy roule doucement afin de me permettre de bien repérer les lieux.

Pour ça, y a pas de mouron à se faire. Je suis une vraie caméra : j'enregistre tout ! Y compris la voix de Mlle Louise-Maria Naut, la célèbre cantatrice des arènes monumentales de Barcelone !

— Attendez, fais-je. Oui, nous sommes passés devant cet immeuble... Continuez... Je me souviens également de ce magasin...

Ça défile dans ma trombine comme un appareil de projection.

Je reconnais des rues, des stations de bus...

— Voilà ! bramé-je tout à coup en repérant une maison de briques à la façade noircie.

— Quoi ?

— Ça va être la prochaine rue, j'en suis absolument certain.

Docile, il oblique sur la droite.

J'aperçois, dans le fond, l'enseigne du garage.

— Et voici l'endroit !

Andy donne un coup d'accélérateur, qui nous propulse pile devant le garage.

Avant de descendre de voiture, il ouvre la boîte à gants et y prend quelque chose. Mes yeux pétillent comme un feu de sarments.

L'objet qu'il me tend est un superbe pétard de calibre intimidant. Ce truc-là, c'est pas dans un drug's qu'il l'a acheté.

— Ça peut servir, me dit-il.

— Je comprends ! C'est une bonne compagnie.

J'enfouis le pulvérisateur dans ma ceinture.

Maintenant, j'aimerais bien dire deux mots aux bonshommes qui s'amusaient à me soutirer du raisiné ! Moi aussi, je leur ferais un petit prélèvement. Et ça irait beaucoup plus vite !

Une grille ferme l'entrée du garage.

— C'est bien ce que je pensais, soupire mon collègue. Il s'agit d'un établissement fermé.

Il secoue la grille, en vain. Elle refuse de céder à cette sollicitation.

J'écarte Andy d'un geste calme et autoritaire.

— Vous n'auriez pas une lime à ongles, Andy ?

— Vous voulez manucurer vos mains ?

— Non. Donnez !

Il me tend l'objet demandé. Je m'accroupis pour examiner la serrure et j'introduis ma lime dans l'orifice prévu pour une honnête clé.

C'est chinois, une serrure ; pourtant, lorsqu'on examine son cas attentivement, on arrive à comprendre son fonctionnement.

Après quelques manœuvres infructueuses, j'arrive à mes fins.

D'une secousse, j'entrouvre la grille sur une longueur de cinquante centimètres ; ce qui est largement suffisant.

Andy a une mimique admirative.

— O.K. Vous êtes un champion !

Le champion et son petit copain pénètrent dans le garage.

Je le retrouve tel qu'hier. Vide, désaffecté. Il ne reste dans le hall que quelques tacots innommables, qu'aussi bien je me garderai de nommer !

Nous furetons partout sans rien trouver.

— Descendons, fais-je en montrant le petit escalier. En bas, il y a un entrepôt avec des bidons d'huile et des pneus... Nous nous sommes bigornés avec les malfrats. S'il n'y avait pas eu de renforts à la dernière minute, nous prenions l'avantage.

Nous descendons.

Après avoir donné la lumière, nous procédons à un inventaire scrupuleux du local. Nous le passons au peigne fin, comme dirait l'amant de Mme Bérurier qui est coiffeur de son état, comme chacun le sait. (Lui, c'est à la brosse, qu'il passe la digne épouse de mon malheureux collègue.)

Soudain, Andy se redresse. Il tient un stylo à bille et l'examine.

Je le rejoins.

— Ça n'appartient ni à vous ni à vos hommes, ça ? demande-t-il.

Je considère l'objet avec attention. C'est un stylo-réclame jaune. Il y a l'adresse d'un établissement gravée dessus.

Je demande à Andy ce qu'est cette maison ; il me répond que c'est une maison de jeux de la Huitième avenue. On y joue aux quilles et à un tas de machins électriques.

— On pourrait peut-être y faire un tour, non ?

Il hausse les épaules.

— Chaque établissement distribue des milliers de machins comme ça à Noël ! Vous ne pensez pas sérieusement que le patron de cette taule se souvient des gars à qui il a offert ça ?

L'argument est sans réplique. Comme nous ne trouvons rien d'autre, nous prenons le parti de mettre les adjas.

Nous avons la sensation déprimante de l'avoir dans le dos. In english : in the baba !

Nous regagnons le P.C. de mon collègue sans échanger un mot.

— Que faites-vous ? me demande-t-il, une fois sa voiture rangée dans le parking de la maison Poulopot. Vous restez avec moi ou bien vous vous promenez ?

Sachant que je ne puis pas lui être plus utile qu'une paire de patins à roulettes peut l'être à un escargot, je lui réponds que je vais aller respirer l'air tiède de cette matinée d'été.

Nous échangeons une poignée de pognes et je me propulse en direction de la Huitième avenue.

Je n'ai aucune peine à dégauchir la salle de jeux dont m'a parlé Andy. Elle est déjà en pleine activité et une foule interlope y mène grand tapage. C'est plein de bougnouls en blue-jeans, en black-jeans et en gin-fizz ; de petits jeunes blêmes au regard cruel. On les devine prêts à tout pour enfouiller quelques dollars. Graine de violence ! Ils vous foutent votre grand-tante dans l'Hudson ; noient vos chats ; débouchent vos ouatères et se décalcifient devant le premier venu pour se laisser faire le coup de la fusée Atlas ! Nerveux avec ça, les chérubins. Ils prennent la mouche comme une toile d'araignée, pour un oui ou un non. Surtout pour un non.

Des drôles de petits gars en vérité !

Y a aussi des filles. Elles poussent des cris d'or frais dès qu'on les chatouille. Et puis y a des types entre deux âges, entre deux sexes, entre deux tout ! Ils regardent, ils imaginent ; ils transposent : ils se font reluire la pensarde au milieu de cette jeunesse.

L'établissement est composé d'un immense hall en longueur. Au fond, y a les quilles électriques. De chaque côté, je vois des jeux de palets, des jeux de grenouille, des cabines dans lesquelles on peut se donner l'illusion de piloter un bolide à cent à l'heure dans les rues de New York ; des vélos branchés sur des cadrans indiquant la vitesse de pédalage et mille autres trucs depuis la plate-forme vibrante chargée de vous relaxer et qui vous colle la tremblote, jusqu'aux tires électriques, en passant par les appareils photographiques qui vous tirent le portrait instantanément et les cinémas individuels qui nous passent un Charlot de la belle époque[1].

Près de l'entrée, une grosse enflure, style Bérurier américain, vend des photos de filles à poil et fait de la monnaie aux usagers de sa crémerie. En outre, il mâche un cigare qui ressemble à une banane pourrie.

J'observe ce petit univers frelaté. J'ai beau me détrancher, je ne vois absolument personne de connaissance. Aucune de ces frimes ne m'est familière. Qu'avais-je donc espéré en venant ici ? Me casser le tarin sur l'un des malfrats d'hier ? Tout ça parce qu'au cours de la bataille rangée qui nous a opposés aux membres de la Truads' Association Limited, un stylo-réclame a été paumé.

Pour ne pas me singulariser dans cette foule, en ayant l'air de jouer les observateurs, je m'approche du premier jeu venu et je glisse, comme le prescrit la notice, une dîme dans la fente. En face de moi un cadran s'éclaire. En couleurs violentes,se dessine un bateau de guerre voguant sur une mer d'huile.

Le jeu consiste à viser une cible située au niveau de la ligne de flottaison avec un pistolet électrique. Si on atteint l'objectif, le bateau coule sur le cadran. Sinon il continue sa route et vous avez paumé la partouse.

Je crampone l'arme en acier nickelé. Elle est pourvue d'un tube de caoutchouc qui pend sous la crosse, gênant considérablement son maniement.

Néanmoins, comme dirait Cléopâtre (en égyptien et en trois mots), mon adresse au pistolet est telle que je mets dans le mille du premier coup.

Le navire coule. Maigre satisfaction...

Tandis que sa tourelle disparaît dans la profondeur bleue lessive de l'océan, un turbin maison se fait dans ma tronche.

Voyez-vous, les gnards, moi qui vous ai déjà dit tant de choses, donné tant de pertinents conseils dont au reste vous n'avez tenu aucun compte car vous êtes tous des endoffés du

1. Celle où Charlot était le Molière du cinéma avant d'en devenir le Karl Marx brother !

pardingue, je vais vous faire part (à toutes fins utiles) d'une constatation qu'il m'a été donné de faire. Rien n'est jamais inutile. Souvent, on croit agir sans préméditation, et on finit par s'apercevoir qu'en réalité on a suivi l'enchaînement implacable d'une obscure logique.

Ainsi, voyez : nous avons trouvé ce stylo-réclame. Il nous donnait l'adresse d'une salle de jeux. Je suis venu à cette salle de jeux. Pour ne pas m'y faire remarqué j'ai joué ! Et en jouant, j'ai eu une idée... Une idée qui vaut son pesant de plutonium aux aromates !

Je la dois à ce bateau. C'est lui qui m'a donné le *la* !

Asseyez-vous, sortez vos mains des slips des dames, essuyez vos pieds sales après les rideaux et ouvrez en grand vos portes cochères.

Je viens de penser de la façon suivante, très exactement. Je ne change pas un cyclotron au grossium de mon curriculum afin de ne pas perturber le planétarium infrarouge de votre mégalomanie transcendantale ! Je suis pour la vérité, rien que la vérité, toute la vérité, tant il est vrai qu'on n'emporte pas la France à la semelle de ses souliers et que tant va la cruche à l'eau qu'à la fin elle se casse.

Bon, vous y êtes ? Alors d'accord. Mais je vous préviens : le premier qui m'interrompt, je lui coupe la rate en tranches avec des ciseaux de brodeuse.

CHAPITRE TREIZE[1]

Maman, les petits bateaux !

L'attentat dont j'ai été victime hier nous a prouvé que l'un de mes hommes (et peut-être les deux) n'a pu résister à la torture et a craché le morcif à l'homme aux tempes argentées[2].

Pour vérifier ses dires, le chef des pieds-nickelés new-yorkais m'a mis à l'épreuve.

---

1. Cette fois je numérote ce chapitre en français. C'est le treizième et je tiens à ce qu'il me porte bonheur.
2. Un fin renard, celui-là !

Bien, ne perdez pas le fil, vous ne vous y reconnaîtriez plus. Je bois un glass et je poursuis.

Si Béru et Pinuchet ont flanché, ils ont fatalement tout dit. Quand on commence à se mettre à table, on ne peut plus s'arrêter. Or, s'ils ont tout dit, comme il est probable, les bandits savent maintenant que les plans qu'ils convoitent tellement se trouvent dans la cabine du commandant du *Liberté*.

Pas d'objections ? Si ? J'en vois un qui chahute avec son petit camarade ! Durand ! Sortez de ce livre tout de suite !

Là ! On va peut-être être peinard maintenant pour continuer l'exposé.

Ces salopards ayant prouvé qu'ils étaient prêts au pire pour s'approprier les documents, je suis prêt à vous parier un trombone d'enfant contre un pied à coulisse qu'il vont risquer le paquet, si inouï que cela paraisse, pour essayer de récupérer les fameux plans où ils sont, c'est-à-dire à bord du plus grand barlu français.

Conclusion, et c'est là que se place l'apothéose de mon raisonnement : *le seul endroit où j'aie une chance de retrouver ces messieurs, c'est à bord du* Liberté.

Dites, c'est pas magistral, ça ?

Comme quoi, les idées sont comme les éléphants de cirque : elles se tiennent toutes par la queue !

Fissa ! Je quitte la maison de jeux à la vitesse d'une soucoupe volante poursuivie par son percepteur. Un bahut passe, à vide ! Je l'emplis illico de ma personne. Les Dieux seraient-ils à mon côté, maintenant ?

— French Line ! dis-je au conducteur en me pinçant le nez pour que ça fasse plus américain.

La vitesse ne grise que celui qui la crée, prétendait un homme qui, je pense, craignait le vertige. Aussi je commence à virer au vert comme une asperge adulte lorsque le brave Fangio des pauvres stoppe devant le quai d'embarquement de la French Line. Il y a un trèpe de tous les Zeus et je me souviens que le barlu reprend la tisane sur les choses de midi.

Or n'importe quelle montrouse vous le dira, à condition qu'elle ait pris l'habitude d'indiquer l'heure exacte, il est dix

plombes et demie. M'est avis que j'arrive comme un aphrodi-
siaque dans la vie d'un sexagénaire !

Je me catapulte dans l'ascenseur avec un tas de pégreleux qui
vont photographier la France et bouffer du coq au vin en
buvant du Coca-Cola.

Me voici dans l'immense hall bruyant où les dockers
manipulent les colibars comme s'ils disputaient la coupe du
monde de rugby.

Je me radine vers la douane. C'est alors que je m'aperçois
qu'avec toutes ces périphéries (comme on dit à la R.A.T.P.) j'ai
paumé mes fafs. De plus, même si j'avais un passeport en
bonne et due forme, il me faudrait un sailing permit[1] et même
si j'avais ce sailing permit, il me serait rigoureusement impossible de monter à bord puisque je n'ai pas de billet.

J'essaie de parlementer, mais y a rien à chiquer. On m'envoie
chez Plumeau avec perte, et même fracas, c'est vous dire.

Une seule solution : bigophoner à Andy. Seulement je
gamberge que l'heure tourne. Le barlu va bientôt appareiller.
En admettant que je puisse joindre Andy, le temps qu'il radine,
qu'il discute, qu'il me fasse monter à bord, et les truands se
seront goinfré les documents ; si ce n'est déjà fait.

Je frappe le sol à coups de tatanes, très grand gosse qui a ses
nerfs ! Et puis comme il n'y a pratiquement aucune différence
entre mon bol et un cerveau électronique à haute fréquence et
frein à main, je me dis que la solution est là.

Il me suffit de reluquer les allées et venues pour avoir la belle
idée. A peine ai-je pris la décision de penser qu'une idée frappe
à la porte de service de mon déconatoire.

— Toc, toc !

— Qui est là ? questionne mon intellect.

— Je viens de la part du Système D, m'sieur le commissaire
San-Antonouille.

— Entrez, vous êtes chez vous[2].

Et voilà la petite idée qui radine, toute fraîche, toute souriante : très jeune fille de bonne famille. Elle me chuchote un

1. Attestation délivrée par le Trésor américain comme quoi vous n'avez pas
gagné d'artiche durant votre séjour sur la terre de Lincoln et sans laquelle vous
pouvez vous l'arrondir pour décarrer.
2. Paroles d'André Claveau à un ami qui lui donnait une tape amicale au bas
du dos. André Claveau est bien connu dans le Bas-Rhin !

truc dans les trompes d'Eustache. Je dis oui. Et je me dirige vers le fond du hall, là où sont centralisés les bagages.

J'avise un grand diable de docker. Il est en train de décharger les colis qui radinent de l'escalier roulant et il les empile sur un tapis roulant.

Il me gueule que je n'ai rien à foutre ici.

Je lui réponds par un sourire candide, puis par un coup de targette dans le vestibule et je n'ai que le temps de le choper par une aile avant que le tapis roulant l'emporte vers ses collègues préposés au coltinage à bord.

En moins de temps qu'il n'en faut à votre meilleur ami pour vérifier si votre femme est vraiment brune, j'ai ôté la casaque bleue du bonhomme, sur laquelle les mots French Line sont brodés en lettres rouges. Je ramasse en outre son bada et je ressors après avoir cramponné deux valoches.

En faisant mine de mâchouiller du caoutchouc parfumé, je gagne la passerelle. Personne ne m'arrête. Où se cache-t-il, le tordu qui a déclaré que l'habit ne faisait pas le moine ? Qu'il vienne un peu me bonnir cette crêperie entre les sinus frontaux.

Je grimpe à bord the fingers in the nose[1]. Sans que personne prête à moi plus d'attention qu'à un bouton de jarretelle usagé.

Une fois dans les coursives, je largue les baluchons en souhaitant ardemment, pour la bonne règle, que leur proprio puisse les récupérer avant Le Havre. Et je me propulse à l'allure d'un avion supersonique vers la cabine du commandant. Par une chance que je n'ose qualifier, de peur de vous rappeler à tous de cruels souvenirs, je me casse le nez sur l'officier. Il a fière allure dans son impeccable uniforme blanc. Il me regarde distraitement. Pour lui je ne suis qu'un docker. Puis il me reconnaît et sursaute.

— Vous !

— Moi ! Commandant, je n'ai pas le temps de vous expliquer... Je veux seulement vous poser une question : avez-vous toujours les plans ?

— Mais naturellement ! Quelle question ! Vous savez bien qu'ils sont dans...

Ma question semble l'avoir quelque peu vexé. Je lui prends le bras dans un élan de supplication.

— Commandant. Je vous demande de vérifier...

---

1. En anglais : les doigts dans le nez (Berlitz).

Il fronce les sourcils.

— Soit. Mais vous tombez mal, car j'ai des obligations impérieuses.

— C'est très important.

Il ne répond pas et ouvre la porte de sa cabine. A peine a-t-il mis le pied à l'intérieur qu'il pousse un cri.

— Grand Dieu !

Pas besoin de me faire un dessin, les mecs, j'ai compris. Vous pensez, avec une intelligence comme la mienne !

J'entre et je vois tout comme lui la porte du coffre grande ouverte.

L'officier est catastrophé. Moi plus que lui.

— C'est inimaginable ! balbutie-t-il. Il y a moins d'une heure ce coffre était fermé et...

— Il ne faut pas une heure à un spécialiste pour forcer ce machin-là...

Il sonne son steward. C'est un petit gros, rouge comme une pomme mûre, qui sourit de confiance à ses contemporains.

— Verjus, gronde le commandant. On a cambriolé mon coffre !

L'autre ouvre une bouche si grande que ça doit lui ventiler l'intestin grêle.

— Hein !

— Regardez vous-même ! Qui est entré dans ma cabine ?

— Je n'ai vu personne...

— Enfin, depuis moins d'une heure le voleur a pénétré ici ! Où étiez-vous ?

— A terre. Je suis allé acheter quelque chose pour mes mômes dans la 48ᵉ rue...

Je me frotte la calebasse. Tonnerre de chien, ça déguille on ne peut plus mal ! Tu vas trinquer, San-Antonio, c'est moi qui te le dis. Comme affaire vaseuse, on ne peut rêver mieux. Les plans perdus ! Béru et Pinuche bousillés ! Bravo ! Chouette opération. Après ça, je n'ose plus rentrer en France, mésigue ! C'est pour le coup que le Vieux va me refiler son coupe-papier en me priant d'aller me faire hara-kiri dans les gogues ! Ah ! misère...

J'ai dans la gorge comme un sanglot qui m'étouffe ! Avoir fait tout ce circus pour balpeau ! Se laisser pigeonner par une bande de teigneux ! Maverdave alors !

— Il faut porter plainte ! suggère le steward.

Cet avis-là (comme dirait sainte Thérèse) me ferait gondoler comme un carton à biscuits en d'autres circonstances.

— Je suis désespéré, balbutie le commandant.

A quoi bon le laisser se ruiner le moral. Il en a trop besoin pour piloter son canot jusqu'au Havre.

— Ce n'est pas votre faute. Bon... Il faut que j'avise !

Je le quitte sans ajouter autre chose. Les grandes douleurs, vous le savez sans doute, sont comme les carpes.

*

Je descends la passerelle. Je traverse le hall en contournant un rassemblement près des escaliers roulants. Je me doute de ce qui le motive et je pénètre dans les water-men afin de poser ma casaque. Ensuite, je quitte le port dans un bahut qui ressemble à un sorbet italien.

Je suis en proie à un terrible coup de pompe aspirante et refoulante. Qu'est-ce qui m'arrive, Seigneur !

Je suis ulcéré, humilié, foulé, piétiné, broyé, concassé (et pas cassé), désarticulé, démembré, déchiqueté, émietté, écœuré, asexué. Je suis plus cornard que Bérurier ; plus toquart que Pinaud ! Plus mort que vif !

San-Antonio ! Tu es la plus grosse erreur humaine jamais conçue !

J'ai donné l'adresse du F.B.I. à mon pilote d'essai, mais brusquement, je me ravise. Il y a des instants où chez moi, l'instinct va plus vite que la pensée. La lumière précède le son ? Eh bien, mes actes précédèrent quelquefois mes décisions. N'essayez pas de comprendre. Einstein est mort d'avoir voulu m'analyser.

Je tambourine à la vitre qui m'isole du chauffeur. Ce brave homme, d'après sa licence, s'appelle William O'Connor. Il n'y a pas de mal, chacun s'appelant comme il peut. J'ai eu un condisciple nommé Lacrotte[1]. Avec un nom pareil on devrait pas manquer d'aisance et pourtant il avait un complexe, le pauvre chéri. Il faut dire qu'on ne lui faisait pas de cadeau. Quand il se pointait en retard, on lui demandait s'il était constipé. Ah ! la cruauté humaine. Mais j'ai l'air de me com-

---

1. Authentique. Le susnommé n'avait aucun lien de parenté avec Cambronne, comme on pourrait le croire en général (ou en caporal ordinaire).

plaire sur un terrain glissant ! Vous allez me prendre pour le catalogue de l'U.M.D.P. ! Pour le gars qui fait les latrines de Noël ! Faites excuses, m'sieurs-dames, si j'ai conservé l'esprit étudiant. Pas de ma faute si je n'ai comme vous autres la bouche en chemin d'œuf. Vous m'avez tous l'air d'être la conséquence d'un vieux !

Donc, ai-je annoncé quelques lignes plus haut (ce sont des lignes à haute attention[1] !) je donne un changement d'adresse au conducteur.

— Fifth Avenue, please !

Parfaitement ! La Cinquième avenue de Beethoven ! C'est là que se trouvent les burlingues de la Transat. Maintenant j'y vois plus clair dans mes impulsions. Je commence à savoir pourquoi je m'y précipite.

Vous voulez le savoir aussi ? Oh ! mes petits curieux ! Tout connaître et rien paga ! Il n'y a pas un pignouf parmi vous qui me paierait un coup à boire ! Je suis là à me décarcasser pour vous faire poirer et vous ne pensez pas un instant que le bonhomme puisse avoir la pépie, non !

Enfin, je suis du genre victime du devoir, moi !

Eh bien, je viens de comprendre une chose très simple, mes Lavedus. Pour avoir accès au bateau, il faut un billet. Donc, le type qui est venu sucrer les plans en possédait un ! Il est peu probable qu'il ait compliqué sa délicate mission en se livrant à des voies de fait sur un docker comme c'est mon cas, hein ?

Or, ce billet de passage, il a dû le prendre à la dernière minute ! C'est-à-dire tout à l'heure ! Et avec un passeport ! Car ce genre de ticket est nominatif, vous gourez pas !

D'accord ! Vous commencez à piger, pas ? Oui, je vois vos trognes expressives comme des camemberts trop faits qui s'ouvrent à la grande vérité de ma gamberge.

Je suis prêt, vous m'entendez bien, moi qui vous cause, je suis prêt, disais-je, à vous parier un œuf à la coque contre un coq-à-l'âne, qu'une seule personne a attendu le matin du départ pour demander une gâche.

C'est pensé ça, aussi !

J'en suis là de mes cogitations à bon marché lorsque le tréteau stoppe à l'angle de la 44e street et de la 5e avenue.

---

1. Vous le voyez bien que c'est maladif ! On m'appelle dans le privé le calembourgeois calé !

Je carne le gnace et je m'engouffre (comme Padirac) dans l'immeuble de la Transat !

Une secrétaire, roulée comme une gitane maïs (du reste elle est blonde), me regarde approcher par-dessus ses seins. Elle connaît bien les siens, car elle les honore d'un décolleté dans lequel on aimerait passer ses vacances de Noël.

Elle parle français avec un délicieux accent yankee. Quand on voit une môme pareille on prendrait un billet pour n'importe où à condition qu'elle soit du voyage.

— Vous désirez ? me demande-t-elle.

J'y vais au culot gros comme Bérurier (s'il n'est plus, que le bon Dieu envoie son âme chez le teinturier) !

— Je suis un ami du monsieur qui a pris son billet tout à l'heure.

Si vous mettiez un stéthoscope à l'endroit de mon battant, les gars, vous entendriez les chutes du Nid à Garat !

Elle paraît au courant. Ma joie est telle que je l'embrasserais ! De toute façon, j'aimerais lui rouler mon patin humide, style langue-de-biche.

— Bon, il a eu de la place ?

— Oui.

— Ce voyage s'est décidé à la dernière minute. Il redoutait que...

— Non. Ça s'est très bien arrangé. Sur le retour en France, en cette saison, on est moins chargé...

Je cherche la façon d'en savoir davantage. C'est dur. Je pourrais abattre mes brêmes, faire appel à mon pote Andy, mais ce serait une perte de temps considérable. Je préfère m'arranger, suivant mon principe coutumier, avec les moyens du bord !

— Pouvez-vous m'indiquer la classe qu'il a choisie et son numéro de cabine ?

— La classe, fait la douce enfant, c'est la première...

(Évidemment, pour avoir accès à la cabine du commandant, il ne fallait pas marchander.)

— Mais le numéro de cabine, soupire-t-elle.

Et la voilà qui pique un registre et se met à le compulser. Elle s'arrête et lit :

— Alfredo Dagroni... Cabine 24...

Je me détranche pour lire sur le registre.

— Je vous demande pardon, fais-je, mais je crois que vous avez mal orthographié le nom de mon ami.

D'un geste preste, qui doit sembler naturel de la part d'un garçon sans gêne, je saisis le dossier. Je lis rapidos :

« Dagroni Alfredo, 1117, Nicholas Brothers street, N.Y. »

— Non, j'avais mal vu, ajouté-je en lui décochant mon œillade veloutée au pétale de rose d'Ispahan.

Et je me barre comme si je venais de gagner le gros lot et que je veuille l'encaisser avant la fermeture illimitée des guichets

CHAPITRE FOURTEEN

T'es au bal, faut que tu danses !

Nicholas Brothers street se trouve en plein cœur de Harlem. Pour y arriver, on quitte progressivement le New York normal et on s'enfonce lentement dans la ville noire. Ça devient de plus en plus cradingue, de plus en plus populeux et les Blancs se font tellement rares que, lorsque le bahut me décharge, je n'aperçois plus, en fait de représentant de la race blanche, que ma triste gueule dans la vitrine d'un parfumeur.

L'impression est curieuse. Ce qu'on ressent n'est pas à proprement parler un malaise, ce n'est pas de l'inquiétude non plus, mais plutôt une curieuse sensation de dépaysement.

Un dépaysement absolu, tel que jamais je n'en ai ressenti. Je mate les immeubles minables, noircis, avec leurs caractéristiques échelles d'incendie dont le dernier tronçon est à contrepoids ; leurs échoppes minables. Je bigle les bars d'où s'échappe une musique forcenée et les bougnouls entassés le long des trottoirs, avec leurs bonnes bouilles, leurs yeux et leurs dents blanches !

D'autres négus, moins sympas, du genre démolisseur de mâchoires en tout genre ! Des obèses, ventrus comme des bouddhas ! Des en soldats ! Des en flics ! Des pleins aux as, avec des limaces de soie, des panamas clairs et des Cadillac décapotables longues comme une conférence aux Annales !

Un monde nouveau pour moi. Ne ressemblant pas à ce que

j'attendais parce qu'étant plus quotidien et plus troublant que dans mon imagination.

Je zyeute sans enthousiasme l'entrée du 1117. Un vrai coupe-gorge. Imaginez une bicoque de deux étages, lépreuse, malodorante dont le rez-de-chaussée est occupé par la boutique d'un cordonnier. Et quelle boutique ! En vitrine, y a une carapace de tortue de mer, un chat endormi et (comme disait un de mes amis) le buste d'un pied.

La vitre n'a pas été lavée depuis qu'on l'a mastiquée et elle commence à ressembler à du verre dépoli.

Pourtant, à travers cette opacité, j'avise un nègre à barbe blanche qui bat la semelle (du moins celle des autres).

J'entre.

— Mister Dagroni ? interrogé-je.

Il hoche la tête.

— First floor !

— Merci.

Je quitte l'échoppe pour emprunter l'allée avoisinante. Emprunt de courte durée, car je me promets de la rendre à la première occasion.

Ça renifle le bout du monde là-dedans, et on y voit pas plus clair que dans le fignedé d'un... nègre, oui, justement[1] !

J'avise un escalier. Je l'escalade. Premier étage. Unique étage habité, le second étant constitué par un atelier dont l'entrée se trouve dans la cour.

Une seule porte, ce qui limite l'hésitation.

Et pas de sonnette.

Je frappe discrètement juste assez pour être entendu, mais pourtant de manière rassurante. Ayant procédé à cette sommaire manifestation de moi-même, je sors le calibre que m'a offert Andy et je le tiens à pleine main. C'est un aminche, c'est un frangin !

Un instant s'écoule. Puis une voix de femme chuchote quelque chose sur un ton interrogateur. A tout hasard, d'une voix feutrée comme des chaussons, je nasille :

— Yai !

Alors la porte s'ouvre et je trouve en face de moi la frite café

[1]. Quelle ridicule formule ! Je connais pour ma part des fignedés de Blancs aussi obscurs.

au lait d'une dame qui, si elle n'est pas négresse, n'est en aucun cas norvégienne.

Mettons que ce soi une sang-mêlé.

En m'apercevant elle se dém... de relourder. Et pourtant elle n'a pas eu le temps d'apercevoir mon petit appareil à poinçonner les bulletins de naissance !

J'en déduis qu'elle a la conscience plus sombre que la figure et, ayant déduit cela très vite, je parviens à glisser mon 42 fillette dans l'ouverture de la porte.

D'un coup d'épaule, j'ai raison de sa poussée inverse. L'huis s'entrouvre et la personne recule dans une pièce dont la saleté et le désordre ne laissent pas présager que son locataire ait les moyens de voyager en première classe à bord du *Liberté*.

Je montre mon feu à la négresse.

— I kill you, lui affirmé-je avec mon plus chaste sourire (celui qui m'a assuré la conquête de Miss Flageolet à la Foire aux haricots d'Arpajon en 1954 !).

Elle a les gla-gla. On entend ses ratiches qui font bravo !

Délicatement, je referme la lourde. Pour vivre là-dedans faut avoir une hérédité d'égoutier, ou alors le sens olfactif plus sous-développé que la Yougoslavie !

J'essaie d'oublier que j'ai un nez avec la façon de m'en servir et j'attaque vivement Miss Réglisse.

— Where is Dagroni ?

Elle secoue la tête en louchant tellement sur le pétard que ses gobilles vont bientôt permuter.

J'avance l'arme entre ses flotteurs, lesquels sont manifestement plus considérables que deux édredons de campagne.

— Where is Dagroni ?

Cette fois, j'ai gueulé ! Ma prononciation n'est peut-être pas fameuse, mais pour l'intonation espérez un brin ! La dame en négatif comprend que si elle ne met pas les pouces il va lui en cuire.

Je ne voudrais pas cogner une dame, surtout une dame en deuil ; mais j'ai assez perdu de temps avec ces foies-blancs !

Je m'apprête à la molester un tantinet sur les bords lorsqu'un étrange petit bruit me parvient. On dirait qu'un bébé souffrant vagit dans son berceau non loin de là. La mulâtresse en est affolée. Je la fais pirouetter et la pousse en avant en direction d'une porte basse s'ouvrant au fond de la pièce.

— Open ! dis-je.

Hypnotisée par ma belle assurance sociable, elle délourde. Je me trouve à l'orée d'un réduit bas de plafond (à moins qu'il ne soit haut de plancher comme l'a fait justement remarquer mon éminent camarade Pierre Dac dans son traité sur la trajectoire intrinsèque du chèque barré dans la société romaine). C'est de ce réduit que sortent les vagissements.

Serais-je tombé sur une marâtre laissant dépérir son enfant pour confier à d'autres bouches l'usage de ses mamelles ?

Je vais en avoir le cœur net.

Je tâtonne pour dégauchir le commutateur. Je commue. La lumière soit ! Et je m'aperçois que la marâtre présumée est en réalité une receleuse de messieurs kidnappés puisqu'elle héberge d'une façon peu compatible avec les lois de l'hospitalité, l'inspecteur-chef Pinaud et le principal Bérurier, de la poulaillerie française !

Joie de retrouver vivants mes deux chers compagnons d'armes à gauche ! Émotion de les voir en piteux état ! Car ils font peine à voir. Vous les découvririez sur la voie publique, ce n'est pas à Police secours, ce n'est pas à l'ambulance, ce n'est pas aux Pompes funèbres que vous téléphoneriez, mais bien à la voirie.

La bouille de Béru ressemble à un steak tartare. Il n'est pas une partie de cette physionomie qui ne soit ensanglantée. Ses fringues sont en lambeaux. Il a des traces de tisonnier plein le corps. Je crois qu'après ça, il aura droit à quelques jours de vacances ! Pinaud, lui, est encore plus délabré. Il est complètement nu, et on l'a sculpté au rasoir comme un marron d'Inde. Tous deux sont en plein cirage. Ils font de la température et flottent dans une espèce de demi-inconscience.

Cependant, le Gros soupire :

— C'est toi, Tonio ?

— Mais oui, mon gros biquet. C'est moi. Je suis arrivé à temps. On va te soigner, tu verras, et te cloquer la Victory Cross !

Il fait un effort pour me répondre que je peux me la foutre où il pense, la Victory Cross, ainsi que toutes les médailles homologuées en ce bas monde !

Comme je ne peux agir seulâbre, j'ordonne d'un geste à Mme Cirage de délier mes amis. Elle obéit.

Ensuite, je lui demande où se trouve Dagroni. Elle me répond qu'elle l'ignore. Il s'agit de procéder autrement.

— Pour qui travaille-t-il ?

Je suis tellement heureux d'avoir sauvé la mise à mes potes que la joie me donne une sorte de génie linguistique. Je parviens presque à m'exprimer correctement.

Elle hésite. Je lui colle une mandale qui remet sa denture en question.

Elle pleurniche. Puis enfin, l'adresse que j'attendais radine. L'employeur de Dagroni est un certain Xidos, 88, Park avenue.

Pour la remercier, je lui place un coup de crosse sur la tempe. Elle s'écroule comme un sac de farine. Mais elle est moins blanche.

— Bougez pas ! fais-je à Bérurier. Je vais chercher du secours !

Le revolver au poing, je bondis dans l'escalier. Je débouche dans Nicholas Brothers et je tire deux coups de pétoire en l'air.

L'effet est instantané. Des trilles de sifflet retentissent dans les azimuts et deux poulets en chemise bleue se rabattent, les pétards battant leurs meules.

Je me suis démerdé de renfouiller mon arquebuse pour éviter qu'ils ne m'assaisonnent aux petits oignons en m'apercevant et je leur fais signe de me suivre.

Pas contrariants, ils m'emboîtent... Mais le pas seulement, pour commencer.

CHAPITRE FIFTEEN

La machine à faire des trous

Assis dans l'ambulance qui transporte mes brillants duettistes et escorté de deux matuches grands comme votre pavillon de La Garenne-Colombes, je jubile. Maintenant que j'ai retrouvé mes potes vivants, peu me chaut[1] de ce qu'il adviendra des plans.

Je cède à cette lâcheté délicieuse qui vous fait renoncer aux grands problèmes pour savourer des joies très proches, très chaudes, très humaines. Bien que mes vaillants guerriers soient en piteux état, je n'ai pas besoin d'avoir fait quatre années de médecine à la faculté de Saint-Leu-la-Forêt pour piger qu'ils s'en tireront sans difficulté. Ce, d'autant mieux qu'ils ont l'un et l'autre le cuir à toute épreuve.

Qu'est-ce que c'est que la vie, au fond ? Un M. Durand qui transforme du bœuf en Durand ! Chaque individu oublie la chaîne, le cycle, la transmission. Ses petits yeux de rampant ne lui permettent de considérer que son historiette personnelle.

Un quart de plomb après l'intervention des archers new-yorkais, le révérend Pinaud et son altesse Bérurier sont dans les toiles d'un hosto dont chaque infirmière pourrait signer un contrat avec M. Zannuck, pour jouer le sixième principal rôle de « Ça jeûne et ça ne sait pas » ou « La vie gastronomique du fakir Stomâ-Khal ». Pinuche bat des ramasse-miettes et me regarde avec une indescriptible émotion. La minute est solennelle et ferait chialer la reine d'Angleterre elle-même.

— Tu nous as sauvés ! bavoche le cher débris.

— Repose-toi, on va décarrer d'ici deux ou trois jours, dès que tes brèches seront colmatées...

Il s'humecte.

— Ah ! la France, soupire-t-il. Ça m'aurait fait de la peine de mourir sans reboire un dernier coup de muscadet...

— Je t'en offrirai une bonbonne en radinant à Pantruche !

— Merci.

Il me prend la main.

— J'ai parlé, San-Antonio, pleurniche-t-il.

Je conspue son remords de conscience.

— Et alors ? T'as une menteuse, c'était bien pour t'en servir, non ?

— Ils nous ont fait subir un traitement terrible.

— On va leur revaloir ça, vieux, sévices compris.

— Tant que c'étaient des gnons, tu comprends, j'encaissais. Même quand ils se sont mis à me travailler au rasoir... Seule-

1. Depysse *dixit*.

ment ils m'ont fait boire j'sais pas quelle saloperie et je ne savais plus ce que je débloquais...

— Te tracasse pas pour ça, va...

Je murmure *in petto*, ce qui est plus difficile que *mezza voce* :

— Ce que je pige pas, c'est pourquoi ils vous ont pas liquidés une fois qu'ils ont su que vous étiez des poulardins !

Le Pinuche bave sur son oreiller. Son regard chassieux se coagule. Il soupire :

— Je crois qu'ils nous gardaient comme otages...

— Otages ? Pour quoi faire ?

— Ils voulaient savoir ce que nous avions fait de leur ami Harry ! J'ai pas compris ce que ça voulait dire...

Du diable si je pige quelque chose aussi !

— Harry ? je répète.

— Oui...

— Alors là, je pige pas... T'es sûr ?

— Oui, tu peux demander à Béru... Ils ont dû le questionner à ce sujet itou...

Mais je n'ai pas le temps de chercher la confirmation de la chose insolite, car voilà mon copain Andy qui me rejoint à l'hosto. C'est moi qui ai demandé à mes gardes du corps de le mander d'urgence, because ces messieurs ne semblaient pas déterminer mon rôle dans l'aventure. Heureusement, le gars Andy me refile à leurs yeux la blancheur Persil.

Je lui relate les dernières heures que je viens de vivre.

— Nous devons piquer une descente à l'adresse que m'a refilée la négresse, fais-je.

Il est également de cet avis. Flanqués des deux armoires, nous fonçons vers Park Avenue.

***

L'immeuble a belle apparence. Tout en pierre de taille ! Il y a un dais bleu et blanc à l'entrée. Dans le hall, tout est dorures, plantes vertes, éclairage indirect et tapis rouge à baguettes dorées.

Pour s'offrir une crèche dans une tôle commak, faut retirer ses éconocroques de la Caisse d'épargne, croyez-moi !

On va au box vitré où le préposé aux renseignements, fringué en maître d'hôtel, se délecte des dernières aventures de Bob Inard, le shérif.

Cet homme de bien nous indique que M. Xidos habite le premier étage de ce palace !

Au ton qu'il emploie, on pige que le Xidos doit carmer des pourliches grand format.

Andy dit à l'homme de l'aquarium de nous suivre. C'est un fin renard. Il se dit que le Xidos ne délourdera peut-être pas son terrier s'il n'entend pas une voix familière.

L'autre rouscaille comme quoi il n'a pas le droit d'abandonner son poste ! Il a l'esprit Seul Maître après Dieu ! Et puis, faut dire qu'il est au frais dans sa guitoune, vu qu'elle bénéficie de l'air conditionned.

Andy lui montre sa plaque et notre cerbère fait camarade. Nous négligeons l'ascenseur. Nous voici devant une porte grande comme l'entrée principale de l'Opéra de Paname. Mon battant fait du zèle parce que je me dis que si les pieds nickelés en question ne sont pas encore au courant de ma descente dans leur succursale de Harlem, nous avons des chances de les surprendre.

— Sonnez ! ordonne Andy.

Il nous fait signe de tirer nos rapières et de nous planquer contre les murs afin de laisser le portier seul en vue. Ce dernier n'en mène pas large. Il est pâle comme un cierge et des chandelles coulent sur ses tempes. Il préférerait donner des cacahuètes aux petits écureuils gris de Central Park !

Il avance sa pogne tremblante vers le bouton et presse le timbre.

On perçoit la sonnerie feutrée à l'intérieur. Un instant s'écoule. Je décèle un tout petit bruit. Je vous parie des tripes à la mode de Caen contre un camp de nudistes qu'on bigle le visiteur par le minuscule judas à lentille grossissante fixé dans une rainure de la porte.

Enfin, le loquet joue. Le battant s'ouvre.

Andy a dû faire du rugby car pour plonger dans les décors il s'y entend. Il bouscule le portier et, d'une détente, complète l'ouverture de la porte. Devinez qui se trouve devant nous ? L'escogriffe ! Parfaitement ! Le cher garçon qui m'a pompé le sang la veille !

Dans un éclair il repère le feu d'Andy, il me repère ! Il pige que tout est foutu hors l'honneur, et il a la réaction qu'ont tous

les gangsters au pedigree trop chargé lorsque l'heure du châti-
ment sonne : il met la main à sa poche.

Andy ne lui laisse pas le temps de dégainer.

Pan pan pan ! On frappe les trois coups ! Mais avec un
parabellum !

M. Jules intercepte les trois bastos avec sa boîte à ragoût,
hésite et décide de mourir un peu.

Nous n'avons plus le temps de faire de la broderie au point
de croix. La République nous appelle par nos prénoms ! C'est
la charge sauvage !

Tous les quatre, on investit l'appartement.

Nous fonçons dans un salon que je reconnais parfaitement,
car c'est celui où j'ai repris connaissance après la séance de
bosses du garage. Je reconnais les meubles, le piano mâle... Et
surtout les protagonistes. Il y a ma belle vamp blonde ;
l'homme aux cheveux gris ; les autres...

Et tout ce petit trèpe fait du zèle dans la volière, croyez-le !
En entendant les détonations, ces messieurs-dames ont mis
l'arme au poing et ils n'attendent pas notre permission pour
défourailler copieusement. Je vois s'écrouler les armoires qui
nous escortent. Ils ont dégusté de la crème de plomb dans la
brioche et ils sont mis hors jeu avant que nous n'ayons le temps
de riposter.

Andy s'est rejeté en arrière, imité par le cher San-Antonio !

Nous nous tenons de chaque côté de la porte vitrée, interdi-
sant de la sorte la sortie des gangsters.

Ils la trouvent mauvaise. Un Jules courageux risque le
paquet et bondit. Je le freine d'une balle entre les deux chasses.
Ça commence à faire pas mal de viande froide dans le secteur.
Les déménageurs de la morgue vont pouvoir se faire les bras !

Notre position clé est très avantageuse. Les renforts vont
radiner d'une seconde à l'autre. C'est dire que nos lascars sont
faits comme un vieux morceau de brie. Ils n'ont plus qu'à jeter
leur artillerie de campagne et à lever bien haut les mains. C'est
le conseil que leur donne Andy. Mais au lieu de ça, ils
continuent de tirer, comme si ça pouvait leur servir à quelque
chose.

Je risque un morceau d'œil dans l'angle d'un des carreaux de
la porte non encore brisé. Et qu'est-ce que je vois ? L'homme
aux cheveux gris qui est accroupi devant la cheminée. Il vient

de froisser des papiers que je reconnais parfaitement : ce sont les plans. Et cette carne s'empare de son briquet !

Non, vous parlez ! Il fait disparaître les traces de son forfait, Xidos ! Il veut finir en beauté, et sa plus belle façon de nous dire m... c'est de détruire les fameux plans, objets de toutes ces bagarres !

Il a son flaminaire en pogne. Il l'actionne. Une jolie flamme bleue, en forme de goutte d'huile, naît au poing du gars.

J'ai un pincement dans toute la caisse. Il me semble que je biche une crise d'angine de poitrine.

En une fraction de seconde, je réalise la situation telle qu'elle est.

Pour empêcher l'irréparable : il faut que je descende Xidos. Pour le descendre, je dois m'exposer aux feux conjugués des malfrats. C'est-à-dire, devant de tels tireurs d'élite, faire le sacrifice de ma chère petite peau. Car, en mettant les choses au mieux, je n'ai pas une chance sur cent de flinguer le chef avant d'être repassé !

Alors ? Qu'est-ce qu'on décide ?

CHAPITRE SIXTEEN

Comme la Chapelle[1]

Entre le devoir et les considérations personnelles, je n'hésite jamais longtemps. D'autant plus que j'ai un centième de seconde avant de me décider. Je téléphone un adieu ému à Félicie, ma brave femme de mère, qui doit être en train de passer ma chambre à l'encaustique, tout là-bas, dans notre pavillon de Saint-Cloud.

Je me jette à plat ventre et, à la volée, je plombe Monsieur !

La flamme s'éteint, Xidos également. Et une giclée de prunes arrive dans le couloir, soulevant des morceaux de plancher à quelques centimètres de mon visage.

Je me jette en arrière indemne ! Un vrai miracle. Je pige que

1. La chapelle Sixteen !

ce qui m'a sauvé, ce sont les trois types morts amassés à l'entrée de la pièce. Ils ont faussé l'angle de tir des boy-scouts.

Andy, depuis sa planque, m'adresse un véhément compliment en élevant son pouce à la hauteur de son visage.

Bon, et maintenant ?

J'essaie de filer un coup de périscope dans la casbah.

Ce que j'y vois fendrait le cœur d'un gardien de la paix, en admettant bien sûr que les gardiens de la paix aient un cœur !

La belle blonde qui, la nuit même, me faisait le coup du « lance-ta-casquette-et-viens-la-chercher » est agenouillée devant le cadavre de son bonhomme. Elle glapit, gémit, geint, vagit (éviter toute contrepèterie) et sanglote comme si elle tournait la grande scène de « C'est triste, hein, d'être Iseult ! »

Tout à coup, elle relève son beau visage superbe, baigné de larmes[1]. Il est enflammé par la haine.

Elle me crie sans me voir des insultes intraduisibles.

Puis complétant l'acte suprême de son mâle, elle chope le briquet gisant près du cadavre, et, avant que j'aie pigé ce qu'elle voulait faire, met le feu aux documents !

Je n'ai pas le temps de réfléchir... Non, tout se brouille. Je deviens le chien esclave de son instinct.

Je me précipite dans la pièce. Mon rush a été si instinctif que les autres mettent un poil de seconde à piger. Me voilà au mitan de la pièce, accaparant l'attention par le seul fait de mon intrusion. C'est ma témérité qui me sauve justement. En effet, ils négligent Andy. Et le monsieur du F.B.I. ne perd pas de temps. Pif, boum ! Zim ! Deux types poussent des cris d'orfèvres en titubant.

Moi je suis dans le foyer de la cheminée. Je joue les petits ramoneurs savoyards, vous savez, ceux qui se différencient des pingouins par la couleur. (Les pingouins ont le ventre noir et la queue blanche.) Je saisis les plans. Il n'y a pas trop de mal de fait ! Je me couche dessus pour les éteindre.

Et une houri, Miss Prends-moi-toute, folle de haine, se jette sur moi, contribuant ainsi à ma sauvegarde parce qu'elle me fait un paravent de son corps sans s'en rendre compte ! Ses ongles pointus me déchirent la frime. Elle laboure ma pauvre

[1]. Il faut toujours souscrire à certaines traditions de style. Un visage est baigné de larmes ; une jambe gainée de nylon ; une *Marseillaise* vibrante et la Belgique, une vaillante petite nation !

gueule avec frénésie. Et je me laisse faire, soucieux de ne pas lâcher les fafs.

Le tumulte est inouï. Jamais je n'ai assisté à pareille échauffourée. On ne sait plus où on en est, les uns et les autres, car les poulets de secours ont envahi le terrain.

Lorsqu'ils m'enlèvent des mains de la donzelle blonde, celle-ci a les mains rouges de mon sang. Des lambeaux de ma viande truffent ses ongles cassés. Je me regarde dans un délicat miroir, fait pour refléter de délicieux minois, et je réprime un sursaut.

Mes pauvres enfants, je ressemble à un Indien sur le sentier épineux de la guerre ! Ah ! il n'est pas laubé, votre petit San-Antonio, mesdémes ! S'il venait dans votre alcôve dans cet état, contrairement à votre habitude, vous appelleriez votre mari !

J'en suis donc réduit à aller me faire réparer la bouille à l'hosto où l'on finit de recoudre Pinuche et Béru...

Peu importe mon incapacité temporaire de Casanova, ce qui importe c'est ma victoire ! J'ai gagné sur toute la ligne. Mes amis sont saufs et j'ai les plans !

En fin de journée, Andy vient me rendre visite. J'ai la tête entortillée dans de la gaze.

— San-Antonio ! demande-t-il, craignant de se tromper.

— Alias Ramsès II, fais-je.

Il rit.

— Je venais vous apporter les compliments de mes chefs et du vôtre à qui j'ai câblé.

— Thank you.

— Vous avez épaté mes camarades et stupéfié moi par votre courage et votre malinité.

Il s'arrête.

— Est-ce français, malinité ?

— Non, lui dis-je, mais c'est gentil !

Il sort une boutanche de rye de sa poche.

— Have a drink ?

— Yes ! tu parles !

On s'en téléphone un vieux coup.

Il se met alors à me résumer l'historique de la bande qu'on vient d'anéantir. Ce Xidos, un Grec, j'avais vu juste, ex-diplomate qui avait mal tourné, était venu s'installer aux U.S.A. après la guerre.

Il avait établi un commerce d'achat et de revente de documents multiples. Il possédait des correspondants en Europe et en Asie...

Ce coup de filet est donc un coup de maître.

Votre San-Antonio se requinque, mesdémes ! Car c'est lui qui a gagné le canard ; presque tout seul, vous êtes bien d'accord ?

Par ma fenêtre, j'aperçois une forêt de gratte-ciel que l'or du soir embrase. C'est beau, New York.

— J'oubliais de vous dire, fait Andy, votre chef demande que vous rentriez dès demain ; il a besoin de vous !

Je maugrée. Vous parlez d'une vieille lope, ce Boss ! On se fait démolir le portrait à cinq mille bornes de chez soi pour le prestige de la maison, et il vous laisse même pas le temps d'aller tomber des nanas dans les boîtes de Greenwich Village !

— Mes amis sont-ils en état de voyager ?

— Oui. Leurs blessures sont assez superficielles.

— O.K., Andy. Alors nous prendrons l'avion de demain matin si s'est possible.

— Ça l'est ! Avec le F.B.I. tout est possible !

Ça y est ! Lui aussi est prêt à se faire scalper pour le prestige de sa boîte ! Ah ! les hommes ! Quel troupeau de moutons !

ÉPILOGUE

Les quatre moteurs de l'avion tournent rond. Au-dessous de nous, l'océan miroite à l'infini.

Comme de bien entendu, Pinaud dort sur son fauteuil. Il s'est dopé à l'aspirine et au vin blanc de Californie pour faire le voyage. Mon ami Béru fourrage dans ses fosses nasales d'un air préoccupé et consomme distraitement le produit de ses fouilles.

L'hôtesse de l'air annonce :

— Nous allons survoler dans quelques instants le paquebot *Liberté* qui cingle vers la France !

Les passagers se détranchent pour apercevoir le barlu. Moi je ne bronche pas. Je le connais, le *Liberté*.

Le Gros abandonne ses explorations pifales pour me dire :

— L'avion, ça va tout de même plus vite que le bateau.

Ayant exposé ce point de vue pertinent, le voilà qui se récure les manettes avec une allumette de la Régie française des tabacs.

L'hôtesse de l'air s'approche de moi.

— Monsieur le commissaire, voici un câble pour vous. Il vient de New York.

Je prends connaissance du message. Il est signé Andy et il dit textuellement ceci :

« *Venons découvrir, chambre hôtel Times Square, un certain Harry Johnson, lieutenant de Xidos. L'homme déguisé pasteur était ligoté. Êtes-vous courant ? Bon voyage. Amitiés.* »

— Qu'est-ce que ç'ouest ? grommelle Bérurier.

Pensif, je lui tends le message.

— Si je n'avais pas neutralisé ce révérend, lui dis-je, tu serais mort et Pinaud aussi. C'est parce que Xidos pensait que nous l'avions à notre disposition qu'il vous a gardés comme otages ! Et dire que je croyais m'être trompé au sujet du pasteur !

J'éclate de rire.

— La vie est marrante !

— Il y a une réponse à transmettre ? demande l'hôtesse.

Je la regarde. Elle est pas sale du tout, cette mignonne. Elle est brune, carrossée par Chapron, et elle sent Paris.

— Oui, fais-je. Il y en a une.

Elle me tend un bloc et un crayon. J'écris tout en lui surveillant l'avant-scène :

« *A Chef Inspecteur Andy F.B.I. New York. Avais moi-même donné bénédiction au pasteur. Excellent voyage. Hôtesse de l'air exactement mon genre. Amitiés. San-Antonio.* »

La môme, qui lit par-dessus mon épaule, rougit de confusion.

Ça n'est pas pour me déplaire. Car si j'aime parfois les morues, je préfère toujours les langoustes !

SAN-ANTONIO POLKA

CHAPITRE PREMIER

LA radio jouait : *Si t'as trop chaud dépoile-toi,* cette fameuse chanson hautement intellectuelle qui fit le tour du monde naguère en passant par le détroit de Béring.

Alentour, les pentes neigeuses miroitaient au soleil. Assis à la terrasse du *Sapin Bleu,* de Courchevel, je sirotais un cocktail Terrific[1], dont vous trouverez la recette au bas de cette page d'anthologie, lorsque je la vis.

Son transat se trouvait à douze centimètres du mien et la distance qui nous séparait me parut incomblable.

Cette souris-là, mes amis, n'achetait pas ses soutiens-gorge chez Michelin, croyez-moi. Ce qu'elle trimbalait devant ses poumons était bien à elle et c'est pas avec une épingle de nourrice qu'on aurait pu le dégonfler. Je connaissais au moins cent cinquante mille messieurs qui auraient dépensé une fortune pour lui sous-louer sa laiterie modèle avec tous les accessoires. Elle avait des yeux qui vous court-circuitaient le bulbe et une bouche plus sensuelle qu'une édition non expurgée du Kâma-Sûtra. Ses pantalons-fuseaux vous faisaient penser à des tas de trucs, ses bottes de cuir noir à des tas de choses dont aucune n'aurait été racontable à une Première

---

1. Le cocktail Terrific : un tiers de jus de tomate, un tiers de vodka, un tiers d'huile de foie de morue, un tiers de crème fouettée, un tiers d'alcool de menthe, un tiers d'essence de térébenthine (ça fait six tiers, mais ça n'en a que plus d'unité) ! Le tout battu avec une corne à chaussure et saupoudré de poudre Nab. Se boit à la température ambiante.

Communion. Moi, vous me connaissez. Quand une personne pareillement conditionnée se fourvoie dans mon espace vital (comme dirait Jean-Jacques) j'ai illico envie de lui demander de quelle couleur était le cheval blanc d'Henri IV.

Il existe plusieurs méthodes efficaces pour chambrer une nana esseulée. La meilleure consiste à la faire marrer. Les skieurs débutants qui descendaient Belle-Côte à la « va comme tu peux te retenir » me fournirent la matière idéale pour un parachutage sans balisage dans l'intimité de cette bergère. Lui désignant une grosse daronne de quinze tonnes arc-boutée sur des planches comme une naufragée sur le radeau qui la méduse, je lui dis d'un ton plaisant :

— Voilà une dame qui ferait mieux de faire de l'avalanche, plutôt que du ski.

Ma voisine de fauteuil ne sourcilla pas, ne tourna pas vers moi son beau visage bruni par l'air des cimes, n'émit pas la plus légère onomatopée. Son manque absolu de réactions pouvait s'expliquer de trois manières différentes : ou bien elle était sourde, ou bien elle était étrangère et n'entravait pas le français, ou encore — mais cette dernière hypothèse me contristait — ma tronche de séducteur ne lui revenait pas. J'entrepris séance tenante de me pencher sur son cas.

Je fis tomber mon verre vide, ce qui eut le don de la faire tressaillir, preuve que ses coquilles à déguster Mozart fontionnaient. Ensuite je lui demandai en douze langues différentes si elle était : Anglaise, Italienne, Portugaise, Irlandaise, Auvergnate, Allemande, Polonaise, Uéraissaisse, Moldave, Japonaise (son bronzage pouvait être après tout congénital), Lyonnaise ou leucémique. Son mutisme persistant, je dus me rabattre sur la troisième solution et j'en conçus quelque humeur. C'est pas la peine d'avoir la frime de Casanova, les deltoïdes de Cassius Clay, l'intelligence de Bergson et le talent de Jean Cocteau pour que la première pétasse venue vienne vous snober à dix-huit cent cinquante mètres d'altitude ! Votre avis, mes princes ?

Je quittai mon fauteuil et me penchai sur le sien.

— Vous savez que ça se soigne très bien, lui dis-je.

Elle fronça ses merveilleux sourcils taillés dans la masse et son regard couleur de glacier fonça d'un ton.

— Je vous demande pardon ? laissa-t-elle tomber.

Elle avait une voix qui vous faisait « guili-guili » dans les trompes d'Eustache ; une voix basse et mélodieuse. On lui aurait fait lire l'annuaire des chemins de fer rien que pour l'entendre parler !

— Vous êtes toute pardonnée, mon petit.

Son regard bleu des mers du Sud fonça encore et une lueur méchante y scintilla.

— Qu'entendez-vous par « ça se soigne très bien » ? demanda-t-elle.

— Je parlais de votre mutisme. J'ai un ami qui est champion des cordes vocales. Il est arrivé à faire chanter le grand air de la *Traviata* à un sourd-muet et à faire réciter du Verlaine à une carpe, c'est une performance, non ? En ce moment, il fait de la rééducation à une clé à molette et aux dernières nouvelles elle ferait déjà : « Arr, arrr ». Mois je suis certain, mon petit, que votre cas n'est pas désespéré.

— Je vous prie de cesser ces familiarités, qu'elle rétorqua du tac au tac, comme une mitrailleuse. Je ne vous connais pas !

— Il n'y a pas de lacune plus facile à combler ; je suis prêt à faire écrire mon curriculum au néon sur les murs de votre chambre, mon cœur. Je m'appelle San-Antonio, avec un trait d'union après le San, et le même trait d'union avant l'Antonio, par mesure d'économie.

— Et à part ça, qu'est-ce que vous savez faire ? soupira enfin la belle enfant.

Sa question, encore que rébarbative, m'incita à croire que je tenais le bon bout.

— A part ça, je sais faire des tas de choses, mon petit : peigner une girafe, peindre en noir un éléphant blanc, sucer la tour Eiffel pour la rendre pointue, jongler avec des boules de gomme ou sculpter le buste de Mon Général dans une vieille morille moisie, et puis, ce que je ne sais pas faire, je pense l'apprendre, vous savez. Il n'y a pas plus doué que moi.

— Et il n'y a sûrement pas plus bavard, riposta-t-elle.

— Comment est-ce votre petit nom ? Je ne m'en souviens déjà plus.

— Peut-être parce que je ne vous l'ai jamais dit ?

— Peut-être bien, oui. Ce sont les explications les plus simples qui sont les plus rationnelles. Alors ?

C'était la charnière de notre entretien. A partir de cette seconde, ou bien elle m'allongeait son blaze et je n'avais plus

qu'à dire le reste, ou bien elle m'envoyait chez Plumeau pour
voir si j'y étais.

— Devinez !

C'était in the pocket, comme disent les Allemands qui
parlent anglais.

— Barbara ? suggérai-je.

— Non.

— Eva ?

— Non plus. Vous donnez votre langue ?

— Si vous me promettez de me la rendre après usage, oui !

La môme a eu un petit rire qui s'est faufilé dans ma moelle
épinière et m'est descendu jusqu'au stroumfbigntz à culbuteurs
compensés.

— Je m'appelle Lydia.

— Inespéré, bredouillai-je.

— Pourquoi ?

— J'ai toujours rêvé de connaître une Lydia et je me suis
payé douze dépressions nerveuses avec électrochocs parce que
je n'en rencontrais pas. Dire qu'il a fallu que je grimpe jusqu'à
Courchevel pour en dénicher une, ça s'arrose, ça, mon petit
cœur. Vous prenez un Terrific cocktail avec moi.

— Non.

— Pourquoi ?

Elle a eu un petit froncement de sourcils.

— Je ne suis pas seule !

C'était la tuile. Je l'imaginai avec un vieux mironton à
bandage herniaire, plein de sterlings et de préjugés. Elle était
pile le genre de beauté qu'un délabré du calbart coltine au
Grand Vefour, chez Cartier et chez Chanel histoire de faire
croire au Tout Pantruche qu'il est un vrai Casanova, une épée
de plumard damasquinée !

— Erreur, mon chou, rétorquai-je ; dans la vie on est toujours seul. L'important c'est de savoir avec qui !

Et comme le loufiat passait à promiscuité (Béru *dixit*), je pris
mon élan pour le héler.

— Deux Terrifics, Bob !

— Non : un seul ! rectifia une voix dans mon dos.

J'opérai un petit mouvement pivotant afin de mater l'incon-
gru : je découvris un solide gaillard à côté duquel Burt
Lancaster ressemblait à un petit enfant rachitique et plus
décalcifié qu'une limace. Il avait l'air aussi commode que

douze chiens-loups attachés par la queue à un juke-box jouant un disque d'Hallyday. J'avais vaguement l'impression de connaître cette armoire normande, mais je n'étais pas fichu de mettre un nom sur sa tronche de massacreur.

Le zig en question vint se placer devant moi, m'évitant de justesse d'attraper le torticolis.

— Ça fait un bout de moment que j'écoute tes salades, mon pote, me dit-il aimablement, et je préfère t'annoncer tout de suite qu'elles me défrisent.

J'ai bâillé d'ennui, mais poliment, en mettant ma main devant mon fume-cigare.

— Dites, mon cœur, ai-je soupiré en me tournant vers la fille, c'est votre petit camarade de pageot, ce grand truc braillard ?

Elle était un peu pâlotte, la sœur, je vous le dis. Son Julot a eu un hoquet, comme s'il venait de s'asseoir sur un brasero en activité.

— Écoute, bonhomme, a-t-il grincé en s'inclinant sur moi, on est dans un endroit tout ce qu'y a de sélect et je voudrais pas faire du rebecca à grand spectacle sur cette terrasse. Alors, tu vas te prendre par la main et t'emmener promener plus loin, n'est-ce pas ?

— En vertu de quoi, bel énergumène ?

— En vertu de ce que ta bouille me fout le cafard, mon pote ! Barre-toi ! Et si je te reprends à baratiner mademoiselle, je te déguise en accident de chemin de fer, c'est noté ?

Je me suis octroyé un nouveau bâillement des plus badins !

— Dites, Lydia, à part déboucher votre évier ou passer la cuvette de vos ouatères à l'esprit de sel, à quoi peut bien servir ce machin-là ?

Alors là, il a piqué sa crise, le mastar ! J'ai senti que ça n'allait pas tarder à fonctionner côté biceps et que sa machine à bourrer le crâne était sous pression. Effectivement, c'est parti. Il possédait un gauche comme un butoir de locomotive et la patate qu'il m'a placée au menton m'a permis de reluquer Vénus et ses environs sans lunette astronomique. Notez que c'était un peu ma faute. Je me doutais qu'il allait biller, mais mon radar personnel n'a pas eu le temps de fonctionner.

— T'as pigé, galopin ? m'a-t-il demandé, tout fiérot.

J'avais pigé. J'avais pigé à qui j'avais affaire. Une cacahuète de cette ampleur, mis à part un champion professionnel, il n'y avait qu'un type au monde capable de me la faire déguster.

Je ne sais pas si c'est venu du fait que je le voyais triple, mais je l'ai reconnu : Riri Belloise, un dur dont le casier judiciaire ressemblait, en moins propre, à des murs de lavatory.

Quelques années auparavant j'avais eu le plaisir de lui offrir une paire de bracelets à serrures à la suite d'une histoire de faux talbins. Lui non plus ne m'avait pas reconnu. La jalousie qui l'aveuglait, probable.

— Des fois que tu serais intéressé par des cours du soir, ricana-t-il, fais-toi inscrire à mon secrétariat.

Il m'a considéré en pouffant de rire. Je devais avoir la mine glandularde, effondré dans mon transat avec un hématome (de Savoie) au menton.

— Dommage que j'aie pas mon Leïca, bonhomme. Je t'aurais tiré le portrait !

Sur un haussement d'épaules méprisant il s'est désintéressé soudain de moi.

— Viens, Lydia, a-t-il enjoint à sa souris. On va se faire une petite Loze pour nous ouvrir l'appétit.

Déjà le couple s'éloignait.

— Hep ! Minute ! leur ai-je lancé.

Il n'a fait qu'un demi-tour, Riri. Sa physionomie était aussi avenante que celle d'un gorille constipé.

— Môssieur veut un complément d'explication ?

— Monsieur pense qu'il faut être un drôle de lavement pour frapper un homme vautré dans un transat, fiston.

Le gars Riri n'aimait pas qu'on lui fasse la morale.

Au lieu de protester il a défait son anorak.

— Laisse tomber, chéri, a supplié sa bergère, pas d'esclandre ici.

Mais autant essayer d'arrêter un Super-Constellation avec un filet à papillons. Inquiet, le loufiat qui draguait dans le secteur s'est mis à évacuer dare-dare sa verrerie. Un couple de skieurs fourbus qui débarquaient de l'Alpe Homicide croyaient qu'on charriait et rigolaient du simulacre. Je me suis levé en soupirant.

Ça a fait ricaner le king-kong.

— Pas la peine de te mettre debout, mon pote ! Je t'annonce que tu vas avoir droit à un bifton de parterre, le temps de compter jusqu'à dix !

Fallait peut-être en finir, hein, mes amis ? A votre avis ? Mon standing commençait à partir en brioche. Le standing, c'est comme l'allumage d'une bagnole : si on le répare pas au bon moment on tombe vite en carafe !

Alors je me suis mis à compter à haute voix :

— Un... deux... trois...

Et pendant ce temps je faisais le simulacre de lui cloquer mon gauche, il contrait, mais comme j'avais retenu mon coup, que j'étais bien campé sur mes deux cannes et que lui était plus découvert que le compte en banque d'un producteur de films, il a eu droit à ma droite favorite.

Vous le savez, les gars, dans la vie, il faut toujours mettre tout son petit cœur à l'ouvrage. Il a fait « Zgnomffff » et a titubé.

— Quatre... cinq... six, ai-je poursuivi.

Et de lui placer un une-deux à l'estom'. Il avait le naze comme un hamburger arrosé de ketchup. Il a battu l'air de ses bras et il est tombé sur son dargif, comme une poire mûre au pied de son arbre.

— Qu'est-ce qu'on décide, Riri ? ai-je demandé en m'inclinant sur sa pomme. Je continue de compter jusqu'à 10 ou je garde la monnaie ?

Il avait des yeux comme les barreaux d'un soupirail et il parlait entre deux dents because ma droite du début lui avait bloqué les maxillaires.

— Vous connaissez mon nom ?

— Tiens, on ne se tutoie plus ! On est fâché ?

— Comment vous me connaissez ? insista-t-il.

— Mon pauvre Belloise, ce que je ne connais pas de toi pourrait s'écrire au dos d'un timbre de quittance.

Il s'est mis à genoux, mais n'a pas pu se relever. Courbé en deux, il se massait la brioche en lamentant :

— Oh ! là, là! Oh ! ce direct au buffet ! J'ai cru que j'allais cracher mon foie dans la neige !

Lydia qui jusqu'alors n'avait pas manifesté est venue au renaud.

— Dites donc, monsieur San-Antonio, je crois que vous y êtes allé un peu fort !

Ça lui a redonné des couleurs, à Riri. De l'énergie aussi ! En ahanant il s'est remis sur ses flûtes.

— San-Antonio ! Sans blague... C'est donc vous, monsieur

le commissaire ! Vous êtes tellement bronzé, et puis avec votre serre-tête... Je vous avais pas reconnu !

— Moi, c'est à ta patate que je t'ai reconnu, Riri.

— Ça alors ! a pouffé Lydia, c'est vraiment drôle ! Ainsi, vous êtes amis !

— Amis n'est pas le mot, rectifiai-je, disons que nous nous sommes connus naguère, pas vrai, Riri ?

— Ça...

— Je t'ai perdu de vue depuis l'histoire des Bonaparte-bidons. T'avais morflé lourd ?

— Deux piges !

— Des vacances, quoi ! Et t'es venu te faire bronzer à Courchevel ?

— J'en avais besoin. Le grand air, à Poissy, on le respire avec une paille ! Si on allait écluser un gorgeon pour se remettre de nos émotions, monsieur le commissaire ?

— Pourquoi pas ?

Il a eu un petit sourire farceur.

— C'est ma tournée ! a-t-il ajouté.

CHAPITRE II

C'était pas le tellement mauvais bourrin, ce Riri Belloise. D'accord, il était peu probable qu'il figurât jamais dans le répertoire des saints, voire dans le *Who's who*. Mais, et il me l'expliqua longuement en éclusant une bouteille de champ', il avait des circonstances drôlement atténuantes : pas de père, une vieille qui se pionardait, l'enfance sans pain, les mauvaises fréquentations au départ. Les messieurs qui s'étaient occupés de son éducation sortaient tous de centrale (de celle de Poissy principalement) et, à l'heure où il me causait, y en avait une bonne charretée qui fumaient la racine de pissenlit avec la tronche entre les jambes.

On s'est séparés pour le déjeuner, bien que Riri m'eût convié à sa table.

— T'es trop jalmince pour mon goût, Riri ! Je me connais, quand je vois une nana carrossée comme la tienne j'ai tendance

à vouloir jouer le « Clair de lune » de *Werther* sur ses jarretelles, c'est plus fort que moi.

Il avait éclaté d'un rire dont s'étaient régalés les échos de la
montagne.

— Je suis pas jalmince, commissaire. Ce matin, c'était pour
l'honneur, je vous avais pris pour un cave, sauf votre respect.

Néanmoins j'étais resté sur mes positions. Trinquer avec un
malfrat est une chose. Passer ses vacances de neige avec lui en
est une autre. Fallait que je respecte mon standing.

On ne s'est donc plus revus de la journée. Dans l'après-midi,
je me suis payé des émotions fortes dans la Saulire et le soir je
suis allé draguer à la « Bergerie » où j'ai eu l'honneur et
l'avantage de rencontrer une personne agréable en compagnie
de laquelle j'ai passé une soirée plus agréable encore.

C'était pas le genre pin-up fracassante, au contraire, Primo,
elle avait un brin de bouteille, mais discret, et ses petites pattes
d'oie ajoutaient à son charme. Une dame de la bonne société,
venue à la montagne pour la santé de ses enfants. Elle leur
consacrait ses journées, réservant ses nuits à son usage personnel. Nous fîmes trois danses, nous bûmes deux verres et nous
allâmes faire un tour. La suite je vous la dis pas parce que ça
vous ferait rougir comme des langoustes si vous saviez que
ladite personne possédait une voiture américaine avec sièges
renversables et chauffage ambiant à pulsion cardio-vasculaire
double sur mollusque hybride à perforation intermédiaire
biconvexe.

La tire recouverte de neige ressemblait à un igloo. Pour y
entrer fallait dégager la lourde à la pelle de camping et faire
pipi sur l'encadrement de la portière pour la dégeler, mais une
fois à l'intérieur, ça valait la peine !

Elle m'appelait Gervais parce que je jouais divinement à
l'esquimau frileux. Cette séance, mes aïeux ! Le père Noël en
auait chialé dans sa hotte ! A la fin du circus on a essayé un
regroupement de nos académies, mais c'était pas facile,
croyez-moi. Ma petite camarade avait une jambe passée dans
le volant et une autre coincée à l'intérieur de la boîte à gants.
J'ai vu le coup qu'on allait être obligé de la dégager avec un
chalumeau oxhydrique ! Pour comble de bonheur, son après-
ski a bloqué le klaxon et quand on est sortis de la charrette il
y avait douze mille huit cent quatre-vingt-deux personnes avec
des flambeaux et des lampes électriques qui nous attendaient.

Bref, une heure du matin sonnait à toute volée lorsque j'ai réintégré l'hôtel. De la musique parvenait du bar. Je m'y suis dirigé pour un ultime glass. Au moment où j'allais y pénétrer, une voix est sortie du salon de lecture.

— M'sieur le commissaire !

J'ai fait demi-tour. Dans une pénombre ouatée, près d'un magnifique feu de bûches artificielles dont les tubes électriques pétillaient joyeusement dans la cheminée en faux marbre imitation bois, Riri Belloise gesticulait comme un professeur de culture physique dans sa salle ou un Napolitain au téléphone.

— Qu'est-ce que tu fiches là, Riri ?

— Je vous attendais, m'sieur le commissaire.

Sa voix avait des inflexions bizarres. Une sorte d'espèce d'inquiétude assombrissait son regard.

— Ça n'a pas l'air de carburer, gars.

— Je voudrais vous dire quelque chose !

Ça ne me bottait pas. Un zig comme Riri, quand il vous fait des confidences, c'est jamais pour vous déballer du présentable.

J'étais prêt à parier votre air gland contre une vue basse que ce tordu s'était embringué dans une vilaine histoire et qu'il comptait sur le fils unique et préféré de Félicie pour arranger les choses. Avec les truands comme lui, c'est toujours du kif : si vous avez le malheur de vider un pot en leur compagnie, ils se hâtent de vous réclamer la lune.

— Je t'écoute...

Mais il n'arrivait pas à accoucher.

— T'en fais une tronche, Riri !

— Y a de quoi !

— Bigre ! C'est si grave que ça ?

— Grave c'est un mot faiblard pour causer de mon affaire, m'sieur le commissaire.

— Dis donc, Belloise, tu me mets l'eau à la bouche et, à cette altitude, ça risque de geler !

Il a haussé les épaules. Dans le bar tout proche, le pick-up jouait un truc vachement salace et, à travers le rideau masquant la porte vitrée du salon, j'apercevais des couples si étroitement enlacés qu'on aurait dit des troncs d'arbre.

— Vous savez pourquoi je suis à Courchevel, m'sieur le commissaire ? Oh ! c'est pas pour faire du ski, croyez-moi !

Je me suis raclé la gargante.

— Écoute, Riri, avant de balancer la vapeur, souviens-toi que je suis un poulet. Je préfère te prévenir loyalement que si ce que tu vas me dire était trop moche, j'ai beau être en vacances, j'agirais en conséquence.

— Je sais, m'sieur le commissaire. Et c'est justement parce que vous êtes flic que je me confie : je suis ici pour tuer un homme !

Après ce petit couplet il a poussé un grand soupir de soulagement et a attendu mes réactions. Je dois reconnaître que ça m'avait un peu soufflé.

— Tu m'en bonnis de chouettes, Belloise. Je ne savais pas que tu travaillais dans le raisin.

— Justement, je veux pas, m'sieur le commissaire. Jusqu'ici j'ai mené une existence qui n'est pas publiable dans le bulletin paroissial, d'accord, mais je ne me suis jamais taché les pognes.

— Je sais, Riri.

— C'est pour ça que je suis bien décidé à ne pas faire ce qu'ils m'ordonnent !

— Qui, ils ?

Il a baissé le ton et, bien que nous fussions seuls, a coulé un regard peureux autour de lui.

— Des gens que je ne connais pas, commissaire. Des gens qui ne me contactent que par téléphone.

— Passionnant, tu joues au Chevalier Mystère. Qu'est-ce qu'ils te disent, tes zèbres ?

— Que si je bute pas la personne en question d'ici dimanche, la police recevra un dossier à mon sujet.

— Un dossier ?

Il a baissé le nez.

— Un dossier gênant que vos collègues ignorent. Permettez-moi de rester discret à ce propos.

C'était la moindre des choses et je n'ai pas insisté, c'eût été de mauvais goût.

— Et qui est... la personne en question ?

— François Lormont !

— Attends, ça me dit quelque chose, ce nom. C'est pas l'industriel ?

— Si. Il est au « Carlina » en ce moment.

Belloise n'était plus le mastar qui m'avait fait renifler sa droite le matin sur la terrasse. Il avait l'air d'un pauvre bonhomme écroulé.

— Vous voyez, m'sieur le commissaire, je mets mon sort entre vos mains.

— On t'a promis quelque chose en échange de cet assassinat ?

— Cinq briques.

— C'est pas le Pérou !

Il a haussé les épaules.

— C'est bien parce que ces mecs me tiennent autrement qu'ils essaient de me faire marner au rabais.

Il s'est pris la hure dans ses grosses paluches de massacreur. On aurait dit un môme. Un môme de quatre-vingt-dix kilos à la bouille hachée de cicatrices, mais un môme tout de même !

— Tu as bien fait de te confier, Riri. On va aviser. Avant dimanche, tu dis ?

— Oui. Et on est vendredi !

La sonnerie du téléphone n'a retenti que deux fois et le Vieux a décroché. Il avait beau être deux heures du matin, sa voix était aussi fraîche qu'un bouquet de fleurs et plus nette que de l'anis dans lequel on n'a pas encore mis de l'eau.

— J'écoute !

— San-Antonio, monsieur le directeur !

Il y a eu une brusque chaleur dans son ton.

— Oh ! par exemple ! Alors, ces vacances ?

— Je crois que je n'en prendrai vraiment que le jour où je serai allongé dans un beau cercueil capitonné ; et encore je me demande si l'archange Machinchouette ne viendra pas me raconter qu'on lui a fauché son auréole pendant qu'il se faisait faire sa mise en plis !

— Qu'est-ce qui se passe ? Vous êtes à Courchevel ?

— Oui. Seulement j'y fais des rencontres, patron.

Je lui ai narré la petite histoire de Riri Belloise. Le boss écoutait en jouant « tagada-tsoin-tsoin » avec son coupe-papier sur le socle du téléphone. Ça vibrait dans mes feuilles désagréablement.

— C'est quel genre, votre Belloise ?

— Des gros bras pleins de biceps et une grosse tête pleine d'air. Faux billets, proxénétisme, vol qualifié... Mais jamais de sang sur les doigts, du moins pas à ma connaissance... Et vous, patron, François Lormont, vous connaissez ?

— Naturellement. Il était au lunch lorsqu'on m'a remis la cravate. Le Tout-Paris...

— Puisque vous le connaissez, pouvez-vous m'envoyez demain un garçon ayant sa stature et sa corpulence ? Bref, quelqu'un qui lui ressemblerait le plus possible.

— Vous avez une idée ?

— J'en ai même plusieurs. Nous devons absolument découvrir qui sont ces gens qui tiennent à se débarrasser de Lormont. Tant que nous ne le saurons pas, ses jours seront en danger.

— Parfait, je fais le nécessaire. Que proposez-vous ?

— Que Belloise tue Lormont.

Il était habitué à mes fantaisies, le Tondu. Pourtant il a cessé de faire de la musique avec son coupe-papier.

— Vous dites, San-Antonio ?

— Je dis que Belloise doit tuer Lormont... avec l'assentiment de François Lormont, bien entendu. Un simulacre, patron. Histoire de voir ce qui se serait passé si Belloise avait joué le jeu de ses mystérieux... clients jusqu'au bout.

— Vous m'avez fait peur, a rigolé le Boss. Très bien. Je vous envoie un gars, et vous, vous prenez toutes dispositions avec l'industriel. Je vous donne carte blanche. Mais que tout cela reste officieux, n'est-ce pas ?

Y a vraiment des moments où on a envie de conseiller au vioque de travailler chez C.C.C. car il n'aime pas se mouiller.

— Tout ce qu'il y a d'officieux, monsieur le directeur !

CHAPITRE III

Le « Carlina » est un établissement tout ce qu'il y a de sélect, avec eau chaude et froide à tous les étages et plantes vertes à profusion.

Il est dix heures du mat' lorsque je m'annonce, frais comme un rabbit de rabbin, dans un pull bleu ciel couleur épinard et un futal fuseau beige bien plus beau qu'un fuseau horaire fraîchement sorti des ateliers de Greenwich.

Je demande à parler à M. François Lormont. La ravissante

préposée sonne l'intéressé, lequel demande qui je suis. Je fais répondre que je suis moi-même, ce qui est la vérité la plus vraie que j'aie jamais proférée. Il accepte de me recevoir.

Un groom me pilote à travers l'établissement jusqu'au deuxième étage et m'introduit dans un salon confortable avec vue sur la neige. Il y a des reproductions de Dufy aux murs et des originaux de Lévitan par terre. Je confie la face sud de ma personne à un canapé moelleux et j'attends. Dans la chambre voisine, une radio distile du langoureux. Quelques minutes s'écoulent et la lourde s'ouvre sur un homme d'une quarantaine d'années, de taille moyenne et qui serait blond s'il lui restait des cheveux. Il porte une robe de chambre écossaise aux couleurs du clan Macdonald. Il a les pieds nus dans des mules italiennes et il fume la pipe qu'il s'est fait faire récemment. Le regard est celui d'un homme habitué aux affaires, qui jauge ses interlocuteurs en une seconde et sait, au bout de cette seconde, ce qu'il a à attendre d'eux.

— Monsieur San-Antonio ? Votre nom me dit quelque chose, attaque-t-il, bille en tête. Ne seriez-vous point ce fameux commissaire dont les exploits défrayent si souvent la chronique ?

— Fameux est un bien gros mot, monsieur Lormont.

— Vous permettez ? dit-il.

Il décroche le bignou.

— Un déjeuner complet, murmure Lormont.

Puis, avant de raccrocher :

— Voulez-vous prendre quelque chose avec moi ?

— Volontiers.

— Café, thé, chocolat ?

— Whisky.

Il sourit.

— Votre réputation n'est pas usurpée, dirait-on. Montez ma bouteille de scotch, ajoute-t-il.

Ayant passé ses petites commandes matinales, il s'assied en face de moi.

— Je suppose que vous avez quelque chose à me dire, commissaire.

— En effet, monsieur Lormont.

— Eh bien, je vous écoute !

— Je suis venu vous apprendre une triste nouvelle : on va vous assassiner.

Je ne sais pas quelle bouille vous pousseriez si je débarquais chez vous pour vous annoncer un truc comme ça. Mais je suis prêt à parier un casque à pointe contre une pointe Bic que vous deviendriez vachement pâlichon et que vos genoux feraient bravo. Lormont, lui, encaisse la nouvelle sans broncher.

— Quand ? demande-t-il paisiblement.

— Avant demain soir, monsieur Lormont.

— Qui ?

Là je me garde bien de balancer le blaze de Riri.

— Je l'ignore encore, mais je sais de source extrêmement sûre que l'événement doit se produire.

— Pour quelle raison doit-on me tuer ?

— Je comptais un peu sur vous pour l'apprendre, avoué-je.

— Pourquoi, diantre ! voulez-vous que je le sache ?

— Parce qu'en général on connaît ses ennemis ou les gens auxquels on porte préjudice. On ne fait assassiner que ceux qui vous gênent. Les statistiques ont prouvé que huit fois sur dix, la victime porte une partie de la responsabilité du meurtre.

Il ne sourcille toujours pas et continue de me fixer en tétant nonchalamment son morceau de bruyère. Je viendrais lui dire qu'un tordu a embouti une aile de sa calèche, il marquerait plus de contrariété.

— La chose ne semble pas vous affecter outre mesure, monsieur Lormont.

— En effet.

— Je vous admire.

— Il n'y a pas de quoi. Ce n'est pas du courage mais de l'incrédulité, mon cher commissaire. Je n'ai pas d'ennemis, je n'ai jamais causé de préjudice à mon prochain, du moins pas à ma connaissance, et je considère cette nouvelle comme un bobard, soit dit sans vouloir vous vexer !

— Je la tiens pourtant du futur tueur en personne.

Là, il tique un chouïa.

— Expliquez-vous !

A cet instant on frappe à la lourde et un larbin s'annonce, porteur d'un plateau abondamment garni. J'attends qu'il ait mis les adjas pour continuer.

— Les gens qui vous veulent du mal ont payé un truand pour vous descendre. Ce truand s'est dégonflé et m'a averti, voilà l'histoire, monsieur Lormont.

— Mais...

— Permettez : peut-être s'agit-il en effet d'un bobard. Mais peut-être que non. Si c'est une blague vous le verrez, si ça n'est pas une blague vous ne le verrez pas ; car si ce n'est pas une blague on vous tuera réellement.

— Mais puisque votre type s'est dégonflé !

— Lui, oui. Mais ceux qui entendent vous tuer n'en resteront pas là. Ils recommenceront. Et ils feront appel cette fois aux services d'un dur moins tendre que le premier !

L'argument a atteint son objectif. Lormont se met à touiller son café avec une lenteur de geste qui en dit long comme une nuit de noces au Spitzberg sur sa rêverie.

— Je ne fais pourtant pas de politique...

— Mais vous faites des affaires, de grosses affaires qui doivent gêner des concurrents.

Il sourit, et j'admire son calme. Malgré tout ce qu'il peut dire, il a du cran, le gars ! Du cran et tous les accessoires qui vont avec.

— Si on devait tuer ses concurrents, le monde des affaires ressemblerait à la Sologne un jour de chasse ! Même à Chicago ces méthodes n'ont pas cours, murmure Lormont.

Il médite un bref instant, puis, ayant avalé deux gorgées de caoua il demande, tout en versant un nuage de milk dans sa tasse :

— Que pensez-vous de tout ça, monsieur San-Antonio ?

— Je pense qu'il convient d'agir comme si nous étions convaincus du danger.

— A savoir ?

— Faites-vous du ski, monsieur Lormont ?

— Naturellement ! sinon pourquoi serais-je venu à Courchevel ? Me prenez-vous pour un pilier de bar ?

— Des gens viennent uniquement pour le grand air, objecté-je.

Ça le fait marrer.

— Ces gens-là prennent un bol d'air dans la journée et douze whiskies le soir dans les boîtes de la station, vous le savez bien !

— Demain matin, monsieur Lormont, vous partirez faire du ski en ayant soin d'endosser un accoutrement aisément repérable. Si vous n'avez rien d'extravagant dans votre garde-robe, allez faire un tour chez Jean Blanc tantôt. Affublé de cette tenue voyante, coiffé d'un bonnet et le nez chaussé de lunettes, vous viendrez à mon hôtel, je suis au *Sapin Bleu*.

— Ensuite ?

Je prends mon scotch dans lequel un cube de glace joue les peaux de chagrin.

— Ensuite je vous expliquerai mon plan, monsieur Lormont. D'ores et déjà je vous recommande la plus grande discrétion. Comportez-vous exactement comme à l'ordinaire et ne parlez à personne de ma visite.

Il hoche la tête.

— Entendu. Mais, entre nous, commissaire, ce micmac ne me dit rien. Je suis ici en vacances et ce cinéma m'est très déplaisant.

Oh ! ma douleur ! Vous verriez votre San-A. piquer sa rogne des jours J, les mecs !

— Confidence pour confidence, monsieur Lormont, je suis également en vacances à Courchevel et je préférerais dévaler le Biolley en ce moment plutôt que de m'occuper de votre sécurité !

Là-dessus, je vide mon godet d'un trait. C'est du chouette, du superchouette pur malt !

— Ne vous fâchez pas, mon cher ami.

— Je ne me fâche pas ; mais il est déplaisant de voir les gens bougonner parce que vous essayez de sauver leur peau.

Je me lève et marche à la porte. Lormont m'escorte. Avant de me quitter il pose sa main racée sur mon épaule musculeuse.

— Merci, et pardon, San-Antonio. Vous me plaisez beaucoup !

C'est le moment de s'évacuer, les gars, des fois que le monsieur aurait un gros coup de tendresse pour moi !

De retour au *Sapin Bleu,* je demande à la mignonne standardiste si M. Belloise est levé et elle me répond que non. Je m'enquiers de son numéro de piaule : c'est le 22, ce qui ne manque pas de sel comme disait un marchand de morve de mes amis.

Parvenu au second, j'appuie mon oreille exercée contre le chambranle de la lourde 22, comme le ferait un toubib contre le placard d'un patient.

La porte ne compte pas 33, 33 mais elle laisse filtrer un dialogue d'amoureux.

— Passe-moi ma crème, chéri.

— Encore ! riposte Riri, maussade.

— Le soleil est mauvais et j'ai le derme si fragile !

— Derme mon c... ! rétorque Belloise, j'ai horreur que tu te foutes ces trucs gras sur la frime.

— Mais pourquoi ? s'étonne Lydia.

— Quand je t'embrasse, j'ai l'impression de bouffer un beignet. Et j'aime pas les beignets !

Je me dis qu'il est temps de stopper ces roucoulades et je toque à la turne. C'est Riri qui vient m'ouvrir. Il a un slip pour tout vêtement. A poil, il ressemble à une colonne Morriss. Sa viande est couverte de graffiti. Sur une de ses jambes, il y a tatoué : « Je ne marche plus ! » et sur l'autre : « Moi non plus. » Au bas de son bide on lit cette précieuse indication : « Robinet des officiers. » Sur l'un de ses bras : le buste de la République, une et indivisible m'a-t-on dit ; sur son buste un bras de lumière du XVIIᵉ siècle ; sur son autre bras un portrait en pied de l'amiral japonais Bokono-Tumaplu avec toutes ses décorations. Enfin, autour du cou de notre kiosque à journaux ambulant le classique « à découper en suivant le pointillé ».

— Tiens ! m'sieur le commissaire !

Je touche son cou.

— Voilà qui sera précieux à M. Desfourneaux le jour où tu te pèseras sur la bascule à Charlot !

— Parlez pas de malheur ! grogne Riri en touchant du bois.

— Emballe tes tatouages et viens me trouver dans ma carrée, je suis au 7.

Tout en parlant, je file un coup de périscope en direction de la môme Lydia. J'en ai le palpitant qui fait un triple Nelson en arrière sans appui. Elle ne porte qu'une culotte grande comme le mouchoir d'une marquise, un soutien-lolo et un porte-jarre-telles en dentelle arachnéenne. Le tout est bleu ciel et vous convulse le grand zygomatique depuis le disjoncteur polyva-lent jusqu'au glotemuche supérieur droit. Elle me regarde dans la glace de sa coiffeuse et me virgule un regard tellement brûlant que, d'instinct, je regarde autour de moi dans l'espoir de découvrir un extincteur.

— Hello ! commissaire !

Cette gosse, mes amis, vous la consommeriez sans pain ! Je me dis que d'ici pas longtemps et peut-être avant, il faudra que je m'occupe de sa géographie. C'est pas juste qu'il se goinfre tout seul, Riri. De la confiture à un cochon, quoi !

Y a des statues de marbre qui ont sûrement chopé la danse de Saint-Gui en l'apercevant ! Elle rendrait sa virilité à un tramway désaffecté. Non seulement elle est belle et carrossée façon sirène, mais de plus elle a ce je ne sais quoi qui vous déguise le chmizblik en Fenwick. On se demande à quoi ça tient : un éclat de regard ? Un reflet de la peau ? Un parfum ? Mystère !

— C'est d'accord, je vous rejoins tout de suite ! m'assure Belloise qui n'apprécie pas tellement ma contemplation.

Mon regard colle à cette fille comme du sparadrap. Je l'arrache d'un coup sec. Ça fait mal, mais je serre les chailles !

— C'est ça, mon gars, remue-toi ; je suis pressé.

Là-dessus je regagne ma piaule. Je la trouve terriblement vide. Une chambre sans femme, c'est une choucroute sans jambon.

Vous ne pensez pas ?

CHAPITRE IV

Il est payant, Riri, avec sa limace fantoche et son futal rouge. On dirait un zouave pontifical en vacances. La chemise porte un motif bizarroïde. Le truc représente confusément une course de traîneaux dans le Grand Nord (en anglais the Big North). Il s'est cloqué un serretronche, histoire de faire plus martial. Et le serre-bol comporte lui aussi un motif : des feuilles de lierre. On dirait que le gars Riri vient d'enlever le premier prix de tir au poulet à la Faculté de défouraillage de Bidanlair.

Comme je me marre, il s'inquiète :

— Quoi t'est-ce qu'il y a, m'sieur le commissaire ?

— Tu ressembles à Néron enfant, lui dis-je. T'aurais une plume dans le prose, la ressemblance serait hallucinante !

Il ronge son frein en gardant les bas morceaux pour plus tard

— Vous vouliez me causer ?

— Oui, mon lapin. J'ai pris mes dispositions concernant l'attentat.

— Alors ?

— T'as le feu vert.

— Comment ça, le feu vert ? bée Belloise.

— Tu peux trucider Lormont, tout est O.K.

On lui mettrait des fourmis rouges dans son calbart qu'il ne serait pas plus surexcité.

— Vous vous foutez de moi, commissaire.

— Pas du tout !

— C'est complètement insensé !

— Justement : j'adore les histoires de dingue.

Mais exciter trop longtemps la curiosité d'un type comme Riri n'a rien de plaisant. Son cervelet n'a pas le format Magnum, ce serait plutôt la bouteille échantillon. Je me décide à l'affranchir :

— Demain matin, Lormont viendra ici. Il sera fringué d'une manière un peu tapageuse ; tu me suis ?

Avec peine. C'est un cul-de-jatte de la matière grise. Avec cécoinces, il faut adopter la vitesse croisière et ne pas oublier de mettre ses clignotants dans les carrefours.

— Oui, mais...

— Une fois dans ma carrée il se dépoilera. Pas parce que j'ai des mœurs contre nature, mais parce qu'il refilera ses fringues à un homme à moi. Lorsque mon gars aura mis les vêtements de Lormont il ira faire un peu de ski et tu le suivras, tu me files toujours le train, baby ?

— Oui, mais...

— Lorsque vous serez un peu à l'écart, lui et toi, tu le flingueras comme un lapin. C'est pas plus dif, Riri.

— Pourquoi t'est-ce que je buterais un de vos archers, m'sieur le commissaire ?

Si je le laisse se poser des problèmes, il va chauffer et péter un joint de culasse, mon Belloise. Déjà que ses culbuteurs font un drôle de bruit !

Je ne sais pas si c'est un effet d'optique, mais de la fumée commence à lui sortir des orifices.

— Tu tireras mon collègue avec le joujou que voici.

Et je sors de ma valoche un pétard qui stopperait le hoquet d'un pic pneumatique.

— Chouette mécanique, apprécie Riri.

— C'est un Beretta, l'arme de l'homme sportif. Deux dragées de ce machin-là dans la poitrine et te voilà plein de courants d'air !

— Enfin, quoi, bon Dieu, vous ne voulez pas que je mette en l'air un poulet pour sauver les os de Lormont ! C'est pas que je soye communiste, m'sieur le commissaire, mais je trouve que c'est pas normal.

— Il est chargé à blanc, gros malin !

Le visage de Belloise devient radieux comme un coucher de soleil sur la Méditerranée.

— Compris ! affirme-t-il avec une grande sobriété d'expression.

— Bravo. Je savais que tu étais un garçon extrêmement intelligent.

Je lui remets le Beretta.

— Voilà l'objet, Riri. Mets-le au frais en attendant demain.

Dans l'après-midi, je réceptionne l'envoyé du vioque. C'est en le défrimant que je mesure la sagacité du Tondu. Il a l'american eye, le Dabe. Laurent, son messager, a exactement la silhouette de Lormont. Même corpulence, même calvitie, même forme de visage. On pourrait croire que les deux hommes sont du même maire, mais pas de la même paire !

J'affranchis Laurent sur le pourquoi du comment du chose et il se gondole comme un Vénitien. Je l'emmène sur la piste blanche où il s'avère excellent dégringoleur. Bref, il est pile l'homme qu'il me fallait. On passe un après-midi ultra-sportif et une nuit épique dans différents établissements tous plus sélects les uns que les autres. Whiskies à gogo !

Laurent est ravi par ce turbin en forme de vacances. Lorsque nous regagnons le *Sapin Bleu,* à une heure très avancée pour son âge, il me gazouille dans les manches à air que c'est un job idéal que le nôtre, vu qu'il vous permet de vivre des instants de qualité aux frais de la mère Marianne.

Le lendemain, d'assez bonne heure, la jeune vierge de la réception m'annonce qu'un monsieur me demande. C'est Lormont qui me rend ma politesse. Il radine, loqué d'une manière plutôt marrante. Il porte un fendard presque blanc, coupé d'une bande noire verticale. Il a un anorak agrémenté d'un aigle dans le dos. Il a sur la tronche une toque d'astrakan (Béru appelle ça de l'estragon) et ses lunettes sont en virgule.

Sarcastique, il virevolte dans la pièce.

— Ça vous va comme ça, San-Antonio ?

— C'est inespéré, monsieur Lormont, j'espère que vous me donnerez une photo en souvenir.

— Et maintenant, que dois-je faire ?

— Vous dévêtir ! Je vous ai préparé une robe de chambre, des pantoufles et de quoi lire. De plus, vous pourrez demander ce que vous voudrez à la réception, la police française sera heureuse de vous offrir les boissons de votre choix !

Il ouvre de grands chasses.

— Expliquez-vous !

Je tambourine contre la cloison et Laurent fait une entrée rapide.

— Voici l'inspecteur Laurent qui va enfiler vos effets et prendre votre place !

— Et alors ?

— Il partira faire du ski. Le tueur à gages le suivra et l'abattra de plusieurs balles dans le dos !

Je lui vaporise mon clin d'yeux numéro 68 *ter* celui qui a fait perdre la tête à une rosière et ses boutons de jarretelles à la sœur aînée de ladite rosière.

— Balles à blanc, dans la neige, c'est de circonstance. Mon homme culbutera et fera le mort.

— Mais où voulez-vous en venir ?

— A ceci : pendant plusieurs heures vous serez officiellement mort !

Lormont blêmit, rougit, jaunit, verdit violit, marronnit (comme Saint Laurent du), orangit, arc-en-ciélit, puis reprend tant bien que mal sa couleur initiale.

— Pensez-vous un instant, mon bon ami, aux conséquences qu'aurait une telle nouvelle ? Le remue-ménage qu'en toute modestie elle causerait dans l'industrie ! L'effervescence qui régnerait dans mes usines ! L'affolement de ma famille ! Le...

Je le stoppe d'un geste péremptoire.

— Attendez : la nouvelle ne dépassera pas Courchevel.

— Mais la presse est représentée ici !

— Il se trouve que je suis un ami de Jean Laurent-Lefébure, le Lazareff de Courchevel ! Si je lui dis d'écraser, il écrasera, c'est un gentleman.

— Et ça vous donnera quoi, que la population de Courchevel me croie mort ?

— La possibilité de démasquer ceux qui en veulent à vos jours, monsieur Lormont !

— Comprends pas !

— Ils sont là, dans l'ombre, qui surveillent les agissements de leur tueur. Sitôt son forfait accompli, ils se manifesteront. C'est à ce moment-là que j'aurai ma chance de leur mettre la main au collet !

Il réfléchit.

— Je vois, mais supposons que la nouvelle transpire tout de même. Supposons que quelqu'un téléphone à un ami de Paris et que la nouvelle gagne la capitale, malgré toutes vos précautions ?

— En ce cas je ferais démentir immédiatement. Nous dirions que l'homme abattu était un voleur à la tire qui vous avait dérobé votre portefeuille avant de se faire descendre.

— Je n'aime pas beaucoup ce genre de publicité.

Il va pas remettre le couvert, Lormont ! Je suis sur le point de lui dire qu'il aille se faire empailler où bon lui semblera lorsqu'il réalise ma rogne et fait amende honorable.

— Mais peu importe ! ajoute-t-il. Marchons dans votre plan, après tout c'est votre métier. Vous êtes le policier et moi la victime !

En riant il se désape. Laurent met ses fringues. Tout est O.K. Je file un coup de grelot à Belloise qui attend d'entrer en piste dans sa chambre, en faisant probablement une fleur à sa souris. Vu l'altitude, cette fleur serait un edelweiss que ça ne m'étonnerait pas !

Dix minutes plus tard, une gentille colonne se dirige vers le tire-miches de la Loze. Il y a là : le faux Lormont (qui a l'air plus vrai que l'authentique) ; puis le dear Belloise avec son Beretta dans la ceinture, et enfin le superbe commissaire San-Antonio sur qui se détournent toutes les dadames de la station.

Il fait un temps comme sur les affiches de propagande. Le ciel est bleu comme les yeux de la môme Lydia et les montagnes aussi drues que sa ravissante poitrine.

Les cannes de remontée cliquettent dans l'air salubre. Nous nous sommes élancés à la queue leu leu dans la formation décrite plus haut. La neige sifle sous nos planches la marche du général Hiver. Votre San-Antonio, mes petites loutes si chéries, ouvre grand son œil givré. Mon plan sera-t-il payant, ou bien me ramasserai-je lamentablement ? J'opte pour l'optimisme. Les zigs qui en veulent à Lormont ne doivent pas avoir une

confiance aveugle en Belloise et ils le font surveiller discrètement pour s'assurer que le pote Riri ne les pigeonne pas.

Nous arrivons au haut de la Loze. Laurent largue sa canne
et pique vers la vallée après avoir assuré la bride de ses bâtons
dans ses pognes. Mon petit camarade Riri en fait autant. Je
mate un bout de moment leurs gracieuses arabesques avant de
plonger à mon tour. Mais au lieu de les suivre, je descends en
biais, de manière à conserver de la hauteur par rapport à eux.

A cette heure de la matinoche, il y a encore peu de trèpe sur
les pistes. Néanmoins quelques skieurs radinent et foncent,
dans la position de l'œuf (celle mise à la mode par Yul
Brynner). Maintenant, Belloise et Laurent se trouvent très
au-dessous de moi. Ils bombent en direction de la piste bleue,
suivant l'itinéraire que j'ai établi.

C'est un coinceteau tout ce qu'il y a de peinard en ce moment
et où il fait bon revolvériser son prochain. Laurent s'arrête dans
un nuage de neige provoqué par son savant dérapage. Il plante
ses bois de part et d'autre de son académie, comme un type qui
a décidé de se gargariser à l'oxygène en matant un merveilleux
paysage.

Mon pote Belloise le rattrape. Je distingue confusément son
geste. Ça fait BOUM-BOUM ! en majuscules, et un petit nuage
de fumaga s'étire dans l'air vivifiant. Belloise repart, bille en
hure, tandis que mon collègue s'écroule dans un style qui
rendrait jalmince un type du Français interprétant Shakespeare.

Je ne me presse pas d'intervenir car je tiens à voir ce qui va
suivre. Trois bonnes minutes s'écoulent, et mon pote Laurent
gît toujours dans la neige. Il doit trouver le temps long, le
pauvre biquet. Enfin un petit groupe de trois skieurs fait un
crochet et s'approche de lui. J'aimerais bien voir à quoi ressemblent ces quidams.

Voilà donc le San-A. sur lattes qui pique shuss. Mes Allais 60
miaulent comme un chaton enfermé dans un Frigidaire. Je suis
déçu. Les trois skieurs en question se composent d'un moniteur
de la station que je connais bien et de deux jeunes Anglaises
auxquelles il donnait un cours. Le moniteur est agenouillé
auprès de Laurent.

Il me regarde et murmure :

— Je ne sais pas ce qu'il a pu se faire, regardez !

San-Antonio regarde, mes lapins. Et ses dragées présidentielles se convulsent sous l'effet de la stupeur. Mon camarade Laurent est mort. Il a morflé deux bastos dans le buffet. Une immense tache rouge s'étend dans la neige. Je palpe son pouls : nobody ! Je regarde sa bouche : pas la moindre buée ne s'en échappe. C'est fini. FINI !

— C'est un crime ! m'annonce le moniteur en ramassant le Beretta tout chaud qui s'enfonce lentement dans la neige durcie.

— Ça m'en a tout l'air, bredouille cette nave de San-Antonio.

Je hurlerais de rage si, biscotte la neige, je ne craignais de passer pour un loup.

M'est avis que cet enviandé de Riri m'a repassé de première. Il a changé les fausses valdas du Beretta contre des vraies. D'accord, Laurent n'a pas dû souffrir. Mais sa stupeur, à ce pauvre gars, lorsqu'il a réalisé qu'il prenait de la vraie purée dans les éponges !

— Je vais prévenir les secouristes et la gendarmerie ! fais-je au moniteur.

J'ai hâte de remettre la pogne sur Belloise. Quand j'aurai fini de lui raconter ma vie, il ne lui restera plus assez d'oreille pour écouter le dernier disque de Frank Sinatra. Si toutefois il est assez patate pour m'avoir attendu !

Eh bien ! croyez-moi ou allez vous faire tatouer le numéro de téléphone de M. Jean Mineur sur l'omoplate gauche avec un cure-dents à fourche télescopique, mais la première personne que j'avise en radinant au *Sapin Bleu,* c'est mon Riri, aussi radieux qu'un documentaire en couleurs sur les îles Hawaii. Il est au bar de notre hôtel et sirote un *Between the sheets* en écoutant la radio. Il me vote un sourire en 140 de large lorsqu'il m'aperçoit.

— Alors, m'sieur le commissaire, ça va comme vous voulez ?

— A merveille, Al Capone !

Il rit et profitant de ce que le barman fourbit son perco, il murmure :

— Vous avez vu ce carton ? Votre zig est un comédien de première. Ma parole, j'ai vraiment cru qu'il morflait le potage !

Il s'avise de ma mine lugubre et demande :

— Mais qu'est-ce qui se passe ? Vous semblez tout chose.

— C'est pas moi qui suis tout chose, Riri, mais le gars que tu viens de dessouder !

— Comment ça ? bredouille l'enfoiré.

— Pas étonnant qu'il ait bien joué la comédie ; il y avait de vraies prunes dans le pétard !

Les ratiches de Belloise se mettent à jouer le grand air de Carmen.

— Dites, charriez pas, implore-t-il, j'ai horreur des histoires macabres !

Je sors de ma poche le Beretta que j'ai pris la précaution de conserver et je dégage le chargeur.

— Regarde les pralines qui restent, Baby. Tu ne vas pas me dire que ce sont des haricots verts ?

Oh ! la bouille du gentleman, mes aïeux ! Un vrai portrait robot !

— Mais, m'sieur le co... co... Vous m'aviez dit que c'était chargé à blanc... Et puis j'avais moi-même vérifié par mesure de sécurité !

Sa mine effondrée n'est pas feinte ! Il n'est pas capable d'interpréter un rôle pareil, le Riri. Lui, la subtilité, c'est pas sa longueur d'onde !

— Je vous jure, m'sieur le co... co... missaire, j'y suis pour rien. Nom de Dieu ! Je serais pas allé flinguer un flic sous vos yeux, surtout après vous avoir affranchi de ce qui se passait !

— Alors si tu es blanc, dis-je, c'est que quelqu'un d'autre a remplacé les fausses balles par des vraies !

— Mais, c'est impossible !

— Qu'as-tu fait de ce feu, depuis que je te l'ai donné, hier soir ?

— Il n'a pas quitté ma poche, je le jure, m'sieur le commissaire.

— Mais toi, espèce de lavedu, tu l'as quittée, ta poche, pour dormir, non ?

— D'accord, mais mes fringues étaient à côté de mon lit. Et elles n'en ont pas bougé, Lydia vous le dira.

— D'accord, Lydia va me le dire ! Où est-elle ?

— Elle est allée faire des courses.

— Viens !

— Où ça ?

— Dans ta chambre.

— Pour quoi faire.

— Tu le verras, mais si c'est pour ta vertu que t'as des inquiétudes, ne te court-circuite pas le bulbe, le jour où je virerai ma cuti je choisirai des partenaires plus sexy que toi !

Nous montons chez lui. Vous me connaissez, mes amis, et vous savez qu'entre une fillette au cœur tendre et moi, il y a autant de différence qu'entre une violette blanche et un rouleur de fil de fer barbelé, mais franchement, je commence à prendre des vapeurs. Après un pareil coup fourré, la terre ne sera plus assez grande pour que je puisse planquer mon humiliation !

Nous pénétrons dans la chambre 22. La pièce est vide. Sur la table, bien en évidence, j'aperçois une enveloppe portant comme libellé :

« A cette crêpe de Riri Belloise. »

Je décachette et je lis cette simple phrase :

« Tu as bonne mine, tueur de flic !»

C'est tout. Mais ça veut en dire long. Le message signifie que les correspondants de Belloise n'ont pas été dupes de ma ruse et qu'ils ont su, avant même que le meurtre soit commis, que Riri les doublait.

— Tiens, dis-je, lis, c'est pour toi !

Il lit et devient jaune comme un grain de courge.

— Vous m'avez foutu dans une belle m... ! dit-il. D'ici que ces gens-là m'envoient dans l'espace, il n'y a pas loin !

— Dis-moi, Riri, ta môme était au courant de notre petit cinéma ?

Il hausse les épaules.

— Mais non, voyons !

Je le cramponne par les endosses, le forçant à me regarder.

— Tu as l'air aussi franc qu'un marchand de fonds qui essaierait de vous vendre une usine à gaz désaffectée en vous faisant croire que c'est le château de Chambord ! Tu crois vraiment que c'est encore le moment de me berlurer, Riri ?

Il baisse la tête.

— Oh ! bon, d'accord, la gosse sait. Mais elle est régulière, vous savez !

— Régulière comme les rayures d'un zèbre. Félicie, ma brave femme de mère, m'a toujours dit que la plus noble conquête de l'homme c'était le cheval et que la moins noble c'était la femme.

— Vous faites erreur, m'sieur le commissaire !

— J'adore ça, Baby. Si j'étais riche je ne ferais que ça. Seulement, voilà : mes moyens ne me le permettent pas.

Je le plaque pour aller rejoindre Lormont dans ma chambre. Le moment est venu de subir les premiers sarcasmes !

Ma piaule est aussi vide que celle de Riri. Je me dis que l'industriel est peut-être allé aux toilettes et je décide de patienter un moment lorsque je fais une double constatation : mon couvre-lit a disparu et on a sectionné les cordes à rideaux de ma fenêtre.

Qu'en pensez-vous, tas de nécrophages ? Bizarre, hein ?

CHAPITRE V

Mon petit camarade Belloise ressemble à un monsieur qui viendrait d'allumer sa cigarette avec un numéro gagnant de la Loterie Nationale. Il a le gloufanou baladeur à fléchissement désemparé qui se conjugue au troisième groupe sanguin, les gars ! Tout comme celui du valeureux San-A. d'ailleurs !

J'ai dans ma petite tronche une minuscule idée qui prend ses quartiers d'hiver. Cette idée, c'est que cette histoire va faire parler d'elle, et de moi for the same occasion ! Va y avoir du cri dans le landerneau !

Je descends l'escalier aussi vite que les pentes de la Loze et j'intervieve miss « on vous cause », la délicieuse standardiste à lunettes. C'est une petite brunette aux yeux gris comme la mer du Nord.

— Dites, belle enfant, vous n'auriez pas vu sortir un monsieur en robe de chambre ?

Elle secoue sa tête de linotte.

— Vous plaisantez, monsieur San-Antonio ! En robe de chambre, dans Courchevel !

Elle a raison, même une pomme de terre n'oserait pas se montrer en robe de chambre dans un patelin aussi sélect !

— Autre chose, personne n'a quitté cet établissement en emportant un gros paquet, style tapis roulé ?

Elle secoue sa chevelure sombre avec la même énergie souriante.

— Quelle idée ! gazouille cette bécasse.

La sonnerie du bigophone l'interpelle. Elle susurre « Allô ! j'écoute » et je vais m'éloigner de son rade lorsque le larbin aux jambes arquées qui coltine les valoches, nettoie les pompes et distribue le papier-water s'approche de moi.

— Moi, j'ai vu, fait-il avec un accent savoyard tellement forcé que ça pourrait bien être dans le fond un accent italien.

— Vous avez vu quoi ?

— Deux hommes qui emportaient un gros paquet bien long et tout mou. Même que quelque chose est tombé du paquet et que c'était une pantoufle noire !

— Par où sont-ils sortis ?

— Par le service. Ils ont pris la porte qu'on sort les skis.

— Et après ?

— Je les ai vus qui grimpaient dans une DS noire fourgonnée.

— Il y a longtemps de ça ?

— Vingt minutes.

Je me catapulte sur la standardiste et je lui saisis le combiné à pleines mains.

— La gendarmerie de Moutiers, vite ! glapis-je à la dame des pet et thé.

» Ici le commissaire San-Antonio des Services spéciaux ! lancé-je. Établissez immédiatement un barrage sur la route entre Salins et Moutiers afin d'arrêter une DS ou une ID noire carrossée en fourgonnette. A l'intérieur vous trouverez un type ficelé dans un couvre-lit.

— Faudrait voir à ne pas vous fout' de nous ! rouspète le gendarme.

— Faites ce que je vous dis, nom de Dieu ! Pour confirmation de cet ordre, rappelez le *Sapin Bleu* à Courchevel, vous verrez qu'il ne s'agit pas d'une blague. Arrêtez tous les occupants de la bagnole en question. Parallèlement, envoyez du monde à la gare et vérifiez si une ravissante fille brune, répondant au nom de Lydia...

Je mets la main sur l'écouteur et je lance à Belloise :

— Le blaze de ta gerce ?

— Roubier.

— ... Lydia Roubier, n'attend pas le train ! Compris ! Faites vite, ça urge ! D'ailleurs je vais vous rejoindre !

Je rends le combiné à la môme.

— Qu'est-ce qui est arrivé ? demande-t-elle.

Mais je n'ai pas le temps de lui répondre. Je suis en train de jouer ma carrière, les mecs. Et qui plus est : ma réputation.

Si je n'écrase pas ce coup, elle ne vaudra pas plus que celle d'un faussaire en timbres-poste qui aurait contracté la danse de Saint-Gui.

Je cours troquer mes lattes de skieur contre des bottes basses en cuir souple comme la conscience d'un marchand de voitures.

— Qu'est-ce qu'on fait ? bredouille Belloise.

Ce pluriel me force à examiner son cas. J'hésite une paire de secondes et je le biche par le collet.

— Toi, tu vas rester ici, crème de nouille ! Si tu essaies de mettre les adjas, ce qui t'arrivera par la suite sera impubliable dans les journaux. Si par hasard ta souris rappliquait, motus ! Tu lui dis que tu as fait ton turbin et que je te couvre. N'essaie pas de la cuisiner, surtout, compris ?

— Compris, m'sieur le commissaire.

— J'ai pas de conseil à te donner, mais moi, à ta place, je m'achèterais les œuvres complètes de Simenon et je m'enfermerais à double tour dans ma piaule. Tu risques de graves ennuis, n'oublie pas.

Là-dessus, je file avec le larbin aux jambes arquées désenneiger ma charrette.

*

Je suis stoppé à Salins par le barrage de police que j'ai provoqué. Je me fais reconnaître de ces messieurs et je leur demande s'ils ont des nouvelles de ma Citroën. Ils répondent que non. Ils ont vu des DS noires, mais aucune n'était carrossée en fourgonnette. Ils les ont stoppées pourtant et les ont fouillées, sans résultat. On n'a repéré aucune Lydia à la gare. C'est plutôt mochard, hein, mes amis ?

Le petit San-A. chéri de ces dadames en mène de moins en moins large et bientôt il pourra se blottir entre les éléments d'un radiateur de chauffage central. Je regarde d'un œil nostalgique la formidable chaîne de montagnes qui se dresse devant moi, barrière inexpugnable ! François Lormont se trouve-t-il encore au cœur des Alpes, ou bien l'a-t-on emmené vers des régions inconnues par un moyen plus inconnu encore ?

En tout cas, je ne vais pas me mettre à arpenter les routes et les sentiers alpestres. En deux temps et trois mouvements de cerveau ma décision est prise. Les choses ont pris une tournure trop grave pour que je continue d'assumer l'enquête au gré de ma fantaisie. Faut que j'en réfère en haut lieu ! J'aimerais mieux me rendre aux lieux d'aisance, croyez-moi. Je suis dans une situation à côté de laquelle une cuvette de gogue occupe une position privilégiée dans l'échelle des valeurs.

Je donne l'ordre aux gendarmes d'explorer la région et d'opérer des descentes discrètes dans les hôtels afin de retrouver la môme Lydia et, éventuellement, François Lormont. Ensuite de quoi je prends la route de Chambéry, qui se trouve être également celle de Paris.

Je vous prie, non pas d'agréer l'expression de mes sentiments particuliers, mais de croire que je dépoussière le cadran de mon compteur sur toute sa surface ! Le verglas, je m'en tamponne les pneumatiques. Pas besoin de chaînes. Du reste, on vous l'a souventes fois répété : où il y a de la chaîne, y a pas de plaisir !

Les ceuss qui me voient débouler se demandent si je suis un Martien en retard ou si on est mercredi ! En pas une plombe, je déboule dans la banlieue de Chambéry. Et c'est là que la malchance continue de m'accabler. Comme je dépasse le panneau m'annonçant que je me trouve dans la capitale des anciens ducs of Savoie, il se produit un bruit idiot sous le capot de ma guinde et celle-ci se met à battre la breloque. En jurant comme un congrès de charretiers, je vais regarder. Pas d'histoire, mes lapins : j'ai bel et bien coulé une bielle ! Me voilà beau ! Comme quoi, quand c'est pas votre jour, vous feriez mieux d'aller au dodo non pas avec une sœur (vous la rateriez) mais avec un somnifère.

Comme il y a un garage à vingt-cinq centimètres de là, j'y laisse ma brouette en recommandant au tôlier de faire le nécessaire. Puis je m'offre un taxi-auto qui pousse l'amabilité jusqu'à me conduire à la gare. Un employé m'annonce que le train for Paris va entrer en gare dans douze secondes. C'est une petite consolation.

Effectivement, le teuf-teuf s'annonce en ferraillant. Je me vote un compartiment de first classe avec vue sur la mer et je m'abats sur une banquette moelleuse, brisé par cette fatigue particulière que provoquent les fortes émotions.

Nous ne sommes que deux dans mon compartiment : un vieux curé habillé en ecclésiastique et moi, fringué en skieur ! M'est avis que je vais avoir bonne mine en déhotant à Pantruche. Tant que je me cantonnerai aux abords de la gare de Lyon, ça ira encore, mais c'est after ! Avec mes bottes et mon anorak, je vais solliciter l'attention des passants.

Le train démarre. Le curé ligote son bréviaire et je me mets à roupiller, ce qui est un passe-temps valable en l'occurrence. Je rêve illico que je suis sur mes skis. Je dévale à toute pompe une côte raide comme la paroi d'une pissotière et je vais franchir une voie ferrée à l'instant précis où un train radine. Pas moyen d'éviter ça. Je tente désespérément de m'arrêter, mais à la suite de je ne sais quel sortilège, je ne sais plus faire. Je pousse un cri.

— Amen ! fait le curé en refermant son livre.

Je le regarde, effaré. A ce moment-là, un loufiat de chez Cook arpente le couloir en agitant sa sonnette. Le curé se signe distraitement. C'est un réflexe conditionné : il s'est cru à la messe au moment de l'élévation. Votre gars San-A. pense que l'homme d'aujourd'hui doit, pour être en mesure d'affronter la vie tumultueuse, se sustenter un chouïa et il se lève pour gagner le wagon-restau. Me voilà qui remonte le couloir en brimbalant. Je suis meurtri au plus profond de mon être, pas par les coups de hanche que je donne aux parois du train, mais par la mort de ce pauvre Laurent ! Il était bath, mon plan d'action ! A cause de moi, un jeune gars plein de vie et d'avenir est maintenant allongé, tout raide sur une civière. J'en chialerais...

Je continue de remonter le train de mon allure de somnambule lorsqu'en passant devant un compartiment, j'ai le fouinoussard à breloques virulentes courbes qui saute dans mon éprouvette perfide, mes amis. Figurez-vous, ou ne vous figurez pas, j'en ai rigoureusement rien à branler, que, toute seulabre dans son compartimoche, il y a la môme Lydia soi-même. Elle a posé ses souliers et allongé ses jambes sur la banquette d'en face. Elle lit *Elle*. Je n'en crois pas ma rétine.

Je tire la porte à glissière et j'entre. Elle lève un œil distrait, qui se dédistrait en un instant.

— Je ne vous dérange pas ? susurré-je de ma voix de velours côteleuse dont il me reste encore un coupon.

Elle referme son journal et le dépose à ses côtés sur la banquette. San-Antonio, lui, procède alors à une petite opération délicate : il abaisse les rideaux masquant les trois vitres donnant sur le couloir. Nous voici en petit comité, elle moi et *Elle*.

— Alors, ma choute, je dis en m'asseyant en face d'elle, on en a eu marre de Courchevel, tout à coup ?

Elle hausse les épaules. Miss Barrons-nous a déjà récupéré.

— Ça n'est pas de Courchevel que j'ai eu marre, mais de Riri Belloise, me déclare-t-elle. Les brutes, c'est gentil un moment, mais on s'en lasse vite !

— D'accord, mais ça n'est pas gentil de larguer son homme au moment précis où il a des ennuis gros comme le mont Blanc.

— Des ennuis, fait-elle, quels ennuis ?

Ce talent de comédienne, ma douleur ! Je ne saurais pas qu'elle sait, je croirais qu'elle ne sait pas !

— Il a brûlé un feu rouge avec une lampe à souder !

— Parlez clairement, je vous prie !

Ma parole, si je la laisse gambader, dans trente secondes elle va me faire le pied de nez !

— Ignoreriez-vous la raison de son séjour à Courchevel, ma belle enfant ?

Elle ne sourcille pas, la petite peste.

— Nous sommes venus faire du ski.

— C'est tout ?

— Ça me paraît être une raison suffisante, non ?

Je ne la laisse pas se pavaner. C'est plus fort que moi. Elle écope d'une mandale qui ferait éternuer ses défenses à un éléphant. Des larmes brouillent sa vue.

— Espèce de saligaud de flic ! gronde-t-elle en se levant.

Une seconde mornifle plus impressionnante que la première se pose sur son frais minois, avec le train d'atterrissage rentré.

— Qui vous a permis ? bredouille Lydia.

— Quelqu'un de bien : moi ! J'aime autant te prévenir loyalement, ma gosse, que je suis décidé à t'administrer d'autres beignes pour me faire la main, et même à te flanquer une fessée pour me faire la rétine.

— Sale brute !

Elle étend le bras et décroche l'un des stores. Le panneau de toile s'enroule d'une seule détente. Je l'abaisse de nouveau et d'une troisième morniflette je couche ma môme sur la banquette.

Elle se met à hurler à pleine voix. Je lui fourre d'un geste prompt mon mouchoir dans le bec.

— Tu me le rendras quand tu seras calmée, lui dis-je, car il est brodé à mes initiales !

Elle étouffe et refoule le mouchoir.

— Vous êtes..., vous êtes..., commence la douce enfant.

— Je sais, coupé-je, ne cherche pas à dresser la liste de ce que je suis, tu en oublierais. Belloise m'a dit que tu étais au courant de tout, pas la peine de me berlurer ! Telle que te voilà démarrée, Lydia, tu risques de finir ta belle jeunesse en taule, ma chérie ! Tu t'es rendue coupable de meurtre avec préméditation en remplaçant les balles à blanc par de vraies balles. Le fait que tu n'aies pas appuyé sur la détente n'est pas une circonstance atténuante. Je te vois très bien écopant de quinze ou vingt piges ! Quinze ans sans massage, sans bronzage, sans salons de coiffure, sans instituts de beauté, sans gymnastique. Quinze ans sans amour, Lydia, réfléchis un tantinet. Lorsque tu ressortiras du trou, même avec une remise de peine pour bonne conduite, tu ressembleras en moins bien à la fée Carabosse ! Or ces années de taule me paraissent inévitables. Je t'arrête, tu piges ?

Mon petit discours à bout portant porte. Elle est pâlichonne tout à coup, malgré les beignes que je lui ai administrées.

Psychologue, hein, le San-A. ? Il connaît les femmes et leurs soucis ! Je l'aurais menacée de mort, ça ne l'aurait peut-être pas commotionnée, mais lui parler de sa beauté flétrie, c'est une autre paire de choses.

Maintenant, il faut brosser un second volet pour gagner la partie.

— Supposons que tu deviennes raisonnable, mignonne, et que tu te confies à ton San-Antonio adoré, hmm ? Tu sais ce qu'il fait, le San-Antonio vénéré ? Il oublie que tu as joué un très vilain rôle dans cette affaire. Il oublie que tu as tué mon petit camarade par personne interposée. Oui, il sait ça. D'accusée, tu deviens simple témoin. Pour l'instant, je suis à l'intersection de ton destin, penses-y. Mais si tu t'obstines, je te fais emballer à la prochaine gare et tu es plus marron que deux kilos de châtaignes dans de la crème au chocolat parce qu'alors il sera trop tard.

— Oh ! vos promesses de flic ! ronchonne la belle gosse.

— Les flics ont leurs faiblesses.

Je change de banquette et je me place à ses côtés. J'entoure son épaule de mon bras athlétique.

— Tu as sans doute déjà remarqué que tu étais mon genre, non ? Car en somme, c'est parce que tu m'avais tapé dans l'œil que tout cela est arrivé. Vrai ou faux, adorable voyageuse ?

Elle acquiesce, mollement. Je me dis que c'est le moment de lui déballer mon savoir et je l'embrasse fougueusement. Pour qu'il n'y ait pas d'équivoque entre nous, je lui octroie au prix coûtant ma galoche romaine façon Néron. La porte de notre compartiment s'ouvre et l'employé du wagon-restau nous mate d'un œil salingue.

— Mande pardon, fait-il, voulez-vous des tickets pour le second service ?

— Non merci, le congédié-je.

— Monsieur a tort, rigole le zig, il y a justement de la langue persillée au menu.

Il se taille sur cette boutade de Dijon (il est Bourguignon et roule les « r »).

Je reprends mes prouesses amygdaliennes là où je les ai laissées. Elles ne semblent pas déplaire à la môme Lydia, bien au contraire. La voilà qui se plaque contre moi, qui m'étreint, qui me chevauche, qui me comprime, qui s'exprime, qui s'incruste, qui s'insinue, qui s'empare, qui ne désempare pas, qui promet, qui tient, qui tient bien, qui n'y tient plus, qui se dit que deux tu les as vaut mieux qu'un tien tu l'auras...

Vous parlez d'un interrogatoire, mes petites poules ! Prenez votre tour, y en aura pour tout le monde ! C'est la fiesta héroïque, la chevauchée infernale, le rodéo des grands jours.

A dada ! Les vins du Postillon, à moi ! Vive la S.N.C.F. une et indivisible ! Le mouvement berceur de la voie ferrée, c'est l'opium du peuple, mes fils ! Hommage au génie français qui a tout prévu : les accoudoirs et les repose-nuque. San-Antonio est en train de gagner la bataille du rail ! Il va décrocher le ruban bleu ! Il est dans les temps du record du monde ! Il s'envole vers l'arrivée sous les ovations de sa partenaire en délire qui l'encourage frénétiquement !

Il va gagner le canard ! Et puis soudain, il se passe quelque chose : le bruit du train devient plus présent. Je réalise qu'on vient d'ouvrir la portière du couloir. J'entends une espèce de crépitement. La môme Lydia cesse de se trémousser. Elle est effondrée contre moi. Je la dépose sur la banquette et je m'aperçois qu'elle a le dossard farci de petits trous. Un monsieur peu galant lui a vidé un chargeur dans les reins pendant qu'elle s'envoyait en l'air. Elle se trouvait déjà sur la rampe de lancement pour le septième ciel. Maintenant elle n'a qu'à poursuivre sa route : c'est tout droit !

Elle a perdu connaissance, son souffle est bref, saccadé. Le sang ruisselle de son beau corps ardent.

Je me palpe, ahuri de n'avoir pas morflé de bastos. Mais non : excepté deux prunes qui se sont logées à côté de ma tête dans le drap rouge de la banquette, c'est Lydia qui a tout intercepté.

Je bondis dans le couloir. Celui-ci est vide. Je ne sais quelle direction choisir. Je me dis qu'il y a intérêt à foncer vers le wagon-restaurant. Au passage, je jette un coup d'œil dans tous les compartiments et partout je n'aperçois que de paisibles voyageurs. J'ouvre les portes des toilettes : chose curieuse, toutes sont vides. Enfin j'arrive au wagon-restaurant.

Peu de trêpe. Ce train ne comblera pas le déficit des Chemins de fer de l'État. En cette période de sports d'hiver, il faut dire que le trafic s'opère surtout dans le sens contraire. Il va à Paris chercher les futures factures.

Le préposé en veste blanche qui m'avait vanté la langue persillée m'accueille avec un petit sourire aimable.

— Deux couverts, monsieur ?

— Non. Je n'ai pas faim. Je voudrais savoir si quelqu'un vient d'entrer dans ce wagon.

Il ouvre des billets de loto grand format.

— Comment ça, monsieur ?

— Le service est commencé depuis un bon moment, n'est-ce pas ? Je vous demande s'il y a eu des retardataires !

— Pas à ma connaissance ! Non, tout le monde est ici depuis le début.

— Merci.

Pas de bol, mes frères ! Il semble que le tueur du train se soit volatilisé. Et pourtant il est bel et bien dans l'un de ces wagons fonçant à cent à l'heure dans la campagne françouaise ! Je me tape la totalité du convoi en matant chaque voyageur sous le naze, mais je ne dérouille pas. Une fouille de chaque personne serait négative car il est fort probable que le meurtrier s'est débarrassé de son perforateur à injection directe !

Je me décide à affranchir le contrôleur et nous organisons un petit programme maison pour garder l'assassinat secret.

J'ai provoqué pas mal de casse juqu'à présent, et je ne tiens pas à me faire une publicité démesurée.

Maintenant il va falloir affronter le Vioque pour lui faire part de mon tableau de chasse, et j'ai dans l'idée qu'il va y avoir des pleurs et des grincements de dentier !

CHAPITRE VI

Le Vioque, je l'ai vu avec bien des visages différents, depuis que je marne pour sa pomme. Je l'ai connu radieux, courroucé, acerbe, hautain, familier, bon enfant, taciturne... Mais je ne lui ai jamais vu cette bouille-là. Il est prostré et je ne sais quoi de douloureux assombrit son front-qui-n'en-finit-pas !

— Je résume, murmure-t-il : vous avez remis à un truand un revolver avec lequel il a trucidé votre collègue. Pendant ce temps on a kidnappé François Lormont dans votre propre chambre et, un peu plus tard, la maîtresse du tueur a été abattue dans le train alors qu'elle se trouvait en votre compagnie. C'est bien cela, n'est-ce pas ?

Je dois être un peu pâlot, les gars ! J'ai la moelle épinière qui se transforme en crème fouettée.

— C'est bien cela, monsieur le directeur.

Le Tondu masse sa dragée délicatement comme s'il craignait de se fêler la coquille.

— San-Antonio, dit-il d'une voix si sourde qu'on a envie de lui acheter un sonotone, San-Antonio, si vous ne retrouvez pas Lormont à bref délai, je saute !

Un frisson glacé me parcourt de haut en bas, de gauche à droite et en diagonale.

Jamais le boss n'a fait allusion à sa destitution. Il lui est arrivé d'envisager la mienne, mais pas la sienne. Ça me chanstique le bergougnouf fromental à lipothymie variable.

J'imagine cézigue avec une canne à pêche dans ses belles

paluches manucurées, attendant la bonne volonté d'un goujon pour éprouver dorénavant des sensations rares.

— Tout de même, monsieur le directeur !

— Lormont est le beau-frère du ministre des Fonds Perdus !

— Je comprends. Est-ce que ma démission arrangerait votre cas ?

Il s'empourpre comme un évêque qui vient d'être promu cardinal de première classe.

— Je me fous de votre démission, San-Antonio !

C'est la première fois que j'entends le père Ladorure lâcher un gros mot.

— Ce que je veux, poursuit-il, c'est un résultat immédiat : vous retrouvez Lormont vivant ainsi que ses ravisseurs !

Il me désigne la lourde. Moi, si je m'écoutais, je lui ferais bouffer son encrier de marbre, mais je me fais la sourde oreille fort heureusement et je m'évacue vers des régions plus accueillantes : à savoir le troquet du coin.

Béru discourt au milieu d'un cercle d'admirateurs.

— On dit toujours San-Antonio ! tonitrue l'Enflure. Eh bien moi, je vous réponds simplement ceci : San-Antonio mon c... ! Si je serais pas là dans quatre-vingts pour cent des cas, le commissaire se prendrait un bide !

— Pour en avoir un comme le tien, il faudrait qu'il se le bourre de son, eh, poubelle ambulante !

— Siouplaît ! gronde le Gros qui n'a pas détecté mon noble organe.

Il se détourne, m'avise et sa trogne violacée devient d'un très joli bleu turquoise.

— T'étais là, San-A. ! éructe Béru.

— Oui, mon gros beignet froid. J'étais là ! Alors comme ça, c'est toi le Sherlock Holmes attitré ? C'est sur ta bedaine avariée que j'ai construit ma carrière ?

Le Mahousse rejette son bitos avachi derrière son crâne également avachi.

— Si on peut plus plaisanter, je préfère m'engager dans les C et Ress !

— Tu es déjà dans les C, Béru. Dans les petits « c », ça n'est pas si mal.

La vaillante assemblée éclate de rire et Lagonfle arbore une bouille piteuse !

— Paie ta tournée et amène-toi, lui enjoins-je.

Il obéit sans rechigner. Lorsque nous sommes sur le trottoir, Sa Majesté essaie de plaider non coupable.

— Veux-z'en-moi pas, San-A. Tu sais ce que c'est. On cause, on cause...

— Et on cause préjudice à l'homme qui vous a fait nommer inspecteur principal. Apprendre ça lorsqu'on est au bord de la destitution, c'est dur !

La bonne pomme se fout à chialer et à renifler.

— Fends-moi pas le cœur, San-A. Tu sais bien que je me jetterais au feu pour toi !

Puis, réalisant mes paroles :

— Comment ça, au bord de la destruction ! Qu'est-ce qu'y se passe ? Et puis d'abord comment ça se fait que tu n'es plus z'en vacances ?

— Ouvre un peu tes étagères à mégots, bonhomme !

Je le mets au parfum de ce qui se passe. Le Gravos, c'est pas Einstein, mais en matière d'enquête, il a de la jugeote.

Il m'écoute attentivement, poussant parfois des « gnouff, gnouff » de goret devant son auge pour marquer son intérêt.

— Tu vois, conclus-je. C'est la grosse faillite, me voici dans le cirage. Je me dis que j'aurais dû rester à Courchevel et chercher sur place... Franchement, Gros, j'ai un coup à vide !

Il me dépêche une bourrade affectueuse qui me fait descendre du trottoir.

— T'es toujours commak au début d'une affaire compliquée, et puis après ça se met à carburer, tu le sais bien !

Son œil globuleux est suintant d'une tendresse humide.

— T'as quand même un pion de réserve, me fait-il remarquer.

— Qui ?

— Riri Belloise, pardine ? C'est le lien qui te rattache à la mystérieuse bande, San-A., oublie-le pas !

— Mais je te répète qu'il ignore tout de ces gens !

— Ça reste à prouver ! Et puis en admettant qu'il les connaisse pas, eux le connaissent. Le lien que je te cause est peut-être à sens unique, d'accord, mais il existe !

Je file un regard éperdu à mon pote. D'un seul rétablissement il vient de reprendre sa place dans mon estime. Riri Belloise ! Mais oui, of course !

Je fonce au burlingue et je réclame le *Sapin Bleu* à cor et à

cri, et en priorité. Cent deux secondes plus tard, j'ai Riri à
l'appareil.

— Ici, San-Antonio. Il faut que tu rentres à Pantruche,
dare-dare, bonhomme. Je donne des instructions pour qu'une
chignole te conduise à Genève où tu prendras un zinc pour
Orly. O.K. ?

— Comme vous voudrez, m'sieur le commissaire.

Puis, timidement :

— Vous avez des nouvelles de Lydia ?

— Yes, baby. Amène-toi, on en causera !

Je raccroche.

— Et maintenant, fais-je à Béru : au *Figaro* !

— Tu veux te faire raser ? demande cet étourdi.

— Non, je veux publier une annonce !

— Tu veux vendre ta Jaguar ?

— Non plus. C'est la peau de Belloise que je brade.

Au début de l'après-midi de cette sombre journée, Belloise
fait une arrivée discrète à Orly. Je le pique à la sortie de la
douane. Il me virgule un sourire appétissant.

— Tiens ! c'est gentil d'être venu m'attendre.

Mais ma mine sinistre le fait tiquer.

— Eh, dites donc, m'sieur le commissaire, c'est pas pour
m'embastiller au moins ?

— Non, Riri, c'est pour t'apprendre une mauvaise nouvelle ! Tu es veuf !

De saisissement, il laisse tomber son étreint-en-ville sur
l'asphalte du parking.

— Vous dites ?

— Que ta môme Lydia a trépassé, fils. Aie un peu de
courage.

Il a les ratiches qui applaudissent. Des cernes gris soulignent
son regard.

— Morte !

— A ne plus en pouvoir. Tu pourras lui acheter des chrysanthèmes. Console-toi en pensant qu'elle t'avait vraiment joué un
mauvais tour. Car c'est elle qui avait changé les balles dans le
Beretta.

— Qu'est-ce qui lui est arrivé ?

— Un chargeur de neuf millimètres dans le dos.

— Quel est l'enfant de salaud qui a fait ça ?

— Point d'interrogation à la ligne ! Mais fais-moi confiance, nous le saurons bientôt !

— Buter une fille comme elle, faut être sadique ou quelque chose de ce genre, non ?

— Écoute, Riri, ta bergère était mouillée jusqu'à la moelle dans cette affaire. Il y a longtemps que tu étais avec elle ?

— Non, quinze jours !

— Alors, c'est la bande qui l'avait collée sur ta route.

— Pourquoi qu'ils l'ont effacée, alors, si elle faisait partie de leur équipe ?

Tout en devisant, nous avons rallié ma chignole. Nous prenons place et je roule molo jusqu'à la sortie du parking où le préposé bouclé dans sa guérite de verre ramasse mon ticket.

— Hein, m'sieur le commissaire, insiste Belloise, pourquoi ?

— Parce qu'elle était en conversation avec moi et qu'elle commençait à s'affaler.

Il rugit.

— Dites donc, ce serait pas vous qui... ?

D'un coup de coude dans le baquet, je le fais taire, sans lâcher mon volant.

— Traite-moi d'assassin, pendant que tu y es ! Ta Blanche-Neige te pigeonnait comme un pauvre lavedu que tu es, et tu es prêt à risquer le gnouf pour défendre sa mémoire ! Tu me fais marrer, eh, Bayard !

Nous nous dégageons et je plonge sous le tunnel.

— Si je suis venu te chercher, ça n'est pas pour te présenter mes condoléances, mais pour te demander ton concours en vue de la kermesse que j'organise à la paroisse Royco !

Il hoche la tête.

— Qu'est-ce que c'est encore ? Un nouveau rodéo ?

— La ferme, et garde tes fines astuces pour le prochain banquet des malfrats que tu dois sûrement présider. Voilà le topo : les gars de la bande s'imaginent t'avoir enviandé de première. Le petit mot ironique qu'ils t'ont laissé le prouve. Ce qu'il faut, c'est leur faire croire que tu es moins patate qu'ils ne l'imaginent.

— Mais comment ?

— En leur laissant entendre que tu sais des choses sur leur compte.

— Mais je sais rien de rien ! tonne Riri.

— Qu'est-ce que ça fout du moment que tu prétends le contraire ?

Je biche in my pocket la page d'annonces du « Figaro ». Quelques lignes sont cernées de rouge, je les lui désigne et il lit laborieusement, comme un môme qui vient tout juste de se farcir l'alphabet :

« *Belloise à ses clients de Courchevel. Prière adresser urgence somme convenue. Sans réponse sous 24 heures, traiterai avec qui vous pensez.* »

— Qu'est-ce c'est que cette annonce ? s'insurge le chourineur.

— Ouvre bien tes entonnoirs à ondes courtes, Baby. Lorsque nos mystérieux foies-blancs liront cette prose, ils se diront que la môme Lydia t'a peut-être fait des confidences sur l'oreiller. Comme elle est canée, elle ne pourra pas les rassurer sur ce point ; alors, par mesure de précaution, ils voudront te neutraliser !

Il n'en mène pas plus large qu'un filet de sole dans un sous-main. Du coup, il oublie son veuvage, Riri. Sa petite santé vient de passer à l'ordre du jour, et il bredouille :

— Dites, mais je vais avoir droit à une infusion de parabellum, moi aussi !

— Nous serons là, Riri !

Il s'emporte :

— Dites, sur la Loze aussi vous y étiez ! Ça n'a pas sauvé la vie à votre copain ! Et vous étiez aussi au *Sapin Bleu,* c'est pas pour ça qu'on n'a pas enlevé Lormont !

Je sais bien qu'il a raison de parler ainsi. Mais dans ces cas-là, si l'on veut sauvegarder la face il faut crier plus fort que l'intéressé.

— Je te dis que notre dispositif sera sans bavure, bon Dieu !

— S'il l'est pas, vous m'enverrez des fleurs ?

— A condition qu'on puisse les porter sur notre note de frais ! Tu vas rentrer chez toi, t'y planquer et attendre que les autres se manifestent. N'ouvre à personne d'autre qu'à moi, vu ?

— D'ac.

— S'ils te contactent par bigophone, fais semblant de marcher dans leurs vannes et accepte un rendez-vous.

— Mais...

— Avant de sortir de chez toi tu fermeras les volets. Nous serons dans les parages et nous comprendrons. T'inquiète pas, mon loup, on va veiller sur toi comme si tu étais la reine d'Angleterre en balade à Pigalle.

— Vous finirez pas avoir mes os, prophétise sinistrement Riri.

— Ce serait pas un cadeau, va !

Je le largue au coin de sa rue. Et je le suis des yeux jusqu'à ce qu'il soit entré dans son immeuble. Maintenant le dispositif est en place, il ne reste plus qu'à attendre. Ça resemble à la pêche au vif. Si le brochet a un peu d'appétit, ça risque de rigoler.

Je fais le tour du pâté de houses et je largue ma brouette pour grimper dans la camionnette de blanchisseur à l'intérieur de laquelle le Plantureux est en train de saucissonner, un kil de rouge entre les jambes !

CHAPITRE VII

Une petite pluie gluante dégouline sur le pare-brise de la camionnette. Il fait froid. Engoncés dans nos lardeuss, nous avons la sensation déprimante, le Gros et moi, d'être transformés en statues de marbre.

Sa Majesté renifle puissamment et murmure :

— J'en ai plein les galoches de cette planque. Voilà plus de six heures qu'on se gèle les breloques dans cette saloperie de voiture. En plus de ça, j'ai contacté le torticolis à force de bigler les fenêtres de ton gars.

— Tu n'aurais pas fait un bon astronome, Béru. Si tu prends le tournis en regardant une croisée, qu'est-ce que ça serait si tu visionnais la planète Mars !

— Acré !

Il me désigne le troisième étage de l'immeuble modeste où demeure Belloise. Ce dernier est en train de fermer ses volets. Je branche le contact de mon poste radio et j'appelle les zigs du service d'écoute !

— Du nouveau, monsieur le commissaire ! On vient de téléphoner à Belloise. Une voix de femme. On lui a fixé

rendez-vous porte de Saint-Cloud, au rond-point de la Reine.
On lui a dit de se tenir devant le marchand de journaux dans
vingt minutes et d'attendre.

— Envoyez deux inspecteurs sur les lieux.

— Bien, monsieur le commissaire !

— Plus une voiture-piège munie de l'équipement cinémato-
graphique. Je veux un film complet de l'arrivée de Belloise et
de ses éventuelles conversations.

— Entendu.

Je coupe le jus au moment où Riri débouche de chez lui. Il
se met en marche dans la rue. Puis, avisant un taxi qui survient,
il lui fait signe. Le bahut stoppe à sa hauteur. Riri prend place
dans le véhicule et fouette cocher !

Je décarre à mon tour. J'espère que c'est pas Fangio qui
pilote ce tréteau, car avec ma camionnette je ne suis pas équipé
pour faire du slalom dans le flot de la circulation.

Nous roulons un bout de temps, peinards. Je me dis que tout
est en ordre. Au cas où je perdrais le contact, je sais où va Riri,
et puis mes hommes seront en place, prêts à intervenir.

— Dis donc, murmure Béru tout à coup, c'est pas par là, la
porte de Saint-Cloud. M'est avis qu'il va plutôt du côté de
Denfert-Rochereau !

Le Mastar a raison. Au début, j'ai cru que le chauffeur du
bahut voulait éviter des sens uniques trop emmaverdavants,
mais cette fois, y a pas d'erreur : il va carrément au sud au lieu
de foncer à l'ouest.

— Qu'est-ce que ça signifie ? murmuré-je. Nos services
d'écoute ne se seraient pas gourés par hasard ?

Je remets le contact.

— Ici, San-Antonio, voiture 24. Dites, les enfants, vous êtes
certains que le rendez-vous a été fixé au rond-point de la
Reine ?

— Absolument certains, monsieur le commissaire.

— Il n'y a pas eu d'astuces ?

— Non. La fille a été extrêmement brève et précise.

— Dites à une bagnole équipée de se mettre en liaison avec
nous et d'essayer de nous joindre, nous filons sur Denfert-
Rochereau ! Terminé !

— Appuie un peu, San-A., recommande Sa Seigneurie, le
taxi a changé de développement !

Le Gros pousse un cri.

— Vise un peu !

— Quoi ?

— Le taxi ! *Maintenant ils sont trois dedans !* Et pourtant personne est monté en route !

— Pigé, Gros. C'est un taxi piégé ! Il y avait un deuxième type caché près du chauffeur. Il tient sûrement Riri sous la menace de sa seringue. Les gens de la bande se sont méfiés. Ils ont donné un rendez-vous bidon par téléphone en prévision d'une table d'écoute éventuelle. Ce sont des malins !

Le taxi nous sème du poivre et je n'aime pas ça.

A ce moment, le grésillement de la radio retentit et la voiture 2 entre en liaison avec nous.

— Nous remontons le boulevard Raspail ! annonce l'intéressé.

— Alors foncez jusqu'à la place d'Italie, nous allons y arriver...

— Appuie ! hurle Béru. Ils nous moulent !

J'appuie, la rage au cœur. Il ne manquerait plus que Belloise se fasse mettre en l'air ! C'est pour le coup que je n'oserais plus reparaître devant le Vioque.

La poursuite continue.

— Tu crois qu'il nous ont repérés ? demande le Gravos.

— Je l'ignore.

Je lance dans le micro :

— Nous piquons sur l'avenue de Choisy !

J'attends un instant et j'ajoute :

— Maintenant rue de Tolbiac, en direction de la Seine !

Le taxi nous est masqué par une grosse voiture de déménagement, jaune cocu. Lorsque nous doublons le lourd véhicule, nous poussons un cri de désespoir : le bahut a disparu.

Je roule comme un perdu jusqu'au quai de la Gare : rien ! Pas plus de taxi en vue que de beurre dans un restaurant espagnol.

— Et maintenant ? demande notre bagnole suiveuse.

Maintenant ils peuvent aller faire une belote.

— Le taxi a disparu, dis-je.

Et je coupe le contact.

— Tu sais ce que je pense ? murmure le Gros.

— Non.

— Le taxi n'a pas eu le temps de parcourir toute la rue jusqu'au quai. Ce p... de camion nous l'a caché quelques secondes seulement. C'était pas suffisant pour qu'ils arrivent au quai ; on les aurait vus.

— Alors quoi ?

— Alors ils se sont arrêtés en route !

— Mais on n'a vu aucun taxi en stationnement !

— T'as pas remarqué ? Il y avait un garage ; suppose que...

Je ne lui laisse pas le temps d'achever. En moins de temps qu'il n'en faut à un lapin pour perpétuer son espèce, je vire sur les chapeaux de roues, je contourne le paquet de maisons, comme dit le Béru, et je me retrouve dans Tolbiac street. Le garage est là à cent mètres sur la droite. C'est un établissement modeste, délabré. Un atelier de réparations plus qu'un garage. Une vieille pompe à essence maculée d'huile et crépie de poussière se trouve à l'intérieur.

— Je te parie un sandwich rillettes que c'est ici qu'il est entré, m'assure le Gravos.

Je fais un mignon virage et je me présente dans le garage. Je stoppe près de la pompe. On ne voit rien de suspect : pas de taxi.

Un type en combinaison bleue, brun et pas sympa, s'avance.

— Qu'est-ce que vous désirez ?

— De la tisane, fais-je.

— Ici y a pas de super !

Je lui désigne ma fourgonnette.

— Vous savez, je la nourris pas à l'éther ! Je ne suis pas aussi volatil !

Il a un sourire aussi torve que le pied d'un fauteuil Louis XIII et opine. Je fais signe à Béru d'explorer les zabords. Tandis que le mécano décroche le tuyau of the pompe.

— Mande pardon, fait l'Enflure bérurienne, où c'qu'sont les lavoires taris, siouplaît ? demande-t-il au garagiste.

— Les quoi ? s'étrangle l'homme à la salopette salopée.

— Les gogues, rectifie le Gravos.

Et d'ajouter aimablement :

— L'anglais, c'est comme le cassoulet toulousain : ça vous échappe !

— Y a pas de toilettes ici ! rétorque le pompiste.

A ce moment-là, il jure comme un perdu. Il a une vieille pompe à main d'un modèle très vétuste. Elle ne débite le sirop que par tranche de cinq litres. Or l'essence coule de mon réservoir que c'en est une malédiction !

— Mais il est plein, votre réservoir ! grogne le garagiste.

— Tu vois que ça venait pas de l'essence ! décrète le Mahousse avec une présence d'esprit dont il convient de le féliciter chaudement.

— C'est l'allumage, dis-je. Vous pouvez regarder mon delco, patron ?

Sans mot dire, mon zèbre va soulever le capot. Béru en profite pour gagner les profondeurs du garage. Il revient illico, surexcité comme trois chatons sur une plaque chauffante.

— Le bahut est ici, me souffle-t-il, derrière la grosse dépanneuse que t'aperçois !

Brave Béru ! Je lui roulerais une galoche, pour peu que la fée Marjolaine veuille bien le transformer en une ravissante pucelle de dix-huit ans (blonde de préférence).

— O.K., lui dis-je, alors on va donner l'assaut, bonhomme. Primo, le garagiste. Je vais lui faire déguster une infusion de capot.

— Mettez voir le contact ! brame l'intéressé.

Je mets le contact, et il emballe le moteur.

— Mais il n'a rien, votre delco. Ça tourne rond ! clame-t-il.

Pour toute réponse, je pousse le capot relevé. Il le morfle en pleine nuque et pousse un cri. Mais il a une tirelire en fonte, le chéri ! Le voilà qui fait un patacaisse de tous les tonnerres, battant l'air de ses bras.

Je relève le capot !

— J'ai vu trente-six chandelles ! dit-il.

— C'était beau ? rigole Béru.

— Non, mais dites donc !

Le Gros rejette son bitos en arrière ce qui, chez lui, a toujours été le signe d'une détermination profonde.

— Tu permets que j'offre à môssieur l'éclairage au néant ?

Et, sans attendre mon approbation, voilà Sa Majesté qui place un crochet à l'estom du pompiste. C'est pas le modèle jeune fille, et d'ailleurs il ne figure sur aucun catalogue. Le style locomotive, quoi !

Mon mécano émet un râle d'extase, que le Béru lui fait gober d'un coup de boule dans le clapoir. Monsieur Joint-de-Culasse s'expatrie au pays des pommes, sans demander de visa.

On traîne ce charmant homme jusqu'au box vitré servant de burlingue. Le local est encombré de pneus neufs pas déballés et de courroies de ventilateur. Comme nous le déposons sur de la gomme d'hévéas traitée par Michelin, il reprend ses esprits et essaie de venir au suif. Je le calme en lui montrant l'ami Tu-Tues.

— Qu'est-ce que ça veut dire ? demande le gars.

— Ça veut dire les mains en l'air. Mais si je presse sur la détente, ça voudra dire « adieu, mon pote » ; tu ne risques pas de te gourer dans l'interprétation. Y en a qui le disent avec des fleurs, moi je suis plus direct.

— Qui êtes-vous ? bredouille la victime du Gros.

— Si tu es bien sage, je te promets qu'on t'enverra nos extraits de naissance. Mais si tu n'es pas sage, on te fait avaler le tien, c'est facile à comprendre, même avec une cervelle pleine de cambouis, non ?

» Ligote-le, Gros. J'aperçois du fil de fer accroché au mur !

Béru, je ne sais si c'est son amour du saucisson qui veut ça, mais pour attacher un bipède il est de première !

En moins de temps qu'il n'en faut au Vieux pour se faire une indéfrisable, voilà mon garagiste déguisé en momie.

— Parfait, dis-je. Avant que de te bâillonner, mon fils, nous aimerions avoir un entretien à bâtons rompus.

Il nous demande du tac au tac si son appareil à s'asseoir c'est du poulet. Le Gros lui répond par une droite qui ferait un trou dans la coque d'un contre-torpilleur. Le type crache six dents en ordre de marche, plus une qui avait justement besoin d'un rodage de soupape et essaie de faire passer des lamentations à travers ses lèvres fendues.

— Un taxi est entré ici avec trois hommes à bord, lui dis-je. Où sont passés ces trois gars ? Réponds vite, sinon tu vas ressembler à une pellicule de film d'ici pas longtemps.

Le poing de Béru se dresse au-dessus de sa pauvre frite.

— Au chouchol ! auvergnate-t-il.

Le Gros lui dit merci et lui met un coup de pompe dans le temporal.

— Ça va plus mieux vite que de lui poser un bâillon, explique-t-il.

Nous fonçons dans le garage, à la recherche d'un escalier et nous découvrons celui-ci, dans la petite cour fétide et noire située derrière le hangar. Deux bagnoles accidentées achèvent de rouiller tandis que d'énormes rats dégustent le crin des banquettes. Tout à fait entre nous et la paix d'Eraste, je ne suis pas rassuré à propos de Riri. Avec ma petite cervelle de flic à roulement à billes, je me dis que mon retard peut être vachement pernicieux pour le gars Belloise. Je risque fort de trouver ses os groupés par petits paquets, comme des bottes d'asperges !

Nous descendons un escadrin étroit, plein de salpêtre (nous ne sommes pas éloignés de la Salpêtrière, ne l'oublions point), et nous atteignons une cave voûtée. Je perçois un rai de lumière (ce qui est plus joyeux qu'un rai du culte) et un bruit de voix, en provenance d'un local situé au bout du couloir.

— Il est bien attaché ? demande un organe noble.

— On l'aurait fabriqué en même temps que la chaise, ça serait pas mieux, rétorque une voix à accent.

Je respire mieux : ils n'ont pas encore buté mon petit camarade Riri. Marrant tout de même que sur ces deux niveaux superposés, la même opération ait eu lieu, vous ne trouvez pas, bande de ce que je me pense ?

L'humidité qui règne ici est glaciale. Le Gravos se met à jouer les Atchoum. Je lui comprime la patate à pleines pognes pour écraser la déflagration, et nous arrivons à endiguer le fracas.

A pas de loup, le pétard en main (et sans cran de sûreté) je m'annonce jusqu'à la lourde de bois aux planches disjointes.

— Alors, Belloise, fait la première voix, si j'en crois tes petites annonces, tu saurais des choses, mon garçon ?

— Pourquoi pas ? riposte Riri, d'un ton plutôt mauvais.

— Eh bien ! nous t'écoutons, que sais-tu ?

— Je sais que vous êtes une belle paire d'enviandés !

Un bruit de tarte retentit.

— Mais non, laisse-le, fait la première voix. Tu vois bien qu'il a la tête comme un chaudron. Il a été élevé à coups de poing, ce cher Belloise. Allume la lampe à souder, Jérôme !

— Eh, vous n'allez pas me faire ça ! bredouille Riri.

— Mais si, mon bon ami, nous allons vous le faire.

La lampe à souder se met à cracher son souffle embrasé. Riri pousse un cri terrible. Peut-être ferais-je bien d'intervenir, non ?

— Jolie, cette flamme, n'est-ce pas ? murmure le tortionnaire de Belloise. Elle me fait penser à des paysages exotiques, je suis poète !

— Si vous êtes poète, récitez-lui plutôt des vers, conseillé-je en ouvrant grande la lourde.

Les tourmenteurs de mon petit ami ont un instant de flottement.

— Les pattes en l'air, vite ! aboyé-je.

Il y a là un type brun, frisé comme un Noir, avec des traits
épais et des yeux en accent circonflexe, et un bonhomme grand,
pâle, aux paupières sans cils et aux cheveux châtain terne ! Ce
dernier a une tête de tortue en moins sympa. C'est lui qui tient
la lampe à souder. Il la lève et les pierres du plafond se mettent
à noircir.

— Vous arrivez bien ! grogne Belloise. Regardez un peu ce
que ce fumier vient de me faire !

Il a une large plaque rouge sur le menton et la joue droite.

— T'inquiète pas, Riri ; Félicie, ma brave femme de mère, a
une recette d'onguent fabuleuse pour soigner les brûlures. Si
Jeanne d'Arc l'avait connue, elle aurait pu danser le twist sur
son bûcher.

» Détache-le, enjoins-je au Gros.

Béru s'empresse. Lorsque Belloise a recouvré la liberté de ses
mouvements, je lui demande :

— On peut refaire surface, vieux ?

— Je vous demande seulement une seconde, m'sieur le
commissaire !

En entendant mon grade, les deux malfrats tressaillent et
prennent des mines consternées. Belloise s'approche du sou-
deur poète et lui prend sa lampe des mains.

— Bouge pas, mon pote, gronde Riri, je vais te faire une
petite épilation définitive !

J'interviens :

— Laisse quimper, Riri, je suis de la police, pas de la
Gestapo !

Mais autant exhorter un camion-citerne en panne ! Il ne peut
pas s'empêcher de balader son lance-flammes sur la devanture
du blondasse. L'intéressé pousse une drôle de goualante ;
Bécaud, Aznavour et consorts peuvent déclarer forfait !

Je saisis le bras de Belloise.

— Arrête, je te dis, je ne permettrai pas qu'on moleste
quelqu'un que je viens de mettre en état d'arrestation.

— Avec toi on peut jamais se marrer, bougonne le Gros. Ce
que t'es bonnet de nuit dans ton genre.

— Fouille ces messieurs et prends leurs armes, tranché-je.

Le Gros obtempère. Chacun de ces deux messieurs possédait

un outil grand format susceptible de décider le caissier le plus tatillon à vous remettre le contenu de ses tiroirs sans vous faire signer de quitus.

— Bon, maintenant on va remonter ! annoncé-je. Ces messieurs vont marcher devant les bras levés. Et pas de coups fourrés sinon je vous colle tellement de plomb dans la carcasse qu'il faudra un buldozer pour vous charrier jusqu'au cimetière du coin !

Malgré sa brûlure, Belloise se marre.

Il a tort.

CHAPITRE VIII

Pour une fois, votre bon petit camarade San-A. a commis une légère erreur tactique, mes frères : celle de faire passer devant nous les ouistitis que je viens d'arrêter.

Comme nous atteignons le bas de l'escalier, une voix crie :

— Couche-toi, Ray !

Illico, le blond se fout à plat bide sur le bas des marches. Le frisotté l'imite rapidos et j'ai le déplaisir de trouver en face de moi une bonne demi-douzaine de truands, tous plus patibulaires les uns que les autres. L'un d'eux a dans les bras une arquebuse capable de vous déguiser en grille de mots croisés dans un minimum de temps.

Il s'autorise de cet avantage pour m'adresser la parole assez durement.

— Jette ton feu ! Et toi aussi, le gros vilain ! ajoute-t-il à l'adresse du Valeureux !

Sa machine à faire sucrer les fraises est si près de moi maintenant que j'en louche. En soupirant, je largue Tu-Tues ! Béru fait de même.

— Banco, poursuit l'arquebusier, maintenant demi-tour à droite, droite ! Les mains bien en l'air et le buste droit ! Voilà, et maintenant le nez au mur, tous les trois !

Nous sommes devenus d'une extrême docilité. Rien de tel que l'œil noir d'une Thomson pour vous rendre obéissant.

— Au boulot, vous autres ! dit le type blond qu'il a appelé Ray.

Qu'entend-il par-là ? Je ne tarde pas à l'apprendre. Ces messieurs ont des appareils à caresser le cervelet qu'ils ont dû faire breveter S.G.D.G. Le premier gnon est pour Béru. Le coup claque sec et mon Honorable Patate s'écroule. Ensuite c'est au tour de Riri. Lui a droit à la formule dégustation : deux coups, le premier pour plaisanter, le deuxième pour vous expédier à la fabrique de cigare. Comme le démolisseur s'approche de moi, je murmure :

— Non, sans façon : pour les insomnies je prends des cachets.

Et parallèlement je balance ma talonnade numéro 13, celle que Kopa m'a enseignée. Le type prend ma chaussure Bailly dans sa pension de famille et s'écroule en se massant le zigomuche prostatique à virole double.

Oh ! ce foin, mes Semblables !

Y a tous les bigorneurs brothers qui me choient sur le patelot. J'en démolis deux pour commencer, mais la loi du nombre est formelle. Je finis par resquiller un coup de crosse sur la boîte à idées et je vais me baguenauder en plein cosmos...

... Seulement, quand je reviens sur terre, il n'y a pas M. Brejnev pour me faire la bibise gloutonne. C'est mieux que ça ! A peine ai-je remonté un store que mon grand côlon se prend les pédales dans mon pancréas tandis que ma vésicule accroche l'aile avant gauche de mon duodénum. Ah ! mes z'amis ! Mes bons, mes chers z'amis ! Ça vaut la peine d'être né pour voir ça. La gosse qui se tient debout devant moi est belle à ne plus oser respirer ! Blonde comme du lin, dorée, comestible et roulée comme la Vénus de Milo, mais avec des bras par-dessus le marché. Ça peut toujours servir après tout !

— Vous êtes le commissaire San-Antonio ? me demande-t-elle.

— Oui, ma chérie, à votre service, réponds-je.

Elle sourit, me découvrant des dents éclatantes dont mon zignouflet inférieur aimerait se faire un collier.

— Si vous n'aviez pas cette énorme bosse sur le sommet du crâne, vous ne seriez pas vilain garçon pour un flic ! gazouille la pin up.

— Si vous vouliez bien prendre la peine d'appuyer dessus avec une pièce de cinq francs, vous pourriez me contempler tel que Félicie m'a fait, darling. Je vous jure que ça vaut une thune ! On dépense souvent son bel argent plus inutilement.

Elle se marre joliment.

— Il est marrant, ce type-là, vous ne me l'aviez pas dit ! déclare-t-elle à un personnage que ma position allongée m'empêche d'admirer !

— Il rigolera moins tout à l'heure, prophétise une voix acerbe.

Je me soulève sur un coude et j'aperçois le type qui tenait la mitraillette, naguère, dans la cave. Il est en compagnie de Ray, le champion de la lampe à souder toutes physionomies.

— Alors, flicard, fait ce dernier en s'avançant sur moi, ton parachute s'est bien ouvert ?

— Où suis-je ? m'enquiers-je.

— Chez cette merveilleuse poupée ! fait Ray en montrant la blonde incendiaire.

Une voix, que j'identifie comme étant celle de Riri Belloise, ironise :

— Dites, m'sieur le commissaire, c'est de la créature de grand luxe, non ? Elle doit bouffer que des diams pour avoir l'éclat du neuf comme elle l'a !

Ray a un sourire de Pierrot dans sa face blême. Un sourire douloureux comme la constipation aiguë.

— Mon cher Belloise, dit-il, nous allons reprendre la petite conversation interrompue tout à l'heure par le commissaire San-Antonio.

Pour complément d'information, voir la bouillotte du Riri, mes sœurs ! Sa brûlure fait des cloques vilaines. L'infection s'y met déjà. Quant à Ray, lui, il s'est fait panser et il a une large plaque de sparadrap sur le museau.

— Jouez pas les sadiques, fait-il. A quoi ça rime ?

— Nous avons horreur des foies-blancs, Belloise. Depuis le début de cette affaire vous essayez de nous repasser, il ne faut pas vous étonner si les choses se gâtent !

C'est l'autre bonhomme qui vient de parler. Il a du nerf, de l'autorité. C'est un type de taille moyenne, très large d'épaules et plutôt pas vilain garçon ! Il est brun, avec un regard couleur de myosotis, pensif. L'intellectuel de la mitraillette, quoi !

Je m'assieds par terre et je me mets à chercher Son Eminence. Elle est à l'autre bout de la pièce où nous nous trouvons et elle paraît dormir comme un gros bébé dans son berceau.

— Écoutez, interviens-je, laissez Riri tranquille ; l'annonce du « Figaro », c'est une petite ruse signée San-Antonio pour vous inciter à vous manifester.

Le brun aux yeux bleus sourit.

— Pas possible, voudriez-vous me faire croire qu'on serait astucieux dans la police ?

— Astucieux et persévérant, affirmé-je ; tenez : je suis prêt à vous parier votre dent en or contre une défense de mammouth que vous passerez vos prochaines vacances à Fresnes ou à Poissy.

— Je ne prends jamais de pari avec un homme qui se trouve dans l'antichambre de la mort, murmure-t-il dédaigneusement ; ce ne serait pas fair play.

Puis, se tournant vers Ray, il murmure :

— Colle donc un peu d'eau sur la figure du gros porc, là-bas, je voudrais lui parler.

Le gros porc en question vous l'avez deviné à ce signalement détaillé, n'est autre que le valeureux Béru. Ray empoigne un siphon sur une table basse et va actionner la bouteille d'eau à ressort sur le physique meurtri de la Gonfle. Au troisième jet, Bérurier émet un bruit de gargarisme et balbutie d'une voix comateuse :

— Pas trop de flotte, je le bois sec !

Puis il ouvre ses belles prunelles et regarde autour de lui avec un certain effarement.

— Non, mais dites donc, proteste-t-il, faudrait voir à faire vos besoins z'ailleurs !

Il murmure :

— Où qu'est San-A. ?

— Ici, Gros, le rassuré-je, mais comme toi j'ai un fil à la patte !

En fait, il ne s'agit pas d'un fil, mais d'un câble de sûreté pour vélo. Ces messieurs nous ont passé un antivol aux chevilles. Nos pieds sont soudés et nous ressemblons à des otaries déguisées en phoques.

— Il est disponible, monsieur Quincy, avertit Ray.

Le dénommé Quincy se tourne alors vers la jolie gosse.

— Ma chère Eva, fait-il, si vous craignez les émotions fortes le moment est venu pour vous de quitter cette pièce !

Elle hausse les épaules.

— Vous plaisantez ! Je ne vais voir que des films d'épouvante !

— Alors vous allez avoir du spectacle, à moins que ces messieurs ne se décident à parler !

— Que voulez-vous que je vous dise ? m'étonné-je.

— Où vous avez caché ce cher François Lormont, tout simplement.

Si j'apercevais le spectre d'Hamlet en bikini je ne serais pas plus sidéré, mes amis. Vous vous rendez compte ? Ce tordu me pose justement la question que je meurs d'envie de lui poser moi-même !

— Vous vous foutez de moi, ou quoi ? grogné-je.

— Vous avez tort de le prendre sur ce ton, tranche Quincy. Mais j'ai horreur des discussions stériles, passons aux actes !

Ces actes promis risquent fort de ressembler à des actes de décès, si j'en juge par l'expression du personnage. Un silence parfait s'établit. Ray sort de la pièce et revient porteur d'un étrange appareil. Ce dernier tient à la fois du mixer, du moulin à café électrique et de la pompe à essence miniature.

Il s'approche de Belloise, lui prend un bras et l'arrime au radiateur du chauffage central.

— Bon, fait-il, pour la compréhension de la chose, voici quelques notes sur le mode d'emploi de ce petit appareil. Il s'agit d'une pompe refoulante. Je vais brancher ce tuyau de caoutchouc terminé par une aiguille dans une de tes veines, Belloise. Et puis on pompera et de l'air pénétrera dans tes veines. Ton système circulatoire se paralysera, et, si tu ne parles pas à temps, tu claqueras d'un arrêt du cœur.

— Vous pouvez le buter tout de suite, fais-je, il ne sait rien.

— Lui, peut-être, mais vous, vous savez où est Lormont, commissaire. Aussi l'expérience sur Belloise est-elle une simple démonstration.

— Je ne sais rien du tout, tonnerre de Zeus ! bramé-je. Pendant que le flic qui avait pris la place de Lormont se faisait descendre, l'industriel se trouvait dans ma chambre au *Sapin bleu*. Lorsque je suis revenu il avait disparu. Des hommes l'avaient kidnappé en l'emportant ficelé dans un couvre-lit.

Quincy fronce les sourcils et, sans mot dire, retire une cigarette d'un étui en or. Il l'allume, tire deux goulées et murmure :

— Vous allez regretter de me prendre pour un crétin, commissaire. Je veux connaître la retraite de Lormont et je la connaîtrai, voilà tout ! Commençons !

Ray, qui n'attendait que cette invite, branche d'un geste expérimenté la longue aiguille dans la veine de Belloise. Le Riri renaude à vous en fêler les tympans ! Béru, que son coup de goumi sur la malle arrière a rendu pensif, murmure en haussant les épaules :

— Ce sont des procédés inqualifiables, puis il se rendort.

Pourvu que le gnon ne lui ait pas ramoli le bulbe ! Vous l'imaginez dans une petite voiture, ma grosse pomme ? Avec Berthe dans les brancards, baladant son gâteux d'hôtel de passe en hôtel de passe !

Un vrai désastre !

— Si tu sais quelque chose, Belloise, le moment est venu de le dire. Puisque tu étais le collaborateur de la police, tu dois être dans la confidence à propos de Lormont, non ? murmure la fille blonde.

— Je ne sais rien, regrette Belloise.

Et je sens qu'à cet instant, s'il savait quelque chose il le dirait sans détours !

De l'air dans les veines, c'est un sale truc, mes petits lapins angoras ! L'oxygène, c'est peut-être le régal du poumon, mais c'est l'ennemi du vaisseau sanguin ! Tous les bons médecins ayant au moins leur certificat d'études et l'eau sur l'évier vous le diront ! J'aimerais bien faire quelque chose pour Riri, moi. Il finit par me devenir sympa, le pauvre biquet.

On parle toujours de la poule qui a trouvé un couteau, ou qui a couvé un canard et qui, croyant avoir engendré un fantassin, constate qu'elle est la mère d'un amiral, mais pour Riri c'est bien pire. Lui, il traficotait dans le faux talbin, consciencieusement si je puis dire. Et voilà qu'un jour des bonshommes vicelards décident de le déguiser en assassin. N'écoutant que la voix de sa conscience, Belloise affranchit la Rousse, en ma personne, et à partir de cet instant rien ne va plus pour lui. Il devient un vrai meurtrier ; sa ravissante bergère décède, on le kidnappe pour lui passer la barbe à la lampe à souder et lui pulser de l'air dans les tuyaux, avouez que ça décourage l'honnêteté. C'est pas moral comme histoire ! La censure laisserait jamais passer ça dans un film !

Je m'aperçois tout à coup que je suis allongé sur un tapis. Et je me dis que j'ai les mains libres. Deux constatations intéressantes, non ?

Faut profiter des occases, mes frères. Tandis que l'attention

générale est axée sur Belloise et son pompiste, le petit San-A.
se met à tirer lentement sur le bord du tapis. A quelques
centimètres de moi, il y a une table basse en marbre supportant
un vase de fleurs. Beau vase, c'est du Baccarat taillé dans la
masse au ciseau à froid ! Je continue de haler la table, le tapis
servant en somme de véhicule, vous mordez bien le topo avec
vos cervelets atrophiés ?

Voilà le vase à portée de main. Je me le prends en loucedé
et je le balance dans les jambes de la môme Eva. Le choc la fait
trébucher en arrière. Elle pousse un cri et tombe près de moi.
En moins de temps qu'il n'en faut à un percepteur pour payer
ses impôts, je me jette sur elle, la ceinture et me la plaque sur
le baquet. Comme flanelle, je vous la recommande. Ça tient
drôlement chaud au panissard bulbeux, mes choutes ! Elle
essaie de m'échapper, mais je la crampponne serrée.

— Dites, les gars, fais-je, mettez la station de pompage au
point mort, sinon je tords le cou à votre pin up.

Il y a un temps mort chez l'ennemi.

— Un policier, étrangler une jeune femme innocente ! ironise Quincy, c'est nouveau !

— Écoutez, Quincy, vous avez oublié que j'étais un officier
de police ; pourquoi voulez-vous que je m'en souvienne ? Ici je
défends ma peau, et celle de mes compagnons.

— Lâchez cette femme immédiatement !

— Pensez-vous, c'est un cataplasme trop agréable.

Il s'avance vers nous.

— Sorry, Baby, dis-je à la fille en lui faisant le coup du
Bokado-Kakouté-sichô, une prise japonaise qu'on m'a enseignée lors de mon enquête au Japon[1].

Je vous la communique à toutes fins utiles : vous prenez une
livre d'oignons frais, deux anchois, un kilo de bœuf dans la
culotte — excusez je me goure de recette ! Vous prenez,
reprend-je, la nuque de votre adversaire entre le pouce et le
médius. Vous enfoncez votre index principal entre la quatrième
cervicale et la cinquième de Beethoven. Vous remuez bien
jusqu'à ce qu'une décompression mitigée se produise au niveau
du smig. Vous relâchez alors votre étreinte pour le porter à la
base intermédiaire du panchromatique flouzeur gauche, à
condition toutefois que son obédience intercalaire n'empiète

---

1. Cf. *Fleur de Nave vinaigrette*.

pas sur le genouflexeur de torsion ; auquel cas, vous exercez ladite étreinte sur le morfondeur de vitesse droit.

» Vous me suivez toujours ? O.K. Au moment où le crougnougnou biscotéidal de l'adversaire se relâche, vous lui saisissez le dénominateur commun avant, s'il en a un, bien entendu. Car, s'il en est dépourvu, vous devez immédiatement vous rabattre sur le concept vigoureux. Vous constatez alors un affaissement contusionnal interne du déprundis biliaire. L'adversaire — qu'on peut, à partir de cette phase de la prise, appeler la victime — pousse un cri et perd connaissance. Si vous entendez l'épargner vous l'abandonnez aussitôt, car sinon les choses vont vite. D'abord, c'est un daguphage spasmodique véreux auquel vous assistez, promptement suivi d'un narguilé amidonné. La mort intervient dans les trois dixièmes de seconde suivant la perforation de l'embistouille navrante après un bref coma d'une demi-journée. Ça paraît compliqué, mais c'est très facile : essayez, vous l'adopterez !

La gosse Eva pousse un cri et va aux quetsches. Natürlich, je relâche ma pression car je n'ai pas une mentalité d'assassin.

— Ceci pour vous montrer que je ne plaisante pas, dis-je aux deux malfrats. Je vous signale qu'elle peut encore s'en tirer, seulement il faut agir vite, messieurs.

Hou ! ces physionomies ! Ils me détestent jusqu'à perte de vue et au-delà ! Il y a un instant d'hésitation.

— Qu'espérez-vous donc ? demande le gars Quincy.

— Que vous nous ôtiez promptement ces entraves !

— Très bien, fait-il.

Il se fouille, mais au lieu de la clé des chaînes antivol, c'est un revolver qu'il extrait de ses vagues. Il en braque le canon sur Bérurier.

— A mon tour, cher ami. Si vous ne lâchez pas Eva, je tue votre goret. Vous voyez : il est inanimé et ne s'en apercevra même pas !

Cruel dilemme, mes louloutes ! Que faire ? Que ne pas faire ? Ah ! on peut dire que la chance n'est pas dans notre camp. Notre ange gardien a dû aller prendre un petit gorgeon au bistrot d'à côté.

A cet instant précis, coup de théâtre dans l'affaire Lormont : le Béru qu'on croyait out et qui feintait se catapulte dans les jambes de Quincy. Faut voir la maestria du mec ! Une barrique pensante ! Il choque les guibolles de celui qui prétendait l'assaisonner et lui fait une clé cambodgienne — les plus traîtres — les plus durailles aussi à réussir. Pour cela, il faut saisir du premier coup le colombus prénatal de l'adversaire, tout en lui déplaçant le zanzibar biscornu dans le sens des aiguilles d'une montre. Le gars choit et on peut le finir comme bon vous semble ! Le coup réussit à merveille. Seulement Ray, l'homme aux cheveux plats, ne se contente pas de jouer les spectateurs avertis ! Il s'annonce à coups de pompe dans la théière du Gros. Sa Majesté a la calebasse en iridium, néanmoins au troisième coup de targette dans la nuque il tire la langue, ferme les yeux, renifle, éructe et se rendort.

Pas le bol, quoi ! Ray, cette fois, est déchaîné. M'est avis que ce type a dû jouer inter droit au Racing. Il continue de botter à tout va. Au tour de Riri ! Le pauvre chéri a le nose qui explose, l'arcade gauche qui se disloque et les dernières ratiches qui s'effeuillent.

Pour lui aussi on joue « Bonsoir m'sieurs-dames ». Toujours sur sa lancée, Ray (avec lui c'est pas du Sugar) vient me tirer un penalty en pleine poire. J'ai l'impression de manger mes ratiches sans sel (et sans étrier). Je lâche la fille car tout se brouille une fois de plus. Mon pauvre crâne ! En a-t-il déjà encaissé des gnons !

Pourtant je ne perds pas entièrement conscience. A travers une brume incertaine, je vois s'affairer nos hôtes. La môme Eva se remet de ses émotions. Quincy également. Ces braves gens discutent à l'écart, mais je n'arrive pas à entendre ce qu'il disent. A la fin, ils se radinent avec un seau d'eau qu'on me flanque en pleine bouille. J'ai l'impression d'embrasser une lame de fond. Je suffoque.

— Etes-vous en état de m'écouter ? demande Quincy.

— Oui, mon chéri, je lui gazouille. Mais j'ai l'impression que vous venez de détruire ma permanente.

— Vous ne voulez toujours pas nous dire où est Lormont ?

— Comme je me proposais de vous poser la même question, il est évident que je ne puis y répondre. Vous pouvez nous déguiser en hamburger steak, ce serait du kif. A moins que vous vouliez que j'invente. Question imagination je suis imbattable. Tenez : Lormont, en ce moment, s'est déguisé en punaise de sacristie et il a installé ses pénates à l'église de la Trinité. Ou bien non, il a gagné la Suisse et il travaille comme trou dans une usine de gruyère... Vous en voulez encore ?

Quincy rit torve (tiens ! ça pourrait être un nom de patelin)
et murmure :

— Vous parlerez, je vous le jure bien !

Il fait un signe à Ray (pugnant) qui sort et revient peu après,
porteur de plusieurs toiles de bâche usagées. Le trio se livre
alors à une délicate opération qui consiste à nous rouler dans
ces toiles et à nous y ficeler. J'essaie de leur opposer un brin de
résistance — simple baroud d'honneur — mais une nouvelle
infusion de semelles me fait tenir coi.

Un moment après, je sens qu'on me coltine, sans ménagement. On me jette sur une surface dure, située à une certaine
hauteur. Deux autres chocs suivent : sans doute sont-ce les
amis Béru et Riri qui viennent me rejoindre. Et puis la surface
dure dont au sujet de laquelle je vous ai causé trépide et je pige
que nous sommes sur le plateau d'une camionnette.

La balade dure un certain temps. Ficelé de la sorte dans mon
suaire imperméabilisé (un suaire C.C.C.) je perds la notion du
temps et celle des distances. Non loin de moi, le Gros, qui
certainement suffoque, fait des « gnouff gnouff » avec son
groin.

La balade continue. Elle me fait penser à ces mecs qu'on
emmène au petit jour dans un fort pour les flinguer.

Nous devons rouler deux bonnes plombes au moins. L'allure
est rapide, ce qui m'indique que nous avons quitté Paris.

Enfin le véhicule ralentit et décrit un large virage. Puis il
stoppe. On nous descend du camion sans ménagement, c'est-
à-dire en nous tirant par les pinceaux et en nous laissant choir
sur le sol. Heureusement pour nos dossards, les épaisseurs de
toile amortissent le heurt (pour ce qui est de vous donner
l'heure, ces gars-là pulvérisent Lip). On nous déballe et je mate
alentour avec curiosité, anxiété, acuité et précipitation. Je
constate simultanément plusieurs choses : il fait nuit, nous
sommes sur une pelouse et le silence entier de la nature éteinte
est si total que nous devons nous trouver à des lieues et des
lieues des villes et des nationales qui les relient. (Il y a des
moments où sans le faire exprès je m'exprime drôlement bien,
non ? Un citron ne s'exprimerait pas mieux, même s'il avait ses
deux bacs.)

Nous avons toujours droit au sinistre trio. Quincy se penche
sur nous.

— Un peu de patience, mes amis, ça va suivre. Excusez le temps mort, mais au préalable un petit travail est nécessaire.

Et il nous plante icigo. C'est miss Eva qui nous garde, un revolver gros comme ça dans ses jolies mains plutôt faites pour triturer des objets moins contondants. Elle ne dit rien mais nous regarde d'un drôle d'air. Je vous parie n'importe quoi contre un scoubidou à ailettes qu'elle doit être névrosée sur les bords, cette dadame. Elle a le flotteur survolté ; nos ennuis l'excitent.

Je perçois, troublant le silence nocturne, des coups sourds. On dirait des coups de marteau sur un ciseau à froid. Ça dure un certain bout de moment, et puis ça cesse et les deux hommes reviennent, les mains blanches de ciment.

— Vous faites de la sculpture, mon bon Quincy ? je questionne.

Il se marre comme une baleine en train de lire un San-Antonio !

— Non. La besogne était moins artistique. Nous venons de desceller la pierre d'un caveau.

Belloise murmure, effondré :

— Qu'est-ce qu'ils ont encore inventé ?

— Une chose très simple, fait Quincy. Nous sommes ici dans une vaste propriété appartenant à un vieux maniaque défunté depuis pas mal d'années et qui a voulu se faire inhumer dans ses terres. Nous sommes très loin de tout. Personne n'entre jamais dans le domaine. Vous jugez ?

— Et alors ? interrogé-je.

— Alors nous allons donner de la compagnie à son cadavre. Vous allez être descendus tous les trois dans la tombe.

— Chouettes vacances ! Ensuite ?

— Ensuite vous réfléchirez.

— J'adore. Et lorsque nous aurons bien réfléchi ?

— Vous nous direz où se trouve Lormont et alors nous adresserons le lendemain un message à la police pour signaler à vos collègues où vous êtes et ils viendront vous tirer de là tandis que nous, nous serons à l'étranger ! Bien à l'abri de toute poursuite.

— Et si nous ne parlons pas ?

— Mon Dieu, vous mourrez d'inanition et vous serez tout enterrés.

Un silence plus pesant que la plaisanterie d'un gendarme s'abat sur notre groupe.

— Peut-être voudriez-vous parler tout de suite ! fait Ray (aumur Sébastopol). Il fait frais dans ces caveaux et une pneumonie est vite contractée !

La voix de Béru, sa chère voix de lion enrhumé, s'élève alors :

— Mais oui, San-A. Dis-y tout de suite où qu'est le Lorgnon.

Je pige l'intention du Mastar. Gagner du temps en donnant aux gars une adresse bidon. Comme ils voudront la vérifier avant de nous mettre à mort, nous bénéficierons de plusieurs heures.

— Soit, fais-je. Lormont a été conduit dans un chalet de Morion, au-dessous de Courchevel. Il s'y planque sous la surveillance d'un homme à nous.

Quincy se tourne vers Ray (barbatif). Ils échangent un regard de triomphe.

— Le nom du chalet, je vous prie ?

— *La Fleur des Alpes.* C'est près d'un remonte-pente !

De la sorte, le temps qu'ils aillent vérifier, ça nous fera un bout de moment de répit.

— Eh bien ! nous allons voir ! tranche Quincy. En attendant vous allez descendre au sépulcre, mes chers amis ! Si vous avez dit vrai, nous tiendrons parole ! Si vous avez menti *(il rit)* nous tiendrons parole également !

Sur ce, les deux bonshommes nous halent sur l'herbe mouillée par la rosée.

Ils commencent par charrier Belloise. Mon pauvre Riri essaie de se démener, mais Ray (calcitrant) lui tire son shot favori dans les côtelettes et, le souffle coupé, le malfrat se tait. Pendant qu'ils s'éloignent, Béru se met à mugir « au secours » de sa voix conçue pour vendre du poisson à la criée. Miss Eva s'approche de lui et lui cloque un coup de crosse de son outil sur le front. Silence du Gros. Ce qu'il peut enregistrer comme fêlures, le B.B. ! Sa boîte crânienne doit ressembler à une faïence ancienne. Je l'imagine toute craquelée, pas présentable du tout. Si un jour son squelette finit sa carrière dans une faculté, les étudiants devront le rafistoler au scotch (d'autant plus que le scotch, ça le connaît, Béru !).

Je suis le dernier à être coltiné. Pas moyen de lutter. C'est la fin des haricots.

Nous voici devant un étrange mausolée, de style vachement païen. Une ouverture bée, noire dans le noir de la nuit. La bouche de la mort. Elle exhale un souffle putride.

— Le moment de la séparation est arrivé, monsieur le commissaire.

— Ne pleurez pas, fais-je, on se reverra peut-être un jour.

— Dans ce monde, ça m'étonnerait.

Il fait un signe à Ray (muméré). Icelui me biche aux épaules et me tire jusqu'à l'orifice. Mon ultime regard est pour Eva, dont la chevelure d'or éclaire la nuit.

Et puis c'est une brève chute, amortie par la brioche de Béru. Le Gravos mugit de douleur.

— Tu pourrais tomber ailleurs, non ? grommelle-t-il.

— En tombant ailleurs je serais tombé plus mal, Gros. T'as la qualité Simmons, toi, au moins !

Et puis je me tais car le rectangle de clarté vient de disparaître, là-haut. Ces messieurs ont refermé le caveau. Une odeur affreuse plonge dans mes fosses... nasales. J'ai un haut-le-cœur.

Belloise, dans le noir, soupire :

— Je suis contre le cercueil du type. Je vais devenir cinglé !

— Courage ! exhorté-je. Ils ne nous ont pas butés, c'est l'essentiel. Maintenant nous allons viser !

— Aviser mes choses ! déclare tout net Bérurier, auquel il arrive d'avoir son franc parler.

Et le Gros enchaîne.

— On l'a in the baba, comme disent les Allemands. Ligotés au fond d'un caveau situé en harasse campagne, qu'est-ce que tu veux fiche, dis, malin ?

— Inspecteur principal Bérurier, je vous prie de conserver vos distances !

Belloise n'est pas d'humeur à plaisanter.

— On va crever étouffés, prophétise ce petit optimiste.

Le fait est que l'air de cet endroit n'a pas la qualité Courchevel !

— Justement, dis-je, il s'agit de l'économiser ! Arrêtez un peu vos phonographes à couenneries, messieurs. Et essayez plutôt de vous défaire de vos liens. Le premier qui y parviendra aura droit à une bouffée d'oxygène !

Un bon moment durant (ou Dupont si vous préférez) chacun s'escrime (comme dirait Jean-Claude Magnan). C'est Bérurier qui fait le plus gros ramdam. Ses liens sont à rude épreuve.

Mais tel le roseau de la fable, ils plient mais ne se rompent pas. Les miens opposent la même résistance et ceux de Belloise également. Nous sommes toujours ligotés à l'intérieur de nos bâches, si bien que nous ne pouvons pas essayer de nous entredélier. Le Mastar se remet à jurer. Il dit qu'il en a marre de ce métier et que cette fois c'est bien décidé : il va envoyer sa démission !

Au bout d'une heure dix minutes trois secondes d'efforts, nous en sommes toujours au même point.

— T'as z'eu tort de leur dire que ton mec était z'en Savoie, fait Son Enflure. D'ici qu'ils aient fait le voyage, on sera morts asphyxiés !

Je ne réponds rien. Le mieux est d'attendre. Une plombe encore s'écoule. Belloise se met alors à hurler de façon démentielle. J'ai idée que ce séjour est mauvais pour son système nerveux. Manquerait plus qu'il devienne jojo à c't'heure.

— Tu la boucles, dis, fripouille ! vitupère Alexandre-Benoît. Je te défends de gaspiller mon oxygène !

Mais l'autre continue sa chanson ! Il flanche nettement, Riri. Le cri qu'il pousse me fore les portugaises jusqu'au subconscient.

— Qu'est-ce qu'on pourrait faire pour le calmer ? demande le Gravos. Cet endoffé va finir par me chanstiquer la pensarde, je te le promets. Déjà que le patelin n'est pas folichon !

— La musique adoucit les mœurs, émet-je. On pourrait essayer !

— C'est vrai, ricane l'Obèse, alors mets-lui un disque. Si t'as du Tino, c'est gagnant !

— La musique est une chose qui se fabrique, dis-je.

— D'ac, seulement, j'ai z'oublié ma cornemuse dans le tiroir de ma table de nuit, faut pas m'en vouloir !

En guise de réponse, je me mets à siffler. Béru pige et me joue l'accompagnement.

C'est ainsi que, pour la première fois dans l'histoire de la police, deux matuches ligotés au fond d'un sépulcre habité sifflent *la Madelon* pour calmer les nerfs d'un truand !

Faut le voir pour y croire, non ? Avouez qu'il n'y a qu'à nous que ça arrive, ces choses-là !

En tout cas, c'est magique. Au bout d'un instant, le gars Riri cesse ses glapissements de coyotte ayant les chocottes.

Il finit même par mumurer, d'un ton vraiment inquiet :

— Mais qu'est-ce qui vous prend, tous les deux ? Vous devenez fous ou quoi ?

CHAPITRE IX

Suit alors une période de prostration très compréhensible. Avec les atouts que nous avons pris sur la tronche et cette succession d'émotions fortes, il est normal que nos nerfs fassent relâche pour répétition. La présence de ce cadavre inconnu, l'obscurité et le silence intégraux sont autant d'éléments insoutenables pour les organismes les mieux constitués. On a beau avoir une âme trempée à Thiers, elle finit par déclarer forfait lorsqu'on l'embarque dans de telles croisières.

C'est Sa Plantureuse Idiotie qui reprend le premier l'usage de la parole :

— C'est marrant, fait-il, si je te disais que, pas plus tard que la semaine passée, moi et Berthe on avait envie de se faire construire un caveau de famille !

— Ça ne m'étonne pas, répliqué-je, vous ne vous refusez rien pour votre confort !

— On se disait : puisqu'on a passé not' garce de vie ensemble, y a pas de raison qu'on se sépare une fois canés !

— Ça part d'un bon surnaturel !

— Mais j'en suis revenu, affirme l'Ignominie. Maintenant que je peux juger sur place, je vais déclarer forfait à ma grosse. On s'y fait vachement tartir, dans un caveau. Entre nous, tu trouves que c'est confortable, toi ?

— Ça ne vaut pas la résidence Marly, bien sûr. Mais tu sais : il faut être mort pour apprécier.

— Peu z'importe, c'est décidé : quand je serai mortibus, je me ferai insinuer, c'est plus propre.

— Toujours ta fichue manie de laisser des cendres partout!

Un silence. Je ricane :

— Dis voir, pépère, tu fais des projets à long terme, comme dirait ton propriétaire, comment diantre conçois-tu l'avenir ?

Re-silence. Son Ampleur réfléchit, ce qui fait un bruit de sanglier marchant sur un tapis de feuilles mortes en automne.

— Je sais bien qu'on n'a pas de raisons de se berlurer, mais je peux pas croire qu'on va rester en rideau ici !

— Tu gamberges un peu au problème ? Nous sommes ligotés, il y a une pierre qui bouche l'orifice et...

Béru barrit :

— Faut qu'on se barre, les gars, y a pas de bon Dieu ! On est des hommes ou des pets de lapin, dites voir ?

C'est Belloise qui répond :

— On est des hommes entravés, m'sieur le flic ! Vaut mieux être un pet de lapin à l'air libre qu'un homme attaché au fond d'un trou.

La réponse me paraît assez pertinente. Béru l'accepte passa-gèrement, mais son tempérament rebelle reprend du poil de la bête.

— Écoutez, les mec, dit-il. On est trois. C'est pas possible que sur les trois, y en a pas z'un qui puisse se délier, biscotte il est attaché moins serré que les autres !

Nous réitérons nos efforts du début.

— Je regrette, fais-je, en ce qui me concerne ils m'ont refilé une infusion de chanvre assez soin-soin.

— Idem au cresson ! rétorque Riri.

Le Mastar s'épuise un moment encore et finit par bredouiller que « rien ne va plus ».

— Ce qui complique tout, assure-t-il, c'est qu'on soye roulés dans ces toiles !

— Merci du renseignement, ironisé-je (je suis ironiste de naissance).

Le temps passe encore et nous en perdons la notion. On ne sait pas quoi se dire. L'odeur immonde de ce lieu nous est devenue familière et ne meurtrit plus notre sens olfactif.

Et tout à coup, un même frisson parcourt nos trois échines. Là-haut, un bruit vient de se produire. Il se répète. C'est celui que ferait une barre de fer sur de la pierre.

— Qu'est-ce que tu crois qu'il s'agit ? questionne Béru.

— Peut-être a-t-on retrouvé notre trace, supposé-je.

— Ce serait trop beau. Mois je te dis que c'est les autres enfoirés qui reviennent parce qu'ils se sont gaffés que tu les as berlurés.

J'admire combien en termes simples ces choses-là sont dites et je conseille à mes compagnons de ne plus moufter. Au bout d'un moment la pierre obstruant l'entrée du sépulcre s'écarte

Nous recevons un bon air rafraîchi par la nuit. Des nuages boursouflés défilent dans le rectangle de clarté. On dirait un interlude de la Télé.

C'est beau la vie !

Nous sommes tout à coup aveuglés par le faisceau puissant d'une torche électrique. Ça nous fait ciller vachement. Son rayon est insoutenable, d'autant plus que nos rétines s'étaient accoutumées à l'obscurité intégrale. Je détourne la tête, ce qui me permet de voir l'endroit où nous nous trouvons. Les parois du caveau sont suintantes d'humidité. Il y a, à même le sol, une bière démantelée à travers laquelle on aperçoit un squelette dans un complet moisi. Riri est allongé en travers de la bière. Nous sommes enchevêtrés.

Un glissement : c'est une silhouette qui descend vers nous. Le rayon de la lampe se rapproche, son diamètre s'amenuise. Il vient s'écraser sur moi. Une main entre dans le faisceau, armée d'un long couteau à la lame effilée. Je me dis que ma dernière seconde est arrivée. Nos tourmenteurs se sont peut-être aperçus que la police était sur leurs traces et ils ne veulent pas prendre de risque en laissant des témoins oculaires, auriculaires et vasculaires, derrière eux. Alors un nettoyeur de tranchée diplômé vient nous couper la gorge mine de rien.

Je ferme mes jolis yeux. Je souhaite ardemment que le trancheur de glotte soit un crack et qu'il fasse vite. J'avale ma salive une dernière fois et je pense très fort à ma bonne Félicie qui m'attend dans notre pavillon de Saint-Cloud.

Mais, ô surprise (en anglais : hhhaô surprise !) la lame n'entame pas mon cou de cygne. Elle plonge dans mes liens comme un brochet dans une nasse. Un choc rude, j'ai l'impression qu'on me guérit d'une crise d'angine de poitrine. L'étau qui me bloquait les bras et me comprimait la poitrine vient de se desserrer brusquement. La lame descend le long de mon académie, continuant de cisailler les cordes. Bientôt j'ai la totale liberté de mes mouvements. Je m'extirpe de la bâche et j'essaie de voir la frime de notre bienfaiteur. Jusque-là pas un mot, pas une syllabe, pas une onomatopée n'a été prononcé. La scène est fantomatique, cauchemaresque, grand-guignolesque et surnaturelle. Je distingue un grand type maigre, aux pommettes plus saillantes que les pommettes d'une tête de mort. Des favoris noirs, coupés carrés, descendent bas sur des joues creuses. Les sourcils sont épais. Le cheveu frise sur le devant et brille sur le derrière, merci Roja !

Maintenant, l'ange noir s'occupe de Son Altesse Eléphantesque. Cric, crac, croc ! En trois coups de lingue le Béru est rendu à ses occupations.

— Grand merci, Monseigneur, fait-il en se relevant. Je sais pas qui c'est qui vous envoie, mais vous me donnerez son adresse, j'y espédierai des fleurs !

M. Coupe-Ficelle ne répond pas et s'active maintenant sur Belloise. Le Riri se remet debout à son tour. Alors le gars referme son cure-dents, le glisse dans sa poche et pose sa lampe sur la bière défoncée, en orientant le faisceau vers l'entrée du caveau. J'aperçois une silhouette, tout là-haut, immobile. Notre sauveur croise ses mains et les tient à la hauteur de son bas-ventre afin de nous faire la courte échelle. Je me sers de son escabeau en premier. J'ai les membres ankylosés et je me sens aussi agile qu'un camion de déménagement dans un salon Charles X.

Mais avec de la volonté on arrive à tout, même à ne plus en avoir. Je me hisse. Une main fine entre dans la lumière. Une main ornée d'une bagouse à caillou. Une main de femme, quoi ! Elle m'aide pourtant à m'extraire de la fosse commune avec une force peu commune. Le grand air me chavire. Il tombe une petite pluie d'hiver, froide et pas chaude. Mais c'est tellement bon ! Je regarde la dame et j'ouvre une bouche grande comme celle d'une gargouille-moyenâgeuse-assistant-à-une conférence sur la vie de Jeanne d'Arc. La nana en question, c'est Eva. Elle est désarmée et désarmante. Un sourire ensorceleur découvre sa denture éclatante.

— Alors, monsieur Lazare ! gazouille-t-elle, ce séjour aux Enfers ?

— Paradisiaque ! assuré-je, on a joué aux osselets avec le précédent locataire et il s'est marré comme un petit fou !

J'aide le Gros à ressusciter. C'est pas fastoche. Une première fois son pied glisse sur les mains en étrier de notre sauveur et il s'abat sur l'homme aux rouflaquettes de danseur argentin. Remue-ménage dans la fosse. Les exclamations du Gros sont très gauloises (on se croirait dans une fosse celtique). Enfin en conjuguant nos efforts, nous parvenons à l'extirper de là. Bientôt Belloise suit, puis le déficeleur exécute un rétablissement fulgurant car il a été malade dernièrement et beaucoup de gens lui ont souhaité un prompt rétablissement[1].

— Venez ! nous dit la ravissante en marchant sur la pelouse givrée.

Nous arpentons en titubant une allée envahie par la mauvaise herbe et nous débouchons devant une porte de fer, rouillée comme le berlingot d'une demoiselle de cent deux ans. Le type qui nous a sauvés pousse le vantail. Nous voici dans un chemin creux. Une bagnole y est stoppée : une grosse Cadillac noire, d'un âge déjà avancé. Nous y prenons place. La môme se colle devant et son sbire se place au volant.

Béru la reconnaît à cet instant seulement.

— Tiens ! vous avez réfléchi ! grommelle-t-il. C'est par humanité ou par peur des conséquences ?

La gosse nous virgule un regard tellement candide que Voltaire résilierait son abandonnement à l'« Express ».

— Je ne fais pas partie de cette bande de gangsters, nous dit-elle. Mais je ne pouvais rien faire pour vous tant qu'ils étaient là.

— Qui êtes-vous ? m'enquiers-je.

— Vous le saurez bientôt.

Belloise croise ses mains sur sa poitrine et se renverse en arrière.

— Si je m'attendais à rouler dans une Cad cette nuit ! soupire-t-il.

Bérurier lui donne un rapide aperçu de ses conceptions philosophiques :

— La vie c'est commak, mon pote : un coup t'es mort, un coup tu roules en Ravaillac. C'est ce qu'on appelle les ponts d'érable.

— Où nous conduisez-vous ? je demande.

Elle s'étonne.

— Mais... à Paris, naturellement !

— O.K, fait Bérurier, lequel parle conramment l'américain. Si ça ne vous faisait pas faire un détour, vous seriez bien bonne de me déposer à la « Brasserie Alsacienne ». Ça fait des cercles et des cercles que j'ai rien becqueté et moi, dans ces cas-là, c'est

---

1. Et c'est pas le dernier de ce bouquin. J'en ai d'autres plus mauvais à vous sortir, patientez !

la choucroute mon plat d'érection ! Une belle choucroute
garnie jusqu'au toit, avec du pur porc en veux-tu en voilà !

Il essuie d'un revers de manche la salive qui dégouline sur
ses bajoues.

Des larmes de contentement, produites non point par les
glandes lacrymales mais par le pancréas, ruissellent sur sa
bouille de gladiateur meurtri.

— Dans quelle région étions-nous ? demandé-je à ma ravissante sauveuse.

— Près d'Orléans, fait-elle.

— Vous êtes notre Jeanne d'Arc, dis-je en la couvrant d'un
regard qui aurait fait fondre l'armure de la Pucelle.

Elle y répond par un autre regard plein de promesses. La
Cadillac roule à cent vingt dans la campagne endormie. Eva
ouvre sa boîte à gants et y pêche une boutanche plus étoilée
qu'une nuit vénitienne.

— Je pense que vous avez besoin d'un petit coup de remontant, fait-elle.

Voir la réaction du Gravos ! Sa main avide gobe la bouteille.
D'un coup de chicots il arrache le bouchon et se met à nous
interpréter : « Descendez on vous demande. »

— Laissez-m'en un peu, implore Belloise. J'en ai autant
besoin que vous !

Béru cesse de boire et c'est à moi qu'il présente le flacon.

— Tu permets, oui ! dit-il à Riri, mon supérieur rachitique
passe avant toi ! D'abord tu m'as traité de flic, tout à l'heure
dans le caveau. Si je m'écoutais, je te ferais faire ballon !

Belloise vient au renaud.

— Dites, la poule, vous commencez à me les briser menu
avec vos combines ! On m'y reprendra à jouer les bonnes
sœurs !

J'achève de liquider une solide rasade et je lui tends la dive
bouteille.

— Tiens, Riri, colmate tes brèches et rouscaille pas. Maintenant on tient le bon bout !

Il porte le nectar à ses lèvres. Et voici que Béru murmure
d'une drôle de voix :

— Bois pas... C'est du sirop de narcotique.

Sa grosse hure tuméfiée dodeline, et s'abat contre mon
épaule. J'essaie de réagir, mais une torpeur m'envahit. Je
commence à voir trouble. Le regard intense de la môme Eva

seul conserve toute son acuité. Il est pareil à deux trous dans un parasol.

— Qu'est-ce que c'est encore que ce coup fourré, miss Peau-de-Vache ? bredouillé-je.

Elle éclate de rire, son rire fait des ricochets dans mon subconscient. Je voudrais pouvoir lui dire des choses, lui poser des questions, lui tordre le cou ; mais je suis mollasson comme une limace en vadrouille dans de la purée. Je ne peux plus remuer le petit doigt, ni même soulever mes stores. J'entends la voix de Riri tonner, mais je n'ai plus assez d'entendement pour piger ce qu'il bonnit.

Du sirop, les gars !

Un beau sirop couleur de miel.

CHAPITRE X

Au réveil, j'ai une gueule de bois si prononcée qu'on pourrait me la vernir facile et me l'exposer chez un antiquaire. Un gars que l'on forcerait à bouffer un édredon en l'arrosant de goudron aurait le palais plus subtil que le mien en ce moment.

Je suis de nouveau allongé sur une surface dure et un moteur ronronne. J'ouvre un vasistas pour mettre à jour mon service d'informations. Non : nous ne sommes plus dans la vieille Cadillac. Les parois du véhicule sont métallisées. Une nouvelle fourgonnette ? Je bigle plus attentivement et j'ai l'aorte qui fait roue libre. Nous nous trouvons dans un avion ! Aussi vrai que j'ai l'honneur et l'avantage de vous le bonnir, mes chéries. Je pousse le Gravos; Il émet un vagissement, ses lèvres ont de la peine à se décoller.

— Je reprendrais bien encore un peu de choucroute, bavoche l'Obèse.

— Ne te gêne pas, ricané-je, tu peux finir le plat.

Il ouvre ses jolis yeux couleur d'égout en crue.

— Ah ! c'est toi ! fait-il.

Puis, réalisant :

— Mais où ce qu'on est ?

— En aéroplane, Gros.

— T'es encore cigaré ou quoi ?

— Examine les lieux et juge.

Il obéit. Son groin se soulève, son regard porcin panoramique. Il retombe, out.

— Jamais vu une enquête pareille. On passe sa vie à se faire maillocher, droguer, trimbaler et mystifier ! On n'est plus des limiers, on est des têtes de pipe, San-A. ! C'est nous les cracks de la poulaille ! Passez-moi les Nick Carter !

— Du calme, notre heure sonnera !

— M'est avis que la pendule qui doit la sonner est chez l'horloger !

Il se tourne vers Belloise, le regarde attentivement et fait la moue.

— J'ai z'eu tort de dire à sa pomme de pas boire. Ils l'ont endormi au jus de marteau, lui ! Vise un peu cette plaie qu'il a au plafonnier ! Nous z'au moins on a eu droit à de la fine par la même occasion !

— Drôle de fine, yes ! Ma tête est comme un bol dans lequel on battrait une mayonnaise !

— La mienne z'aussi. Tout ça se terminerait par une méningite que ça m'étonnerait pas.

— Oh ! toi, tu es paré, le rassuré-je.

— Biscotte ?

— Écoute, Gros, pour faire une sinusite, faut avoir des sinus, non ? Pour faire une méningite, faut avoir des méninges !

Il se renfrogne.

— Je voudrais pas manquer de respect à mon supérieur hiéraldique, mais j'ai l'idée que depuis le début de cette affaire, les tiennes, de méninges, ont la batterie qui débloque, non ?

Là-dessus, la porte de la soute flics-drogués s'ouvre et Eva paraît.

— Alors, les Laurel et Hardy de l'affaire Lormont sont réveillés ? plaisante-t-elle.

Je lui virgule un clin d'œil façon princesse incognito.

— Tiens ! miss Somnifère fait partie du voyage ! Les hôtesses de l'air sont en grève ?

Je poursuis :

— Ce qu'il y a de merveilleux avec vous, ma douceur, c'est votre fantaisie. On nous kidnappe, on nous enterre vivants, on nous déterre, on nous réconforte avec des somnifères, on nous balade en camionnette, en Cadillac, en avion ! C'est fabuleux.

Quand je raconterai ça à mes arrière-petits-enfants, ils croiront que je débloque !

— Parce que vous comptez avoir des arrière-petits-enfants ? plaisante-t-elle.

— Yes, beauty. Et mon rêve serait de les avoir avec vous. Je suis certain qu'on réussirait une drôle de race, vous et moi !

Elle se penche sur Belloise et fait une grimace aussi véhémente que celle de Béru naguère.

— Il est clamsé ? demandé-je.

— J'espère que non. Il a voulu faire du zèle dans la voiture tout à l'heure et José l'a frappé avec une clé anglaise. Assommer les gens en conduisant est une performance difficile, comprenez-vous ?

Elle s'éclipse et revient avec un flacon d'alcool et une boîte de compresses.

— Vous feriez une charmante infirmière, assuré-je. Entre vos mains, on doit reprendre goût à la vie ! Dites, mon cœur, qu'est-ce qui va se passer maintenant ?

— Je vous en laisse la surprise ! dit-elle.

— Vous ne voulez vraiment pas nous communiquer le scénario du second épisode ?

— Non. Je vous laisse car nous allons bientôt atterrir. Soyez sages !

Elle se retire et la porte se referme. Par un hublot, je vois un petit nuage rigolard en vadrouille dans un ciel bleu comme un paquet de Gauloises.

— Où ce qu'on peut z'être ? demande Bérurier.

— Sûrement dans le Midi, fais-je. Vise un peu ce plafond comme il est pur ; en plein hiver, c'est plutôt rarissime, non ?

Le Mastar n'est pas sensible à la limpidité du ciel. La poésie, il se la paie avec des côtes de porc et beaucoup de moutarde.

Notre coucou amorce un virage brutal qui nous fait rouler l'un sur l'autre. Puis il pique du blair et ses moteurs coupés pétaradent lamentablement. Mais l'atterrissage s'effectue à peu près bien. Quelques légers soubresauts et nous roulons en tangotant un brin. Puis tout s'immobilise.

— Château de Vincennes, fin de section ! brame le Mahousse.

— Ta bouche, B.B. (Benoît Bérurier) intimé-je.

Je prête l'oreille. Une voix d'homme questionne, de l'extérieur :

— Hello, Eva, tout s'est bien passé ?

— A merveille ! assure notre pin up.

— Le voyage ?

— Correct.

— Ainsi, vous nous amenez du monde ?

— Sous forme de saucissons. Je vous laisse le soin de déballer nos invités. Le boss est en forme ?

— En pleine forme, bien qu'il trouve le climat pénible.

Béru grommelle :

— Toi qui causais qu'on était dans le Midi ! On doit se trouver en plein nord, oui ! Tu veux parier qu'on est à l'extrême nord de l'Hollande ?

Comme pour lui apporter une réponse, des gens ouvrent la porte du zinc. Une bouffée d'air embrasé nous déshydrate illico. Il doit faire au moins cinquante degrés à l'ombre. Des insectes font un bruit de concassage. Deux messieurs bronzés comme de l'anthracite de la Ruhr s'avancent et nous tirent vers la porte. La chaleur est terrible. Nous plongeons dans un sauna.

— Dis voir, je murmure, la Hollande se paie l'ambiance tropicale, on dirait.

J'ajoute, car nous sommes à l'extérieur maintenant et je découvre à perte de vulve un désert blanc, hérissé de dunes :

— Quant aux moulins à vent, ils se sont envolés !

Il y a près de l'avion une jeep au volant de laquelle se tient un superbe Noir. Un grand type blond, vêtu de blanc de la tête aux pieds, est en conversation avec Eva.

— Chargez-les à l'arrière de la jeep et conduisez-les au bungalow ! ordonne-t-il.

Les Noirs obéissent. Eva et l'homme en blanc s'éloignent en discutant. Je les entends pendant un instant et ce qu'ils disent m'intrigue :

LUI — Vous avez conduit ces opérations de main de maître, mon petit !

EVA — Le facteur chance a joué.

LUI — Pourquoi diantre avez-vous amené les deux autres ?

EVA — Parce que... monnaie d'échange...

Le reste de la conversation se perd. Je demeure perplexe contre le perplexus de mon Béru contusionné. Qu'entendait donc le gars fringué par Persil par « les deux autres » alors que nous sommes trois ? S'agit-il de Béru et de moi, ou de Belloise et de Béru ? Ou de...

Je n'ai pas le temps de passer en revue toutes les combinaisons mathématiques. On colle le pauvre Riri sur nos abdomens (qui sont des abdomens publics) et la jeep quitte le terrain.

Bientôt nous arrivons en bordure d'une petite palmeraie ainsi baptisée parce qu'elle est constituée de palmiers. Une construction blanche, de style colonial, se dresse au milieu des arbres. La jeep stoppe et on nous décharge sous la surveillance du bonhomme en blanc des galeries Mekness.

— Mettez-les dans cette pièce ! décide-t-il.

On nous propulse sur un plancher disjoint.

— Espèce d'espèces ! hurle le Gros. Déliez-moi un peu les brandillons que je vous apprenne à me traiter comme du linge sale !

Mais le type en blanc ne se soucie pas le moins du monde des réactions de la Globule.

— Pépé, dit-il à l'un des Noirs. Tu monteras la garde devant la porte par mesure de sécurité !

On nous laisse. La pièce où nous gisons est une sorte de resserre qui ne ressert pas à grand-chose. Elle n'est éclairée que par un vasistas étroit. Il y règne une chaleur d'autoclave.

M. Riri profite de la halte pour retrouver ses esprits.

— Où sommes-nous ? balbutie-t-il d'une voix molle.

— De l'autre côté de la Méditerranée, lui assuré-je. Mais te préciser l'endroit, ça...

— Vous plaisantez, m'sieur le commissaire !

— Pas aujourd'hui, j'ai la sciatique qui m'empêche de rigoler.

Je lui résume le voyage en avion et notre débarquement. Ça le frappe, le pauvre biquet.

— Mais enfin, qu'est-ce qu'on nous veut ? geint-il. Oh ! là ! là ! quelle sale histoire ! Si j'avais su j'aurais mis Lormont en l'air sans rien dire à personne. Probable qu'à cette heure je serais plus tranquille !

— Tu serais tranquille dans une cellote de Chambéry, mon gars, en attendant de passer aux assiettes !

Il hausse les épaules.

— Je serais mieux en taule qu'ici ! Et puis c'est pas prouvé que j'y aurais été, parce qu'entre nous, commissaire, les poulets, c'est pas des épées.

Le sarcasme me flétrit l'empêcheur de durée sous-jacent.

— Rengaine ta rengaine, Riri.

Béru claque des muqueuses.

— Il a rien dit, l'Homme de la Jamaïque, à propos de la bouffe ? s'inquiète Sa Maigreur. Je voudrais pas me répéter, mais j'aimerais bien becqueter un de ces jours, histoire de pas en perdre l'habitude.

— Commence par te taper mes cordes, conseillé-je, ça te fera les crocs !

— Quoi ?

Je roule sur le côté de manière à lui présenter mon dos. C'est un risque qu'on peut se permettre avec un gars comme Béru, dont l'orthodoxie des mœurs est certaine, mais que je ne prendrais pas avec n'importe qui.

— Avec ce qui te reste de ratiches, essaie de défaire les liens qui m'entravent les poignets, tu piges, abominable homme des sables ?

Il dit qu'oui et se met au turf.

Mais au bout d'une paire de minutes, môssieur fait du rebecca à cause de son ultime prémolaire qui vient de se séparer de lui sans préavis. Il glaviote du raisin en pestant Béru. Il n'a plus qu'une incisive en ordre de marche et il prétend la réserver à la consommation de denrées plus comestibles que le chanvre.

— Attendez ! dit Belloise, moi j'ai des crochets de première. Je bouffe du verre et de la porcelaine, alors des cordes, c'est pour ainsi dire des spaghetti !

Nous nous rejoignons à force de soubresauts. Le pauvre gars pousse des plaintes à cause de sa tronche fêlée. Mais nous arrivons à nous mettre dans la position adéquate, et Riri exécute son numéro. Il n'a pas menti. Son damier, c'est une vraie paire de tenailles ! Le croc me cric ! Zioum ! Zioum ! Enveloppé ! monsieur le commissaire est déballé. Je peux enfin m'asseoir, masser mes poignets, remuer mes bras, faire rouler mes épaules.

— Quand t'auras fini de te dorloter, fais-nous signe ! mugit l'Enflure. Je te rappelle qu'on a la position Cap Carnaval moi et Riri !

En riant bassement je m'occupe d'eux. Nous ne tardons pas à être trois à nous masser les avant-pognes, les chevilles, les guitares, les salsifis, les nougats, et même la prostate vu que nos jauges thermostatiques se sont colimaçonné la durite au cours de la fiesta.

— C'est bon de pouvoir remuer, soupire Belloise. J'avais l'impression d'être une momie.

— Et maintenant, fait le Gros, comment qu'on sort d'ici ? Y a pas de fenêtre !

Il évalue d'un œil désenchanté le soupirail. Un homme normal ne saurait s'y glisser, à plus forte raison un briochard comme Cézigue.

— On va s'embourgeoiser et passer par la lourde, comme tout un chacun, dis-je.

— Y a un zouave qui nous garde dans le couloir. Dès qu'on va se mettre à tutoyer la serrure il appellera la garde !

— Tu oublies que je suis la ruse faite homme, Béru. Nous allons nous mettre à imiter des cris d'animaux.

L'Enflure refile un coup de périscope angoissé à Riri. Le bonhomme en gueule de bois me croit devenu dingue.

— Des cris d'animaux ? fait-il.

— Yes, monsieur. Si on hurlait, notre gardien se méfierait, mais quoi de plus gentil que des cris de bêtes lorsqu'ils sont imités par des hommes ? Ça va attiser sa curiosité et il voudra voir ça. Tout ce qu'on lui demande c'est d'ouvrir cette lourde, non ? Le reste on s'en chargera !

— Formide ! apprécie Belloise, si vous voulez, je peux vous faire l'âne, c'est ma spécialité.

— Banco ! Et toi, Gros, le porc, bien entendu ?

— Comment que t'as deviné ? s'étonne le Candide. Oui, j'imite le goret que même un charcutier s'y laisserait prendre !

— Moi je ferai le chien pour compléter la basse-cour ! A trois on y va, hein, mes fils ? De la souplesse, du moelleux ! Une, deux, trois...

Et ça part !

Le gars qui n'a pas entendu ce récital ignore tout de la vie campagnarde. C'est un concert pour étables et fosses à purin, mes choutes ! On ne pourrait pas décerner la palme à l'un plutôt qu'à l'autre ! Riri, c'est Aliboron fait homme, quant au Mastar, il ne pourrait pas se permettre ses imitations dans une porcherie toutes les truies viendraient à la relance et Sa Majesté devrait faire du contrecarre à sa Berthe !

Au bout de deux minutes, on entend miauler le verrou. Je file un œil de plâtre à mes petits copains et je vais me placer

derrière la porte. Cette dernière s'entrouvre et le négus qui nous
garde passe sa tête dans l'ouverture. Je ne lui laisse pas le temps
de l'en tirer. Ma manchette craquante ! Il part en avant sur le
plancher. Béru le happe au passage et le redresse pour mieux
lui ajuster un coup de boule dans le clapoir. Cette fois le
gardien tombe sur les genoux. Il est out comme un 32 juillet,
mais Belloise qui éprouve le besoin de se défouler lui débloque
d'urgence sa ruade... de l'âne number one ! Avec tous ces
analgésiques, notre petit camarade en a pour deux mois à
ronfler.

— A nous la liberté ! clamé-je.

On met flamberge au vent et on se hasarde dans le couloir.
Le bungalow est aussi calme que la vie privée d'un eunuque.

— Alors, on y va ? demandé-je à mes compagnons de
voyage.

— Où ça ? s'inquiète le Mahousse.

— Je ne sais pas, mais on y va quand même !

— Si z'au moins on avait une arme, soupire le Gros, j'ai
horreur de me balader les mains vides dans un guêpier pareil !

— De toute manière, lui dis-je, il n'est pas question d'assié-
ger la citadelle, tout ce qu'on peut essayer de faire c'est de se
barrer !

Joignant le geste à la jactance, je rase le mur jusqu'à l'extrémité du couloir. Une porte donne sur une esplanade de l'autre
côté de laquelle bée un hangar où sont remisées deux tires : la
jeep et un camion tout terrain de l'armée. Le gars qui nous a
extraits du tombeau la veille est occupé à réparer le camion. Il
chante en bossant. C'est un truc espagnol, vous savez ? Façon
gargarisme à l'eau salée !

— On va s'élancer en terrain découvert, dis-je aux aminches.
On se pique la jeep et on dit au revoir à ces braves gens. Toi,
Riri, tu la mets en route pendant que je m'occupe du ténor, vu ?

— Vu !

Nous nous élançons dans la lumière torride. J'arrive le
premier, battant Belloise d'une poitrine et Béru d'un dargeot.
Le mécanicien se retourne sans cesser de chanter. Il n'en croit
pas ses yeux en amande.

— Ferme ta bouche, Toto, recommandé-je, je voudrais
prendre les mesures de ton menton.

Il va pour choper un outil, mais mes cinq francforts unies
pour le meilleur et pour le Pirée entrent déjà en collision avec

sa mâchoire. Il part en arrière et, prompt comme l'éclair, sort un couteau un peu moins long que l'épée de Damoclès. La lame claque. Il lève le bras pour me perforer. Comme une truffe je suis bloqué par le camion et je n'ai rien sous la pogne pour essayer de me défendre. Mais Sa Seigneurie Bérurienne veille. Le Gros chope un seau plein d'huile de vidange et le propulse sur la bouille de l'homme aux favoris. La question est tranchée sans l'aide de son ya. Je lui fais le coup du chasseur sachant shooter. Terminé ! Le moteur de la jeep ronfle déjà !

— Les voyageurs, en voiture ! lance Belloise qui a l'air de se payer une seconde jeunesse.

— Une seconde, fils !

Je ramasse le couteau du zig vidangé et je plante la lame dans les pneus du camion. J'en perfore deux et je vais pour m'occuper du troisième lorsque Béru tonne :

— Acré ! Les v'là !

Alors je saute dans la jeep et Riri fait un démarrage en trombe.

A la sortie de la vaste cour, l'homme en blanc et deux mastars nous coupent la retraite, armés de parabellums à grand spectacle.

Ils nous couchent en joue, ce qui est moins gentil que de nous coucher sur leur testament ou dans le lit de leurs épouses. L'homme en blanc nous hurle de stopper, mais on s'en tamponne le coquillard.

— Baissez-vous et laissez-moi manœuvrer ! nous dit Riri.

Dans la vie, il est des circonstances où il faut faire confiance à son prochain. Le Gros et moi-même nous nous mettons à croupetons sur le plancher de la jeep. Ça se met à vaser ferme. On se croirait au Chemin des Dames. Les balles crépitent contre la carrosserie. Le pare-brise fait des petits et on se prend des morceaux de sécurit plein les tifs. Mais l'auto continue de foncer. Un cri ! Un choc ! Je me dis qu'on a percuté un arbre, mais non : il s'agit d'un homme. La jeep passe dessus et continue sa course zigzaguée. Maintenant les balles viennent de derrière, preuve que nous avons franchi le barrage. Bientôt la mitraillade cesse. Nos intercepteurs doivent se rabattre sur le camion pour la poursuite western ; ils vont être contents de trouver leurs boudins dégonglés.

— Ça va, relevez-vous ! dit Belloise.

On se réinstalle sur les sièges.

— Pas de bobo ? je demande à notre conducteur émérite.

Il rigole.

— Un petit bout d'oreille de rien du tout. C'était joyce, non ? Ça m'a rappelé quand on a ratissé la succursale du Crédit Lyonnais à Vitry !

Il réalise brusquement à qui il parle et bredouille :

— Je disais ça pour se marrer, natürlich !

— Ben voyons, fais-je.

Je regarde derrière moi. En bordure du bungalow, je vois une masse sombre sur le sol.

— Dis voir, Riri, t'aurais pas meurtri un des gars, par hasard ?

— Dame, il nous défouraillait dessus, je lui ai fait le truc de la corrida et il s'est pas évacué assez rapidos. Je crois bien que sa cage à soufflets en a pris un vieux coup, j'ai entendu craquer. Faudra qu'y se fasse remettre des cerceaux neufs, moi je vous le dis !

Je mate la guimbarde. Elle est percée comme des gants de coureur cycliste.

— On a eu de la chance de ne pas se faire trouer les chaussettes avec cette distribution d'olives, apprécié-je.

— Parle pas d'olives, tu veux, supplie Sa Rondeur, je crève littéralement de faim !

— Je me demande où nous sommes, murmure Belloise. Vous trouvez pas que le paysage manque un peu d'ombre ?

— C'est vrai, gars. Les bûcherons ne doivent pas faire fortune dans ce bled.

— Ce serait pas le Sahara ?

— Je l'ignore ; tout ce que je peux vous dire, c'est que ça n'est en tout cas pas la forêt de Marly !

— A ton avis, hasarde le Goret, il y a loin d'ici z'au prochain bistrot ?

— Douze mille kilomètres à peine.

Il gémit.

— C'est terrible. On va mourir de faim et peut-être même de soif ! Attendez : y a un mec qui fait du stop, là-bas !

— C'est pas un stoppeur, c'est un cactus, rectifie Belloise, vous avez du caramel mou à la place des yeux, m'sieur Bérurier ?

Béru passe sa main gauche par-dessus le volant et chope un bouton de Riri.

— Écoute, petit gars, rouscaille l'Énorme ; faudrait pas oublier à qui c'est que tu causes. J'aime pas que les truands se permettent des prévôtés avec moi, vu ? Les petits malins qui vont taquiner les agences du Crédit Lyonnais et qui ensuite viennent faire de l'esprit à votre détritus me chiffonnent !

Riri hausse les épaules.

— Vous fâchez pas, m'sieur Bérurier.

— Inspecteur principal, siouplaît !

Alors Belloise n'en peut plus.

— Écoutez, tas de fesses, ici y a pas plus d'inspecteur principal que de beurre dans la culotte d'un zouave ! J'ai pas demandé à jouer « Un taxi pour Tobrouk », moi ! Sans vos combines à la graisse de cheval mécanique, je serais encore à Courchevel à faire du ski.

— Arrête un peu ta charrette, dis, morveux, que je te répare la devanture !

— Si vous y tenez, j'suis votre homme !

L'autorité san-antoniesque doit se manifester.

— Quand vous aurez fini vos giries, les gars, vous m'enverrez un télégramme ! En plein désert, avec une horde de loups au panier, vous trouvez encore le moyen de vous attraper !

Ils se calment. Nous parvenons à la hauteur d'une gigantesque plante grasse et, très fair play, Béru convient de son erreur :

— Fectivement, dit-il, c'est un cactus. Et il s'est pas rasé.

Il tire sa belle langue aussi chargée qu'un envoi de fonds.

— J'ai la menteuse comme une queue de morue dans un baril de saumure ! Des fois que t'apercevrais un café-tabac, fais escale, Riri.

— Si on est privé de boisson on n'est pas privé de désert 1 plaisante Belloise qui a retrouvé sa sérénité.

— Écoutez, mes enfants, leur dis-je, les routes, même en mauvais état comme icelle, ont toutes une particularité : elles conduisent quelque part. Ce quelque part, on finira bien par y arriver. Tu as de l'essence au moins, Riri ?

— Le réservoir est presque plein, regardez la jauge !

— Alors c'est O.K., appuie sur le champignon.

Notre fuite dans le désert continue. Nous roulons une demi-heure, sans parler. La chaleur est terrible et nous avons la gorge aussi sèche que le revêtement de briques réfractaires d'un haut fourneau. Depuis un moment nous nous sommes collés des chiffons sur la tronche pour éviter l'insolation.

La voiture cahote car la piste n'est pas laubée. Soudain, le Gravos donne des signes d'inquiétude.

— Vous allez p't'être dire encore que je m'hallucine, fait-il, mais je crois bien que j'entends une voiture !

Je prête l'oreille. Le gars moi-même, fils unique et préféré de Félicie, croit également percevoir un bruit de moteur.

— Arrête un instant ton moulin, Riri !

Riri coupe la sauce. Le silence se fait brusquement, et, pendant dix dixièmes de seconde nous entendrions pousser nos barbes. Et puis un ronron retentit. Lancinant, grossissant.

— Enfin, quoi, vous allez pas dire l'essence m'abuse, comme dirait le docteur du même nom ! fait Béru.

— En effet, on entend quelque chose, Gros.

Je me dresse dans la voiture et je sonde la piste loin derrière nous. Elle s'étend à perte de vue dans un décor lunaire. La chaleur fait comme un voile doré qui danse au bout de l'horizon.

— Je ne vois rien.

— Est-ce que ça existe, les mirages acoustiques ?

— Oui, Gros, ça existe, mais tout de même...

Riri, lui, explore la piste en avant. Et il n'aperçoit pas le moindre véhicule, même pas un Solex. Il y a l'immensité de rochers et de sables blancs de soleil, avec ce bruit grossissant obsédant.

Et c'est encore le Gros qui éclaire notre lanterne :

— C'est pas une bagnole, c'est un avion.

Son doigt désigne un point argenté qui scintille dans les nues.

L'avion se précise, perd de l'altitude. Il fond sur nous comme un vautour sur un garenne.

— On a crevé les pneus de leur camion, mais ils ont pris leur coucou pour nous courser ! annonce Riri.

En moins de temps qu'il n'en faut à un cul-de-jatte pour devenir champion du monde de ski nautique, le zinc est au-dessus de nos têtes hagardes. Son fracas nous rends sourds. Le coucou est passé, il reprend de la hauteur afin d'amorcer un nouveau virage.

— Il revient ! annonce Bérurier. C'est bien leur z'oiseau !

— Et ils vont nous canarder ! prophétise Belloise, voyez : ils viennent d'ouvrir la porte de la carlingue.

A peine a-t-il achevé ces mots que l'avion repasse, un peu

plus bas. Il n'est pas à plus de cinquante mètres de nous. Plusieurs choses rondes en tombent.

— Des grenades ! fais-je, faites gaffe à vos osselets !

Nous nous accroupissons. Une série de détonations violentes secoue la voiture. L'avion s'éloigne une fois encore, revire, revient !

— Voilà la nouvelle vague ! s'écrie le Gros.

En fait de nouvelle vague, moi je préfère les films de Chabrol.

Cette fois ils ont mieux visé et nous sommes environnés de feu et d'éclats. Béru hurle.

— T'es touché, Gros ? crié-je dans le tumulte.

— J'ai morflé un éclat dans les miches !

— Laissez-vous tomber de la bagnole et restez allongés sur le sable. On va leur faire croire que nous sommes morts. Sinon ils vont nous harceler jusqu'à ce que nous le soyons réellement.

— Et s'ils essaient de faire bon poids ? émet Belloise.

— Faites ce que je vous dis !

Tandis que l'avion prend son virage, loin d'ici, nous nous affalons en des postures éloquentes : enchevêtrés, les bras en croix.

L'avion repasse encore, mais sans rien larguer.

— Ils nous observent ! annoncé-je. Continuez de faire les morts, ils doivent avoir des jumelles.

— T'es bon, bougonne l'Ampleur, y a un lézard qui vient d'entrer dans mon calbart.

— Parce que c'est vide et qu'il a cru que l'emplacement était disponible. Tolère-le un peu, Gros. Entre animaux il faut se soutenir !

— Vous parlez d'une fiesta ! soupire Belloise.

— Du sang à la dune ! je ricane.

— Du sang à la lune ! rectifie Riri, vous n'avez pas vu le valseur de votre esclave, m'sieur le commissaire ?

Cette conversation a lieu alors que nous sommes à plat bide dans le sable chaud qui sert à parfumer les cheveux de légionnaire.

L'avion tournique encore deux ou trois fois au-dessus de nous, puis il reprend de la hauteur et fait demi-tour.

— Ne bougez toujours pas. Il s'agit peut-être d'une ruse.

Nous restons immobiles. Bien nous en prend, car, cinq minutes plus tard voilà ces vaches-là qui font un petit retour

offensif. Mais il s'agit d'une simple vérification. Leur coucou
de malheur repart, et cette fois c'est pour de bon.

— On peut se relever, mes petits.

— Ouille ! mon dargif ! lamente Béru.

— Aïe ! mon oreille ! soupire Riri à qui il manque un joli
morceau d'étiquette.

Il caresse la plaie en geignant.

— Dites, ça va me gêner pour téléphoner, non ?

— D'ici que tu rencontres un taxiphone ça sera cicatrisé,
fais-je sinistrement.

CHAPITRE XI

Le ciel est maintenant vide. Son immensité nous éprouve.
Nous ne sommes que de minuscules fourmies égarées dans un
univers lunaire. Je le fais remarquer à mes compagnons, mais
ils ne sont pas portés sur les considérations philosophiques.
Faut dire aussi qu'ils ont faim car nous n'avons rien graillé
depuis des millénaires et le vide de notre estom' est déprimant.

— On se croirait peut-être dans la lune, admet Béru, mais
c'est pas ce qui nous donne à bouffer. Et puis moi, les voyages
dans le cosmétique, je ne suis pas partant.

— Occupons-nous de la charrette, émet Belloise, j'ai l'impression qu'elle en a pris un vieux coup !

Nous contournons le véhicule meurtri et nous poussons une
sale grimace en constatant qu'un éclat de grenade a crevé le
réservoir d'essence et que notre bonne tisane s'est répandue
dans le sable.

— Nous voilà beaux, fait Riri, qu'est-ce qu'on va devenir ?

— De beaux squelettes bien blancs, assuré-je.

Le Gros balbutie :

— C'est pas possible ! moi, maigrir à ce point ! Oh ! quelle
soif il fait, mes aïeux.

— Eh bien ! maintenant on peut boire, dis-je.

— Qu'est-ce tu débloques, San-A. ? T'as un coup de palétu-
vier ou quoi ?

— Puisque la voiture est hors d'usage, on peut piocher l'eau
du radiateur.

Je chope une torche électrique dans la niche du tableau de

bord, j'ôte la tête et la pile, et je tends le gobelet improvisé au Gros.

— Sers-toi, Béru, c'est ma tournée. Le robinet de vidange est au bas du radiateur !

Belloise en conçoit une légitime admiration.

— On peut dire que vous êtes un homme de ressource, m'sieur le commissaire.

— Un homme de source, oui, tu veux dire ! rigole Sa Majesté Assoiffé Ier, en se tirant à boire. Mince ! s'exclame-t-il, on dirait du rosé de Provence, t'es sûr qu'il y a pas d'antigel dans cette flotte ?

— De l'antigel ici ! Ce serait vraiment du luxe ! C'est plutôt de l'antivapeur qu'on mettrait dans l'eau.

Il goûte le breuvage et fait la grimace.

— Pouah ! c'est infect, ça a un goût de ferraille.

— C'est ce qu'on appelle se taper un coup de rouille, Gros. Il boit pourtant, et, complaisant, nous tire du nectar. En effet, il n'est guère fameux, mais il nous hydrate cependant.

— Et maintenant, que vais-je faire ? chantonne le Gros qui connaît ses classiques.

— Du stop ! annoncé-je.

— Tu charries !

— Non. A pied, nous n'irions pas loin, surtout avec le ventre vide. Ici au moins nous avons l'eau et l'ombre de la voiture pour attendre.

— Mais attendre quoi ? s'insurge Riri.

— Un messager de la Providence.

— J'ai idée qu'il est en retard, ton mec, fait Gras-Dubide en s'asseyant.

Il pousse un cri et se relève. Son dargif meurtri lui interdit dorénavant cette agréable position. Alors ma pauvre gonfle s'étend à plat ventre sur le sable chaud.

— C'est pas pour rouscailler, m'sieur Béru, proteste Riri, mais vous tenez toute l'ombre !

— T'as qu'à te mettre dans mon ombre à moi, rétorque l'Énorme.

Ainsi est fait. Tandis que ces messieurs se reposent, je fais l'inventaire de la jeep. Je n'y trouve qu'une pelle de camping, un paquet de cigarettes entamé, un pochette d'allumettes, un couteau, de la corde et une photographie de Brigitte Bardot découpée dans une revue. Je place la photo sur le pare-brise et

j'allume une cigarette. Le soleil brille avec une telle force que
je ressens ses coups derrière ma nuque. L'air que nous respi-
rons paraît sortir d'une forge.

Je me dis, en admirant le galbe de la vedette, que nous
sommes dans une drôle d'impasse (l'image est hardie) ou que
nous nous trouvons au milieu d'une immensité de roches et de
sable. Le jour décroît soudain. La notte s'abat sur nous comme
une couverture. Nous tombons en digue-digue (comme on dit
à Nantes). Notre faiblesse est telle que nous n'avons même plus
le courage de parler. On se paie une dernière tournée de flotte
rouillée, puis on se met à ronfler au clair de lune. Chose
curieuse, il ne fait pas froid, contrairement à ce qu'on m'a dit
des nuits sahariennes. La température est douce et notre
organisme s'en trouve apaisé.

Nous dormons. Un vrai sommeil enfin !

La voix de Belloise, enrouée par la nuit à la belle étoile :
— M'sieur le commissaire !

J'ouvre les yeux. Il fait jour. Pourtant le soleil ne fait que
caresser la ligne d'horizon de ses doigts d'or[1].

Belloise, avec sa barbouse qui a encore poussé et ses yeux en
virgule mal faite n'est pas précisément le pin-up boy qui se
pavanait à Courchevel naguère !

— Voilà du peuple ! me dit-il.

Il me montre la piste dans la direction que nous avons suivie.
Au loin, un point noir grossit. Il a un bruit de moteur ce point
noir : pas d'erreur, il s'agit d'un véhicule.

Nous attendons un bout de moment, en silence. Seuls, les
ronflements du Gros répondent à ceux de la voiture.

Je réveillerais bien la Grosse Pomme, mais à quoi bon ?
Dans le sommeil, au moins, il oublie les vicissitudes de l'instant.

— On dirait un camion, assure Belloise.

— Oui, c'en est bien un, en effet.

Quelques minutes s'écoulent encore. Les contours du véhicule se précisent : il s'agit bel et bien d'un camion. Et je crois

1. Je pourrais vous sortir des images plus poétiques encore mais je risquerais
de décrocher le Goncourt et ça nuirait à la vente de mes chefs-d'œuvre !

même reconnaître le camion tout terrain dont j'ai perforé les boudins la veille.

— Ce sont eux, n'est-ce pas ?

— Oui. Ils viennent ramasser nos carcasses et récupérer leur jeep qui aurait pu les trahir.

— Qu'est-ce qu'on fait ? demande Riri.

Je secoue la tête.

— Que veux-tu faire, mon pauvre lapin ! Regarde : ils sont une bonne demi-douzaine, armés jusqu'aux râteliers, et nous n'avons qu'une pelle et un couteau cassé pour leur déclarer la guerre, sans compter que nous ne tenons plus debout !

Maintenant le camion est à vingt mètres de nous. Plusieurs types en dégringolent, dont l'homme en blanc. Ces messieurs possèdent des mitraillettes et des pétards ultra-modernes ! Un vrai petit arsenal !

— Cette fois, si vous avez le malheur de lever le petit doigt, nous vous déguisons en chair à pâté ! crie l'homme en blanc.

Au mot pâté, le Gros sursaute.

— Oui ! oui ! encore du pâté ! fait-il en bavant.

Il se frotte les yeux, zieute la scène et se tourne vers moi.

— Où ce qu'on est, San-A. ?

— En plein désert, ma vieille Guenille !

— Tu charries ! Regarde ce buffet comment qu'il est garni. Je voudrais bien un gigot entier, tu crois que ça se remarquerait si je me le calottais pour moi tout seul ?

Il a la fièvre : sa blessure au prose, sûrement.

— D'accord, tu peux le prendre, consens-je, mais mets ta serviette autour de ton cou, sinon tu tacherais ta cravate neuve.

Béru se précipite sur le sable, il le saisit à poignées et s'en cloque une demi-livre dans la bouche. Il mastique un moment et murmure :

— C'est dommage, il est trop salé !

L'homme blanc éclate de rire.

— J'ai l'impression que nous tombons bien, n'est-ce pas ? Je vous croyais mort, commissaire !

Je ne réponds rien. Les gars n'ont aucun mal à nous charger dans leur camion. Notre délabrement est si visible qu'ils ne prennent même pas la peine de nous attacher.

Le gros camion vire sur la piste. Pendant sa manœuvre, l'homme blanc donne des ordres à ses sbires. Ceux-ci arrosent la jeep avec l'essence d'un jerrican et y mettent le feu. Puis tout

le monde reprend place à bord et nous rejoignons notre base.
Je suis désabusé. Tout esprit combatif m'a quitté. La tête me
fait mal et il me semble qu'un rémouleur a installé sa meule
dans l'arrière-salle de mon usine à fabriquer les idées géniales.

CHAPITRE XII

Il vous est certainement arrivé, à la campagne, de franchir
des clôtures barbelées, pas vrai ? Vous savez par conséquent ce
que c'est de se piquer les paumes des mains, les cuisses, le
dargeotin et les modulateurs de fréquence ; d'abandonner aux
griffes perfides un lambeau de son costar ou une pincée de ses
crins. Figurez-vous que mes foies-blancs, lorsqu'ils nous ont
ramenés à la casbah, ne trouvent rien de mieux pour nous faire
tenir tranquilles que de nous entortiller dans des barbelés. Sans
serrer, je vous le concède, mais tout de même c'est une sensation drôlement désagréable, croyez-moi (et si vous ne me
croyez pas allez vous faire considérer par les Grecs). Seul détail
réconfortant, la môme Eva nous apporte à becqueter. C'est pas
le menu gastronomique du Coq Hardier, puisqu'il s'agit d'une
assiette de riz cuit à l'eau, mais dans l'état où nous sommes,
cette céréale est la bienvenue. L'inconvénient majeur des
barbelés est de nous forcer à rester debout car, à moins d'être
le fakir Bâ-Louch-Chî, on ne peut guère se coucher sur des fils
barbelés. Béru se chante la Marseillaise pour justifier sa position verticale.
Mais il ne connaît qu'un couplet et, l'ayant chanté quatorze
fois d'affilée, il finit par la boucler. Maintenant, le gardien qui
nous surveille ne se tient plus dans le couloir, mais dans notre
geôle. Il est à califourchon sur une chaise avec une mitraillette
accrochée au dossier du siège et il fume en nous considérant
d'un œil blanc. Cette fois je me dis qu'il faudrait un peu plus
qu'un miracle pour nous sortir de ce pétrin. Ce qui me trouble,
c'est qu'on ne nous ait pas encore interrogés. Pourquoi diantre
ces gens-là nous ont-ils amenés si loin de France ? Espèrent-ils
encore que nous leur dirons ce qu'est devenu Lormont ? Et, au
fait, qu'est devenu Lormont ? Si je comprends bien, il y a deux
bandes sur le coup. Celle de Quincy, et celle de l'homme blanc.

Eva m'avait l'air de briffer à deux râteliers. Toujours est-il qu'elle a pigeonné Quincy en nous délivrant et en s'assurant de nos personnes. A moins que, ce faisant, elle n'ait obéi à un plan d'action savamment préétabli. Mystère et boule Bégume. Comme Riri se lamente, je lui dis de garder confiance.

— Vois-tu, gars, ces braves gens l'avaient belle pour nous scrafer. S'ils nous détiennent prisonniers, c'est que nous représentons pour eux un certain intérêt, à défaut d'un intérêt certain. Or on ne détruit pas les choses de valeur.

Il hausse les épaules, ce qui lui cause des démêlés avec ses barbelés personnels.

— Tout ce que vous pouvez me bonnir, m'sieur le commissaire, c'est poudre aux chasses et compagnie.

Il y a une petite heure que nous voilà déguisés en porcs-épics (et colégramme) lorsque notre chère Eva réapparaît. Elle s'est déguisée en Diane chasseresse pour safari et porte des culottes de cheval blanches et une chemisette à grille largement ouverte sur le devant. Les mains aux poches elle se campe sur ses deux jambes de pouliche musclée et me regarde en souriant. Ses cheveux blonds sont noués derrière sa petite tête de linotte par un ruban de velours noir. Vous verriez ce sujet, mes chers camarades, vous contracteriez illico un engagement dans la légion ou une crise d'urticaire.

— Ce que vous êtes bath, mon cœur, je lui distille. Être martyrisé par vous devient un plaisir.

— Vraiment ? fait la môme en s'approchant du ravissant San-Antonio, l'homme qui ferait vibrer une plaque de blindage.

Elle me regarde à bout portant et murmure :

— En martyr, vous n'êtes pas mal non plus.

— Merci. Mais je préférais être déguisé en séraphin.

La gosse approche sa bouche de la mienne et, aussi vrai que je vous le bonnis, par-dessus mes barbeloches se met à me galocher férocement.

— Après vous s'il en reste ! clame Bérurier.

Le baiser se prolonge, et je sens que je me prolonge aussi dans mon hémisphère sud.

— Dites, darling, je balbutie lorsqu'elle refait surface because l'oxygène fait partie des nécessités humaines, vous devriez penser que je suis entortillé dans du barbelé de bas en haut ; avec une séance pareille je risque de ne pas laisser que des lambeaux de mon cœur à ces ronces d'acier.

Ça l'amuse et elle remet la table séance tenante. Cette fois c'est le grand service, avec couverts à poisson, verre à eau et cuillère à dessert.

— Si t'es pas son genre, grogne l'Enflure, c'est vachement bien imité.

M'est avis que c'est pas du Burma, les gars. Cette petite squaw appartient à la tribu des Langues agiles. Elle a les labiales aspirantes et les quenottes fourbies au Super-Colgate !

Moi, je ne regrette que deux choses : de ne pas avoir connu plus tôt l'Ecole Universelle, et d'être entortillé dans des ronces artificielles. Si j'avais la liberté de mouvement, vous voudriez voir ce travail d'équipe ! Ce serait dare-dare l'embrocation Moldave, façon pivert survolté : le Magic-City avec entrée libre ; Pearl à rebours !

Mais soudain je déchante. Cette fille de Garches vient de me mordre la lèvre inférieure jusqu'au sang. La douleur me ramène sur terre sans escale. J'ai la fusée Mercury qui décélère, mes fils ! Si mon parachute à condensation émolliente fiscale ne s'ouvre pas, je vais me fracasser la capsule !

— Espèce de petite panthère ! fais-je en promenant ma menteuse caressante sur la lèvre endommagée.

Eva part d'un rire hystéro. Je serais sa maman, je prendrais un rencart pour elle chez un neurologue patenté, et je ferais fissa car, sans vouloir formuler un diagnostic définitif à son sujet, il se pourrait que sa courroie de transmission patine un peu.

— Et maintenant, on va vous donner un peu de compagnie ! fait-elle.

Elle retourne à la lourde. Je ne puis m'empêcher d'admirer sa démarche ondulante, sa silhouette souple et provocante. La chute de reins de cette souris vaut celle du Zambèze, je vous le dis. Des frangines commak zambèzerais des treize à la douzaine, ze vous le zure.

Elle fait claquer ses doigts et deux gars bruns s'annoncent en coltinant un troisième gars qu'ils jettent sans ménagement sur le plancher. L'arrivant porte des pansements rouges de sang autour de la tête, aux mains et aux pinceaux.

Le mot pansement est excessif. Il s'agit en fait de vieilles serviettes grossièrement nouées afin de stopper des hémorragies. La figure de l'arrivant est marbrée de bleus.

Il gît sur le plancher, immobile. Son souffle est saccadé ; de brèves convulsions parcourent son corps.

J'ai idée qu'il s'est payé une séance à grand spectacle, avec nerf de bœuf, moulin à viande, fouet à neuf queues et gros sel.

— Faites bon ménage ! plaisante cette garce d'Eva en s'en allant.

— Qu'est-ce que c'est que ce julot ? demande Bérurier.

— Il don't know, boy.

— J'ai l'impression que ç'a été sa fête, murmure Belloise. Ce qu'ils ont eu à lui dire ils le lui ont pas dit avec des fleurs !

Je regarde fixement l'arrivant. Il me semble que je l'ai vu quelque part. Et puis, soudain, comme il remue et me dévoile sa pauvre figure, je pige : c'est Lormont !

Vous avez bien lu ! Lormont en chair (à pâté) et en os (fêlés). Du coup, je ne pige plus. Ce qui m'échappe, c'est moins les raisons de sa présence ici que les raisons de la mienne. Puisque ces bandits ont Lormont, qu'attendent-ils de moi, de nous ?

Vous avez une idée, vous qui en manquez tellement ? Non, bien sûr ! Le jour où vous aurez pour trois balles d'esprit de déduction, il faudra pavoiser. Seulement c'est pas demain la veille, les zenfants. Vous autres, dès qu'une pensée vous traverse le cerveau, vous affichez complet. Et encore faut voir quelle pensée ! De l'article en solde, of course ! De la bimbeloterie avariée, sans phosphore et sans forme précise. Vos idées — vous ne vous faites pas d'illusions, j'espère ? — sont aussi infourgables qu'une bagnole américaine. Vous les donneriez que personne n'en voudrait. Pas même un chiffonnier, pas même la ramasseuse de lots d'une kermesse paroissiale. Même à la poubelle elles ne font pas sérieux et les boueux sont obligés de se cogner un coup de vulnéraire pour les coltiner jusqu'aux immondices. Vous avez du papier tue-mouches à la place du cervelet, voilà la vérité. Ça poisse à l'intérieur et les saloperies de la vie courante s'y agglutinent. Tous les slogans, les lieux communs, les déclarations, les bobards, se collent à votre matière grise comme du chewing-gum à des fausses dents.

Votre tronche ressemble à la poche d'un aspirateur après usage. C'est bourré de « Je vous ai compris », de « Je t'aime chéri », de « Jeanmineureries », de « journalparleries », de T.V., d'U.M.D.P., d'U.N.R., de P.M.U., de P.G., de C.C.P., de

S.R., de K.O., de S.O.S. et surtout, oui, surtout : de C.O.N. (avec un S au pluriel)

Non, je ne pige pas ce qu'on me veut. Jusqu'ici on m'a demandé Lormont. Or ils ont Lormont.

Un silence long comme une lance de joueur s'établit. François Lormont se dresse sur un coude, tant bien que mal car il a les poignets et les chevilles attachés.

— Alors, monsieur Lormont, fais-je, vous êtes donc des nôtres à cette garden-party ?

— Comment ! C'est lui Lormont ! bée Béru. Depuis le temps qu'on nous cause de lui ! On va peut-être nous ficher la paix maintenant.

— Que vous est-il arrivé ? je questionne.

L'industriel émet une faible plainte, ce qui est navrant de la part d'un homme qui a émis tant de chèques provisionnés.

— Ils m'ont assommé dans votre chambre de Courchevel. Ils s'étaient fait passer pour des inspecteurs.

— Et ensuite ?

— Le voyage a été long. On m'a amené ici et torturé. Les misérables ! Vous ne pouvez pas savoir les sévices qu'ils m'ont infligés ! Mon corps n'est plus qu'une plaie !

— Pourquoi ces mauvais traitements ? demandé-je.

Il ne répond pas.

— Pour vous faire cracher du fric ?

— Non, pas exactement.

— Alors ?

Re-silence. Lormont est au bord de l'évanouissement.

— Vous n'avez pas confiance en moi ? insisté-je.

Il paraît hésiter. Il est vrai qu'après un tel coup foireux il est en droit de mettre mon génie policier en doute. Mais quoi ! je peux me tromper, je ne suis pas le pape. Dans toutes les carrières on trouve des échecs.

— Au point où j'en suis, murmure-t-il, ça n'a plus guère d'importance.

Il respire doucement et j'en déduis qu'il doit avoir pas mal de côtes cassées.

— Vous savez que mes usines ont un laboratoire de recherches nucléaires ?

Tiens ! pourquoi le Vieux ne m'en a-t-il pas parlé ?

— Un groupe d'ingénieurs de l'État travaillaient chez moi sous la direction du professeur von Klafouti à la création d'une arme thermo-statique-mixte à virevolteur cadastral électronique dont la force destructive est terrible !

— Et c'est à cette arme qu'en ont tous ces foies-blancs ?

— Naturellement.

— C'est à cause des plans qu'ils vous ont torturé ?

— Oui. Ils ont été tirés en deux exemplaires. L'un est au ministère de la Guerre, l'autre en possession de mon groupe.

Il est prostré soudain. Pour qui connaît l'âme humaine (et je suis de ceux-là), son attitude donne à réfléchir.

— Monsieur Lormont, appelé-je, vous avez parlé, n'est-ce pas ?

— Hélas !

— Si bien qu'ils vont pouvoir se procurer les plans ?

— Ils les ont !

La colère bérurienne vient faire diversion.

— Espèce de vieille guenille ! Visez-moi un peu c't'tronche d'avachi ! Dire qu'on fout des secrets d'État dans les mains de cervelles comme ça !

— J'aurais voulu vous y voir ! proteste misérablement François Lormont.

— Moi z'aussi, mon pote, j'eusse voulu que vous m'y vissiez ! riposte la Globule. Question courage, vous pourriez prendre des cours du soir z'avec moi ! Ah ! ces grossiums, ronchonne le démocratique Béru, une fourmi qu'éternue et ils grimpent sur la table en appelant leur vioque ! Pas question de leur z'y faire prendre de la Quintonine pour qu'ils se mettent à table !

— Écrase, Gros ! intimé-je. Ainsi, monsieur Lormont, l'invention est entre leurs mains sales ?

— Je suis déshonoré à tout jamais ! S'ils me relâchent un jour je me logerai une balle dans la tête !

— Avec une cuillère à café, je vois ça d'ici ! ricane le Formidable. Môssieur a bien le genre à se faire le rat-qui-rit avec un couteau à lame de caoutchouc mousse !

Je vais pour questionner Lormont, mais des pas dans le couloir m'incitent au silence. Le pauvre bonhomme pleure de souffrance et de honte sous les yeux injectés de réprobation de Bérurier le Valeureux.

Belloise, lui, s'en tamponne le coquillard avec une patte d'astrakan.

La porte s'ouvre sur une escouade. Il y a là Eva, l'homme en blanc et trois autres mercenaires armés de revolvers et de tenailles.

— Délivrez-le ! ordonne Eva en me montrant.

Les mercenaires se mettent à trancher le barbelé qui m'enco-conne. C'est vite réglé.

— Emmenez-le au salon ! fait l'homme en blanc.

Le Gros se fout à beugler.

— Et nous alors ? On commence à attraper de la pénicilline sous les radis à force de se tenir debout dans votre combinaison de protection pour pucelle.

— Soyez sage ! lui gazouille Eva.

— Faites-nous au moins apporter à becqueter ; votre bol de riz, c'était comme qui dirait pour ainsi dire un grain de millet dans la gueule d'un âne !

— Je ne vous le fais pas dire ! plaisante Eva.

Et elle referme la porte sur les protestations de ce pauvre Gravos, lequel doit rêver tout éveillé à des homards Thermidor et à des poulardes demi-deuil.

La cohorte m'emmène dans une vaste pièce agréable, au plafond de laquelle un immense ventilateur zonzonne en remuant l'air de ses pales. Les zigs qui me coltinent me jettent sur le tapis, sans égard pour ma personnalité.

— Dites donc, les gars, je proteste, nous n'avez donc pas lu l'étiquette ? Je suis marqué « Fragile ». Ma chère Eva, pour-suis-je, si un jour je monte une entreprise de déménagements, je n'embaucherai certes pas vos zigotos : ils couleraient ma boîte !

— Fermez votre damné bec, dit rudement le type en blanc, et ouvrez plutôt vos oreilles !

— Avant d'ouvrir quoi que ce soit, commencez par me détacher. Je suis tellement ankylosé qu'à côté de moi la statue d'Abraham Lincoln à l'air de remporter le décathlon des Jeux olympiques !

— Détachez-le, Stevens, conseille la jolie amazone.

— Merci, chérie, je susurre, je savais bien que votre petit cœur était plus tendre que de la laitue d'avril.

Un coup de savate en pleine poire me fait taire. Il n'est pas facile à vivre, le pays. J'enrage *in petto*. Si j'étais délié, je voudrais drôlement faire des taches sur son costar OMO.

— Il restera attaché ! décrète Stevens. Ce damné flic n'est fréquentable que lorsqu'il est déguisé en momie !

— Vous me flattez beaucoup, assuré-je, très Régence.

Stevens hausse les épaules.

— Commissaire, murmure-t-il, l'instant est venu d'avoir une conversation sérieuse.

Boum, servez chaud ! La minute de vérité est arrivée. Je ne sais pas ce que ces braves gens attendent de moi, mais je sais que je ne pourrai pas le leur donner tant qu'ils emploieront la manière forte. Voilà des gnons en perspective ! Si j'avais eu pour vingt-cinq centimes de jugeote, mes amis, je me serais fait marchand de rameaux, comme ça j'aurais eu trois cent soixante-quatre jours de vacances par an !

— Ne me faites pas languir, dis-je, je vous écoute. Surtout ne vous approchez pas trop près de mon oreille : elle est tellement béante que vous choperiez le vertige.

— Nous avons en notre possession les plans d'une arme secrète à laquelle votre gouvernement tient sûrement beaucoup !

— Je sais.

Il sourcille.

— Oh ! je vois que Lormont vous l'a déjà dit !

— Il me l'a balbutié, oui. Entre nous et le marchand de boules de naphtaline du coin, vous l'avez salement bousculé, ce pauvre biquet !

Il rit jaune.

— Un proverbe dit qu'on ne fait pas d'omelettes sans casser des œufs !

— Dites, coupé-je, à propos d'omelette... J'ai l'estomac en forme de 8.

— Revenons à nos moutons !

— C'est ça. Vous m'en mettrez trois côtelettes, sur un lit de haricots de préférence. Vous disiez donc, chère ignoble fripouille ?

Il tique, son soulier remue. Il a grande envie de me le propager dans la région faciale, pourtant il s'abstient.

— Je disais que nous avons les plans de cette arme secrète. Plusieurs nations étrangères nous les paieraient très cher, vous vous en doutez.

— Un peu.

— Seulement, poursuit Stevens sans rire, nous sommes de grands patriotes, monsieur le commissaire et nous préférons les revendre à la France.

Je ne bronche pas.

— Vous m'avez entendu ?

— Très bien. Qu'est-ce que vous espérez ? Que je vais vous chanter *la Marseillaise* ou vous décorer de la Légion d'honneur ?

Il fait la moue.

— Ce que j'espère est beaucoup plus raisonnable et beaucoup plus discret, commissaire.

— Ce ne serait pas un petit tas de billets de banque ?

— Exactement.

— Combien ? demandé-je, comme si j'avais la possibilité de signer un chèque.

— Les comptes ronds sont ceux qui circulent le mieux, plaisante Eva.

Elle étend la main et me caresse la joue.

— Nous voulons un million de dollars, mon cher ami.

— C'est pas un nombre, c'est un roulement à billes !

— Et il nous le faut dans les trois jours, sinon nous traitons ailleurs.

Je fais une petite grimace, style publicité pour le célèbre laxatif « Bédolart ».

— Et pourquoi me racontez-vous ça à moi, mes amours ? Pour soulager vos petites consciences dont les amortisseurs doivent être K.O. ?

— Une idée d'Eva, fait Stevens, elle va vous l'exposer.

— Eh bien, fait la belle enfant, voyez-vous, San-Antonio, j'ai pensé que vous étiez le messager idéal pour négocier cette affaire... heu... délicate !

J'en suis comme douze mille ronds de flanc rangés par paquets de six dans le tiroir de votre cravate du dimanche.

— Siouplaît, baronne ?

— Le gouvernement français ne peut qu'accorder toute l'audience et tout le crédit souhaitables à l'un de ses plus prestigieux serviteurs. Vous avez vu Lormont ici, vous savez donc que nous ne bluffons pas. Vous savez en outre que nous sommes hors d'atteinte, puisque nous trouvant en territoire étranger. Vous avez pu constater en outre combien notre organisation était forte. Bref, allez dire tout cela en haut lieu et réclamez pour nous le million de dollars en question.

— Petit détail au passage, souligne Stevens, nous voulons vraiment des dollars, en coupures de dix au maximum.

— Contre cette rançon, nous vous remettrons les plans, commissaire, continue la belle Eva. Et nous vous offrirons à titre de prime : Lormont, votre gros inspecteur et même ce pauvre truand de Belloise si sa peau vous intéresse. Correct, non ?

— C'est un lot, c'est une affaire, m'exclamé-je.

Et je continue, parodiant un camelot :

— A tout acheteur de l'arme atomique, je donnerai : son constructeur qui fait un, un flic obèse qui fait deux, un voyou au grand cœur qui fait trois. Et afin de vous faire réaliser la bonne affaire du siècle, j'ajouterai le joli stylo que voici. Corps galalithe, remplissage automatique, plume or dix-huit carats !

» Vous êtes tellement marrants tous les deux que quand je vous regarde j'ai envie de suivre le premier enterrement venu pour pouvoir rattraper mon sérieux !

Stevens se lime un ongle et dit sans me regarder :

— Votre tempérament fougueux vous égare, commissaire. N'oubliez pas que si vous refusez ce marché, nous traiterons ailleurs : nous n'avons que l'embarras du choix et déjà, des contacts sont pris autre part. Si les transactions avec la France n'aboutissaient pas, nous devrions nous débarrasser de vos petits amis, de Lormont et... de vous-même !

— Ce serait infiniment dommage, soupiré-je, je connais au moins cent quarante-six ravissantes personnes qui ne s'en remettraient pas.

Je réfléchis comme le premier miroir venu. La vie est poilante, vous ne pensez pas ?

San-Antonio, représentant en documents volés ! San-Antonio — votre beau San-A., mes chéries — voyageur de commerce pour le compte d'un réseau d'espionnage, c'est nouveau, non ?

— Rien ne vous force à accepter, reprend Stevens d'un ton badin. Si vous dites non, nos hommes auront vite fait de creuser un trou susceptible de recevoir vos quatre carcasses.

Je me convoque d'extrême urgence pour une conférence de presse. Que doit faire un commissaire des Services spéciaux en pareil cas ? Se draper dans sa dignité et attendre qu'on lui décalotte le pariétal avec une praline coulée à la Manufacture française de Saint-Etienne ; ou au contraire accepter la mission et voir venir ? Sans aucun doute, c'est la seconde solution qui se doit de l'emporter, n'est-il point vrai, doux amis ?

— Alors, réponse ? demande brusquement Stevens.

— Yes, monsieur. J'accepte.

Eva et lui se regardent.

— Mais donnez-moi un petit quelque chose à tortorer, supplié-je, je me sens en pleine saponification.

— Je vais vous faire apporter un sandwich, décide Eva. Au bœuf, ça vous va ?

— Ça me va comme une feuille de vigne à Adam, tendre amie. Il serait à la girafe enrhumée ou au flamant rose que je le trouverais délicieux. Alors, comment allons-nous procéder ?

— Je vous reconduis en France avec l'avion. Nous atterrirons sur un terrain privé. On vous bandera les yeux et une voiture vous conduira jusqu'à Paris. Vous verrez vos supérieurs et vous leur montrerez une photocopie des documents afin de leur prouver que nous les avons bel et bien en notre possession.

— Et ensuite ?

— Ensuite vous attendrez qu'ils vous remettent un million de dollars.

— Que ferai-je alors de cet argent de poche ?

— Vous le mettrez dans une valise rouge.

— Pourquoi rouge, vous êtes né sous le signe du Taureau ?

— Trêve de balivernes, commissaire. Nanti de cette valise, vous prendrez un bus pour Nice.

— Un bus pour Nice ! Vous savez qu'il y a des services d'avions réguliers et que...

— Faites ce qu'on vous dit ! Comme on vous le dit ! Et songez qu'au moindre coup d'arnaque les plans seront à tout jamais perdus pour la France et que vos amis auront droit à des funérailles exprès, compris ?

— Compris !

CHAPITRE XIII

Vous pensez peut-être qu'après cette mystérieuse disparition, en me revoyant, le Vieux va me prendre dans ses bras en sanglotant et m'embrasser sur la bouche ? Eh bien, vous vous trompez rudement, les potes !

— Ah, vous voilà, vous ! D'où venez-vous ?

Exactement comme on accueille un employé en retard.

— De l'enfer, patron réponds-je calmement, et le plus moche, c'est que je dois y retourner !

Je m'assieds sans y être convié et, patiemment, en triant mes mots comme une ménagère consciencieuse trie ses lentilles pour que son bonhomme ne se disloque pas le damier en dégustant sa saucisse de Toulouse, je lui fais un résumé scrupuleux des événements. Il m'écoute en pâlissant et en caressant sa coupole. Quand j'en ai terminé, il se fait un silence impressionnant.

Puis le Tondu décroche le bigophone et appelle le ministère de la Guerre (in english War Office).

— Je suis anéanti, murmure-t-il, tandis que le standard lui tripatouille le cadran. Cette fois, San-Antonio, nous sautons, vous et moi.

Il obtient enfin sa communication et la discussion s'engage avec les services intéressés. Le Vieux me regarde et me lance en obstruant l'émetteur :

— Ils sont formels : aucun des deux jeux de plans n'a été volé !

— Et ça, fais-je en jetant la photocopie que m'a remise Stevens, c'est du poulet ?

En d'autres circonstances, ce parler déboutonné défriserait le Chauve, mais je pourrais le traiter d'enviandé de frais qu'il n'y prendrait même pas garde.

— J'arrive tout de suite ! fait-il à son interlocuteur.

Il raccroche, ramasse les plans et se dresse.

— Rendez-vous ici dans deux heures, San-Antonio. Je vais essayer de tirer la chose au clair.

— J'espère que le clerc appréciera, ricané-je en m'évacuant.

Deux plombes, ça me laisse le temps d'aller rassurer ma Félicie. C'est fête au village quand elle m'aperçoit. Je lui dis que je suis en mission sur un coup tout ce qu'il y a de peinard et je repars après avoir changé de linge.

Le Vioque a réintégré son burlingue. Il y tourne en rond comme un plantigrade dans sa cage ; on a envie de lui lancer des cacahuètes.

— Alors, monsieur le directeur ? risqué-je.

— Les plans n'ont pas été dérobés, mais on les a photographiés, ce qui revient au même. Nos bandits ont agi de la sorte afin que l'alerte ne soit pas donnée tout de suite. Ça leur a permis une grande liberté de manœuvre !

— Et qu'a-t-on décidé en haut lieu ?

— De ne pas débloquer la rançon, tranche le Vioque.

J'ai une pensée vibrante pour le pauvre Béru, emmailloté dans ses fils de fer barbelés à des milliers de bornes d'ici.

— Et pourquoi ?

— Il est clair que ces gens vont essayer de faire coup double, murmure le boss. Un cliché photographique fournit autant d'exemplaires qu'on le souhaite. Vous pensez bien qu'ils sont déjà en train de négocier avec d'autres ! J'ai bien peur que tout ne soit perdu, y compris l'honneur, San-Antonio.

Je donne un coup de poing sur son burlingue ministre.

— Pas encore, patron !

Il relève son pauvre front plissé comme un bandonéon.

— Je ne m'avoue pas vaincu aussi facilement, dis-je.

— Que pouvez-vous tenter ?

— Je vais jouer le jeu. Essayer de retourner là-bas et écraser ce repaire d'espions comme on écrase un nid de serpents !

— Des mots ! N'oubliez pas qu'ils se trouvent en territoire étranger et que vous ne savez même pas où se trouve ledit territoire.

— Je le retrouverai.

— Je ne puis rien pour vous.

— Si ! Vous pouvez me laisser carte blanche !

— Au point où nous en sommes !

— Très bien. Je file, patron. Si vous me revoyez dans ce bureau c'est que j'aurai réussi. Autrement vous recevrez ma démission... ou un faire-part !

Et je sors.

Mon bureau a déjà un petit air d'abandon.

Va-t-il falloir dire adieu à cette pièce où flotte l'odeur de mes succès (plus celle, terriblement tenace, des pieds béruriens) ? Que non point ! Ceux qui vivent, ce sont ceux qui luttent, a dit Victor Hugo (qui écrivait avec une plume baïonnette).

Comme je finis de préparer une valise de ma façon, la porte s'ouvre sur Pinaud. Le Lamentable se livre à un exercice extrêmement périlleux : il joue au bilboquet.

Dans son beau complet marron à rayure vertes et blanches,

il ressemble à un sorbet italien. Il a une chemise rose-cucul-la-praline, une cravate verte, des chaussettes rouges et des souliers beurre rance. Un reliquat de sauce tomate donne de l'éclat à ses bacchantes mitées.

— Tiens ! bonjour, bavoche le Réintégré, y a longtemps qu'on ne t'avait vu. Béru n'est pas avec toi ? Je viens de découvrir une boîte où le beaujolais est d'origine.

Il lance la boule, la rate, la relance, la rate encore.

— T'as fini ta culture physique, eh, Henri III ? tonné-je.

— C'est bon pour la concentration d'esprit, explique le Dévitaminé. J'ai lu ça sur une revue.

Et il recommence. Agacé, je prends la paire de ciseaux plantée dans la gaine de mon sous-main de cuir et je coupe la corde reliant la boule du bilboquet à son manche. Pinuche proteste contre cette détérioration de matériel, mais je lui dis de se taire et, comme c'est un bon Chpountz, il met ses vitupérations au vestiaire.

— Je ne comprends pas, fais-je à bon escient, que tu aies le cœur à jouer au bilboquet, alors que notre cher Bérurier est en train de périr à des milliers de kilomètres d'ici.

— Que me dis-tu là ! s'étrangle le Débris.

Je lui résume la situation et il branle un chef navré.

— Il faut tenter quelque chose, San-A.

— Telle est bien mon intention, esclave !

— Que vas-tu faire ?

— Remplir une valise truquée avec les faux dollars dénichés dans l'affaire Mayermann et prendre un bus pour Nice, ainsi qu'il me l'a été recommandé.

— Et ensuite ?

— Ensuite ? C'est le point d'interrogation dans toutes ses volutes, le mystère dans toute son angoisse.

— Je pars avec toi ! décide Pinuche.

Je le regarde. Il a les yeux qui pétillent, le bon Samaritain (il s'habille à la Samaritaine). Il frémit ! Il...

— Savoir si le Vieux sera d'accord, soupiré-je.

— S'il ne l'est pas, je lui donnerai ma démission !

— Tu l'as déjà donnée une fois et on vient à peine de te réintégrer, Pinuche. Fais mettre des boutons-pression à ton contrat avec la poule !

Il secoue la tête.

— La poule sans Béru et sans toi, ce serait plus la poule.

C'est le côté grande famille de la chose qui me botte ; vous absents, j'aurais l'impression d'être dans un orphelinat.

Brave Pinuche ! Il a droit à toute notre estime, à la retraite des cadres et au salut éternel ! Je décroche le bignou intérieur et je sonne le Vioque.

— Qu'est-ce qu'il y a encore ? m'aboie-t-il.

— Je voudrais vous demander la permission d'emmener Pinaud, monsieur le directeur.

— Emmenez le pape si ça peut vous faire plaisir ! répond le Tondu en raccrochant.

Je ne suis vraiment pas dans ses papelards. Je m'imagine un instant, escorté de Sa Sainteté Paul VI dans le bus de Nice. Vaut mieux emmener Pinuche.

— C'est réglé, fais-je. Tu prendras le car séparément, en feignant de ne pas me connaître. Tu te placeras au fond du véhicule et tu surveilleras attentivement les faits et gestes de chacun, O.K. ?

— Parfaitement, compte sur moi.

— Et surtout ne t'endors pas ; en général tu pionces dès que tu es en voiture ou en train.

— Je m'endors lorsque je n'ai rien de mieux à faire, San-A., je te prie de l'admettre.

— Bon. Charge-toi, les nuits sont fraîches et nous risquons des coups durs.

Il va au tiroir de son bureau et en sort un parabellum long comme un os de gigot.

Il se le cloque dans le falzar et, illico, se met à faire, vu le poids de l'instrument, une déviation de la colonne vertébrale.

Juste au moment où nous allons partir, Meunier, un technicien du labo, passe dans le couloir, tout joyce.

— Salut m'sieur le commissaire ! Ça carbure ?

— A plein régime, assuré-je, partant du principe que l'optimisme est toujours payant.

Il s'arrête et me dit en brandissant un carton qu'il tenait sous le bras :

— Si vous avez deux minutes, je vais vous montrer un truc sensas dont on va peut-être équiper vos services.

— Je n'ai pas deux minutes, Meunier.

— Ce sera pour une autre fois. C'est une combine de radio individuelle. Des micro-postes...

Je crois que c'est mon subconscient qui prend l'initiative de répondre :

— Montre un peu !

Ravi, Meunier déballe son carton. Dedans il y a deux paires de lunettes de soleil et deux stylos.

— Faut le voir pour y croire, hein ? exulte-t-il.

— Explique.

— Vous mettez un stylo dans la poche de votre veston, comme ceci : c'est le micro. Puis vous placez les lunettes sur votre nez, comme ça : ce sont les écouteurs...

— Ensuite ?

— Ensuite une autre personne fait de même. Chacune d'elle a cette petite pile dans sa poche ; vous comprenez. L'équipement invisible leur permet de correspondre jusqu'à une distance de cinq cents mètres. Vous allez voir.

Il me pose les lunettes sur le naze, me glisse la pile dans ma poche et s'éloigne.

— Vous m'entendez ? murmure-t-il lorsqu'il a disparu.

— Très bien. C'est formidable.

— Pas la peine de parler haut, commissaire. Un chuchotement suffit...

On échange quelques mots sous l'œil intéressé de Pinaud. Meunier revient.

— Vous vous rendez compte, m'sieur le commissaire, de l'utilité de cet appareil pour les filatures à plusieurs, par exemple ? Dans la foule, dans un grand magasin, dans...

— Dans un car, terminé-je. Oui, tu as raison, c'est concluant. Tellement concluant que je te l'emprunte.

Meunier pâlit.

— Eh ! pas de blague, c'est l'échantillon, il appartient au fabricant.

— Je m'en moque, c'est le genre d'outil qu'il me faut. Aboule.

— Je m'excuse, m'sieur le commissaire, mais c'est tout à fait impossible !

— Donne et en vitesse. Je te couvre.

Il me remet en maugréant les appareils. Il se maudit *in petto* (et les malédictions en latin sont les plus douloureuses).

— Écoutez, vraiment ça ne se fait pas.

— Eh bien, ça se sera fait.

— Signez-moi une décharge au moins, sinon je déguste !

Au point où j'en suis, je peux lui signer tout ce qu'il voudra.
Je pars, nanti de cette miraculeuse invention.

— T'as pigé ? fais-je à Pinuchet. Nous allons pouvoir rester
en étroit contact dans ce car. Il va te permettre de me signaler
tous les incidents de parcours sans attirer l'attention. Tiens :
prends ton équipement et séparons-nous. A partir de tout de
suite, nous ne nous connaissons plus !

*
**

Sans être pris d'assaut, le car pour Nice est à peu près plein.
Moi, vous me connaissez. Tant qu'à faire de me farcir un
voyage aussi longuet, je préfère le faire aux côtés d'une
personne du beau sexe. Elles sont plutôt rares dans ce car.
Pourtant j'avise une petite môme gentillette modestement
vêtue d'un manteau à col de fourrure de clapier. Elle a une
frimousse agréable, des hémisphères bien dessinés et des yeux
rieurs. Si le Père Noël n'était pas si vieux jeu, il mettrait un petit
sujet commak dans les souliers de tous les collégiens bouton-
neux le matin du 25 décembre.

— Vous permettez, mademoiselle ? je susurre de ma voix
langoureuse 64 bis, celle qui me sert dans les cas de puberté
prolongée.

Je dépose ma valise dans le filet et mon séant sur la banquette de la gosse.

Elle me regarde avec un intérêt très justifié.

— Alors, c'est la grande vie, vous partez sur la Côte comme
une grande ? je gazouille.

Elle me file un petit sourire apeuré.

— Je vais chez une compagne de classe, murmure-t-elle.

Je jette un coup de périscope à l'extérieur pour m'assurer
qu'aucune douairière n'est venue mettre cette douce adolescente au car. Mais non : pas la moindre dame à moustache à
l'horizon.

— Si la compagne de classe est aussi jolie que vous, donnez-moi son adresse, ça peut servir !

Elle glousse comme une adorable petite dinde qu'elle est.

— Dites-moi, fais-je en croisant les jambes, ça vous est
arrivé comment ?

— Quoi donc ? s'étonne la jouvencelle de l'abbesse Houri.

— Votre beauté ? Madame votre mère a passé ses vacances en Grèce ou bien avez-vous pour marraine la fée Angélique ?

A ce moment-là, j'ai senti un petit grésillement dans les trompes d'Eustache et la voix fragile de Pinuche a retenti :

— Ça y est ! Tu as déjà trouvé l'âme sœur, San-A. !

— Et alors, soufflé-je, ça te chiffonne, dis, reliquat d'humanité ?

Je suis bien aise d'expérimenter mon appareil « en situation » si je puis dire. C'est vraiment de l'invention de grande classe.

— Tu vas te faire piquer pour détournement de mineure ! reprend Pinuchet.

— C'est quand je suis avec toi que je prends des risques puisque tu es dans l'enfance ! Rien à signaler de suspect ?

— Rien, tout est en ordre.

— Alors, moule-toi avec tes salades avariées ; je reçois ton asthme à bout portant dans les oreilles.

Il grommelle un truc dans le genre de « Va te faire voir » et, effectivement, je me fais voir de ma compagne.

Je crois que c'est Giraudoux qui a écrit que les deux plus belles choses in the world c'étaient les jeunes filles et la province. Croyez-moi : ce monsieur n'avait pas les bandes dessinées d'A tout Cœur à la place du cerveau. Dans ce bus, je peux mesurer le bien-fondé de ces paroles. J'ai une jeune fille à ma gauche et la province à ma droite. Je suis paré !

— Alors, mon chou, ça vous plaît, les voyages ? demandé-je à ma compagne de banquette.

— Terriblement.

— Êtes-vous contre les échanges standards ?

— Comment ça ?

— Si vous étiez pour, je vous échangerais votre prénom contre le mien.

— Je m'appelle Huguette !

— Ravissant. Ça me fait penser à Muguet. Vous savez que vous ressemblez à un brin de muguet ?

— Et toi, tu ressembles à une botte d'asperges ! ricane Pinaud.

C'est la vraie pommade, au fond, ce micro. Quand on vend des roucoulades de pigeon à une nana, on n'aime pas le faire au micro de la B.B.C., non ?

— Et vous, fait-elle, votre prénom ?

— Antoine.

Elle se marre.

— Je l'aurais pas cru. Quand j'étais petite j'avais une tirelire, qui représentait un cochon et on l'appelait Antoine.

Charmant, vous ne trouvez pas ? Ça vous met un Casanova à l'aise. Là-bas, au fond du véhicule, le Délabré se marre comme douze tartes entamées.

Moi qui redoutais qu'il ne s'endorme ! Je le souhaiterais presque maintenant !

— Quel âge avez-vous, joli petit cœur ?

— Dix-huit ans.

— Et que faites-vous dans la vie en attendant d'en avoir dix-neuf ?

— Rien !

— Mon rêve ! assuré-je. A l'école, mes profs affirmaient que j'avais des aptitudes pour ça, et puis le destin en a décidé autrement.

— Que faites-vous comme travail ?

— Représentant.

— Et qu'est-ce que vous représentez ?

— Le Français-type, ma jolie.

Elle rigole et demande :

— Offrez-moi une cigarette !

— A votre âge ! sermonné-je. Vous allez avoir des poumons comme le tender d'une locomotive !

Je vous parie des bretelles à escargot contre un trou dans un ticket de métro qu'elle se prend pour Elizabeth Taylor, cette souris. C'est la première fois qu'elle voyage seule et qu'un adulte beau comme Apollon[1] la baratine. Ça lui grimpe au cigare, fatalement. Je lui joue la scène des cigarettes à la Cary Grant. J'en allume deux et je lui en tends une.

— Vous allez connaître mes pensées, dis-je.

Et elle, du tac au tac, de répondre :

— Rassurez-vous ; je ne vous giflerai pas !

Comment qu'on les fait, les pucelles, cette année !

— Qu'allez-vous imaginer ! m'indigné-je. J'ai des pensées tellement respectables qu'on va les imprimer dans les manuels scolaires pour remplacer celles de Pascal qui commencent à dater un peu !

_____
1. Je suis le seul à avoir constaté la ressemblance.

Elle rit puis, brusquement, me demande :

— Pourquoi portez-vous des lunettes de soleil en plein hiver ; vous souffrez des yeux ?

— Non, mon chou, mais ça me tient chaud.

Sa jambe frôle la mienne. Une petite dévergondée, dans son genre ! Je lui fais à la sournoise le coup de la main baladeuse et je règle les culbuteurs de sa jarretelle qui commençaient à vibrer.

Rien de tel que la jarretelle d'une fille pour occuper un gars de mon espèce. A Fontainebleau, je lui joue la scène des adieux, avec patin-fignolé-grande-gourmande, poignée de main au grognard et tout. A Sens (la magie du nom me poussant) je lui fais ma livraison de Veuve Clito avec vulve sur l'Yonne. Bref, lorsque nous atteignons Auxerre, Huguette et le gars moi-même sommes au mieux.

— Trente minutes d'arrêt, buffet ! annonce le chauffeur en remisant son bolide devant un restaurant de routiers.

— Je vous offre un drink, beautiful, proposé-je.

— D'accord !

Nous nous levons avec les autres voyageurs.

— Prends ta valise ! intime Pinaud. Un type qui est censé coltiner des centaines de milliers de dollars ne les abandonne pas dans un filet à bagages.

Il parle d'or, le Détritus, hein ?

Je chope ma valise. La gosse s'en étonne.

— Comment ! Vous prenez votre valise ?

— Toujours entre les repas, ma douceur.

— Quelle idée, il y a de l'or dedans ?

— Mieux que ça : il y a de l'argent ! Je suis représentant en coupures de dix dollars. Je les vends vingt dollars les deux, c'est une affaire, vous avouerez !

Nous débarquons dans le restaurant. C'est un coin gentillet. Des cuivres bien fourbis aux murs, des meubles rustiques, des rideaux bonne femme aux fenêtres et un patron gras du bide qui engueule tout le monde pour faire croire qu'il a de l'autorité, vous mordez ?

— Tenez, chérie, posez donc sur cette banquette ce qui accroche tant le regard des hommes et qui leur colle des fourmis dans les doigts !

Elle s'assied, frôleuse, contre ma hanche préférée.

— Que buvez-vous : un café ou deux œufs durs ?

— Du thé ! Et je prendrais bien un petit sandwich.

— Exactement comme moi. Vous le voulez à quoi, votre sandwich ? A la jambe de porc ou au sergent de ville ?

— A la tomate.

— Je vais vous commander ça directo aux cuisines ; ils m'ont l'air débordés dans cette boîte.

En fait, je voudrais m'isoler afin d'avoir une vraie conversation avec Pinuche. Je cramponne ma valtouse et je m'esbigne.

CHAPITRE XIV

Je passe la commande et vais un instant aux toilettes afin de pouvoir interpeller Pinuchet à ma guise.

— Tu m'écoutes, vieux croûton ? appelé-je.

Silence.

— Ho ! Pinuche, c'est saint Michel qui te cause !

— Hmm ! Quoi ! Gnouf ! Heummff, émet le vénérable débris.

— Tu dormais ?

— C'est-à-dire que, heu, oui, je... Non, je somnolais un peu en attendant ton retour.

— Écoute, esclave, j'ai bien réfléchi. Cette valoche, on va certainement essayer de me la rafler en cours de voyage...

— Tu crois ?

— Je le crois. Ils ont dû mijoter une combine quelconque car ils ont envisagé l'hypothèse d'une surveillance dans le genre de la tienne.

— Oui, c'est probable.

— Tu vas téléphoner au Vieux. Tu lui diras qu'il se débrouille pour nous faire suivre discrètement, à partir d'Auxerre, par une bagnole de poulets. Mais attention : suivre de loin, de très loin pour ne pas donner l'éveil à nos lascars.

— Je l'appelle tout de suite, San-A.

— Va donner ton coup de fil dans le restaurant d'à côté par mesure de sécurité et essaie de ne pas bramer comme un âne au téléphone.

— Non, mais dis donc, je...

Puis il se tait. J'ai un coup d'inquiétude, car je me demande si nos émetteurs ne sont pas tombés en rideau.

— Eh ! La Pinoche ! Tu es là ?

— Mince alors, bouge pas, bavoche la Loque.

— Qu'est-ce qu'il y a ?

— La môme avec qui tu es...

— Eh bien ?

— Elle vient de verser quelque chose dans ton thé.

— Qu'appelles-tu quelque chose ?

— Une espèce de poudre blanche qu'elle a fait couler d'un sachet. Elle l'a mise dans le sien, comme s'il s'agissait d'un médicament qu'elle allait prendre, puis elle a changé discrètement les deux tasses.

J'ai l'âme en fiesta.

— Bon boulot, vieillard chenu, approuvé-je, tu as ouvert tes jolis yeux chassieux aussi grands que si tu regardais par la serrure de Lollo Brigida pendant qu'elle essaie des soutiens-lollo, et nous sommes sur une chaude piste ! Bravo ! Maintenant va bigophoner et remue-toi !

Je réapparais, avec le visage radieux d'un monsieur qui avait une forte envie de faire pipi et qui ne l'a plus.

La môme Huguette est toujours assise sagement devant sa nappe à petits carreaux bonne femme. Vous la verriez, vous lui colleriez le bon Dieu sans confession.

On dirait une petite pensionnaire des Oiseaux en vacances. Si le Révérend Pinaud n'était pas le poulardin le plus consciencieux de la planète Terre et de ses environs, je croirais, à voir cette môme, qu'il m'a monté un barlu. Seulement, Pinovskaya est le limier impec. Quand il dit quelque chose, on peut marcher les yeux fermés.

— Excusez-moi, jolie frimousse, fais-je en m'abattant à ses côtés.

Je lui pétris la dextre amoureusement.

— Vous ne pouvez pas savoir ce que cette rencontre me fait chaud au cœur. Je traversais une période d'abattement. La courbe de mon moral était dépressive et votre tendre minois est une sorte d'espèce de soleil qui vient réchauffer la froidure de mon âme.

Je reprends souffle après cette tirade que l'administrateur du Français voulait m'acheter à prix d'or pas plus tard que le mois dernier.

— Moi aussi, je suis contente de voyager avec vous, certifie cette gamine qui doit avoir son certificat d'études.

Je cherche à détourner son attention afin de vider ma tasse de thé dans la plante verte posée à côté de moi sur une console Charles XI à grandes jambes. C'est pas très fastoche.

— Vous avez vu la cafetière du serveur ! fais-je. Pas celle qu'il tient à la main, celle qu'il trimbale sur ses épaules ; à qui vous fait-elle penser ?

La môme regarde et murmure :

— Je ne sais pas.

— Observez-le bien !

Et pendant qu'elle se détourne, vlouff, je vide ma tasse sur la terre humide du philodendron.

— Franchement, je ne vois pas, assure-t-elle en se tournant vers moi.

— A Mauriac, assuré-je, en moins comique, mais en plus spirituel, non ?

Et je fais mine d'achever ma tasse.

— Vous ne trouvez pas que ce thé a un drôle de goût ? je grogne.

Miss Thé et Sympathie boit le sien.

— Le fait est qu'il n'est pas très fameux ! admet la charmante enfant.

Vous avouerez, que, dans ce circus, les grognaces sont toutes très belles et toutes très garces. On dirait qu'elles mènent le jeu, ces mignonnettes.

Je perçois un léger ronflement. C'est le philodendron qui vient de s'endormir. Pour la véracité de la scène, je feins de réprimer un bâillement.

— Je crois que le marchand de sable m'en a collé une pleine brouette dans les miettes, balbutié-je.

Le conducteur de bus la ramène et annonce le prochain départ. Je me caille un peu le raisin pour Pinuche, mais j'ai la satisfaction de l'apercevoir dans le car, déjà réinstallé. L'œil atone, la moustache pendante, il ressemble à un vieux rat empaillé.

Maintenant il fait noye. Le ronron du car est soporifique.

— Je sens que je vais piquer un petit somme, lapin bleu, dis-je, vous m'excusez ?

— Je vais en faire autant, assure la môme Huguette.

— O.K. Si vous apercevez, sommeil faisant, un rêve à deux places, faites-moi signe.

Là-dessus, je prends une pose commode et je susurre à Pinaud :

— T'as affranchi le Dabe ?

— Oui. Il fait le nécessaire.

— Banco. Tu ouvres l'œil : moi je suis obligé de chiquer à la Belle au bois dormant. Je suppose que s'ils ont voulu m'envaper c'est parce qu'ils préparent un coup pour dans peu de temps.

— Fais confiance, San-A.

Je suis obligé de lutter contre le sommeil. C'est psychique. Le car roule dans la nuit. Une petite flotte visqueuse ruisselle sur les vitres et les pneus font sur l'asphalte mouillé un bruit de succion. Que va-t-il se produire ? Qu'est-ce que cette bande — combien organisée — a pu projeter ? Je pense à mon pauvre Béru, tout là-bas, dans ses barbelés, à Lormont, à Belloise. Jamais comme à cet instant je n'ai eu autant envie de les délivrer. Pourrai-je y parvenir ?

Grésillement. La voix chuchoteuse de Pinuchinovitch :

— Attention !... Un type vient de se lever, juste derrière toi. Ne bouge pas...

Un temps. Un sourd entendrait battre mon cœur à travers trois épaisseurs de matelas.

— Ne t'agite pas, surtout, reprend le Pinuchard attentif, le bonhomme t'observe. Il prend ta valise dans le filet. Elle se trouve tout contre la sienne. Il vient de se rasseoir, je ne vois plus ce qu'il fabrique...

Le car roule dans la lumière orangée de ses phares. On entend le cri sauvage des voitures que nous croisons et qui foncent dans la campagne mouillée.

— Eh bien, qu'est-ce qui se passe ? soufflé-je.

— Attends ; il se relève, il saisit sa valise... Il enlève la housse. Mince ! elle est rouge ! Il la pousse au-dessus de ta tête. Il se rassied... C'est fini. Tu as compris ? Il a ta valise de dollars maintenant. Et il met sa housse sur la tienne. Voilà le travail ! Ça s'est fait en douceur. Joli travail. Personne ne s'est aperçu de rien.

Nous roulons encore un moment. Tout est calme à bord. Je
gamberge sur le 220 volts. Voyons, ces malfrats espèrent-ils
opérer aussi gentiment ? Un peu de somnifère dans mon thé,
un échange de valises et puis bonsoir ? Un peu simpliste
comme procédé.

J'en suis là de mes cogitations lorsque le chauffeur de notre
car freine à mort en poussant un juron. Tout le monde se met
à glapir dans le véhicule. Deux secondes et demie s'écoulent et
c'est le choc. A travers mes stores entrouverts j'aperçois un gros
camion citerne en travers de la route. On l'a percuté. Pas très
fort, mais suffisamment pour contusionner les carrosseries de
part et d'autre. Le conducteur, étourdi, saigne du naze sur son
volant. C'est l'affolement. Panique à bord ! Les gens se ruent
hors du bus et invectivent le chauffeur du citernier, lequel
débouchait imprudemment d'une petite route agaçante.

— Ouvre l'œil ! dis-je à Pinaud. Il se peut très bien que ce
soit un accident bidon pour stopper le car.

— J'allais te le dire, balbutie le Déchet, notre gars vient de
reprendre la valise au fric. Il sort du bus.

— Suis-le, mine de rien, et dis-moi ce qu'il fait !

Pinaud obtempère. Dehors les conducteurs se psychanaly-
sent à tout va :

— Et alors, espèce de manche, t'as appris à conduire sur un
tracteur, ou quoi ?

— Ben quoi, t'étais pas en phares !

— Ah ! parce qu'il te faut des loupiotes de D.C.A. pour que
tu respectes la priorité !

Etc., etc.

La chère Huguette, qui n'avait pas bronché jusqu'à présent,
quitte discrètement son siège. Il ne reste plus qu'une vieille
rombière enrhumée, une petite fille endormie et moi à l'intérieur du véhicule.

— Et alors, l'Amorti, quoi de neuf ?

— Des voitures s'arrêtent à cause de l'accident, dans les
deux sens. Le type à la valise s'éloigne en loucedé.

— Et la petite péteuse ?

— Elle le regarde s'éloigner tout en te surveillant à travers
la vitre !

— Continue à bien mater, c'est maintenant qu'on joue le
Concerto de Varsovie pour flûtes et mirlitons à moustaches,

Pinuche. Les poulets qui devaient nous suivre de loin, tu les aperçois ?

— Écoute, il y a maintenant toute une file de voitures, et tous les conducteurs en descendent, alors...

— Continue de filer le mec à la valoche.

Brouhaha. Klaxons. Interjections. Je continue d'être aux aguets. Votre San-Antonio, mes louloutes, c'est kif-kif une corde de violon ultra-tendue. Un courant d'air le fait vibrer. Comment goupiller cette opération ? Nous ne sommes que deux pour l'instant. Et nous avons affaire à des gens supérieurement organisés qui ont préparé minutieusement leur coup.

— San-A. ! fait la voix altérée de Pinuswky, le bonhomme vient de monter dans une voiture de sport conduite par une ravissante blonde. Elle cherche à se dégager de la file pour filer en direction du Midi...

— Note son numéro, vite !

— C'est déjà fait.

— Maintenant, tâche de trouver les poulets qui nous collaient au prose. Il le faut.

J'entends la voix haletante de Pinaud qui se déplace précipitamment.

— Hep ! fait-il, messieurs... Vous êtes bien des policiers d'Auxerre, n'est-ce pas ?

— Qu'est-ce que ça peut vous f... ? répond une voix.

Pas d'erreur : il s'agit de nos bonshommes. D'ailleurs, Pinuche qui a dû leur produire sa carte de poulaga confirme.

— Nos collègues sont là, San-A.

— Et la voiture sport ?

— Elle vient de filer.

— O.K. Emballez la gosse qui était avec moi, vite fait sur le gaz, j'arrive !

Je parviens dehors à l'instant précis où Pinaud et un gros sanguin cramponnent la chère Huguette par les ailerons.

— Mais que me voulez-vous ? s'indigne-t-elle, qu'est-ce que ces manières ?

Je m'approche et je lui déclare en la poussant dans la DS des flics :

— Fais pas de rebecca, Huguette, sinon je te flanque une telle fessée que tu risquerais de mourir centenaire sans avoir jamais pu te rasseoir !

— Mais je ne comprends pas, proteste-t-elle. Laissez-moi ou j'appelle au secours !

Des gens nous dévisagent, devinant qu'il se passe du louche. Je file une tarte sur le museau de la gamine et je demande aux deux poulets dépêchés par la rousse d'Auxerre de mettre le grand développement.

— Il faut absolument que vous recolliez à la voiture sport, mes amis ! dis-je.

Ils ne demandent pas mieux que de tourner sous ma direction ce beau morcif de bravoure. Ils ont toujours rêvé de jouer un western en vistavision.

— Où vont tes petits copains, ma choute ? questionné-je ; tu aurais intérêt à nous le dire avant que je fasse un malheur.

— Je ne sais même pas de quoi vous parlez !

— N'essaye pas de me vendre des berlues ; on m'en a livré une caisse la semaine passée et je ne l'ai pas encore entamée !

— Mais je ne sais rien ; je ne comprends pas ce que vous me demandez ! Qu'est-ce que tout cela signifie ?

— Tu veux me faire avaler ton innocence comme tout à l'heure ton narcotique, poupée ?

Elle en reste comme deux ronds de frites.

— Quoi ?

Je lui désigne Pinaud. Elle le reconnaît vaguement et commence à piger qu'il y a eu, à cause de sa pomme, du sable dans l'huile à salades ! Pour l'achever, je lui mets mes lunettes truquées.

— Chuchote quelque chose à la jeune fille, Pinaud, manière de lui faire admettre son erreur.

— Vous êtes marron, murmure très bas le débris vivant.

Cette fois, miss Peste a pigé.

— J'ai été, grâce à cette remarquable invention tenu au courant de vos moindres faits et gestes, ma gosse. L'échange des valises avec la housse et tout... Et ton complice qui se trouve maintenant dans la brouette de la chère Eva. Tu vois ?

Elle voit.

Mais elle s'enferme dans un mutisme absolu.

— Dis-moi tout de suite où ils vont. Tout de suite, entends-tu, sinon ça va saigner pour ta jolie peau !

Moi je pense à mes trois zigotos perdus dans ce coin d'Afrique.

Cette fois, je ne laisserai pas échapper l'occasion qui s'offre de coiffer la bande.

J'ouvre la portière de mon côté et je cramponne la môme Huguette par le bustier. Elle se débat, hurle, supplie, mais je reste aussi insensible qu'une motte de saindoux devant la mer de Glace. Elle a le buste à moitié sorti de l'auto. La tête en bas, les yeux à quarante centimètres de la route qui défile à cent quarante à l'heure !

— Tu vas parler, dis, petite garce ? Ou je te largue tout à fait !

Mes collègues d'Auxerre n'en reviennent pas. Ils se disent qu'à Pantruche les poulagas ont de drôles de méthodes.

L'Huguette, morte de frousse, hurle comme une truie qu'on égorge. Je la retire de sa fâcheuse position, mais sans relourder la portière.

— Dis-nous vite où ils sont, sinon tu y passes !

— A l'avion, bégaye-t-elle.

Ses cheveux décoiffés ressemblent à une tête de loup. Elle a le sang au visage et ses yeux sont rouges. Des larmes coulent sur ses joues, elle ne songe pas à les essuyer.

— Dans un champ... C'est dans le Morvan. Je ne sais pas où exactement !

M'est avis que ça ne doit pas être loin d'ici, car sinon l'accident bidon aurait eu lieu plus loin. Je pense que ces canailles ont pris un chemin de traverse, sinon nous les aurions recollés à l'allure où nous allons !

— Vous avez la radio à bord ? je demande aux poulardins.

— Oui, m'sieur le commissaire.

— Établissez immédiatement un contact avec la base de Villacoublay.

Ces messieurs les grosses tronches s'activent. La petite Huguette hoquette. Elle est dans un état de prostration très avancé pour son âge.

— Vous l'avez, monsieur le commissaire !

— Thank you very much ! fais-je en me penchant par-dessus la banquette pour pouvoir jacter in the micro.

Je me fais connaître, je donne mon chiffre, et j'annonce à ces messieurs qu'un avion clandestin va s'envoler du Morvan d'un instant à l'autre. Il va mettre probablement le cap sur l'Afrique. Ordre de l'intercepter coûte que coûte, par n'importe quel

moyen et de le contraindre à atterrir sur l'aérodrome de
Chalon-sur-Saône.

Les gars me disent que c'est O.K. Ils vont alerter les radars
et des escadrilles de chasse. J'ai idée que ma brave Eva va avoir
des émotions fortes d'ici pas longtemps et peut-être avant.

— Alors, monsieur le commissaire, on fait quoi t'est-ce ?
s'informe le conducteur.

— On met le cap sur Chalon, dis-je. Inutile de rouler à
tombeau ouvert, maintenant c'est aux aviateurs de jouer.

CHAPITRE XV

Une heure plus mieux tard, comme le dit Béru qui cause si
bien français à ses heures, nous débouchons sur l'aéroport de
Chalon. Il jouxte la Nationale. On a prévenu de notre arrivée
et il y a des lumières à Giono.

Nous nous rangeons aux abords et nous matons l'immense
champ. Aucun appareil n'est en vue. J'appelle Villacoublay.

— Rien de signalé, monsieur le commissaire ! fait la voix
monstrueusement indifférente du radio.

— Cet avion serait-il passé entre les mailles du filet ?

— C'est possible s'il n'a pas pris le cap sud. Car les moyens
de repérage se sont excercés avant tout sur une ligne Lyon-
Bordeaux.

— Tenez-moi au courant, nous restons en liaison.

— Entendu !

Un moment s'écoule. Les gars de l'aérodrome viennent
bavarder avec nous. On s'offre des cigarettes, on cause de la
pluie et du mauvais temps... Et puis, tu tu tu tutu ! La radio
retentit.

Un avion clandestin est signalé au-dessus du territoire suisse.
Il se dirige plein sud. Vitesse de croisière 300 kilomètres-heure.

Je deviens rouquinos comme une pivoine qui regarderait se
déloquer un cardinal indien. Ces peaux de vache nous ont
échappé. Ils ont pris toutes les précautions et, au lieu de piquer
sur la Méditerranée, ont fait un crochet pour se mettre à l'abri
des avions de reconnaissance français.

— L'aviation helvétique peut-elle prendre l'appareil en chasse ?

— Elle n'en aura pas le temps. Il se trouvera au-dessus de l'Italie.

— Alors l'aviation italienne !

— Les formalités seront peut-être trop longues. En tout état de cause, même si la reconnaissance italienne poursuivait l'avion pirate, elle ne pourrait le contraindre d'atterrir qu'en territoire italien !

Je bous.

— Dites, les gars. Ce coucou de mes deux fait du trois cent à l'heure, dites-vous. Si vous mettez un zinc faisant trois fois cette vitesse, nous l'aurons vite rattrapé, non ?

— Bien sûr.

— Drivez illico un « Mystère IV » sur Chalon-sur-Sâone et demandez aux Italiens de suivre le vol de l'appareil en question.

Le mec est estomaqué.

— Je ne sais pas si vous vous rendez compte, mais...

— Demandez confirmation de cet ordre à Paris et agissez, c'est d'une importance capitale. Capitale ! Vous m'entendez ?

— Très bien : je transmets.

Le silence revient. Le père Pinuche qui vient tout juste de se réveiller demande :

— Tu as l'intention de courser l'avion au-dessus de la Méditerranée ?

— Exactement.

— Mais tu ne pourras pas le forcer à atterrir.

— Ne t'occupe pas du chapeau de la gamine, vieillard. Laisse flotter les rubans sans t'inquiéter si la feuille se décolle.

De nouveau la radio.

— Ordre transmis, commissaire. Un avion part immédiatement de la base de Troyes et atterrira d'ici une quinzaine de minutes à Chalon.

— Merci.

Il ne reste plus qu'à poireauter.

— J'y vais aussi ? demande Pinuche.

— Of course, old boy.

— Tu sais que je crains un peu l'avion. Ça me barbouille !

— Tu te débarbouilleras à l'arrivée.

Je demande à mes collègues de l'Yonne une paire de

menottes et je passe les bracelets aux poignets graciles de la
petite Huguette.

— Mettez-moi cette douce enfant en lieu sûr en attendant
des instructions ultérieures. Surtout ne vous laissez pas attendrir par ses yeux de Joconde.

— On n'a pas l'habitude de se laisser attendrir, assure le
gros poultock. C'est plutôt nous qu'on attendrirait les coriaces,
pas vrai, Duraton ?

— Un peu, mon neveu, rétorque le chauffeur.

On se grille deux cigarettes chacun, et un grondement emplit
le ciel. Un zinc impétueux décrit une courbe au-dessus du
terrain et s'y pose superbement. Le détritus et moi y courons.

Ils sont deux zigs à bord : le pilote et le radio. On ne perd
pas son temps à se raconter la vie de son grand-père non plus
qu'à se demander si le ramassage du bouton de jarretelle dans
les cinémas est une industrie à expansion. Il reste deux places
à bord et nous les occupons.

— Lieutenant Dessas ! se présente le pilote.

— Sergent Dubois ! fait le sans-filiste (il était funambule,
mais faute de matière première il a dû se rabattre sur la radio).

Nous bouclons nos ceintures. Pinuche pousse un cri car il a
pincé une partie de sa braguette dans la sangle. Mais ce ne sont
là qu'incidents secondaires. Le décollage se fait en un temps
record. Bientôt je peux constater que nous sommes à bord de
la foudre ! Cette vitesse, mes frères ! Le monde défile sous nous
comme un dingue. Les étoiles n'en reviennent pas et je vous
jure qu'elles ne brillent pas ! Quant à la lune, elle est tellement
épouvantée qu'elle se voile derrière un nuage plus sale que le
mouchoir de Bérurier.

Je ne me rappelle plus si nous nous sommes déjà baladés en
« Mystère ». Peut-être que ça vous choque, non ? Peut-être que
vous vous dites dans votre Ford intérieure que tout cela ne tient
pas debout. Ça ne serait pas pour m'étonner. Vous vous dites
pompeusement cartésiens parce que vous êtes trop lavedus
pour avoir un doigt de poésie. Dès qu'on fait appel à votre
imagination, vous dégodez, les gars, parce que de l'imagination
vous en avez si tellement peu, comme dirait le Gros, que vous
n'arrivez même pas à vous imaginer combien votre couennerie
est incommensurable. Vous avez déjà rencontré un citron
moisi, j'espère ? Eh bien, faut vous faire une raison, les z'enfants — et même une oraison, car c'est vachement funèbre —

mais votre cerveau ressemble à ça ! Il est aussi verdâtre et ratatiné ! Seulement vous ne vous en gaffez pas et vous continuez de vous prendre pour le peuple le plus spirituel de la terre. Comme si c'était vous (à propos de citron moisi) qui aviez découvert la pénicilline ! Bande de tronches, va ! Si ça me plaît de vous balader en « Mystère », j'ai le droit, non ?

Que je rectifie : il ne s'agit pas d'un « Mystère IV », contrairement à ce que je vous ai annoncé à l'extérieur, mais d'un « Mystère Hébulldegomme » les meilleurs : ceux-là ont l'eau chaude sur l'évier et la prise-rasoir au-dessus du palonnier. Certains — mais c'est à la demande du client — sont livrés avec le rince-doigts automatique, le grille-pain thermostatique et le chauffage au mazout ! On n'arrête pas le progrès, comme dirait mon valeureux camarade Henry Lapierre.

Cet appareil va plus vite qu'un moule à gaufres, tout en étant plus confortable. Une demi-plombe après avoir quitté l'aérodrome de Chalon-sur-Saône, nous recollons au coucou de la môme Eva.

— Essayez d'entrer en liaison-radio avec eux, dis-je au sergent Dubois.

Le zig prépare sa dynamo valseuse à protubérance triple. Il défourne le glofugeur de pression : amenuise son trufémus de protection œcuménique et après quelques graillonnements (ah ! ces gens qui se refusent à employer Astra !) il entre en communication hétéroclite avec le zinc clandé.

— Ici, Bretzel 6 ! lance-t-il. J'appelle Mlle Eva !

D'aucuns d'entre vous vont encore ramener leur fraise comme quoi c'est pas sérieux. Et pourtant c'est exactement de cette façon que les choses se passent. Je les transcris sans y changer une virgule — ce serait dommage.

Un temps s'écoule et la voix friponne de la petite garce déclare :

— J'écoute.

— Je vous mets en communication avec le commissaire San-Antonio ! dit le radio.

Il me passe son pétrisseur de coordination à fourche télescopique et je me hâte d'engager le dialogue.

— Hello, Eva, comment ça boume par cette belle nuit étoilée ?

— Pas trop mal, et vous, commissaire de mon cœur ? Vous vous croyez sans doute très malin parce que vous nous avez rattrapés, mais vous ignorez une chose : c'est que nous sommes loin du territoire français et que vous ne nous pouvez plus rien !

— Et ta sœur, Eva, qu'est-ce qu'elle te peut, petite friponne ? gouaillé-je.

Ça l'interloque un brin de me découvrir si mutin.

— Écoute, Eva, tu vas dire à ton pilote de rebrousser chemin et de se poser à Nice, sinon tu vas goûter l'eau de la Méditerranée avant longtemps.

Un rire cristallin me répond.

— Vous oubliez où nous nous trouvons !

— Pas du tout, ma belle. Et pour être franc, j'ai attendu que nous soyons en pleine mer pour te causer !

— Auriez-vous l'intention de nous tirer dessus ? rigole-t-elle. Nous connaissons très bien votre type d'avion et nous savons pertinemment qu'il ne comporte pas de mitrailleuse.

Elle est vachement coriace, cette souris. C'est pas avec une tapette qu'on pourrait l'avoir, comme dirait Charpini.

Bluff pour bluff, je tente le grand coup :

— Ouvre grands tes supports à boucles d'oreilles, chérie. Tu as, bien entendu, en possession, la valise que vous m'avez si habilement subtilisée ou, plutôt, que je me suis si habilement laissé faucher ?

— Oui !

Elle ne rit plus. Une certaine âpreté dans sa voix mélodieuse me donne à comprendre qu'elle les a brusquement au vinaigre.

— Je te signale deux choses au sujet de cette valoche, poupée : primo les dollars qu'elle contient sont aussi faux que les dents d'un académicien, et deuxio qu'elle est pourvue d'un double fond.

Silence.

— Tu m'entends toujours, belle blonde au sourire de sorcière ?

— Alors ? fait-elle sèchement.

— Ne cherche pas à ouvrir le double fond, t'es pas outillée pour : il te faudrait un chalumeau oxhydrique pour y parvenir. Sous ce double fond, mon cher amour, il y a une bombe que je peux déclencher par radio. Je n'ai qu'un geste à faire pour vous déguiser en poudre à éternuer, tous. Marrant, non ?

— Vous mentez ! grince Eva.

— Si vous ne faites pas demi-tour, tu n'auras même pas le

temps de te rendre compte que je n'ai pas menti. Surtout n'essayez pas de vous débarrasser de la valise en la balançant à la flotte, car si je vous vois ouvrir la porte de votre zinc je le déguise en pet de lapin ! Vous pensez bien, ma douce enfant de Pétin, que je ne me suis pas embarqué dans cette aventure sans biscuits !

A mes côtés, Pinaud exulte.

— Formidable ! T'es génial, San-A. ! Penser à une combine pareille, c'est fortiche !

D'une mimique, je lui intime de la boucler. Il n'aime pas qu'on lui fasse mimique et il la ferme.

— A partir de maintenant je compte, ma poule. Comme à Cap Carnaval. Et toujours comme à Cap au bout de cinq secondes il y aura un nuage de fumée à la place de ta chétive existence. Paré !

— Attendez ! fait-elle.

— Des clous.

— Vous bluffez !

— O.K. je bluffe, mais dis-toi bien que j'ai déjà la cervelle en forme de détonateur.

» Cinq, attaqué-je. Quatre... trois... deux...

— Ils virent de bord ! s'écrie le pilote. Bravo, commissaire, ça c'est du meuble !

Le radio renchérit :

— Vous êtes vraiment le superman de la gamberge !

— J'ai connu un gars qui voulait m'égaler, fais-je modestement et on l'a opéré d'urgence d'une hernie au cervelet.

Je rouvre le robinet à blabla téléguidé.

— Gardez le cap sur Nice, les enfants ! Nous vous collons de près. A la moindre tentative d'arnaque, vous allez régaler les congres !

Moins d'une heure plus tard, nous atterrissons à Nice, après avoir prévenu l'aéroport de notre double arrivée. C'est pas du beau turbin, ça, mes mecs ? Reconnaissez !

CHAPITRE XVI

La porte du zoiseau s'ouvre et Eva paraît la première.

— Hello, Eva, qu'est-ce qui arrive ? Vous êtes toute pâle, mon lapin. Vous n'auriez pas par hasard les surrénales qui battent de l'aile ?

Elle me gratifie d'un ricanement méprisant.

— Inutile de faire le fier-à-bras, San-Antonio. Vous nous avez eus, c'est entendu, mais ça ne vous rendra ni les documents ni les otages !

— Allons toujours discuter de ça au bureau de police de l'aérogare, dis-je sans perdre mon sourire Cadum.

Avec Eva, il y a en outre dans l'avion l'homme aux rouflaquettes qui sert de pilote et le type qui me piqua la valoche : un petit bonhomme chauve à gueule d'expert-comptable sous-alimenté.

Une fois que nous sommes réunis, eux, Pinaud et moi dans un bureau confortable, je reprends l'initiative de la conversation.

— Voyez-vous, les gars, dis-je, votre affaire est tellement mauvaise que vous ne trouveriez plus un assureur au monde qui consentirait à vous assurer sur la vie. Vous avez autant de chances d'échapper au peloton d'exécution que moi de devenir archevêque de Canterbury. Et encore !

Ils sont froids et blêmes. Des statues de marbre !

— Petite Eva jolie, tu te vois jouant les Mata Hari devant de beaux militaires alignés devant toi ? Ces messieurs fermeraient un chasse, pas pour te faire de l'œil, mais pour viser ton joli visage. Douze balles ! T'aurais beau leur crier : droit au cœur, comme le maréchal Ney, y a toujours des manches dans un peloton et ta jolie frimousse écoperait.

Elle fait une grimace.

— Et supposons que tu échappes au peloton, ma belle pelotée, tu irais moisir dans un cul-de-basse-fosse. C'est ce que je dis toujours aux dames de ton espèce. Et tu deviendrais si vite laide que les rats iraient au refile en t'apercevant !

— Tout cela pour en arriver à quoi ?

— Pour arriver à destination, princesse de Méchoses. Je t'offre une chance inouïe, faramineuse et antidérapante : on reprend tous en chœur votre zinc et on retourne chez ton ami Stevens. Moi, le désert, ça me fascine. D'ac ?

Elle médite. Je m'attends à un refus de sa part, mais au lieu d'ergoter elle murmure, en me regardant jusqu'au fond du slip :

— D'accord !

T'y trompe pas, San-A. C'est un défi. Elle a une idée grosse comme l'Empire State Building derrière la tête. Elle se dit qu'une fois chez ses potes elle se tirera du mauvais pas ! Inutile de chasser ses espoirs. Pour l'instant, l'essentiel est qu'elle accepte. Le fait qu'elle ait accepté de faire demi-tour prouve qu'elle craint la mort. Elle n'envisage donc pas de se saborder avec nous au-dessus de la mer. Après, nous verrons !

— Explique à ton ami le pilote qui, si ne ne m'abuse, ne comprend pas la belle langue de Montaigne. Quant à vous, le caissier, dis-je au chauve, mille regrets, mais on va vous laisser ici.

**
*

— J'y vais z'aussi ? bêle Pinaud.

— Pourquoi cette question, Honorable Mauviette ? Te dégonflerais-tu ?

— Au contraire, j'avais peur que tu ne me laissasses !

— Pas de danger. Auparavant, je vais bricoler un peu cette valise.

— Oui, dit-il. Avec cette foutue bombe faudrait pas qu'elle nous pétât au nez !

— Il n'y avait pas plus de bombe que d'ironie dans le procès-verbal d'un gendarme !

— Sans blague ! C'était du bidon ?

— Et comment. Dans la vie, c'est l'autorité qui importe.

Nous partons. Le pilote fait la triste bouille d'un pilote qui pilote avec un revolver sur la nuque. Ma petite camarade Eva est prostrée sur son siège ; elle ne pense plus à me chercher des patins ni à m'en rouler !

Elle se dit, la belle poitrinaire (c'est vrai qu'elle a une belle poitrine !) que le futur s'annonce plutôt mochement et qu'elle va vivre d'ici peu de temps des heures pénibles.

D'après ce qu'elle nous a bonni dans le bureau de l'aéroport, le repaire se trouve en territoire Babouchien, non loin de la frontière du Misti-Frisé et à environ deux cents kilomètres de

Kolombey-les-Deux-Mosquées, ville réputée pour ses élevages de girafe.

Il nous faut près de quatre heures pour atteindre le terrain de nos lascars. Mais nous l'atteignons alors qu'une aube orangée met des teintes bleues sur la ligne d'horizon.

Tandis que l'appareil évolue au-dessus de la palmeraie académique, je chope miss Eva par son gouvernail de profondeur et je lui tiens de l'autre main le langage suivant :

— Avant l'arrivée, ma gosse, je vais t'offrir à titre de prime un dernier avertissement : j'ai sur moi un truc capable de guérir la migraine d'un éléphant. Si tu ne fais pas rigoureusement ce que je te dis, c'est toi qui l'expérimenteras, vu ?

Moi, mes mecs, j'ai eu soin, avant de quitter Nice la Belle de revêtir la combinaison de Rouflaquettes. Comme quoi, lorsqu'on est poulaga, on doit entrer dans toutes les combines !

Maintenant qu'on arrive, je vais vous rencarder sur mes intentions. Je l'aurais bien fait plus tôt, mais avec votre intelligence style Louis XIII (à pieds tournés) vous auriez déjà oublié. Le délicat de cette opération, c'est que nous devons l'exécuter seulâbres, Pinuchart et moi. Il n'était pas possible d'entraîner des archers de la République Une et si divisible dans cette aventure à la noix, s'pas ? Soyons logiques ! Bon. Donc, mon programme le voici et le voilà :

La môme nantie de la valise rouge s'occupe de ses camarades. Moi, en combinaison blanche, je me fais passer pour le pilote et je vais délivrer les trois prisonniers. Pendant ce temps, le Révérend reste dans le coucou et continue de tenir le vrai pilote en joue. Je reviens avec mes trois petits camarades, nous remontons dans l'avion et nous repartons.

Et les plans, me direz-vous ?

Pour les plans j'ai mon idée, mais il est encore trop tôt pour vous y faire participer, d'autant plus que vous n'avez pas pris vos vitamines B 12 aujourd'hui.

J'explique la first partie de mes intentions à la Brigitte Bardot des sables.

— Tout repose sur toi, fillette. Tu coltines la valise chargée. Au moindre signe de danger, je déclenche le détonateur à ondes courtes et tout saute, y compris toi. Au contraire, si tu es franco, de port et d'emballage, tu reviens à l'avion avec nous et je fais mon feu d'artifice seulement lorsque nous serons dans les airs. Lu et approuvé ?

Elle fait un signe affirmatif. L'avion se pose et j'ouvre la lourde. La gosse tient la valise d'une menotte tremblante.

— Pas de blague, surtout ! intimé-je en l'aidant à sauter du coucou.

Voilà Stevens qui radine dans son beau costar blanc des dimanches. Il est nu-tête car le mahomet ne cogne pas encore trop fort.

— Bonjour, mes enfants, dit-il. Vous avez du retard sur l'horaire, rien de grave ?

— Non. Mais nous nous sommes beaucoup déroutés par mesure de précaution.

— Vous avez très bien fait !

» La petite Huguette a été à la hauteur de sa tâche ?

— Merveilleusement.

— Et votre très cher flic, le commissaire San-Antonio ?

— Eh bien ! je pense qu'il doit me maudire, fait-elle avec un sang-froid qui glacerait le cœur d'un serpent.

Je salue son self-control. Cette demoiselle ferait une pointe de maîtrise que ça ne me surprendrait qu'à demi.

— Avouez que vous aviez un petit béguin pour ce beau poulet ! ricane Stevens.

Elle a un petit rire triste.

— Je crois que oui, mais les hommes sont tellement stupides...

— Donnez votre valise, Eva.

Il chope la fameuse valoche rouquinos.

— Dites, elle est lourde ! Le compte y est ?

— Il y est !

— Le patron va être content. Il a magistralement combiné tout ça, n'est-ce pas ?

— C'est un type de première, admet Eva.

Nous arrivons au bungalow.

Stevens me claque les épaules.

— Eh bien, le pilote ! fait-il en espagnol. Tu en fais une tête.

— Sommeil ! réponds-je en espagnol et en bâillant, car je parle couramment les deux langues.

— Tu vas pouvoir dormir. Mais on va prendre un drink avant pour arroser ça !

Je voudrais décliner l'invitation, mais j'ai peur qu'en lui débitant une trop longue phrase il ne se rende compte que je ne suis pas son margoulin à rouflaquettes. Je les suis jusque dans la pièce principale.

— Le patron n'est pas encore levé ! dit-il, il a attendu toute la nuit et vers quatre heures il s'est mis au lit.

— Laissons-le dormir, murmure Eva.

Stevens chope trois verres sur une table en rotin, les emplit de bourbon et déclare en élevant le sien :

— Santé ! Rien de tel pour dissiper les effets d'une nuit blanche.

Il boit. Eva prend son glass, moi le mien. J'ai hâte de le vider et de me tailler car cette crêpe de Stevens va fatalement piger qui je suis. D'accord, il a les yeux qui se croisent les bras because sa nuit de veille, mais quand même.

Juste comme je liquide mon godet, il m'arrive un truc affreux dans les mirettes : un jeu de feu. C'est la môme Eva qui m'a balancé d'un geste précis son verre de gnole dans le regard. Tandis que je me frotte la rétine, la voilà qui m'appuie dans le creux de l'estom' quelque chose de dur qui ne doit pas être le manche de sa brosse à dents.

— Ne bougez pas, gros malin, ou vous êtes mort !

— Eva ! crie Stevens, qu'est-ce que ça signifie ?

— Vous ne reconnaissez donc pas cet homme ? Vous n'êtes guère physionomiste, mon cher !

Il m'arrache mon casque de toile.

— San-Antonio !

— Autrement dit le diable ! renchérit Eva. Ce salaud nous a possédés de A jusqu'à Z. Je vous raconterai. Mais en attendant faisons vite ! La valise contient de faux dollars et une bombe à ondes ultra-courtes qu'il peut déclencher d'une seconde à l'autre !

— S'il fait un geste, abattez-le sans hésitation ! recommande Stevens.

— Attention ! dis-je. Si vous me descendez, le détonateur risque de fonctionner. C'est un cercle vicieux, n'est-ce pas ?

Stevens a des quenouilles occultes. Il s'empare de la valise et sort rapidement en annonçant qu'il va revenir !

Moi je suis pour. Et je vous dirai pourquoi tout à l'heure. Bref, me voici seul avec la gosse.

— Eva, fais-je, tu as eu tort, douze milliards de fois tort, de me repasser. Ta dernière chance vient de s'envoler à tire-d'aile

SAN-ANTONIO POLKA   471

et ça n'est pas avec un filet à papillons que tu pourras jamais
la rattaper.

— Ah ! vous croyez !

— Je crois... que je crois, ma petite donzelle !

Comme j'achève ces mots, une rafale de mitraillette éclate
soudain à l'extérieur. Nous sursautons. Eva regarde au-dehors,
et je fais de même. Au milieu du patio, il y a le cadavre de
Stevens. Il a été cisaillé en deux par la rafale. La valoche en
tombant s'est ouverte et les dollars jonchent le sol. D'un regard
embrasé j'embrasse toute la scène. Trois hommes munis de
Thompson sont là. Et vous savez qui sont ces trois tireurs
d'élite ? Quincy, Ray et un homme à eux !

Eva est effondrée. Je n'ai pas la moindre, pas la plus légère,
pas la plus menue difficulté à cueillir son pétard (je parle de
son revolver). L'opération est aussi aisée que celle qui consiste
à ramasser une violette.

— Les autres ! fait-elle. Ils nous ont retrouvés !

— Vous les aviez repassés, hein ? Et maintenant ils viennent
vous offrir des pralines plombées pour le jour de l'an !

Des Noirs, réveillés, radinent, armés à la va-vite ! Quelques
coups de feu partent du bungalow. Les trois attaquants ripos-
tent sec. Comment qu'ils arrosent, ces mignons ! Je viens
d'identifier le troisième, mes frères : il était loqué en loufiat des
wagons-lits lorsque je passais la môme Lydia au fer à friser. Pas
de doute : c'est lui qui a dessoudé la souris de Riri.

A l'extérieur le combat fait rage. On joue Alamo à tarif
réduit.

Et zim ! Et boum ! Et paf ! Et toc !

Prière de recracher les noyaux après usage !

Les trois assaillants viennent de ramasser la valise rouge.

Vachement heureux de l'aubaine et pigeant qu'ils n'auront
pas gain de cause et que le Fort-Apache de nos espions est bien
défendu, ils refoulent, lestés de la valise, jusqu'à leur auto-
chenille. Ils doivent se dire qu'ils n'ont pas fait le voyage pour
rien, vu qu'ils ne se sont pas encore aperçus qu'il s'agit de
talbins de la Sainte-Blague. D'autant plus qu'une voix de store
(comme dit Béru) hurle :

— La mitrailleuse, sur le toit, vite, dégagez-la !

Quincy et ses comiques troupiers rembarquent. Après tout ils
ont produit leur petit effet et gagné leur journée, non ? Leur

auto fonce, tandis que des balles continuent de faire voler le sable autour d'elle.

— Eh bien, espèce d'abruti, dit la môme. Qu'attendez-vous pour la faire exploser votre bombe ? C'est le moment !

Je regarde ma montre.

— Je te demande encore cinq minutes de patience, ma gosse, pas une de plus !

— Pourquoi?

— Je vais te faire une confidence : lorsque vous voliez au-dessus de la Méditerranée et que je vous ai raconté l'histoire de la bombe télécommandée, c'était du bidon.

Elle blêmit.

— Quoi ?

— Mais à Nice j'ai eu l'idée de faire de ce mensonge une réalité. Il y a une bombe dans la valoche. Elle n'est pas à ondes courtes, mais tout bêtement à mouvement. Avant de quitter l'avion, je l'ai réglée pour qu'elle explose un quart d'heure après l'atterrissage. J'espérais que tu jouerais au moins mon jeu pendant quinze minutes, j'avais vu grand, hein ?

A ces mots, une colossale déflagration retentit, et vers la piste qui s'éloigne en direction du Nord, une colonne de flammes et de fumée s'élève.

— Mince, soupiré-je, on ne peut plus avoir confiance dans la fabrication d'aujourd'hui. Cette garce de bombe a explosé quatre minutes avant l'heure !

Tout en continuant de braquer Eva, je murmure en regardant le brasier :

— Il vaut mieux mourir de ça que de la scarlatine.

C'est pensé, hein ?

— Et maintenant, allons délivrer les prisonniers !

Je la pousse hors de la pièce avec le canon de mon arme. Dehors, les Noirs foncent en hurlant vers la chenillette en flammes. Ils ont raison : de cette manière j'ai ma liberté d'action.

La porte du réduit est fermée à clé, mais il n'y a qu'une différence entre Tarzan et moi : nous n'avons pas le même coiffeur. D'un coup d'épaule je démantèle le panneau of wood.

Dans la presque complète obscurité, deux masses inanimées

gisent sur le plancher. J'actionne la grosse lampe à pile Houface accrochée à la cloison. Je découvre Béru et Belloise, chacun dans son rouleau de barbelés. Ils ont fini par se coucher sur les fils, à force d'épuisement. Et ils sont lacérés comme un grand-père paralysé qu'on aurait enfermé avec quatre-vingt-deux chatons espiègles.

— Béru ! Ma grosse pomme ! appelé-je doucement, mort d'appréhension.

Un soupir, et la voix du Gros :

— C'est toi, San-A. ?

— C'est moi.

— Si tu ne ramènes pas une choucroute, c'est même pas la peine de m'adresser la parole ! Ces fumiers nous ont rien donné à tortorer.

— Où est Lormont ? m'inquiété-je.

— Ici ! fait une voix.

François Lormont est là, dans une robe de chambre pourpre. Il tient une mitraillette et la braque sur moi, par-dessous le bras d'Eva, de telle manière que si je tire, c'est la fille qui écope et qu'il a tout loisir de m'envoyer le brouet.

— Par exemple ! balbutié-je.

— Défouraille ! Défouraille, mec ! tonne le Gros. C'est lui le patron ! Je sais tout !

— Taisez-vous, espèce d'ignoble braillard ! gronde Lormont. Et vous, mon bon commissaire, remettez donc votre arme à Eva.

Je hoche la tête.

— Bien joué, Lormont.

— N'est-ce pas ?

Je tends mon arme à Eva, mais, au moment où elle s'en empare, je balance un magnifique coup de pied dans la lampe qui s'éteint. Affolé, Lormont lâche sa rafale. C'est peut-être le roi des combinards, mais pour ce qui est de l'artillerie légère il n'est pas des plus doués ! Il commet l'imprudence d'arroser jusqu'au bout du chargeur, alors que le gars-San-A., fils extrêmement réussi de Félicie, a pris la sage précaution d'exécuter un saut de côté. Au bout de quelques secondes le magasin est vide. Comme en tendant mon arme à Eva j'ai, mine de rien, placé le cran de sûreté, je suis à mon aise pour m'expliquer avec ces messieurs-dames. D'un formidable soufflet je fais éternuer son rouge à lèvres à la môme. Me voici face à face avec

Lormont. Il saisit sa seringue par le canon. Au style je reconnais le joueur de golf consommé. Mais avant qu'il ne prenne ma hure pour une balle, il a droit à un coup de tatane dans le tiroir aux bijoux de famille.

Ça lui coupe la chique, le souffle et l'envie de bouffer de la cantharide. Il hurle et se courbe en deux. Sa frime de fumelard se trouve au bon niveau. L'avoinée que je lui mets endormirait tous les encaisseurs de la Banque de France. Je finis de le mettre K.O. d'un terrible coup de 42 fillette dans l'opaline et pour lui c'est le couvre-feu. Un coup de boule dans le museau de la môme Eva et elle repart à dame !

Je n'ai plus qu'à délivrer mes deux lascars. Ils sont plus engourdis, ces dégourdis, que le monsieur qui vient de passer cent vingt ans à l'intérieur d'une banquise. Ils saignent par tous les porcs (Béru surtout).

Mais après quelques mouvements, ça va un chouïa mieux.

— Et ma choucroute ? demande le vorace.

On dirait son frère, tant il a maigri. Il s'est laissé glisser au moins trente livres pendant son séjour ici !

— On va t'en offrir une tellement grosse que ce ne sont pas des garçons de restaurant, mais des garçons d'écurie qui te la feront bouffer !

Un coup de périscope, au loin, me montre les hommes de Lormont, dansant de joie autour du brasier, tout là-bas.

— Si vous avez un brin de force, traînez-moi ces deux personnages jusqu'à l'avion, leur dis-je. Moi, j'ai encore un petit turbin à faire.

— Quoi t'est-ce ?

— Mettre le feu à ce nid de serpents à sonnettes ! Des documents s'y trouvent. Ils brûleront avec le reste, je n'ai pas le temps de les chercher, et comme en fait ce ne sont que des photos de documents...

— Si par hasard tu dénichais un bout de pain et de saucisson, larmoie le Gros en s'attelant aux jambes d'Eva.

Boum !

Nous sursautons. Je regarde Riri. Il tient mon revolver tout fumant à la main. Lormont, le crâne éclaté, fait une grosse tache sur le plancher.

— Belloise, nom de Dieu ! hurlé-je.

— La première fois que j'ai du raisin sur les pognes, m'sieur le commissaire, balbutie-t-il, mais je regrette rien. Ce que ce salingue a pu nous faire endurer, c'est rien de le dire !

» Et puis quoi ! ajoute-t-il après tout, on m'avait chargé de le buter, non ? J'aurais dû le faire plus tôt ! Rien de tout cela ne se serait produit et j'aurais encore ma petite Lydia !

ÉPILOGUE

Tout en mastiquant, non pas son saucisson — car je n'en ai pas trouvé — mais son gigot froid, le Gros — ou plutôt, le Nouveau Maigre — regarde sous lui par un hublot.

— C'est bon ? lui demande Pinaud, attendri devant cet appétit farouche.

— Ça manque de mayonnaise, mais y a des circonstances où que la gourmandise c'est de la superflue ! répond philosophiquement Boulimique Ier, roi des Estomacs et empereur des Intestins.

Il ajoute, désignant le sol :

— L'avantage de ces maisons de bois, c'est qu'elles flambent bien quand c'est qu'on y met le feu !

Moi, je savoure ma joie et ma victoire en regardant le ciel infini où le soleil pète le feu. C'est bon d'avoir pu se tirer d'une affaire pareille, non ? Alors que tout semblait perdu.

— Ce salaud de Lormont ! fais-je. Ainsi il a voulu négocier pour son compte l'arme secrète que le gouvernement réalisait dans ses ateliers ! Un drôle de gourmand, hein ? J'ai idée que lorsqu'elle aura recouvré ses esprits, la môme Eva en aura long à nous dire sur les activités du bonhomme.

— Sûrement, assure véhémentement Béru en mordant dans son gigot.

Il ajoute, heureux, mastiqueur, protéiné :

— Heureusement que ce mouton avait pas une jambe de bois, hein, les gars !

Nous rions en chœur. Mais moi, c'est du bout des lèvres car maintenant je me pose des questions. L'une d'elles surtout me taraude : pourquoi diantre avait-on chargé Belloise de tuer Lormont puisque c'était Lormont le chef de la bande ?

Je finis par poser cette colle à Riri.

— Enfin, quoi ! dis-je, admettons que tu n'aies pas eu cette crise de conscience et que...

Mais il hausse les épaules et déclare, la bouche pleine :

— Oh ! ça va, commissaire, je préfère me mettre à table complètement. Je vous ai bourré le mou au début... Et puis après, quand j'ai compris que ça tournait au caca et qu'on m'avait pigeonné, j'ai plus osé parler... Notre rencontre à Courchevel, c'était du flan. J'avais ordre de vous jouer la comédie et de vous vendre cette salade du Lormont que j'étais chargé de buter. M'est avis que c'est lui qui avait dû manigancer ça. Comme il s'apprêtait à disparaître, il voulait que la police sache que sa vie était menacée, comprenez-vous ? Pendant que j'effaçais votre copain, il s'est tiré en douce. Une partie de la bande, Quincy et consorts, n'était pas au parfum et s'est laissé avoir aussi... D'où leur rogne. Enfin, je vois les choses comme ça et... Ouille !!!

Riri s'abat, la face en avant sur son siège. C'est Béru, ivre de fureur, qui vient de lui casser son os de gigot sur le dôme.

— Que voulez-vous, c'est sûrement pas un mauvais cheval, mais j'aime pas qu'on mente à mon supérieur rachitique ! dit-il pour se justifier.

Puis, ramassant l'os brisé, il se met à en sucer la substantifique moelle.

LE GALA DES EMPLUMÉS

PRÉFACE

Je viens de lire sur épreuves le Gala des Emplumés.

Ça n'a pas été une épreuve pour moi. San-Antonio vient de me faire comprendre ce qu'aurait dû être ma carrière.

Jamais on n'est allé si loin dans la fantaisie.

Jamais imagination ne s'est à ce point libérée des contingences.

Pour San-Antonio seul compte l'humour. Il va jusqu'au bout de son propos qui est de nous faire rire. Rien ne l'arrête, pas même la réalité, car la réalité est banale.

Que n'ai-je adopté en mon temps sa méthode !

J'aurais ainsi évité bien de vains discours !

                                        DESCARTES

CHAPITRE PREMIER

Dans lequel on me demande de jouer Ruy Blas

Y a fiesta à la Grande Cabane, les gars. On célèbre les trente piges de bons et loyaux services du Vieux, c'est la cérémonie d'exception, non ?

Nous sommes tous réunis dans la salle de conférences, tous au grand complet et en grand complet.

Messieurs les Hommes ont toute latitude pour s'expliquer à leur guise dans Paname : les poulagas font relâche. M'est avis que s'ils sont au parfum de nos habitudes, il est en train de se perpétrer des coups fumants à l'heure où que je vous cause. Les garçons de recette peuvent se cramponner à leurs sacoches, les caissiers se carrer leur signal d'alarme dans le rectum et les bijoutiers remiser leurs cailloux dans la chambre forte, moi je vous le dis.

Le Boss a mis un costar noir, une cravate noire et sa rosette sur canapé des jours de gloire. Il est ému because M'sieur le Ministre de la Zone Bleue est en train de lui refiler un de ces coups de brosse-à-faire-reluire-l'honneur qui n'est pas dans une musette !

— Monsieur le directeur, qu'il trémole, vous fûtes avec une conscience exemplaire, de toute votre intelligence et en déployant une énergie farouche, la main de fer au cœur généreux qui a su insuffler un sang neuf dans l'esprit de ses services, lesquels assument avec une constance digne d'éloge la pérennité de la République, la sécurité du pays, la stabilité de la natation... je veux dire de la nation, et qui donnent à chaque Français la garantie de...

De quoi faire chialer un mur de briques, mes fils ! Il y a des toux, des raclements de gorge, des reniflements, des cillements, des craquements de chaise, des mouchages, et même des larmes en technicolor. Le Vioque a le bord des cils comme du jambon de Paris et il a adopté la pose modeste du mec qu'on est en train d'empailler tout vif.

Le ministre jette un coup d'œil au discours que lui a préparé le petit neveu du secrétaire adjoint du sous-chef de bureau de son vice-sous-chef de cabinet. Il prend une large inspiration et poursuit :

— Pendant trente ans, avec un dévouement exemplaire, vous vous consacrâtes au bien public. Vous fîtes de votre vite... je veux dire de votre vie, plus qu'un emblème : un drapeau ! Vous vous donnâtes et vous vous sacrifiâtes sans compter, faisant bon marché de vos jours et de vos nuits, de vos loisirs et de vos soucis personnels. Vous renouâtes avec les vieilles traditions françaises qui furent jadis la panade... je veux dire l'apache... excusez-moi : l'apanage de notre race.

— C'est fou ce qu'y cause bien ! me chuchote Bérurier dans le creux de la coquille. On a beau dire, mais l'instruction c'est quelque chose !

D'un coup de tatane dans les échasses je l'oblige à fermer le robinet de son réservoir à couenneries. Le ministre continue sa diatribe et j'aime pas écouter deux patates à la fois.

— Si la police française, marseillaise le portefeuillé, est l'une des premières du monde, c'est, dans une large mesure, à vous qu'elle le doit. A vous qui sûtes refondre ses rouages compliqués dans le creuset généreux de votre esprit d'initiative.

— Si je causerais aussi bien, murmure le Gros, je vendrais des aspirateurs et je remplirais tellement de bons de commande qu'il faudrait un camion pour les coltiner de l'usine.

— En ces temps troublés, monsieur le directeur, la présence d'un homme tel que vous à la tête de com...

Il se tait, tourne son feuillet, et enchaîne :

— A la tête de compagnons valeureux comme ceux qui m'écoutent en ce moment, est une garce...

Il s'arrête, regarde de plus près sa feuille et reprend :

— Pardon ; est un gage de vitalité. Que ces trente années de bons et aloyaux... pardon : et loyaux services, soient suivies de beaucoup d'autres, monsieur le directeur. C'est sur ce vieux con... excusez-moi : sur ce vœu qu'on se doit de conclure. Vive donc la Police ! Vive la République ! Vive la Framboise !... Je veux dire : vive la France !

Tandis qu'on applaudit comme à un métinge, le ministre se tourne vers son chef de lavabo.

— Je me demande qui est l'imbécile qui a dactylographié ce discours, fulmine-t-il ; c'est bourré de fautes de frappe.

Le moment des cadeaux est maintenant arrivé.

Le ministre fait tout d'abord le sien, ce qui est normal. Il offre au Vieux la récompense suprême : une photographie du Général dédicacée par le chef de sa maison militaire et paraphée par le jardinier de sa maison de campagne. C'est ensuite la maison Poulaga qui, s'étant cotisée, a acheté à son Big Boss un stylo en or massif, avec remplissage thermonucléaire, capuchon de chez C.C.C., plume occulte, tiroir de rangement, corps de ballet incorporé, changement de vitesse au pied, tableau de bord en cuir de Russie tanné par les Japonais, matelas surbaissé, fignolage interne, roues à rayons, pas de vis fromagé, déglutition spontanée, il incurvage à triple genou-flexion, vue sur le Mont-Chauve, lieux communs automatiques, formules de politesse à répétition, et aussi — et surtout — avec l'assurance de notre indéfectible attachement.

Le tondu en larmoie sur les revers de son costar. C'est alors que Sa Majesté Béru Ier, roi des Ignares et président à vie des diminués du bulbe, se dégage de la masse violet d'émotion. Il coltine un pacson format cantine militaire enveloppé dans du papier journal et ficelé avec de la corde qui devrait servir à amarrer des péniches.

— Patron, éructe l'Obèse, si vous voudrez me permettre, j'ai quèque chose à vous causer et à vous z'offrir moi z'aussi.

Un silence stupéfait accueille cette initiative. Le Gravos passe sa gourmande sur ses lèvres à pneu-ballon, se racle le corgnolon et enchaîne vite-fait-sur-le-gaz (comme on dit à Lacq) :

— Si que je me permets ceci et cela, patron, c'est rapport que j'ai z'été promulgué inspecteur principal à la suite d'à propos de votre intervention personnelle et efficace.

» Je suis pas un oratoire et je m'esplique mieux t'avec mes poings que z'avec ma langue ; laissez-moi vous causer pourtant de ma reconnaissance. Faut qu'on vous dise aussi combien c'est qu'on apprécie votre haute direction. Vous z'êtes pas un marrant et vous avez pas toujours le gant de velours autour de la main de fer. Quand y a du mou dans la corde à nœuds faut se sauver de devant biscotte y a de l'orage dans votre bureau ; mais pourtant on vous aime bien, tous autant qu'on est ici, pas vrai, les potes ?

Une salve d'applaudissements salue ces véhémentes paroles. Le Gros remet alors son présent au directeur.

— Oh ! Ça ne casse pas trois pattes à un canard, s'excuse-t-il, mais dans la vie c'est comme en amour : chacun fait selon ses moyens.

Le Vieux, dans un élan sublime, donne l'accolade à Béru. Le Gros fond en sanglots bruyants. Il se jette sur la poitrine du Vioque qui, du coup, commence à se sentir gêné aux entournures.

— Je le savais bien que vous étiez pas une peau de vache ! brame le Valeureux en se mouchant dans la cravate Fath du Boss.

Je vole au secours de ce dernier en faisant lâcher prise à Béru. C'est sur mon épaule que le Mahousse continue de se vider.

M'est avis qu'il s'est rempli le réservoir pour se donner du courage. C'est le muscadet du coin qui lui dégouline sur les bajoues. Quelques claques dans le dossard le remettent au pli. Pendant ce temps, le Vioque a défait le cadeau. Il en extrait un hibou empaillé, passablement bouffé aux mites et auquel il manque un œil de verre.

C'est la grosse marrade dans l'assemblée. Le Ministre de la Zone Bleue en rigole dans son portefeuille (renouvelable par tacite reconduction). Le Vioque ne sait plus s'il s'agit d'une mauvaise blague ou d'une naïveté.

— J'espère qu'il vous plaira, murmure Bérurier, troublé par nos rires. J'ai pensé que ça ferait bien dans votre bureau. Ça veut dire que la police veille, comprenez-vous. En quelque sorte, c'est une sorte d'espèce de Saint Bol, quoi !

Le Dabe comprend. Il remercie. Il prononce son allocution. C'est beau, tricolore, humide et émouvant. Ça va droit au cœur sans épargner le visage. Ça dit tout haut, et au subjonctif, ce que nous pensons tout bas et à l'indicatif présent de nous-mêmes : à savoir que nous sommes des gens d'un grand courage, d'un grand mérite et d'une petite paie. Re-bravos. Le ministre fait des promesses. On trinque. Champagne comme s'il en pleuvait. Le Gros se finit allégrement. C'est son jour de gloire à lui aussi.

Posé sur un meuble, son hibou borgne surveille l'assistance d'un œil social.

— Mon cher San-Antonio, j'ai deux petits mots à vous dire !

Je me retourne : c'est le Dabe. Il tient sa coupe de champ à la main, élégant dans ses manières qu'il est. C'est à des trucs commak qu'on mesure la classe d'un mec. Peler une pêche c'est facile : suffit d'un peu d'entraînement. Et puis on est assis pour le faire. Mais évoluer dans la foule avec une coupe pleine de brut impérial à la main, c'est un autre tabac.

— A vos ordres, monsieur le directeur.

Il m'emmène à l'écart, dépose sa coupe sur un guéridon et me saisit le bras.

— J'ai une mission d'un genre très particulier à vous confier.

— Vous m'en voyez ravi.

— Elle est si particulière en fait que j'hésite à vous demander cela.

Il m'intrigue, le Décoiffé. C'est pas dans ses manières de faire tant de giries pour envoyer un de ses archers à la castagne.

— Vous me mettez l'eau à la bouche !

Il a un sourire qui fait miroiter ses tabourets en gold.

— Dieu vous entende !

Le voilà qui glisse la main dans sa poche et qui s'empare d'une photographie. Il me tend l'image. Ça représente une dame d'une quarante-cinquaine d'années, encore pas mal. Elle est blonde, avec des yeux bleus et une bouche sensuelle.

— Connais pas, fais-je. De qui s'agit-il ?

— Le nom et l'adresse sont au dos.

Je retourne la photo et je lis à mi-voix :

— Monica Mikaël, la Sapinière, Moisson, S.-et-O.

Je branle le chef.

— En quoi consiste la mission, patron ? demandé-je.

Il élude provisoirement.

— Vous connaissez Ruy Blas ?

— La pièce de Victor Hugo.

— Oui.

— Bien entendu ! Pourquoi ?

— Vous la connaissez bien ?

— Presque par cœur.

— Savez-vous comment se termine l'acte premier ?

— Parfaitement, érudis-je. La reine d'Espagne paraît. Tous les grands d'Espagne se couvrent. Ruy Blas murmure à don Salluste : « Et que m'ordonnez-vous, Seigneur, présentement ? »

— Que répond don Salluste ? demande le Vioque.

— Il répond : « De plaire à cette femme et d'être son amant ».

Le Dabuche retrouve son sourire.

— Supposez que vous soyez Ruy Blas, que je sois don Salluste et que cette femme soit la reine d'Espagne.

Ce disant, il tapote la photographie. J'y jette un regard.

— Vous me demandez de devenir l'amant de cette personne ?

— Voilà.

— Puis-je vous demander dans quel dessein ?

Il secoue la tête.

— Ce n'est pas encore le moment, San-Antonio. Essayez de forcer l'intimité de cette personne. Et si vous y parvenez, venez me le dire. A ce moment-là, je vous expliquerai.

« Forcer l'intimité de cette personne » ! C'est beau, le style Régence, non ? J'espère qu'elle a une belle intimité, la personne en question.

Je me mets à rigoler comme douze bossus qui viendraient de renifler du gaz hilarant.

— Dites, patron, je suis d'accord que cette mission est d'un genre extrêmement particulier. En tout cas, elle ne manque pas d'agrément.

— Vous trouvez ? fait le Dabe.

Je mate une nouvelle fois la photo.

— Elle n'est pas si mal, la dadame ! Évidemment, il faut voir la carrosserie, mais le visage est agréable. Elle a le regard qui promet et la bouche qui doit tenir !

Le Big Boss hoche la tête.

— Il y a un petit détail que j'ai omis de vous indiquer, fait-il gentiment.

— Lequel, patron ?

— Cette photographie date de dix ans !

Il reprend son verre et s'éloigne sans me regarder.

CHAPITRE II

*Dans lequel je joue tant bien que mal les Sherlock Holmes... puis
les Casanova*

Moisson, au nom si bucolique, apostolique et romain, est située dans une boucle de la Seine entre Mantes et Vernon. C'est une région tout ce qu'il y a de peinard, fortement boisée de pins, ce qui lui donne un petit côté Côte d'Azur et éloignée des grandes Nationales rugissantes. Quand on débarque dans ce bled, on se croirait à des années-lumière de Pantruche. C'est calme, plein d'oiseaux et truffé de mignonnes propriétés vacancières. La conquête de l'Ouest sévissant, il est évident que d'ici à dix berges ça ressemblera au Creusot ou à Golfe-Juan, selon la vigilance des édiles municipaux : mais pour l'instant c'est le coin rêvé pour véquender avec une nana amoureuse de la nature et soucieuse de passer inaperçue.

Quand je débarque au volant de ma Jag, il fait un soleil comme la gare d'Austerlitz elle-même n'en a jamais eu. L'air embaume la résine et le foin coupé.

Je stoppe ma fusée à roulettes devant une auberge rustique et j'entre pour écluser un gorgeon. La boîte est rigoureusement vide car on est mardi. Une grosse fille bouffie encaustique les chaises en chantant une chanson de Mlle Hardy avec la voix de Laurel.

Elle a un sourire de bienvenue qui me sclérose l'aorte. Elle est appétissante, cette nana, peut-être parce qu'elle ressemble à du pâté de foie.

— Une bière, dis-je.

Je m'assieds près de la fenêtre. J'ai la perspective d'une ruelle de village, avec des maisons basses aux pierres grises. Un vieux bonhomme pousse une brouette. Un chien renifle les bordures du trottoir. Il fait tendre et tiède.

— Vous avez des chambres ? m'enquiers-je, lorsque la servante m'apporte une Kronenbourg grand luxe.

— Mais oui, fait-elle, étonnée. C'est pour le prochain ouiquande ?

— Non, c'est pour tout de suite.

Ça la foudroie. Un zig qui se la radine tout seulâbre en pleine semaine et hors saison, c'est plutôt rarissime.

— Vous êtes représentant ? me demande-t-elle.

— Exactement, rétorqué-je : je représente une certaine classe de la société.

— Je vais en causer à la patronne, décide-t-elle prudemment.

Elle s'éclipse et revient au bout d'un moment, flanquée d'une Madame à peine plus grosse qu'une vache sur le point de vêler.

L'arrivante m'examine de la tête aux pieds avant de m'adresser la parole.

— Vous voudriez une chambre ? demande-t-elle.

— Oui, madame.

— Avec pension ?

— Avec pension, eau chaude et froide et sommier à ressorts, précisé-je.

— Vous êtes seul ? s'étonne la dame.

— Je le suis, madame.

Ça la lui coupe. Elle regarde sa servante, me regarde, renifle, fait semblant de penser, se remet le sein gauche sur le ventre et murmure :

— Vous êtes en vacances ?

— Oui et non, madame.

Je me dis que si je ne lui fournis pas une explication logique dans les quinze secondes qui suivent, elle va faire appeler le garde champêtre. Sans doute me prend-elle pour quelque malfrat soucieux de se planquer.

— Je suis écrivain, madame, dis-je. J'ai besoin de calme pour rédiger mon prochain roman, et on m'a vanté la tranquillité et la bonne tenue de votre établissement, c'est pourquoi il me serait de quelque agrément de m'y installer, à moins que vous ne jugiez la chose irréalisable, auquel cas je solliciterais de votre bienveillance l'adresse d'un établissement similaire, apte à m'héberger.

Ça la convainc.

— Je peux vous loger, approuve-t-elle en me virgulant un regard extatique, apostolique et romain.

— Je n'en attendais pas moins de votre générosité, madame.

— Alors, comme ça, vous écrivez des livres ?

— Comme ça et à la plume, oui, madame.

— Et comment c'est, votre nom ?

— San-Antonio, dis-je, mais je signe mes livres François Mauriac.

— Connais pas, déplore-t-elle. Vous z'en passez jamais en feuilleton dans le *Petit Écho de la mode* ?

— Si, mais sous un autre pseudonyme, ceux-là je les signe Victor Hugo.

— J'ai dû voir ça, admet la gravosse.

Elle minaude :

— Est-ce que vous me mettrez dans votre prochain roman ?

Je la considère d'un œil critique.

— Je ferai se serrer mes autres personnages afin qu'ils vous laissent une petite place, promets-je.

— Maryse ! fait-elle à la serveuse, tu donneras une autre bière à M. Hugo pour le compte de la maison.

Une petite heure plus tard, ayant achevé mon installation dans cet établissement de qualité, je me mets à musarder dans le pays à la recherche de la Sapinière.

J'y vais au pifomètre, car je ne veux pas risquer d'attirer l'attention en demandant mon chemin. D'après le blaze de la propriété, celle-ci doit se trouver côté forêt. C'est donc en bordure du bois que je me mets à déambuler. Tout en matant les demeures qui se succèdent, je songe au mystère entourant ma peu banale mission. Curieux que le Vioque n'ait pas voulu m'affranchir. J'ai le nom et l'adresse de la dame, un point c'est tout. Je dois devenir son julot sans savoir pourquoi. J'ignore même ce qu'elle fait dans l'existence ; comment, de quoi et avec qui elle vit ! Avouez que c'est pas ordinaire, hein, mes choutes ? Surtout ne venez pas me faire de scènes de jalousie, je ne le supporterais pas. C'est déjà assez d'avoir à se farcir une bergère qui a largement dépassé le demi-siècle. Vous allez me dire qu'un demi-siècle, c'est l'adolescence chez les éléphants, mais chez les frangines ça commence à faire un peu beaucoup, faut se rendre à l'évidence. C'est d'ailleurs notre lot de consolation à nous autres, les bonshommes. A partir d'un certain moment, on prend l'avantage sur les souris. Elles ont une façon de devenir pas fraîches qui n'est pas la même que la nôtre. Moi, je connais des messieurs de soixante-dix carats qui se font des petites sauteuses de dix-huit piges entre deux tilleuls-menthe et un massage. Y a pas d'équivalence chez ces dames.

Elles canent bien après nous, d'accord, mais elles ressemblent à des morilles. Nous, les matous, pour peu qu'on travaille un peu nos deltoïdes et qu'on n'oublie pas le pamplemousse du matin, on fait illusion jusqu'au bout. Chez certain, notez bien, la détresse vient de l'entresol, because y a plus de répondant.

Il leur reste toujours les enjoliveurs et çui qui sait travailler de la menteuse et qui a un chéquier mieux approvisionné que son calcif s'en tire toujours.

A force de chercher la Sapinière, je finis par la découvrir, dans le bois de pins. En fait, ils auraient dû l'appeler la Pinière, mais ça n'aurait pas fait sérieux. C'est la crèche style *Maison et Jardins* : blanche, avec des portes-fenêtres et un toit d'ardoises mansardé. Elle est posée au milieu d'une pelouse d'un vert comestible, tondue comme un tapis de billard et au centre de laquelle glougloute une pièce d'eau. Sur la vaste terrasse pavée d'opus incertum j'aperçois des chaises longues provisoirement vides. Un gros chien de chasse couleur fauve avec des oreilles traînantes ventile le garden avec sa queue empanachée. Sur la porte, je lis un petit avis redoutable « Chien méchant ». Mais c'est du bluff, s'ils n'ont pas d'autre molosse que ce toutou frétillant, ils feraient bien de se faire poser une mitrailleuse jumelée sur le toit.

Je file mon coup de périscope sagace number one en passant et je continue ma route, mine de rien. Je parcours encore une quatrecentaine de mètres, puis je reviens sur mes pas. J'ai la démarche du vacancier qui se baguenaude. Je cueille une fleur que je glisse entre mes ratiches éclatantes.

La fleur à la bouche, c'est toujours du meilleur effet. Ça ressemble au petit drapeau d'un compteur de taxi lorsqu'il est relevé. Ça veut dire « libre ». La fleur au fusil, tenez : c'est du kif. Quand un zig a gagné la guerre, il met une fleur de nave dans le canon de son lebel pour signifier qu'il est disponible.

Notez bien qu'en France cette décoration florale se perd depuis qu'on a pris l'habitude de perdre les guerres ou de les gagner par personnes interposées.

Je reviens donc sur mes pas et j'aperçois une petite construction basse, derrière la propriété, en bordure de la pinède. Elle est disposée de telle manière qu'à l'aller, la demeure me la masquait. Cette construction offre une particularité : elle ne comporte aucune fenêtre. Je continue mon petit bonhomme de chemin, les mains aux vagues et le vague à l'âme. Maintenant, deux dames occupent les chaises longues. Je leur décoche mon regard de repérage des grandes occasions.

L'une des deux est jeune, blonde, bien roulée autant que l'éloignement me permette d'en juger. L'autre est vioque, rousse et fripée. Je frissonne en songeant que c'est celle-là la reine d'Espagne. La DS noire est stoppée en bordure de la propriété. Au moment où je passe, la dame d'un âge certain dit à l'autre :

— Ça ne t'ennuiera pas tout à l'heure de me conduire jusqu'à Mantes, chérie ?

Imperturbable, votre San-A. bien-aimé poursuit sa route.

Me revoici dans le village. J'avise une quincaillerie et j'y entre avec la détermination que vous savez.

Un vieux monsieur à lunettes bleues et à moustache blanche nicotinisée me demande ce que je veux.

— Avez-vous du fil de fer barbelé ? m'enquiers-je.

— Naturellement, répond-il. Vous voulez du gros ou du petit ?

— Du très gros.

Il va chercher un rouleau sous un hangar et revient en le tenant éloigné de sa personne.

— Quel métrage ? demande le digne homme.

— Mettez-m'en trente centimètres ! fais-je.

Il en laisse tomber son mégot, lequel mégot grésille sur sa blouse grise.

— C'est une plaisanterie ? demande le pauvre monsieur.

— Du tout, fais-je. Il ne m'en faut que trente centimètres.

Le marchand de gonds n'en croit pas ses étagères à cigarettes.

— Mais on ne détaille pas.

— Quelle est la plus petite quantité que vous puissiez me vendre ?

— Vingt mètres !

— O.K., j'achète un rouleau de vingt mètres !

Je le lui paie, puis, avec une aimable mais démentielle obstination, je murmure :

— Pouvez-vous m'en couper trente centimètres ?

Il obéit.

Je chope mon petit morcif de barbelé comme une rose, en faisant gaffe aux épines.

— Vous offrirez le reste aux rosières de la commune afin de protéger leur vertu, dis-je en m'en allant.

Une fois encore, je redrague près de la Sapinière. Tout en marchant, j'ai roulé mon petit bout de barbelé de manière à constituer une couronne ayant une dizaine de centimètres de diamètre. La DS noire est toujours stationnée devant la grille... Avant d'atteindre la voiture, je la jette sur le sol comme un palet ; ce, sans me baisser. Mon adresse professionnelle (Maison Poulagas, Paris) est telle que la couronne d'épines de cheval de frise tombe à quelques centimètres du pneu arrière gauche. Je n'ai qu'à la glisser sous le pneu, de la pointe du soulier, en passant. Ce travail accompli, je regagne le patelin, mais sans repasser devant la Sapinière afin de ne pas attirer l'attention. Je m'installe à la terrasse de mon auberge et je dis à la petite Maryse de me servir un double whisky avec un cube de glace. J'allonge mes cannes sur la chaise voisine, je croise mes mains sur mon ventre et j'attends.

J'occupe une position clé. D'où je suis, aucune bagnole ne peut traverser l'agglomération sans que je la voie.

Au bout d'un moment, la petite serveuse profite de ce que sa patronne prend son bain de pieds de moutarde quotidien pour venir draguer à la terrasse.

Ça n'est pas miss Europe mais elle est gentillette. Sans en faire ses beaux dimanches, on peut tout au moins en faire ses vilains mardis. Je lui place mes astuces-relaxes pour pique-nique dans les bois. Elle biche. Ma physionomie et ma Jaguar lui sont allées droit au jardin d'acclimatation. Elle rêve de monter dans l'une et d'être montée par l'autre. A mon avis, les deux choses peuvent se concilier.

Nous sommes en plein flirt lorsque la DS noire qui stationnait devant la Sapinière traverse le carrefour ayant les deux dames à son bord.

— C'est pas le tout, dis-je en me levant et en caressant la poitrine de Maryse histoire de m'assurer qu'elle n'est pas en fibrociment, mais il faut que j'aille jusqu'à Mantes pour câbler à mon éditeur de Djakarta qu'il peut imprimer mes œuvres sur Japon et non sur Hollande comme autrefois.

— On peut télégraphier d'ici, hasarde la gosseline qui

voudrait bien me conserver à portée de croupion. Il y a une poste auxiliaire.

Les bergères, c'est tout du même : dès que vous leur faites une risette, elles se croient obligées de vous mettre sous clé.

— Pas possible, expliqué-je, dans les bureaux auxiliaires, les câbles du télégraphe sont trop petits pour supporter les messages internationaux.

Elle comprend et hoche la tronche. Le gars Bibi remonte dans son carrosse et quitte très provisoirement Moisson.

Je sais — et j'ai toujours su — que vous avez une poignée de cheveux en guise de cerveau, pourtant je pense que vous avez pigé ma tactique, non ? Le barbelé sous le boudin de la chignole, c'est le pneu à plat garanti. Je nourris toutefois deux craintes. La première, c'est que ce pneu se soit dégonflé trop vite et que ces dames aient changé la roue avant de gerber. La deuxième, c'est qu'au contraire la fuite y aille molo et qu'elles aient le temps d'atteindre Mantes avant de stopper. Je me mets donc à pédaler avec un point d'interrogation gros comme ça à la place de lotion capillaire.

Je bombe sérieusement, sans parvenir à rattraper ces dames, et j'arrive dans Mantes absolument écœuré. Je me mets à musarder dans les artères de la ville, scientifiquement, les parcourant les unes après les autres avec une obstination de toutou recherchant son maître, mais en vain ! Qui mieux est, je n'aperçois pas la moindre DS noire. Pour un coup fourré, c'est un coup fourré, non ? Enfin, dans la vie, il faut savoir accepter les déconvenues. Après une heure d'exploration, je prends le chemin du retour. Et c'est alors que ma bonne étoile se met à briller. A deux kilomètres six cent vingt-sept mètres et quatre-vingt-douze centimètres de Rolleboise, qu'aperçois-je au bord du chemin ? Ça y est : vous avez déjà deviné, petits futés. Noix mais astucieux, hein ? Oui, c'est la DS noire (j'ai un copain de la Poule qui a une DS thé). Elle est sur le bas-côté et mes deux donzelles regardent le pneu à plat avec une grande affliction.

La plus jeune tient un cric à la main. C'est pas un cric du cœur ! Elle a l'air désespéré d'une planche à repasser à laquelle on offrirait un soutien-gorge. C'est, de toute évidence, la première fois qu'elle se trouve devant un problème aussi

épineux. Elle ne sait pas si on doit placer le cric debout, à
l'envers, de profil, sous la pédale de débrayage ou dans la boîte
à gants. Ça la rend perplexe, cette gentille. Et c'est fortement
dommage vu qu'elle est plutôt pas mal de sa personne. Je vous
ai dit qu'elle était blonde, n'est-ce pas ? Ai-je précisé qu'elle
l'était comme les blés mûrs ? Non, car j'évite les clichés en
général, la puissance de mon style se passant fort bien de ces
accessoires. Elle a de beaux yeux veloutés, dans les vert Nil,
une bouche extrêmement charnue, faite pour dire oui (et pour
en supporter les conséquences) et une poitrine comme j'en
souhaite une à toutes les femmes et même à quelques hommes
pour peu qu'ils veuillent faire carrière chez Mme Arthur. La
vioque, par contre, est plus vioque encore que je ne l'imaginais.
Autour de ses yeux, les rides se marchent sur les pieds. Elle a
les bajoues un peu flasques, les lèvres molles et si elle était trop
jeune pour servir en qualité de cantinière pendant la guerre de
70, du moins était-elle trop vieille pour le faire à celle de 14-18.

— Des ennuis, mesdames ? fais-je en stoppant à leur niveau.

Le regard de reconnaissance que me propulse la fille au cric
ferait déraper un rouleau compresseur.

J'utiliserais une ligne à haute tension comme hamac que ça
ne me ferait pas le même effet.

— Nous sommes à plat, dit-elle.

— Un instant, fait le San-A., très doctoral en stoppant sa
brouette un peu plus loin.

Je reviens, vif comme le papillon du matin vers les naufra-
gées.

— Donnez-moi cela, fais-je en lui prenant le cric.

En deux coups de cuillère à pot (d'échappement), j'ai réparé
le désastre. Ces dames me roucoulent des remerciements.
Monica Mickaël (la plus vioque) a son rouge labial qui ressemble à une glace framboise qui s'est attardée au soleil. Quand je
pense que le Vioque m'a donné l'ordre de me farcir cette
relique, j'en ai des frissons dans les endosses. Je suis pas du
genre chichiteux, notez bien. Et c'est pas parce qu'une dame a
du carat que je la branche fatalement sur les services de la
voirie municipale, oh que non ! Des mêmes, j'en ai piloté au
septième ciel sans prendre l'escalier de service, Croyez-le bien !

Mais celle-là est duraille à encadrer. Pour la grimper il faut
drôlement se raconter des histoires. Et pas les Contes de
Perrault, je vous jure ! Du croustillant ! Le Kama Sutra,

Gamiani, les Mémoires du garde champêtre amoureux, les Confidences d'une femme de chambre, les Souvenirs de la sœur Lanturlu, les Polissonneries de M. le comte et les Ébats d'une jeune fille volage. Toute la bibliothèque rose-ballet, quoi ! Ça aide !

— Nous ne savons pas comment vous remercier, qu'elles font en chœur, ces merveilles.

En matant la petite blonde, je sais comment elle pourrait me remercier. En considérant la vioque je sais aussi : elle, ce serait en me refilant vingt balles.

— Je vous en prie, coupé-je, trop heureux d'avoir pu vous rendre service ; seulement vous n'avez plus de roue de secours, vous allez loin ?

— A Moisson.

Je me paie un émerveillement de l'hémisphère Nord.

— Pas possible ! moi aussi, exulté-je. Voilà ce que nous allons faire : vous roulez et je vous suis. De cette manière, si par hasard vous creviez de nouveau, je pourrais toujours aller faire réparer votre roue.

Re-roucoulements.

— Ce serait bien un comble si nous crevions encore ! déclare Monica Mikaël.

M'est avis que ce serait assez dans ses emplois.

— Madame, déclamé-je, les crevaisons se produisent fréquemment en série. On reste parfois des années sans percer un pneu, et puis on crève trois fois en une heure lorsque le mauvais sort s'y met !

Voilà qui clôt l'entretien. La DS repart. Je lui file le train (arrière). Je vois ces dames qui papotent. J'ai l'impression d'être vachement concerné par leur discussion.

Nous parcourons sans encombre les derniers kilomètres et elles stoppent devant leur carrée grand standing. Le moment délicat est arrivé. Je descends de ma charrette.

— Si vous voulez me permettre, je vais porter votre roue crevée chez le garagiste du pays.

Tant d'amabilité les émeut. Elles acceptent.

— Je passerai la prendre ! m'assure la plus jeune en me tendant une main douce comme la peau d'un chèque approvisionné.

Je m'incline. Puis je prends la paluche fanée de la daronne. En la saluant je lui court-circuite tout ce que je peux comme désir refréné. Le côté « O vous que j'eusse aimée, ô vous qui le saviez ! » Elle reçoit le message et je vois son regard qui fait tilt. C'est pas tous les jours qu'un beau gosse en parfait état de marche demande la communication avec son standard. Le dernier, ça doit dater de l'année où Antonin Magne a gagné son premier Tour de France.

Je cramponne leur roue à plat et je la roule dans ma tire. Un dernier salut de la main, un dernier regard fripon à la vioque et je décarre.

Le garagiste est occupé à réparer un tracteur lorsque je m'annonce dans son gourbi. Il a un masque de beauté en cambouis de la bonne année et il est en train de traiter un écrou de noms inimprimables, sous prétexte qu'il lui a glissé des doigts.

— Ce que c'est ? demande-t-il, furieux.

Car, vous l'avez remarqué, je pense, rien ne met plus en colère un garagiste que de voir arriver un client. Certains qui ont un grand empire sur eux-mêmes arrivent à se contenir. Ils s'enferment dans un calme glacé et s'abstiennent de parler. Ceux-là sont des gars méritants auxquels je tire mon bada. Mais tous n'ont pas des nerfs d'acier. Chez la plupart, ça éclate illico. Dès que vous apparaissez, c'est la grosse crise : les gros mots, les injures. Il paraît qu'il y en a qui frappent. Je veux bien le croire. Mettons-nous à leur place, à ces malheureux : c'est pas drôle d'ouvrir un garage et de voir arriver des clients, comme ça, bêtement. Reconnaissons pourtant que dans l'ensemble, il fait un effort, le client. Il comprend la situation. Il est humble, il est patient. Il ouvre lui-même son capot et son portefeuille en bafouillant des excuses, en jurant qu'il ne voudrait pas déranger, qu'il attendra son tour... Seulement le garagiste n'est pas dupe. Il déteste la soumission, ça le met davantage en rogne, le cher homme. Mais l'apothéose, le fin des fins, c'est lorsque vous lui proposez de reprendre votre voiture en échange de la nouvelle que vous lui avez commandée.

Je vous mets au défi de ne pas sentir monter en vous une immense envie de vous suicider. Rien qu'à la façon dont il commence à faire le tour de votre tire, l'œil mort, la bouche tordue par un rictus abominable... Et quand il se met à parler, c'est la grosse panique. On se sent tout à fait incurable et honteux de l'être. « Vous appelez ça une auto, vous ? »

attaque-t-il. Le reste, vous ne pouvez plus l'écouter. C'est tout juste si vous attrapez, çà et là, des mots, des bouts de phrase qui augmentent votre confusion. « Vis platinées bouffées aux mites... Joints de culasse pétés... Les chemises pleines d'accrocs... Le carburateur qui ne carbure plus... Des bruits suspects dans le pont arrière... Le parallélisme qu'est plus parallèle... » Quand il finit par vous proposer une reprise à soixante pour cent du prix de l'Argus, vous tombez à genoux en sanglotant et vous lui baisez les doigts de pied. Vous envoyez des fleurs à sa dame, des bonbons à son petit dernier. Vous êtes prêts à vous faire tuer pour cet être magnanime. Vous mettez vite-fait cinq pneus neufs sur la chignole histoire de lui faire une bonne surprise. Vous lui faites cadeau du saint Christophe en or massif qui décore le tableau de bord et qui, s'il vous protège des accidents, ne vous protège pas pour autant des garagistes.

Celui d'ici écoute ma requête, en réprimant une terrible envie de me gifler.

— Laissez cette roue ici, qu'il dit, je la ferai à l'occasion.

— Quand ? osé-je insister.

Il réfléchit, tourne la tête vers un calendrier-réclame accroché à son mur et se perd dans des calculs vertigineux.

— Voyons, fait-il, nous sommes en mai... Juin, juillet, août, c'est la saison... Septembre, je pars en vacances... Octobre, c'est la chasse... Comptez dans le milieu de l'hiver.

— Je vais réfléchir, soupiré-je.

Je bombe jusqu'à Mantes. Là je trouve un garagiste stupéfiant, qui pour une petite prime d'encouragement de dix francs, consent à abandonner un graissage pour réparer la chambre à air.

Une plombe plus tard, me voici devant la Sapinière. Je sonne. C'est Mme Monica Mikaël en personne qui vient m'ouvrir. Elle me flanque à bout portant son sourire en or massif.

— Comment ! s'exclame-t-elle, vous avez la gentillesse de...

Je lui raconte l'odyssée. Elle est couverte de confusion de la tête aux pieds. Elle me fait entrer dans sa carrée, ce dont je rêve depuis déjà quelques heures. La blonde est encore ici, qui joue avec un chat bleu. Ces dames m'offrent un whisky, me chouchoutent, me complimentent, me convoitent, m'admirent... Le livinge-rome est meublé avec un goût extrême : en Louis XIII (leurs chaussures sont des Richelieu).

Une vaste cheminée, des baies à petits carreaux, des boiseries... on est bien. L'heure des présentations est enfin arrivée. Monica Mikaël m'apprend qu'elle s'appelle Monica Mikaël, son amie se nomme Virginie Baume. Elle est docteur en médecine. Mme Mickaël m'explique qu'elle s'est retirée à Moisson parce qu'elle a besoin de grand air et de calme vu que son gloméphore annexe a l'arbre à came qui prend l'eau. Elle adore ce charmant village, sa ravissante maison, son délicieux jardin, les merveilleux sapins, la douce Seine et le fabuleux ciel de l'Ile-de-France. Une seule ombre au tableau : elle ne peut conserver de domestiques, car ceux-ci s'ennuient ici. C'est une bonne dame du pays qui lui sert de femme de ménage. Mais elle vit si paisiblement que ça lui suffit.

Moi, naturellement, je leur raconte un tas de bobards à mon sujet. Vous me faites confiance, n'est-ce pas ? Je leur bonnis que je suis romancier. Je m'appelle Paul Kenny et j'écris des romans d'espionnage à forts tirages. Je suis venu à Moisson pour préparer le prochain, car j'ai besoin de m'isoler.

Ça les intéresse. Je leur explique que le bouquin en question nécessite une minutieuse préparation, car c'est l'histoire d'une bombe à retardement dont le mécanisme prend deux minutes trois secondes six dixièmes de retard par vingt-quatre heures. Cette bombe est destinée à un attentat. Le cortège officiel doit passer à une heure précise, mais il a vingt-quatre minutes d'avance. Étant donné que la bombe a été placée cinquante-quatre heures seize minutes huit secondes avant d'exploser et que la cérémonie doit durer trente-cinq minutes, mais que le souverain reçu est bègue et que par conséquent son discours, qui ne devrait pas excéder sept minutes, les excédera — ainsi que les spectateurs —, dans quelle condition l'attentat aura-t-il lieu, et portera-t-il ses fruits ? Suspense ! Elles sont très admiratives, les nanas. Elles ne savaient pas qu'il fallait sortir de math-élem, pour écrire des romans d'espionnage. Ça bouleverse leurs idées préconçues.

Au bout d'un moment, Virginie déclare qu'il est temps pour elle de regagner Paris. J'annonce que je vais prendre congé itou, mais Monica Mikaël m'assure que j'ai bien le temps, et elle fait la bibise à Virginie. Je me dis que si le Vioque pouvait me voir, il serait content de San-Antonio.

Un record, non ? Ça fait quatre ou cinq plombes que j'ai débarqué à Moisson et me voici déjà seul avec la dame à « traiter ».

Monica revient, un sourire équivoque sur ses lèvres craquelées.

— Vous reprendrez bien un autre verre ?

— Je ne sais si...

— Mais si, mais si ! insiste-t-elle de sa belle voix grave à la Marlène Dietrich.

Re-scotch, donc. On parle de la pluie et du Bottin. Depuis le départ de la jeune blonde, l'atmosphère s'est tendue comme la main d'un mendiant à la sortie de la grand-messe (ou comme celle d'un curé pendant). Nous sommes gênés comme deux petits jeunes gens qu'on a laissés seuls à la maison. Si c'était la gosse Virginie au moins qu'on m'ait donné l'ordre d'escalader ! Mais non : il faut que ça tombe sur la bisaïeule ! C'est bien ma veine. Enfin, quand on a une corvée à accomplir, le mieux n'est-il pas de s'en débarrasser au plus tôt ?

— Puisque vous êtes seule, susurré-je, pourquoi ne viendriez-vous pas dîner avec moi à l'auberge ?

— C'est proposé si gentiment ! se pâme la Mémé.

Nous voilà donc partis. Je préfère l'embarquer à l'auberge du village plutôt qu'à l'Élysée Club, croyez-moi ! La taulière ouvre des coquards façon hublot en nous voyant. Elle fait tout un tas de salamalecs à Monica qui est considérée ici comme une espèce de petite châtelaine. Tout en tortorant la blanquette à l'ancienne (tout à fait de circonstance) de la patronne, Monica me fait son œil de plâtre number one. Je sens ses nougats sous la table : frôleurs qu'ils sont. Voraces ! Envahissants ! Implacables. Je ne sais plus où me mettre ni comment me tenir. Les choses vont plus vite que je ne l'imaginais ! Et dire que le Vieux avait l'air de considérer cette mission comme un exploit ! J'ai envie de lui tuber pour lui demander de me mettre en congé de ma lady ! C'est trop, je n'en peux plus...

La frôleuse fait sa petite bouche. On dirait qu'elle va libérer un œuf. Mais non, il n'en sort que des mots. Bientôt il en sortira des maux ! Elle m'explique sa solitude, me raconte sa vie, ses rêves éculés (vous en êtes un autre). Elle était mariée à un biologiste dont les recherches étaient promises à un grand retentissement. Seulement c'est dans son laboratoire qu'il y a eu un grand retentissement puisqu'une explosion s'est produite

et qu'il a été si fortement éprouvé par une éprouvette qu'il en
est mort, le pauvre. Pour qui sait entendre entre les mots, le gars
Mikaël c'était peut-être un grand chercheur dans son labo,
mais pas au pageot. L'alambic l'accaparait trop. Tout ce qu'il
distillait à sa bonne femme, c'était des formules.

Bref, elle a été négligée, Monica. Elle se dit que sa vie arrive
sur la voie de garage et qu'elle n'a jamais connu le grand
frisson, sauf l'hiver où il a fait si froid. N'avoir qu'une existence et la paumer, c'est navrant, non ?

Je m'enhardis à lui caresser la paluche par-dessus la table.
J'ignore si elle me virgule des vannes, mais en tout cas ce léger
contact lui fait de l'effet. Du regard elle en redemande. Si votre
San-Antonio ne se met pas une armure et s'il prend pas la sage
précaution d'en faire souder les bas-morceaux, il est bon pour
passer à la casserole, mes loutes. Drôle de situation, non ? Je
suis ici pour ça, et pourtant la réussite de mon boulot me donne
envie de démissionner. Ah ! La nature humaine, c'est quelqu'un !

Le dîner expédié, je la raccompagne à la Sapinière. M'est
avis que c'est maintenant que mon destin va s'accomplir. Je
vois d'ici le programme : champagne frappé (c'est le brut qui
mérite d'être le plus frappé) avec langues de chat. Et puis
l'éclairage tamisé (t'as misé sur le bon numéro). Sûrement de la
musique douce, pour la chose du vertige. Le rapprochement
sur le canapé. La main baladeuse. Les « Vous n'êtes pas
raisonnable ». Le prenier baiser suivi de beaucoup d'autres,
tous plus frémissants et passionnés les uns que les autres. Ce
qu'il faut faire tout de même pour gagner sa vie ! Du train où
ça usine, avec un entraînement pareil, je vais être bonnard pour
ouvrir un clandé. Un clandé for ladies only. C'est toujours les
julots qui vont se faire reluire en catiminette. Pourquoi pas les
nanas après tout ? Les pauvrettes sont contraintes de commettre le péché d'adultère si elles sont maridas ou bien de se
rabattre sur l'hévéa transformé pour se donner de l'extase
quand elles ont, à la place d'époux, des rhumatismes défor-
mants. C'est pas juste. Allons, les gars, un peu de tact. Qui
est-ce qui s'associe avec moi pour lancer la maison aux dames ?

Quand on voit tous les minables qui se baguenaudent dans
les rues, on comprend tout de suite qu'il y a une fortune à faire
avec leurs dadames (et qui sait ? une bonne fortune peut-être,
en supplément au pogrome, comme on dit à Tel-Aviv).

Nous entrons. Une douceur infinie règne dans le jardin aux pelouses bien tondues. La vioque va mettre la téloche. Paraît qu'il y a une émission fantastique sur les collectionneurs. A ne pas rater. Elle branche l'écran magique. On voit le sourire, la pipe et la dent en or de Pierre Sabbagh. Il est chez un monsieur à tronche de mulot déshydraté qui collectionne des pansements. Faut dire à sa décharge qu'il s'agit d'un ancien infirmier des hôpitaux de Paris. Paraît que sa collection est la plus belle d'Europe. Elle comporte des pièces uniques. Jugez-en plutôt : le bandage herniaire de Charlemagne, le suspensoir de Louis XIV, un sparadrap de Marcel Cerdan, une escalope ayant été utilisée par Louison Bobet lors de son dernier Tour de France, un plâtre de Françoise Sagan, la bande Velpeau servant à bander la cheville de San-Antonio lorsqu'il subit la crampe de l'écrivain, de la charpie ramenée de Waterloo-Morne-Plaine (fin de section), une compresse ayant servi à Voltaire après qu'il eut reçu un coup de téléphone, le protège-dents de Joe Louis, une béquille à roulette (objet d'une extrême rareté), l'œillère en sèvres de Babylone que prenait Louis XV pour se rincer l'œil, un cataplasme de farine de lin qui guérit Victor Hugo d'un début de bronchite la fois où, à Guernesey, il avait oublié son jersey, et bien d'autres merveilles toutes aussi rarissimes. C'est très impressionnant. Et ça n'a pas de prix ! Le collectionneur explique qu'un magnat américain lui en a proposé dix dollars mais qu'il a refusé. Lui, c'est pour le Louvre qu'il travaille. Après lui, les musées nationaux hériteront de ces splendeurs. Tout ce qu'il souhaite, c'est la Légion d'honneur à titre posthume.

M. Sabbagh est terriblement ému. Ça se devine à la façon dont il se cramponne après sa pipe. Il n'en faudrait pas beaucoup pour qu'il verse un pleur : une pincée de poivre moulu suffirait.

Bon, c'est pas tout. A San-A. d'enrichir sa collection, les gars ! Je pose ma dextre sur la sinistre épaule de la vioque. Elle frémit. Moi aussi. Elle c'est de plaisir, moi c'est d'horreur ! Heureusement que la pièce n'est éclairée que par la clarté blafarde et palpitante du téléviseur. Dans la pénombre l'imagination prend mieux son essor. Je pense fortement à Brigitte Bardot, Michèle Morgan, Sophia Lorren, Kim Novak (demandez Kim), Doris Day et quelques autres et, en fermant les yeux, je risque une galoche bulgare. Ça la flatte, Monica. Mais elle se dérobe.

— Grand fou, chuchote-t-elle, comme vous êtes pressé ! Vous brûlez les étapes.

Je me dis que je la brûlerais bien elle aussi par la même occasion. Ça m'intéresserait de lui faire le coup du bonze bouddhiste. Je l'arroserais volontiers d'essence et comme je ne lésine pas je lui paierais même du super et j'allumerais avec un Dupont.

Mais le devoir avant tout. Je renouvelle ma tentative. Elle se laisse embrasser, puis, fermement, d'une voix plus rauque que celle de Marlène, elle supplie :

— Maintenant va-t'en, mon grand fou ; tu me plais trop. Je serais capable de te céder !

Vous voyez ce que c'est que la bonne éducation, mes fils ? Même dans les moments de grande tendresse on conserve la maîtrise de son vocabulaire.

— Pourquoi remettre à plus tard ? je rauquifie aussi.

— Laisse-moi me préparer à cette idée ! C'est tellement nouveau, tellement soudain... Reviens demain soir. Je t'aime déjà !

Et voilà le travail ! Il lui a pas fallu longtemps au San-A., hein, les filles ? Tout est dans la technique !

Je fais un baise-main style Jockey-Club à Monica et je prends congé.

*
**

De retour à l'hôtel je me hâte d'appeler le Dabe pour le mettre au courant de ma victoire. Je ne suis pas fâché de l'estomaquer un chouïa, le digne homme ! Il va piger que le sex-appeal de San-Antonio ça n'est pas une légende !

— Mission accomplie, patron, tonitrué-je.

J'avance un peu sur l'horaire, mais j'ai trop besoin de lui en cloquer plein les carreaux, au Tondu !

Il reste quatre secondes sans voix. Je m'apprête à répéter, pensant qu'il a les portugaises ensablées, lorsqu'il pousse une légère exclamation.

— Pas possible !

— Cela paraît vous étonner, patron ?

Un silence. Quelque chose ne doit pas carburer. Il toussote.

— Voulez-vous dire que vous êtes devenu l'amant de la dame ? répète-t-il en articulant.

— Et comment ! fais-je, non sans une certaine suffisance. Je peux même vous assurer que les choses ont été rondement menées.

— C'est ce que je vois, murmure le Boss. Eh bien, bravo, tous mes compliments.

Je me racle le gosier.

— Vous m'aviez annoncé que l'objet de ma mission me serait communiqué à ce moment-là, patron, je vous écoute...

— Il n'y a plus de mission, soupire le Daron, vous pouvez rentrer.

Du coup, j'en ai le grand zygomatique qui s'enroule après l'aorte.

— Comment cela, patron ? balbutié-je.

— C'est ainsi, coupe-t-il sèchement. Je vous remercie, San-Antonio, et j'espère que ça n'a pas été trop... heu... pénible. Bonne nuit.

Il raccroche. Je reste en tête à tête, ou plutôt, en joue à joue, avec le combiné. Un peu siphonné sur le pourtour, qu'il est, votre San-Antonio chéri, mes belles. A quoi tout cela rime-t-il ? Un léger remords me taraude. J'ai affirmé au Vioque que j'étais devenu l'amant de Monica, mais ce disant, j'ai quelque peu anticipé. Si l'on prend les choses à la lettre au cours de cet instant de folie vécu à la Sapinière sous les yeux bienveillants de Pierre Sabbagh, et devant sa pipe riche en émulation, je n'ai pas accompli la totalité de mon travail. Rendez-vous à l'évidence, les gars : votre San-Antonio, toujours un peu crâneur, en a remis, histoire d'épater le Tondu. Je raccroche et je gagne ma chambre. Le sommeil est long à venir. Je suis stupide de faire des crises à conscience professionnelle pour des choses aussi vénielles.

J'intime donc l'ordre à mon petit lutin impertinent de la boucler, et je m'abandonne pour changer dans les bras de Morphée.

CHAPITRE III

Dans lequel je joue les empêcheurs d'enterrer en rond.

Le lendemain, je me présente chez le Dabuche pour une mise au point. Mais le Tondu est à l'enterrement de la grand-tante du ministre des Contraventions-pour-stationnement-unilatéral-non-observé (l'un des plus actifs puisque détenant un portefeuille vaste comme les cales du *France*). La grand-tante du ministre se prénommait Léone et mesurait un mètre quatre-vingt-dix. Elle a longtemps défrayé la critique, et on peut même dire que, par instants, elle l'a effrayée. Elle est morte accidentellement, en s'asseyant par mégarde sur une bouteille de Perrier : l'occlusion intestinale, ça ne pardonne pas. Je trouve une note du Boss sur mon burlingue :

> *Prière partir d'urgence pour me représenter au Congrès international de Police à Godthaab, Groenland. Invitation et billet d'avion ci-joints. Cordialement.*

Un peu laconique, mais péremptoire. Je me dis qu'un petit voyage me changera les idées et je rentre à la maison histoire d'y prendre un pull-over, vu que le Groenland n'est pas encore climatisé.

Voyage sans incident, Godthaab est une coquette cité de 92 habitants, célèbre par son stade pouvant contenir 112 000 spectateurs, par sa mosquée édifiée à l'intention des Arabes habitant la région, par ses plantations de freezers et par son équipe de hockey sur gazon. J'ai une chambre magnifique retenue à l'Iceberg-Palace, l'un des hôtels les plus confortables de la ville puisqu'il comporte l'eau froide à tous les étages et un skating par appartement. Des phoques dressés servent le petit déjeuner au lit et les couvertures sont tissées avec les laines du pingouin, c'est vous dire ! Le Congrès de la police a lieu au Palais de glace de Godthaab. Il est placé sous la haute présidence d'Heudebert Gervais, le chef de la délégation esquimaude, plus connu sous le surnom de Kim. Les mérites de ce grand policier ne sont plus à vanter. Chacun se souvient qu'il fut chef d'igloo pendant la guerre ; puis qu'il organisa la Résistance dans une centrale électrique. Il passa son bac à glace avant d'entrer dans la Brigade des Congélateurs. C'est alors qu'il écrivit le livre qui devait le rendre célèbre, « le Zéro absolu et l'infini », ouvrage qui connut un grand retentissement. Sous-secrétaire d'État aux Frigidaires, il fit geler les capitaux américains entreposés dans les caves de la B.G. (Banque Groenlandaise), abolit la taxe sur les marmites norvégiennes et contribua par son action au développement du tricot Rasurel. Il est à la source du jumelage du Mont-Blanc avec le Groenland, ce qui donna lieu à des festivités qui sont encore dans toutes les mémoires. Chacun se souvient que le maréchal Juin y participa, ce qui fit fondre les bonshommes de neige jalonnant le parcours officiel.

Notre glorieux représentant offrit une glace biseautée à la femme du maire de Godthaab et reçut en échange une calotte glaciaire à glands.

Bref, sous l'impulsion d'un homme comme Kim, le Congrès se déroule dans un climat chaleureux.

Après quinze jours de délibérations, coupés de réceptions officielles, les congressistes votent une motion réaffirmant la nécessité de la police et décidant la création d'une gaine de velours à l'usage des matraques d'agent (gaine ne devant être utilisée que pour les défilés). Mais bien des points secondaires ont été abordés au cours de nos travaux. Ainsi, par exemple, le Congrès s'est penché sur l'emploi du dégivreur de sifflet (indispensable pour assurer la circulation pendant les hivers rigoureux), et sur la création de garde-fou destinés à protéger certains passages à tabac particulièrement dangereux. Nous avons également examiné nombre d'accessoires proposés par des chercheurs assidus, tels que l'appareil à masser la nuque (Belmondo's speriment), la raie jaune volante pour jalonner les pistes, la gomme à effacer les erreurs judiciaires et bien d'autres merveilles du genre. Le bilan de nos travaux est positif et c'est d'un cœur léger que je retrouve Paris.

Après mon rapport au Dabe, je fonce vers le troquet du coin. C'est bon de rentrer au bercail, de retrouver Pantruche, le

muscadet et les amis. De mon petit bistrot me plaît l'ardoise
fine. Béru s'y trouve, qui pérore doctement. Il raconte sa toute
dernière enquête avec des détails et des épithètes qui n'appartiennent qu'à lui :

— V'là cette brave dame qui rentre de la chiote d'auscultation du docteur. « Je tousse », qu'elle lui dit. — « Déloquez-
vous ! » qu'il lui rétrocède. Bon, la vioque se défringue comme
si qu'elle serait à l'hôtel du Pou Nerveux avec un gigolpince.
Le toubib la fait t'étaler sur sa canne à pêche... Je veux dire :
sur son canapé. Il lui cloque une serviette sur le dossard.
« Comptez ! » qu'il lui ordonne. Et v'là la cliente qui se met à
compter. Avec la tronche du doc sur ses beaux moplates. A
douze mille cinq cents elle s'arrête, complètement épuisée.
« Ça ira-t-il comme ça, docteur ? » qu'elle demande. Mais le
médecin répond rien : il était cané !

— C'est ta dernière histoire marseillaise, Gros ? interviens-je.

Le Mastar fronce ses brosses à faire reluire son regard et
s'écrie :

— Tiens ! Voilà le plus beau !

On fait un malaxage général de cartilages ; après quoi le
bonhomme reprend le cours interrompu de son récit.

— Ce que je bonnis est textuel, affirme-t-il. C'est l'affaire
sur laquelle m'a collé le Vioque.

— Et de quoi est-il clamsé, ton toubib ?

— C'est le Gugus qu'a lâché. Comme quoi ce sont des
choses qu'arrivent même z'aux toubibs. Moi je trouve que c'est
réglo qu'y en ait qui clabotent comme leurs clients ; c'est
toujours les malades qui canent, pourquoi t'est-ce que ça ne
serait pas les médecins, histoire de faire la relève ?

Sur cette vigoureuse déclaration, le Gros écluse un solide
gorgeon. Puis affable, il me questionne :

— C'est beau, le Groenland, San-A. ?

— Féerique, ma grosse pomme.

— J'ai toujours rêvé d'y aller : moi, les palmiers, les plages
de sable fin, la mer couleur d'hémorroïde, ça me cloque du
vague à l'âme.

Il considère le cadran solaire de sa montre et se lève.

— Mande pardon, les gars, mais faut que j'aille au grill-
room du Père-Lachaise.

— Comment ça ? interrogé-je.

— Le toubib que je te cause : on l'insinue dans une heure.

— Puisque la mort est naturelle, pourquoi assistes-tu aux funérailles, Gros ? sourcillé-je.

Il me virgule une œillade savante.

— C'est pas pour le toubib. Lui, j'en ai plus rien à foutre, mais c'est rapport à sa mousmé. Cette souris, elle a un je ne sais pas quoi qui vous taquine l'idéal.

— Et tu estimes que le Columbarium est un endroit choisi pour aller flirter avec la veuve d'un gars qu'on passe au barbecue ?

Il agite un boudin gros comme un bâton d'agent et, sermonneur, déclare :

— Les gerces, San-A., y a pas plus bizarre que leur comportement. Pour rien te cacher, j'ai un certain ticket avec la dame que je te cause, et colombin ou pas, je vais aller faire miroiter mes charmeuses. Elle sera sensible que moi, flic chargé de l'enquête, j'aille voir insinuer son mari. C'est délicat, non ? Et des fois qu'elle tomberait en digue-digue, vu la cruauté du moment, y aurait le bras d'acier de l'homme délicat pour la soutenir.

Ayant dit, le cher homme quitte l'établissement.

— J'y vais aussi, décidé-je.

Ça lui chanstique un peu l'allégresse.

— A cause ? Tu les connais pas.

— Justement, je voudrais voir à quoi ressemble cette belle veuve qui t'a si fortement troublé.

— Une merveille ! bavoche Sa Majesté. Sa maman savait drôlement habiller les squelettes, crois-moi. Et puis c'est quelqu'un, côté intelligence. Elle est médecine, elle aussi. Dommage qu'elle se soye pas spécifiée dans les voies urinaires, j'eusse z'été client.

— Pourquoi, Gros, t'as des ennuis de vessie ?

— Non, mais ça ne doit pas être déprimant du tout de se faire bricoler la prostate par ses mains de fée.

— Tu manques de décence, Gros !

Il file un regard à sa jauge.

— Tu charries, j'ai fait le plein ce matin !

Nous partons pour le cimetière.

**

En cette délicate journée de mai, le ciel de Paris ressemble à un ciel florentin. Y a de la légèreté partout. Le Gros, qui sait être poète à ses heures, m'en fait la remarque.

— C'est pas un temps à se faire crémer, hein ! murmure-t-il.

— Non, conviens-je, si on aime la chaleur vaut mieux aller à Antibes.

Nous rangeons la chignole en bordure du Père-Lachaise et nous remontons l'allée qui conduit au Columbarium.

— C'est peinard, ici, remarque le Gros ; tu vas p't'être dire que je suis mord-bide, mais les cimetières, ça m'a toujours plu. Y a des fleurs, c'est tranquille, et puis toutes ces veuves qui viennent faire du jardinage, ça porte à la peau !

— Imagine ta gravosse en noir, Béru, tenté-je de le doucher. Avec un arrosoir pour hydrater le chrysanthème de ta tombe.

— J'imagine mal, murmure-t-il sans la moindre mélancolie, biscotte c'est plutôt moi que je vois usiner sur sa tombe à elle. Je la pleurerais bien, Berthe. On viendrait le dimanche après-midi avec Alfred le coiffeur, ou peut-être le lundi vu que c'est son jour de fermeture. J'y apporterais de la fleur de saison, sauf du lilas vu qu'elle est algébrique aux lilas. Ça lui déclenche le rhume des foins.

La perspective d'une Berthe descendue à fond de cale ne l'émeut pas. Il découvre même un certain charme à la chose.

Nous voici devant le funèbre bâtiment. Des gens recueillis attendent. Ils sont là une cinquantaine qui discutent à voix basse de leurs petites affures. Il y a un vieux chprountz qui explique l'enfilochage de sa dernière truite à un autre crabe détérioré du dôme. Une grosse dame donne la recette du pâté de canard à une autre qui répète docilement chaque phase de l'opération, histoire de bien se l'engranger dans la pensarde.

Un homme d'affaires louche sur sa montre. Un autre sur le décolleté d'une jeune fille. La vie qui continue, quoi !

Radine enfin le corbillard automobile.

Les garçons de piste de la maison Borniol déballent le défunt tandis que ses proches quittent leurs sièges.

Le Gros me refile un coup de coude dans les côtelettes.

— Mords la canne, Gars !

Ce que je vois de la veuve ne pousserait pas un hippocampe à la débauche. Sous ses voiles noirs ses charmes ont disparu (en admettant qu'ils existent). Elle donne le bras à une dame d'un certain âge, mais elle marche d'un pas ferme. C'est pas du tout le genre « Incinérez-moi avec lui ».

— T'as maté ses cannes, Gars ? bafouille l'Enflure.

La dame possède effectivement des jambes admirables.

— Et la taille, dis : la taille ? Elle achète pas ses corsets chez le tonnelier, hein ?

J'opine. C'est vrai ; la taille est fine sous le manteau noir bien ajusté.

— Le valseur, Gars. T'as mordu le valseur ?

— Pas encore, mais il me paraît comestible, admets-je.

— Moi, je passerais bien mes vacances avec, soupire l'Hé-norme. Il est exactement dans les normes, San-A. Un beau valseur, Gars, doit pas être trop fort, ni trop menu. Trop fort, il décourage la main ; trop menu, il l'attriste. Le dargeot idéal c'est lui, là-devant. La rondeur est belle, son va-et-vient réglé comme le balancier d'une horloge et la fermeté n'est pas discutable. C'est comme si je le toucherais. Je peux te dire comment c'est qu'il est : malléable tout en restant dur. C'est pas donné à tous les proses. Tu chercherais de la cellulite à la loupe que t'en trouverais pas. Le bourrelet est inconnu au bataillon. Et je peux t'annoncer que la peau est toute pareille à du chevreau travaillé. Satinée, je devine. Et fraîche. Un baigneur doit pas être chaud au départ.

» Les c... chauds, ce ne sont pas les plus beaux, t'es d'ac-cord ? Tiède, je ne dis pas, mais pas chaud.

Nous voici dans l'édifice.

On se range en demi-cercle.

Et c'est alors que j'ai ma grosse commotion, les gars. Il me semble tout à coup que l'univers se met à gambader autour de moi. Comme dans un brouillard, je vois les croque-morts quitter le hall en coltinant le cercueil. Il y a des reniflements, des sanglots bien venus. Mais tout cela se déroule sur une autre planète ou, plus exactement, dans une autre dimension. Ce qui cristallise toute mon attention, c'est la dame au bras de laquelle se cramponne la charmante veuve. Cette personne, je la connais. Il s'agit de Monica Mikaël.

Vous avez bien lu ? Monica Mikaël, ma conquête de Moisson ! Fantastique de la retrouver ici, non ?

Je chope le gigot du Gros.

— Au fait, Béru, comment s'appelle-t-il, ton toubib ?

— Alexandre Baume. Pourquoi ?

— Pour rien, fais-je en m'éloignant.

Bérurier a un mouvement de surprise en me voyant filer, mais sa veuve accapare tout son intérêt et il joue des coudes pour se hisser à son niveau.

La veuve ! Il s'agit de Virginie Baume, la blonde amie de Monica ! Je comprends qu'elle est gironde ! Pour une fois, le Gros a les mêmes goûts que moi.

Je me catapulte dans les coulisses du Columbarium. Un gardien veut me retenir, mais je lui fais lâcher prise d'un revers du coude. Je m'annonce vers l'incinérateur au moment où les spécialistes s'apprêtent à enfourner le défunt.

— Arrêtez ! leur enjoins-je.

Ils m'examinent d'un œil pas content.

— Je vous demande pardon ? me demande l'un des boulangers.

Le valeureux San-Antonio, l'homme qui n'a peur de rien, montre sa carte.

— Police. N'incinérez pas le corps. Un supplément d'enquête vient d'être décidé.

Je m'abstiens simplement de préciser qu'il l'a été par moi.

— Vous avez un papier ? balbutie l'enfourneur, embêté.

— Il vous parviendra d'ici une heure.

— Mais qu'est-ce qu'on va dire à la famille ?

— La famille n'assiste pas à... heu... la combustion ?

— Non.

— Alors vous ne dites rien. Lorsque le temps normal d'incinération sera écoulé, vous procéderez comme d'habitude. C'est-à-dire que vous remettrez l'urne qui est censée contenir les cendres.

— C'est pas très régulier, affirme le plus teigneux des crémiers.

— Ça le deviendra, fais-je.

— Qu'est-ce qu'on fait du client ?

— Vous n'avez pas que des cuisinières à gaz dans votre cuisine, vous avez aussi des frigos, je suppose ?

— Ben oui...

— Alors mettez-le au frais. Après la cérémonie bidon, je vous donnerai d'autres instructions.

CHAPITRE IV

*Dans lequel il est prouvé que le Père-Lachaise mène à tout...
à condition d'en sortir*

— Psst ! Gros !

Sa Majesté qui déambulait dans une allée bordée de couronnes de perles s'arrête. Il regarde autour de lui et me découvre, embusqué derrière un mausolée à grand spectacle habité par un richissime aficionado du Châtelet.

Sévère, la bouche lippue, l'œil en goutte d'huile, le front plissé comme un Kodak à soufflet, il s'avance sur moi en faisant gémir le gravier.

— Peux-tu me dire quoi t'est-ce que signifie ton altitude, Gars ? me demande-t-il. Tu t'es taillé comme un malpropre au moment où ce que la cérémonie commençait. J'ai cru que c'était d'ordre intestinal, mais ne te voyant pas revenir, je m'ai inquiété.

Je l'attire à l'écart : la veuve et Monica ressortent du Columbarium. Le Gros a un frémissement.

— Faut que j'allasse présenter mes condoléances, me dit-il en essayant de s'arracher à mon étreinte.

— Moule-moi avec tes mondanités ! m'emporté-je. Il s'agit bien d'aller faire des ronds de jambe !

La gravité de mon ton le trouble.

— C'qui s'passe ? interroge-t-il dans un soupir.

— Tu es certain que le décès du toubib était naturel ?

— C'te couennerie : on a fait l'autopsie. C'est pas moi qu'ai décidé ça tout seul, mais le légiste.

— Comment se fait-il que le Vieux t'ait chargé d'une besogne qui relève du commissariat de quartier ?

Il se gratte le lobe et, ayant terminé cette opération, s'arrache un poil du nez.

— Va lui demander, il ne me l'a pas dit !

— Ça ne t'a pas surpris ?

— S'il fallait se poser des questions chaque fois que le Tondu nous fout au labeur !

— Tu as interrogé la personne qu'il était en train d'ausculter lorsqu'il est mort ?

— Non, fait-il en pâlissant un peu. Tu penses que c'eût été t'utile ?

— Quand on est chargé de mener une enquête, Gros, interroger le principal témoin, c'est utile !

— Mais puisqu'il est mort de sa bonne mort !

— Au moment où le Vieux t'a mis sur l'affaire tu n'en savais encore rien !

— Mais l'assistante du docteur m'a expliqué. Et puis y avait un de ses confrères sur place qui déjà déclarait que c'était un arrêt du cœur !

Et, vite, il se hâte d'enchaîner :

— Je m'ai contenté de réclamer une autopsie. Après tout, c'était le principal, non ?

— Yes, Gros. Mais ça n'était pas tout. Tu vas séance tenante retrouver la cliente qui a compté jusqu'à douze mille cinq cents avant de s'apercevoir que Baume était cané. De la nuance, hein ? Du doigté.

— Mais p... d'Adèle ! jure le Malotru, quoi t'est-ce qui s'est passé pour que soudaince tu prisses l'affaire en main alors que c'est moi dont à qui on a chargé d'enquêter ?

— Il s'est passé que je connais ta jolie veuve, balourd !

— Pas possible !

— *A priori* je n'ai rien à lui reprocher, sinon d'être l'amie intime d'une dame que le Dabe m'avait chargé de surveiller.

— Et la dame que tu causes, elle a mis le feu à l'Élysée, tué son père ou violé un petit garçon ?

— Non. A ma connaissance elle n'a rien fait.

— Ah ! Ah ! tonitrue l'Enflure. Et c'est pour ça qu'elle est suspecte ? Soupçonnée de n'avoir rien fait ! Tiens, j'en ai mon bandage herniaire qui roule sur la jante, Mec !

— J'ai dit qu'elle n'avait rien fait A MA CONNAISSANCE, Gros. Mais j'ai idée qu'à la connaissance du Vieux elle a sûrement fait quelque chose ! Du reste je vais en avoir le cœur net. Fais ce que je t'ai dit et rembour dans deux plombes au burlingue, ça joue ?

Béru Ier, roi des Naves, secoue véhémentement sa lourde tranche violacée.

— Jockey ! fait-il. Mais je suis prêt à te parier la peau de mes joyeuses que Mme Baume c'est de la personne sans tache. Persil lave pas plus blanc, souviens-toi-z-en.

Là-dessus, il enfonce son bada de quatre bons centimètres,

ce qui amène le couvre-chef à la limite de sa visibilité, et il se barre dans Pantruche, comme un sanglier dans un champ d'investigation.

*

Le Dabe a sa frite des grands jours. Celle qu'il arbore lorsqu'il va chez un ministre ou lorsqu'il en revient.

— Vous avez voulu me voir ? demande-t-il d'un ton maussade, ce qui, traduit en clair signifie « pourquoi venez-vous m'avemmaverdaver étant donné que je ne vous ai pas sonné ? ».

Ça ne m'émeut pas. Si on ne cassait pas les lattes à ses supérieurs, à qui les casserait-on, mon Dieu ?

— Oui, patron. C'est rapport à l'affaire Monica Mikaël.

Du coup, son regard d'émeraude se fige. Sa main de masseur se met à triturer un coupe-papier en bronze représentant un lézard.

C'est fou ce que le Dabe peut chatouiller son lézard lorsqu'il est préoccupé.

— Eh bien ? insiste-t-il.

— Je viens de voir cette personne...

— Où ?

— Au Père-Lachaise. Elle était en compagnie d'une de ses amies qui vient de devenir veuve à la fleur de l'âge.

Son regard couleur des mers du Sud s'anime. Un mince sourire fleurit sur ses lèvres glacées.

— Mme Baume ?

— Oui, patron. Et j'aimerais savoir pourquoi vous avez chargé Bérurier d'enquêter à propos d'un décès normal.

— Je voulais savoir s'il l'était, normal, précisément.

— Puis-je vous demander la raison de votre inquiétude ?

Il lâche son lézard et fait craquer ses jointures en opposant ses mains comme pour une prière et murmure :

— Dans notre métier, San-Antonio, nous avons des intuitions. Je ne vous apprends rien.

— En effet, patron, reconnais-je.

— Depuis quelques mois je fais surveiller Monica Mikaël.

— Pour quelle raison, Boss ?

— Sans raison.

Il se tapote le pif.

— Elle était l'épouse d'un éminent biologiste. Un jour j'ai lu dans une revue technique un long papier sur l'œuvre de Mikaël. Ce papier m'a frappé.

— A cause ?

Agacé, il secoue la tête. Il n'aime pas se livrer, le Tondu. Ça le gêne d'admettre qu'il a des caprices et qu'il mobilise ses éminents limiers[1] pour se dissiper des arrière-pensées.

— Ce serait trop long à vous expliquer, mon cher ami.

Beau fixe, les gars ! Je suis son cher aminche ! Y a du progrès.

— Ayant fait surveiller cette dame, j'ai appris qu'elle ne fréquentait qu'une seule personne et que cette personne était Mme Baume. Aussi, lorsque j'ai lu le décès du mari de cette dernière dans le journal, ai-je chargé Bérurier de s'assurer que tout était en ordre.

— Et il a fait procéder à une autopsie. La veuve a dû ruer dans les brancards ?

— Je ne crois pas. Elle a seulement exigé une discrétion absolue. Et elle l'a obtenue puisque la presse n'en a pas parlé.

Je fais claquer mes doigts.

— Je réclame une contre-autopsie, patron.

— Trop tard, Baume a été incinéré.

— Non, patron.

Je lui raconte ma petite initiative du Columbarium. Mon culot le fait un peu tiquer, pourtant le Décoiffé apprécie les coups de tête.

— Fort bien, mon bon. Carte blanche !

Carte blanche ! Combien de fois me l'a-t-il balancée, cette petite phrase-miracle !

Son bon se prend la main et s'emmène promener dans les étages supérieurs. Je vais au labo et je demande aux aminches de faire prendre le docteur défunt au Columbarium.

Je leur dis qu'une autopsie a été déjà pratiquée, mais que j'aimerais avoir leur opinion. Pas besoin de leur faire un dessin !

Ils vont mettre le paquet, les frères !

Il ne me reste plus qu'à aller attendre le preux Béru dans mon bureau. J'ai la joie profonde d'y trouver l'émouvant Pinaud. Il est en train de se livrer à une fort délicate opération

1. Mais oui, c'est bien à moi que je fais allusion !

comptable. Nanti d'un petit flacon à étiquette rouge, il compte les gouttes qui s'en échappent.

— Vingt-sept, vingt-huit, vingt-neuf et...

— Salut, Pinuche, qu'est-ce qui ne carbure pas ?

Il relève son flacon.

— Oh ! c'est toi, San-A.

Il me montre son mystérieux — et inquiétant — petit flacon.

— Tu vois, me dit-il. C'est l'âge !

Je réclame des précisions et il me les donne complaisamment.

— Depuis quelque temps j'ai des absences de mémoire. D'un moment à l'autre, je ne me rappelle plus ce que j'ai fait.

— C'est embêtant, ça, petit bonhomme !

— Tu parles. J'ai consulté un neurologue. Paraît que j'ai des troubles du disjoncteur. C'est comme qui dirait pour ainsi dire un court-circuit qui se ferait dans ma tête à certains moments.

Pauvre Pinuche ! Pauvre cher, brave, bon et adorable Pinuche, si doux, si inoffensif, si tendre. S'il a la cervelle qui prend le jour, je le vois mal parti !

— Et ton médicament, c'est quoi ?

— Je me rappelle plus, avoue-t-il.

Il regarde le flacon.

— Ah oui : du Bézu fondamental ; y a de l'extrait de glandes dedans. Avec du phosphore et du gardénal. Ça calme les nerfs et ça les régénère. J'ai confiance. Trente gouttes par jour, pas une de plus.

Il consulte sa montre.

— Il faut que je les prenne, c'est l'heure.

Et il se remet à laisser tomber des gouttes dans son verre.

— Une, deux, trois, quatre...

Le téléphone sonne et je décroche. C'est le zig du labo qui me demande à qui il doit réclamer les fafs officiels pour aller retirer la viande froide. Naturellement je le branche sur le Vioque.

Pinuche, lorsque je raccroche, achève de compter ses gouttes :

— Vingt-sept, vingt-huit, vingt-neuf et...

Là-dessus, le Chevalier Béru fait une entrée de théâtre. Il a mis des lunettes de soleil aux verres gros comme des hublots de bathyscaphe et à la monture achardienne.

— Tu te prends pour Belmondo, je ricane.

Il hausse les épaules.

— J'ai découvert ça récemment. Rien de tel que des verres fumés pour te rendre méconnaissable. Si je te dirais que quand je suis rentré chez moi avec ça, ma Berthe m'a pas reconnu et qu'elle s'est mise à me faire de l'œil parce qu'elle croyait que j'étais un représentant.

Puis, visant Pinuche :

— Tu te farcis des gouttes, pépère ? s'étonne-t-il.

Pinaud relève son flacon au bec duquel perle la trentième goutte.

— C'est rapport à certaines absences de mémoire, ré-explique-t-il volontiers. Ça me prend, parfois. D'un moment à l'autre, je me rappelle plus ce que je fais !

Le Gros empoigne le menu flacon à pleines francforts.

— Et c'est bon, ce truc-là, quand on a le bulbe qui fait relâche ?

— C'est miraculeux, assure Pinuche. Je ne me rappelle plus qui en a pris et a été guéri.

Il réfléchit un instant, puis, secouant la tête, il soupire :

— Non ; je me rappelle plus qui !

— Tu as le renseignement ? je demande à Béru.

— Yes, monsieur. La dame qui se trouvait dans le cabinet du docteur quand c'est qu'il a lâché la rampe, c'est une certaine Monica Mikaël, qui habite...

— A Moisson, dans les Yvelines !

Il en ouvre puissamment la bouche, nous découvrant, outre des chicots noircis et les débris d'un dentier sinistré, une langue grisâtre.

— Mais... tu...

— Oui, je !

— ... quatorze, quinze, seize..., égrène Pinaud.

Je regarde distraitement les gouttes qui pleuvent du flacon.

Marrant, le hasard, hein ? Il a fallu que je revienne de voyage juste au moment où l'on fricassait le docteur Baume. Et qu'est-ce qui m'a poussé à accompagner Béru au Père-La-chaise, sinon un instinct secret, blotti au fond de moi-même comme un mendiant sous le porche d'une église ?

— Vingt-sept, vingt-huit, vingt-neuf, et trente ! termine Pinaud.

Il verse un coup de beaujolais dans son verre.

— Tu le prends avec du juliénas, ton remède ? m'étonné-je.

— Pourquoi pas ? objecte péremptoirement Pinaud.

Il lève son glass.

— A la bonne vôtre.

C'est alors que je m'arrache à mes préoccupations, à ma distraction et autres rêveries professionnelles.

— Malheureux ! ne bois pas !

— C'est à moi que tu causes ? demande Pinuchet après avoir éclusé son godet recta.

— Tu as compté trois fois trente gouttes dans ce verre !

Il hausse les épaules.

— Qu'est-ce que tu racontes. Y a pas plus minutieux que moi !

Puis, avec un rire chevroté :

— Tu te figures que j'irais chahuter avec ça ? Alors que sur l'étiquette il y a écrit en gros, de ne pas dépasser la dose precrite, et que...

Il ne termine pas sa phrase. Son nez tombe sur son gilet. Il se met à roupiller comme huit millions de téléspectateurs pendant l'émission consacrée aux secrets des chefs-d'œuvre !

— Il se trouve pâle ! barrit le Gros.

Je chope la boîte ayant servi d'emballage au flacon, j'en retire le fameux prospectus qui fait tant de bien à lire. Il est dit que dans les cas d'agitation forcenée et d'amnésie totale, on peut aller jusqu'à cent gouttes. C'est à peu près la dose que vient de se farcir Pinuche.

Rassuré, je le coltine dans mon fauteuil. Je lui allonge les jambes sur une chaise, lui croise les mains sur le ventre, lui rabats le bada sur l'œil, lui glisse un coussin dans les endosses et je ferme les volets.

— Laissons-le oublier la vie, dis-je. Avec la gueule qu'elle a, il ne perd pas grand-chose.

L'homme aux lunettes noires m'accompagne jusqu'au bistraque du coin.

— Ne m'as-tu point dit, Honorable Enflure, que le docteur Baume avait une assistante ?

— Sifflet ! répond le Valeureux. (Ce qu'il convient de traduire par « si fait ! ».)

— Tu as l'adresse de cette souris ?

L'homme à l'intelligence-en-berne me cligne de l'œil. Il fouille ses profondes, en extirpe des choses bizarres et sans utilité manifeste, et finit par sélectionner dans cette annexe de la voirie municipale un couvercle de boîte de camembert. L'une des faces est ornée d'un portrait de vache ressemblant comme une sœur à Bérurier — à croire que c'est sa carte d'identité qu'il vient de sortir — l'autre comporte une adresse laborieusement tracée au crayon Bic. (Pour faire pendant avec la vache, ç'aurait dû être le crayon bique.)

— Vos désirs sont en désordre ! me dit-il, avec une noblesse d'expression et cette aristocratie du geste qui constituent le principal de sa séduction.

Le couvercle de camembert a un défaut : il sent le camembert.

Je lis :

— Mercédès Maupuis, 118, rue du Caporal-Hépingley.

— Quel genre de fille est-ce ? m'enquiers-je.

— Elle était aux funérailles, dit Béru, t'as dû la voir.

— Peut-être, et même sans doute, pour ne pas dire probablement, seulement, comme je ne la connaissais pas, je ne l'ai pas reconnue, comprends-tu ?

Il se gondole comme un Vénitien qui mangerait des biscuits Gondolo sur de la tôle ondulée.

— Évidemment, pouffe-t-il. Y a des moments que t'as des raisonnements qu'on ne se douterait jamais que t'es intelligent.

— Je reprends ma question, coupé-je, impatienté. Quel genre de fille, cette Mercédès Maupuis.

— Charmante brunette. Pas mal culbutée. Le genre friponne délurée. Une Mercédès à injection directe, quoi !

Et de s'esclaffer parce que, sur le plan boutades, Béru est son principal client.

— Allons lui rendre visite ! tranché-je.

Il est choqué.

— Je l'ai questionnée en long, en large et en diagonale, San-A. Je vois pas ce qu'on pourrait lui tirer comme rabe de vers de nez !

— Eh bien, suis-moi, et tu verras !

*
**

La rue du Caporal-Hépingley est une voie distraite avec des

immeubles à gauche, des immeubles à droite et un carrefour à chaque bout. Le 118 offre la particularité de se situer entre le 116 et le 120. C'est une maison de quatre étages, pas mal conservée pour son âge. Le rez-de-chaussée est occupé par la boutique d'un brocanteur. Les objets les plus hétéroclites encombrent la façade. Ce capharnaüm va du fauteuil percé style Louis XIV-Idéal Standard au cor de chasse cabossé, en passant par la cage à oiseaux byzantine.

La concierge, une dame mesurant un peu moins d'un mètre cinquante et pesant un peu plus d'une tonne, nous apprend avec un air de profonde réprobation que Mercédès Maupuis crèche au deuxième. Nous nous engageons dans l'escalier. Au fur et à mesure que nous prenons de l'altitude, le chant véhément d'un quidam atteint nos trompes d'Eustache. Le ténor affirme que dans le lit de la marquise ils étaient quatre-vingts chasseurs. Ce qui laisserait entendre que la dame avait le bustier en forme de rendez-vous de chasse.

Lorsque nous atteignons le second, nous constatons avec une certaine surprise que ce ramdam vient précisément de chez Miss Maupuis.

— Dis donc, Gros, murmuré-je tout en faisant un touché au bouton de sonnette, elle a le retour d'enterrement joyeux, ta souris !

Il ne sait plus qu'en penser, Béru. Il prend cette mine dubitative qui le fait ressembler de façon frappante à un fromage de Brie entamé.

Première conséquence de mon coup de sonnette : le chanteur vient de la boucler. Seconde conséquence : la lourde s'ouvre. Je me trouve nez à nez avec une fille n'ayant pour tout vêtement qu'une blouse blanche qu'elle tient fermée d'une main. Du moins le croit-elle car un pan de la blouse lui a échappé et la partie gauche seulement de sa personne est couverte. Je constate que la partie droite est en parfait état de fonctionnement. Cette môme a le gabarit croisière. Son sein droit me suffirait comme oreiller. J'ai pas l'honneur de la connaître, mais au premier coup de périscope je pige qu'elle est blindée. Elle a les yeux en forme de soupiraux. Des mèches de cheveux pendent sur sa façade et malgré sa volonté de se tenir droite et immobile, elle oscille comme un pendule.

— Mlle Maupuis ?

— Si, signore.

— Je voudrais vous entretenir un instant.

Elle se marre.

— Pourquoi un instant, ânonne-t-elle, je rêve d'un jules qui m'entretienne toute la vie.

Elle soulève ses stores, me défrime et conclut :

— Surtout s'il est baraqué comme vous. J'adore les beaux gosses et je m'en fais des cataplasmes.

Bérurier toussote, intimidé.

La fille lui virgule un regard ondulatoire.

— Tiens ! c'est Lagonfle !

Du coup, l'inspecteur principal Bérurier sent que son standing a des ratés.

— Dites, ma gosse, sévérise-t-il, il faudrait voir à voir qu'on voit.

Mais une telle menace ne trouble pas la félicité de la demoiselle.

— Et mon c..., c'est de l'inspecteur ? demande-t-elle à brûle-pourpoint. Car t'es inspecteur, hein, Bibendum, dis pas le contraire, je reconnais ta hure. Je croyais me rappeler que tu avais du persil dans les narines, comme quoi on ne peut pas se fier à sa mémoire !

Cette fois, le Béru l'a saumâtre.

— Insultes à inspecteur principal dans l'exercice de ses fonctions, je ne peux pas le permettre ! déclare-t-il. J'ai pas l'habitude de porter le pet, mais...

— En effet, coupe la dévergondée, t'as plutôt une bouille à le lâcher.

Béru l'abandonne, méprisant, et se tourne vers moi :

— Je vais lui tenter un procès en divagation, hein ?

— T'es pas gardien de la paix, Gros, plaidé-je. Je la trouve marrante, cette beauté.

Comme j'achève ces mots, un zig d'une vingt-deuxaine d'années paraît dans le couloir. Il est en slip, chaussettes, cravate. C'est tout. Ses crins ébouriffés, son visage bouffi indiquent qu'il est à l'unisson de son hôtesse.

— Et alors, Mercédès, crie-t-il. C'est pour une césarienne, ou quoi ?

— Venez boire un pot ! me propose aimablement Mercédès.

Je fais signe au Gros de remiser sa rancune et nous pénétrons dans un studio où un couple est en train de jouer à touche-pipeline. Ces deux-là sont complètement à loilpé.

— Y a de l'ambiance, chez vous, je remarque.

— Il faut bien se distraire un peu, la vie est courte, explique et philosophe Mercédès.

Elle me désigne le couple à poil.

— Je vous présente Gaston et Hélène !

— Enchantée ! fait Hélène en lâchant son pote pour me serrer la main.

— Très heureux ! renchérit Gaston en larguant la donzelle pour me serrer l'autre.

— Asseyez-vous où vous pourrez, propose Mercédès, vous éclusez un drink, mes petits poulets ?

Nouveau sursaut bérurien.

— Je te jure que je vais lui attenter un procès en divulgation ! ronchonne le Gravos. La plaisanterie, je suis pas contre, mais faut pas chahuter avec l'honneur professionnel !

— Whisky ou vodka ? demande la môme.

Ça calme le Gros.

— Ou bien les deux mélangés ? insiste-t-elle.

Béru est pour. Moi je me contente de whisky nature. Les amis Gaston-Hélène font comme si nous n'étions pas là et jouent à la bébête qui monte, qui monte, qui monte ! L'autre copain de Mercédès, un dénommé Riri, reprend le cours de ses occupations et ôte la blouse blanche de notre accueillante hôtesse. Je dois dire que j'ai vécu pas mal d'instants de qualité depuis que je suis flic, mais des comme-çui-là, c'est la première fois. Venir questionner un témoin et tomber en pleine partousette, c'est rare.

— Quand je disais qu'elle était culbutée façon princesse ! chuchote le Mahousse, lequel, oubliant tout ressentiment, se fait jaillir les gobilles à force de mater la gosse.

Négligemment, il avance une main avide vers le culbuteur de la gosse si bien culbutée. Sa main avide devient une main pleine.

Le Gros essuie une mandale formidable de la part du partenaire de Mercédès, qui me paraît être un petit exclusif dans son genre.

Cette fois, le Gros réagit sauvage.

— De quoi ! s'époumone-t-il. Voies de portefaix sur la personne d'un inspecteur principal dans l'exercice de ses fonctions !

— La fonction crée l'organe, Gros, le calmé-je.

Mais calme-t-on un Béru giflé ?

On joue *Ouragan sur le Caine* à tarif réduit, les Mecs ! Il pleut sur la ville comme il pleut dans mon cœur ! Le Gravos a empoigné Riri par sa cravate et lui fait décrire une douzaine de tours complets autour de sa personne. Après quoi il se l'immobilise et lui téléphone un pain d'une livre dans le clapoir. Le pauvre Riton glaviote une prémolaire et de la langue commence à soutenir deux incisives en instance de départ. Mais il est trop tard pour colmater les brèches. Béru pose son chapeau sur le divan et lui file un coup de boule dans la devanture. Le nez du gars Riri se déguise en tomate trop mûre. Béru le lâche, le gars pantèle.

— Défends-toi, si t'es un homme ! intime le Féroce.

Autant demander à des nouilles trop cuites de conquérir le titre de champion du monde des poids lourds.

Il reste penaud, saignant, geignant, bras ballants.

Écœuré, le Gros le finit d'un crochet du droit qui flanquerait le torticolis à une centrale thermonucléaire. Riri va à dame et n'en bouge plus. Pendant ce bigntz, les autres copains ont continué de jouer à dada. La fille pourrait faire de la réclame parlée pour Banania car elle hurle qu'Y a bon !

Flageolante d'admiration, Mercédès s'approche de Béru. Elle vénère sa force, elle caresse sa sueur, éponge son courroux.

— Mon grand, gazouille-t-elle, je t'avais méconnu. Comme tu es fort ! Comme tu es beau ! Comme tu es superbe !

Béru me lance un regard suprêmement triomphant avant de s'abattre sur le divan.

Elle le pétrit, le consume, le consomme, l'assaisonne, le gobe, l'entonne, le déboutonne, le bonbonne, l'étonne, le trombonne. Je tape sur l'épaule du Gros.

— Tentative de corruption sur la personne d'un inspecteur principal dans l'exercice de ses fonctions, lui dis-je, mademoiselle va le sentir passer.

Je ne crois pas si bien dire.

Pendant que mon digne camarade explique à Mercédès la façon pittoresque dont les poulets se perpétuent, je fais un brin de causette avec Gaston qui, lui, a terminé ses devoirs.

— Vous faites souvent vos petites galipettes, ici ? je demande à la sournoise, en ponctuant du bon sourire complice qui met en confiance.

— Quelquefois. Mais aujourd'hui c'est de l'imprévu.

— Ah oui ?

— Il est arrivé un truc heureux à Mercédès.

— Son patron a été incinéré ?

Il rigole.

— Oui, et il lui a laissé de la braise.

— Sans blague, elle hérite ?

— Dix briques, ça s'arrose, vous comprenez ?

— Bigre ! Il l'avait couchée sur son testament ?

— Plutôt sur sa table d'auscultation. Il se la payait entre deux clients. C'était, paraît-il, un drôle de frénétique.

Le copain se gratte le bas du dos.

— Le coup de pot, quoi ! Dix briques ! Elle a de quoi se voir venir maintenant, Mercédès. Remarquez que ça ne fait pas gros, en billets de cinquante. Tout à l'heure elle s'est amusée à nous faire deviner combien contenait la liasse. Pas un de nous n'a trouvé. Le plus rapprochant, c'était Riri qui a dit trois briques, vous jugez de l'écart ! Moi je pensais deux !

Sa partenaire le rappelle pour un complément d'information.

— Vous m'excusez, dit-il, faut que je la termine. Hélène, c'est de la personne qui a du tempérament. C'est pas avec des promesses qu'on la contente, non plus qu'en lui récitant du Musset.

Pendant que ces messieurs-dames s'expliquent, je vais dans l'entrée. Non pas par pudeur, je ne suis pas du genre hypocrite, mais parce que dans l'entrée, gentiment posé sur une tablette, se trouve un appareil téléphonique.

Je décroche et fais le numéro du Vieux.

— Dites voir, patron, fais-je, estimez-vous possible qu'un héritier palpe dix millions en liquide le jour des funérailles du testateur ?

— Certainement pas, tranche le Big Boss.

— C'est bien ce que je pensais.

— Pourquoi cette question, mon bon ami ?

Je le mets au parfun, en passant décemment sous silence l'aspect pornographique de notre visite.

— Je vais contacter le notaire des Baume, décide le Vioque. Rappelez-moi dans dix minutes.

— Entendu.

Je vais raccrocher, mais sa voix sèche m'appelle :

— San-Antonio !

— Patron ?

— Qu'est-ce que c'est que ces gémissements de femme que j'entends ?

— C'est Béru qui interroge la fille, mens-je.

— Qu'il ne la brutalise pas ! décrète le Boss. Enfin... pas trop.

— Soyez sans inquiétude, monsieur le directeur. Il y a dans les cris que vous entendez une grosse part de chiqué !

CHAPITRE V

Dans lequel j'en apprends de belles ! Et de moins belles !

Dix minutes plus tard, les choses étant ce caleçon, Béru a terminé son cours de dépaysement, de même que l'ami Gaston. Et le gars Riri est en train de remiser ses dominos sur la tablette du lavabo de la salle de bains. Son tableau de chasse est impressionnant : une molaire, une prémolaire, une canine et deux incisives. Béru, qu'on le veuille ou non, c'est la providence des dentistes et il a plus fait pour l'art dentaire que tous les marchands de lentilles de la création.

Ces dames, un peu dessoûlées, échangent leurs premières impressions. Hélène vante les charmes de sa croisière. Il y a eu un petit grain dans l'hémisphère boréal, mais en fin de compte tout s'est bien passé. Quant à Mercédès, elle confie à sa compagne la surprise que vient de lui causer la performance du Gros. Elle m'avise et soudain s'apitoie.

— Et toi, mon pauvre biquet, dit-elle, tu as fait tintin !

— T'occupe pas, je suis un contemplatif, la rassuré-je.

— Polisson !

Je lui octroie à titre de prime mon œillade montée sur roulement à billes, celle qui détraque l'aorte des dames et leur sclérose le grand zygomatique.

— J'espère bien rester en tête à tête avec toi, ma beauté. Je préfère l'amour en petit comité. Je ne suis pas de ceux qui s'envoient en l'air sous les vivats de la foule.

Elle me jauge d'un long regard aussi langoureux qu'un disque de Tino Rossi.

— D'accord, tu vas rester, mon joli.

Je me lève.

— Alors si tu permets, il faut que je prévienne chez moi que j'aurai du retard.

Je retourne tuber au Vioque. Il attendait mon appel avec impatience. Ce qu'il a à m'apprendre est passionnant : jamais le défunt docteur Baume n'a testé en faveur de son assistante.

— Tiens, tiens ! ricané-je, j'ai l'impression qu'on va faire un petit pas en avant, patron.

— Je le souhaite aussi, dit le Dabe. Vous me tenez au courant, bien entendu ?

— Bien entendu !

Je rejoins l'aimable compagnie. Gaston propose d'aller bouffer une soupe à l'oignon (il est insatiable !), mais cette suggestion n'éveille aucun écho dans l'assistance.

Hélène a les jambes en coton, Riri ne rêve que d'aller faire réparer ses tabourets et Mercédès que de rester seule avec moi pour tâter à de nouvelles délices, à de nouvelles amours, et peut-être, pour peu que l'organiste de Saint-Eustache s'y mette aussi, à de nouvelles orgues.

— Moi, je suis bonnard pour la soupe à l'oignon, décrète le Gros. Les galipettes, ça creuse !

Gaston et lui font équipe et se tirent. Hélène emmène Riri peu après si bien que je me trouve seul avec la délicieuse jeune fille. Miss Thermomètre me noue ses bras autour du cou.

— Tu as eu raison, grand fou, susurre-t-elle. On est bien tous les deux.

— Ben voyons, fais-je. Le carnaval, c'est marrant, mais ça fatigue. Et puis tout ce monde qui déambule dans ton appartement, c'est pas tellement prudent.

Mon ton sec la fait tiquer. Son sourire s'efface.

— Pourquoi dis-tu ça ? Ce sont des copains, tous carabins !

— Carabins ou pas, dix millions, c'est tentant, ma gosse !

Elle blêmit à une vitesse dépassant de beaucoup celle d'Husson. Elle voudrait poser des questions, émettre des exclamations, voire de simples interjections, mais le tout lui reste en vrac dans le gosier.

— Une somme pareille, ça se dépose dans une banque.

Je sors mon revolver et je le fais tourner au bout de mon index dans la plus pure tradition Buffalobiliaire.

— Suppose que je sois un malfrat et que je te dise :

« Passons la monnaie ! » Tu serais bien obligée de te soumettre, hein ? Et tu n'aurais même pas la ressource de porter
plainte, parce que ce pognon, ma petite Mercédès, j'ai dans
l'idée que le grand rabbin de Paris est encore plus catholique
que lui ! Vrai ou faux ?

— Qui êtes-vous ? balbutie-t-elle.
— Tu le sais : un poulet !
Elle a un hoquet.
— Mince !
— Tu l'avais oublié ?
— C'est-à-dire, tout à l'heure. J'étais... j'étais un peu...
— Tu étais un peu beurrée, et maintenant que tu as tes
esprits tu commences à comprendre que dans la vie, les sales
moments succèdent immédiatement aux bons. C'est la loi
d'Azaïs, ça, ma poule. Faut s'y soumettre.

Elle fait une pâle tranche, la Mercédès, mes fils ! Oh là là !
Elle a le capot qui se ratatine, les bougies qui s'encrassent, le
joint de culasse qui se fêle, les chemises qui se déchirent.

— Qu'est-ce que vous voulez ? demande-t-elle dans un
espoir.

— Avoir une explication avec toi, belle enfant. Si elle est
franche et loyale, peut-être que ton avenir sera potable. Sinon
les mamans le raconteront plus tard à leurs petits-enfants pour
leur faire peur.

C'est ma tactique : toujours, dans les périodes de crise,
lâcher un peu de lest. Y aller du petit espoir qui ranime les
cœurs défaillants.

Elle fait un petit signe d'acquiescement timide. Elle ressemble à une petite fille morigénée.

— C'est Mme Baume qui t'a refilé cette oseille, admets ?
— Oui.
— Pour acheter ton silence ?
Elle hésite. Je lui vote un sourire frivole et ça la décide.
— Oui.
— Raconte ! intimé-je laconiquement.
Elle se pourlèche les lèvres, croyant qu'en les humectant elle
facilitera son élocution. Pourtant elle ne dit rien.

Trêve de sourire, mes fils, faudrait tout de même pas prendre
le cher San-Antonio pour une crêpe. J'y vais d'une mandale
cinglante. Ça claque sur sa joue comme un coup de fouet sur
le dargif d'une jument.

— Eh bien, je t'écoute ! Tu veux qu'on aille discuter de tout ça à la maison Pouleman ?

— Non, je... Eh bien, voilà. Le jour de la mort du docteur, sa femme et lui ont eu une discussion très violente.

— A propos de quoi ?

— A propos d'un voyage, je crois. La scène s'est déroulée dans leur appartement et j'ai surtout perçu des éclats de voix.

— Continue.

— D'après ce que j'ai cru comprendre, le docteur ne voulait pas que sa femme continue de s'occuper de quelque chose.

— De quoi ?

— Je n'ai pas compris. Il a dit à un certain moment : « Dans la vie il faut savoir s'arrêter à temps. Si tu ne laisses pas tomber ce type-là tout de suite, tu es flambée ! »

— Après ? murmuré-je en me pourléchant comme un greffier de prélat.

— Le docteur est sorti de ses appartements, furieux. Il est revenu dans son cabinet. Il était rouge et il tremblait de colère. Il a bu un grand verre d'eau. Puis il s'est planté devant sa fenêtre et il est resté immobile près d'un quart d'heure. Sa femme est entrée. Elle lui a dit d'une voix gentille :

— Alexandre, je lui ai téléphoné. Tout ce que je te demande, c'est de le recevoir et de rester calme !

— Et qu'a-t-il dit ?

La môme Mercédès réfléchit.

— Il s'est retourné, il a regardé sa femme, puis il a fait un signe affirmatif. Alors elle lui a envoyé un baiser du bout des doigts et elle s'est retirée.

— L'homme en question est venu ?

Mercédès fait signe que non.

— Ce n'est pas un homme qui est arrivé, mais une femme.

— Monica Mikaël ?

— Oui.

— Alors ?

— Ils se sont enfermés tous les deux dans la salle d'auscultation. Il y a eu une discussion très longue. Une ou deux fois le docteur a élevé la voix, mais chaque fois, Mme Mikaël lui disait : « Je vous en prie, restez calme ! »

C'est intéressant, tout ça, vous ne trouvez pas, les gars ? Je vous raconte du palpitant, non ? Admettez ! C'est pas de la littérature anémiée que je vous distille ! Il se passe des trucs dans mes bouquins. Et, bien que ce soit une littérature d'action, le style reste impec, soyez justes. Les personnages sont bien campés, le vocabulaire est riche, les images sont belles, les caractères bien dessinés et les trouvailles inattendues. C'est ça le talent, quoi ! Ça ne se discute pas : un don ! J'en causais récemment avec des gars de l'Académie française qui étaient venus me trouver pour me supplier de poser ma candidature. Ils me disaient : « Mon cher, nous voudrions vous accueillir parmi nous, car vous avez renouvelé la littérature de fond en comble. Plus tard, les manuels scolaires vous situeront à votre véritable place. On parlera de la période pré-san-antoniesque et de la période post-san-antoniesque. » Peut-être qu'ils voyaient juste, néanmoins, je les ai envoyés chez Plumeau.

Je sais bien que par certains côtés (les côtés inférieurs surtout) je m'apparente au taureau, mais de là à m'affubler d'un bicorne ! Et puis j'aime pas le vert !

Bon, où en étais-je ? Ah ! oui : Mercédès me raconte la visite de Monica Mikaël au toubib.

— Continue, ma gosse, tu me passionnes.

— Eh bien, fait la polissonne enfant, il y a eu un bruit de verre brisé. Puis un cri...

— Et après, ma petite poule ?

— Plus rien. Le silence. J'ai frappé à la porte.

— Oui ?

— Sur le moment personne ne m'a répondu !

— Oui ?

— J'ai frappé plus fort...

— Oui ?

— Et c'est Mme Mikaël qui m'a ouvert. Elle était un peu pâle. Elle m'a dit : « Le docteur vient de prendre un malaise en m'auscultant. Il est tombé et a renversé quelques flacons. » Effectivement, c'était plein de verre cassé par terre. Le docteur se tenait agenouillé contre la table d'auscultation. Il avait la joue appuyée contre un montant. J'ai couru à lui, j'ai mis la main sur sa poitrine : le cœur ne battait plus.

— Ensuite, qu'avez-vous fait ?

— J'ai dit à Mme Mikaël : « Mais le docteur est mort ! »

— Et après ?

— J'ai couru prévenir sa femme, laquelle est médecin aussi.

— Où exerce-t-elle ?

— Elle n'exerce pas la médecine générale. Elle poursuit des études de biologie.

Je sursaute.

— Voyez-vous !

— Pourquoi ? questionne Mercédès.

Ma parole, elle va se mettre à me questionner, cette péteuse, si je ne réagis pas.

— Mollo, poulette ! lui dis-je, les questions c'est ma partie. Qu'a fait Mme Baume ?

— Elle est accourue et m'a demandé d'appeler un autre docteur. Ce que j'ai fait. Le confrère a constaté le décès et a conclu a un arrêt du cœur.

— Que s'est-il passé ensuite ?

— Rien de particulier le premier jour. Mais le lendemain votre copain de la police est arrivé.

Elle rosit en évoquant la forte personnalité du Gros.

— Alors Mme Baume m'a prise à part et m'a demandé de passer sous silence les discussions ayant précédé la mort de son époux. « Vous savez ce que c'est, a-t-elle expliqué, ces policiers sont tous des imbéciles toujours prêts à trouver du louche partout. Si on leur dit que Monsieur et moi avons eu une dispute et qu'il est mort en auscultant ma meilleure amie, ils iront imaginer je ne sais quoi. Certes ils auront bien la preuve que mon mari est décédé de mort naturelle, mais le mal sera fait et les ragots iront bon train... »

— Et c'est à ce moment-là qu'elle t'a refilé les dix briques ?

— Oui.

Le regard de Mercédès a eu un petit spasme.

— Dis, chérie, ça ne serait pas plutôt toi qui aurais fait un coup de chantage ?

— Je vous défends de..., commence-t-elle.

Elle a droit à une mornifle grand format pour lui apprendre à me parler sur ce ton.

— Ne joue pas les outragées, ma gosse. La vérité, c'est comme une bonne femme : à partir du moment où on commence à lui bricoler les jarretelles on est assuré de se la farcir. T'auras beau biaiser, je la connaîtrai. Alors je te le répète, ta seule chance c'est de jouer franc jeu.

Elle masse sa joue endolorie par la beigne.

— C'est-à-dire que j'ai protesté quand elle m'a demandé ça.

— Tu la détestais, je parie.

— Comment le savez-vous ? se trahit-elle.

— Je suis psychologue, expliqué-je sentencieusement. Tu te farcissais le toubib, avoue ?

— Mais...

— Fais pas ta rosière, après la séance de tout à l'heure, si tu postules un prix de vertu c'est que tu n'as pas peur des libellules !

— Oui, j'étais sa maîtresse.

— Donc, tu as réclamé un dédommagement pour tes frais d'omission ?

— C'est elle qui tout de suite m'a proposé de l'argent.

— Et alors ?

— Elle m'a dit : « Combien voulez-vous ? » J'ai répondu DIX ! Je voulais parler de dix mille nouveaux francs. Mais c'est dix millions qu'elle m'a remis !

Elle ne peut s'empêcher de rigoler. Moi itou. Marrant ce quiproquo, vous ne trouvez pas ? En tout cas il signifie que la veuve tenait vachement à ce que l'assistante écrase le coup des disputes.

— Et tu as berluré mon copain ?

— Si peu, fait-elle. Je ne lui ai pas parlé des eng..., des discussions, voilà tout. C'est tout de même pas un délit, non ?

Je dois avouer que sa faute est vénielle. Ce qui est moche, c'est d'avoir piqué de l'oseille pour la boucler. Mais je suis persuadé qu'elle a agi moins par cupidité que pour emmouscailler Virginie Baume qu'elle détestait cordialement.

D'un geste machinal je caresse ses longues cuisses nues. Elle est bathouse, cette pépée. Y a des frangines qui vous tombent les jules grâce à leurs fringues. Ça leur donne du mordant. Chez la plupart, l'arme secrète c'est le porte-jarretelles coquin, avec de la dentelle autour et des motifs champêtres brodés sur la jarretelle. Mercédès, elle, n'a pas besoin d'accessoires. Son corps se suffit à lui-même.

— A ton avis, belle amoureuse, ton toubib, il est clamsé de sa bonne mort ou quoi ?

Elle déboutonne ses paupières et ouvre des yeux béants de stupeur.

— Mais... naturellement.

— Il était cardiaque ?

— Il l'ignorait, mais il l'était fatalement puisqu'il est mort d'un arrêt du cœur !

C.Q.F.D., comme disent les gars qui parlent couramment l'alphabet.

— Puisque tu pieutais avec lui, il a dû te faire des confidences à propos de sa femme, non ?

— Jamais.

— Tu te fiches de moi !

— On voit que vous n'avez pas connu Alexandre. C'était un homme renfermé, silencieux, triste. Il restait des heures à réfléchir. Ses malades ne l'aimaient pas parce qu'il ne leur faisait jamais la conversation.

Je ricane :

— Et au dodo, c'était une épée ?

— Pas mal, merci, et vous ? glousse-t-elle.

Pendant une fraction de seconde j'hésite à le lui prouver, mais les restes de Bérurier, non franchement, si beaux soient-ils, je ne peux pas me les cogner, c'est une question de standing !

CHAPITRE IV

Dans lequel Béru entre momentanément dans les ordres.

Dans mon burlingue, Pinaud dort toujours. Je lui soulève une paupière et son regard laiteux me fait frissonner. Le pouls bat régulièrement. Le mieux, c'est de le laisser poursuivre sa virée au pays du cirage. Je grimpe au labo. J'y trouve le cadavre du docteur Baume sur une table. Il est seul, avec un drap sur le bide. Je me penche sur lui afin de faire sa connaissance.

— Salut, doc, murmuré-je, vous ne voulez vraiment pas me raconter ce qui vous est arrivé ?

Il boude.

C'est un homme d'une cinquantaine d'années. Il a le front dégarni, le nez fort ! Il est d'un vert bronze qui intéresserait un peintre.

La porte s'ouvre, et le rouquin du labo fait son entrée. Il tient un sandwich et une bouteille de bière. Il pose le tout près du mort sur la table d'autopsie et me tend sa main valeureuse.

— Bonsoir, monsieur le commissaire.

Son regard bleu marqué de roux a une petite lueur gourmande.

— Où en sommes-nous, fiston ? questionné-je.

— Momento ! dit-il.

Il va chercher un bouquin sur un rayon. C'est un traité sur
les origines du judo.

— Lisez le second paragraphe de la page 28, monsieur le
commissaire ! recommande le Rouillé.

J'obéis. Dans ces lignes, il est décrit la manière dont les
initiés peuvent mettre à mort un ennemi en provoquant un arrêt
du cœur par simple pression du pouce sur la face externe du
glotmuche condescendant.

Lorsque j'ai lu, il me fait signe d'approcher de la table. Il
abaisse un peu le drap et me montre une petite tache bleuâtre
sur le corps de Baume. Elle est large comme une pièce de vingt
ronds et n'est visible que parce que le cadavre a une blancheur
marmoréenne.

— Vous croyez que... ?

Le Rouquin hoche la tête.

— A quatre-vingt-quinze pour cent, commissaire. Cette
tache n'est devenue apparente qu'à partir du troisième jour. Au
moment de l'autopsie, les chairs possédaient encore une colo-
ration qui l'atténuait, comprenez-vous ?

J'imagine la scène. C'est clair comme de l'aurochs.

Virginie Baume est en cheville avec Monica Mikaël pour
l'accomplissement de je ne sais quelle sale combine. Le docteur
Baume est au courant et risque de tout faire échouer. Virginie
prévient Monica qui décide d'agir. La dame a des talents de
société (je connais les plus agréables) entre autres celui de
pouvoir provoquer un arrêt du cœur par l'application de
certaine prise secrète. Elle essaie de mettre Baume à la raison,
n'y parvient pas et l'envoie chez Plumeau.

— Ma petite démonstration vous satisfait, monsieur le
commissaire ? demande le Rouillé en mordant dans son sandwich.

— Pleinement.

— Qu'est-ce que je dois faire du client ?

— Mettez-le au frais, le temps est à l'orage !

Je prends congé et je rentre chez ma bonne Félicie pour un
dodo réparateur. La journée a été bien remplie, vous seriez
gentils de le reconnaître !

*

— Tu veux du thé, du café et du cacao, mon grand ?

Ma brave femme de mère se tient à mon chevet, toute proprette dans sa robe grise à col blanc. On dirait une vieille petite fille bien sage !

Du cacao, ça c'est une idée. Je pense à mon enfance, à des vacances dorées. Le temps passe, on fout de la boue et de la m... sur son âme d'enfant ; mais il suffit d'un bol de cacao pour qu'elle reprenne l'éclat du neuf un instant.

— Du cacao, m'man. Ça carbure, ce matin ?

— Mais oui. Tu déjeunes ici ?

— Sûrement pas.

— Tu n'as pas pris froid, au moins ?

— Pourquoi ?

— Au Groenland ?

— Mais non, penses-tu, maintenant, il est climatisé, le Groenland, avec les techniques modernes ! Quelle heure est-il ?

— Sept heures et demie.

— Avant de préparer mon cacao, tu veux bien téléphoner chez Bérurier pour lui demander de passer ici ?

— Tout de suite, mon grand.

Son pas menu — un pas de garde-malade, feutré et preste — descend l'escalier. Je flemmarde un instant, les bras noués derrière la tête. Il y a au plaftard une lézarde que j'aime bien. Elle représente la Corse, un peu stylisée. J'en fais le tour, puis je vais prendre ma douche et me raser.

J'achève mon cacao lorsque Sa Majesté Béru Ier radine. Croyez-moi ou allez vous faire déshonorer par les Grecs, mais il arbore un costume neuf. Et son costar, c'est pas celui de tout le monde, vous pouvez m'en croire !

Il est blanc avec des rayures noires. Avec ça sur les endosses, le Gros a autant de chances de passer inaperçu qu'un troupeau de bisons sauvages dans une verrerie de Murano.

— Tu nous étonneras toujours, Béru, le félicité-je avec une certaine émotion.

C'est beau, cette constance dans l'impensable, mes amis. C'est grand, c'est généreux. Il reste fidèle à lui-même, le cher homme. Il se produit vaillamment, avec ces vents pour nous faire marrer et contre vent et marée.

— A cause de pourquoi tu dis ça ? demande-t-il.

— Ton costume, résumé-je. Je ne savais pas que ça existait ailleurs que chez le costumier du Châtelet, chez un obscur fripier de La Havane ou dans la garde-robe de Dario Moreno.

— J'ai eu un vase terrible ! exulte l'Enflure. Je voulais quèque chose d'élégant, qui fasse jeune. L'expérience d'hier, avec l'Opel, m'a prouvé que j'avais un don de séduction vachement meûmeû.

— Quelle Opel ? m'étonné-je.

— La fille chez qui qu'on a rendu visite. L'assistante, quoi !

— Tu veux dire Mercédès ?

— Excuse du peu, je m'ai gouré de marque. La façon dont je lui ai réussi son rodage de soupapes m'a fait piger que question Golfe-Juan je craignais personne.

— Qu'entends-tu par question Golfe-Juan ?

Il fronce ses beaux sourcils constellés de choses douteuses.

— Je veux dire don Juan, mande pardon, monseigneur. Alors avec toi, faut pas chahuter le patibulaire ou la grammaire. Ça en devient de la maniaquerie à la fin !

Revenant à son costar, il fait valoir les revers larges de trente bons centimètres.

— Mords la came, c'est de l'anglais.

— Il serait importé d'Elbeuf que ça ne m'étonnerait pas, renchéris-je.

— Ça se pourrait, affirme le Gravos avec force. Et t'as vu la coupe ? On dirait du sur-mesure. Avec la double fente par-derrière, mon prince.

Il relève le pan de sa veste.

— Avec ce système, je peux m'engager chez les Grecs, gars ! On a le prose accessible. On me frappe dans le dos et je lève le rideau du magasin. Directement du producteur au consommateur !

Félicie, qui survient sur ces entrefesses, pousse une exclamation de suprise en découvrant le Gros dans cette tenue de scène.

— Monsieur Bérurier !

— Mes hommages du matin ! fait l'Immonde en s'inclinant.

Puis, passant un pouce conquérant sous ses revers monstrueux :

— Vous qui êtes une dame, je vous prends à témoine. Comment trouvez-vous mon complet ?

— Magnifique, assure Félicie.

Le Gros écarte les pans.

— Vous avez vu la doublure ?

Elle est rose-savonnette.

— Un vrai coucher de soleil sur l'Adriatique, conviens-je.

M'man se retient de rire, parce que, vous le savez, c'est la générosité et la gentillesse personnifiées, Félicie. Elle dit que c'est beau, que c'est de bon goût, de bonne qualité, qu'elle aime, que ça va merveilleusement à Béru, qu'il fait sport là-dedans, qu'on lui donnerait dix ans de moins et qu'elle n'a jamais vu vêtement ayant autant de tact et une aussi bonne coupe.

En plein délire, le Gros nous fait une démonstration de braguette. La sienne ferme avec une fermeture Éclair.

— Ce costar, dit-il, est avant tout fonctionnel. Et « hop » pour le derrière ; et « hop » pour le devant. Dans les deux cas un geste suffit suivant les mœurs de çui qui le met.

Tout en parlant, il fait aller et venir la fermeture.

— T'aurais pu mettre un slip, Gros ! sermonné-je.

Il se penche et examine par-dessus son ventre l'entrée du soupirail.

— Mince, fait-il, j'ai dû l'oublier chez le marchand.

Il se console pourtant assez vite.

— De toute manière il n'était plus mettable, dit-il, je l'avais acheté en 1948 et il fallait que je lui trouve un remplaçant.

Il pousse un cri.

— Qu'avez-vous ? s'inquiète m'man que ces évolutions de braguette gênent considérablement.

Le Gravos est devenu violet.

— C'est personnel, fait-il. Je viens de bloquer le fermoir avec un morceau de moi-même.

Il s'escrime un moment, suant et soufflant tandis que Félicie détourne pudiquement les yeux et que je pouffe de rire dans mon bol de cacao. A la fin, le Monstrueux stoppe ses efforts.

— Vous n'auriez pas une goutte d'huile ? demande-t-il.

M'man le drive jusqu'à sa cuistance. Quand le Mafflu en revient, il a une tache d'huile large comme un couvercle de lessiveuse sur le devant.

— Voilà, annonce-t-il, radieux. Le petit malheur est réparé. Quel est le programme, baron ?

— On va faire une virée à Moisson.

— C'est où, ce bled ?

— Dans les Yvelines, plus loin que Mantes.

— Jockey ! s'écrie-t-il, joyeusement. Une virée à la cambrousse, aujourd'hui c'est l'idéal.

Sa partie de jambonneaux d'hier me paraît l'avoir considérablement dopé. Félicie lui propose un bol de café, mais le Gros déclare qu'il n'a pas eu le temps de prendre son petit déjeuner, et que, de ce fait, un verre de vin rouge et une tranche de saucisson à l'ail seraient les bienvenus. Félicie déplore de ne pas avoir de saucisson à l'ail. Elle propose un reste de tripes à la mode de Caen. Béru accepte d'enthousiasme.

Lorsqu'il a petit-déjeuné nous partons.

Il est dix plombes du mat lorsque nous stoppons sur la petite place de Moisson. A l'instant précis où nous descendons de bagnole, une voiture qui radine en sens inverse stoppe. Mme Baume en descend. Je me dis que si elle nous voit, Béru et moi, tout est fichu. Elle nous connaît l'un et l'autre. Et je ne voudrais pas qu'elle nous voie ensemble. Mais vous le savez, mes chéries : ma présence d'esprit a la rapidité de l'éclair. D'une secousse je propulse Béru par une petite porte latérale de l'église. Elle n'a pas eu le temps de nous repérer à cause d'un providentiel arc-boutant qui nous soustrayait à sa vue.

— Qu'est-ce que ça rime ? demande Béru. On est venu z'ici pour faire nos dévotions z'ou quoi ?

— T'as donc pas vu ? Mme Baume arrivait sur la place.

— Sans charre ?

— Textuel, Gros, elle...

Je n'achève pas. Un sonore grincement, suivi du bruit ample d'un pas sur les dalles du saint lieu retentissent. Je file un coup de périscope par-dessus les prie-Dieu alignés et j'aperçois cette démoniaque Virginie Baume qui vient de faire également son entrée dans la maison de Dieu. La lumière mauve d'un vitrail joue sur son visage. Ce qu'elle est belle, cette mignonne veuve, dans ces vêtements noirs ! Pourquoi est-elle entrée dans l'église ? Nous aurait-elle repérés, par hasard ?

Comme elle remonte l'allée centrale et qu'elle va donc, de ce fait, nous découvrir, je désigne à Béru le confessionnal. Il a pigé. Vite fait nous pénétrons dans la cabane aux péchés. Le Gros se fourre dans le compartiment du milieu, c'est-à-dire dans celui réservé au prêtre et que masque un rideau blanc. Moi, je m'agenouille dans l'un des deux autres destinés aux pénitents.

Un moment s'écoule. On entend le pas de la petite Médème qui arpente le temple. Puis la porte de l'église grince à nouveau.

Un second pas retentit. Les deux se rejoignent. Je coule un regard very curious à l'extérieur. J'aperçois un grand type blond, sanglé dans un imperméable clair. A l'autre bout de l'église il discute à voix imperceptible avec Virginie.

Pendant que le couple chuchote, une paroissienne entre à son tour dans l'église. Elle vient tout droit au confessionnal et va se placer dans le compartiment resté libre. Je fais la grimace. Ça tourne mal, notre histoire. Du train où vont les choses on va se faire excommunier, le Gros et moi. C'est un truc qui ira jusqu'à Rome et Paul VI, qui n'a pas l'air d'un plaisantin, prendra les mesures qui s'imposent.

Là-bas, le couple se sépare déjà. L'homme sort de l'église par la petite porte que nous avons prise, nous, pour y pénétrer. Au bout d'un moment, Virginie Baume en fait autant, mais par la grande porte. Le moment est venu de filer. Seulement il y a cette pauvre pomme, dans le confessionnal, qui entend déballer son linge sale. Si elle voit sortir un curé en costar blanc à rayures noires, portant un bitos de feutre ramolli enfoncé sur le dôme et ayant une tache d'huile large comme le golfe du Lion sur le futal, elle va se dire que quelque chose ne tourne pas rond dans le clergé. D'accord, les prêtres maintenant peuvent se loquer en civil, pourtant ils n'en sont pas encore au travesti.

Béru, qui gamberge de la même façon, fait coulisser le petit judas qui nous sépare.

— Eh, Mec ! me chuchoe-t-il, comment qu'on se taille de ce piège à c... ?

— Un peu de décence ! supplié-je. Je ne vois qu'un seul moyen de nous en sortir en douceur, bonhomme.

— Lequel quoi t'est-ce ?

— Confesse la dame ?

Il a un petit barrissement amplifié par la voûte de l'édifice.

— Tu débloques, gars !

— Mais non. Lorsqu'elle aura fait sa toilette intime, elle se débinera et nous pourrons en faire autant.

— Comment qu'on fait, je m'en rappelle plus, chuchote la pauvre Truffe éperdue. Quand je me confessais, au temps de ma première communion, j'étais de l'autre côté, tu comprends ?

— Improvise, gars. T'as du génie, non ?

— Si le bon Dieu nous voit, murmure le Mahousse, il doit pas nous avoir à la chouette en ce moment ! J'ai idée que les mauvais points s'additionnent là-haut.

Ayant dit, il fait coulisser le second trappon et se trouve de ce fait en communication avec la paroissienne.

— Alors, mon lapin, attaque-t-il, où ce qu'on en est ?

Un peu déconcertée, la pénitente marque un temps d'arrêt. Et puis elle se met à raconter ses petites histoires : elle a dit du mal de sa voisine dont elle jalouse la nouvelle voiture.

Le gros toussote.

— C'est pas bien, ça, mon chou. C'est quoi, comme bagnole ?

— Une Ami 6, répond la paroissienne, interloquée.

— Et c'est pour une malheureuse 3 chevaux que vous vous caillez le lait ! tonitrue ce curieux confesseur. L'Ami 6, qu'est-ce que c'est, je vous le demande ? Hmm ? Une 2 chevaux moins au point. La preuve, vous n'avez pas l'embrayage semi-automatique dessus ! D'accord, les sièges sont plus moelleux, mais le toit ouvrant, dites ? Où qu'il est le toit ouvrant, sur l'Ami 6 ? Faut un ouvre-boîte si on veut en faire un ! Chercher des patins à sa voisine pour ça, je vous jure ! Après ?

La dame avoue avoir commis le péché de gourmandise. Elle avait accommodé un bon petit plat. Y avait des restes. Elle les a mangés toute seule en l'absence de son mari.

— Qu'est-ce que c'était, ce plat ? interroge le P. Béru.

— Un osso-bucco !

— Je dois dire, soupire le confesseur, plein de mansuétude, que c'est pas dégueulasse. Vous y mettez un jus d'orange, dans votre osso-bucco, naturellement ?

— Un jus d'orange ? s'étonne la dame.

— Vous n'en mettez pas ?

— Mais non, avoue-t-elle.

— Vous me direz trois Pater et trois Ave pour vous apprendre ! Continuons.

La dame marque un temps. Le Gros l'encourage.

— Eh ben, vous avez largué votre menteuse ?

— Ce que j'ai à confesser est délicat, balbutie la pauvrette. Du coup, ça l'intéresse, le Gros.

— Allez-y, voyons, faites pas votre chochote. J'ai l'habitude d'en entendre des salées, je vous le promets.

— J'ai trompé mon mari, lâche-t-elle dans un souffle.

— Oh ! la petite friponne, glousse l'Enflure. Racontez-moi voir un peu le topo !

Elle bredouille :

— C'est un représentant qui est venu hier dans le pays !

Le Gros ricane.

— Et c'est ses hommages qu'il représentait, le bandit !

— Non : de la literie.

— Tu parles d'un futé ! Alors ?

— Moi je venais de faire ma toilette, je n'avais qu'un peignoir sur le dos.

— J'imagine le topo. Ensuite ?

— Il m'a proposé un couvre-lit qui me plaisait beaucoup. Il fallait justement que je change le mien.

— Pas d'excuses, au fait ! tranche l'Impatient.

— Je l'ai mené dans ma chambre.

— Voyez-vous ! Il était beau gosse, ce mec ?

— Oui, plutôt. Jeune... Oui, jeune, vous comprenez, mon père ?

— Vous savez, interrompt Béru, un chouïa vexé, y a pas que les jeunots qui savent donner l'éclat du neuf à une bergère. Les hommes mûrs sont beaucoup plus expérimentés. Ils connaissent les petites agaceries flatteuses, celles qui mettent dans le bain, et puis alors pour ce qui est de la partie extase, c'est tout à fait leur longueur d'onde. Bon, racontez ?

— Oh ! On a commencé à plaisanter, il m'a fait des compliments qui m'ont énervée...

— Tu parles, il a dû mettre son petit numéro au point, votre marchand de paillasses ! Quand on fait un job qui vous amène dans la chambre à coucher des dames, c'est pas marle de marquer des buts. C'était bien ?

— Oh ! s'insurge la pénitente.

— Faites pas votre sucrée, se fâche Béru. Quand on double

son vieux avec le premier tireur de sonnette venu, on n'a pas
le droit de jouer les bêcheuses. Réponse ! C'était bien ?

— Pas mal !

— Mais à la va-vite, je pense ?

— Oui. Ma femme de ménage allait arriver et je redoutais
d'être prise en flagrant délit.

— Si bien qu'il ne vous a pas fait le nénuphar hindou ?

— Non.

— Ni la bretelle à moustaches ?

— Non.

— Ni le triporteur en panne ?

— Non.

— Non plus que la dégustation napolitaine ?

— Mais non...

— Du bâclé, quoi ! Je vois ça d'ici ! Un coup pour jeter sa
casquette, un coup pour retourner la rechercher ! Même un
lapin de clapier se marrerait en voyant ça ! Et Môssieur vendait
du sommier ! Je parie qu'il se prend pour le roi du traversin ce
Gugusse ! Surprendre une pauvre petite madame en peignoir et
se l'embourber avant même de lui dire bonjour, c'est pas des
manières ! Ces représentants c'est tous rigolos et compagnie.
Ça enlève son bénard avant d'enlever son chapeau. Ma pauvre
petite, va. C'est vrai que chez soi, c'est pas l'idéal. Surtout dans
ces petits bleds où ce que tout un chacun vous tient à l'œil.
Vous n'allez jamais à Paris, l'après-midi ?

— Quelquefois...

— On pourrait s'y trouver, un de ces quatre matins, non ? Je
vous attendrais à Saint-Lazare...

— Mais, bredouille la dame, anéantie, mais...

Je tapote contre la cloison. Le Gros réagit :

— Je voulais vous éprouver, dit-il. Bon, bien... Et à part ces
petites saloperies, mon trognon, y a rien d'autre à déballer ?

— Non, fait la dame.

— Jockey ! Tout ça n'est pas très grave. La vie est courte, si
qu'on se marrerait pas un peu de temps en temps on devien-
drait vite neuneu, hein, ma poule ? Vous avez quel âge ?

— Trente-cinq ans !

— La belle âge, approuve le Gros. Çui où qu'une femme est
en pleine bourre. Profitez-en bien, va ; c'est pas quand vous
aurez des valoches sous les yeux et les roberts qui feront des
nœuds que les bonshommes se jetteront sur vous !

— Vous ne me donnez pas l'absolution, mon père ? balbutie la pénitente.

— Si, mon trésor, de tout cœur.

— Et comme pénitence, mon père ?

— Faites une gâterie à votre mari, ce soir. Le pauvre tordu, il a quand même droit à sa part de rigolade, non ? Après tout, c'est lui qui paie le gaz ! Allez, tchao !

Lorsque la dame quitte le confessionnal je suis déjà affalé sur un prie-Dieu voisin. Elle paraît étourdie, la pauvre biquette, comme si elle venait de traverser le Sahara à pinces sans ombrelle. Elle me regarde. Je lui souris. Elle n'a pas l'air d'avoir inventé l'eau chaude.

Je l'intercepte.

— Comment trouvez-vous le missionnaire ? demandé-je.

— Ah ! c'est un missionnaire ?

— Oui, il est rapatrié de la jungle indochinoise où il a passé trente ans.

— Bon, je comprends...

Elle fait un large signe de croix et se barre. Béru sort alors de sa guérite. Il sue comme une motte de beurre sur une plaque chauffante.

— On étouffe là-dedans, dit-il. Moi qui suis un peu saxophone sur les bords, j'aurais du mal à m'accoutumer si je serais vraiment curé. Et pourtant c'est pas désagréable comme turbin. Figure-toi que...

— Ne trahis pas le secret de la confession, Gros, d'ailleurs j'ai tout entendu.

— Avoue que je m'en ai bien tiré !

— Comme un pape, Gros. Comme un pape !

CHAPITRE VII

Dans lequel je comprends une chose, et dans lequel je n'en comprends pas beaucoup d'autres.

— Voilà comme nous allons opérer, Gros. Je vais rendre une petite visite de courtoisie à la mère Mikaël...

— Tu la connais ? s'étonne le Mastodonte.

— Un peu.

— C'est une de tes conquêtes ? friponne-t-il en me balansti-
quant un coup de coude dans le buffet.

Décidément, ce printemps lui porte à la peau ! Faut dire qu'il
lui a apporté certains encouragements. Le Gros s'est transformé par sa partie de scoubidou-troulalaïtou de la veille.

— Yes, Gros : c'est une de mes conquêtes.

— Du nectar ?

— Il ne faut rien exagérer. Beaucoup de cœur à l'ouvrage,
mais trop de carat pour qu'on se vautre vraiment dans le
plaisant. Chez les souris, faut l'admettre : il y a la cote
d'alarme, Gros. Quand elles ont trop de bouteille on n'a plus
envie de trinquer !

Il opine fiévreusement.

— Tu voyes, me dit-il. Personnellement, j'avais toujours eu
une tendance pour les dames mûres. Je me marrais bassement
quand c'est que j'apprenais qu'un vieux salingue venait de se
farcir une écolière. Mais maintenant je remise mon jugement.
Quand tu commences à avoir toutes tes chailles, tu ressens le
besoin de rafraîchir tes draps avec de la viande tendre, c't'
automatique. A partir de dorénavant, je prends la révolution de
me farcir du bétail en dessous de trente-cinq. Passé ce délai, je
déclare les nanas ineptes pour le service armé.

— Et ta Berthe, Gros ?

Il hoche la tête.

— Confondons pas. Berthe, c'est mes brancards : je suis
t'attelé et l'habitude c'est un peu comme la force vermifuge ou
quadrupède, je me rappelle plus au juste, qui tient en équilibre
les trucs instables. Avec Berthe c'est comme de se mettre à table
chez soi pour tortorer le ragoût-bonne-femme, tu piges ? Même
si y a pas de nappe et pas de serviette, même si les couverts sont
pas signés Christofle, tu bectes sans chichiter, biscotte t'es dans
tes meubles. Seulement sitôt que tu te pointes au restaurant, tu
casses la cabane si la cuisine est pas z'au beurre ou si que le
loufiat a omis de te placer des cure-dents sur la table ou de
t'apporter un bol de flotte après l'homard-terminus. A l'esté-
rieur on devient exigeant, c'est la nature de l'homme en
particulier et du Français en général. Faut s'y faire.

Je lui fais signe de suspendre pour un temps son éminente
dissertation.

— Si on revenait à notre turf, Gros ?

— Excuse, fait-il. Je causais pour parler. Alors, M'sieur le Marquis, vot' chasse z'a courre, on la fait en jeep ou à dos de mulet ?

— On la fait à pied, Gars. Je te disais que j'allais rambiner la vieille. Sous un prétexte quelconque je l'emmènerai balader. Toi, l'œil de lynx, tu seras planqué dans les environs. Sitôt que tu nous verras filer, tu t'introduiras dans la bergerie et tu visiteras toute la taule de fond en comble, y compris les dépendances, vu ?

— Espère un peu, Mec. J'ai le fouineur aimanté. Pas besoin de boussole !

— Bon. Maintenant il se peut qu'elle ait du trèpe, auquel cas on remettra la perquise à plus tard. Ça joue ?

— Lu et approuvé, bon pour accord ! débite l'Enflure.

Je le laisse dans la campagne bruissante. On dirait un zèbre en liberté.

*
* *

La Sapinière est paisible lorsque je m'annonce.

Je sonne. Nobody ne répond. Les volets sont clos comme les yeux de Pinaud et un silence entier règne sur la propriété.

J'insiste un chouïa. Mais les sonnettes font un bruit particulier dans les maisons vides. Celle-là me répond « Va te faire voir, pauvre gland » avec un petit accent impertinent qui me défrise les poils de la poitrine.

J'avise un mouflet d'environ six ans qui fait du tricycle sur le chemin. Je lui vote une risette façon Pierrot Gourmand à laquelle il répond par une autre de la même marque.

— Comment t'appelles-tu, Bébé-Rose ? je lui demande.

— Anquetil, me répond le champion.

C'est beau l'émulation, comme disait Scott.

— Tu connais la dame qui habite ici ?

Je lui désigne la Sapinière. Il opine en reniflant une magnifique stalactite telle que M. Michel Sifre lui-même n'en a jamais vu.

— Elle est partie ?

— Oui.

— Quand ?

— Tout de suite !

— Avec une dame ?

— Oui.

— En auto ?

— Oui.

Dans un sens je ne suis pas mécontent. La voie est libre. Je vais pouvoir opérer en loucedé.

— Tu vas bientôt faire le Tour de France ? demandé-je au bambin.

— Je l'ai déjà gagné, me rétorque-t-il.

Nous nous sommes dit l'essentiel. Je m'éloigne pour aller rejoindre le Révérend Bérurier qui drague dans un petit chemin forestier proche de la demeure.

Je vais pour le héler, mais du bras, il m'intime l'ordre de la boucler. C'est donc à pas menus et feutrés que j'opère la jonction.

— Qu'est-ce qui t'arrive, Beau Zèbre ?

— Je crois qu'on est plusieurs à voyager pour la même maison, me fait-il.

— Comment ça ?

Il me désigne une bagnole noire stoppée dans le chemin, un peu plus loin. Elle est en réalité en dehors du sentier, sur la terre pelée du sous-bois.

— Comme je m'ai annoncé, explique Son Eminence, y a un type qu'est sorti de la chignole et qui a escaladé le grillage.

— Pas possible ?

— Sifflet ! A l'heure où que je mets sous presse, il est en train de batifoler chez la vioque. Elle y est pas, hein ?

— Non.

— Tu vois qu'il a eu la même idée que nous, ce pèlerin.

— N'est-ce pas un grand blond vêtu d'un imperméable blanc ?

— Textuel !

— C'est le type qui a rejoint Virginie Baume dans l'église.

Ça se corse, hein, mes frères ? Je crois que nous nous sommes pointés opportunément. Qu'est-ce qu'elle manigance, la petite veuve, j'aimerais bien le savoir. M'est avis que ce micmac cache un bigntz du tonnerre de Zeus. Quand le lièvre va être débusqué, on s'apercevra qu'il s'agit d'un beau morcif, moi je vous le dis.

— Que décide le commissaire de mes deux ? demande impertinemment le ci-devant missionnaire.

— Il y a deux écoles, Gros.

— Je sais, ricane ce monument d'humour : l'école libre et l'école laïque !

Je passe outre.

— Ou bien nous pénétrons à notre tour dans la propriété afin de choper le visiteur en flagrant délit. Ou bien on attend sa sortie et on lui file le train pour voir où il va.

Le gros tas de saindoux émet alors l'un de ces avis pertinents dont il a le secret.

— Je suis pour la première prothèse, fait-il. On est toujours à temps de retrouver son P.C. after.

— Ah, tu trouves ?

— Puisqu'il est pote avec la mère Baume ! Par elle on aura son curry-culd'homme vitré.

— Bien pensé. Tu es chargé ?

— Tu sais bien que je sors jamais sans ma bonne, fait-il en tapotant sa poche intérieure.

Mais il blêmit.

— Mince ! J'ai oublié mon soufflant chez le tailleur.

— Tu es décidé à faire sa fortune à cet homme, ricané-je. Tu lui laisses ton slip et ton revolver !

Je palpe mes vagues. Elles sont aussi démunies d'artillerie que les arsenaux français en 1940.

— Écoute, fait le Gravos. Depuis quand t'est-ce qu'on a besoin d'une mitrailleuse jumelée pour arrimer un quidam ?

— T'as raison, la Lune, allons-y.

Et nous escaladons le grillage à notre tour.

Je passe le premier, à tout seigneur tout honneur. Lorsque c'est le tour du Gravos, un bruit caractéristique se fait entendre. Il saute sur la pelouse de Monica Mikaël et constate avec moi que le fond de son falzar est resté accroché au sommet du grillage où il se met à flotter comme un pavillon victorieux.

— Quelle ch... de métier ! brame le malheureux. Un complet complètement neuf ! Je l'ai laissé au champ d'honneur dans l'exercice de mes ponctions, je te le fais remarquer. Il sera sur ma note de frais ! La France, je veux bien lui faire cadeau de ma peau, mais pas de mon pantalon, y a aucune raison !

— Mais oui, mais oui, le calmé-je. Tu t'en achèteras un tout neuf, en fer !

Nous sommes à l'affût derrière un massif de fraisiers. J'ai beau me détrancher, je ne vois rien. La maison est toujours fermaga. Pas une lourde, pas une window ouverte !

— C'est le désert de Gaby ! chuchote le défondeculotté ! où qu'il est passé, mon oiseau ?

Comme si la bonne fée Machin-chouette avait entendu sa question et tenait à lui fournir une réponse, un léger grincement nous parvient. Le bruit provient de la construction sans fenêtre qui s'élève au fond du jardin et à laquelle il a été fait allusion au début de ce très remarquable ouvrage !

Nous hasardons nos museaux dans cette direction. Cela nous permet de constater que l'unique porte de ladite construction est entrouverte.

— On charge ? demande le frémissant, le piaffant, l'intrépide Béru.

— A la baïonnette !

Nous voilà partis, les coudes au corps sur la pelouse. Chemin courant faisant, le Gros se prend les nougats dans l'arceau de fil de fer d'une bordure et opère un vol plané impressionnant. Il atterrit au milieu d'un énorme massif de rosiers. Lorsqu'il s'en extrait, un revers de son beau costard à rayures pend sur le veston. Et le Gravos qui, de tout temps a ressemblé à un porc, ressemble à un porc-épic. De toute façon, Béru est un porc épique ! Vous l'admettez ?

Stoppé dans sa furia francese, il se met à arracher les épines qui transforment son nase en pelote d'épingles.

— C'est pas le moment, bonhomme la Lune, le houspillé-je.

— T'es marrant, ronchonne l'Affreux. J'ai l'impression que mes parents étaient cactus ! Et puis t'as vu ma vestouse, maintenant ?

— Sur la note de frais, Gros.

— D'accord, on me remboursera. Mais jamais je retrouverai le même costar, San-A. ; voilà le drame ! Ce complet était tunique.

L'heure des considérations, des commisérations, de la consternation et des revendications n'ayant pas encore sonné, je poursuis ma marche en avant. Me voici au seuil de la lourde. Je passe mon regard velouté à l'intérieur. Ce que j'asperge me fait douter de mes sens. Je m'attendais à un laboratoire quelconque, ou à une geôle, ou à une resserre, ou à autre chose ; mais pas à ÇA ! Non, pas à ça !

Devinez un peu de quoi il s'agit, vous qui vous croyez malins. Hein ? Allez, essayez de phosphorer, mes petits amours ! Vous finissez par avoir le cervelet qui s'ankylose ! Faut la faire travailler un peu, votre matière grise, sinon elle va devenir aussi noire que les ongles de Béru. Déjà il y a de la moisissure autour, j'en suis certain. Le moment de réagir est arrivé, les gars. La couennerie, l'apathie, le gâtisme précoce, ça va un moment, mais j'en ai classe de vous tirer la pensarde comme un poids mort ! Faut toujours tout inventer pour vous, c'est immoral à la longue. Vous vous figurez que pour deux francs et des poussières vous pouvez vous agripper à l'imagination d'un type et laisser flotter les rubans. Vous faites du ski nautique avec vos cerveaux, voilà la vérité ! Vous êtes une bande de c...tractés décontractés !

En ce moment, par exemple, pas un seul d'entre vous n'est fichu de deviner ce que mon regard sagace (et quelquefois salace) découvre à l'intérieur de ce local sans fenêtre. Si ? Eh ben dites, je vous écoute ! Motus, hein ? Vous avez beau donner la forme d'un pas de vis à votre caberlot, rien de satisfaisant n'en sort. Votre intelligence se met en torche et vous touchez le sol avec des grâces de bouse de vache ! De quoi ? Y en a qui renaudent ? Pardon ? Vous dites que j'exagère ? Que je suis sévère avec vous ?

Sans blague, vous ne parlez pas sérieusement, j'espère ! C'est l'évidence même que vous avez autant d'imagination qu'un parapluie. Enfin, on n'y peut pas grand-chose. Puisque ma mission ici-bas c'est d'éduquer les masses, je l'accomplirai stoïquement, jusqu'au bout. Quand on a du génie à revendre, faut en revendre, c'est dans la nature des choses, comme dit Carolus. Et il s'y connaît, vu que la nature des choses n'a pas de secrets pour lui.

Bérurier, qui m'a rejoint, épineux comme un buisson ardent, mate à son tour. Il tressaille, sa glotte fait roue libre, et son regard lui tombe dans les chaussettes. Il a toutes les peines of the world à le ramener à la surface.

Ce que nous voyons, mes enfants, c'est un appartement de poupée ! Vous lisez bien ? Gulliver à Lilliput, parfaitement.

Supposez que les Galeries Lafayette reconstituent dans la plus vaste de leurs vitrines une maison miniature et vous serez sur les berges du réel. Il y a là plusieurs pièces dont les cloisons s'élèvent à un mètre vingt à peu près. Un homme de taille normale peut donc avoir une vue générale de l'appartement. Une maquette de marchands immobiliers, vous mordez ? Faut tout vous détailler, mes pauvres. Quand on s'obstine à vous

faire piger quelque chose, à vous, c'est tout de suite la méthode
Assimil et les schémas au tableau noir.

C'est adorable, cet appartement miniature. Il y a là un salon,
avec des meubles gros comme des boîtes à biscuits, une salle à
bouffer, une cuisine, une salle de bains, des gogues dont la
cuvette ressemble à un pot à moutarde. Il y a un jardin japonais
avec des ponts, des rocailles, des plantes rares. Il y a un
gymnase avec une balançoire pas plus grande que celle d'un
écureuil, des barres parallèles et tout...

— On se croirait chez Lili la pute ! chuchote Bérurier,
extasié.

Entendez par là qu'il veut parler de Lilliput.

Le type blond se déplace minutieusement dans ce décor
ahurissant. Il paraît chercher quelque chose.

— Ça biche, pêcheur ? je lui demande.

Mes aïeux ! Cette volte-face ! On dirait qu'il vient de
confondre un câble à haute tension avec des suppositoires
habituels. En moins de temps qu'il en faut à Kid Maychose
pour dégainer sa rapière, le voilà qui me braque avec une
arquebuse tellement grosse qu'on se demande pourquoi ils ne
sont pas deux pour la charrier. C'est un feu à canons doubles
superposés. Quand ce machin-là vous regarde dans les yeux on
se demande si les Chintocks n'auraient pas mieux fait d'inventer le poil à gratter plutôt que la poudre.

Il s'avance, le pas net, l'œil de marbre. Il a une mâchoire de
brochet, des arcades sourcilières proéminentes et tout. Pas plus
sympa qu'une feuille d'impôt, ce zig. La silhouette est avantageuse, mais quand on entre dans le détail, on comprend vite
qu'il ne vaut pas un coup de cidre.

— Levez les mains ! m'enjoint-il.

Le moyen de lui refuser, je vous le demande, quand c'est
demandé si gentiment.

Je cramponne les nuages vite fait.

— Avancez !

Je m'approche de lui. Mais il les connaît toutes dans les
coins.

— Assez comme cela ! déclare-t-il lorsque je suis à deux
mètres cinquante de sa personne.

Quelque chose sanglote en moi : mon orgueil. Se faire
braquer d'emblée c'est pas marle. Mais quelque chose par
contre chante en moi : mon espoir. En effet, l'arquebusier n'a

pas vu Bérurier que je masquais. Or Béru, réalisant la situation, s'est jeté en arrière et, pour l'instant fait le mort. Un Béru averti en vaut deux. Que dis-je, il en vaut trente ! Lorsqu'il cesse de se marrer, le Mastar, il devient fumant. Les cas désespérés lui vont bien au teint.

— Qui êtes-vous ? me demande le zig.

Quel est son accent ? Je cherche, c'est léger, mais ce n'est pas l'accent du Berry.

— Un touriste, dis-je.

— Papiers ! demande-t-il.

Je vais pour porter la main à mon veston. Il me stoppe.

— Attendez !

Je me fige.

— Tournez-moi le dos !

C'est un accent d'Europe centrale, décidément.

J'obtempère.

— Maintenant sortez votre portefeuille et lancez-le-moi par-derrière. Si c'est une arme que vous prenez je vous abats avant que vous ayez eu le temps de vous en servir.

Pas mal combiné. C'est un professionnel, ce mec-là. Il a sa licence depuis longtemps, sa technique me le prouve. Je fais ce qu'il m'a demandé, d'assez mauvaise grâce je le reconnais.

Une petite astuce san-antoniesque pourtant : au lieu de balancer mon larfouillet loin de moi, je le laisse choir à cinquante centimètres de mes talons. De la sorte, lorsque mon archer se baissera pour le ramasser, il aura droit à une dégustation de semelle magnifique.

— Enfantin, murmure-t-il. Voulez-vous avancer de deux pas, je vous prie.

Qui c'est qui l'a dans le Laos, mes trognons jolis ? C'est votre petit San-A. ! Je fais deux pas en avant. Le gnace s'approche, ramasse mon portefeuille et l'examine.

— Commissaire San-Antonio ! dit-il. Je vous connais de réputation.

— C'est un honneur que je n'ai pas en ce qui vous concerne, riposté-je, vous êtes monsieur ?...

— M. Machin, fait-il en riant. Qu'êtes-vous venu faire ici, commissaire ?

— La même chose que vous, bluffé-je, essayant de prêcher le faux pour apprendre le vrai.

— Eh bien, tout comme moi, vous aurez fait chou blanc !

conclut-il amèrement. Comment se fait-il que vous soyez sur
l'affaire ? Il y a eu des fuites ?

— Il faut croire, évasivé-je.

— Dommage, termine l'enfoiré. Allez vous mettre au fond
de la pièce, voulez-vous ?

Je me dis que c'est sans doute ici que les Athéniens s'atteignirent. Dans ce genre de rencontres, c'est la prise de congé,
l'instant périlleux. Comment l'entend-il ? That is the question.

— Vous partez ? je demande.

— Oui.

Je me demande très fort s'il va m'assaisonner avant de filer.
Laisser derrière soi un témoin de ma trempe peut être dangereux pour sa santé. Ce type doit être diaboliquement malin car,
depuis le début de nos relations, il devine mes pensées sans que
j'aie à les formuler.

— Non, dit-il, je ne vous abattrai pas, commissaire. A
condition toutefois que vous me facilitiez les choses, naturellement. Gardez les mains levées pendant que je referme la
porte. La serrure est vicieuse, j'aurai une marge suffisante.
Comme je quitte votre beau pays dans les heures qui viennent,
il est inutile que je commette un gros délit !

Il rit.

— D'accord ?

— D'accord !

Et votre San-A., mes chéries chéries, très mortifié de se
trouver dans une aussi ridicule position, continue de jouer « Je
vous ai compris » avec ses beaux bras levés en forme de « V ».

Le zig recule jusqu'à la lourde. A la qualité du bruit, je sais
qu'il est maintenant sur le seuil. Je perçois un choc qui, pour
être sourd, n'en est pas moins violent.

— Descendez, on vous demande ! lance l'organe plantureux
de mon cher petit camarade Béru.

Je me retourne. Le Gravos est là, une bouteille à la main.
J'aperçois les pieds en flèche de mon agresseur.

— Tu peux stopper ta gymnastique, San-A., ricane l'Abo-
mination des abominations, remarque que c'est pas mauvais
pour la circulation du raisin !

J'abaisse les brandillons et je m'approche du seuil. Le zigoto
à l'imper gît dans le soleil ; sa pétoire est tombée à ses côtés.
Il ne bouge plus.

— C'est bien la Providence qu'a placé cette boutanche à

portée de pogne ! fait le Gravos en me montrant sa massue improvisée. Juste à côté de la porte qu'elle était ; bien sage à m'attendre. J'ai z'eu qu'à la choper par le cou.

Je palpe le matraqué.

— Mais dis donc, Béru, bredouillé-je, tu l'as défoncé, ce cher homme.

Ma main a beau explorer sa poitrine sous l'imper, on joue « le Monde du silence » dans sa caisse d'horloge.

— T'es sûr qu'il est viande froide ? s'étonne le Mahousse.

— Certain. Tu lui as administré une dose pour mammouth ! Béru brandit sa bouteille.

— Je m'ai pas méfié, dit-il, mais ces champenoises ont un c... comme çui de Berthe. J'ai cru qu'elle allait faire des petits.

— Et tout ce qu'elle a fait, c'est un beau défunt !

— Je m'excuse de te demander pardon, Gars. Mais dans ces cas-là on adopte pas le style larbin. C'était pas un coup de plumeau que je voulais y donner de toute manière...

Il hausse les épaules et, à ma grande stupeur, se permet une citation latine puisée dans les pages roses de la Rousse.

— Hévéa jacte à l'est, dit-il. Après tout, qu'il soye clamsé de ça ou d'une infraction du sidecar[1] qu'est-ce que ça change ? Il aura jamais su ce qui y est z'arrivé. Et il doit se payer une drôle de frime, là-haut, maintenant que saint Pierre y tape sur l'épaule en lui annonçant que c'est le terminus.

» La vie, mon vieux, c'est plein de coups fourrés. Tu crois que tu la tiens en laisse et puis elle te fait marron au moment où ce que tu t'y attends le moins. Lui, il jouait les fiérots avec son arquebuse et il était heureux de t'avoir collé le nez au mur. L'avenir lui appartenait. Et moi j'étais derrière avec une pauvre bouteille qu'on n'en donnerait pas vingt centimes de consigne ! Fatalitas, Gars.

Pendant qu'il philosophe comme à l'accoutumée, je fouille sa victime. Je trouve dans les poches du mort un passeport au nom de Hans Burger, 38 ans, sujet allemand de l'Est. Il a sur lui des dollars, des marks et des francs français. A part ça, je trouve des cigarettes, un briquet en or, un canif et un trousseau de clés. Ce sont les clés de la bagnole. Une plaque est passée dans l'anneau qui les réunit. Et cette plaque porte le nom et

_____
1. Peut-être Béru a-t-il voulu parler d'un infarctus du myocarde ?

l'adresse d'une maison réputée, spécialisée dans la location d'autos. M'est avis qu'il a loué sa tire.

— La pêche est bonnarde ? demande l'Immonde.

— Pas mauvaise.

Il me désigne le local.

— Qu'est-ce que tu penses de ça, bonhomme ?

— Rien pour l'instant, fais-je.

— Tu crois que c'est un nain qui crèche là ?

— Il n'existe pas de nain assez petit pour utiliser ces meubles ! Le lit fait trente centimètres !

— Alors quoi ! Ta vioque roule sur la jante et joue à la poupée ?

— Qui sait ?

Il hausse les épaules.

— Y a sûrement aut'chose. Si qu'elle jouerait à la poupée, tu te figures que ce grand voyou serait venu faire une perquise et que le Vieux s'intéresserait à elle ?

Je branle le chef.

— En effet, papa, y a sûrement autre chose.

— On explore sa carrée ? questionne-t-il en montrant sa coquette maison.

— Puisque nous sommes sur place, oui. Pourtant j'ai dans l'idée que nous ferons chou blanc.

— A propos de chou blanc, on ne pourrait pas aller casser une graine en sortant d'ici ? J'ai ma dent creuse qui me balance des S.O.S. !

Je promets et nous nous introduisons dans la maison grâce à l'efficacité de mon sésame pour lequel les serrures les plus compliquées ne sont pas ce qu'elles sont.

Nous explorons minutieusement chaque pièce. Je ne découvre rien d'intéressant et je m'apprête à donner le signal du départ lorsque le Gros radine de la cuisine en dévorant un pilon de poulaga.

— Viens voir quéque chose de poilant ! me dit-il.

Je suis l'anthropophage et il me drive jusqu'au buffet de formica. D'un côté du meuble, il y a une vaisselle de poupée, à l'échelle du mobilier découvert dans la maison sans fenêtre. Les assiettes sont plus petites que des soucoupes, les fourchettes plus petites que des fourchettes à escargots, etc.

— Faut le voir pour y croire, hein ? mastique le Bérurier national. Moi je te dis qu'elle a un petit nain.

— Et il s'appellerait pléonasme, ton petit nain ?

Béru croque l'os de son pilon. Il ressemble à un gros boxer affamé.

— Tu causes pour rien dire, postillonne-t-il. Comment t'est-ce que je connaîtrais son blaze ?

— Encore une fois, murmuré-je, les nains ne sont pas aussi minuscules. Un nain de un mètre, voire à l'extrême rigueur de quatre-vingt-dix centimètres, je ne dis pas. Mais un nain de vingt-cinq centimètres, ça n'est pas possible, Gros.

M'est avis que nous avons passé assez de temps dans cette demeure. Si Monica radinait, je serais bien en peine de lui donner l'explication de notre présence chez elle. Et puis, il y a le client décédé dans le jardin.

— Nach Pariss, Gros !

— On laisse l'Estourbi sur le carreau ?

— Tu voudrais t'en faire un dessus de cheminée ?

— Ce que j'en disais, fait-il.

Nous retournons à notre chignole. Avant d'y grimper, je m'approche de celle de l'homme. J'y trouve une valise à chats. Elle est carrée, avec des trous percés dans l'une des faces.

— Emportons-la ! décidé-je.

— Pour quoi fiche ? T'as des greffiers chez toi ?

— Inspecteur Bérurier, sermonné-je, je déteste la manie que vous avez d'ergoter lorsque je vous donne un ordre. Tenez-vous-le pour dit !

— Commissaire San-Antonio, riposte le Gros, je déteste la manie que vous avez de me prendre pour un paillasson. Tenez-vous-le pour dix ou pour vingt.

Et, maussade, il empoigne la valise.

CHAPITRE VIII

Dans lequel je tente un coup de bluff

La préposée de l'Office de location de voitures m'accueille par un sourire commercial qui a dû lui valoir le premier prix au concours de la risette publicitaire. C'est une blonde qui doit

554   *LE GALA DES EMPLUMÉS*

être vraiment blonde, avec une peau de pêche, des yeux bleu lavande et une bouche qu'on aimerait tutoyer à bout portant.

— Vous désirez, monsieur ? gazouille-t-elle.

Je lui montre ma carte. Elle regarde, hausse gentiment un sourcil, et son sourire commercial se transforme en un sourire curieux.

— Qu'est-ce que c'est ?

Je pose les clés de la bagnole d'Hans Burger sur la table.

— Vous avez loué une DS noire à ce monsieur, fais-je.

Et je lui fiche le passeport sous les lampions.

— Exact ?

— En effet.

Le sourire s'éteint comme les lampions d'un bal après le départ des musicos.

— Il est arrivé un accident ?

— Au monsieur, mais pas à la voiture, rassuré-je. J'aimerais avoir des détails sur ce gars-là, mon petit cœur.

Le sourire réapparaît. Cette fois, c'est un sourire amusé.

— Un instant.

Elle fait coulisser le tiroir d'un classeur métallique et tripatouille dans les dossiers. Elle retire une fiche.

— L'auto a été louée il y a huit jours pour une durée d'un mois, dit-elle.

— L'adresse du client ?

— Hôtel du Grand Carlos, rue du Faubourg-Saint-Antoine ! Qu'est-il arrivé à ce monsieur ?

Elle essaie de prendre une mine grave, mais le cœur y est trop et son sourire subsiste sur ses lèvres.

— Il a glissé sur une peau de banane, ma petite âme ! Rien de plus traître que la peau de banane. Si on dressait la liste de ses victimes, on s'apercevrait que la bombe d'Iroshima c'était de la gnognote à côté !

Son beau sourire triomphe. Cette fois c'est un sourire conquis.

— C'est à se demander comment ils font dans les bananeraies pour garder leur équilibre, pouffe-t-elle.

— Pas dur : ils portent des chaussures à crampons et ils sont encordés. Tout est question d'organisation dans la vie.

Je tapote le passeport resté ouvert devant elle à la page de la photo.

— Rien de particulier à me signaler à propos de ce pèlerin, ma petite fille rieuse ?

— Heu... non. Je ne vois pas.

— Lorsqu'il est venu louer cette auto, il était seul ?

Elle réfléchit, tout en gardant les yeux braqués sur l'image.

— Non, un autre homme l'accompagnait. Beaucoup plus âgé que lui. Un homme corpulent, à la tête rasée. Son cou faisait des tas de plis. Et il avait des poils blonds sur le nez.

— Vous êtes précieuse comme l'eau du même nom, ma jolie.

— J'ai de la mémoire.

— C'est ce qu'un flic apprécie le plus chez ses contemporains.

— On ne dirait pas que vous êtes de la police, déclare-t-elle.

— On me l'a déjà dit souvent. Je trompe mon monde, hein ? Un de ces jours, il faudra que je me décide à acheter des souliers à clous, un parapluie, un chapeau de feutre au bord gondolé, et que je mette du jaune d'œuf sur ma cravate.

— Ce serait dommage, rigole la gentille enfant. Je vous préfère comme vous êtes maintenant.

Et friponne avec ça !

Je me hâte de l'arc-bouter afin de pousser mes avantages.

— Votre petit nom, c'est bien Véronique, n'est-ce pas ?

Elle ouvre la bouche de saisissement, ce qui me permet de constater que sa langue rose et ses trente-deux dents blanches sont bien à elle.

— Comment diable le savez-vous ? C'est pas écrit sur ma figure !

— Non, mais ça l'est sur votre médaille, petite étourdie.

Elle glousse. Ce que cette môme aime se marrer, c'est rien de le dire.

— J'avais oublié !

— Et si je vous donne rendez-vous au Fouquet's ce soir à sept heures, vous l'oublierez aussi ?

— Je ne peux pas le savoir à l'avance. Et puis ça dépendra...

— De quoi ?

— Du retour de mon fiancé qui doit rentrer de voyage incessamment.

Bing. Servez chaud ! Avec les gonzesses, c'est toujours commak ! On a l'impression d'être le premier martien à débarquer d'un pas martial dans leur existence, et puis on découvre très vite qu'il faut prendre un ticket d'appel. C'est comme le téléphone des renseignements à la gare de Lyon : ça sonne toujours occupé. C'est à se demander à quel âge il faut les prendre si on veut s'assurer la priorité ! Je crois que le mieux c'est de les adopter à l'âge de deux mois et d'aller les élever au sommet de l'Everest. Et encore, je vous parie une place assise dans le métro contre une place de ministre des Finances que l'abominable homme des neiges vous ferait cornard. C'est pour ça que je ne me marie pas, mes choutes. Le San-A., il préfère être le complément des foyers meurtris plutôt que le brave homme de mari marri. Acheter des robes à une nana pour que ça soye les copains qui la lui enlèvent, c'est pas dans ma vocation. Je préfère le contraire. Je ne sais pas qui est le cornichon à pédale qui a inventé le mariage, mais il fait bien de conserver l'anonymat, because y aurait des trous d'épingle dans sa photo, espérez un peu ! Ce zig-là devait être un maniaque de l'exclusivité ! Ce serait maintenant, on lui ferait un traitement à l'Equanil pour le guérir et tout serait O.K., seulement à l'époque il s'est trouvé une bande de mous de la tronche pour lui emboîter l'anneau, et c'est comme ça que la société s'est fourvoyée.

Pauvres bonshommes, va ! A peine rencontrent-ils une frangine qu'ils la drivent au trot jusque chez M. le Maire. Et comme M. le Maire est lui-même marida, vous parlez s'il biche derrière son écharpe de jouer la sale blague aux copains. Pour le meilleur et pour le pire, qu'il dit, M. le Maire ! Dans sa Ford intérieure il le sait bien que le meilleur c'est comme chez les artichauts : c'est sous les poils que ça se tient ; c'est pas gros et faut opérer un sacré numéro d'effeuillage pour l'atteindre. L'accès au pire est tout de même plus fastoche. Y a qu'à attendre et ça se produit. La vie a le pire facile, j'ai observé. Les orties poussent mieux que les melons sur cette planète. Seulement, ça, M. le Maire, bon mec, s'abstient de le préciser dans son bla-bla. C'est un vicelard, il jouit dans ses bottes en couchant les zeureux époux sur le livre de l'état civil qui ressemble à une pierre tombale. Quelques lignes et c'est torché ! La levée d'écrou c'est pas pour demain. En général c'est au Père-Lachaise ou dans une de ses annexes qu'elle se passe.

— Je parie que c'est un garçon plein de tact, votre fiancé, sinon il ne vous intéresserait pas !

— Pourquoi dites-vous cela ?

— Parce que je suis certain qu'il aura le bon goût de ne pas rappliquer aujourd'hui, jour J de nos relations.

Elle devrait se fâcher, logiquement, si elle l'avait tellement dans le palpitant, son Julot, la fiarde ! Au lieu de ça, elle se marre encore.

Comme elle a les roberts affûtés au taille-crayon, bien drus, bien agressifs sous le pull moulant, on lui pardonne.

— Alors entendu pour le Fouquet's ? insisté-je en la commotionnant avec mon œillade ensorceleuse numéro 89 bis.

A cet instant précis, un petit bonhomme malingre se pointe, venant du bureau voisin. Il ressemble à un rat auquel on aurait inoculé la fièvre jaune.

— Qu'est-ce que c'est ? exhale-t-il, car, lorsqu'il parle, on dirait qu'il y va de son dernier soupir.

Je lui fais le résumé des chapitres précédents, en passant toutefois sous silence la manière dont est décédé Hans Burger.

— Comment récupérerons-nous le véhicule ? s'inquiète le cher raton.

— Vous pourrez le faire prendre où nous vous le dirons, lorsque nous vous le dirons !

— Charmant. Vous vous figurez que nous pouvons immobiliser un véhicule...

Je le stoppe du geste et de la voix.

— Ne perturbez pas votre système nerveux, cher monsieur. Votre zinzin plein de roues ne craint rien. Et puis il vous a été loué pour un mois, paraît-il, alors il vous reste de la marge.

Je sors après un ultime regard gourmand à Véronique.

Le Gros termine son plat de lentilles, crache la demi-douzaine de petits cailloux que le cuistot a collés dans cette espèce de brouet fluide pour prouver qu'il s'agit bien de lentilles, et déclare qu'il commence à se sentir mieux. Je suis bien aise de l'apprendre.

— Le temps de bouffer mon roquefort et mon baba et je suis t'à toi, promet-il.

— Rencart à la grande taule, m'impatienté-je. Moi, je vais faire une petite visite de politesse à l'hôtel du Grand Carlos.

Pas mécontent, le Mastodonte opine.

— Puisque ça me laisse un peu de répit, dit-il, je vais me commander une blanquette de veau !

Un car de touristes scandinaves vient d'amener une cinquantaine de vieilles dames jacassantes et le hall du Grand Carlos est plein comme un œuf dur. Il y a des valises partout. Quelques-unes des dames ont amené leur petit chien, quelques autres, plus rares, leur époux. Les unes et les autres tiennent les uns et les autres en laisse. Les premiers parce que c'est obligatoire, les seconds parce que c'est nécessaire, vu qu'ils sont gâteux. Je pense que vous avez déjà eu l'occasion de vérifier le bien-fondé de ce j'avance. Dans les voyages organisés, les vieux messieurs sont toujours infirmes ou gâteux alors que les vieilles dames se portent comme le pont Alexandre III[1]. Elles sont joyeuses, rieuses, bavardes, gesticulantes. Un rien les amuse, tout les excite. Je contemple un moment leur troupeau bruyant. Dans le fond, voyez-vous, je suis un solitaire qui aime la société.

Pourtant, je me décide à aller interviewer l'homme aux clés d'or. Justement, il ressemble à Pierre Fresnay au point que je me demande si ça ne serait pas lui. Il a fort à faire avec les guides du Voyage organisé. Débordé jusqu'au menton, qu'il est, le pauvre biquet. Il m'accueille comme si j'étais un trou dans sa poche.

— Un instant, pas le temps.

Je lui mets ma carte sous le nez. Il n'y jette qu'un millimètre de regard.

— San Antonio, c'est au Texas, me renseigne-t-il. Vous timbrez soixante centimes jusqu'à vingt grammes.

— Écoutez, mon vieux, m'impatienté-je, vous allez mouler cinq minutes vos Vikings et me les accorder !

Il devient gourmé comme un pierrot gourmand.

— Je vous demande pardon ? s'insurge-t-il.

— Police, écrasez. Je suis plus pressé que vos vieilles perruches. Elles sont en vacances et moi je travaille. La tour Eiffel et le tombeau de l'Empereur les attendront !

---

1. Je suis pour une refonte des expressions toutes faites, c'est pourquoi je me refuse à me référer au Pont-Neuf.

Il continue de ne pas aimer mon véhément langage, le roi des palaces.

— M'sieur Harry ! l'appelle à cet instant le réceptionnaire.

Je sens que si ça continue je vais me trouver dans cet hôtel comme au Grand Palais pour l'inauguration du Salon de l'auto. Alors je me fous à hurler vilain, les gars. Dans la gent hôtelière on se rend compte que le big scandale va éclater.

— Si vous jouez au dégourdi avec moi, vous vous retrouverez au chômage avant la fin de la journée, prophétisé-je, vu que vous aurez des coquards sous les châsses qui vous rendront inapte !

Cette fois mon ton mata Harry (lequel doit tout bêtement s'appeler Henri, mais on n'arrête pas plus l'américanisation que le progrès).

— Vous aviez un client, un certain Hans Burger ?

— Nous l'avons, oui !

— Non, vous l'aviez, car il est mort et j'ai toujours eu le souci du terme exact, mon pote ! On m'a surnommé le Mallet et Isaac de la Police !

— Mort ? fronce-sourcils-t-il.

— De la tête aux pieds.

— De quoi ?

— Si c'était de la thyphoïde je ne serais pas là. J'ai besoin de certains renseignements à son sujet.

Une vieille Scandi (fleur de) nave s'approche et, dans un allemand plus guttural que celui d'un perroquet, se met à demander des trucs relatifs au Musée du Louvre.

C'est mécoince qui se charge de lui répondre, bien que mon allemand à moi ne vaille pas celui de Gœthe. Je lui dis que depuis François Ier le Louvre n'est plus ce qu'il était et qu'elle ferait mieux d'aller au Casino de Paris. Ensuite de quoi je reprends le fil interrompu de mon interrogatoire.

— Depuis combien de temps était-il descendu dans votre gourbi, le Hans Burger ?

Son gourbi ! Il manque en avaler ses clés !

— Depuis dix jours, annonce-t-il.

— Il loge seul ?

— Oui.

— Des visites ?

L'autre hésite. Son rêve, ce serait de pouvoir m'envoyer au bain turc avec des Grecs, mais il a pigé à ma mine valeureuse de boy-scout de la maison Parapluie qu'il n'aurait rien à y gagner.

— Oui, je crois.

— Quel genre ?

— Différentes personnes.

— Racontez-les-moi...

— Vous êtes bon, ronchonne-t-il.

— Je suis bon avec les gens bons et avec les pauvres, en exceptant toutefois les pauvres c... Réponse ?

Il réfléchit dans le sérieux et convoque sa mémoire professionnelle pour une conférence de presse.

— Il a reçu à plusieurs reprises une jeune femme blonde.

— Dans sa chambre ou au salon ?

— Je crois qu'il l'a reçue dans ses appartements.

— Lesquels se composent d'une chambre ?

— Oui.

— Alors inutile de rectifier et de vouloir me faire confondre père de famille avec paire de chaussettes. Vous dites qu'il a reçu cette personne à plusieurs reprises, qu'entendez-vous par là ?

— Elle venait tous les jours.

— Je pige. Et ils paraissent comment, tous les deux ?

— Au mieux.

— Je pige toujours. La dame est jeune, blonde, roulée comme une déesse avec un regard vert nil qui vous donne envie de visiter l'Égypte, non ?

— En effet.

— Vous avez eu l'occasion de connaître son nom ?

— Oui, au début, quand elle s'est présentée à l'hôtel, elle a dû me le dire.

— Baume ?

— Non. Elle a donné un prénom.

— Virginie ?

— C'est cela !

Il commence à se calmer. Il réalise que je suis un archer sérieux.

— Qui d'autre encore a-t-il reçu ?

— Un gros homme.

— Chauve, dont le cou fait des plis ?

— Oui.

Maintenant ça y est, je l'impressionne. Son bigophone retentit.

Harry décroche.

— Grand Carlos Hôtel, j'écoute ! récite-t-il.

Cette phrase, il doit l'avoir en relief sur les muqueuses. Le matin, quand son Jaz carillonne, il doit se la balancer pour lui avant de faire surface.

Soudain, son visage impavide s'anime.

— Un instant, je vais voir, fait-il.

Il obstrue la partie inférieure de son combiné et murmure.

— Justement, c'est cette dame qui demande après M. Burger.

Je n'hésite pas un dix-milliardième de seconde.

— Dites qu'Hans Burger vient d'arriver et passez-moi la communication.

— Les cabines sont au fond du hall, prenez la 3.

Je bondis. Ce que je tente là est vachement culotté, convenez-en. Et si vous ne voulez pas en convenir, servez-vous d'un paratonnerre comme d'un tabouret.

Je drope jusqu'à la cabine prescrite ; je décroche, je rassemble bien mes souvenirs et, en me composant un accent qui doit ressembler à celui de feu Burger, je murmure :

— Allô !

Ce qui ne m'engage que médiocrement sur la voie des responsabilités.

— Hans ?

— Ia ? fais-je, car je suis capable de prononcer ce mot sans accent.

— Alors ? demande-t-elle.

Que répondre à une aussi laconique question ? Je marche au pifomètre, en le mettant toutefois sur le grand développement.

— Tout va bien !

C'est une trouvaille, non ? Tout autre que le célèbre commissaire San-Antonio eût été pris au dépourvu. Mais grâce à sa profonde intelligence, à son esprit d'à-propos, à sa ruse, à ses dons variés, à sa confiance en soi, à sa fougue, à sa sûreté, à son éducation, à son courage indomptable, San-Antonio, le seul, le vrai, l'unique, celui qui fait trembler les criminels et frissonner les jeunes filles en flirt, celui qui fait vibrer les dames et qui fait traverser la rue aux aveugles, San-Antonio, dis-je, répété-je et

confirmé-je, ne s'en laisse pas conter. Il sait ce qu'il faut dire
et le moment où il faut le dire.

— Tu l'as trouvé ?

Ce tutoiement m'en bonnit long comme la guerre de Cent
Ans sur la nature des relations Virginie Baume-Hans Burger.
Faut dire que j'ai l'esprit de déduction aiguisé comme un
couteau de boucher.

— Oui, chérie. Ich !

— Merveilleux. Qu'est-ce que je fais de l'autre ?

— Viens me rejoindre ici, on en discutera.

— Tu crois?

Son indécision est voisine du doute.

— J'aime mieux pas en parler au téléphone.

— Tu as une drôle de voix !

— Je suis essoufflé, j'arrivais... Dépêche-toi, je t'attends.

Un petit temps.

— Tu m'aimes ? chuchote-t-elle d'une petite voix presque
peureuse.

J'ai ma seconde trouvaille de la communication. En trois
minutes, deux trouvailles c'est une performance, non ? Pendant ce laps de temps, la plupart de mes contemporains
réussissent tout juste à se faire cuire un œuf coque.

— Iche liebe Sie !

Elle est contente. Y a sa respiration qui fait l'amour. Dans les
ouvrages de la marquise de Vazymou de la Bagouze on lirait
qu'elle a un début de pâmoison.

— J'arrive !

Je fais miauler un baiser prometteur et je raccroche. Il ne me
reste plus qu'à essuyer la sueur ruisselant sur mon front.

Jusque-là, tout a marché comme sur Déroulède.

J'espère que mon coup de bluff a réussi et que la môme ne
va pas tarder à se pointer, sinon elle a au contraire la puce à
l'oreille et elle risque de s'emmener promener.

CHAPITRE IX

Dans lequel je me hisse au niveau des plus grands policiers de l'histoire !!!

— Refilez-moi la clé de la chambre d'Hans Burger, enjoins-je au portier. Dans quelques instants, la dame va arriver ; dites-lui que je l'attends chez moi, vu ? Et surtout pas de fausse manœuvre car alors, si vous n'avez pas de dentier, vous seriez obligé d'en porter un à partir de tout à l'heure !

Il commence à prendre l'habitude de mes manières et ne s'en offusque pratiquement plus. Il me tend sans mot causer la clé du 718. Je lui ordonne de me composer le numéro de la maison Poulardin et de me refiler la communication dans « ma » chambre.

Le ronfleur du bigophone retentit au moment où j'entre. Je décroche et je dis au standardiste de la Grande Cabane de me brancher Bérurier. J'ai l'individu réclamé. Pas d'erreur, c'est bien lui, je reconnais formellement le borborygme qu'il libère en décrochant.

— Ah bon, c'est toi, fait-il. Qu'est-ce que tu maquilles ? Je t'attends !

— J'ai du boulot. Tu vas foncer chez Virginie Baume. Il n'y aura probablement personne chez elle. Pénètre dans l'appartement d'une manière ou d'une autre ; au besoin assure-toi le concours d'un serrurier.

— Tu me prends pour une lavasse z'ou quoi ? demande froidement le Gros. Moi, un serrurier ? Mais mon pauvre bonhomme, Arsène Lupin, je le prends en dix serrures de sûreté et je le ridiculise !

— Bravo ! Alors fais ce que je t'ai dit. Fouille l'appartement. Peut-être y trouveras-tu, dans une position plus ou moins fâcheuse, Monica Mikaël. Tu te contenteras de la surveiller et tu attendras mon coup de fil, c'est tout !

— Message enregistré, mon capitaine, rétorque le gros. Eh ! que je t'annonce : Pinaud dort toujours.

— Tu es certain qu'il n'est pas mort ?

— T'as déjà entendu un mort ronfler commak ?

Il brandit vraisemblablement l'écouteur en direction de Pinuche, car je perçois un bruit de moteur à explosion.

— Laisse-le finir sa pioncette, c'est bon pour ses pertes de mémoire.

— Ce qu'il va avoir les crochets en se réveillant, depuis le temps qu'il a rien bouffé. A propos, je n'ai pas pris de blanquette à l'ancienne au restaurant. Elle était tellement ancienne que les gens de la rue entraient pour demander si y avait pas une rupture de canalisation dans la crèche. J'ai préféré me cogner une escalope milanaise elle...

Mais j'ai déjà raccroché. Et bien m'en prend, car à peine mon tubophone est-il raccroché que la sonnerie se remet à gazouiller. Le portier me dit :

— Mme Virginie, monsieur Burger !

Allons, il est réglo, il aura droit à une poignée de pogne du commissaire. Comme ça il pourra raconter plus tard, à ses petits-enfants (en admettant qu'il soit apte à se reproduire) que l'étonnant San-Antonio lui a malaxé les cartilages.

Je vais tirer les rideaux afin de plonger la chambre dans une pénombre propice. Ensuite de quoi j'ouvre en grand les robinets de la salle de bains. Puis je reviens me coller de l'autre côté de la porte, entre une armoire et le portrait en pied du Grand Carlos. Comme j'achève, on toque to the door. Je ne réponds rien. Le loquet tourne et Virginie Baume entre dans la pièce. Pendant trois dixièmes de seconde je me dis qu'elle va me voir, mais non. Elle referme, pousse le verrou et s'avance vers la salle de bains. Elle va pour ouvrir la porte, se ravise et, croyez-moi ou sinon allez vite vous faire scalper le Mohican, mais cette veuve d'un genre très particulier se met à se déloquer. Ça dure moins de temps qu'un éclair de chaleur dans le ciel d'une nuit d'été.

Ses vêtements de deuil gisent sur la moquette. Bing ! la bride du soutien-Georges lui bat l'épaule. Flic-vlloutt, l'élastique du slip coquin coule sur ses hanches et ses cuisses. La voilà aussi habillée qu'un œil de veau dans une assiette. D'un plongeon superbe elle se jette sur le pageot, s'y insinue et tire les couvrantes par-dessus sa tête.

Une drôle de petite mutine, hein ? Elle veut faire la bonne surprise (en anglais the good surprise) à son julot. La séance de gala, c'est tous les jours avec madame. Cette petite frangine, vous pouvez m'en croire, elle doit valoir son pesant de cantharide. L'essayer, c'est la doper !

Il est temps maintenant que le commissaire se mette en branle, si je puis me permettre une expression aussi osée.

Je m'avance jusqu'au lit, je m'y assieds, je coule une main fiévreuse sous les draps, je caresse des trucs dont à la longue et après réflexion, en me référant à des souvenirs, je pourrai déterminer la nature et la fonction.

Madame se trémousse. Vous parlez d'une centrale électrique miniature ! C'est Marcoule à elle toute seule !

— Dis-moi que tu m'aimes ! vibre-t-elle.

— Comment veux-tu que je te le dise pour que ça te fasse le plus d'effet : en français ou en allemand ? je demande.

Cette fois je n'ai pas déguisé ma voix. Elle atterrit vite fait et rabat les draps. La voici dressée sur un coude, les cheveux en désordre, les yeux exorbités à force de stupeur et d'effroi. Son visage devient livide.

— Bonjour, Nini, je gazouille.

Elle me reconnaît, mais ses pensées sont en vrac. Dans sa tronche, c'est comme dans un mixer en marche.

— Mais... Vous... Hans... Je...

— Ne vous prenez pas les pieds dans le porte-bagages, Trognon, pouffé-je.

— Qu'est-ce que ça veut dire ?

Elle réalise à contre-temps sa nudité et, pudiquement, remonte le drap sur ses seins.

— Dommage, fais-je, ils figurent parmi les plus beaux qu'il m'ait été donné d'admirer.

Quelque apparence de couleurs lui remonte au visage.

— Je vous reconnais...

— Vous m'en voyez flatté.

— A Moisson... L'auto...

— Mais oui.

— Vous êtes le romancier.

— Exactement. Un romancier qui est avant tout commissaire, belle dame.

Cette fois elle commence à donner une orientation valable à ses esprits désordonnés.

— Je vous ai fait venir ici parce que j'ai pensé que l'endroit en valait un autre pour discuter le bout de gras, mon petit cœur.

In petto, comme disent les pétomanes ayant une culture latine, je suis frappé par le fait que, dans cette affaire, la souris polissonne abonde. Depuis ma séance chez Monica, en passant par la virée chez Mercédès, je peux dire qu'il y a eu des moments pleins d'agrément. C'est du reste ce qui fait l'enchantement de mes ouvrages. Outre la vigueur du style, la beauté du langage, la poésie latente, la richesse d'expression, la philosophie discrète, l'humour sous-jacent et le non-conformisme courageux qu'ils recèlent, on est frappé, en les lisant, par la sensualité qui en émane.

Excusez-moi, mais il est bon, de temps à autre, de vous rappeler que vous n'avez pas plongé votre nez morveux dans n'importe quel ouvrage. Déjà Nostradamus me phophétisait, qui disait :

« Lorsque l'homme du lac aura disparu se lèvera l'astre au nom texan qui éblouira lecteurs et lectrices au pays du Grand C. »

Ce qu'il convient de traduire par « Après Paul Bourget, San-Antonio commencera la remarquable carrière que vous savez au pays du Grand Condé ».

Mais, bref, comme disent les gens qui ont le sens de l'ellipse, revenons à nos moutons.

Pour l'instant, ils bêlent, mes moutons, figurez-vous.

— Mais, mais..., fait Virginie.

— Vous avez eu raison de vous mettre à l'aise, ma jolie, car on en a long comme un projet de désarmement à se dire.

— Où est Hans ?

— Je ne le connaissais pas suffisamment pour vous renseigner, pourtant tout m'incite à croire qu'il serait plutôt en enfer.

— Qu'est-ce que vous me racontez ? Mais parlez !

Elle s'anime, laisse retomber le drap. Les deux seins ocrés qui lui servent d'enjoliveurs à poumons se dressent brusquement et me font des cornes.

— Je dis que votre ami Hans a eu un gros pépin en perquisitionnant chez Monica. Sa tête est entrée en contact avec un derrière de bouteille. Comme l'inspecteur Bérurier tenait le goulot de ladite bouteille et qu'elle était solide, c'est le crâne de votre copain qui a volé en éclats. Il aurait mieux valu que ce fût du verre blanc, ça nous aurait porté bonheur...

— Hans est mort ! crie-t-elle.

— Aussi mort que votre mari, oui, ma choute, mais ça n'est pas une prise de judo qui l'a tué.

Oh ! Pardon ! L'effet que ça produit sur la madame, des

paroles pareilles ! Elle ouvre grand son bec, clappe à vide, éternue un sanglot et porte ses jolies mains à sa jolie tête en un joli geste qui me découvre son joli buste jusqu'au socle.

— Ça vous épate, hein, môme, que j'en sache aussi long ?

— Vous mentez, bredouille-t-elle.

— Mais non. Je n'avance rien que je ne sois en mesure de prouver.

— Vous ne pouvez rien prouver vous...

— Je peux prouver, car le corps de votre cher défunt est dans un tiroir frigorifique. L'urne qu'on vous a montrée au Columbarium ne contient que de la cendre de cigare.

Cette fois, elle prend la mine terreuse, Virginie.

— Mais tout à l'heure, Hans, au téléphone...

— Tout à l'heure, au téléphone ! ricané-je.

Je reprends l'accent de Burger.

— Ich liebe Sie, susurré-je.

Elle abandonne tout espoir et éclate en sanglots.

— Ce n'est pas possible ! trépigne la belle enfant. Pas possible ! Oh ! non... Je ne veux pas, je ne veux pas !

J'essaie de la calmer en lui caressant tendrement l'épaule. Moi, vous me connaissez : toujours le cœur sur la main et la main où il ne faut pas. Mais ça déplaît à Médème qui, à bout de nerfs, me balance une mandale carabinée. J'en ai les gobilles qui se décrochent.

— Arrête ta crise, môme ! tonné-je, sinon je vais t'administrer un calmant qui t'empêchera de t'asseoir pendant les quarante années que tu vas sûrement passer en prison.

Elle se dresse.

— Qu'est-ce que vous dites ?

— La vérité du Bon Dieu, comme l'écrivent si puissamment les romanciers américains. Complicité de meurtre sur la personne de ton mari, sans parler du reste, tu te figures pas que les jurés vont te voter la croix de guerre avec palmes ?

J'enchaîne, voulant profiter de son désarroi.

— Et le reste, c'est quelque chose, hein !

Je suis d'autant plus sincère dans cette affirmation que j'ignore absolument ce dont il s'agit. Seulement c'est en affirmant les choses qu'on ignore qu'on parvient à les connaître. Cette tactique semblera un peu spécieuse à d'aucuns, mais je m'en balance, et je dirai même que ça tombe bien, vu que ces d'aucuns-là je les utilise à l'occasion comme papier hygiénique.

Elle est hébétée, la jolie Virginie. Son rimmel part en brioche. Ça lui donne un regard à la Charlot. Son rouge à lèvres ressemble à de la confiture de groseille. Elle hoquette et renifle. J'en remets un peu pour l'amener à composition.

— On n'exécute plus les dames, en principe, mais je suis certain que tu te farciras la peine maximum. Le restant de tes jours, tu vas rempailler des chaises et ta beauté disparaîtra comme rosée au soleil. Remarque que la comparaison est mal choisie, vu que le soleil, en taule, on te le sert au compte-gouttes ou à travers une passoire.

Elle me considère mornement, comme si je n'avais pas plus de réalité et de présence que la gravure fixée au mur et qui illustre la rêverie d'un garçon coiffeur sur le mont Chauve.

Tout à coup, j'entends l'eau déborder dans la salle de bains. J'ai ouvert les robinets trop grands et la bonde de la baignoire, entraînée par la pression, a dû se reboucher. Toujours est-il que ça bouillonne sur le carrelage. Pas la peine de saccager l'hôtel. Je cours pour stopper l'inondation. C'est mon côté génie ! Sapeur et sans reproche comme toujours !

Je marche dans une immense flaque de flotte. Je tourne les robinets. Puis je reviens dans la chambre.

Mais c'est trop tard.

Déjà des mecs hurlent dans la rue. Les rideaux de la croisée grande ouverte, happés par le courant d'air, flottent à l'extérieur.

Je me précipite à la barre d'appui.

En bas il y a une tache claire cernée par un essain de badauds avides.

Je réprime un petit frisson. La môme a choisi la solution idéale. Seulement elle est morte avant d'avoir parlé.

Ah ! Il est au point, le San-Antonio ! Quelle truffe j'ai été de l'abandonner une demi-minute ! Le roi des policiers en carton-pâte, voilà ce que je suis.

Ça va faire une sacrée bouillabaisse, cette petite aventure. D'autant plus que les loufiats du hall ne vont pas piger que cette femme se soit défenestrée en étant à loilpé. C'est mauvais pour mon standing. Déjà je perçois la petite musique de Police-Secours qui joue sur deux notes « Ça va barder ».

Quelle explication vais-je fournir aux collègues ? La vérité n'est pas croyable. Je m'emmène devant la glace et je me flanque un coup de pied au prose pour m'apprendre à vivre.

On tambourine à la porte. Je vais ouvrir. C'est plein d'esclaves en gilet rayé qui me demandent si c'est bien d'ici que...

Je leur réponds que oui.

J'aimerais être ailleurs.

N'importe où, mais ailleurs.

— Ne me regardez pas avec ces yeux-là, les gars, fais-je, impatienté. Il s'agit d'un suicide. La dame a eu une petite crise de conscience et c'est pour ça qu'elle est allée bouffer le trottoir pendant que j'avais le dos tourné.

CHAPITRE X

Dans lequel ça s'arrange un peu !

Je tombe sur des archers tout ce qu'il y a d'incrédules et de féroces. Ils m'embarquent au commissariat, tout commissaire que je suis, sans égard pour mon grade et ma réputation.

Une fois dans la succursale Viens-Poupoule, ça se tasse. Le commissaire du quartier est un aminche et je lui bonnis mon historiette. Il rit sous cape. Ça lui paraît un peu farce qu'un crack de la Sourde tel que moi fasse venir une dame dans un hôtel pour l'interroger, et que la dame se retrouve à poil sur le macadam quelques instants plus tard après un vol plané de vingt-cinq mètres ! Il me dit qu'il va faire son rapport et me permet de bigophoner au Vioque. Le Tondu m'écoute sans piper.

— Bravo ! fait-il seulement, ce qui équivaut, venant de lui, à quatorze mille six cent douze coups de pied au derche.

Je lui passe mon collègue auquel il demande d'écraser. Motus pour la presse. Pas de pub', que tout ça reste entre poulagas !

Quand le collègue a donné des assurances, il exige de me reparler.

— J'aimerais vous voir assez rapidement ! me dit-il.

— Je passerai à votre bureau ! promets-je, sans lui préciser quand.

Et dans le secret de mon cœur je murmure :

« Compte dessus et bois le pétrole Hahn que tu devrais te coller sur le dôme ! »

D'accord, j'y passerai, chez le Vieux. Mais après avoir solutionné cette affaire. Je ne me sens pas capable de l'affronter avant.

Il me dirait des choses cinglantes que je ne pourrais pas supporter et je risquerais de lui faire manger son sous-main, ce qui est toujours mal apprécié.

Je quitte le commissariat, en me disant qu'il faut attaquer à fond et remporter le morceau avant le coucher du soleil.

Je pénètre dans un bar discret, commande un double Gilbey's — parce que c'est un remontant qui en vaut deux autres — ainsi qu'un jeton de bigophone.

Je bois le scotch et je vais téléphoner au gars Bérurier, lequel moisit en ce moment chez les défunts Baume.

— Qui cause ? hoquette-t-il.

Un frisson glacé part de mes talons et remonte à ma nuque en transitant par mon bahut doubles portes.

— T'es beurré, Gros ? lamenté-je.

— Qu'est-ce que tu... heug... débloques, Mec ? Je viens tout juste de dénicher une bouteille de chartreuse... heug... verte !

— Et de la finir !

— Y en manquait pas mal, tu sais ! Au moins le quart !

— Tu as trouvé Monica Mikaël ?

— Non. Y a personne ici ! heug... C'est comme qui dirait pour ainsi dire le dessert de Gabgie !

— Tu as bien regardé partout ?

— Jusque dans les tiroirs de la... heug... pratique et dans la chasse d'eau des zouatères. Rien, je te dis... Juste un cana... un canari dans sa cache... dans sa gâche... dans sa jag... dans sa... merde, j'arriverai pas à le dire !

— Attends-moi, je m'annonce.

Je vais pour raccrocher, mais la voix farineuse du Gros me rattrape.

— Dis ! Ho ! San-A ! Tu t'annonces apostolique !

Et il rit, d'un rire gras, copieux, torrentiel comme un égout en crue un lendemain de Noël !

*
**

L'appartement des Baume est dit de grand standing. Immeuble début du siècle, en pierre de taille taillée dans la masse. C'est cossu, avec de la moulure à grand spectacle et du fromage aux plafonds.

Le Gravos répond à mon discret coup de sonnette par un tonitruant borborygme d'abord, puis en venant m'ouvrir. Je ne me suis pas gouré, les gars : il est bourré comme le métro aux heures de pointe. Son beau costar à rayures n'est plus racontable. Taché, troué, dépecé, fripé, déformé, c'est maintenant l'épouvantail qu'on a défringué en hâte. Béru a un regard qui lui pèse sur les joues, tout strié de sang. Sa barbouse à poussé. Dès qu'il est naze, son système pileux en profite pour se développer. Son nez violacé ressemble à une carte des voies navigables, les veines figurant les cours d'eau.

— T'as pas mis... heug... longtemps !

— Espèce de triste ivrogne ! clamé-je, au bout de l'exaspération. Sale poivrot ! Abruti ! Horreur animale ! Déchet d'humanité ! Reliquat de poubelle ! Champignon vénéneux ! Exhalaison de bouche d'égout ! Miasme ! Décomposition ! Remugle ! Goret ! Sanie ! Furoncle ! Évier bouché ! Fosse d'aisances saturée ! Charogne déterrée ! Denrée avariée ! Déjection ! Grotesque ! Abjection ! Puanteur ! Bout de la nuit ! Bout de l'ennui ! Bouddha ! Boudin ! Boulimique ! Imbécile !

Je me tais, à court d'oxygène, mais non d'épithètes. Le Gros toussote avec distinction dans le creux de son poing.

— Le reste, je m'en fous, dit-il, mais imbécile, tu vas le retirer tout de suite. Je peux pas le permettre ! J'ai ma dignité !

— Ta dignité ? Épave ! Ta dignité ? Sous-produit ! Ta dignité ! Trop-plein de ouatère ! Tu mériterais que je demande ta révocation pour t'apprendre ce que c'est que la dignité. Comment : nous sommes aux prises avec la plus mystérieuse des affaires et tout ce que tu trouves le moyen de faire, c'est de te saouler bassement, et ce, en plein travail ?

La réaction se fait. Il va s'appuyer au mur, enfouit sa bouille fanée dans son bras replié, tel un écolier puni, et éclate en sanglots d'ivrogne.

— Tout ça c't' à cause des saucisses de midi qu'avaient pas la fraîcheur Colgate, larmoie le Misérable. J'étais comme qui dirait barbouillé, San-A. Aussi, quand c'est que j'ai dégauchi cette boutanche de... heug... Chartreuse verte, je m'ai mis à lui dire deux mots. Comme mon barbouillage passait toujours pas, je m'en suis z'administré une deuxième dose, puis t'une troisième et ainsi de suite. C'est quand la bouteille a t'été finie que je m'ai rendu compte, que je l'avais vidée.

Mais je n'écoute plus son délire éthylique. Je fouinasse dans le somptueux logement. Je découvre que le cabinet du docteur comporte deux lourdes : une donnant sur son bureau, une autre sur le couloir.

Il y a plusieurs chambres à coucher : une pour madame, une pour monsieur. Dans la piaule de madame, deux grosses valises de cuir sont pleines d'effets. Elles annoncent un départ imminent. Je me souviens alors qu'Hans Burger m'a dit, au moment où il s'apprêtait à me boucler dans l'étrange local de Moisson, qu'il était sur le point de quitter la France. Je suis prêt à vous parier un éléphant blanc contre une souris grise que Virginie devait l'accompagner.

Où se rendaient-ils ? Mystère !

Où se trouve Monica Mikaël ? Autre mystère !

Qu'allait chercher Burger dans la bâtisse de Moisson ? Troisième mystère !

C'est fou le nombre de mystères que contiennent mes extraordinaires ouvrages. Je ne sais pas si vous l'avez remarqué, mais vraiment ils sont avantageux à ce point de vue-là. Dans la plupart des romans policiers, vous trouvez tout de suite un mystère, quelquefois deux à la rigueur. Et encore pas fameux ! Tandis que dans ma boutique à couenneries, je ne fais pas le détail. C'est par vagues que je vous cloque du mystère. Vous pouvez choisir.

Je continue ma petite perquise. Sur la commode de la chambre virginienne, il y a un passeport à son blaze. Conclusion : c'est à l'étranger qu'elle allait filer.

Le Gros ne chiale plus. La tête dans son bras, il roupille. Debout, comme les bourrins ! Je le pousse et il s'écroule le long de la cloison en poussant un grand cri. Il atterrit sur le carreau du hall. Ça le réveille complètement et ça le dessaoule partiellement. Il étanche le raisin qui lui coule du pif.

— Lorsque tu es venu dans cet appartement, la première fois, il n'y avait pas de personnel ?

— Si : une bonniche. Une sorte d'espèce de petite guenon du genre ouistiti, avec les cheveux coupés court et un nez que tu aurais dit une framboise. L'air inintelligent, à ce qu'il m'a semblé.

— Arrive, ma Grosse !

Ça le bouleverse, ma brusque douceur. Il a un élan, me prend par le cou et m'embrasse.

— On dira ce qu'on voudra, fait-il, t'as ton caractère ; pourtant tu n'as pas que des défauts, San-A.

M'ayant rendu cet hommage, il m'emboîte le pas.

*

La concierge, fait très exceptionnel pour une concierge, est dans sa loge. Elle tricote en écoutant la voix sucrée d'un chanteur ricain en train d'interpréter : *You, You, You.* Délicat hymne à l'amour dont les paroles sont *I love you, you, you, you !* ce qui bouleverse littéralement toutes les règles de la chanson.

La pipelette est plutôt jeune, plutôt pas bête et plutôt accueillante.

— Mme Baume était-elle chez elle, tantôt ? m'enquiers-je.

— Non, la pauvre, me répond la concierge, être pitoyable à en juger à son exclamation.

— Savez-vous où elle se trouvait ?

— Non.

— Elle s'apprêtait à partir en voyage ?

— Oui.

— Pour où ?

— La Suisse. Elle a de la famille là-bas ; et après son grand malheur elle avait besoin, la pauvre, de se changer les idées.

Elle en avait tellement besoin de se les changer, les idées, qu'à peine débarquée à l'Hôtel du Grand Carlos elle se dessapait plus vite qu'une marguerite fanée dans un typhon !

— A quel endroit exactement ? insisté-je.

— Je ne saurais vous le dire !

— Elle a une bonne à tout faire ?

— Oui, mais elle vient de la congédier.

— Vous pourriez me donner le nom et l'adresse de cette fille ?

La cerbère stoppe son tricot et me dévisage avec un air d'en avoir autant que moi, c'est-à-dire deux !

— Vous voulez en savoir, des choses, vous alors !

Je lui produis ma jolie carte professionnelle avec photographie de l'homme et bande tricolore. Elle renifle.

— Oh ! La police. Quelque chose ne tourne pas rond ?

— Mme Baume est morte ! dis-je.

— Morte ! Pas possible ! s'exclame Bérurier qui sort de sa torpeur.

Admettez que ça ne fait guère sérieux un adjoint qui s'étonne des déclarations de son chef.

Mais la pipelette est trop commotionnée pour tiquer.

— Morte, répète-t-elle en écho. Comment ? De quoi ?

— Suicide, la renseigné-je. Le chagrin, comprenez-vous ?... Elle opine, essuie une larme épaisse comme de la vaseline.

— Alors, reviens-à-mes-moutons-je. Le nom et l'adresse de la soubrette, please ?

Elle débite, d'une traite :

— Marinette Piépelus, 116, rue du Chemin-Vert.

— Bigre, quelle mémoire !

— Je n'ai pas grand mérite, révèle la gardienne de l'immeuble. Elle m'a donné le renseignement ce matin afin que je fasse suivre son courrier chez elle. Cette petite a des tas d'amoureux et reçoit au moins une lettre par jour.

— En route ! décidé-je.

— Curieux qu'elle ait des coquins, soupire le Gros en montant dans l'auto ; avec sa frite, on dirait plutôt qu'elle s'approvisionne au zoo !

C'est Marinette qui nous ouvre. Le Gros n'a pas menti. Elle ressemble effectivement beaucoup plus à une guenon qu'à Sophia Loren. Elle mesure un mètre cinquante à peine, et ses cheveux roussâtres sont collés sur sa petite tête de pinceau usagé comme une calotte d'enfant de chœur. Elle crèche chez sa vieille maman, une dame blême et rhumatisante qui a eu des malheurs et qui s'en payera encore quelques-uns avant de lâcher la rampe. Je reconnais vaguement la môme pour l'avoir aperçue au Columbarium où elle assistait au feu d'artifice de feu son patron.

— Qu'est-ce que c'est ? fait la voix acide de la vieille môman.

— Qu'est-ce que c'est ? répète en direct la petite guenuche.

— C'est la police, ma poulette, renseigné-je.

— Seigneur Jésus ! crie la rhumatisante en faisant pleurer son fauteuil d'osier (c'est le seul osier qu'il y ait dans cet appartement vraisemblablement).

— Seigneur Jésus ! balbutie docilement la petite bonniche.
— On peut causer ? demandé-je.

Elle se décide à nous faire entrer dans une pièce grande comme la cabine téléphonique du coin et qui réussit pourtant à héberger une cuisinière à gaz, deux lits, une table, une garde-robe, un vélo de dame, machine à coudre, trois chats, une tortue, un fauteuil d'osier, quatre chaises de salle à manger, un portrait de Jean XXIII, un autre de Paul VI et un troisième de Johnny Hallyday.

La dame blême et blette blèse en parlant et est affligée de surcroît d'une blennophtalmie.

— Qu'est-ce que vous nous voulez ? lamente-t-elle comme si nous étions deux tortionnaires de la Gestapo.
— Quelques menus renseignements, chère madame.
— Ma fille n'a rien volé !
— Oh ! maman ! proteste le ouistiti femelle.
— Rassurez-vous, rassuré-je d'une voix rassurante.

» Nous aimerions seulement savoir où Mme Baume devait aller, dis-je. Possible ou pas possible, Miss ?

La môme Marinette cligne ses paupières farineuses.

— En Suisse, répond-elle.
— A quel endroit ?
— Je ne sais pas !
— Autre chose ; les Baume possédaient-ils une maison de campagne ?
— Non.
— Réfléchissez bien, dis-je. C'est très important. Ils n'avaient pas un pied-à-terre quelque part ? Un pavillon de chasse ? Un chalet ? Une ferme rebecquetée ? Tout le monde, en ce moment, a une maison de campagne.
— Pas nous, affirme aigrement la vieille môman.
— Eux non plus, affirme Marinette. Le docteur avait horreur de la nature.
— Elle le lui rendait bien, soupiré-je en évoquant la trombine du défunt. Écoutez, mon petit, vous m'avez l'air bougrement éveillée pour votre âge.
— Elle a eu son certificat d'études à dix-huit ans ! s'enorgueillit la mère.
— Ça ne m'étonne pas, chère madame. On sent tout de suite chez votre enfant la forte personnalité qui s'appuie sur un caractère solide. C'est pourquoi, mademoiselle, je vais vous

poser une question à laquelle je vous demande de réfléchir.
Faites abstraction de son aspect insolite. Voilà : supposons que
Mme Baume, pour une raison ou pour une autre, soit dans
l'obligation de cacher quelqu'un ou quelque chose en dehors
de son appartement. Selon vous, où le mettrait-elle ?

— Qu'est-ce qu'elle pourrait bien cacher ? proteste la vioque.

Elle fait craquer son fauteuil, à moins que ça ne soit ses
articulations : impossible de savoir, les deux bruits étant
semblables

— Là n'est pas la question, madame. Laissez réfléchir votre
ravissante jeune fille.

Je vois son visage éveillé qui s'éclaire tandis qu'une intense
lueur pétille dans ses yeux.

Effectivement, ma bonniche murmure :

— Elle pourrait le cacher dans son laboratoire.

Je tressaille, marchant ce faisant sur un pied du Gros. Ce
dernier qui somnolait pousse un barrissement.

— J'ai mon ongle en carnet qui me faisait déjà souffrir !
proteste Sa Majesté.

Mais je passe outre à l'incident.

— Mme Baume possède un laboratoire ?

— Vous savez qu'elle est docteur aussi ?

— Je sais, mon trésor !

— Pas de familiarités ! coupe la môman, ma fille est sérieuse. Elle a été rosière en 1938.

— Quel âge qu'a donc-t-elle ? ânonne l'âne bérurien.

— Quarante-six ans, fait la maman rhumatisante.

— On lui donnerait pas, tranche péremptoirement le Gros.
Comme quoi, ces naines, ça trompe leur monde !

— Dites donc, malotru ! glapit la vioque.

Si je n'y mets pas le holà, les choses risquent de s'envenimer.

— Où se trouve ce laboratoire ?

— A Boulogne-Billancourt, rue du Général-Hévacuay, 17.
J'y suis été pour faire le ménage un jour avec Madame.

Je l'embrasserais, moi, cette gosse, si elle avait un peu moins
de moustache !

— Vous connaissez Monica Mikaël ?

— C'était la meilleure amie de Madame.

— Elle venait souvent la voir ?

— Oui, souvent, mais Madame allait plus souvent chez elle.

— Merci, ma ravissante. Vous avez été à la hauteur des circonstances.

— Si on peut dire, ajoute Béru... pour causer !

CHAPITRE XI

Dans lequel je suis mon petit bonhomme de chemin !

Une minuscule rue tranquille, quelque part derrière le parc des Princes. Le 17 de la rue du Général-Hévacuay est une petite construction neuve toute en rez-de-chaussée, avec des fenêtres en forme de hublots. La porte est en bois verni. Deux serrures Yale la ferment.

Je les ouvre.

Une petite entrée pourvue d'un vestiaire. Deux portes. L'une donne sur un minuscule bureau moderne sentant bon le neuf. L'autre sur une vaste pièce encombrée d'éprouvettes, de cornues gentilles, de ballons, de réchauds, de sondes, de glotmutches de chproutz, de pétomètres, d'abracadamètres à mercure, de diabologrenadyn'h et de cages pleines de cobayes.

Une odeur de soufre et d'urine animale nous accueille.

— Ça fouette vachement dans le circus ! remarque Bérurier, lequel est rentré en possession de ses faibles moyens.

Nous avançons le long d'un immense comptoir recouvert d'une plaque de marbre.

Soudain, je tombe en arrêt, sans trop me faire de mal, devant une malle d'osier semblable à celles qu'utilisent les comédiens en tournée pour charrier leurs fripes.

Le couvercle de la malle que je vous cause est fermé par un cadenas. Un chouette cadenas canadien. Il est à chiffres. J'essaierais bien quelques combinaisons, genre : date de la bataille de Marignan, mais ce serait du tempo fichu.

— A toi de jouer, l'homme aux biceps ! intimé-je à mon fidèle bulldozer.

Pas besoin de le lui répéter. Béru empoigne le cadenas. Un mouvement de torsion comme pour déchirer un jeu de cartes en deux. Cric-crac-croc ! Avez-vous remarqué aussi à quel point j'ai le don de l'onomatopée écrite ? C'est moi l'inventeur du bruitage dans la littérature d'action. Je vous imite n'importe quel son : depuis le son de cloche (celle qu'a le son long et celle qu'a le son court) jusqu'au cri de la tortue de mer en gésine. Ça paraît fastoche, mais faut le faire ! C'est pas à la portée de tout le monde. Si vous n'avez pas une science approfondie des voyelles et le don de la consonne vous êtes marrons. Tout ce que vous obtenez, c'est de l'à peu près et vous pouvez aller vous laver les dents à l'acide chlorhydrique !

Donc : cric-crac-croc et flicfff ! Le couvercle se soulève. Bérurier le fort émet un gargouillis qui ferait crever de jalousie un robinet de vidange.

— Mords le contenu ! me dit-il.

Est-il besoin ? Vous aussi, vous l'avez deviné que Monica Mikaël gît dans le panier, n'est-ce pas ? Et pourtant votre intelligence ne vous empêche ni de dormir ni de voter.

Elle est là, les jambes repliées, les mains croisées sur le corsage : endormie. Ça schlingue le chloroforme dans la malle. Il y a un tampon d'ouate imbibé aux côtés de la brave dame.

— Elle est canée ? demande l'Enflure.

— Ça m'étonnerait. Elle respire. C'est du grand sommeil à la Pinaud. On lui a fait renifler de la dorme en bouteille, Gros. Portons-la à l'air libre.

Nous la coltinons, sans la sortir de son panier, jusque dans l'entrée. Une fois là, on lui bassine les tempes avec de la tisane bien fraîche puisée au robinet. L'effet ne se fait pas attendre. En moins de temps qu'il n'en faut à une marchande de dixièmes de loterie pour vous vendre un billet non gagnant, Monica Mikaël a rouvert ses yeux baignés d'incompréhension.

— Que m'est-il arrivé ? demande-t-elle.

Elle fixe Béru qu'elle ne connaît pas. Puis elle tourne vers moi son beau visage de vieille morille déshydratée. Elle a un sursaut.

— Vous ! Mais, qu'est-ce que ça veut dire ?

— Comment vous sentez-vous, divine amie ? m'empressé-je.

— Mieux, fait-elle. Pouvez-vous m'expliquer... ?

— Tout ce qu'il y a de volontiers ! Virginie vous a bêtement chloroformée tandis que son camarade Hans Burger allait perquisitionner dans votre propriété !

Elle verdit, comme le compositeur du même nom.

— Est-ce possible ?

— C'est plus que possible, adorable compagne, puisque ç'a été réalisé.

— Comment savez-vous cela ?

— Parce que je suis commissaire spécial, ma tendre amie, et qu'un commissaire spécial se doit de connaître les histoires aussi spéciales que la vôtre.

Ça la rend méditative. Nous en profitons pour l'extraire de son panier. Elle a la tête qui lui tourne un peu, la pauvre grand-mère. Béru la soutient avec une sollicitude qui lui vaudrait un premier accessit au concours de l'homme le plus galant de France. Je referme le couvercle de la malle et elle s'assied dessus.

— Faudrait lui faire boire quelque chose, suggère le preux chevalier Béru. J'ai remarqué un bistrot pas loin, faut-il que j'allasse chercher un peu de gnôle ?

— Ce n'est pas de refus, soupire Monica.

Le Gros ne se le fait pas dire une fois et demie. Déjà il a giclé. Me voici seul avec cette honorable dame pour la deuxième fois de ma vie et, fort probablement, la dernière.

— Monica, tendre roseau pensant, attaqué-je, savez-vous que vous êtes inculpée de meurtre ?

Pas un muscle de son altier visage ne bronche. On dirait qu'elle n'a pas entendu. Et pourtant ses trompes d'Eustache ont leur prise de terre et elle comprend le français !

— De meurtre sur la personne d'Alexandre Baume, terminé-je. Mort d'une prise de judo pas piquée des hannetons. J'ignorais que vous possédiez ces petits talents de société !

— Ce n'est pas moi, chuchote-t-elle très bas.

— Vous aurez de la peine à le faire admettre au juge d'instruction !

— C'est Hans Burger, dit-elle. Cet homme est terrible ! Il fait ce qu'il veut de Virginie. Elle lui obéit aveuglément et elle sauterait par la fenêtre pour lui !

Intérieurement ça me dilate la rate. Elle ne croit pas si bien dire, Monica.

— Racontez en détail, fais-je.

— Raconter quoi ? soupire-t-elle.

Je réprime un frémissement de contentement.

— Tout, fais-je avec force. Depuis A jusqu'à Zitrone. On pourrait même commencer par votre petite maison sans fenêtres de Moisson, non ?

Son regard glauque me cloque un point d'interrogation. Elle est en train de se demander si je sais tout ou si je ne sais pas tout.

Je riposte par un petit hochement de menton assez martial, ma foi.

— Ce qui m'intéresse, dis-je, c'est l'ordre chronologique des événements, leur historique en somme, car, vous venez de vous en rendre compte : je connais l'essentiel.

Pas mal tartiné, hein ? Vous appréciez le ton détaché du bonhomme ? Sa désinvolture ? Sa profonde psychologie ?

Elle se laisse prendre à mon petit air de douairière les fagots !

Elle se racle la gorge.

— A la mort du professeur Mikaël, attaque-t-elle, c'est Virginie qui s'est occupée de Puck.

Bon, voilà un nouveau mystère. Qui est Puck ? Je me garde bien de lui faire part de mon ignorance, car ce serait jeter bas cet édifice savamment élaboré.

— Elle avait été l'élève de Mikaël, poursuit Monica. Elle a su assumer avec beaucoup de dévouement l'entretien de Puck.

— Son mari était au courant ? interromps-je.

— Oui.

» Et puis un jour, les choses se sont gâtées. Virginie a fait la connaissance de ce Hans Burger et elle est devenue littéralement folle de lui. J'ai été tout de suite dans la confidence, car Virginie était une amie très chère et ne me cachait rien. Burger, qu'elle m'a présenté, ne m'était pas sympathique, mais j'ai caché à Virginie l'antipathie qu'il m'inspirait, me disant que, puisque après tout elle l'aimait...

» Pourtant je n'ai pas tardé à voir clair dans le jeu de Hans Burger. J'ai compris que c'était Puck qui l'intéressait, que c'était lui qu'il visait à travers Virginie.

Elle se tait pour essuyer la sueur qui ruisselle sur son front. Le Gros se radine, portant un verre plein de scotch. M'est avis qu'il a dû s'en envoyer quelques-uns derrière la cravetouse, car son regard flambe de nouveau comme un feu de sarments.

— Colle-toi ça dans le cornet, mémère ! qu'il dit irrévérencieusement à Monica. Ça ramone les voies... heug... respiratoires et ça te débouche l'évier en moins de... heug... rien !

Monica porte le breuvage à ses lèvres, avale une gorgée, fait la grimace et rend le glass.

— C'est trop fort ! minaude-t-elle ; je n'ai pas l'habitude de le prendre sans eau !

Ravi de l'aubaine, Béru chope le verre et le siffle d'un trait.

— De la came pareille, c'est autant dire du petit lait, mémé, assure-t-il. La flotte, garde-la plutôt pour tes abolitions.

Je lui fais signe de la boucler.

— Reprenons, fais-je. Donc, Hans Burger s'intéressait à Puck ?

— Indiscutablement !

— Qui c'est-y qu'est-ce ? demande Bérurier.

— Puck ! lui fais-je en ponctuant d'une œillade éloquente, tu sais bien ?

Mais il est trop beurré pour saisir des nuances. Les subtilités, c'est pas son blod.

— Comment veux-tu que je susse qui c'est Puck, vu que j'ai jamais connu de mec de ce blaze !

— Alors, tais-toi !

J'ai parlé comme un chien aboie. Il se renfrogne.

— Faudrait voir à pas trop chahuter le bonhomme devant des mea culpés, ronchonne l'Abominable.

Notre petit duo n'a pas échappé à Monica. Ses sourcils joints me renseignent sur son trouble.

— Poursuivons, je n'ai pas de temps à perdre ! tranché-je.

Elle hésite un peu mais repart.

— J'ai compris qu'Hans Burger était un agent secret. J'ai fait part de mes doutes à Virginie. Mais elle m'a dit qu'elle le savait. Elle trouvait un certain romantisme à la chose. A partir de ce moment, elle a commencé un traitement particulier sur Puck. Elle le conditionnait, c'était sa propre expression, en vue d'une importante expérience. Je ne voulais pas, mais elle me tenait, comprenez-vous ?

— Elle vous tenait ? ne puis-je m'empêcher de répéter.

Du coup, une expression rusée traverse sa physionomie. Monica a l'air ravi de quelqu'un qui découvre avec soulagement qu'un secret qu'il croyait divulgué ne l'a pas été.

— Enfin... Oui.

Je fais un geste désinvolte.

— Poursuivez !

— Son mari a fini par s'apercevoir de la situation.

— De sa liaison avec Hans Burger ?

— Oui, et des projets concernant Puck.

— N'aurait-il pas été prévenu par une lettre anonyme ? hasardé-je.

C'est à des détails pareils qu'on peut mesurer la perspicacité d'un poulardin, mes filles ! Monica rosit, se trouble. J'ai vu juste, preuve que je commence à savoir lire en elle. C'est un être faible. Elle a eu recours à ce moyen inélégant pour essayer de redresser la situation.

— Cela se peut, bredouille-t-elle.

Et, sous mon œil de larynx, elle se trouble comme un verre de pastis sous la pluie.

— C'est même, je crois, ce qui est arrivé.

— Et alors le docteur Baume a fait une scène terrible à sa femme. Il l'a menacée de signaler à la police les agissements de son Jules, n'est-ce pas ?

— En effet.

— Virginie a pris peur. Elle vous a prévenue ?

— Non, c'est Hans Burger qu'elle a prévenu. Moi j'étais venue chez elle comme je le faisais souvent. Elle m'a demandé de réclamer une consultation à Alexandre. Ce que j'ai fait, sans comprendre où elle voulait en venir. A peine me suis-je trouvée dans le cabinet de consultation que Hans est entré par la porte donnant sur les appartements. Le docteur a compris qu'on lui voulait du mal. Il y a eu une brève lutte à laquelle j'ai assisté sans pouvoir intervenir. Mais Burger a fait une prise à Alexandre, par-derrière. Une prise curieuse. Le docteur n'a plus résisté. Lorsque Hans l'a lâché, Alexandre est tombé sur la table d'auscultation. Je pensais qu'il n'était qu'évanoui ; mais en fait il était mort. J'ai cru que j'allais devenir folle. Hans m'a dit de me tenir tranquille. Il m'a même giflée !

Elle se frotte la joue.

— Et puis Virginie est arrivée, qui m'a suppliée de ne rien dire. Tout ça était un vrai cauchemar. Un cauchemar... J'ai fait ce qu'ils ont voulu. J'ai dit à l'assistante que le docteur avait eu une crise... Heureusement, un médecin appelé d'urgence a confirmé. Je pensais que... que...

— Que la police ne saurait rien ? ironiqué-je.

— Heu... oui.

Un violent ronflement nous fait sursauter. C'est l'Éminent qui en écrase avec application. Il produit un bruit de course de hors-bords. Il se tient assis sur un coin de la malle d'osier. Et il a le front appuyé contre le mur.

— Il a profité de votre reliquat de chloroforme, l'excusé-je.
Elle fronce le nez, assez méprisante.

— Ensuite ? impitoyablé-je.

— Cette pauvre Virginie ! élude-t-elle.

Plus pauvre encore qu'elle ne se l'imagine ! Mais il sera
temps de lui apprendre, après sa confession, la fin tragique de
sa petite camarade.

— Qu'a-t-elle fait, cette pauvre Virginie ?

— Après l'incinération d'Alexandre, elle était joyeuse, vous
entendez ? JOYEUSE ! Elle m'a dit que désormais il serait
impossible de prouver quoi que ce soit, qu'elle était libre et
qu'elle allait partir pour l'Allemagne de l'Est en compagnie de
Hans Burger. Elle voulait emmener Puck avec elle. C'est alors
que j'ai refusé. Vous comprenez, Puck, je n'ai que lui au
monde. Depuis des années, je m'y suis attachée ! On s'attache
bien à un chien ou à un chat !

Je donnerais tout ce que vous avez sur votre compte en
banque pour savoir ce que c'est que ce damné Puck dont elle
me rebat les étagères à mégots ! J'ai beau me poser des
questions, je ne me fournis pas de réponse satisfaisante.

— Ben voyons, réponds-je à sa tirade. Vous lui avez donc dit
que vous n'étiez pas d'accord ?

— Oui. Je lui ai signifié que tout était fini entre nous. Elle
s'est mise dans une rage folle. Elle m'a dit qu'il ne fallait pas
aller contre les décisions de Hans. Que lui-même avait des
comptes à rendre à ses chefs et que, de gré ou de force, elle
emmènerait Puck !

De belles larmes bien rondes coulent sur ses joues fanées.

— Et alors ? insisté-je encore, sans le moindre égard pour ce
chagrin plein de noblesse et de dignité.

Impitoyable, votre San-A., mes poules bleues, lorsqu'il est à
l'établi. Les larmes des dames ne l'émeuvent plus. Il ne pense
qu'à son turf, San-Antonio. C'est un mordu du boulot bien fait.
Il suit sa mission coûte que coûte. Sa devise ? « Jusqu'au
bout. » Ou bien « Dieu et mon petit doigt » presque kif-kif la
devise de la british family, mais qu'importe, malgré Jeanne
d'Arc et le Marché commun, on l'aime bien, la famille anglaise.
Depuis que nous avons expédié nos kings à nous chez saint
Pierre ou chez Plumeau, elle est devenue la nôtre. On la suit
partout : aux sacres de Westminster, au derby des psaumes, en
vacances, en croisière, chez le photographe ou le gynécologue.

On participe à ses soucis, à ses nuits de noces, à ses déboires matrimoniaux, à ses préoccupations domestiques. Quand la Queen renvoie sa cuisinière, ça fournit cinq colonnes à la une de nos hebdos. Quand le Prince change son secrétaire, idem. A ce titre-là, la France fait partie du Commonwealth à part entière, comme disent les journalistes sportifs.

— Et alors ? re-insisté-je.

— J'ai tenu bon.

— Bien qu'elle vous tînt ? insinué-je.

Elle agite ses ramasse-miettes artificiels.

— Oui.

— Que s'est-il passé ?

— Elle m'a téléphoné ce matin pour me dire qu'elle se résignait à me laisser Puck et que le coup était arrangé vis-à-vis de Hans. Néanmoins je me suis méfiée et j'ai caché Puck.

— Vous avez fort bien fait, l'interromps-je.

— Elle est venue me chercher. Elle était d'une gentillesse qui m'a rappelé son attitude d'avant Burger. La perfide ! Elle m'a dit qu'elle avait préparé une série de traitements pour Puck et qu'elle voulait me les remettre pour que je puisse le soigner pendant son absence... Nous sommes donc venues ici...

Un quadrimoteur à réaction cherche son terrain au-dessus de nos têtes. Renseignements pris, il ne s'agit que du Gros qui continue d'en concasser comme un sonneur.

— Et alors elle vous a chloroformée ?

— Je ne me souviens de rien. Elle m'expliquait des choses. Je ne pensais qu'à ce qu'elle me disait. Et puis, oui : elle m'a appliqué brusquement un tampon sous le nez. J'étouffais. Tout s'est brouillé.

Ses larmes y vont d'une nouvelle tournée.

— Voici toute l'histoire, soupire-t-elle. Vous savez tout.

— Oh ! que non, dévoilé-mes-batteries-je. Par exemple, j'ignore ce que vous cachez et qui permettait à ces plaisantins d'avoir barre sur vous. J'ignore également qui est Puck et où vous l'avez mis ! Vous voyez, ça fait encore de la conversation en perspective !

Ses larmes se tarissent soudain comme le verbe d'un représentant de commerce venant de s'apercevoir qu'il cherchait à vendre des gants de boxe à un manchot.

— Ah ! vous... vous ne...

— Non, dear dame. Je ne sais pas. Alors procédons par ordre : qui est Puck ?

Je commence à me traiter de ramolli. C'est mauvais de rompre un charme brutalement. Monica était prise dans le ronron de sa confession. Elle s'embaumait toute seule en débitant son historiette. Et puis, v'là, je la descends en flammes dans le ciel plombé de la réalité. Du coup elle a une contraction cérébrale, comprenez-vous ? Elle se reprend, la vioque. Elle sent d'instinct que des secrets, ça constitue une espèce de monnaie d'échange, fût-ce vis-à-vis d'un poulaga. Et elle devient avare des chiens, je veux dire des siens, voilà que je cause auvergnat sous le coup de l'émochion.

— Eh bien, je vous écoute ! brutalisé-je.

Elle reste de marbre.

C'est alors qu'il se produit du neuf et du déraisonnable dans la strass. La porte du labo s'ouvre brutalement et trois messieurs aussi sympas qu'une épidémie de peste bubonique font irruption. Leur entrée est réglée comme une figure de ballet.

Il y a un gros, sanguin et chauve, au cou énorme, que j'identifie à la seconde même comme étant le chef de feu Hans Burger. Et puis deux ouistitis à figure d'ablette malade, qui ne m'impressionnent que parce qu'ils brandissent l'un et l'autre un pistolet mitrailleur.

— Mains levées, tout le monde ! ordonne le mahousse.

Monica hoquette ; plus maître de moi, je me contente de froncer les sourcils. L'un et l'autre cependant nous élevons nos bras. Béru a droit à un coup de latte dans les cerceaux. Il pousse une méchante beuglante.

— Qui c'est-y l'enviandé qui se permet des principautés avec un inspecteur principal ? commence-t-il.

Son regard couleur de fosse d'aisances agitée découvre le regard hostile des pistolets braqués sur lui. Le sens de la réalité réintègre son cerveau ramolli.

— Je vois, fait-il, le chabanais continue !

— Les mains en l'air ! commande le gros homme adipeux.

Et cette fois, le Vaillant se soumet.

— Nous sommes très pressés, révèle le visiteur impromptu.

Il se tourne vers Monica.

— Où est Puck ? Allons, vite !

Monica crispe ses lèvres pour bien montrer au monsieur que

lorsqu'elle tient le silence avec les dents, il n'est pas aisé de le lui faire lâcher.

Le zig en a vu d'autres ; des plus réticents et des plus coriaces.

Il fait signe à ses troupes aéroportées de nous emmener dans le laboratoire, c'est-à-dire à bonne distance de la rue.

Tout en cheminant, mains levées, je me rends compte que les pistolets sont pourvus de silencieux. Ces noix vomiques peuvent nous démolir comme des pipes en terre sans que le crémier du coin ait sa jouissance paisible et bourgeoise le moins du monde troublée.

— Je m'excuse, messieurs les policiers, fait avec une certaine courtoisie le gros suifeux. Je n'ai pas l'habitude d'agir ainsi avec les gens de votre profession, mais, je le répète, je suis talonné par le temps et je crois que j'interviens *in extremis.*

Ayant souscrit aux convenances, il se consacre à nouveau à la pauvre Monica.

— Puck, dit-il, sinon les choses vont aller extrêmement mal pour vous !

Elle ne moufte pas.

L'Adipeux fait claquer ses doigts. L'un de ses aides sort quelque chose de sa fouille. C'est un rouleau de fil terminé d'un côté par une fiche électrique, de l'autre par une sorte de petite lance métallique. L'affreux branche sa fiche dans l'une des nombreuses prises du labo. Puis il darde (comme dirait Frédéric) la lance sur Monica. Elle est d'un beau vert tirant sur le bleu, la pauvre chérie. Mais elle essaie de faire comme les tonneaux : c'est-à-dire bonne contenance[1]. D'un geste de bretteur, le gros sac se fend et pique sa lancette dans le bras de Monica. Elle pousse un cri terrible et s'affaisse.

Le tortionnaire retire sa dague.

— Parlez ! ordonne-t-il.

Elle suffoque, puis peu à peu, retrouve un rythme respiratoire plus conforme aux exigences de son organisme[2].

Pendant ce temps, que fait le joli petit San-Antonio d'amour de ces dames ? L'homme qui leur fait connaître l'extase et qui

---

1. Je vous accorde que celui-là est particulièrement mauvais. Mais quand on est pris par le feu de l'action, on n'a plus le temps de feuilleter le Vermot.
2. En revanche, ça, c'est bien tourné, hein ?

les emmène au septième ciel aussi normalement qu'une agence
de voyage emmène des touristes au Musée du Louvre ? Hein ?

Eh bien, le San-A. adulé, il regarde discrètement autour de
soi. Il voudrait bien reprendre les choses en main parce qu'il a
horreur de jouer les V majuscules trop longtemps. D'abord, ça
fatigue et puis ça finit par être dégradant. Qu'est-ce qu'il avise,
sur des rayonnages situés à la hauteur de ses jolies mains
levées ? Des flacons ! Une théorie fantastique. Ils sont colorés
par les liquides qu'ils recèlent. Et étiquetés soigneusement.
Mine de rien, je déchiffre les étiquettes. A moins d'un mètre de
moi je repère celui qu'il me faut et qui annonce « Acide
chlorhydrique ».

— Parlez ! répète Bibendum. Vous savez parfaitement qu'il
est stupide de vous taire ! Vous finirez par parler ! A quoi bon
reculer cet instant, puisqu'il est inévitable ?

Il la travaille par la logique.

Sa lancette braquée, il marche à nouveau sur Monica.
Chouette mouvement, qui me permet de reculer d'un mètre
pour éviter le sursaut de la pauvre vioque. L'attention de tout
le monde — sauf de ma main droite — est braquée sur elle.

La lance électrique n'est plus qu'à quelques millimètres de
Monica.

— Cette fois-ci je vous l'enfonce dans l'œil, promet le
Salace.

Et on ne doute pas de ses promesses. Buter quelqu'un,
l'énucléer ou l'ennuquer, ça ne lui fait pas plus que d'écraser
un moustique sur sa fesse.

Ma main droite, pendant ce temps, débouche avec une
infinie lenteur le flacon d'acide. Au moindre tintement cristallin, ces foies-blancs découvriront mon petit bricolage clandestin et m'expédieront une décoction de plomb brûlant.

— Décidez-vous, pour la dernière fois, débite le gorille.

— Je l'ai mis dans la barque de plaisance que je possède et
qui est amarrée sur la Seine, balbutie Monica Mikaël.

— Le nom de cette barque ?

— L'*Azur* ! Elle est peinte en bleu et blanc. Puck se trouve
dans une petite cage...

Ça y est, mes fils ! Je l'ai en main, le flacon débouché.
Maintenant il s'agit de ne pas rater l'opération, de bien calculer
les angles.

Il faut commencer à arroser le mitrailleur de droite, parce que c'est lui qui m'a dans son rayon de seringage.

Le gros type se trouve entre le second mitrailleur et moi.

Enfin, nous verrons. Je me sens calme, paisible, comme si je faisais une partie de pêche au lancer par une belle matinée d'été. Mon geste, j'ai pas à le décider, ma brave main droite l'accomplit toute seule comme une grande.

Il y a un jet jaunâtre. Une giclée d'acide arrive en plein dans la bouille du gars. Il pousse un hurlement de dément et, lâchant sa pétoire, se pétrit le visage en hurlant. Le gros type se tourne vers moi et morfle une seconde distribution de pisse d'âne. Ça fait plaisir de le voir se trémousser en poussant des clameurs d'orfèvre. Il ne me reste plus de lotion démaquillante dans le flacon pour le troisième. Je le regrette d'autant plus que cet enviandé balance le potage à tout va. Je fais un saut de carpe. C'est ma petite amie Monica qui ramasse la seringuée dans son corsage. Elle tousse un coup comme chez le toubib quand il écoute vos soufflets, par exemple elle est dans l'impossibilité de compter dix fois trente-trois ! Elle s'écroule à la renverse au milieu des flacons (comme la lune) et des cornues (gentilles). Son sang glougloute.

Quelqu'un dont à propos duquel je n'ai pas eu le temps de causer, c'est Béru. L'odeur de la poudre et la frénésie de l'action agissent sur sa forte personnalité. Et il est d'autant plus furax, le Gravos, qu'une volée de balles vient de perforer un pan de sa veste de haut en bas. Il n'est plus question de stoppage maintenant. Le costar du jour, c'est dans la poubelle du coin qu'il va finir son éphémère carrière ! Pas vergeot, ce complet à barreaux !

Le Gros plonge, arrache le pistolet vide des mains du tireur et lui fracasse le bol d'un terrible coup de crosse.

Je ne veux pas donner de détails pénibles aux âmes sensibles, pourtant faut que vous le sachiez : le zig éternue sa cervelle sur le globe électrique.

Vous parlez d'une corrida. Et je vous la raconte bien, hein ? J'ai le sens du reportage, c'est inné. Je ne comprends pas que Lazareff ne m'ait pas encore fait de propositions. La revue du 14 juillet ou le couronnement de Paul VI racontés par moi, ça voudrait payer, non ? Sans parler du Tour de France ou de l'affaire Parfumée. Mais passons, c'est le propre des grands de ce monde que de passer à côté des génies du siècle sans les voir.

Tandis que Béru bien-aimé, bien apprécié et vigoureux, décapsule le second tirailleur, le gros type et son premier sbire continuent de hurler et de se masser la vitrine. Béru ramasse le premier pistolet gisant à terre. Et ce dieu Mars qui ne se connaît plus défouraille tant que ça peut sur les deux vitriolés en les traitant de noms barbares !

Il ne leur pardonne pas de nous avoir contraints à lever les bras. Il déteste les mystifications, Béru. La dignité de la police pour lui, c'est sacré. On ne chahute pas avec ces choses-là !

Tu parles d'une hécatombe, mon neveu ! Quatre viandes froides sur le carrelage, plus les deux autres de tout à l'heure, ça fait du peuple ! Mon rapport, il va falloir que je le rédige sur papier couché !

— Arrête, Gros, trépigné-je. Arrête, n... de D... ! Qu'est-ce qui te prend de jouer à la Saint-Barthélemy ?

Il stoppe, essoufflé, crachotant dans un nuage de poudre.

— Y a légitime défense, répond cet éléphant. Mords ma veste, Gars. C'est la preuve par 69, non ? Du fil à fil made en Anglande ! Un costar que même les plus grosses vedettes d'Hollyvode n'en n'ont jamais eu le pareil. Tu peux les prendre tous : Frank Sinapisme, Brute l'Encastré, Branlon Mado, Georges Veine, Georges Raffle, J'aime-le-Steward et consort ! Jamais t'as vu un complet comme voilà sur leur dos ! Jamais !

— Calme-toi, Alexandre-Benoît, préconisé-je. Pour ces messieurs-dames, c'est un complet de sapin que le tailleur va exécuter. Tandis que, en cherchant chez les spécialistes des tissus d'ameublement, tu dois trouver un produit de remplacement intéressant. Quelque chose qui représenterait une chasse à courre, par exemple, ou des feuilles de philodendron sur fond d'azur.

Le voilà rasséréné tout à coup.

— C'est vrai, reconnaît-il. J'y avais pas pensé.

Puis, redevenant professionnel :

— Et maintenant, qu'est-ce qu'on branle ?

— On tube au Vieux pour qu'il fasse ramasser les décombres et on va récupérer Puck.

— Qu'est-ce que ça peut être, Puck ? Ils n'avaient que ce truc-là en tête, tous !

— Et ça les a tués, fais-je sombrement.

CHAPITRE XII

Dans lequel j'arrive au bout de mon petit bonhomme de chemin

La Seine nonchalante (c'est pas moi qui le dis, ce sont les poètes) roule des eaux paresseuses couleur d'émeraude et de rubis (c'est pas moi qui le dis, mais le bijoutier du coin) dans la touffeur printanière du crépuscule (ouf ! il faut le faire).

La barque de feu Monica Mikaël est amarrée à un ponton privé (mon ponton nos voleurs) et se laisse caresser les flancs par le courant furtif. Je saute à l'intérieur de l'embarcation. Bérurier m'imite, ce qui manque provoquer un naufrage.

— Où t'est-ce qu'il est, ce Puck ? fait le Gravos.

Je bigle autour de moi : rien. Une sueur glacée me dégouline le long de la gouttière à vertèbres. Monica Mikaël aurait-elle berluré l'agent secret, tout à l'heure ? Je mate sous le pontage : ballepeau ! Rien non plus sous les bancs !

— Elle nous a tous fabriqués, décrète Sa Majesté. Si z'au moins elle avait pas morflé ce chargeur dans le soutien-gorge, on pourrait t'espérer apprendre la vérité. Mais maintenant, à moins qu'on lui cause par l'intermède d'un guéridon, c'est scié.

— Oui, dis-je, c'est raté. Tant pis.

J'ai un coup de pompe. Tous ces morts... Sept morts à cause d'un truc que nous ne connaissons pas, c'est dramatique, non ?

Il est des cas où la curiosité insatisfaite peut causer le décès de quelqu'un. Je sens que ça va m'arriver. Vous m'imaginez, à quatre-vingts piges, au coin de l'âtre (de Tassigny) me demandant d'une pensée chevrotante : « Qu'est-ce que ça pouvait bien être, Puck ? » Non ! Impossible, voyons ! Plutôt mourir !

— Rentrons, fait le Gros. Je commence à avoir faim.

Il met le pied sur le pontage de la barque et va pour poser l'autre sur l'embarcadère. Mais dans le mouvement, la barque tire sur sa chaîne. Si bien que Sa Majesté met son autre pinceau dans le vide. Comme le vide n'a pas suffisamment de consistance pour soutenir son imposante académie, Duchnock part en avant. Son menton pète sur le bord du ponton. Le dentier du Gros est expulsé et reste sur les lattes de bois, assez insolite dans sa solitude, je dois le reconnaître.

Béru, étourdi par le choc, part dans la sauce. Son bitos ravagé s'en va au fil de l'eau, tandis que la tête valeureuse qui le portait coule à pic. Je pose ma veste vite-fait-sur-le-gaz et je plonge à la recherche de l'empaillé de frais.

Il s'ébroue lamentablement dans l'eau riche en mazout de la Seine. Le déplacement de baille est celui d'une centrale électrique ! Pour se saisir de lui il faut se frayer un chemin à travers ses moulinets. Sous l'eau, je lui tire un ramponneau princesse sur la nuque, dans la plus pure tradition du repêchage de noyés. Il est out. Je passe un bras sous l'un des siens et je le hisse. Mais, dans le mouvement, qu'aperçois-je, dans la flotte, attaché à un anneau extérieur de la barque ? Un panier. Je remonte Dulard à bord. Je lui fais recracher cette mauvaise eau et il rouvre ses beaux yeux bulbeux.

Il n'avait pas bu d'eau depuis l'année où, s'étant trompé, il avait avalé une gorgée d'eau de Vichy en croyant qu'il s'agissait d'eau-de-vie tout court (dans la pénombre il n'avait pas fini de lire l'étiquette). Il fait un bruit de pédalo en recrachant sa tisane, le pauvre cher gorille. Enfin, ça va mieux.

— J'ai raté la marche, clapote-t-il.

— J'ai vu !

— Et mon râtelier ! Replonge, Gars ! Mes dominos ont coulé à pic et c'est un damier tout neuf que j'avais, tout en porcelaine de Limoges !

— Te fais pas d'entorse à la cervelle, Gros. Il est sur le ponton, ton casse-noisettes.

Mais abandonnant mon coéquipier pour un temps très bref, je hisse le panier immergé. Il est plutôt lourd !

Un cadenas ferme le couvercle. C'est la journée qui veut ça, décidément. Je n'ai aucune peine à le démanteler.

— Qu'est-ce qu'il y a, là-dedans ? demande le Gravos.

— Puck ! fais-je.

— Ce serait donc un poisson ? fait-il, intéressé, en soulevant le couvercle.

Il regarde à l'intérieur. Ses yeux deviennent fixes et il s'évanouit.

Je me penche à mon tour sur le panier. Pendant dix secondes je refuse la réalité. Ensuite de quoi, sauf le respect que je ne vous dois pas le moins du monde, je me précipite à bâbord et je me mets à vomir au fil du courant.

**

Deux plombes plus tard, il y a réunion générale à la morgue de la maison bourremen. Sont présents : le Vieux, le chef du labo, Bérurier et le gars moi-même, fils unique et préféré de Félicie.

Nous sommes penchés sur le minuscule cadavre d'un homme mesurant une vingtaine de centimètres. Puck !

Car Puck était un homme authentique, merveilleusement proportionné, dû — c'est mon pape du labo qui nous l'apprend — au génie du professeur Mikaël, le fameux biologiste. La mort du professeur a interrompu ses travaux avant que ceux-ci fussent connus. L'existence de Puck, cette infernale création, a donc été gardée secrète. Le Vieux m'explique que les agents étrangers qui voulaient se l'approprier le destinaient à des expériences spatiales. Vous vous rendez compte d'un pilote idéal pour des fusées interplanétaires ! Un pilote qui peut faire dodo dans une boîte à chaussures et qui pèse trois kilos ! C'est formidable, non ? Virginie le conditionnait progressivement. D'où le minuscule gymnase découvert dans ses appartements lilliputiens.

— Dommage qu'il ait péri, lamente le zig du labo.

Mais le Vioque secoue la tête.

— Un monstre n'a pas sa place parmi nous, déclare-t-il. Tout est bien ainsi. Je me demande ce qui lui est arrivé.

— Je crois comprendre, patron : Monica avait placé le panier sur un banc de la barque en prenant soin de l'attacher à un anneau. Mais les femmes n'ont pas de jugeote. Elle aurait dû l'attacher au fond. Le petit homme a voulu sortir de sa prison d'osier, et il a fait basculer le panier en se démenant.

— Dieu l'a voulu ainsi, conclut le Boss.

Il me touche le bras.

— J'ai à vous parler, San-Antonio.

Comme au début de ce très surprenant ouvrage, il me drive à l'écart, me saisit le bras et me demande gentiment :

— San-Antonio, jusqu'ici vous ne m'avez jamais menti. Pourquoi m'avoir dit que vous aviez été l'amant de Monica Mikaël ?

Je rougis et me trouble.

— Mais...

Il m'impose silence d'un geste. Puis d'un autre il tire un tiroir contenant les restes de Monica Mikaël.

— Regardez !

Je regarde. Pour la deuxième fois de la journée, une nausée me noue les tripes et le gosier. Monica Mikaël est un homme !

— Le mot « amant » possède une signification très précise, mon cher, conclut le Vioque. Une autre fois, ne vous contentez pas d'à peu près.

— Qu'est-ce que ça veut dire, Boss ?

Il repousse le tiroir et sort de sa poche un morceau de papier journal jauni.

— Lisez ceci !

C'est un papelard qui relate la mort de Mikaël. J'y apprends que le biologiste n'est pas mort seul. Le frère de sa femme qui vivait chez lui a été également déchiqueté par l'explosion et...

— Bon Dieu, patron, je comprends ! C'est Mme Mikaël qui est morte en compagnie de son mari. Et cézigue, qui était une joyeuse pédale, a eu l'idée de prendre l'identité de sa sœur à laquelle il ressemblait afin de profiter des biens du savant ?

— Exactement.

— Vous vous doutiez de la chose ?

— Le doute m'est venu fortuitement. Nos services de contre-espionnage nous ont signalé la présence en France de Hans Burger et de sa clique. Ces gens rôdaient à Moisson. J'ai fait faire une petite enquête sur les habitants de la localité. C'est ainsi que j'ai découvert que la veuve du fameux biologiste y résidait. J'ai cherché dans le passé ce qu'avait été la vie de Monica Mikaël. C'est alors que certains aspects de son personnage m'ont frappé. J'ai appris que Monica Mikaël participait aux travaux de son époux. Qu'elle eût tout abandonné à la mort de ce dernier m'a paru bizarre. Un être qui se passionne pour la vie de laboratoire ne décroche pas brusquement, fût-ce à la suite d'un gros chagrin. J'ai voulu en avoir le cœur net et c'est pourquoi je vous ai confié cette étrange mission.

— Si au moins vous m'aviez fait part de vos doutes, protesté-je.

Il hausse les épaules.

— Je voulais que vous procédiez tout naturellement. Jamais vous n'auriez fait la cour à la fausse dame de la Sapinière si vous vous étiez douté qu'elle pût être un homme, vrai ou faux.

— C'est vrai, admets-je.

— Vous voyez bien ! Lorsque vous m'avez dit que vous aviez... heu... rempli votre mission, j'ai classé l'affaire. C'était un tort. Il a fallu la mort du docteur Baume pour que je tique à nouveau. J'avais lu le nom de sa femme sur le rapport que vous m'aviez fait. Enfin, soupire le Vieux, tout est bien qui finit bien.

Il a de drôles d'oraisons funèbres, le Bossuet de la Poule, admettez !

Je rejoins Béru.

Il me désigne tous les morts entassés dans le macabre local.

— Tu parles d'une affaire saignante, dit-il. Ç'a été un vrai gala, hein, Gars ?

Nous remontons dans le burlingue. Je suis triste, d'une tristesse à la fois viscérale et métaphysique. Cette histoire d'un petit bonhomme surnaturel, mort bêtement après avoir allumé tant de louches convoitises, me hante. Je vais avoir du mal à récupérer.

Dans le bureau, Pinaud se réveille. Il s'étire, bâille et nous considère aimablement.

— Ma parole, fait-il, j'ai dû piquer un petit somme.

— Avec la drogue que t'as avalée, c'est normal, ricane Béru.

— Quelle drogue ? demande Pinuche.

Béru se tourne vers moi.

— Va falloir qu'il change de potion, soupire-t-il, de potion ou de médecin. J'ai idée que sa matière grise continue de faire des bulles !

GRACIEUX ÉPILOGUE

Il est huit heures moins le quart lorsque je pousse la porte du Fouquet's. Véronique, la môme de l'agence de location de bagnoles, est là, qui se morfond sur une banquette.

Ravi, je me catapulte à ses côtés. Elle est tout ce qu'il y a de mimi, cette petite. Je présage une bonne soirée.

— Vous avez près d'une heure de retard, gronde-t-elle. J'allais m'en aller !

— Excusez, ma ravissante, dans notre métier on ne fait pas ce qu'on veut. Ainsi, d'après ce que je crois comprendre, votre fiancé n'est pas encore de retour ?

Elle me sourit.

— Non, et même il m'a télégraphié qu'il ne rentrerait pas avant la semaine prochaine !

— C'est un type épatant, mon petit cœur, vous avez raison de l'épouser.

Et je lui roule la grosse galoche vénitienne, en priant ardemment le Seigneur pour que cette Véronique ne soit pas un homme.

Achevé d'imprimer
le 20.4.85
par Printer Industria
Gráfica S.A.
Provenza, 388   08025 Barcelona
Sant Vicenç dels Horts   1985
Depósito Legal B. 13320-1985
Pour le compte de
France Loisirs
123, Boulevard de Grenelle
Paris

Numéro d'éditeur : 10205
Dépôt légal : mai 1985
Imprimé en Espagne